Das Buch

David Webb lehrt als Professor an der Universität von Georgetown. Nichts erinnert mehr an sein früheres als CIA-Agent – bis er plötzlich selbst ins Visier eines Killers gerät. Webb schlüpft wieder in die Rolle Jason Bournes um die Spur seines Verfolgers aufzunehmen. Als zwei seiner Kontaktmänner umgebracht werden und die CIA ihn für den Mörder hält, beginnt ein gefährliches Katz- und Mausspiel. Im Fadenkreuz der eigenen Organisation und bedroht von einem unsichtbaren Feind muss Jason Bourne alle Kräfte aufbieten, um das tödliche Spiel zu überleben.

Die Autoren

Robert Ludlum erreichte mit seinen Romanen, die in mehr als 30 Sprachen übersetzt wurden, weltweit eine Auflage von über 300 Millionen Exemplaren. Robert Ludlum verstarb im März 2001. Die Romane aus seinem Nachlass erscheinen bei Heyne.
Eric Van Lustbader ist Autor zahlreicher internationaler Bestseller. Seine Bücher wurden in über zwanzig Sprachen übersetzt. Er lebt mit seiner Frau Victoria in New York und auf Long Island.

Im Anhang des Buches findet sich ein Werkverzeichnis aller lieferbaren Titel der BOURNE-Reihe.

ROBERT LUDLUM
ERIC VAN LUSTBADER

DAS BOURNE VERMÄCHTNIS

THRILLER

Aus dem amerikanischen Englisch
von Wulf Bergner

WILHELM HEYNE VERLAG
MÜNCHEN

Die Originalausgabe *The Bourne Legacy* erschien bei
St. Martin's Press, New York

Der Verlag weist ausdrücklich darauf hin, dass im Text enthaltene externe Links vom Verlag nur bis zum Zeitpunkt der Buchveröffentlichung eingesehen werden konnten. Auf spätere Veränderungen hat der Verlag keinerlei Einfluss. Eine Haftung des Verlags ist daher ausgeschlossen.

Verlagsgruppe Random House FSC©N001967

Vollständige deutsche Taschenbuchausgabe 08/2016
Copyright © 2004 by The Estate of Robert Ludlum
Copyright © 2006 der deutschsprachigen Ausgabe by
Wilhelm Heyne Verlag, München
Copyright © dieser Ausgabe by Wilhelm Heyne Verlag, München,
in der Verlagsgruppe Random House GmbH,
Neumarkter Straße 28, 81673 München
Printed in Germany
Umschlaggestaltung: Nele Schütz Design unter Verwendung eines Motivs von
shutterstock/elnur
Druck und Bindung: GGP Media GmbH, Pößneck
ISBN: 978-3-453-43861-3

www.heyne.de

Zum Andenken an Bob

Prolog

Chalid Murat, der Führer der tschetschenischen Rebellen, saß unbeweglich im mittleren Fahrzeug der kleinen Kolonne, die sich ihren Weg durch die zerbombten Straßen von Grosny bahnte. Die Schützenpanzer BTR-60 BP stammten aus russischen Beständen, sodass der Konvoi als solcher sich nicht von all den anderen unterschied, die auf Streifenfahrt durch die Stadt rasselten. Murats schwer bewaffnete Männer hockten in den beiden anderen Fahrzeugen – eines vor und eines hinter seinem eigenen. Sie waren zum Krankenhaus Nummer neun unterwegs, das zu den sechs oder sieben Verstecken gehörte, die Murat benützte, um drei Schritte vor den russischen Truppen zu bleiben, die nach ihm fahndeten.

Murat hatte einen schwarzen Vollbart, die tapsigen Bewegungen eines Bären und den feurigen Blick eines wahren Eiferers. Er hatte frühzeitig gelernt, dass man nur mit eiserner Faust herrschen konnte. Er war dabei gewesen, als Jochar Dudajew erfolglos die Scharia, das religiöse Gesetz des Islams, eingeführt hatte. Er hatte das Blutbad erlebt, mit dem alles angefangen hatte, als von Tschetschenien aus operierende Kriegsherren, ausländische Verbündete Osama bin Ladens, in Daghestan eingefallen waren und in Moskau und Wolgodonsk Bombenanschläge hatten ausführen lassen, denen zweihundert Menschen zum Opfer gefallen waren. Als diese von Ausländern verübten Anschläge fälschlicherweise tschetschenischen Terroristen zugeschrieben wurden, hatten die Russen mit ihren verheerenden Bombenangriffen auf

Grosny begonnen und große Teile der Hauptstadt in Trümmer gelegt.

Der Himmel über der Stadt war verschleiert, durch ständige Zufuhr von Asche und Schlacke getrübt; in dem Dunst entstand ein schimmerndes Leuchten, das so stark war, dass es fast radioaktiv wirkte. Überall in der Trümmerlandschaft brannten blakende Ölfeuer.

Chalid Murat starrte durch die getönte Panzerglasscheibe, als die Kolonne am ausgebrannten Skelett eines Gebäudes vorbeirollte: massiv, imposant aufragend, das dachlose Innere von flackernden Flammen erfüllt. Er grunzte, wandte sich an seinen Stellvertreter Hassan Arsenow und sagte: »Grosny war einst die Heimatstadt von Liebespaaren, die auf den breiten, von Bäumen gesäumten Boulevards flanierten, von Müttern, die Kinderwagen über die begrünten Plätze schoben. Der große Zirkus war jeden Abend ausverkauft, voller fröhlicher, lachender Gesichter, und Architekten aus aller Welt pilgerten hierher, um die prachtvollen Gebäude zu sehen, die Grosny einst zu einer der schönsten Städte der Welt gemacht haben.«

Er schüttelte trübselig den Kopf, schlug dem anderen kameradschaftlich aufs Knie. »Allah, Hassan!«, rief er aus. »Sieh es dir genau an! Die Russen haben alles zerstört, was gut und schön war!«

Hassan Arsenow nickte. Er war ein lebhafter, energischer Mann, volle zehn Jahre jünger als Murat. Als ehemaliger Biathlet hatte er die breiten Schultern und schmalen Hüften eines geborenen Athleten. Als Murat zum Führer der Rebellen aufgestiegen war, hatte Arsenow ihn begleitet. Jetzt machte er Murat auf ein ausgebranntes Gebäude rechts vor ihnen aufmerksam. »Vor dem Krieg«, sagte er nachdrücklich ernst, »als Grosny noch ein Raffineriezentrum war, hat mein Vater dort im Öl-Institut gearbeitet. Statt Gewinnen aus der Ölförderung bekommen wir jetzt Großbrände, die unsere Luft und unser Wasser verunreinigen.«

Die beiden Aufständischen verfielen angesichts der ausgebombten Gebäude, zwischen denen sie hindurchfuhren, und der leeren Straßen, über die nur Aasfresser – menschliche und tierische – huschten, in bedrücktes Schweigen. Als sie sich wenige Minuten später einander zuwandten, stand Schmerz über die Leiden ihres Volkes in ihrem Blick. Murat wollte etwas sagen ... und erstarrte dann, weil unverkennbar Geschosse gegen ihr Fahrzeug prasselten. Er brauchte einen Augenblick, um zu erkennen, dass der Schützenpanzer mit Handfeuerwaffen beschossen wurde, deren Geschosse die massive Panzerung jedoch nicht durchschlagen konnten. Arsenow, stets wachsam, griff nach dem Mikrofon ihres Funkgeräts.

»Ich lasse die Besatzung unserer Begleitfahrzeuge zurückschießen.«

Murat schüttelte den Kopf. »Nein, Hassan. Überleg doch! Wir fahren zur Tarnung in russischen Uniformen mit russischen Schützenpanzern. Wer uns beschießt, ist eher ein Verbündeter als ein Feind. Das müssen wir feststellen, bevor wir das Blut von Unschuldigen vergießen.«

Er nahm Arsenow das Mikrofon aus der Hand und ließ die Fahrzeuge halten.

»Leutnant Gotschijajew«, sagte er über Funk, »schicken Sie einen Stoßtrupp zur Erkundung los. Ich will wissen, wer uns beschießt, aber den Schützen soll nichts geschehen.«

Im Führungsfahrzeug befahl Leutnant Gotschijajew seinen Männern, in Deckung des bewaffneten Konvois auszuschwärmen. Er folgte ihnen auf die mit Trümmern übersäte Straße hinaus, zog in der schneidenden Kälte die Schultern hoch. Mit präzisen Handzeichen dirigierte er seine Männer so, dass sie die vermutliche Feuerstellung auf beiden Seiten umgingen.

Die Männer waren gut ausgebildet: Sie bewegten sich rasch und lautlos von Trümmerbrocken zu Mauerresten und zu verbogenen Metallträgern hinüber, blieben stets geduckt und boten so möglichst kleine Ziele. Allerdings fielen keine weiteren Schüsse. Den abschließenden Angriff begannen sie gemeinsam: eine Zangenbewegung, die den Gegner einschließen und durch mörderisches Kreuzfeuer vernichten sollte.

Im mittleren Fahrzeug beobachtete Hassan Arsenow weiter die Stelle, auf die Gotschijajews Männer zuhielten, und wartete auf eine wilde Schießerei, doch die Feuerstöße aus den Sturmgewehren blieben aus. Stattdessen tauchten in der Ferne Kopf und Schultern des Leutnants auf. Mit Blick zu dem mittleren BTR-60 BP bewegte er den erhobenen rechten Arm bogenförmig, um zu signalisieren, das Gebiet sei gesichert. Auf dieses Zeichen hin zwängte Chalid Murat sich an Arsenow vorbei, stieg aus dem Schützenpanzer und marschierte ohne zu zögern durch die kältestarren Ruinen auf seine Männer zu.

»Chalid Murat!«, rief Arsenow besorgt und lief hinter seinem Anführer her.

Murat hielt jedoch sichtlich unbekümmert auf einen niedrigen Mauerrest zu, hinter dem die Schüsse abgegeben worden waren. Sein Weg führte an mehreren Müllhaufen vorbei; auf einem lag ein weißer Leichnam mit wächserner Haut, der schon vor einiger Zeit seiner Kleidung beraubt worden war. Selbst aus größerer Entfernung traf einen der Verwesungsgestank wie ein Keulenschlag. Arsenow holte Murat schließlich ein und zog seine Pistole.

Als Murat den Mauerrest erreichte, standen seine Männer mit schussbereiten Waffen rechts und links davon aufgebaut.

Der böige Wind pfiff und heulte durch die Ruinen. Der metallisch düstre Himmel verfinsterte sich noch mehr, und es begann zu schneien. Eine dünne Schneeschicht bedeckte rasch die Kappen von Murats Stiefeln und bildete ein Netz im drahtigen Gewirr seines Vollbarts.

»Leutnant Gotschijajew, Sie haben die Angreifer aufgespürt?«

»Das habe ich.«

»Allah leitet mich in allen Dingen; er leitet mich auch diesmal. Lassen Sie sie mich sehen.«

»Es ist nur einer«, antwortete Gotschijajew.

»Einer?«, rief Arsenow. »Wer? Hat er gewusst, dass wir Tschetschenen sind?«

»Ihr seid Tschetschenen?«, fragte eine dünne Stimme. Hinter der Mauer tauchte das blasse Gesicht eines Jungen von kaum mehr als zehn Jahren auf. Er trug eine schmutzige Wollmütze, einen durchgewetzten Pullover über mehreren karierten Hemden, eine geflickte Hose und viel zu große rissige Gummistiefel, die er vermutlich einem Toten ausgezogen hatte. Obgleich er noch ein Kind war, hatte er die Augen eines Erwachsenen; sie beobachteten alles mit einer Mischung aus Vorsicht und Misstrauen. Er stand schützend über einer nicht detonierten russischen Rakete, die er geborgen hatte, um Brot kaufen zu können – vermutlich das Einzige, was zwischen seiner Familie und dem Hungertod stand. In der linken Hand hielt er eine Pistole; sein rechter Arm endete am Handgelenk. Murat sah gleich wieder weg, aber Arsenow starrte den Armstumpf weiter an.

»Eine Schützenmine«, sagte der Junge herzzerreißend nüchtern. »Von den Russenschweinen gelegt.«

»Allah sei gepriesen! Was für ein kleiner Soldat!«, rief Murat aus, indem er den Jungen mit seinem strahlenden, entwaffnenden Lächeln bedachte. Es war genau dieses Lächeln, das seine Leute angezogen hatte wie ein Magnet Eisenfeilspäne. »Komm, komm.« Er winkte ihn zu sich heran, hielt dann die leeren Handflächen hoch. »Wie du siehst, sind wir Tschetschenen wie du.«

»Wenn ihr Tschetschenen seid«, sagte der Junge, »wieso fahrt ihr dann mit russischen Schützenpanzern herum?«

»Wie kann man sich besser vor dem russischen Wolf verbergen, ha?« Murat kniff die Augen zusammen und lachte, als er sah, dass der Junge eine Gjursa hatte. »Du trägst die Pistole der russischen Elitetruppen. Solche Tapferkeit muss belohnt werden, stimmt's?«

Murat kniete neben dem Jungen nieder und fragte ihn nach seinem Namen. Als er ihn erfahren hatte, fuhr er fort: »Asnor, weißt du, wer ich bin? Ich bin Chalid Murat, und auch ich möchte das russische Joch abschütteln. Gemeinsam können wir's schaffen, nicht wahr?«

»Ich wollte nie auf tschetschenische Landsleute schießen«, sagte Asnor. Mit seinem verstümmelten Arm deutete er auf die Kolonne. »Ich hab gedacht, da käme eine *satschistka*.« Damit meinte er die von russischen Soldaten auf der Suche nach mutmaßlichen Rebellen durchgeführten barbarischen Säuberungen. Bei diesen *satschistkas* waren über zwölftausend Tschetschenen ermordet worden; zweitausend waren einfach verschwunden, unzählige andere waren verletzt, gefoltert, verstümmelt oder vergewaltigt worden. »Die Russen haben meinen Vater und meine Onkel ermordet. Wärt ihr Russen, hätte ich euch alle umgebracht.« Ein Krampf aus Wut und Verzweiflung zog über sein Gesicht.

»Das glaube ich dir«, sagte Murat feierlich. Er zog einige Geldscheine aus der Tasche. Der Junge musste seine Pistole in den Hosenbund stecken, um die Scheine mit der Linken entgegenzunehmen. Murat beugte sich zu ihm hinüber und flüsterte mit Verschwörermiene: »Pass auf, ich sage dir, wo du Munition für deine Gjursa kaufen kannst, damit du vorbereitet bist, wenn die nächste *satschistka* kommt.«

»Danke!« Asnor rang sich ein Lächeln ab.

Chalid Murat flüsterte ihm etwas ins Ohr, dann stand er auf und klopfte dem Jungen auf die Schulter. »Allah sei mit dir, kleiner Soldat, und mit allem, was du tust.«

Der Tschetschenenführer und sein Stellvertreter beobachteten, wie der kleine Junge mit dem unter den Arm geklemmten Blindgänger über die Ruinen kletterte und verschwand. Dann kehrten sie zu ihrem Fahrzeug zurück. Mit angewidertem Grunzen knallte Hassan die Panzerstahltür zu, um die Außenwelt – Asnors Welt – auszuschließen. »Bedrückt es dich nicht, dass du ein Kind in den Tod geschickt hast?«

Murat sah zu ihm hinüber. Der Schnee in seinem Bart war zu leicht zitternden Tropfen geschmolzen, sodass er in Arsenows Augen eher an einen Imam als an einen Kommandeur erinnerte. »Ich habe diesem *Kind* – das den Rest seiner Familie ernähren und kleiden und vor allem *beschützen* muss, als sei es ein Erwachsener – Hoffnung und ein bestimmtes Ziel gegeben. Kurz gesagt: Ich habe ihm einen *Lebenszweck* gegeben.«

Verbitterung machte Arsenows Gesicht blass und hart; er starrte Murat böse an. »Russische Kugeln werden ihn zerfetzen.«

»Glaubst du das wirklich, Hassan? Dass Asnor dumm oder – noch schlimmer – leichtsinnig ist?«

»Er ist nur ein Kind.«

»Ist die Saat einmal ausgebracht, keimen die Triebe auch in kargstem Boden. So war's schon immer, Hassan. Glaube und Mut jedes Einzelnen wachsen und vervielfältigen sich, bis aus diesem einen zehn, zwanzig, hundert, tausend Kämpfer geworden sind!«

»Und in dieser ganzen Zeit wird unser Volk ermordet, vergewaltigt, verprügelt, ausgehungert, wie Vieh eingesperrt. Das reicht nicht, Chalid. Das ist nicht mal andeutungsweise genug!«

»In dir steckt noch die Ungeduld der Jugend, Hassan.« Murat packte ihn an der Schulter. »Nun, das sollte mich nicht überraschen, stimmt's?«

Arsenow, der sich von Murat bemitleidet fühlte, biss die Zähne zusammen und wandte den Blick ab. Draußen machte der Schnee Luftwirbel sichtbar, die wie tschetschenische Derwische in ekstatischer Trance über die Straße wirbelten. Murat hielt das anscheinend für eine Bestätigung der Bedeutsamkeit dessen, was er eben getan hatte, was er zu sagen im Begriff stand. »Du musst Vertrauen haben«, sagte in besänftigendem, weihevollem Tonfall, »zu Allah und zu diesem mutigen Jungen.«

Zehn Minuten später hielt die Kolonne vor dem Krankenhaus Nummer neun. Arsenow sah auf seine Uhr. »Es ist fast soweit«, sagte er. Dass die beiden im selben Fahrzeug saßen, war ein Verstoß gegen die üblichen Sicherheitsbestimmungen, der sich nur mit der extremen Wichtigkeit des Anrufs, den sie erwarteten, rechtfertigen ließ.

Murat beugte sich nach vorn und drückte auf einen Knopf, und zwischen ihnen und dem Fahrer und den vier Leibwächtern fuhr eine schalldichte Trennwand in die Höhe. Die fünf Männer waren gut ausgebildet; sie starrten weiter nach vorn durch die Panzerglasscheibe.

»Erzähl mir, welche Bedenken du hegst, Chalid, da nun der Augenblick der Wahrheit bevorsteht.«

Murat zog seine buschigen Augenbrauen nach Arsenows Meinung übertrieben verständnislos hoch. »Bedenken?«

»Willst du nicht, was uns rechtmäßig zusteht, Chalid, was Allah uns bestimmt hat?«

»Du bist sehr impulsiv, mein Freund. Das weiß ich nur zu gut. Wir haben oft Seite an Seite gekämpft – wir haben gemeinsam getötet, und wir verdanken einander unser Leben, nicht wahr? Nun hör mir zu. Ich leide mit unserem Volk. Seine Qualen erfüllen mich mit Zorn, den ich kaum beherrschen kann. Das weißt du vermutlich besser als jeder andere. Aber die Geschichte warnt vor dem, was man am liebsten täte. Die Folgen dessen, was uns vorgeschlagen wird ...«

»Was wir selbst geplant haben!«

»Ja, geplant haben«, bestätigte Murat. »Aber die Folgen müssen bedacht werden.«

»Vorsicht«, sagte Arsenow verbittert. »Immer Vorsicht!«

»Mein Freund.« Chalid Murat lächelte, als er den anderen an der Schulter packte. »Ich will nicht irregeführt werden. Ein leichtsinniger Gegner ist schnell besiegt. Du musst lernen, aus Geduld eine Tugend zu machen.«

»Geduld!«, knurrte Arsenow. »Dem Jungen von vorhin hast du keine Geduld ans Herz gelegt. Du hast ihm Geld gegeben und ihm gesagt, wo er Munition kaufen kann. Du hast ihn auf die Russen gehetzt. Jeder Tag, den wir vergeuden, ist ein Tag, an dem dieser Junge und tausend andere wie er ihr Leben riskieren. Ich sage dir, die gesamte Zukunft Tschetscheniens hängt davon ab, wie wir uns entscheiden.«

Murat rieb sich mit kreisenden Bewegungen seiner Daumen die Augen. »Es gibt andere Wege, Hassan. Es gibt *immer* andere Wege. Vielleicht sollten wir überlegen, ob ...«

»Dafür ist keine *Zeit* mehr. Die Ankündigung ist erfolgt, das Datum festgelegt. Der Scheich hat Recht.«

»Der Scheich, ja.« Chalid Murat schüttelte den Kopf. »Immer der Scheich.«

In diesem Augenblick klingelte das Autotelefon. Murat sah zu seinem treuen Gefährten hinüber, dann schaltete er ruhig den Lautsprecher ein. »Ja, Scheich«, sagte er in ehrerbietigem Ton. »Hassan und ich sind beide hier. Wir erwarten deine Befehle.«

Hoch über der Straße, auf der die Schützenpanzer mit laufenden Motoren standen, kauerte auf einem Flachdach eine Gestalt, die ihre Ellbogen auf die niedrige Brüstung gestützt hatte. Hinter der Brüstung lag ein Sako TRG-41, ein finnisches Scharfschützengewehr mit Drehkammerverschluss – eine der vielen Waffen, die der Mann selbst modifiziert hatte. Ihr Schaft aus Aluminium und Polyurethan machte sie ebenso leicht wie tödlich treffsicher. Er trug einen russischen Tarnanzug, der durchaus zu dem asiatischen Schnitt seines glatten Gesichts passte.

Über der Uniform hatte er ein leichtes Gurtzeug aus Kevlar angelegt, an dem ein Karabinerhaken hing. In seiner Rechten hielt er einen mattschwarzen Kasten von der Größe einer Zigarettenschachtel. Das war ein kleiner Sender, in dessen Vorderseite zwei Knöpfe eingelassen waren. Den Mann umgab Stille wie eine Aura, die andere Menschen einschüchterte. Es war, als verstünde er sich auf Stille, als könne er sie in sich sammeln, manipulieren und schlagartig wie eine Waffe einsetzen.

In seinen schwarzen Augen stand die gesamte Welt, und die Straße, die Gebäude, die er jetzt betrachtete, waren nicht mehr als Kulissen. Er zählte die tschetschenischen Soldaten, als sie aus den Begleitfahrzeugen stiegen. Es waren achtzehn Mann; die Fahrer blieben auf ihren Plätzen, und im mittleren BTR-60 BP saßen außer den beiden Hauptpersonen noch mindestens vier Leibwächter.

Als die Rebellen das Krankenhaus durch den Haupteingang betraten, um es zu sichern, drückte er den oberen Knopf der Fernsteuerung, zündete die C4-Ladungen und ließ den Eingang einstürzen. Die Druckwelle erschütterte die Straße und ließ die schweren Fahrzeuge auf ihren überdimensionierten Stoßdämpfern schwanken. Die von der Detonation erfassten Rebellen wurden zerrissen oder von herabstürzenden Trümmern erschlagen, aber er wusste, dass zumindest einige der am weitesten in das Gebäude eingedrungenen Rebellen überlebt haben könnten – eine Möglichkeit, die er bei der Planung berücksichtigt hatte.

Während die erste Detonation noch in seinen Ohren nachhallte und bevor der Staub sich gesetzt hatte, sah der Attentäter auf die Fernsteuerung in seiner Hand hinunter und drückte den zweiten Knopf. Mit ohrenbetäubendem Knall flog die mit Schlaglöchern übersäte Makadamstraße vor und hinter dem Konvoi in die Luft.

Während die Männer unter ihm sich noch abmühten, das von ihm angerichtete Blutbad zu begreifen, nahm der Attentäter mit methodischer, nicht überhasteter Präzision die Präzisionsbüchse zur Hand. Das Gewehr war mit nicht zerlegenden Vollmantelgeschossen geladen, mit den leichtesten und schnellsten Geschossen, die es für diese Waffe gab. Das IR-Zielfernrohr zeigte ihm drei Rebellen, die die Detonationen mit nur leichten Verletzungen überlebt hatten. Sie rannten zum mittleren Fahrzeug und kreischten ihre Kameraden an, sie sollten schleunigst aussteigen, bevor es ebenfalls hochgehe. Er beobachtete, wie sie die rechte Tür aufrissen, damit Hassan Arsenow und ein Leibwächter aussteigen konnten. Damit befanden sich drinnen noch der Fahrer und drei Leibwächter mit Chalid Murat. Als Arsenow sich abwandte, zielte der Attentäter auf seinen Kopf. Durchs Zielfernrohr sah er den starr befehlenden Ausdruck auf Arsenows Gesicht. Dann bewegte er mit glatter, geübter Bewegung die Mündung seiner Waffe und zielte nun auf den Oberschenkel des Tschetschenen. Als der Scharfschütze abdrückte, griff Arsenow sich ans linke Bein und brach mit einem Aufschrei zusammen. Einer der Rebellen lief zu ihm hinüber und schleifte ihn in Deckung. Die beiden anderen Männer stellten rasch fest, woher der Schuss gekommen war, hetzten über die Straße und stürmten in das Gebäude, auf dessen Dach der Scharfschütze kauerte.

Als drei weitere Rebellen aus einem Seitenausgang des Krankenhauses gestürmt kamen, ließ der Scharfschütze das TRG-41 fallen. Er beobachtete jetzt, wie der Fahrer des Schützenpanzers mit Chalid Murat krachend den Rückwärtsgang einlegte. Hinter und unter sich konnte er hören, wie Stiefel die Treppe zu seinem Versteck hinaufpolterten. Weiterhin gelassen brachte er Spikes aus Titan und Korund an seinen Stiefeln an. Dann hob er eine Armbrust aus Verbundmaterial, schoss den Bolzen mit einem Seil in einen Lichtmast genau hinter dem mittleren Schützenpanzer und band das Seil an der Brüstung fest, damit es straff war. Aufgeregte Stimmen drangen an sein Ohr. Die Rebellen hatten das Stockwerk unter ihm erreicht.

Der BTR-60 BP war jetzt von vorn sichtbar, während sein Fahrer versuchte, mitten zwischen den von der Detonation aufgeworfenen riesigen Brocken aus Beton, Granit und Makadamplatten zu wenden. Der Scharfschütze konnte die beiden Scheiben, die gemeinsam die Windschutzscheibe ergaben, sanft glänzen sehen. Das war ein Problem, das die Russen noch nicht gelöst hatten: Das schussfeste Panzerglas war so schwer, dass die Windschutzscheibe zweigeteilt sein musste.

Die verwundbare Stelle des Schützenpanzers war der Metallrahmen zwischen den beiden Scheiben.

Er hakte den Karabiner seines Gurtzeugs in das straff gespannte Seil ein. Gut dreißig Meter hinter sich hörte er die Rebellen auf das Flachdach stürmen. Als sie den Scharfschützen entdeckten, warfen sie sich herum, um im Laufen auf ihn zu schießen, wobei sie unbemerkt gegen einen dünnen Draht rannten. Im nächsten Augenblick verschwanden sie in der Detonation der letzten C4-Ladung, die der Attentäter am Vorabend angebracht hatte.

Ohne sich umzudrehen, um das Blutbad hinter sich zu begutachten, prüfte der Mann das Seil und schwang sich über die Dachbrüstung. Als er das Seil hinunterglitt, hob er so die Beine, dass die Spikes auf das Mittelstück zwischen den beiden Panzerglasscheiben zielten. Traf er es nicht ganz genau, würde es halten – und er hatte gute Chancen, sich ein Bein zu brechen.

Die Wucht des Aufpralls zuckte durch seine Beine bis ins Rückgrat nach oben, während die Titan- und Korundspikes das Mittelstück wie eine Konservenbüchse eindrückten, sodass die Scheiben nach innen fielen. Mit großen Teilen der Windschutzscheibe krachte er durch die Fensteröffnung ins Fahrzeuginnere. Ein Brocken traf den Fahrer am Hals und trennte ihm fast den Kopf vom Rumpf. Der Attentäter warf sich nach links. Der Leibwächter auf dem Beifahrersitz war mit dem Blut des Fahrers bedeckt. Er griff nach seiner Pistole, doch der Attentäter packte mit starken Händen seinen Kopf und brach ihm das Genick, bevor er einen Schuss abgeben konnte.

Die beiden anderen Leibwächter auf den Notsitzen direkt hinter dem Fahrer schossen wild auf den Attentäter, der ihren Kameraden vor sich hielt und dessen Körper als Kugelfang nutzte. Aus dieser improvisierten Deckung heraus benützte er die Pistole des Toten, um beide Leibwächter mit je einem Schuss in die Stirn zu erledigen.

Damit war nur noch Chalid Murat übrig. Das Gesicht des Tschetschenenführers war eine von Hass verzerrte Maske. Er hatte die Tür aufgestoßen und rief laut nach seinen Männern. Der Attentäter sprang ihn an und schüttelte den großen Mann wie ein Terrier eine Bisamratte; Murats Kiefer schnappten zu und hätten ihn fast ein Ohr gekostet. Ruhig, methodisch, fast genüsslich legte er Murat die Hände um den Hals, starrte ihm ins Gesicht und drückte beide Daumen in den Ringknorpel des Kehlkopfs des Tschetschenen. Murats Hals füllte sich augenblicklich mit Blut, was ihm alle Kraft raubte und ihn langsam erstickte. Er schlug wild um sich; seine Hände trafen Gesicht und Kopf des Attentäters. Aber das nützte nichts mehr. Murat ertrank im eigenen Blut. Seine Lunge füllte sich, und seine Atmung wurde unregelmäßig, röchelnd. Er spuckte Blut, dann verdrehte er die Augen nach oben.

Der Attentäter ließ den schlaffen Körper sinken, kletterte wieder auf den Vordersitz und stieß die Leiche des Fahrers aus der Tür. Bevor die letzten überlebenden Rebellen reagieren konnten, legte er den ersten Gang ein und gab Vollgas. Der BTR-60 BP schoss vorwärts wie ein Rennpferd aus der Startmaschine, überwand die Hindernisse aus Beton und Makadam und schien sich dann in Luft aufzulösen, als er in dem Krater verschwand, den eine der Sprengladungen in die Straße gerissen hatte.

Unter der Erde schaltete der Attentäter hoch und raste durch die enge Röhre eines Abwasserkanals davon, den die Russen verbreitert hatten, um ihn für Überfälle auf Stellungen der Rebellen benützen zu können. Funken flogen, als die Stahlkotflügel immer wieder die halbkreisförmig betonierten Tunnelwände streiften. Trotzdem war er jetzt in Sicherheit.

Sein Einsatz hatte geendet, wie er begonnen hatte: mit der perfekten Präzision eines Uhrwerks.

Nach Mitternacht verzogen die giftigen Wolken sich allmählich und gaben endlich den Blick auf den Mond frei. Die mit Schadstoffen belastete Atmosphäre ließ ihn rötlich leuchten, und sein sanftes Licht wurde hier und da von den noch immer brennenden Feuern überstrahlt.

Zwei Männer standen mitten auf einer stählernen Bogenbrücke. Unter ihnen spiegelten sich die verkohlten Trümmer, die ein endloser Krieg zurückgelassen hatte, in träge fließendem Wasser.

»Auftrag ausgeführt«, sagte der erste Mann. »Chalid Murat ist auf eine Weise ermordet worden, die größtes Aufsehen erregen muss.«

»Ich hatte nicht weniger erwartet, Chan«, antwortete der zweite Mann. »Sie verdanken Ihren glänzenden Ruf nicht zuletzt den Aufträgen, die Sie von mir erhalten haben.« Er war eine Handbreit größer als der Attentäter, breitschultrig, langbeinig. Beeinträchtigt wurde seine Erscheinung nur durch die bis zum Hals hinunter seltsam glasige, völlig unbehaarte Haut der linken Gesichthälfte. Er besaß das Charisma eines geborenen Führers … eines Mannes, mit dem nicht zu spaßen war. Man merkte ihm an, dass er in Machtzentren zu Hause war – in öffentlichen Foren ebenso wie in den dunklen Gassen von Verbrechervierteln.

Chan genoss noch immer den Blick, mit dem Murat gestorben war. Dieser Blick war bei jedem anders. Aus Erfahrung wusste Chan, dass es keine Gemeinsamkeit gab, denn das Leben jedes Mannes war einzigartig, und obwohl alle sündigten, war die von diesen Sünden bewirkte Korrosion bei jedem anders – wie die Struktur einer Schneeflocke, die sich niemals wiederholte. Was war es bei Murat gewesen? Nicht Angst. Erstaunen, ja, Zorn, gewiss, aber auch eine tiefere Empfindung: Trauer über ein nun unvollendet bleibendes Lebenswerk. Die Analyse des letzten Blicks war immer unvollständig, das wusste Chan. Beispielsweise hätte er gern erfahren, ob auch ein Element des Verrats mitgespielt hatte. Hatte Murat gewusst, wer seine Ermordung befohlen hatte?

Er sah wieder zu Stepan Spalko auf, der ihm einen dicken Umschlag mit Geld hinhielt.

»Ihr Honorar«, sagte Spalko. »Und ein Bonus.«

»Bonus?« Als von Geld die Rede war, konzentrierte Chan sich sofort auf die Gegenwart. »Von einem Bonus haben wir nie gesprochen.«

Spalko zuckte mit den Schultern. Das rötliche Mondlicht ließ Wange und Halsseite wie eine blutige Masse leuchten. »Chalid Murat war Ihr fünfundzwanzigster Auftrag für mich. Nennen wir's meinetwegen eine Jubiläumsprämie.«

»Sehr großzügig von Ihnen, Mr. Spalko.« Chan steckte den Umschlag ein, ohne einen Blick hineinzuwerfen. Alles andere wäre höchst ungehörig gewesen.

»Ich habe Sie gebeten, mich Stepan zu nennen. Schließlich sage ich Chan zu Ihnen.«

»Das ist etwas anderes.«

»Warum?«

Chan stand unbeweglich da, nahm die Stille in sich auf. Sie sammelte sich in ihm, ließ ihn größer und breitschultriger wirken.

»Ich brauche mich Ihnen gegenüber nicht zu rechtfertigen, Mr. Spalko.«

»Ach, kommen Sie«, sagte Spalko mit einer beschwichtigenden Geste. »Wir sind doch keine Fremden. Wir teilen die ungeheuerlichsten Geheimnisse.«

Die Stille nahm zu. Irgendwo in den Außenbezirken von Grosny erhellte eine Detonation den Nachthimmel, und Feuerstöße aus Maschinenpistolen knatterten in der Ferne wie Explosionen von Kinderknallkörpern.

Endlich sprach Chan. »Im Dschungel habe ich zwei lebenswichtige Lektionen gelernt. Die erste war, dass man nur sich selbst rückhaltlos trauen kann. Und die zweite war, dass es wichtig ist, penibel auf zivilisierte Umgangsformen zu achten, denn allein die Tatsache, dass man seinen Platz in der Welt kennt, steht zwischen einem selbst und der Anarchie des Dschungels.«

Spalko betrachtete ihn lange nachdenklich. Das Flackerlicht der Schießerei stand in Chans Augen, verlieh ihnen einen wilden Ausdruck. Spalko stellte ihn sich im Dschungel vor: das Opfer von Entbehrungen, die Beute von Gier und zügelloser, blutiger Grausamkeit. Der Dschungel Südostasiens war eine Welt für sich. Ein barbarisches, verpestetes Gebiet mit eigenen, seltsamen Gesetzen. Dass Chan dort nicht nur überlebt hatte, sondern gediehen war, stellte – zumindest für Spalko – den größten Teil des Mysteriums dar, das ihn umgab.

»Ich würde gern glauben, wir wären mehr als Geschäftsmann und Auftraggeber.«

Chan schüttelte den Kopf. »Der Tod hat einen besonderen Geruch. Ich rieche diesen Geruch an Ihnen.«

»Und ich an Ihnen.« Über Spalkos Gesicht zog ein langsames Lächeln. »Sie stimmen mir also zu, dass uns etwas Besonderes verbindet.«

»Wir sind Männer mit Geheimnissen«, sagte Chan, »nicht wahr?«

»Wir beten den Tod an – wir verstehen beide seine Macht.« Spalko nickte zustimmend. »Ich habe mitgebracht, worum Sie mich gebeten haben.« Er hielt ihm einen schwarzen Schnellhefter hin.

Chan sah kurz in Spalkos Augen. Sein scharfes Ohr hatte einen gewissen gönnerhaften Ton wahrgenommen, den er unverzeihlich fand. Wie er schon vor langer Zeit gelernt hatte, lächelte er über diese Kränkung und verbarg seine Empörung hinter der undurchdringlichen Maske seines Gesichts. Eine weitere Lektion, die er im Dschungel gelernt hatte: Impulsiv und heißblütig zu handeln führte oft zu Fehlern, die sich nicht mehr gutmachen ließen; geduldig abzuwarten, bis das heiße Blut abgekühlt war, war die Grundlage für jede erfolgreiche Rache. Er griff nach dem Schnellhefter und beschäftigte sich damit, das Dossier aufzuschlagen. Es enthielt ein einziges Blatt Luftpostpapier mit drei eng getippten Absätzen und dem Passfoto eines gut aussehenden Mannes. Unter dem Foto stand ein Name: David Webb. »Das ist alles?«

»Aus vielen Quellen zusammengetragen. Alle über ihn bekannten Informationen.« Er sprach so flüssig, dass Chan sich sicher war, dass er die Antwort eingeübt hatte.

»Aber dies ist der Mann?«

Spalko nickte.

»Ohne jeden Zweifel?«

»Todsicher.«

Nach dem sich ausbreitenden Feuerschein zu urteilen, war die Schießerei zu einem Nachtgefecht geworden. Granatwerfer waren zu hören, ein Feuerregen ging nieder. Über ihnen schien der Mond in einem dunkleren Rot zu glühen.

Chan kniff die Augen zusammen und ballte die rechte Hand langsam zu einer hasserfüllten Faust. »Ich konnte nie eine Spur von ihm finden. Ich dachte, er sei tot.«

»In gewisser Weise«, sagte Spalko, »ist er das.«

Er beobachtete, wie Chan über die Brücke davonging. Er zündete sich eine Zigarette an, inhalierte den Rauch und atmete ihn widerstrebend aus. Als Chan in den Schatten verschwunden war, zog Spalko sein Handy aus der Jackentasche und tippte eine Auslandsnummer ein. Eine Stimme meldete sich, und Spalko sagte: »Er hat das Dossier. Ist alles vorbereitet?«

»Ja, Sir.«

»Gut. Um Mitternacht Ihrer Zeit beginnen Sie mit dem Einsatz.«

Teil eins

Kapitel *eins*

David Webb, Linguistikprofessor an der Georgetown University, verschwand fast hinter dem Stapel korrigierter Semesterarbeiten, den er vor dem Bauch trug. Er hastete die moderigen rückwärtigen Korridore der gigantischen Healy Hall entlang. Er musste zu Theodore Barton, dem Dekan seiner Fakultät, und er war spät dran – deshalb benützte er diese Abkürzung, die er schon vor langer Zeit entdeckt hatte, durch enge, schlecht beleuchtete Flure, die nur wenige Stundenten kannten oder benützen mochten.

Ein milder Gezeitenwechsel prägte sein von universitären Verpflichtungen strukturiertes Leben. Webbs Jahr wurde von den Semestern an der Georgetown University geprägt. Der tiefe Winter, mit dem sie begannen, ging widerstrebend in einen zögerlichen Frühling über und endete in der schwülen Hitze der letzten Wochen des zweiten Semesters. Aber ein Teil seines Ichs kämpfte gegen professorale Gelassenheit an: der Teil, der sich an sein früheres Leben in einem US-Geheimdienst erinnerte und um dessentwillen er die Freundschaft mit Alexander Conklin, seinem ehemaligen Führungsoffizier, sorgsam pflegte.

Er wollte eben um eine Ecke biegen, als er laute, schroffe Stimmen und spöttisches Lachen hörte und bedrohlich wirkende Schatten über die Wand huschen sah.

»Pass auf, wir lass'n deine Zunge hint'n aus deim Kopf rauskomm', Muttaficka!«

Webb ließ den Papierstapel fallen, den er trug, und spurtete um die Ecke. Jetzt sah er drei junge Schwarze in knöchellangen Mänteln, die einen drohenden Halbkreis um einen Asiaten bildeten, den sie gegen die Flurwand gedrängt hatten. Sie hatten eine Art, mit leicht gebeugten Knien, lockerem Rumpf und schwingenden Armen dazustehen, die ihre ganzen Körper wie stumpfe, hässliche Aspekte von Waffen erscheinen ließ, die geladen, gespannt und schussbereit waren. Jäh erschrocken sah er, dass ihr Opfer Rongsey Siv war, einer seiner liebsten Studenten.

»Mutta*ficka*«, knurrte einer, drahtig, mit dem unruhigen, aufsässigen Gesichtsausdruck eines Süchtigen auf Entzug, »wir woll'n uns hier Kohle besorgen, damit wir Bling-Bling eintausch'n könn.«

»Bling-Bling kannste nie genug ham«, sagte ein anderer mit einem auf der Wange eintätowierten Adler. Er drehte einen massiven Goldring, einen der vielen Ringe an den Fingern seiner Rechten, hin und her. »Oder weißte nich, was Bling-Bling is, Schlitzauge?«

»Yeah, Schlitzauge«, sagte der Kerl auf Entzug glotzäugig. »Du siehst nich aus, als wennde *Scheiße* wüsstest.«

»Er will uns daran hindern«, sagte der Tätowierte, indem sich näher zu Rongsey heranbeugte. »Yeah, Schlitzauge, was haste vor, willste uns mit *Kung-Fucking-Fu* umleg'n?«

Sie lachten rau und imitierten die Tritte von Kickboxern gegen Rongsey, der sich noch ängstlicher an die Wand drängte, als sie näher heranrückten.

Der dritte Schwarze, dick mit Muskeln bepackt, stämmig, zog aus den weiten Falten seines langen Mantels einen Baseballschläger hervor. »Yeah, genau. Hände hoch, Schlitzauge! Wir brech'n dir jetzt die Knöchel.« Er klatschte den Schläger in seine Handfläche. »Willstu alle auf einmal oder einen nach dem anderen?«

»Nah«, rief der Kerl auf Entzug, »aussuch'n darf der sich

nix.« Er holte ebenfalls einen Baseballschläger unter seinem Mantel hervor und trat drohend auf Rongsey zu.

Als der drahtige Junge mit dem Schläger ausholte, stürzte Webb sich auf sie. Seine Annäherung geschah so lautlos, und die drei waren so darauf konzentriert, wie sie ihr Opfer misshandeln würden, dass sie ihn nicht wahrnahmen, bis er über sie herfiel.

Bevor der Schläger des Süchtigen auf Entzug auf Rongseys Kopf herabkrachen konnte, bekam Webb ihn mit der linken Hand zu fassen. Rechts neben ihm fluchte der Tätowierte gewaltig, schwang die Fäuste, deren Knöchel von scharfkantigen Ringen strotzten, und zielte damit auf Webbs Rippen.

In diesem Augenblick übernahm die Bourne-Identität, aus einem geheimen, verborgenen Winkel in Webbs Kopf kommend, energisch das Kommando. Webb lenkte den Fausthieb des Tätowierten mit dem Bizeps ab, trat vor und rammte einen Ellbogen gegen das Brustbein des Angreifers. Der Tätowierte ging nach seiner Brust krallend zu Boden.

Der dritte Gangster, größer als die beiden anderen, ließ fluchend seinen Baseballschläger fallen und zog ein Schnappmesser. Er stürzte sich auf Webb, der den Angriff unterlief und mit einem kurzen, harten Schlag die Unterseite des Handgelenks des Angreifers traf. Das Schnappmesser fiel auf den Korridorboden, rutschte scheppernd davon. Webb hakte seinen linken Fuß hinter den Knöchel des anderen und riss ihn hoch. Der große Gangster krachte auf den Rücken, wälzte sich herum, rappelte sich auf und ergriff die Flucht.

Bourne riss dem jungen Schwarzen auf Entzug den Baseballschläger aus den Händen. »Scheißkerl!«, murmelte der Drahtige. Seine Pupillen waren geweitet, wegen irgendwelcher Drogen, die er genommen hatte, unscharf eingestellt.

Er zog eine Pistole – ein billiges, altes Ding – und zielte damit auf Webb.

Bourne warf mit tödlicher Zielsicherheit den Schläger, traf den Drahtigen zwischen den Augen. Er torkelte mit einem Aufschrei zurück, und die Pistole flog aus seiner Hand.

Durch den Kampflärm alarmiert, rannten nun zwei Wachmänner des Sicherheitsdiensts der Universität um die Ecke. Sie trabten an Webb vorbei und nahmen die Verfolgung der Gangster auf, die ohne einen Blick zurück flüchteten, wobei die beiden anderen den Jungen auf Entzug zwischen sich stützten. Mit den Wachmännern dicht auf den Fersen stürmten sie durch einen Hinterausgang des Gebäudes in den sonnenhellen Nachmittag hinaus.

Trotz des Auftauchens der Wachmänner spürte Webb, dass Bournes Begierde, die Schläger zu verfolgen, heiß durch seinen Körper wogte. Wie rasch er aus seinem psychischen Schlaf erwacht war, wie mühelos er die Kontrolle über seinen Körper übernommen hatte! Weil er's gewollt hatte? Webb atmete tief durch, gewann halbwegs die Beherrschung zurück und wandte sich Rongsey Siv zu.

»Professor Webb!« Rongsey versuchte, sich zu räuspern. »Ich weiß nicht, wie ...« Er erschien plötzlich hilflos und überwältigt. Hinter seiner Brille wirkten seine großen schwarzen Augen noch größer. Seine Miene war wie immer undurchdringlich, aber in diesen Augen konnte Webb alle Angst der Welt erkennen.

»Alles wieder in Ordnung.« Webb legte Rongsey einen Arm um die Schultern. Wie immer machte seine Zuneigung zu dem kambodschanischen Flüchtling sich trotz seiner professoralen Zurückhaltung bemerkbar. Dagegen war er machtlos. Rongsey hatte viel durchgemacht – er hatte fast seine gesamte Familie im Krieg verloren. Rongsey und Webb hatten im selben südostasiatischen Dschungel gelebt, und trotz aller Bemühungen konnte Webb sich nicht völlig von der Erinnerung an diese schwülheiße Welt lösen. Einem wiederkehrenden Fieber gleich verließ sie einen nie ganz. Webb spürte einen Schauer der Erinnerung wie einen Wachtraum.

»*Loak soksapbaee chea tay?*« Wie geht es Ihnen?, fragte er auf Khmer.

»Mit geht's gut, Professor«, antwortete Rongsey in seiner Muttersprache. »Aber ich weiß nicht ... ich meine, wie haben Sie ...?«

»Wollen wir nicht ins Freie gehen?«, schlug Webb vor. Den Termin bei Barton hatte er längst versäumt, aber das war ihm herzlich egal. Er hob das Schnappmesser und die Pistole auf. Als er die Pistole überprüfte, entlud und abdrückte, brach der Schlagbolzen ab. Die nutzlose Waffe warf er in einen Abfallkorb, aber das Schnappmesser steckte er ein.

Hinter der Korridorecke half Rongsey ihm, die verstreuten Semesterarbeiten einzusammeln. Dann gingen sie schweigend durch die Flure, die umso belebter wurden, je näher sie der Vorderseite des Gebäudes kamen. Webb erkannte die besondere Qualität dieses Schweigens, das schwerfällig träge Gewicht der nach einem Akt der Gewalt zur Normalität zurückkehrenden Zeit. Dies war etwas aus dem Krieg, ein Dschungelerlebnis; seltsam und beunruhigend, dass einem so etwas auf dem belebten Campus einer Universität mitten in einer Großstadt passieren konnte.

Sie verließen den Korridor und schlossen sich den Scharen von Studenten an, die durch den Hauptausgang der Healy Hall strömten. Im Boden vor den Türen leuchtete das in den Fußboden eingelassene heilige Wappen der Georgetown University. Die meisten Studenten gingen darum herum, denn ein alter Aberglaube besagte, wer auf das Wappen trete, werde sein

Studium niemals abschließen. Rongsey gehörte zu denen, die einen weiten Bogen darum machten, aber Webb marschierte ohne die geringsten Bedenken geradewegs darüber.

Draußen standen sie in der milden Frühlingssonne, hatten Bäume und den alten viereckigen Innenhof vor sich und atmeten Luft mit einem Hauch Blütenduft. Hinter ihnen erhob sich die massive Healy Hall mit imposanter Klinkerfassade im georgianischen Stil, Dachgauben aus dem 19. Jahrhundert und einem mittig angeordneten, sechzig Meter hohen Glockenturm.

Der Kambodschaner wandte sich an Webb. »Professor, ich danke Ihnen. Wären Sie nicht gekommen …«

»Rongsey«, sagte Webb freundlich, »möchten Sie darüber reden?«

Die Augen des Studenten waren dunkel, unergründlich. »Was gibt's da zu sagen?«

»Ich denke, das würde von Ihnen abhängen.«

Rongsey zuckte mit den Schultern. »Mir geht's wieder gut, Professor Webb. Wirklich. Ich bin nicht zum ersten Mal beschimpft worden.«

Webb betrachtete Rongsey noch einige Sekunden lang und wurde dabei von plötzlicher Rührung erfasst, die seine Augen brennen ließ. Er wollte den Jungen in die Arme schließen, ihn an sich drücken und ihm versprechen, ihm werde nie wieder etwas Schlimmes passieren. Aber er wusste, dass Rongseys buddhistische Erziehung ihm nicht gestatten würde, die Geste zu akzeptieren. Wer konnte beurteilen, was hinter der undurchdringlichen Fassade dieses Gesichts vorging? Webb hatte viele andere wie Rongsey gesehen, die durch die Grausamkeiten von Krieg und kulturellem Hass gezwungen gewesen waren, Augenzeugen von Tod, dem Zusammenbruch einer Zivilisation und weiteren Tragödien zu sein, die

die meisten Amerikaner nicht begreifen konnten. Er empfand eine starke Nähe zu Rongsey, von schrecklicher Traurigkeit getönte emotionale Bande, eine Bestätigung der Wunde in seinem Inneren, die nie ganz heilen würde.

Alle diese Gefühle standen zwischen ihnen: vielleicht im Stillen erkannt, aber niemals ausgesprochen. Mit leichtem, fast traurigem Lächeln dankte Rongsey ihm nochmals förmlich, und sie verabschiedeten sich voneinander.

Webb stand allein zwischen den vorbeihastenden Studenten und Dozenten – und wusste doch, dass er nicht wirklich allein war. Trotz aller Bemühungen hatte die aggressive Persönlichkeit Jason Bournes wieder einmal die Oberhand gewonnen. Er atmete langsam und tief, konzentrierte sich angestrengt und wandte die mentalen Techniken an, die sein Freund, der Psychiater Mo Panov ihn gelehrt hatte, um die Bourne-Identität zu verdrängen. Als Erstes konzentrierte er sich auf seine Umgebung, auf das Blau und Gold des Frühlingsnachmittags, auf den grauen Stein und die roten Klinker der Gebäude rings um den Innenhof, auf die Bewegungen der Studenten, die lächelnden Gesichter der Mädchen, das Lachen der Jungen, die ernsten Stimmen der Professoren. Er absorbierte jedes einzelne dieser Elemente vollständig und erdete sich in Raum und Zeit. Dann, erst dann richtete er seine Gedanken nach innen.

Vor vielen Jahren war er als Diplomat in Phnom Penh stationiert gewesen. Damals war er verheiratet gewesen – nicht mit seiner jetzigen Frau Marie, sondern mit einer Thailänderin namens Dao. Sie hatten zwei Kinder, Joshua und Alyssa, und wohnten in einem Haus am Fluss. Amerika führte Krieg gegen Nordvietnam, aber der Krieg war nach Kambodscha übergeschwappt. Eines Nachmittags, als er im Dienst

gewesen war und seine Frau mit den Kindern im Fluss gebadet hatte, waren sie von einem Tiefflieger beschossen und
getötet worden.

Webb war vor Kummer fast wahnsinnig geworden.
Schließlich war er aus seinem Haus in Phnom Penh geflüchtet
und als Mann ohne Vergangenheit und ohne Zukunft in Saigon angekommen. Es war Alex Conklin gewesen, der den
todunglücklichen, halb verrückten David Webb dort von der
Straße geholt und einen erstklassigen Geheimdienstagenten
aus ihm geformt hatte. In Saigon hatte Webb töten gelernt,
hatte den eigenen Selbsthass nach außen projiziert und seinen Zorn gegen andere gerichtet. Nachdem ein Mitglied von
Conklins Gruppe – ein bösartiger Gangster namens Jason
Bourne – als Spion enttarnt worden war, hatte Webb ihn liquidiert. Webb hatte die Identität Bournes hassen gelernt,
aber in Wirklichkeit war sie oft genug seine Rettung gewesen.
Jason Bourne hatte ihm häufiger das Leben gerettet, als Webb
sich erinnern konnte. Eine amüsante Vorstellung, wenn sie
nicht buchstäblich wahr gewesen wäre.

Jahre später, als sie beide nach Washington zurückgekehrt
waren, hatte Conklin ihm einen langfristigen Auftrag erteilt.
Als Geheimagent war er faktisch ein »Schläfer« gewesen und
hatte den Namen Jason Bourne – eines lange toten, von allen
vergessenen Mannes – angenommen. Drei Jahre lang *war*
Webb Bourne gewesen: Er hatte sich in einen berüchtigten
international agierenden Attentäter verwandelt, um einen
extrem gewieften Terroristen zu fassen.

Aber in Marseille war sein Einsatz gründlich schief gegangen. Er war angeschossen und als vermeintlich Toter ins nacht-
dunkle Mittelmeer geworfen worden. Doch er war von der Besatzung eines Fischerboots aus dem Wasser gezogen und in
dem Hafen, in dem sie ihn an Land gesetzt hatte, von einem

Säufer von Arzt gesundgepflegt worden. Das einzige Problem war, dass er durch den Schock seines Beinahe-Todes das Gedächtnis verloren hatte. Langsam zurückgekehrt waren *Bournes* Erinnerungen. Erst viel später hatte er mit Hilfe seiner zukünftigen Frau Marie erkannt, dass er in Wirklichkeit David Webb war. Inzwischen war die Jason-Bourne-Persönlichkeit jedoch zu tief in ihm verwurzelt, zu mächtig und zu gerissen, um zu sterben.

Letztlich war er eine gespaltene Persönlichkeit geworden: David Webb, der Linguistikprofessor, mit einer neuen Frau und abermals zwei Kindern, und Jason Bourne, der von Alex Conklin zu einem erstklassigen Spion ausgebildete Geheimagent. In Krisensituationen hatte Conklin manchmal auf Bournes Talente zurückgegriffen, und Webb hatte widerstrebend seine Pflicht getan. Aber in Wirklichkeit hatte Webb seine Bourne-Persönlichkeit kaum unter Kontrolle. Was vorhin mit Rongsey und den drei Schlägertypen passiert war, war Beweis genug. Trotz Webbs endloser Therapie bei Panov hatte Bourne eine Art, sich in den Vordergrund zu drängen, gegen die Webb machtlos war.

Chan, der das Gespräch zwischen David Webb und dem kambodschanischen Studenten von jenseits des Innenhofs aus beobachtet hatte, verschwand in dem Gebäude schräg gegenüber der Healy Hall und stieg die Treppe in den zweiten Stock hinauf. Da er wie die meisten Studenten gekleidet war und viel jünger als seine siebenundzwanzig Jahre aussah, würdigte ihn niemand eines zweiten Blicks. Zu seiner Khakihose trug er eine Jeansjacke und über einer Schulter einen sehr geräumigen Rucksack. Seine Laufschuhe quietschten nicht, als er an den Türen von Seminarräumen vorbei den Flur entlangging. Vor seinem inneren Auge stand ein klares Bild des Blicks über den

Innenhof. Er berechnete wieder Winkel, wobei er berücksichtigte, dass die alten Bäume sein Ziel verdecken könnten.

Er machte vor der sechsten Tür Halt, hörte drinnen einen Professor dozieren. Seine Ausführungen über Ethik nötigten Chan ein ironisches Lächeln ab. Seiner Erfahrung nach – die groß und vielseitig war – war Ethik so tot und sinnlos wie Latein. Er ging zum nächsten Raum weiter, der frei war, wie er bereits erkundet hatte, und trat ein.

Nun bewegte er sich rascher, schloss die Tür hinter sich, sperrte ab, durchquerte den Raum, öffnete eines der auf den Innenhof hinausführenden Fenster und machte sich an die Arbeit. Aus seinem Rucksack holte er ein 7,62-mm-Scharfschützengewehr SWD Dragunow mit ausklappbarer Schulterstütze. Er setzte das Zielfernrohr auf und stützte die Waffe auf die Fensterbank. Durchs Zielfernrohr fand er David Webb, der jetzt allein vor der Healy Hall stand. Unmittelbar links neben ihm ragten Bäume auf. Von Zeit zu Zeit verdeckte ihn ein vorbeigehender Student. Chan holte tief Luft und atmete langsam wieder aus. Er zielte auf Webbs Kopf.

Webb schüttelte den Kopf, als könne er so die Wirkung seiner Erinnerungen an die Vergangenheit loswerden, und konzentrierte sich nochmals auf seine unmittelbare Umgebung. Die jungen Blätter raschelten in der auffrischenden Brise, ihre Spitzen waren von Sonnenlicht vergoldet. In der Nähe lachte eine Studentin, die ihre Bücher an sich gedrückt trug, über die Pointe eines Witzes. Aus einem offenen Fenster wehte undeutlich Popmusik herab. Webb, der weiter an all die Dinge dachte, die er zu Rongsey hatte sagen wollen, war kurz davor, die Stufen zur Healy Hall hinaufzugehen, als ein leises *Fffft!* an sein Ohr drang. Er reagierte instinktiv, trat in den gesprenkelten Schatten unter den Bäumen.

Du wirst beschossen!, rief Bournes nur allzu vertraute Stimme, die er wieder in seinem Kopf hörte. *Los, beweg dich!* Und Webbs Körper reagierte hastig, während ein weiteres Geschoss aus einer Waffe mit Schalldämpfer die Baumrinde neben seiner Wange zersplittern ließ.

Ein erstklassiger Schütze. Als Reaktion eines Organismus, der sich angegriffen sah, rasten Webb jetzt Bournes Gedanken durch den Kopf.

Vor Webbs Augen stand die gewöhnliche Welt, aber die parallel dazu existierende außergewöhnliche Welt, Jason Bournes Welt – geheim, verschlossen, privilegiert, tödlich –, flammte in seiner Vorstellung auf wie Napalm. Binnen eines einzigen Herzschlags war er aus David Webbs Alltag gerissen und von allem und allen getrennt worden, die Webb nahe standen. Auch seine zufällige Begegnung mit Rongsey schien jetzt zu einem anderen Leben zu gehören. Hinter dem Baum stehend, wo der Scharfschütze ihn nicht sehen konnte, griff er um den Stamm und ertastete mit der Spitze des Zeigefingers das Einschussloch. Er hob den Kopf. Es war Jason Bourne, der die Schussbahn zu einem der Fenster im zweiten Stock eines Gebäudes auf der anderen Seite des Innenhofs zurückverfolgte.

Überall um ihn herum liefen, schlenderten, redeten, diskutierten und debattierten Studenten der Georgetown University. Sie hatten natürlich nichts gesehen, und falls jemand zufällig etwas gehört hatte, erkannte er das Geräusch eines fliegenden Geschosses nicht und vergaß das sonderbare Zischen gleich wieder. Webb verließ seine Deckung hinter dem Baum und mischte sich rasch unter eine Gruppe von Studenten. Er bewegte sich eilig, passte sein Tempo aber möglichst ihrem an. Sie waren sein bester Schutz, weil sie die Visierlinie des Scharfschützen verdeckten.

Er hatte das Gefühl, nur halb bei Bewusstsein zu sein: ein Schlafwandler, der trotzdem alles mit gesteigerter Wahrnehmungsfähigkeit sah und fühlte. Eine Komponente dieser Wahrnehmung war Verachtung für die Zivilisten – auch für David Webb –, die die gewöhnliche Welt bevölkerten.

Nach dem zweiten Schuss hatte Chan sich verwirrt zurückgezogen. Verwirrung war ein Zustand, mit dem er nicht vertraut war. Sein Verstand arbeitete auf Hochtouren, um zu analysieren, was passiert war. Statt wie von Chan erwartet in Panik zu geraten und wie ein ängstliches Schaf in die Healy Hall zurückzulaufen, hatte Webb gelassen Deckung hinter Bäumen gesucht. Schon das war unwahrscheinlich gewesen – und passte ganz und gar nicht zu dem in Spalkos Dossier kurz beschriebenen Mann –, aber dann hatte Webb mit Hilfe des Einschusslochs im Baumstamm die Flugbahn des zweiten Geschosses rekonstruiert. Indem er Studenten als Deckung benützte, war er jetzt zu diesem Gebäude unterwegs. Statt zu flüchten, ging er zum Angriff über. Das war unglaublich …

Durch diese unerwartete Wendung leicht entnervt, zerlegte Chan rasch das Gewehr und verstaute es wieder im Rucksack. Webb hatte die Stufen vor dem Gebäude erreicht. Er würde in wenigen Minuten hier sein.

Bourne löste sich aus dem Fußgängerstrom und rannte in das Gebäude. Drinnen stürmte er die Treppe in den zweiten Stock hinauf. Oben wandte er sich nach links. Die siebte Tür rechts: ein Seminarraum. Auf dem Korridor war das Stimmengewirr von Studenten aus aller Welt zu hören – Afrikaner, Asiaten, Südamerikaner, Europäer. Alle Gesichter, selbst nur flüchtig wahrgenommene, wurden von Jason Bournes fotografischem Gedächtnis registriert.

Das halblaute Gemurmel der Studenten und ihr gelegentliches Lachen täuschten über die in seiner unmittelbaren Umgebung lauernde Gefahr hinweg. Als er sich der Tür des Seminarraums näherte, ließ er die Klinge des erbeuteten Messers herausschnappen und nahm es so in die Faust, dass sie zwischen dem zweiten und dritten Finger seiner Rechten hervorsah. Mit einer flüssigen Bewegung stieß er die Tür auf, rollte sich über eine Schulter ab und landete mit einem Satz hinter dem massiven Eichenpult, das etwa zweieinhalb Meter von der Tür entfernt stand. Seine Hand mit dem Messer war stoßbereit erhoben – er war auf alles vorbereitet.

Er richtete sich vorsichtig auf. Ein leerer Seminarraum, nur von Kreidestaub und marmorierten Sonnenflecken erfüllt, grinste ihn an. Er stand einen Augenblick da und sah sich um: mit geweiteten Nasenlöchern, als könne er die Witterung des Scharfschützen aufnehmen, sein Bild aus dem Nichts vor sich erscheinen lassen. Er trat an die Fenster. Eines, das vierte Fenster von links, stand offen. Er blieb dort stehen, starrte zu der Stelle unter dem Baum hinüber, an der er vor kurzem im Gespräch mit Rongsey gestanden hatte. Hier hatte der Scharfschütze gestanden. Bourne glaubte zu sehen, wie er das Gewehr auf der Fensterbank aufgelegt – ein Auge ein paar Zentimeter hinter dem lichtstarken Zielfernrohr – und diagonal über den Innenhof gezielt hatte. Das Spiel von Licht und Schatten, die vorbeihastenden Studenten, plötzlich ausbrechendes Lachen oder Widerworte. Sein Finger am Abzug, langsam den Druckpunkt fassend. *Ffffit! Ffffit!* Ein Schuss, zwei.

Bourne studierte die Fensterbank. Nach einem Blick in die Runde trat er an die Blechrinne unter der Wandtafel und kratzte Kreidestaub zusammen. Damit kehrte er ans Fenster zurück und blies den Staub vorsichtig von der Handfläche auf den polierten Schiefer der Fensterbank. Dort zeigte sich kein einziger Fingerabdruck. Der Stein war abgewischt worden. Er kniete sich hin und suchte Wand und Fußboden unter dem Fenster ab. Wieder nichts – kein verräterischer Zigarettenstummel, keine ausgefallenen Haare, keine leeren Patronenhülsen. Der pedantische Attentäter war so professionell verschwunden, wie er aufgetaucht war. Bournes Herz jagte, sein Verstand arbeitete auf Hochtouren. Wer wollte ihn ermorden lassen? Bestimmt niemand aus seinem gegenwärtigen Leben. Das schlimmste Vorkommnis war die Auseinandersetzung, die er letzte Woche mit Bob Drake, dem als lästigen Langweiler bekannten Dekan der Ethischen Fakultät, gehabt hatte. Nein, diese Bedrohung kam aus Jason Bournes Welt. Natürlich gab es aus seiner Vergangenheit viele Kandidaten, aber wie viele würden die Verbindung zwischen Jason Bourne und David Webb herstellen können? Das war die eigentliche Frage, die ihm Sorgen machte. Obwohl ein Teil seines Ichs heimfahren wollte, um diese Sache mit Marie zu besprechen, wusste er, dass der einzige Mensch, der genügend über Bournes Schattenexistenz wusste, um ihm helfen zu können, Alex Conklin war – der Mann, der Bourne wie ein Zauberer aus dem Nichts erschaffen hatte.

Er trat an das Wandtelefon, nahm den Hörer ab und tippte seinen persönlichen Zugangscode ein. Als er eine Amtsleitung bekam, wählte er Alex Conklins Privatnummer. Conklin, der bei der CIA nur noch einen Teilzeitjob hatte, würde zu Hause sein. Bourne hörte ein Besetztzeichen.

Was tun? Er konnte hier darauf warten, dass Alex zu telefonieren aufhörte – was eine halbe Stunde und länger dauern konnte, wie er aus Erfahrung wusste –, oder zu ihm hinausfahren. Das offene Fenster schien ihn zu verspotten. Es wusste mehr darüber, was hier passiert war, als er selbst.

Er verließ den Raum, ging wieder die Treppe hinunter. Ohne sich dessen bewusst zu sein, suchte er die Gesichter der Entgegenkommenden ab, verglich sie mit allen, die ihm zuvor begegnet waren.

Bourne hastete über den Campus, erreichte bald den Parkplatz für Dozenten. Er wollte schon in sein Auto steigen, als ihm Bedenken kamen. Eine rasche, aber gründliche Untersuchung der Außenseite und des Motorraums zeigte ihm, dass niemand sich an seinem Wagen zu schaffen gemacht hatte. Er setzte sich aufatmend ans Steuer, ließ den Motor an und fuhr vom Campus.

Alex Conklin lebte auf seinem Landsitz in Manassas, Virginia. Sobald Webb die Außenbezirke von Georgetown erreichte, leuchtete der Himmel in einem intensiveren Blau; zugleich setzte eine fast unheimliche Stille ein, als halte die vorbeiziehende Landschaft den Atem an.

Ähnlich wie für seine Bourne-Persönlichkeit empfand Webb zugleich Liebe und Hass für Conklin. Er war Vater, Beichtvater, Mitverschwörer und Ausbeuter. Alex Conklin verwahrte die Schlüssel zu Bournes Vergangenheit. Er musste jetzt unbedingt mit Conklin sprechen, denn Alex war der Einzige, der wissen würde, wie jemand, der Jason Bourne umlegen wollte, David Webb auf dem Campus der Georgetown University gefunden hatte.

Er hatte die Großstadt hinter sich gelassen, und als er in Virginia übers Land fuhr, schlug das Wetter um. Dichte Wolkenbänke verdeckten die Sonne, und auffrischender Wind bewegte das Grün der Hügel Virginias. Er trat das Gaspedal weiter durch, und der große Wagen schoss mit aufbrummendem Motor vorwärts.

Als er den überhöhten Kurven des Highways folgte, fiel ihm plötzlich ein, dass er Mo Panov seit über einem Monat nicht mehr gesehen hatte. Mo, ein ihm von Conklin empfohlener Psychologe der Agency, bemühte sich, Webbs Persönlichkeitsspaltung zu überwinden, die Bourne-Identität endgültig zu unterdrücken und Webb zu helfen, seine verlorenen Erinnerungen wiederzufinden. Dank Mos Techniken hatte Webb erlebt, wie Bruchstücke von verloren geglaubten Erinnerungen wieder in seinem Bewusstsein auftauchten. Aber diese Arbeit war mühsam und anstrengend, deshalb war es nicht ungewöhnlich für ihn, die Sitzungen jeweils zum Semesterende, wenn sein Leben unerträglich hektisch wurde, für einige Zeit zu unterbrechen.

Er bog vom Highway ab und folgte einer kleineren Makadamstraße nach Nordwesten. Weshalb hatte er gerade jetzt an Panov denken müssen? Bourne hatte gelernt, auf seine Sinne und seine Intuition zu vertrauen. Dass Mo aus heiterem Himmel aufgetaucht war, war eine Art Signal. Welche Bedeutung hatte Panov im Augenblick für ihn? Er verkörperte Erinnerung, ja, aber was noch? Bourne dachte zurück. Bei ihrem letzten Treffen hatten Panov und er über Stille gesprochen. Mo hatte ihm erklärt, Stille sei ein nützliches Werkzeug für Erinnerungsarbeit. Der Verstand, der tätig bleiben wollte, verabscheute Stille. Konnte man im Bewusstsein eine ausreichend wirksame Stille herstellen, war es möglich, dass verloren geglaubte Erinnerungen auftauchten, um die Leere zu füllen. *Okay,* sagte Bourne sich, *aber wieso denkst du gerade jetzt an Stille?*

Den Zusammenhang erkannte er erst, als er auf Conklins lange, elegant geschwungene Zufahrt abgebogen war. Der Attentäter hatte einen Schalldämpfer benützt, der vor allem verhindern sollte, dass der Schütze entdeckt wurde. Aber ein

Schalldämpfer hatte auch Nachteile. Bei einer Waffe mit großer Reichweite, wie der Scharfschütze sie benützt hatte, verringerte er die Treffsicherheit erheblich. Er hätte auf Bournes Oberkörper zielen sollen – dort war die Trefferwahrscheinlichkeit wegen der Körpermasse größer –, aber stattdessen hatte er auf den Kopf gezielt. Das war unlogisch, wenn man voraussetzte, dass er Bourne hatte erschießen wollen. Hatte er jedoch nur versucht, ihn zu erschrecken, ihn zu warnen … dann war das etwas anderes. Der unbekannte Scharfschütze besaß also ein Ego, aber er war kein Angeber; er hatte keinen Beweis seiner Tüchtigkeit zurückgelassen. Und trotzdem hatte er einen bestimmten Zweck verfolgt – so viel war klar.

Bourne fuhr an der hoch aufragenden missgestalteten Ruine der alten Scheune, den übrigen kleineren Nebengebäuden – Wirtschaftsgebäude, Lagerschuppen und dergleichen – vorbei. Dann kam das Herrenhaus in Sicht. Es stand zwischen hohen Tannen, Gruppen von Birken und Blauzedern: alte Bäume, die seit fast sechzig Jahren hier wuchsen und ein Jahrzehnt älter als das Steinhaus waren. Das Anwesen hatte einem inzwischen verstorbenen General der Army gehört, der tief in geheime und ziemlich unappetitliche Aktivitäten verwickelt gewesen war. Daher war das Herrenhaus – tatsächlich das ganze Grundstück – mit zahlreichen Geheimgängen samt ihren Ein- und Ausgängen untertunnelt. Bourne konnte sich vorstellen, dass es Conklin Spaß machte, in so einem Haus voller Geheimnisse zu leben.

Als er dann vorfuhr, sah er, dass vor dem Haus neben Conklins 7er BMW auch Mo Panovs Jaguar parkte. Auf dem Weg über den bläulichen Sandsteinschotter fühlte er sein Herz plötzlich leichter werden. Seine beiden besten Freunde – beide auf ihre eigene Art die Hüter seiner Vergangenheit – waren hier. Gemeinsam würden sie dieses Geheimnis genauso lösen wie alle anderen zuvor. Er stieg die Stufen zur vorderen Veranda hinauf und drückte auf den Klingelknopf. Drinnen rührte sich nichts. Als er ein Ohr an die polierte Teakholztür legte, konnte er im Haus Stimmen hören. Er drückte die Klinke herab und stellte fest, dass die Haustür nicht abgesperrt war.

In seinem Kopf schrillten Alarmglocken los, er verharrte einen Augenblick lang hinter der halb geöffneten Tür und horchte auf die Geräusche im Haus. Es war ihm gleich, dass er sich hier auf dem Land befand, wo Verbrechen fast nicht vorkamen – alte Gewohnheiten waren nicht leicht abzulegen. Conklins übersteigertes Sicherheitsbewusstsein würde diktieren, dass diese Tür auch dann abgesperrt blieb, wenn er zu Hause war. Als er mit dem offenen Schnappmesser in der Hand über die Schwelle trat, war er sich nur allzu bewusst, dass dort drinnen ein Angreifer – jemand aus dem Team, das ihn liquidieren sollte –, lauern konnte.

Hinter dem Eingangsbereich mit dem Kronleuchter lag eine breite, polierte Holztreppe, die zu einer Galerie hinaufführte, die um die Eingangshalle verlief. Rechts lag das Wohnzimmer, das fast ein Salon war. Links öffnete sich der behagliche Medienraum mit seiner Bar und tiefen, maskulinen Ledersofas. Unmittelbar dahinter lag der kleinere, intimere Raum, den Alex sich als Arbeitszimmer eingerichtet hatte.

Bourne folgte dem Klang der Stimme in den Medienraum. Auf einem Großbild-Fernseher stand ein telegener CNN-Kommentator vor dem Hotel Oskjuhlid. Das unterlegte Kartenbild zeigte, dass er live aus der isländischen Hauptstadt Reykjavik berichtete. »… aber der unsichere Ausgang des bevorstehenden Terrorismusgipfels ist hier jedermann bewusst.«

Das Zimmer war leer, aber auf dem Couchtisch standen zwei Old-Fashioned-Gläser. Bourne griff nach einem, roch daran. Speyside-Single-Malt-Whisky, in Sherryfässern gelagert. Der komplexe Duft von Conklins bevorzugtem Scotch verwirrte ihn, brachte eine Erinnerung, eine Vision aus Paris mit sich. Es war Herbst, über die Champs-Élysées trieb rostbraunes Kastanienlaub, und er sah aus dem Fenster eines Büros. Er kämpfte gegen diese Vision, die so stark war, dass sie ihn wirklich mit sich nach Paris zu ziehen schien, und er erinnerte sich grimmig daran, dass er in Manassas, Virginia, in Alex Conklins Haus war – in dem irgendetwas ganz und gar nicht in Ordnung war. Er kämpfte, bemühte sich, seine Wachsamkeit, seine Konzentration zu bewahren, aber die durch den Duft des Single-Malt-Whiskys geweckte Erinnerung war überwältigend, und er verzehrte sich danach, mehr zu *wissen,* seine klaffenden Gedächtnislücken auszufüllen. Und so fand er sich in einem Büro in Paris wieder. Wessen Büro? Nicht Conklins – Alex hatte nie ein Büro in Paris gehabt. Dieser Duft, jemand war mit ihm hier. Er drehte sich um, sah für Bruchteile einer Sekunde ein Gesicht, an das er sich vage erinnerte.

Er riss sich wieder los. Obwohl es zum Verrücktwerden war, ein Leben zu haben, an das man sich nur bruchstückhaft erinnern konnte, durfte er sich nach allem, was passiert war, und weil hier irgendetwas nicht stimmte, nicht ablenken lassen. Was hatte Mo über derartige Auslöser gesagt? Sie konnten Dinge sein, die er sah, hörte, roch oder sogar nur berührte, und sobald eine Erinnerung ausgelöst war, konnte er sie vertiefen, indem er den Stimulus, der sie hervorgerufen hatte, einfach wiederholte. Aber nicht jetzt. Er musste Alex und Mo finden.

Er senkte den Blick, sah einen kleinen Notizblock auf dem Couchtisch liegen und griff danach. Der Block schien leer zu sein; das oberste Blatt war abgerissen. Als er es schräg ins Licht hielt, konnte er jedoch schwache Abdrücke erkennen. Irgend-jemand – vermutlich Conklin – hatte *NX 20* hingeschrieben. Er steckte den Notizblock ein.

»Nun hat der Countdown also begonnen. In fünf Tagen wird die Welt wissen, ob eine neue Zeit, eine neue Weltord-nung entstehen wird, ob die gesetzestreuen Völker der Welt in Frieden und Eintracht werden leben können ...« Der Kommentator schwafelte weiter, dann folgte das übliche Ge-dudel als Überleitung zu einem Werbeblock.

Bourne schaltete das Gerät mit der Fernbedienung aus, so-dass Stille über den Raum herabsank. Es war denkbar, dass Conklin und Mo einen Spaziergang machten, weil das Panovs Lieblingsmethode war, um während eines Gesprächs Dampf abzulassen, und er bestimmt dem Alten ein wenig Bewegung verschaffen wollte. Aber dagegen sprach die Anomalie der nicht abgesperrten Haustür.

Bourne ging zurück, wie er gekommen war, durchquerte die Eingangshalle und nahm je zwei Treppenstufen auf ein-mal. Beide Gästezimmer und die dazugehörigen Bäder waren leer, anscheinend längere Zeit nicht mehr benützt. Etwas wei-ter den Flur entlang betrat er Conklins Schlafzimmer: ein spartanisch eingerichteter Raum, wie er zu einem alten Sol-daten passte. Das Bett war schmal und hart, kaum mehr als eine Pritsche. Es war nicht gemacht; offenbar hatte Alex letz-te Nacht darin geschlafen. Aber wie es einem Bewahrer von Geheimnissen geziemte, war hier sehr wenig von seiner Ver-gangenheit ausgestellt. Bourne griff nach einem Silberrahmen mit dem Foto einer Frau. Sie hatte langes, lockiges Haar, hel-le Augen und ein leicht spöttisches Lächeln. Im Hintergrund erkannte er die prächtigen Steinlöwen des Brunnens auf der Place Saint-Sulpice. Paris. Bourne stellte das Foto wieder hin, warf einen Blick ins Bad. Auch dort nichts von Interesse.

Unten im Erdgeschoss schlug die Uhr in Conklins Arbeitszimmer mit zwei Schlägen die volle Stunde. Es war eine antike Schiffsuhr mit volltönend melodischem Schlag. Aber für Bourne hatte ihr Ton unerklärlicherweise eine bedrohliche Note angenommen. Ihm erschien es, als brandeten die Glockenschläge wie eine schwarze Woge durchs Haus, und sein Herz begann zu jagen.

Er ging wieder die Treppe hinunter und an der Küche vorbei, in die er kurz den Kopf steckte. Auf dem Herd stand ein Teekessel, aber die Ablageflächen aus Edelstahl waren fleckenlos sauber. Im Kühlschrank spuckte der Eisbereiter Würfel aus. Und dann sah Bourne etwas: Conklins Spazierstock aus polierter Esche mit dem ziselierten Silberknauf. Alex hatte ein kaputtes Bein – die Folge einer besonders gewalttätigen Begegnung in Übersee: Er wäre niemals ohne seinen Stock aus dem Haus gegangen.

Das Arbeitszimmer lag links voraus: ein behaglicher holzgetäfelter Raum in einer Ecke des Hauses mit Blick über den Rasen, dem Bäume Schatten spendeten, auf eine Natursteinterrasse, in deren Mitte ein riesiger Pool eingelassen war, und auf den Rand des Mischwalds aus Tannen und Laubbäumen, der den größten Teil des Anwesens bedeckte. Von wachsender innerer Unruhe getrieben, hastete Bourne zum Arbeitszimmer weiter … und erstarrte, als er es betrat.

Er war sich der Dichotomie seines Wesens noch nie so bewusst gewesen, denn ein Teil seines Ichs hatte sich abgekoppelt, war ein neutraler Beobachter geworden. Diese rein analytische Abteilung seines Verstands stellte fest, dass Alex Conklin und Mo Panov auf dem farbenprächtigen Orientteppich lagen. Blut aus ihren Kopfverletzungen hatte den Teppich getränkt und sich an einigen Stellen in Lachen auf dem Parkett angesammelt. Frisches Blut, das noch feucht glänzte.

Conklin starrte mit glasigem Blick zur Decke hinauf. Sein Gesicht war gerötet und wütend, als sei all der tief in seinem Inneren verborgen gehaltene Groll gewaltsam hervorgebrochen. Mos Kopf war zur Seite gedreht, als habe er sich umzudrehen versucht, als er niedergestreckt wurde. Auf seinem Gesicht stand unverkennbar Angst. Er hatte im letzten Augenblick den Tod kommen gesehen.

Alex! Mo! Jesus! Der emotionale Damm brach plötzlich, und Bourne, dem vor Schock und Entsetzen schwindelte, lag auf den Knien. Seine gesamte Welt war bis ins Innerste erschüttert. Alex und Mo tot – selbst mit dieser grausigen Szene vor Augen war das kaum zu fassen. Nie wieder mit ihnen reden zu können, nie mehr auf ihre Erfahrung zurückgreifen zu können. Vor seinem inneren Auge erschien eine Bilderflut: Erinnerungen an Alex und Mo, an Zeiten, die sie miteinander verbracht hatten, spannende Zeiten voller Gefahr und jähem Tod, und danach die behagliche Ungezwungenheit, die nur durch gemeinsam bestandene Gefahr entsteht. Zwei gewaltsam beendete Leben, die nichts als Zorn und Angst hinterließen. Mit erschreckender Endgültigkeit fiel die Tür zu seiner Vergangenheit ins Schloss. Bourne und Webb trauerten beide. Bourne rappelte sich mühsam auf, wischte Webbs hysterische Gefühlsduselei beiseite, zwang sich dazu, nicht zu weinen. Trauer war ein Luxus, den er sich nicht gestatten konnte. Er musste nachdenken.

Bourne fing an, sich den Tatort einzuprägen, fixierte die Einzelheiten in seinem Gedächtnis, versuchte festzustellen, was geschehen war. Er trat näher, achtete aber darauf, nicht in das Blut zu treten oder sonst etwas zu verändern. Alex und Mo waren erschossen worden – offenbar mit dem Revolver, der zwischen ihnen auf dem Teppich lag. Beide waren mit je einem Schuss erledigt worden. Dies war ein professionelles Attentat, kein Mord, den ein ertappter Einbrecher verübt hatte. Bourne wurde auf das Glitzern eines Handys in Conklins Hand aufmerksam. Alex hatte anscheinend mit jemandem gesprochen, als er erschossen wurde. Zu dem Zeitpunkt, als Bourne ihn vom Hörsaal aus zu erreichen versucht hatte. Durchaus möglich. Das noch feucht glänzende Blut, die Blässe der Toten, das Fehlen der Totenstarre in den Fingern … alles wies darauf hin, dass die Morde innerhalb der letzten Stunde verübt worden waren.

Ein leises Geräusch in der Ferne begann seine Überlegungen zu stören. Sirenen! Bourne hastete aus dem Arbeitszimmer zu den Fenstern auf der Vorderseite des Hauses. Eine Flotte von Streifenwagen der Virginia State Police kam mit eingeschalteten Blinkleuchten die Zufahrt heraufgerast. Bourne saß fest in einem Haus mit den Leichen zweier Ermordeter und ohne glaubwürdiges Alibi. Er war übertölpelt worden. In diesem Augenblick spürte er die Falle zuschnappen.

Kapitel *zwei*

Die Puzzleteile fügten sich in seinem Kopf zusammen. Die auf dem Campus von einem Profi auf ihn abgegebenen Schüsse hatten ihn nicht töten, sondern hierher dirigieren, ihn dazu zwingen sollen, Conklin aufzusuchen. Aber Alex und Mo waren bereits tot gewesen. Irgendjemand war weiterhin hier, um das Haus beobachten und die Polizei anrufen zu können, sobald Bourne aufkreuzte. Der Mann, der auf dem Campus auf ihn geschossen hatte?

Ohne weiter zu überlegen, griff Bourne sich Conklins Handy, rannte in die Küche, machte die schmale Tür zur steilen Kellertreppe auf und starrte ins pechschwarze Dunkel hinab. Er konnte das Knattern des Polizeifunks, schwere Schritte auf dem Kies, das Hämmern gegen die Haustür hören. Gereizte Stimmen wurden laut.

Bourne riss Küchenschubladen auf und wühlte darin herum, bis er Conklins Stablampe fand, mit der er zur Kellertreppe stürmte. Als er die Tür hinter sich schloss, stand er einen Augenblick in völliger Dunkelheit da. Der schmal gebündelte Lichtstrahl beleuchtete die Stufen, die er lautlos hinunterhastete. Er nahm die Gerüche von Beton, altem Holz, Lackfarbe und Heizöl wahr, fand die Luke unter der Treppe und zog sie auf. An einem kalten, schneereichen Winternachmittag hatte Conklin ihm den Geheimgang gezeigt, durch den der General den Hubschrauberlandeplatz bei den Stallungen erreicht hatte. Über seinem Kopf konnte Bourne das Knarren der Fußbodendielen hören. Die Cops waren im

Haus. Vielleicht hatten sie die Ermordeten bereits entdeckt. Drei Autos, zwei Tote. Sie würden nicht lange brauchen, um festzustellen, auf wen sein Wagen zugelassen war.

Er verschwand geduckt in dem niedrigen Gang, schloss die Luke hinter sich. Zu spät fiel ihm das Old-Fashioned-Glas ein, das er angefasst hatte. *Stäuben die Spurensicherer es ein, finden sie meine Fingerabdrücke. Und obendrein steht vor dem Haus mein Wagen …*

Zwecklos, jetzt darüber nachzudenken, er musste weiter! In gebückter Haltung folgte er dem engen Gang. Schon nach wenigen Metern wurde der Gang höher und breiter, sodass er aufrecht gehen konnte. Die Luft war hier merklich feuchter; irgendwo in der Nähe hörte er langsam Sickerwasser tropfen. Offenbar befand er sich schon außerhalb des Hausfundaments. Bourne ging schneller und erreichte keine drei Minuten später eine zweite Treppe. Sie war aus Stahl, wirkte militärisch. Er stieg hinauf und drückte oben mit den Schultern gegen eine weitere Luke. Sie ließ sich mühelos öffnen. Frische Luft, das blasse, stille Licht des Spätnachmittags und das Summen von Insekten umgaben ihn. Er befand sich am Rand des Hubschrauberlandeplatzes.

Der Asphalt war mit Zweigen und Stücken von abgestorbenen Ästen übersät. In der windschiefen kleinen Hütte mit Schindeldach am Rand des Landeplatzes hatte sich irgendwann eine Waschbärenfamilie einquartiert. Überall waren die unverkennbaren Spuren jahrelanger Vernachlässigung zu sehen. Aber der Heliport war nicht sein Ziel. Bourne kehrte ihm den Rücken zu und verschwand in dem dichten Mischwald.

Seine Absicht war, in weit ausholendem Bogen das Haus und das ganze Anwesen zu umgehen, um zuletzt den Highway außerhalb jedes Kordons zu erreichen, den die Polizei vermutlich um den Tatort ziehen würde. Sein unmittelbares Ziel war jedoch der Bach, der das Grundstück in diagonaler Richtung durchfloss. Er wusste, dass es nicht lange dauern würde, bis die Polizei Spürhunde einsetzte. Auf trockenem Boden hinterließ er unvermeidlich eine Spur, aber in fließendem Wasser würden selbst die Hunde sie verlieren.

Er schlängelte sich durchs dornige Unterholz, erreichte einen kleinen Hügelkamm, blieb zwischen zwei Zedern stehen und horchte angestrengt. Es war entscheidend wichtig, die normale Geräuschkulisse dieser speziellen Umgebung in sich aufzunehmen, damit jeder von einem Feind stammende Laut ihn sofort alarmierte. Ihm war voll bewusst, dass irgendwo in der Nähe wahrscheinlich ein Feind lauerte. Der Mörder seiner Freunde, der Zerstörer aller Bande zu seinem früheren Leben. Sein Drang, diesen Feind zu stellen, war gegen die Notwendigkeit abzuwägen, der Polizei zu entkommen. Sosehr Bourne danach gierte, den Killer aufzuspüren, war ihm dennoch klar, dass er den Bereich der Polizeiabsperrung verlassen musste, bevor die Falle ganz geschlossen war.

Als Chan den dichten Mischwald auf Alexander Conklins Anwesen betrat, fühlte er sich sofort wie zu Hause. Das hohe grüne Gewölbe schloss sich über seinem Kopf, hüllte ihn in eine vorzeitige Dämmerung. Über sich konnte er Sonnenlicht durch die höchsten Zweige fallen sehen, aber hier unten herrschte ein Halbdunkel, in dem er sein Opfer umso besser anpirschen konnte. Er war Webb von der Georgetown University bis zu Conklins Haus nachgefahren. Im Lauf seiner Karriere hatte er von Alexander Conklin gehört, kannte ihn als den legendären Spionagechef, der er einst gewesen war. Aber weshalb war David Webb hierher gekommen? Woher kannte er Conklin überhaupt? Und wie kam es, dass binnen

Minuten nach Webbs Ankunft hier ein Großaufgebot von Polizei angerückt war?

Als in der Ferne lautes Kläffen zu hören war, wusste er, dass die Polizei die Spürhunde von der Leine gelassen hatte. Vor sich sah er Webb durch den Wald schleichen, als kenne er sich hier aus. Eine weitere Frage ohne auf der Hand liegende Antwort. Während Chan sein Tempo steigerte, fragte er sich, wohin Webb unterwegs sein mochte. Dann hörte er das Rauschen eines Bachs und wusste genau, was sein Opfer beabsichtigte.

Chan hastete weiter und erreichte den Bach vor Webb. Er wusste, dass sein Opfer stromabwärts waten würde, um weiter von den Hunden wegzukommen. Dann sah er am Bachufer eine mächtige Weide und musste unwillkürlich grinsen. Ein standfester Baum mit weit ausladenden Ästen war genau das, was er brauchte.

Das rötliche Sonnenlicht des frühen Abends stach wie feurige Nadeln durchs Geäst, und Bourne blinzelte gegen den grellroten Schimmer an, der jedes einzelne Blatt zu umgeben schien.

Jenseits des Hügelkamms fiel das Gelände ziemlich steil ab, und der Boden wurde felsiger. Er konnte das sanfte Rauschen des nahen Bachs hören und hielt auf kürzestem Weg darauf zu. Schneeschmelze und Frühjahrsregen hatten sich vereinigt, und der Bach war angeschwollen. Er platschte, ohne zu zögern, ins eisige Wasser und watete stromabwärts. Je länger er im Bach blieb, desto sicherer würden die Hunde seine Spur verlieren, und je weiter stromabwärts er ihn verließ, desto schwieriger würde es für die Meute werden, seine Spur erneut aufzunehmen.

Weil ihm keine unmittelbare Gefahr drohte, begann er an seine Frau Marie zu denken. Nach Hause durfte er nicht;

damit hätte er sie beide gefährdet. Aber er musste Marie verständigen, sie warnen. Die Agency würde ihn bestimmt bei sich zu Hause suchen; traf sie ihn dort nicht an, würde sie Marie festnehmen und verhören, weil anzunehmen war, dass sie seinen Aufenthaltsort kannte. Noch erschreckender war der Gedanke, die unbekannten Feinde könnten versuchen, an seiner Stelle seine Angehörigen zu ermorden. Von plötzlicher Angst ergriffen, zog er Conklins Handy aus der Tasche, wählte Maries Handy an und schickte ihr eine SMS. Sie bestand aus einem einzigen Wort: *Diamant.* Dieses Codewort, das er mit Marie vereinbart hatte, sollte nur im äußersten Notfall gebraucht werden. Es wies sie an, die Kinder ins Auto zu laden und sofort zu ihrem sicheren Haus zu fahren. Dort sollten sie – von der Außenwelt abgeschnitten und sicher – bleiben, bis er ihnen »Entwarnung« signalisierte. Conklins Handy klingelte, und Bourne sah Maries SMS: *Bitte wiederholen.* Das war nicht die vorgeschriebene Antwort. Dann erkannte er, weshalb sie im Zweifel war: Er hatte sie von einem fremden Handy aus angerufen. Bourne wiederholte das Codewort, schrieb DIAMANT diesmal in Großbuchstaben. Dann wartete er mit angehaltenem Atem, bis Maries Antwort kam: SANDUHR. Er atmete erleichtert auf. Marie hatte die SMS bestätigt; er wusste, dass seine Warnung angekommen war. Schon jetzt würde sie alles liegen und stehen lassen, eilig die Kinder rufen, sie in den Kombi verfrachten und mit ihnen davonbrausen.

Trotzdem empfand er weiter eine gewisse Besorgnis. Ihm wäre viel wohler gewesen, hätte er ihre Stimme hören, hätte er ihr erklären können, was passiert war und dass es ihm gut ging. Aber ihm ging es nicht gut. Der Mann, den sie kannte – David Webb –, war wieder einmal von Bourne unterjocht worden. Marie hasste und fürchtete Jason Bourne.

Und wieso auch nicht? Schließlich war es denkbar, dass Bourne eines Tages David Webbs Körper ganz übernehmen würde. Und wer wäre daran schuld gewesen? Alexander Conklin.

Verwunderlich und ganz und gar unwahrscheinlich erschien ihm, dass er diesen Mann zugleich lieben und hassen konnte. Wie rätselhaft, dass der menschliche Geist zu solch extrem gegensätzlichen Emotionen imstande ist, dass er die zweifellos vorhandenen schlechten Eigenschaften rational wegerklären konnte, um Zuneigung zu jemandem empfinden zu können. Bourne wusste jedoch, dass der Drang, zu lieben und geliebt zu werden, ein menschlicher Imperativ ist.

Darüber dachte er weiter nach, während er dem Bach folgte, dessen glitzerndes Wasser glasklar war. Kleine Fische, die sein Kommen erschreckte, flitzten hierhin und dorthin. Einige Male sah er sogar Forellen, die mit offenem Maul wie suchend durchs Wasser glitten, bevor sie als silbriger Blitz verschwanden. Dann erreichte er eine Biegung, an der eine mächtige Weide, deren Wurzeln gierig Feuchtigkeit suchten, übers Bachbett hing. Obwohl Bourne auf jeden Laut, jedes Anzeichen dafür achtete, dass die Verfolger näher kamen, entdeckte er nichts außer dem Rauschen des Bachs selbst.

Der Angriff kam von oben. Er hörte nichts, aber er fühlte, wie das Licht sich veränderte, bevor plötzlich ein Gewicht auf ihm lastete und ihn ins Wasser drückte. Er spürte den vernichtenden Druck eines Körpers auf Schultern und Lunge. Während er nach Luft rang, knallte der Angreifer seinen Kopf auf die glitschig bemoosten Felsen im Bachbett. Eine Faust traf seine Niere, sodass der plötzliche Schmerz ihm den Atem verschlug.

Statt alle Muskeln anzuspannen, um den Angriff abzuwehren, zwang Bourne seinen Körper dazu, völlig schlaff zu werden. Und statt verzweifelt um sich zu schlagen, legte er dabei die Ellbogen an. In dem Augenblick, in dem sein Körper am schlaffsten war, stemmte er sich auf ihnen hoch und verdrehte dabei den Rumpf. Während er sich herumwarf, brachte er einen Handkantenschlag an. Als das Gewicht von ihm abfiel, holte er laut keuchend Luft. Wasser strömte ihm übers Gesicht und lief ihm in die Augen, sodass er den Angreifer nur schemenhaft wahrnahm. Er schlug erneut zu, aber sein Schlag ging ins Leere.

Der Angreifer verschwand so rasch, wie er gekommen war.

Chan stolperte keuchend und würgend im Wasser stromabwärts. Er hatte Mühe, an den verkrampften Muskeln und gequetschten Knorpeln seines Kehlkopfs vorbei zu atmen. Benommen und wütend erreichte er das Unterholz und war wenig später im Dickicht des Waldes verschwunden. Während er versuchte, sich dazu zu zwingen, wieder normal zu atmen, massierte er sanft die empfindliche Stelle, die Webb getroffen hatte. Das war kein Zufallstreffer, sondern der gezielte Gegenangriff eines Profis gewesen. Chan war verwirrt, empfand sogar einen Anflug von Angst. Webb war ein gefährlicher Mann – viel gefährlicher, als ein Wissenschaftler hätte sein dürfen. Auf ihn war nicht zum ersten Mal geschossen worden; er konnte feststellen, woher ein Geschoss gekommen war, er kannte sich in der Wildnis aus, er war für den Nahkampf ausgebildet. Und er war beim ersten Anzeichen von Problemen zu Alexander Conklin gefahren. Wer ist dieser Mann?, fragte Chan sich. Eines stand für ihn fest: Er würde Webb nicht noch einmal unterschätzen. Er würde ihn weiter beschatten, den psychologischen Vorteil zurückgewinnen. Und vor dem unvermeidlichen Ende sollte Webb Angst vor ihm haben.

Martin Lindros, der stellvertretende CIA-Direktor, traf genau um 18.18 Uhr auf dem Landsitz des verstorbenen Alexander Conklin in Manassas ein. Empfangen wurde er von dem Kriminalbeamten, der die Ermittlungen der Virginia State Police leitete, einem abgehetzten Mann mit Stirnglatze namens Harris, der versuchte, den Zuständigkeitsstreit zu schlichten, der zwischen State Police, County Sheriff und FBI entstanden war, die alle die Ermittlungen an sich ziehen wollten, seit die Identität der Mordopfer bekannt geworden war. Als Lindros aus dem Wagen stieg, zählte er ein Dutzend Fahrzeuge, dreimal so viele Beamte. Was hier gebraucht wurde, waren Ordnung und Methode.

Als er Harris die Hand schüttelte, sah er ihm offen ins Gesicht und sagte: »Detective Harris, das FBI bleibt außen vor. Sie und ich werden diesen Doppelmord allein bearbeiten.«

»Ja, Sir«, bestätigte Harris knapp. Er war groß und hielt sich – vielleicht als Ausgleich dafür – leicht gebeugt, was im Verein mit großen wässrigen Augen und kummervoller Miene bewirkte, dass er wie ein Mann aussah, dessen Energie längst verbraucht war. »Danke. Ich habe einige …«

»Danken Sie mir nicht, Detective. Ich garantiere Ihnen, dass dies ein verdammt schwieriger Fall wird.« Er beauftragte seinen Assistenten, das FBI und die Leute des Sheriffs wegzuschicken. »Irgendeine Spur von David Webb?« Vom FBI, mit dem er telefoniert hatte, wusste er, dass Webbs Auto in Conklins Einfahrt entdeckt worden war. Aber hier ging es natürlich nicht um Webb, sondern um Jason Bourne. Deshalb hatte der CIA-Direktor ihn entsandt, damit er die Ermittlungen persönlich übernahm.

»Noch nicht«, sagte Harris. »Aber die Hunde sind unterwegs.«

»Gut. Welchen Radius hat Ihre Absperrung?«

»Ich wollte meine Männer losschicken, aber dann hat das FBI …« Harris schüttelte den Kopf. »Ich habe ihnen gesagt, dass es auf jede Minute ankommt.«

Lindros sah auf seine Uhr. »Nehmen Sie eine halbe Meile. Lassen Sie Ihre Männer einen weiteren Kreis mit einer Viertelmeile Radius absuchen. Vielleicht finden sie etwas, das uns weiterhilft. Fordern Sie notfalls zusätzliche Leute an.«

Während Harris sein Handfunkgerät benützte, musterte Lindros ihn prüfend. »Wie heißen Sie mit Vornamen?«, fragte er, als der Kriminalbeamte seine Anweisungen erteilt hatte.

Der andere erwiderte seinen Blick verlegen. »Harry.«

»Harry Harris. Soll das ein Witz sein?«

»Nein, Sir, leider nicht.«

»Was haben Ihre Eltern sich dabei gedacht?«

»Nichts, fürchte ich, Sir.«

»Okay, Harry. Sehen wir uns mal an, was wir hier haben.« Lindros war Ende dreißig, ein smarter aschblonder Akademiker, den die Agency an der Georgetown University angeworben hatte. Sein Vater war ein charakterfester Mann gewesen, der stets sagte, was er dachte, und vieles auf eigenwillige Art tat. Seine schrullige Unabhängigkeit hatte er dem jungen Martin ebenso eingeimpft wie Pflichtbewusstsein seinem Land gegenüber, und Lindros wusste, dass diese Eigenschaften den CIA-Direktor auf ihn aufmerksam gemacht hatten.

Als Harris ihn ins Arbeitszimmer führte, fielen Lindros die beiden Old-Fashioned-Gläser auf dem Couchtisch im Medienraum auf. »Hat jemand die angefasst, Harry?«

»Meines Wissens nicht, Sir.«

»Nennen Sie mich Martin. Wir werden uns sehr rasch kennen lernen.« Er sah auf und lächelte, um dem anderen noch mehr von seiner Befangenheit zu nehmen. Die Art und Weise, wie er sich als CIA-Vertreter durchgesetzt hatte, war Absicht gewesen. Indem er die anderen Polizeibehörden ausschaltete, hatte er Harris zu seinem Trabanten gemacht. Unterschwellig ahnte er, dass er einen willfährigen Kriminalbeamten brauchen würde. »Lassen Sie Ihre Spurensicherer beide Gläser auf Fingerabdrücke untersuchen, okay?«

»Wird gemacht.«

»Und jetzt wollen wir mit dem Leichenbeschauer reden.«

Auf dem höchsten Punkt der Straße, die sich über den Hügel an der Grenze des Anwesens schlängelte, stand ein untersetzter Mann, der Bourne durch ein lichtstarkes Nachtglas beobachtete. Er hatte ein breites Mondgesicht von deutlich slawischem Schnitt. Die Fingerspitzen seiner linken Hand waren gelb verfärbt; er war ein zwanghafter Kettenraucher. Hinter ihm stand sein großer schwarzer Geländewagen auf der asphaltierten Fläche eines Aussichtspunkts. Jeder Vorbeifahrende hätte ihn für einen Touristen gehalten. Als er das Fernglas etwas schwenkte, entdeckte er Chan, der auf Bournes Fährte durch den Wald schlich. Ohne Chan aus den Augen zu lassen, klappte er sein Tri-Band-Handy auf und tippte eine Auslandsnummer ein.

Stepan Spalko meldete sich sofort.

»Die Falle ist zugeschnappt«, sagte der untersetzte Slawe. »Die Zielperson ist auf der Flucht. Bisher hat sie's geschafft, die Polizei und Chan abzuhängen.«

»Gottverdammich!«, sagte Spalko. »Was hat Chan vor?«

»Soll ich's feststellen?«, fragte der Mann in seiner kalten, lässigen Art.

»Sie bleiben möglichst weit weg von ihm. Ich will sogar«, sagte Spalko, »dass Sie sofort verschwinden.«

Bourne erreichte stolpernd das Bachufer, sank zu Boden und strich sich die nassen Haare aus dem Gesicht. Sein Körper schmerzte, und seine Lunge brannte wie Feuer. Hinter seinen Augen kam es zu Explosionen, die ihn wieder in den Dschungel von Tam Quan versetzten: mitten in die Aufträge hinein, die David Webb auf Alex Conklins Befehl übernommen hatte – vom Oberkommando in Saigon genehmigte, aber trotzdem von ihm geleugnete Einsätze; Himmelfahrtskommandos, die so schwierig und so mörderisch waren, dass US-Soldaten niemals mit ihnen in Verbindung gebracht werden durften.

Ins abnehmende Licht eines Frühlingsabends gehüllt, wusste Bourne, dass er hier in eine ähnliche Situation hineingeraten war. Er befand sich in einer roten Zone – in einem vom Feind kontrollierten Gebiet. Das Problem war jedoch, dass er keine Ahnung hatte, wer der Feind war und was er beabsichtigte. Sollte er auch jetzt in eine bestimmte Richtung getrieben werden, wie's anscheinend der Fall gewesen war, als jemand in der Georgetown University auf ihn geschossen hatte, oder war der Feind zum nächsten Abschnitt seines Plans übergegangen?

In weiter Ferne war das Kläffen der Hunde zu hören … und dann, erschreckend nahe, das kurze, deutliche Knacken eines abbrechenden Zweiges. War das ein Tier oder der Feind gewesen? Sein Nahziel hatte sich geändert. Er musste durch das von der Polizei ausgeworfene Fahndungsnetz schlüpfen, aber zugleich kam es darauf an, im Kampf mit dem Angreifer den Spieß umzudrehen. Dazu musste er den Unbekannten aufspüren, bevor dieser ihn erneut überfallen konnte. Handelte es sich um denselben Mann wie zuvor, war er nicht nur ein ausgezeichneter Schütze, sondern auch ein erfahrener Dschungelkämpfer. Dass er so viel über seinen Gegner wusste, ermutigte Bourne in gewisser Weise. Er lernte den Feind allmählich kennen. Um nicht erledigt zu werden, bevor er ihn gut genug kannte, um ihn überraschen zu können, musste er …

Die Sonne war unter den Horizont geglitten, hatte den Himmel aschefarben zurückgelassen. Ein kühler Wind ließ Bourne in seiner nassen Kleidung zittern. Er stand auf und setzte sich in Bewegung, um die Steifheit aus seinen Muskeln zu bekommen und wieder warm zu werden. Der Wald war von indigoblauen Schatten erfüllt; trotzdem fühlte Bourne sich so exponiert wie auf einer baumlosen Ebene unter einem wolkenlosen Himmel.

Was er getan hätte, wenn er in Tam Quan gewesen wäre, wusste Bourne: Er hätte sich einen Unterschlupf gesucht, einen sicheren Ort, an dem er rasten und seine Optionen überdenken konnte. Aber in der roten Zone waren Verstecke kaum zu finden; dabei konnte man den Kopf in eine Falle stecken. Er bewegte sich langsam und bedächtig durch den Wald und ließ seinen Blick über einen Baum nach dem anderen gleiten, bis er fand, wonach er suchte. Wilder Wein. Um diese Jahreszeit blühten die Pflanzen noch nicht, aber ihre glänzenden fünffingrigen Blätter waren unverkennbar. Mit Hilfe des Schnappmessers löste er vorsichtig mehrere lange Ranken der zähen Pflanze ab.

Als Bourne eben damit fertig war, wurde er auf ein wiederholtes leises Knacken aufmerksam. Er folgte ihm und erreichte bald eine kleine Lichtung. Da! Ein Weißwedelhirsch. Sein Haupt war erhoben, seine schwarzen Nüstern sogen die Luft prüfend ein. Hatte das Tier ihn gewittert? Nein. Es versuchte anscheinend …

Der Hirsch stürmte davon – und Bourne mit ihm. Er rannte parallel zu dem Tier federnd und fast lautlos durch den Wald. Einmal drehte sich der Wind, und er musste seine

Richtung etwas ändern, um auf der windabgewandten Seite des Hirschs zu bleiben. Sie hatten ungefähr eine Viertelmeile zurückgelegt, als das Tier langsamer wurde. Das Gelände stieg hier leicht an, der Boden war härter, kompakter. Sie hatten den Bach weit hinter sich gelassen, befanden sich am äußersten Rand von Conklins Besitz. Der Hirsch setzte mühelos über die alte Bruchsteinmauer, die hier die Nordwestecke des Anwesens begrenzte.

Als Bourne über die Mauer geklettert war, sah er, dass der Hirsch ihn zu einer Salzlecke geführt hatte. Salzlecken bedeuteten Felsen, und Felsen bedeuteten Höhlen. Er erinnerte sich, dass Conklin ihm einmal erzählt hatte, im Nordwesten grenze sein Besitz an zahlreiche Höhlen mit natürlichen Kaminen, die Indianern einst als Rauchabzüge für ihre Kochfeuer gedient hatten.

Eine Höhle dieser Art war genau das, worauf er hoffte: ein vorläufiger Zufluchtsort, der zwei Ausgänge hatte und deshalb nicht zur Falle werden konnte.

Jetzt hab ich ihn, dachte Chan. Webb hatte einen Riesenfehler gemacht – er hatte die falsche Höhle betreten, eine der wenigen ohne zweiten Ausgang. Chan kroch lautlos aus seinem Versteck, überquerte die kleine Lichtung und huschte in den schwarzen Höhleneingang.

Als er sich anschlich, konnte er Webb vor sich in der Dunkelheit ahnen. Der Geruch dieser Höhle zeigte Chan, dass sie nicht tief war. Ihr fehlte der scharfe Modergeruch von allmählich angesammelter organischer Materie, der für tief in gewachsenen Fels hineinführende Höhlen typisch war.

Vor ihm hatte Webb seine Stablampe eingeschaltet. In wenigen Augenblicken würde er sehen, dass es hier keinen Kamin, keinen Fluchtweg gab. Die Zeit für den Angriff war gekommen! Chan sprang den Gegner an, drosch ihm eine Faust ins Gesicht.

Bourne ging zu Boden. Die Stablampe prallte von den Felsen ab, sodass ihr Lichtstrahl wild durch die Höhle tanzte. Im selben Augenblick glaubte er den Luftzug zu spüren, mit dem eine geballte Faust auf ihn zuschoss. Er wehrte den Boxhieb nicht ab, aber sowie der Arm des anderen ganz gestreckt war, traf er den exponierten und verwundbaren Bizeps mit einem scharfen Handkantenschlag.

Dann warf er sich nach vorn und rammte eine Schulter gegen das Brustbein des anderen Körpers. Ein Knie wurde hochgerissen und traf die Innenseite von Bournes Schenkel, sodass ihn stechende Nervenschmerzen durchzuckten. Er bekam eine Hand voll Kleidung zu fassen, knallte den Angreifer gegen die Höhlenwand. Der Körper prallte ab, rammte Bourne, holte ihn von den Beinen. Sie wälzten sich miteinander verschlungen auf dem Höhlenboden. Er konnte die Atemzüge des anderen hören: ein widersinnig intimes Geräusch, als höre man ein Kind neben sich atmen.

In diesen archaischen Kampf verstrickt, war Bourne dem anderen nahe genug, um eine komplexe Duftmischung zu riechen, die von dem anderen wie Dampf über einem in der Sonne liegenden Sumpf aufstieg und ihn unwillkürlich erneut an den Dschungel von Tam Quan denken ließ. Im nächsten Augenblick spürte er quer unter seinem Kinn eine Stange. Daran wurde er zurückgerissen.

»Ich bringe dich nicht um«, sagte eine Stimme an seinem Ohr. »Wenigstens nicht gleich.«

Bourne rammte einen Ellbogen nach hinten, was ihm einen Kniestoß gegen seine bereits schmerzende Niere einbrachte. Er krümmte sich schmerzlich zusammen, wurde aber durch die Stange an seiner Luftröhre gestreckt und hochgerissen, bis er auf den Beinen stand.

»Ich könnte dich jetzt umbringen, aber ich tu's nicht«, sagte die Stimme. »Erst muss es so hell sein, dass ich dir in die Augen sehen kann, während du stirbst.«

»Musstest du zwei unschuldige anständige Kerle ermorden, nur um an mich ranzukommen?«, fragte Bourne.

»Wovon redest du überhaupt?«

»Von den beiden Männern, die du im Haus erschossen hast.«

»Die hab ich nicht umgebracht; ich ermorde keine Unschuldigen.« Ein leises Lachen. »Andererseits weiß ich nicht, ob irgendwer, der mit Alexander Conklin zu tun hatte, ›unschuldig‹ genannt werden kann.«

»Aber du hast mich hierher getrieben«, sagte Bourne. »Du hast auf mich geschossen, damit ich zu Conklin fahre, damit du …«

»Red keinen Unsinn«, unterbrach ihn die Stimme. »Ich bin dir nur hierher gefolgt.«

»Woher hast du dann gewusst, wohin du die Cops schicken musstest?«, fragte Bourne.

»Warum hätte ich sie anrufen sollen?«, knurrte die Stimme schroff.

Obwohl diese Mitteilung verblüffend war, hörte Bourne nur mit halbem Ohr hin. Er hatte sich während des Gesprächs etwas entspannt, sich leicht zurückgelehnt. So lag die Stange nur noch ganz leicht auf seiner Luftröhre. Nun drehte Bourne sich auf den Ballen seiner Füße weg und senkte dabei eine Schulter, sodass der andere sich darauf konzentrieren musste, die Stange in richtiger Stellung zu halten. In diesem Augenblick brachte Bourne einen blitzschnellen Handkantenschlag dicht unter dem Ohr an. Der Angreifer brach zusammen, und die Stange dröhnte hohl, als sie auf den Felsboden fiel.

Bourne atmete mehrmals tief durch, um wieder klar denken zu können, aber er war vom Sauerstoffmangel noch immer benommen. Er hob die Stablampe auf, beleuchtete die Stelle, wo der andere liegen musste, und sah, dass er verschwunden war. Ein Geräusch, kaum mehr als ein Wispern, drang an sein Ohr, und er hob die Stablampe. Vor dem nur wenig helleren Hintergrund des Höhleneingangs sprang eine Gestalt ins Freie. Als der Lichtstrahl den Unbekannten traf, drehte er sich um, und Bourne sah flüchtig sein Gesicht, bevor der andere unter den Bäumen verschwand.

Bourne rannte hinter ihm her. Im nächsten Augenblick hörte er ein deutliches Knacken und ein lautes *Wusch!* Dann waren Bewegungen zu hören, und er bahnte sich durchs Unterholz einen Weg zu der Stelle, wo er die Falle aufgebaut hatte. Er hatte die Ranken der Waldrebe zu einem Netz verwoben und es an einen bis fast zum Erboden herab gebogenen jungen Baum gebunden. Damit hatte er den Angreifer gefangen. Der Jäger war zur Beute geworden. Er arbeitete sich zum Waldrand vor und machte sich bereit, seinem Feind gegenüberzutreten und das Rankennetz abzuschneiden. Aber es war leer.

Leer! Er hob es auf und sah das Loch, das der Flüchtende in den oberen Teil des Netzes geschnitten hatte. Der Unbekannte war wendig, clever und sehr gut vorbereitet gewesen; ihn nochmals zu überraschen würde jetzt viel schwieriger werden.

Bourne sah auf und ließ den Lichtstrahl der Stablampe in weitem Bogen über das Gewirr von Bäumen in seiner Umgebung gleiten. Wider Willen empfand er flüchtig eine gewisse Bewunderung für seinen erfahrenen, listenreichen Gegner. Als er die Stablampe ausknipste, war er schlagartig von Nacht umgeben. Ein Ziegenmelker ließ seinen Schrei ertönen, und in der darauf folgenden langen Stille hallte ein Eulenruf klagend über die mit Tannen bestandenen Hügel.

Er legte seinen Kopf in den Nacken und holte tief Luft. Auf dem Bildschirm, der vor seinem inneren Auge stand, waren die planen Flächen, die dunklen Augen des Gesichts gespeichert, und Bourne war sich nach wenigen Augenblicken sicher, dass es mit dem eines Studenten übereinstimmte, dem er auf seinem Weg zu dem Seminarraum, aus dem der Scharfschütze geschossen hatte, begegnet war.

Wenigstens hatte der Feind nun außer einem Gesicht auch eine Stimme.

Ich könnte dich jetzt umbringen, aber ich tu's nicht. Erst muss es so hell sein, dass ich dir in die Augen sehen kann, während du stirbst.

Kapitel *drei*

Die Zentrale der Humanistas, Ltd., einer wegen ihrer humanitären und wohltätigen Arbeit weltweit bekannten und international tätigen Menschenrechtsorganisation, stand auf der üppig grünen Westflanke des Blocksbergs in Budapest. Von diesem herrlichen Aussichtspunkt aus konnte Stepan Spalko beim Blick durch die schaufenstergroßen schrägen Scheiben glauben, die Donau und die ganze Stadt machten einen Kniefall vor ihm.

Er war hinter seinem riesigen Schreibtisch hervorgekommen, um sich dem sehr dunkelhäutigen kenianischen Präsidenten in einem Sessel gegenüberzusetzen. Rechts und links der Tür hatten die beiden Leibwächter des Kenianers Posten bezogen: die Hände auf dem Rücken, und der allen solchen Staatsbediensteten eigene leere Gesichtsausdruck war dauerhaft in ihre Gesichter eingeprägt. Über ihnen war das höchst erfolgreich vermarktete Logo von Humanistas – ein grünes Kreuz, das auf einer Handfläche lag – in Flachrelief in die Wand eingelassen.

Der Präsident hieß Jomo, gehörte zu den *Kikuju*, dem größten kenianischen Stamm, und war ein direkter Nachkomme Jomo Kenyattas, des ersten Präsidenten des Landes. Wie sein berühmter Vorfahre war er ein *Msee*, was auf Suaheli einen hoch angesehenen Ältesten bezeichnete. Zwischen den beiden stand ein reich verziertes Silberservice aus dem 18. Jahrhundert. Erlesener schwarzer Tee war eingegossen worden; auf ovalen Silbertabletts lagen Biskuits und köstliche kleine Sandwichs. Die beiden Männer unterhielten sich halblaut in gemessenem Tonfall.

»Man weiß gar nicht, wo man anfangen soll, um Ihnen für die Großzügigkeit zu danken, die Sie und Ihre Organisation uns erwiesen haben«, sagte Jomo. Er saß sehr gerade und hielt seinen stocksteifen Rücken etwas von der Bequemlichkeit der weich gepolsterten Rückenlehne des Sessels fern. Jahre und Umstände hatten sich vereinigt, um seinem Gesicht den größten Teil jener Vitalität zu rauben, die es in seiner Jugend ausgestrahlt hatte. Unter seiner glänzenden Haut war bleigraue Blässe zu ahnen. Seine Gesichtszüge waren abgeflacht: durch Entbehrungen und Beharrlichkeit angesichts unüberwindlicher Hindernisse versteinert. So glich er, kurz gesagt, einem alten Kriegsherrn, dessen Festung schon zu lange belagert wird. Seine geschlossenen Beine waren an den Knien um exakt neunzig Grad abgewinkelt. Auf dem Schoß hatte er einen langen polierten Kasten aus stark gemasertem *Bubinga*-Holz, den er jetzt fast verlegen Spalko hinhielt. »Mit von Herzen kommenden Segenswünschen des kenianischen Volkes, Sir.«

»Danke, Mr. President. Zu gütig von Ihnen«, sagte Spalko liebenswürdig.

»Die Güte liegt ganz auf Ihrer Seite, Sir.« Jomo beobachtete sichtlich gespannt, wie Spalko den Deckel aufklappte. Der Holzkasten enthielt ein Messer mit flacher Klinge und einen mehr oder weniger ovalen Stein, der oben und unten abgeflacht war.

»O Gott, das ist doch nicht etwa ein *Githathi*-Stein?«

»Das ist in der Tat einer, Sir«, bestätigte Jomo sichtlich entzückt. »Aus meinem Heimatdorf, von dem *kiama*, dem ich nach wie vor angehöre.«

Spalko wusste, dass Jomo von dem Ältestenrat sprach. Der *githathi* war für alle Stammesangehörigen von großem Wert.

Gab es in der Ratsversammlung Streit, der nicht anders geschlichtet werden konnte, wurde auf diesen Stein ein Eid geleistet. Spalkos Hand umfasste den aus Karneol geschnitzten Griff des Messers, das ebenfalls ein Ritualgegenstand war. Bei Auseinandersetzungen, in denen es um Leben und Tod ging, wurde die im Feuer erhitzte Messerklinge auf die Zungen der Kontrahenten gelegt. Das Ausmaß der Blasenbildung auf ihren Zungen entschied, wer schuldig und wer unschuldig war.

»Ich frage mich allerdings, Mr. President«, sagte Spalko in leicht verschmitztem Tonfall, »ob der *githathi* von Ihrem *kiama* oder Ihrem *njama* stammt.«

Jomos Lachen war ein Rumpeln tief in seiner Kehle, das seine kleinen Ohren beben ließ. Heutzutage hatte er so selten Grund zum Lachen. Er konnte sich daran erinnern, was der letzte Anlass gewesen war. »Sie haben also von unseren geheimen Ratsversammlungen gehört, Sir? Ihre Kenntnis unserer Gebräuche und Überlieferungen ist in der Tat erstaunlich, das muss ich schon sagen.«

»Die Geschichte Kenias ist lang und blutig, Mr. President. Meiner Überzeugung nach können wir aus der Geschichte alle unsere wichtigsten Lehren ziehen.«

Jomo nickte. »Darin stimme ich Ihnen zu, Sir. Und ich fühle mich verpflichtet, erneut zu betonen, dass ich mir nicht vorstellen mag, in welchem Zustand mein Land sich ohne Ihre Ärzte und Ihre Impfstoffe befände.«

»Gegen Aids gibt's keinen Impfstoff.« Spalkos Tonfall war sanft, aber bestimmt. »Die moderne Medizin kann das Leiden und Sterben von Aidskranken mit Medikamentencocktails lindern, aber gegen die Ausbreitung der Krankheit helfen nur sexuelle Enthaltsamkeit oder die konsequente Anwendung von Kondomen.«

»Natürlich, natürlich.« Jomo tupfte sich mit seinem Taschentuch die Lippen ab. Ihm widerstrebte es, als Bittsteller zu diesem Mann zu kommen, der allen Kenianern bereits so großzügig geholfen hatte, aber was blieb ihm anderes übrig? Die Aids-Epidemie verwüstete das Land. Seine Landsleute litten und starben. »Was wir brauchen, Sir, sind noch mehr Medikamente. Sie haben schon viel getan, um die Leiden meines Volkes zu lindern. Aber es gibt noch viele Tausende, die auf Ihre Hilfe warten.«

»Mr. President.« Der Gastgeber beugte sich nach vorn, und Jomo folgte seinem Beispiel. Spalkos Kopf befand sich jetzt in dem durch die hohen Fenster einfallenden Sonnenlicht, das ihn mit einer fast übernatürlichen Gloriole umgab. Das Licht hob auch die porenlos glänzende Haut hervor, die seine linke Gesichtshälfte bedeckte. Die Vorführung seiner Entstellung diente dazu, bei Jomo einen leichten Schock auszulösen, um ihn von seinem geplanten Kurs abzubringen. »Humanistas, Ltd., ist bereit, doppelt so viele Ärzte wie bisher nach Kenia zu entsenden und die Medikamentenlieferungen zu verdoppeln. Aber Sie – Regierung und Verwaltung – müssen Ihren Teil dazu beitragen.«

Dies war der Augenblick, in dem Jomo erkannte, dass Spalko etwas ganz anderes von ihm verlangte als die Förderung von Safer-Sex-Vorträgen und die Verteilung von Kondomen. Er setzte sich ruckartig auf und schickte seine beiden Leibwächter mit einer Handbewegung hinaus. Als die Tür sich hinter ihnen geschlossen hatte, sagte er: »In unseren gefährlichen Zeiten leider unverzichtbar, Sir, aber trotzdem ist man's manchmal leid, nie allein zu sein.«

Spalko lächelte. Seine Kenntnis der Geschichte Kenias und der dortigen Stammessitten machte es ihm unmöglich, den Präsidenten so wenig ernst zu nehmen, wie es andere vielleicht getan hätten. Jomo steckte zweifellos in einer Notlage, aber man durfte trotzdem nicht versuchen, ihn zu übervorteilen. Die Kikuju waren ein stolzes Volk, und ihr Stolz war ihnen umso wichtiger, weil er so ziemlich das einzig Wertvolle war, was sie besaßen.

Spalko beugte sich nach links, öffnete einen Humidor, bot Jomo eine kubanische Cohiba an und nahm sich selbst eine. Als ihre Zigarren brannten, standen die beiden Männer auf und gingen über den Teppich ans Fenster, um auf die stille Donau hinabzusehen, die in der Sonne glänzte.

»Ein herrliches Bild«, sagte Spalko im Plauderton.

»In der Tat«, bestätigte Jomo.

»Und so friedlich.« Spalko blies eine duftende bläuliche Rauchwolke in Richtung Decke. »Da fällt's schwer, sich den richtigen Begriff von dem vielen Leid in anderen Teilen der Welt zu machen.« Er wandte sich an Jomo. »Mr. President, Sie täten mir einen großen persönlichen Gefallen, wenn Sie mir für sieben Tage unbeschränkten Zugang zum kenianischen Luftraum gewähren würden.«

»Unbeschränkt?«

»Ein- und Ausflüge, Landungen und dergleichen. Keine Zollabfertigung, keine Passkontrollen, keine Inspektionen. Nichts, was uns hinderlich sein würde.«

Der Präsident überlegte demonstrativ. Er paffte seine Cohiba, aber Spalko merkte ihm an, dass er sie nicht genoss. »Ich kann Ihnen nur drei Tage gewähren«, sagte Jomo schließlich. »Sonst würden die Leute anfangen zu tratschen.«

»Dann werden drei reichen müssen, Mr. President.« Spalko hatte ohnehin nur drei gewollt. Er hätte auf den sieben Tagen bestehen können, aber damit hätte er Jomos Stolz verletzt. Angesichts der kommenden Ereignisse wäre das ein dummer und wohl auch kostspieliger Fehler gewesen. Außerdem war

Humanistas, Ltd., nicht dazu da, Ressentiments zu schüren, sondern Goodwill zu verbreiten. Er streckte die Hand aus, und Jomo legte seine trockene, sehr schwielige Rechte hinein. Diese Hand gefiel Spalko; es war die Hand eines Arbeiters, die Hand eines Mannes, der sich nicht davor scheute, sich die Hände schmutzig zu machen.

Nachdem Jomo und sein Gefolge abgefahren waren, wurde es Zeit für einen Orientierungsrundgang mit Ethan Hearn, dem neuen Mitarbeiter. Diese Aufgabe hätte Spalko an einen seiner vielen Assistenten delegieren können, aber er setzte seinen Stolz darein, jeden neuen Angestellten persönlich einzuweisen. Hearn war ein aufgeweckter junger Mann, der bisher in der Klinik Eurocenter Bio-I am anderen Ende der Stadt gearbeitet hatte. Dank guter Verbindungen zum europäischen Geldadel war er ein überaus erfolgreicher Geldbeschaffer. Spalko hatte ihn als redegewandt, liebenswürdig und empathisch kennen gelernt – kurz gesagt als geborenen Menschenfreund von der Art, wie er sie brauchte, um den überragenden Ruf von Humanistas, Ltd., zu erhalten. Außerdem mochte er den Neuen wirklich. Hearns erinnerte ihn an den jungen Mann, der er vor dem Unfall gewesen war, bei dem er sich das halbe Gesicht verbrannt hatte.

Er führte Hearn durch die sieben Geschosse der Zentrale mit Labors, der Abteilung Statistik, deren Zahlen die Entwicklungsabteilung nutzte, um Spenden zu beschaffen – der Lebenssaft von Organisationen wie Humanistas, Ltd. –, der Buchhaltung, der Einkaufsabteilung, der Personalabteilung, der Reisestelle und der Abteilung Wartung, die für die gesamte Firmenflotte von Passagierflugzeugen, Frachtmaschinen, Hubschraubern und Schiffen zuständig war. Die letzte Station war die Entwicklungsabteilung, in der Hearns neues

Büro auf ihn wartete. Vorläufig war es noch leer bis auf Schreibtisch, Drehstuhl, Computer und Telefonkonsole.

»Ihre restlichen Möbel«, erklärte Spalko ihm, »kommen in ein paar Tagen.«

»Kein Problem, Sir. Ich brauche eigentlich nur einen Computer und Telefone.«

»Eine Warnung«, fügte Spalko hinzu. »Unsere Bürostunden sind lang, und es kann vorkommen, dass Sie die Nacht durcharbeiten müssen. Aber wir sind keine Unmenschen. Das Sofa, das Sie bekommen, ist ein Klappbett.«

Hearn lächelte. »Keine Sorge, Mr. Spalko. Ich bin solche Arbeitszeiten gewöhnt.«

»Nennen Sie mich Stepan.« Spalko drückte dem jungen Mann die Hand. »Das tut hier jeder.«

Der CIA-Direktor lötete einem bemalten Zinnsoldaten – einem britischen Rotrock aus dem Unabhängigkeitskrieg – den Arm an, als der Anruf kam. Zuerst spielte er mit dem Gedanken, ihn zu ignorieren, und ließ bockig das Telefon klingeln, obwohl er wusste, wer der Anrufer sein würde. Vielleicht tat er das, weil er nicht hören wollte, was sein Stellvertreter zu berichten hatte. Lindros glaubte, der Direktor habe ihn wegen der Wichtigkeit der Ermordeten für die Agency an den Tatort entsandt. In gewisser Weise stimmte das sogar. Der wahre Grund war jedoch, dass der CIA-Direktor es nicht ertragen konnte, selbst hinauszufahren. Die Vorstellung, in Alex Conklins totes Gesicht blicken zu müssen, war zu viel für ihn.

Er hockte auf einem Schemel in seiner Kellerwerkstatt: ein winziges, abgeschlossenes, pedantisch ordentliches Reich aus sorgfältig gestapelten Schubladen und exakt ausgerichteten Ablagefächern, eine eigene Welt, die für seine Frau – und für die Kinder, als sie noch zu Hause gewohnt hatten – tabu war.

Madeleine, seine Frau, steckte den Kopf durch die offene Kellertür. »Kurt, das Telefon«, sagte sie unnötigerweise.

Der Direktor nahm einen Arm aus der Holzkiste mit Soldatenteilen, studierte ihn. Seine weiße Mähne, die er aus der breiten, gewölbten Stirn zurückgekämmt trug, verlieh ihm das Aussehen eines Weisen, wenn nicht sogar eines Propheten. Die kalten blauen Augen wirkten so berechnend wie früher, aber die Falten an den Mundwinkeln waren tiefer geworden, sodass er ständig griesgrämig zu schmollen schien.

»Kurt, hast du gehört?«

»Ich bin nicht taub.« Die Finger am Ende des Arms waren leicht gekrümmt, als wolle die Hand nach etwas Unbekanntem greifen, das sich nicht genau benennen ließ.

»Also, gehst du jetzt ans Telefon oder nicht?«, rief Madeleine nach unten.

»Was ich tue, geht dich einen Dreck an!«, schrie er aufgebracht. »Geh endlich ins Bett!« Einen Augenblick später hörte er das befriedigende leise Scharren, mit dem die Kellertür sich schloss. Warum kann sie mich in solchen Zeiten nicht in Ruhe lassen?, fragte er sich erbost. Nach dreißig Ehejahren müsste sie's doch besser wissen.

Er machte sich wieder an die Arbeit, passte den Arm mit der gekrümmten Hand an die Schulter des Torsos an, Rot zu Rot, entschied sich für die endgültige Position. So ging der CIA-Direktor mit Situationen um, die sich seiner Kontrolle entzogen. Er spielte mit seinen Zinnsoldaten Gott, er kaufte sie, schnitt sie in Stücke und erweckte sie später zu neuem Leben, indem er sie in Stellungen zusammenlötete, die ihm gefielen. Hier, in seiner selbst geschaffenen Welt, hatte er alles und jeden unter Kontrolle.

Das Telefon klingelte in seiner mechanischen, monotonen Art weiter, und der CIA-Direktor biss die Zähne zusammen, als sei das Geräusch ätzend. Was für Ruhmestaten waren in der Zeit, in der Alex und er noch jung gewesen waren, vollbracht worden! Der Einsatz in Russland, bei dem sie fast in der Lubjanka gelandet wären; die Vorstöße über die Berliner Mauer, um an Stasi-Geheimnisse heranzukommen; die Überprüfung eines KGB-Überläufers in einem sicheren Haus in Wien, bei der sie entdeckt hatten, dass er ein Double war. Die Ermordung Bernds, ihres langjährigen Kontaktmanns; das Mitgefühl, aus dem sie seiner Frau versprochen hatten, sich um seinen Sohn Dieter zu kümmern, ihn nach Amerika mitzunehmen und ihm ein Studium zu finanzieren. Genau das hatten sie getan – und waren für ihre Großzügigkeit belohnt worden. Dieter war nie zu seiner Mutter zurückgekehrt. Stattdessen war er zur Agency gegangen und dort viele Jahre – bis zu seinem tödlichen Motorradunfall – Leiter der Hauptabteilung Wissenschaft & Technologie gewesen.

Wohin war das Leben verschwunden? In Bernds Grab zur Ruhe gebettet, dann in Dieters … jetzt in Alexanders. Wie war es so rasch auf einige wenige in seiner Erinnerung leuchtende Punkte reduziert worden? Zeit und Verantwortung hatten ihm schwer zugesetzt, keine Frage. Er war jetzt ein alter Mann, in mancher Beziehung mächtiger, ja, aber die kühnen Taten von gestern, der Elan, mit dem Alex und er in die Welt der Geheimdienste hinausgeschritten waren und das Schicksal von Nationen verändert hatten, waren zu Asche verbrannt, sie würden niemals wiederkehren.

Die Faust des CIA-Direktors machte den Zinnsoldaten mit einem Schlag zum Krüppel. Dann, erst dann nahm er den Telefonhörer ab.

»Ja, Martin.«

In seiner Stimme lag eine Mattigkeit, die Lindros sofort erfasste. »Alles in Ordnung mit Ihnen, Sir?«

»Nein, mir geht's beschissen!« Darauf hatte der Direktor nur gewartet. Eine weitere Gelegenheit, seine Wut und Frustration abzureagieren. »Wie soll unter diesen Umständen alles mit mir in Ordnung sein?«

»Tut mir Leid, Sir.«

»Nein, das tut's nicht«, sagte der Direktor bissig. »Das kann es nicht. Dafür sind Sie zu ahnungslos.« Er starrte den Zinnsoldaten an, den er zerschmettert hatte, und fühlte sich von der Erinnerung an einstige Ruhmestaten verfolgt. »Was wollen Sie?«

»Ich sollte Sie auf dem Laufenden halten, Sir.«

»Wollte ich das?« Der Direktor stützte den Kopf in eine Hand. »Ja, das stimmt wohl. Was haben Sie denn rausgekriegt?«

»Der dritte Wagen vor Conklins Haus gehört David Webb.«

Das scharfe Ohr des Direktors registrierte den Unterton in Lindros' Stimme. »Aber?«

»Webb ist spurlos verschwunden.«

»Natürlich ist er das.«

»Aber er war eindeutig hier. Wir haben die Hunde in seinem Wagen herumschnüffeln lassen. Sie haben die Fährte auf dem Grundstück aufgenommen und in den Wald verfolgt, aber an einem Bach verloren.«

Der Direktor schloss die Augen. Alexander Conklin und Morris Panov erschossen; Jason Bourne im Einsatz vermisst und auf freiem Fuß – und das fünf Tage vor dem Terrorismusgipfel, der wichtigsten internationalen Konferenz des Jahrhunderts. Ihn schauderte. Er verabscheute unerledigte Dinge, aber Roberta Alonzo-Ortiz, die nationale Sicherheitsberaterin, die heutzutage der Boss war, hasste Unerledigtes regelrecht. »Ballistische Untersuchung? Gerichtsmediziner?«

»Morgen früh«, sagte Lindros. »Mehr konnte ich die Sache nicht beschleunigen.«

»Was das FBI und sonstige Polizeibehörden angeht …«

»Die habe ich schon neutralisiert. Wir haben freie Bahn.«

Der CIA-Direktor seufzte. Natürlich war die Tatkraft seines jungen Stellvertreters anerkennenswert, aber er verabscheute es auch, unterbrochen zu werden. »Weitermachen!«, sagte er barsch und legte den Hörer auf.

Danach starrte er noch lange in die Holzkiste, horchte auf die Atemgeräusche des Hauses. Es klang wie ein alter Mann. Über ihm knackten Fußbodendielen – ein Geräusch, das ihm vertraut war wie die Stimme eines alten Freundes. Madeleine bereitete sich offenbar ihre traditionelle Einschlafhilfe zu: eine Tasse heißer Schokolade. Er hörte den Corgi der Nachbarn bellen, und aus irgendeinem unerfindlichen Grund wirkte es wie ein klagender Laut, voller Trauer und unerfüllter Sehnsüchte. Zuletzt griff er in die Kiste und holte einen Torso in Bürgerkriegsgrau heraus, um einen neuen Zinnsoldaten zu erschaffen.

Kapitel *vier*

»Muss ein ziemlich übler Unfall gewesen sein, so wie Sie aussehen«, sagte Jack Kerry.

»Eigentlich nicht, bloß ein Platter«, antwortete Bourne leichthin. »Aber der Reservereifen war auch platt, und dann bin ich über irgendwas gestolpert – eine Baumwurzel, denke ich. Dann bin ich mit dem Kopf voraus in den Bach geklatscht.« Er machte eine entschuldigende Handbewegung. »Mit meiner Körperbeherrschung ist's leider nicht weit her.«

»Willkommen im Club«, sagte Kerry. Er war ein großer, grobknochiger Mann mit Doppelkinn und zu viel Fett um die Hüften. Er hatte Bourne vor einer Meile bei sich einsteigen lassen. »Mich hat meine Frau mal gebeten, den Geschirrspüler anzustellen. Ich hab ein gewöhnliches Waschmittel reingetan. Jesus, die Schaumberge hätten Sie sehen sollen!« Er lachte gutmütig.

Die Nacht war pechschwarz, ohne Mond oder Sterne. Leichter Nieselregen setzte ein, und Kerry stellte die Scheibenwischer an. Bourne fröstelte in seiner nassen Kleidung. Er wusste, dass er sich konzentrieren musste, aber sobald er die Augen schloss, sah er Alex und Mo vor sich; er sah aus Schusswunden sickerndes Blut zwischen Knochensplittern und Gehirnmasse. Seine Finger verkrampften sich, und er ballte unwillkürlich die Fäuste.

»Und was machen Sie beruflich, Mr. Little?«

Nachdem Kerry sich vorgestellt hatte, hatte Bourne sich als Dan Little ausgegeben. Kerry war anscheinend ein Gentleman alter Schule, der noch großen Wert auf solche Formalitäten legte.«

»Ich bin Buchhalter.«

»Ich plane Anlagen für die Entsorgung von Atommüll. Dabei kommt man ganz schön rum, das dürfen Sie mir glauben.« Kerrys Brillengläser glitzerten, als er zu Bourne hinübersah. »Teufel, Sie sehen aber nicht wie ein Buchhalter aus, wenn ich das bemerken darf.«

Bourne rang sich ein Lachen ab. »Das sagen alle. Ich hab im College Football gespielt.«

»Sie haben Ihren Körper nicht vernachlässigt wie viele ehemalige Sportler«, bemerkte Kerry. Er tätschelte seinen Schmerbauch. »Nicht wie ich. Bloß war ich nie ein Sportler. Einmal hab ich's versucht. Wusste nie, wohin ich laufen sollte. Bin vom Trainer angebrüllt worden. Und dann bin ich vom Gegner umgerannt worden.« Er schüttelte den Kopf. »Das hat mir gereicht. Ich bin ein Liebhaber, kein Kämpfer.« Er sah erneut zu Bourne hinüber. »Haben Sie Familie, Mr. Little?«

Bourne zögerte kurz. »Ich bin verheiratet, habe zwei Kinder.«

»Und glücklich, was?«

Ein Streifen schwarzer Bäume zog vorbei, dann ein windschiefer Telefonmast und eine verlassene kleine Hütte: mit Dornenranken überwuchert, von der Wildnis allmählich zurückerobert. Bourne schloss die Augen. »Sehr.«

Kerry lenkte den Wagen durch eine weite Rechtskurve. Eines musste man ihm lassen: Er war ein ausgezeichneter Fahrer. »Ich selbst bin geschieden. Das war eine schlimme Sache. Meine Frau hat mich mit unserem Dreijährigen im Schlepptau verlassen. Das war vor zehn Jahren.« Er runzelte die Stirn. »Oder vor elf? Na, jedenfalls habe ich seither kein Wort mehr von den beiden gehört.«

Bourne öffnete abrupt die Augen. »Sie haben die Verbindung zu Ihrem Sohn abreißen lassen?«

»Nicht, dass ich's nicht versucht hätte.« In Kerrys Stimme lag ein gereizter Unterton, als er sich zu rechtfertigen versuchte. »Anfangs habe ich jede Woche angerufen, Briefe geschrieben, ihm Geld für Dinge geschickt, die er sich vielleicht wünschen würde – ein Fahrrad und solche Sachen. Aber ich hab nie eine Antwort gekriegt.«

»Warum haben Sie ihn nicht besucht?«

Kerry zuckte mit den Schultern. »Irgendwann hab ich kapiert, dass er mich nicht sehen wollte.«

»Das war die Botschaft Ihrer Frau«, sagte Bourne. »Ihr Sohn ist noch ein Kind. Er weiß nicht, was er will. Wie denn auch? Er kennt Sie kaum.«

Kerry grunzte. »Sie haben leicht reden, Mr. Little. Sie haben ein behagliches Heim, eine glückliche Familie, zu der Sie jeden Abend heimkehren.«

»Gerade weil ich Kinder habe, weiß ich, wie kostbar sie sind«, sagte Bourne. »Wäre er mein Sohn, würde ich mit Zähnen und Klauen dafür kämpfen, ihn wieder kennen zu lernen und in mein Leben zu integrieren.«

Sie erreichten jetzt ein etwas dichter besiedeltes Gebiet, und Bourne sah ein Motel, eine Reihe von geschlossenen Läden. In der Ferne konnte er ein rotes Licht aufblitzen sehen, dann noch eines. Das war eine Straßensperre – allem Anschein nach eine große. Er zählte acht Streifenwagen, die zwei Reihen zu je vier Fahrzeugen bildeten und in einem Winkel von fünfundvierzig Grad zur Fahrbahn parkten, damit sie ihren Insassen maximalen Schutz gewähren und notfalls rasch die Straße sperren konnten. Bourne wusste, dass er nicht mal in die Nähe dieser Straßensperre kommen durfte – zumindest nicht deutlich sichtbar auf dem Beifahrersitz eines Autos. Er würde irgendeine andere Möglichkeit finden müssen, dort durchzukommen.

Aus dem Dunkel tauchte plötzlich die Leuchtreklame eines die ganze Nacht geöffneten Tankstellshops auf.

»Setzen Sie mich bitte dort vorn ab?«

»Wollen Sie das wirklich, Mr. Little? Die Gegend ist noch ziemlich einsam.«

»Machen Sie sich meinetwegen keine Sorgen. Ich lasse mich einfach von meiner Frau abholen. Wir wohnen nicht weit von hier entfernt.«

»Dann sollte ich Sie ganz nach Hause bringen.«

»Bis hierher genügt. Wirklich.«

Kerry bremste, lenkte an den Straßenrand und hielt unmittelbar nach dem Tankstellenshop. Bourne stieg aus.

»Vielen Dank fürs Mitnehmen.«

»Gern geschehen.« Kerry lächelte. »Und, Mr. Little, vielen Dank für Ihren Rat. Ich werd darüber nachdenken, was Sie gesagt haben.«

Bourne beobachtete, wie Kerry davonfuhr, dann wandte er sich ab und betrat den Tankstellenshop. Von der ultrahellen Neonbeleuchtung schmerzten ihm die Augen. Der Kassierer, ein pickeliger junger Mann mit langem Haar und blutunterlaufenen Augen, rauchte eine Zigarette und las ein Taschenbuch. Er sah kurz auf, als Bourne hereinkam, nickte ohne sonderliches Interesse und widmete sich wieder seiner Lektüre. Irgendwo lief ein Radio, in dem eine Frau mit weltverdrossener, melancholischer Stimme »Yesterday's Gone« sang. Sie hätte eigens für Bourne singen können.

Ein Blick in die Regale erinnerte ihn daran, dass er seit Mittag nichts mehr gegessen hatte. Er griff sich einen Korb und legte eine Plastikdose Erdnussbutter, eine Schachtel Kräcker eine Packung Salami, Orangensaft und Mineralwasser hinein.

Proteine und Vitamine waren das, was er jetzt brauchte. Außerdem kaufte er ein T-Shirt, ein langärmeliges gestreiftes Hemd, Zahnputz- und Rasierzeug und weitere Kleinigkeiten, von denen er aus langer Erfahrung wusste, dass er sie brauchen würde.

Bourne trat an die Kasse, und der pickelige junge Mann legte das eselsohrige Buch weg. *Dhalgren* von Samuel R. Delany. Bourne erinnerte sich daran, dass er dieses Buch kurz nach seiner Heimkehr aus Vietnam gelesen hatte: ein Buch, das ebenso halluzinatorisch war wie der Krieg. Fragmente seines früheren Lebens stiegen in ihm hoch: das Blut, der Tod, die Wut, das rücksichtslose Töten – alles, um den unerträglichen, niemals endenden Schmerz darüber zu betäuben, was im Fluss vor seinem Haus in Phnom Penh geschehen war. *»Sie haben ein behagliches Heim, eine glückliche Familie, zu der Sie jeden Abend heimkehren«*, hatte Kerry gesagt. Wenn der wüsste!

»Alles?«, fragte der pickelige junge Mann.

Bourne blinzelte, kehrte in die Gegenwart zurück. »Haben Sie ein Ladegerät für ein Handy?«

»Sorry, Kumpel, alle ausverkauft.«

Bourne bezahlte seine Einkäufe bar, nahm sie in einer braunen Papiertüte mit und verließ den Laden. Zehn Minuten später erreichte er das Motel. Auf dem Gelände parkten nur wenige Autos. Am anderen Ende des lang gestreckten Gebäudes stand ein Sattelschlepper, dem Anbauaggregat nach zu urteilen ein Kühltransporter. An der Rezeption kam ein spindeldürrer Mann mit dem grauen Gesicht eines Leichenbestatters hinter dem Schreibtisch im rückwärtigen Teil des Raums hervorgeschlurft, an dem er vor einem uralten tragbaren Schwarz-Weiß-Fernseher gesessen hatte. Bourne trug sich unter falschem Namen ein und zahlte wieder bar. Jetzt besaß er noch genau siebenundsechzig Dollar.

»Gottverdammt merkwürdige Nacht«, krächzte der Spindeldürre.

»Wie das?«

Die Augen des anderen leuchteten auf. »Sagen Sie bloß, dass Sie nichts von den Morden gehört haben?«

Bourne schüttelte den Kopf.

»Keine zwanzig Meilen von hier.« Der Spindeldürre beugte sich über die Theke. Sein Atem roch unangenehm nach Kaffee und Magensäure. »Zwei Männer – *Staatsbedienstete –*, ansonsten sagt niemand was über sie, und Sie wissen ja, was *das* hierzulande bedeutet: Schlapphüte, alles streng geheim, wer *zum Teufel* weiß, was diese Burschen getrieben haben? Schalten Sie CNN ein, wenn Sie in Ihrem Zimmer sind, wir haben Kabelanschluss und alles.« Er gab Bourne den Schlüssel. »Hab Ihnen das Zimmer gegeben, das am weitesten von Guy entfernt ist – er ist der Trucker. Bestimmt haben Sie draußen seinen Sattelschlepper gesehen. Guy ist regelmäßig zwischen Florida und D.C. unterwegs; er fährt immer um fünf Uhr los, und wir wollen nicht, dass Sie gestört werden, stimmt's?«

Das Zimmer war trostlos braun und schäbig. Selbst der Geruch eines gewerblich benützten Desinfektionsmittels konnte den Modergeruch des Verfalls nicht ganz überdecken. Bourne schaltete den Fernseher ein und suchte die Kanäle ab, bis er CNN gefunden hatte. Dann packte er Erdnussbutter und Kräcker aus und begann zu essen.

»Zweifellos eröffnet diese kühne, visionäre Initiative des Präsidenten die Chance, Brücken in eine friedlichere Zukunft zu bauen«, sagte die CNN-Moderatorin gerade. DER TERRORISMUS-GIPFEL verkündete ein feuerrotes grafisches Banner im oberen Drittel des Bildschirms in der subtilen Art eines Londoner Boulevardblatts. »Außer dem Präsidenten selbst werden an dem Gipfeltreffen der russische Präsident und arabische Spitzenpolitiker teilnehmen. Im Lauf der kommenden Woche werden Wolf Blitzer, der den Präsidenten begleitet, und Christiane Amanpour, die Eindrücke bei den russischen und arabischen Delegationen sammelt, mit ausführlichen Kommentaren zu Wort kommen. Schließlich könnte der Terrorismusgipfel die Story des Jahres werden. Nun zu einem topaktuellen Lagebericht aus der isländischen Hauptstadt Reykjavik …«

Auf dem Bildschirm erschien der Haupteingang des Hotels Oskjuhlid, in dem in fünf Tagen der Terrorismusgipfel stattfinden würde. Ein allzu ernster CNN-Reporter begann ein Interview mit Jamie Hull, dem für die Sicherheitsvorkehrungen der Amerikaner beim Gipfeltreffen zuständigen Mann. Bourne starrte Hulls Gesicht mit dem kantigen Kinn, seinem Bürstenhaarschnitt, dem ingwerfarbenen Schnurrbart und den kalten blauen Augen an und glaubte, Alarmglocken schrillen zu hören. Hull kam aus der Agency, er war ein hohes Tier im Zentrum für Terrorismusbekämpfung. Conklin und er waren schon mehr als einmal aneinander geraten. Hull agierte politisch sehr geschickt, war jedoch im Umgang mit wichtigen Leuten ein Arschkriecher. Aber er handelte überall und immer streng nach Vorschrift, selbst wenn die Umstände flexibleres Verhalten erfordert hätten. Conklin musste einem Schlaganfall nahe gewesen sein, als er gehört hatte, dass Hull zum US-Sicherheitschef beim Gipfeltreffen ernannt worden war.

Während Bourne darüber nachdachte, kündigte der Lauftext am unteren Bildschirmrand eine aktualisierte Meldung an. Sie betraf den Mord an Alexander Conklin und Dr. Morris Panov, beide hohe Regierungsbeamte, wie der Lauftext verkündete. Dann wechselte die Szene abrupt: Das mehrmals blinkende Banner EILMELDUNG wurde durch das Wort MANASSAS-MORDE ersetzt, das ein amtliches Foto von David Webb überlagerte, das fast den ganzen Bildschirm einnahm. Die Moderatorin begann ihren aktualisierten Text über den brutalen Doppelmord an Alexander Conklin und Dr. Morris Panov vorzulesen. »Beide wurden mit jeweils einem Kopfschuss getötet«, sagte sie mit dem grimmigen Entzücken solcher Leute, »was auf einen Profikiller schließen lässt. Die zuständigen Stellen verdächtigen vor allem diesen Mann: David Webb, der unter Umständen auch als Jason Bourne auftritt. Wie aus Kreisen der Ermittler verlautet, leidet Webb – oder Bourne – unter Wahnvorstellungen und gilt als gefährlich. Falls Sie diesen Mann sehen, halten Sie sich von ihm fern. Rufen Sie die Nummer auf Ihrem Bildschirm an ...«

Bourne stellte den Ton ab. Jesus, die Fahndung lief wirklich schon auf Hochtouren! Kein Wunder, dass die hier eingerichtete Straßensperre so gut organisiert ausgesehen hatte – das waren CIA-Agenten, nicht die hiesigen Cops.

Er musste sich schleunigst an die Arbeit machen. Nachdem er sich Krümel vom Schoß gewischt hatte, zog er Conklins Handy aus der Tasche. Es wurde Zeit, festzustellen, mit wem Alex telefoniert hatte, als er erschossen worden war. Bourne aktivierte die Wahlwiederholung, hörte das Klingeln am anderen Ende. Dann meldete sich ein Anrufbeantworter. Dies war keine Privatnummer, sondern eine Maßschneiderei: Lincoln Fine Tailors. Der Gedanke, dass Conklin mit seinem Schneider telefoniert hatte, als er erschossen worden war, deprimierte ihn. Ein klägliches Ende für einen Meisterspion.

Als Nächstes überprüfte er den letzten eingegangenen Anruf, der vom Vorabend stammte. Der Anrufer war der

CIA-Direktor. *Sackgasse,* dachte Bourne. Er stand auf. Während er in Socken ins Bad ging, zog er sich bereits aus. Danach stand er lange unter der heißen Dusche und dachte bewusst an nichts, während er Schmutz und Schweiß von seiner Haut spülte. Hätte er jetzt nur frische Klamotten gehabt! Im nächsten Augenblick hob er ruckartig den Kopf. Er wischte sich Wasser aus den Augen, sein Herz jagte, und sein Verstand arbeitete wieder auf Hochtouren. Conklins Anzüge kamen aus dem Maßatelier Old World Tailors an der M Street; Alex war dort seit vielen Jahren Kunde. Mit dem Besitzer, einem russischen Immigranten, ging er sogar gelegentlich essen.

Bourne trocknete sich in fliegender Eile ab, griff wieder nach Conklins Handy und rief die Auskunft an. Nachdem er die Adresse von Lincoln Fine Tailors in Alexandria bekommen hatte, blieb er auf der Bettkante sitzen und starrte ins Leere. Er fragte sich, was die Firma Lincoln Fine Tailors noch tat, außer Stoffe zuzuschneiden und Säume zu nähen.

Hassan Arsenow schätzte Budapest auf eine Weise, wie Chalid Murat es nie gekonnt hätte. Entsprechend äußerte er sich gegenüber Sina Hasijew, als sie die Kontrollen auf dem Flughafen passiert hatten.

»Der arme Murat«, sagte er. »Ein braver Kerl, ein tapferer Freiheitskämpfer, aber in seinem Denken hoffnungslos im neunzehnten Jahrhundert verhaftet.« Sina, Arsenows getreue Stellvertreterin und überdies seine Geliebte, war klein, drahtig, so sportlich wie Arsenow. Volles pechschwarzes Haar umgab ihren Kopf wie eine Löwenmähne. Volle Lippen und dunkle, glänzende Augen verliehen ihr etwas Wildes, Zigeunerhaftes, aber ihr Verstand konnte distanziert und berechnend sein wie der eines Staranwalts, und sie war eiskalt und furchtlos.

Arsenow grunzte schmerzlich, als er hinten in die wartende Limousine stieg. Der Schuss des Attentäters hatte perfekt getroffen: Die Kugel hatte den Oberschenkel durchschlagen, ohne den Knochen zu treffen, und war glatt wieder ausgetreten. Die Wunde tat verdammt weh, aber das Projekt war diesen Schmerz wert, fand Arsenow, als er neben seiner Stellvertreterin in die Polster sank. Auf ihn war kein Verdacht gefallen; nicht einmal Sina ahnte, dass er an dem Attentat auf Murat beteiligt gewesen war. Aber was war ihm anderes übrig geblieben? Murat war zunehmend nervös geworden, was die möglichen Konsequenzen des Plans des Scheichs betraf. Er hatte nicht Arsenows Vision, ihm fehlte sein starker Sinn für soziale Gerechtigkeit. Chalid hätte sich damit zufrieden gegeben, Tschetschenien wieder den Russen abzunehmen, während der Rest der Welt sich verächtlich abwandte.

Als ihm der Scheich dagegen seinen kühnen und verwegenen Plan dargelegt hatte, war das für Arsenow der Augenblick der Offenbarung gewesen. Er konnte die Zukunft, die der Scheich ihnen wie eine reife Frucht hinhielt, deutlich sehen. Ganz unter dem Eindruck dieser übernatürlichen Erleuchtung stehend, hatte er von Chalid Murat eine Bestätigung erwartet – und stattdessen die bittere Wahrheit einsehen müssen. Chalid konnte nicht über die Grenzen seines Heimatlandes hinaussehen, er konnte nicht begreifen, dass eine Zurückeroberung der Region in gewisser Weise zweitrangig war. Arsenow war bewusst, dass die Tschetschenen stärker werden mussten, um nicht nur das Joch der russischen Ungläubigen abzuschütteln, sondern um ihren Platz in der islamischen Welt einnehmen und sich den Respekt der anderen muslimischen Staaten verdienen zu können.

Die Tschetschenen waren Sunniten, die den Lehren der Sufi-Mystiker anhingen, deren Verkörperung das *sikr* genannte Gedenken an Allah war: ein Gemeinschaftsritual mit heruntergeleierten Gebeten und rhythmischem Tanz, das einen gemeinschaftlichen Trancezustand bewirkte, in dem den Versammelten das Auge Allahs erschien. Die Sunniten, deren Glaube ebenso monolithisch war wie jede andere Religion, verabscheuten, fürchteten und schmähten deshalb jeden, der auch nur im Geringsten von ihrer starren Doktrin abwich. Mystizismus, aus welcher Quelle auch immer, war ihnen ein Gräuel. *Wirklich in jeder Beziehung Gedankengut aus dem 19. Jahrhundert,* dachte Arsenow verbittert.

Seit dem Tag des Attentats, seit dem lange herbeigesehnten Augenblick, in dem er der neue Führer der tschetschenischen Freiheitskämpfer geworden war, lebte Arsenow in einem fieberhaften, fast halluzinatorischen Zustand. Er schlief tief, aber nicht erholsam, denn er hatte ständig Albträume, in denen er in Ruinenlandschaften etwas oder jemanden zu suchen schien – stets vergeblich. Das bewirkte, dass er im Umgang mit Untergebenen reizbar und kurz angebunden war, dass er keinerlei Ausreden gelten ließ. Nur Sina war imstande, ihn zu beruhigen; ihre alchimistische Berührung gestattete ihm, aus dem seltsamen Schwebezustand zurückzukehren, in den er mittlerweile verfallen war.

Die Wundschmerzen brachten Arsenow in die Gegenwart zurück. Er starrte aus dem Autofenster auf die Straßen mit alten Häusern hinaus, beobachtete mit an Todesqualen grenzendem Neid, wie jedermann seinen Geschäften nachging, ohne die geringste Angst erkennen zu lassen.

Er hasste sie, *hasste* jeden einzelnen dieser Menschen, die in ihrem ungezwungen freien Leben niemals einen Gedanken auf den verzweifelten Freiheitskampf verschwendeten, den sein Volk seit dem 18. Jahrhundert führte und den er fortsetzte.

»Was hast du, Liebster?« Ein besorgter Schatten zog über Sinas Gesicht.

»Die Beine tun mir weh. Ich kann nicht mehr richtig sitzen, das ist alles.«

»Ich kenne dich. Die Tragödie von Murats Ermordung belastet dich weiter, obwohl wir ihn blutig gerächt haben. Fünfunddreißig russische Soldaten haben den Mord an Chalid Murat mit dem Leben bezahlt.«

»Nicht nur an Murat«, sagte Arsenow. »An unseren Männern. Durch russischen Verrat haben wir siebzehn Mann verloren.«

»Du hast den Verräter aufgespürt und ihn eigenhändig vor den Unterführern erschossen.«

»Um ihnen zu zeigen, was allen Verrätern an unserer Sache blüht. Das Urteil ist rasch gefällt worden, die Strafe war hart. Das ist unser Los, Sina. Es gibt nicht genug Tränen, um unser Volk zu beweinen. Sieh uns doch an! Verloren und zersprengt, im Kaukasus versteckt, über hundertfünfzigtausend Tschetschenen als Flüchtlinge im Ausland.«

Sina unterbrach Hassan nicht, als er diese quälenden Tatsachen erneut aufzählte, denn solche Erzählungen mussten so oft wie möglich wiederholt worden. Sie waren die Geschichtsbücher der Tschetschenen.

Arsenows Fingerknöchel wurden weiß, so krampfhaft ballte er die Hände zu Fäusten. »Ah, hätten wir doch nur eine Waffe, die tödlicher als ein AK-47 und wirksamer als eine Ladung C4 ist!«

»Bald, bald, Liebster!«, gurrte Sina mit ihrer tiefen, melodischen Stimme. »Der Scheich hat sich als unser bester Freund erwiesen. Denke nur daran, wie viel Hilfe seine Organisation unserem Volk allein im letzten Jahr hat zukommen lassen; denk auch daran, welche Aufmerksamkeit seine Presseleute uns in internationalen Zeitungen und Zeitschriften gesichert haben.«

»Und trotzdem lastet das russische Joch weiter auf uns«, klagte Arsenow. »Trotzdem sterben wir weiter zu Hunderten.«

»Der Scheich hat uns eine Waffe versprochen, die das alles ändern wird.«

»Er hat uns alle möglichen Versprechungen gemacht.« Arsenow rieb sich Staub aus dem linken Auge. »Damit muss endlich Schluss sein. Wir wollen Taten sehen.«

Die Limousine, die der Scheich den Tschetschenen geschickt hatte, bog von der Autobahn auf den Kalmankrt-Boulevard ab, der über die Arpadbrücke führte, unter der die Donau mit ihren großen Schleppzügen und bunten Sportbooten wie ein glitzerndes Bild lag. Sina nahm das Bild von der Brücke in sich auf. Auf einer Seite erhob sich das riesige Parlamentsgebäude mit atemberaubender Kuppel und neugotischen Spitztürmen; auf der anderen lag die dicht bewaldete Margareteninsel mit dem Grandhotel Danubius, in dem blütenweiße Bettwäsche und dicke Daunendecken auf sie warteten. Die tagsüber stahlharte Sina genoss ihre Budapester Nächte – und ganz besonders den Luxus eines übergroßen Hotelbetts. Dieses Fest der Sinnenfreude sah sie nicht als Verrat an ihrer asketischen Existenz, sondern als kurze Atempause von Entbehrungen und Erniedrigungen: als eine Belohnung wie eine Oblate aus belgischer Schokolade, die man heimlich unter die Zunge nahm, wo sie in einer Wolke aus Ekstase schmolz.

Die Limousine rollte in die Tiefgarage der Zentrale von Humanistas, Ltd. Beim Aussteigen ließ Sina sich vom Fahrer ein längliches Paket geben. Uniformierte Wachleute verglichen die Pässe der beiden mit Fotos in der Datenbank ihres

Computerterminals, klipsten ihnen laminierte Besucherausweise an und begleiteten sie in einen prächtigen Aufzug aus Bronze und Glas.

Spalko empfing sie in seinem Arbeitszimmer. Die Sonne stand schon hoch am Himmel und ließ den Fluss wie geschmolzenes Messing glänzen. Er umarmte beide und erkundigte sich nach ihrem Flug, der Fahrt vom Flughafen Ferihegy hierher und Arsenows Schussverletzung. Nachdem der Konvention Genüge getan war, gingen sie nach nebenan in einen mit honigfarbenem Pekanholz getäfelten Raum, in dem ein Tisch mit blütenweißem Damast, glänzendem Porzellan und blitzendem Tafelsilber gedeckt war. Spalko hatte ein westliches Mahl nach dem Geschmack der Tschetschenen vorbereiten lassen: Steak, Hummer, drei Sorten Gemüse. Und nirgends eine Kartoffel in Sicht. Kartoffeln waren oft tagelang alles, was Arsenow und Sina zu essen hatten. Bevor sie Platz nahmen, legte Sina das längliche Paket auf einen freien Stuhl.

»Scheich«, sagte Arsenow, »wie immer sind wir von deiner großzügigen Gastfreundschaft überwältigt.«

Spalko neigte den Kopf. Er war sehr zufrieden mit dem Namen, den er für ihre Welt angenommen hatte: Heiliger, Freund Allahs. Er bewirkte die richtige Mischung aus Ehrfurcht und Verehrung, er erhob den Hirten weit über seine Schafe.

Jetzt stand er auf und schraubte eine Flasche hochprozentigen polnischen Wodka auf, mit dem er drei Gläser füllte. Er hob sein Glas, und die beiden taten es ihm gleich. »Zum Andenken an Chalid Murat, den großen Führer, gewaltigen Krieger und grimmigen Feind«, intonierte er nach tschetschenischer Art ernst. »Möge Allah ihm den Ruhm schenken, den er sich durch sein Blutopfer verdient hat. Mögen die Sagen von seiner Kühnheit und Tapferkeit als Führer wieder und wieder von den Gläubigen erzählt werden.« Alle drei kippten das scharfe Getränk mit einem Zug.

Arsenow stand auf, füllte die Gläser erneut. Er hob seines, und die beiden anderen folgten seinem Beispiel. »Auf den Scheich, den Freund der Tschetschenen, der uns in der neuen Weltordnung unseren rechtmäßigen Platz verschaffen wird.« Auch diesmal kippten sie ihren Wodka.

Sina wollte aufstehen, wollte zweifellos ihrerseits einen Trinkspruch ausbringen, aber Arsenow legte ihr die Hand auf den Arm. Diese Geste, mit der ihr Einhalt geboten wurde, entging Spalkos Aufmerksamkeit nicht. Am meisten interessierte ihn Sinas Reaktion. Trotz ihrer ausdruckslosen Miene sah er ihr an, dass sie innerlich kochte. Auf der Welt gab es viele Ungerechtigkeiten, das wusste er – in jeder nur vorstellbaren Größenordnung. Ihm erschien es seltsam und ein wenig pervers, dass Menschen sich über großes Unrecht aufregen konnten, während sie die kleinen Ungerechtigkeiten, unter denen viele täglich zu leiden hatten, geflissentlich übersahen. Sina hatte Seite an Seite mit den Männern gekämpft; weshalb sollte sie also nicht auch einen Trinkspruch ausbringen dürfen? Sie kochte vor Wut; das gefiel Spalko, denn er verstand sich darauf, den Zorn anderer für seine Zwecke zu nutzen.

»Meine Gefährten, meine Freunde.« In seinen Augen blitzte Überzeugungskraft. »Auf das Zusammentreffen von kummervoller Vergangenheit, verzweifelter Gegenwart und glorreicher Zukunft. Unser Sieg ist zum Greifen nahe!«

Sie begannen zu essen, unterhielten sich dabei wie eine zwanglos zusammengewürfelte Tischgesellschaft über allgemeine, belanglose Themen. Und trotzdem machte sich eine erwartungsvolle Stimmung, die Veränderungen anzukündigen schien, in dem Raum breit. Ihre Blicke blieben auf ihre

Teller oder die anderen gerichtet, als widerstrebe es ihnen, dem aufziehenden Sturm, der sie schon jetzt in Unruhe versetzte, ins Auge zu sehen. Dann war das Mahl schließlich beendet.

»Es ist Zeit«, sagte der Scheich. Arsenow und Sina erhoben sich, standen vor ihm.

Arsenow verneigte sich. »Wer aus Liebe zur materiellen Welt stirbt, stirbt als Heuchler. Wer aus Liebe zum Jenseits stirbt, stirbt als Asket. Aber wer aus Liebe zur Wahrheit stirbt, stirbt als Sufi.«

Er wandte sich Sina zu, die das Paket aufriss, das sie aus Grosny mitgebracht hatten. Es enthielt drei Gewänder. Eines davon reichte sie Arsenow, der es anlegte. Das zweite legte sie selbst an. Das dritte hielt Arsenow in den Händen, als er sich erneut an den Scheich wandte.

»Die *cherkeh* ist das Ehrenkleid der Derwische«, erklärte Arsenow ihm. »Sie symbolisiert das Wesen und die Attribute Gottes.«

Sina sagte: »Das Gewand wird mit der Nadel der Frömmigkeit und dem Faden selbstlosen Gedenkens an Gott genäht.«

Der Scheich neigte den Kopf und erwiderte: »*La illaha ill Allah.*« Es gibt keinen Gott außer Gott, der eins ist.

Arsenow und Sina wiederholten: »*La illaha ill Allah.*« Dann bekleidete der tschetschenische Rebellenführer den Scheich mit der *cherkeh*. »Für die meisten Männer genügt es, nach der Scharia, dem islamischen Gesetz, gelebt und sich dem göttlichen Willen ergeben zu haben, um in Ehren zu sterben und ins Paradies einzugehen«, sagte er. »Aber es gibt andere unter uns, die das Göttliche schon hier und jetzt herbeisehnen, deren Liebe zu Allah sie wie uns drängt, den Weg der Innerlichkeit zu suchen. Wir sind Sufis.«

Spalko, der das Derwischgewand auf seinen Schultern lasten fühlte, sagte feierlich: »O du Seele, die du in Frieden lebst, kehre zu deinem Herrn zurück – mit Freuden, die in ihm und in dir sein werden. Reihe du dich ein unter meine Diener. Gehe ein in mein Paradies.«

Arsenow, den dieses Zitat aus dem Koran rührte, ergriff Sinas Hand und kniete mit ihr vor dem Scheich nieder. In drei Jahrhunderte alter Wechselrede legten sie einen feierlichen Treueschwur ab. Spalko holte ein Messer und übergab es ihnen. Beide brachten sich einen Schnitt am Handgelenk bei und boten ihm ihr Blut in einem Stielglas dar. Dadurch wurden sie *murids,* Jünger des Scheichs, durch Wort und Tat an ihn gebunden.

Dann, obwohl das für Arsenow wegen seiner Schussverletzung schmerzhaft war, saßen sie einander mit untergeschlagenen Beinen gegenüber und vollzogen nach Art der Naqschibandi-Sufis die *sikr,* die ekstatische Vereinigung mit Gott. Jeder legte die rechte Hand auf den linken Oberschenkel, umfasste das rechte Handgelenk mit der linken Hand. Arsenow bewegte Hals und Kopf halbkreisförmig nach rechts, und Sina und Spalko blieben genau im Takt seiner sanften, fast sinnlichen Beschwörung: »Bewahre mich, o Gott, vor dem bösen Blick aus Neid und Missgunst, der auf deine reichen Gaben fällt.« Hals und Kopf schwangen nach links. »Bewahre mich davor, o Gott, in die Hände verspielter Kinder der Erde zu fallen, damit sie mich nicht für ihre Spiele benützen; sie könnten mit mir spielen und mich schließlich zerbrechen, wie's Kinder mit ihren Spielsachen tun.« Von einer Seite zur anderen und wieder zurück. »Bewahre mich, o Gott, vor jeglicher Verletzung, die von der Bitterkeit meiner Feinde und der Unwissenheit meiner liebevollen Freunde kommt.«

So riefen sie im Sprechchor Gebete, und ihre Bewegungen verschmolzen miteinander, bis sie in Gegenwart Allahs ein ekstatisches Ganzes bildeten ...

Später, viel später führte Spalko sie durch einen rückwärtigen Korridor zu einem kleinen Aufzug mit Edelstahlkabine, der sie noch unterhalb der Kellergeschosse in den gewachsenen Fels brachte, auf dem das Gebäude stand.

Sie betraten einen von Stahlstreben durchzogenen riesigen Raum mit hoher Decke. Hier unten war nur das leise Rauschen der Klimaanlage zu hören. Entlang einer Wand waren Holzkisten aufgestapelt, zu denen Spalko sie führte. Er drückte Arsenow ein Brecheisen in die Hand und beobachtete zufrieden, wie der Terroristenführer die erste Kiste öffnete und die fabrikneuen AK-47, die sie enthielt, sichtlich beeindruckt anstarrte. Sina nahm ein Sturmgewehr heraus, inspizierte es rasch und sorgfältig. Sie nickte Arsenow zu, der eine weitere Kiste öffnete, die von der Schulter abzufeuernde Raketen enthielt.

»Das modernste Material aus russischen Beständen«, sagte Spalko.

»Aber zu welchem Preis?«, fragte Arsenow.

Spalko breitete die Hände aus. »Welcher Preis wäre angemessen, wenn diese Waffen euch helfen würden, die Freiheit zu erkämpfen?«

»Wie soll man den Wert der Freiheit beziffern?«, erkundigte Arsenow sich stirnrunzelnd.

»Das kann man nicht, Hassan. An der Freiheit hängt kein Preisschild. Sie wird mit dem Blut und den unbeugsamen Herzen von Menschen wie uns bezahlt.« Nun sah er zu Sina hinüber. »Sie gehören euch – alle –, damit ihr eure Grenzen sichern und dafür sorgen könnt, dass eure Nachbarn aufmerken.« Endlich sah Sina durch lange Wimpern zu ihm auf.

Ihre Blicke hielten einander fest, bis es zwischen ihnen funkte, obwohl ihre Gesichter ausdruckslos blieben.

Wie als Antwort auf Spalkos forschenden Blick sagte Sina: »Selbst mit diesen Waffen kommen wir nicht zum Gipfeltreffen in Reykjavik.«

Spalko nickte, zog die Mundwinkel nach unten. »Das stimmt leider. Die internationalen Sicherheitsmaßnahmen sind viel zu umfangreich. Ein bewaffneter Überfall würde nur mit unserem Tod enden. Aber ich habe einen Plan, der uns nicht nur Zugang zum Hotel Oskjuhlid verschafft, sondern auch die Möglichkeit gibt, alle Menschen im Gebäude zu töten, ohne dass wir uns selbst exponieren müssen. Wenige Stunden später ist alles, wovon ihr seit Jahrhunderten träumt, endlich euer.«

»Chalid Murat hatte *Angst* vor der Zukunft, *Angst* davor, was wir als Tschetschenen erreichen können.« Das Fieber der Selbstgerechtigkeit färbte Arsenows Gesicht rosig. »Die Welt hat uns allzu lange ignoriert. Die Russen bekämpfen uns mit allen Mitteln, während die Amerikaner, ihre Waffenbrüder, untätig zuschauen und nichts zu unserer Rettung unternehmen. In den Mittleren Osten fließen Milliarden US-Dollar – aber nach Tschetschenien kein einziger Rubel!«

Spalko hatte die zufriedene Miene eines Lehrers aufgesetzt, der Zeuge einer guten Leistung seines Lieblingsschülers wird. Seine Augen glitzerten hasserfüllt. »Das wird sich alles ändern. In fünf Tagen wird euch die Welt zu Füßen liegen. Dann habt ihr Macht und genießt den Respekt derer, die auf euch gespuckt und euch im Stich gelassen haben. Dazu gehören Russland, die islamische Welt und der gesamte Westen, *vor allem* die Vereinigten Staaten!«

»Hier geht's darum, die Weltordnung auf den Kopf zu stellen, Sina!«, schrie Arsenow fast.

»Aber wie?«, fragte Sina. »Wie ist das *möglich*?«

»Trefft euch in drei Tagen mit mir in Nairobi«, antwortete Spalko, »dann werdet ihr's sehen.«

Das Wasser, dunkel, tief, von namenlosen Schrecken erfüllt, schlägt über ihm zusammen. Er geht unter. Obwohl er mit aller Kraft kämpft, sich verzweifelt anstrengt, wieder an die Oberfläche zu gelangen, fühlt er sich wie mit Blei belastet in Spiralen in die Tiefe sinken. Dann blickt er nach unten und sieht ein dickes, von Wasserpflanzen schleimiges Tau, das um seinen linken Fußknöchel geknotet ist. Er kann nicht erkennen, was am Ende dieses Taus hängt, denn es verschwindet im Dunkel unter ihm. Aber die Last muss schwer sein, weil das Tau straff ist. Er krallt verzweifelt nach unten, seinen geschwollenen Fingern gelingt es endlich, den Knoten zu lösen, sich von der Buddhastatue zu befreien, die, sich überschlagend, ins unermessliche Dunkel sinkt …

Chan schrak wie jedes Mal mit dem Bewusstsein hoch, einen schrecklichen Verlust erlitten zu haben. Er lag in Schweiß gebadet in einem zerwühlten Bett. Dieser oft wiederkehrende Albtraum pulsierte noch einige Zeit bösartig in seinem Kopf. Dann ließ er die Finger behutsam, fast ehrfürchtig über seine straffen Bauch- und Brustmuskeln nach oben gleiten, bis sie den kleinen Buddha aus Jade erreichten, den er an einer dünnen Goldkette um den Hals trug. Chan legte ihn niemals ab, nicht einmal nachts. Natürlich war er da; er war immer da. Es war ein Talisman, obwohl Chan sich einzureden versuchte, er glaube nicht an Talismane.

Mit einem angewiderten kleinen Laut stand er auf, tappte barfuß ins Bad und ließ sich kaltes Wasser über den Kopf laufen. Er machte Licht und blinzelte einen Augenblick in der jähen Helligkeit. Dann brachte er seinen Kopf dicht an den

Spiegel heran und studierte sein Spiegelbild, als sähe er sich zum ersten Mal. Er grunzte, erleichterte sich, ging ins Zimmer zurück und knipste die Nachttischlampe an, um auf der Bettkante sitzend erneut das spärliche Dossier zu lesen, das Spalko ihm gegeben hatte. Nichts darin lieferte den geringsten Hinweis darauf, dass David Webb die Fähigkeiten besaß, die er Chan gegenüber demonstriert hatte. Er berührte das blau-schwarze Mal an seiner Kehle, dachte an das Netz, das Webb aus Ranken geflochten und so geschickt ausgespannt hatte. Dann zerriss er das einzelne Blatt Papier, aus dem das Dossier bestand. Es war wertlos, sogar schädlich, denn es hatte ihn dazu verleitet, die Zielperson zu unterschätzen. Und eine weitere Schlussfolgerung drängte sich ebenso auf: Spalko hatte ihm Informationen gegeben, die unvollständig oder falsch waren.

Chan hatte den Verdacht, Spalko wisse genau, wer und was David Webb war. Er musste herausbekommen, ob Spalko irgendein Projekt laufen hatte, das Webb betraf. In Bezug auf David Webb verfolgte er eigene Pläne und war entschlossen, sie von niemandem – nicht einmal von Stepan Spalko – durchkreuzen zu lassen.

Er knipste seufzend die Lampe aus und ließ sich ins Bett zurücksinken, aber sein Verstand war nicht auf Schlaf eingestellt. Sein ganzer Körper schien von Spekulationen zu summen. Vor den Verhandlungen mit Spalko wegen des letzten Auftrags hatte er nicht einmal geahnt, dass David Webb überhaupt existierte. Chan bezweifelte, dass er den Auftrag angenommen hätte, wenn Spalko ihn nicht mit Webb geködert hätte. Er musste gewusst haben, dass Chan die Idee, Webb aufzuspüren, unwiderstehlich finden würde. Seit einiger Zeit fühlte Chan sich unbehaglich, wenn er für Spalko arbeitete. Spalko schien mehr und mehr zu glauben, er könne beliebig über ihn verfügen, und wurde zusehends größenwahnsinnig.

Im kambodschanischen Dschungel, in dem er sich als Kind und Jugendlicher hatte durchschlagen müssen, hatte er mehr als einmal mit Größenwahnsinn zu tun gehabt. Das schwülheiße Klima, das ständige Kriegschaos und der unsichere Alltag trugen vereint dazu bei, die Menschen an den Rand des Wahnsinns zu treiben. In dieser lebensfeindlichen Umwelt überlebten nur die Starken; jedermann wurde auf irgendeine grundlegende Weise verändert.

Im Bett liegend tastete Chan die Narben auf seinem Körper ab. Das war eine Art Ritual, vielleicht ein Aberglaube, ein Mittel, um vor Schaden sicher zu sein – nicht vor Gewalt, wie sie Erwachsene gegeneinander einsetzten, sondern vor dem kriechenden, namenlosen Entsetzen, das ein Kind mitten in der Nacht befällt. Kinder, die aus solchen Albträumen aufschrecken, laufen zu ihren Eltern, schlüpfen in die behagliche Wärme ihres Betts und sind bald wieder eingeschlafen. Aber Chan hatte keine Eltern gehabt, die ihn hätten trösten können. Er hatte sich im Gegenteil ständig aus den Krallen geistig minderbemittelter Erwachsener befreien müssen, die ihn nur als Quelle für Geld oder Sex sahen. Das Dasein als Sklave war viele Jahre lang sein Los gewesen – bei Asiaten ebenso wie bei Weißen, denen zu begegnen er das Unglück gehabt hatte. Er gehörte zu keiner der beiden Welten, dessen war er sich bewusst. Er war ein Mischling und als solcher verachtet, geschmäht, beschimpft, geschlagen, missbraucht und auf jede für menschliche Wesen nur denkbare Weise erniedrigt worden.

Und trotzdem hatte er durchgehalten. Anfangs hatte er nur das Ziel gehabt, von einem Tag zum nächsten zu überleben. Aber er hatte aus bitterer Erfahrung gelernt, dass Flucht allein nicht genügte, weil die Sklavenhalter einen verfolgten, um einen schwer zu bestrafen. Das hatte ihn zweimal fast das Leben gekostet. Endlich begriff er, dass er mehr tun musste, wenn er überleben wollte. Er würde töten müssen, sonst würde er selbst getötet werden.

Kurz vor fünf Uhr schlichen die Männer des Eingreifteams sich von ihrer Ausgangsposition an der Straßensperre lautlos an das Motel an. Dass Jason Bourne hier abgestiegen war, hatte der Nachtportier der Agency gemeldet, der das Gesicht des Flüchtigen auf dem Fernsehschirm vor sich gehabt hatte, als er aus einem von Xanax bewirkten Dämmerschlaf hochgeschreckt war. Er hatte sich gezwickt, um sich zu vergewissern, dass er nicht träumte, einen Schluck billigen Rye genommen und nach dem Telefonhörer gegriffen.

Der Teamführer hatte verlangt, dass die Außenbeleuchtung des Motels abgeschaltet wurde, damit sein Team sich im Dunkeln annähern konnte. Als seine Männer jedoch in Stellung zu gehen begannen, ließ der Fahrer des Kühllasters am anderen Ende des Motels seinen Motor an und schaltete die Scheinwerfer ein, deren grelles Licht einige Männer des Teams erfasste. Der Teamleader machte dem ahnungslosen Fahrer verzweifelt Handzeichen; dann rannte er zum Fahrerhaus und forderte ihn auf, schleunigst abzuhauen. Der Fahrer, dem beim Anblick des Teams die Augen aus den Höhlen zu quellen drohten, gehorchte eilig und ließ die Scheinwerfer ausgeschaltet, bis er vom Parkplatz des Motels auf den Highway hinausgerumpelt war.

Der Teamführer gab seinen Männern den Angriffsbefehl, und sie rückten gegen Bournes Motelzimmer vor. Auf ein Handzeichen hin lösten sich zwei Männer aus der Gruppe und verschwanden zur Rückseite des Gebäudes. Der Führer ließ ihnen zwanzig Sekunden Zeit, in Stellung zu gehen, bevor er den Befehl »Gasmasken auf!« gab. Zwei seiner Männer ließen sich auf ein Knie nieder und schossen Tränengasgranaten durchs vordere Fenster des Motelzimmers. Als der ausgestreckte Arm des Führers herabzuckte, brachen seine Männer die Tür auf und erstürmten den Raum. Gasschwaden umhüllten sie, als sie mit schussbereiten Maschinenpistolen eindrangen. Der Fernseher lief, der Ton war leise gestellt. CNN zeigte das Gesicht des Gesuchten. Auf dem fleckigen, abgetretenen Teppichboden waren die Überreste einer hastig eingenommenen Mahlzeit verstreut, und das Bett war abgezogen. Das Zimmer war leer.

Im Laderaum des Kühllasters, der eilends vom Motel wegfuhr, lag Bourne in Bettzeug gehüllt zwischen fast bis zur Decke gestapelten Holzkisten mit Erdbeeren in Plastikkörbchen. Er hatte es geschafft, sich etwas oberhalb der Ladefläche einzurichten, wo die Kisten auf beiden Seiten ihm Halt gaben. Nachdem er hinten eingestiegen war, hatte er die Hecktür hinter sich verriegelt. Wie bei allen Kühllastern ließen die Türen sich auch von innen öffnen und schließen, damit sichergestellt war, dass niemand versehentlich eingesperrt wurde. Bourne hatte kurz seine Stablampe eingeschaltet und einen Mittelgang gesehen, der eben breit genug für einen Mann war. In der Vorderwand rechts oben saß der Lufteinlass des Kühlaggregats.

Plötzlich erstarrte er. Der Sattelschlepper wurde langsamer, als er sich der Straßensperre näherte, dann hielt er ganz. Der Augenblick höchster Gefahr war da.

Schätzungsweise fünf Minuten lang herrschte völlige Stille, dann knarrte die Hecktür, als sie geöffnet wurde. Stimmen drangen an sein Ohr. »Haben Sie Anhalter mitgenommen?«, fragte ein Cop.

»Mmh-hmm«, antwortete Guy, der Trucker.

»Hier, sehen Sie sich dieses Foto an. Haben Sie diesen Mann vielleicht am Straßenrand gesehen?«

»Nein, Sir. Den Kerl hab ich nie gesehen. Was hat er angestellt?«

»Was haben Sie dort drin?« Die Stimme eines zweiten Cops.

»Frische Erdbeeren«, sagte Guy. »Hören Sie, Officers, haben Sie ein Herz. Denen tut's nicht gut, wenn die Tür offen ist. Was verfault ist, wird mir vom Lohn abgezogen.«

Jemand grunzte. Der Strahl einer starken Stablampe huschte den Mittelgang entlang und suchte genau unter der Stelle, wo Bourne zwischen den Erdbeerkisten lag, den Wagenboden ab.

»Okay«, sagte der erste Cop, »zumachen, Kumpel.«

Die Stablampe erlosch, und die Tür wurde zugeknallt.

Bourne wartete, bis der Sattelschlepper wieder in Fahrt war und über den Highway in Richtung D.C. donnerte, bevor er aus seinem Versteck kroch. Sein Verstand arbeitete auf Hochtouren. Die Cops mussten Guy dasselbe Foto von Daniel Webb gezeigt haben, das schon CNN gesendet hatte.

Keine halbe Stunde später wurde die gleichmäßige Fahrt auf dem Highway durch Stop-and-go-Verkehr auf Stadtstraßen mit Verkehrsampeln ersetzt. Es wurde Zeit, auszusteigen. Bourne ging nach hinten und betätigte den Sicherheitshebel. Er ließ sich nicht bewegen – auch mit größerer Anstrengung nicht. Leise fluchend schaltete er seine Stablampe ein, die er aus Conklins Haus mitgenommen hatte. Im hellen Kreis des Lichtstrahls sah er, dass der Mechanismus klemmte. Er saß in der Falle.

Kapitel fünf

Bei Tagesanbruch kam der CIA-Direktor zu einer Besprechung mit Roberta Alonzo-Ortiz, der Nationalen Sicherheitsberaterin, zusammen. Sie trafen sich im Lageraum des Präsidenten, einem kreisförmigen Raum tief unter dem Weißen Haus. Viele Stockwerke über ihnen lagen die holzgetäfelten, wundervoll ausgestatteten Räume, die die meisten Leute mit diesem sagenumwobenen historischen Gebäude in Verbindung brachten, aber hier unten gaben ausschließlich Macht und Muskeln der Pentagon-Oligarchen den Ton an. Wie die großen Tempel der alten Zivilisationen war der Lageraum unter dem Weißen Haus für Jahrhunderte erbaut. Und wie es einem solchen Monument der Unbesiegbarkeit zustand, waren seine Abmessungen einschüchternd.

Alonzo-Ortiz, der CIA-Direktor und ihre engsten Mitarbeiter – sowie einige ausgesuchte Secret-Service-Agenten – besprachen zum hundertsten Mal die Sicherheitsmaßnahmen beim Terrorismusgipfel in Reykjavik. Auf einer Projektionsfläche standen detaillierte Grundrisse des Hotels Oskjuhlid – mit Hinweisen zu Ein- und Ausgängen, Treppenhäusern, Aufzügen, Dachluken, Fenstern und dergleichen. Zu dem Hotel bestand eine direkte Videoverbindung, sodass Jamie Hull, der dortige Emissär des Direktors, an der Besprechung teilnehmen konnte.

»Fehler werden definitiv nicht toleriert«, sagte Alonzo-Ortiz gerade. Sie war eine imposante Erscheinung mit rabenschwarzem Haar und glänzenden, scharfen Augen. »Sämtliche

Abläufe dieses Gipfels müssen wie ein Uhrwerk funktionieren«, fuhr sie fort. »Jeder Verstoß gegen Sicherheitsmaßnahmen, und sei er noch so geringfügig, hätte fatale Folgen. Er würde das Ansehen Amerikas in den wichtigsten islamischen Staaten, das der Präsident in den letzten achtzehn Monaten mühsam aufgepäppelt hat, wieder ruinieren. Ihnen brauche ich nicht zu erzählen, dass unter der angeblichen Kooperationsbereitschaft angeborenes Misstrauen gegenüber westlichen Werten, der jüdisch-christlichen Ethik und allem, was sie verkörpert, lauert. Jeder Hinweis darauf, der Präsident könnte die Führer der islamischen Staaten irgendwie getäuscht haben, hätte sofort katastrophale Folgen.« Sie sah sich langsam am Konferenztisch um. Zu ihren besonderen Fähigkeiten gehörte die Gabe, jedem einzelnen Teilnehmer das Gefühl zu vermitteln, sie spreche mit ihm persönlich. »Über eines müssen Sie sich im Klaren sein, Gentlemen. Wir sprechen hier über nichts Geringeres als einen globalen Krieg, einen umfassenden *Dschihad*, wie wir ihn noch nie erlebt haben und den wir uns vermutlich nicht einmal vorstellen können.«

Sie wollte gerade Jamie Hull das Wort erteilen, als ein schlanker junger Mann den Raum betrat, wortlos zum CIA-Direktor ging und ihm einen zugeklebten Umschlag übergab.

»Entschuldigung, Dr. Alonzo-Ortiz«, sagte er, als er den Umschlag aufriss. Obwohl sein Puls sich verdoppelt hatte, las er den Inhalt mit ausdrucksloser Miene durch. Die Nationale Sicherheitsberaterin konnte es nicht leiden, wenn ihre Besprechungen unterbrochen wurden. Er merkte, dass sie ihn anstarrte, als er seinen Stuhl zurückschob und aufstand.

Alonzo-Ortiz bedachte ihn mit einem so schmallippigen Lächeln, dass ihre Lippen nahezu verschwanden. »Sie haben bestimmt gute Gründe, uns so plötzlich zu verlassen?«

»Die habe ich in der Tat, Dr. Alonzo-Ortiz.« Der CIA-Direktor war lange genug im Amt, um selbst beträchtliche Macht zu besitzen; trotzdem hütete er sich davor, eine Konfrontation mit der Frau zu suchen, die zur engsten Vertrauten des Präsidenten aufgestiegen war. Er blieb vorbildlich höflich, obwohl er Roberta Alonzo-Ortiz aus zwei Gründen nicht ausstehen konnte: weil sie ihn in seiner traditionellen Rolle beim Präsidenten verdrängt hatte und weil sie eine Frau war. Deswegen nützte er diese Gelegenheit, ihr wenigstens eine Information vorzuenthalten, die sie brennend interessierte: Weshalb er die Besprechung vorzeitig verlassen musste.

Das Lächeln der Nationalen Sicherheitsberaterin wurde noch eisiger. »Dann wäre ich Ihnen dankbar, wenn Sie mich ausführlich über die eingetretene Krise informieren würden, sobald Sie dazu in der Lage sind.«

»Selbstverständlich«, sagte der CIA-Direktor, während er sich hastig zurückzog. Als die schwere Tür des Lagerraums hinter ihm ins Schloss fiel, fügte er trocken hinzu: »Eure Hoheit.« Darüber musste der Agent, den sein Büro als Boten eingesetzt hatte, laut lachen.

Der Direktor brauchte keine Viertelstunde, um die CIA-Zentrale zu erreichen, in der die versammelten Hauptabteilungsleiter auf seine Ankunft warteten. Das Thema: der Doppelmord an Alexander Conklin und Dr. Morris Panov. Der Hauptverdächtige: Jason Bourne. Diese Herren waren blasse Männer, die tadellos geschnittene konservative Anzüge, Krawatten aus Seidenrips und blank geputzte feste Schuhe trugen. Für sie gab es keine gestreiften Hemden, farbig abgesetzte Kragen oder sonstige vergängliche Moden. Sie waren es gewöhnt, sich innerhalb des Beltways auf den Korridoren der Macht zu bewegen, und sie veränderten sich ebenso wenig wie ihre Kleidung. Sie waren konservative Denker, die von konservativen Colleges kamen; sie stammten aus den richtigen Familien und waren von ihren Vätern frühzeitig bei den richtigen Leuten eingeführt worden, deren Vertrauen sie gewonnen hatten – Führungskräfte mit Energie und Visionen, die wussten, wie man Dinge tatkräftig anpackte. Die Zentrale, in der sie jetzt saßen, war der Mittelpunkt einer eifersüchtig verteidigten geheimen Welt, deren Tentakel jedoch die Erde umspannten.

Sobald der Direktor den Raum betrat, wurde die Beleuchtung gedämpft. Auf der Projektionsfläche erschienen Polizeifotos der Mordopfer am Tatort.

»Um Himmels willen, weg damit!«, rief der Direktor. »Das ist doch obszön. So dürfen wir uns diese Männer nicht ansehen!«

Martin Lindros, der stellvertretende CIA-Direktor, drückte auf einen Knopf und ließ die Bilder verschwinden. »Damit alle auf demselben Stand sind: Seit gestern Abend steht fest, dass der dritte Wagen vor Conklins Haus David Webb gehört.« Er machte eine Pause, als der Alte sich räusperte.

»Nennen wir das Kind doch beim rechten Namen.« Der Direktor beugte sich nach vorn und stemmte beide Fäuste auf die polierte Tischplatte. »Die Welt im Allgemeinen mag diesen … diesen Mann als David Webb kennen, aber hier ist er als Jason Bourne bekannt. Deshalb werden *wir* nur diesen Namen benützen.«

»Ja, Sir«, sagte Lindros, der sich auf keinen Fall mit dem Direktor, der heute äußerst schlecht gelaunt war, anlegen wollte. Er brauchte kaum in seine Notizen zu sehen, so frisch und deutlich standen ihm die Ermittlungsergebnisse vor Augen. »W… Bourne ist zuletzt auf dem Campus der Georgetown University gesehen worden – ungefähr eine Stunde vor dem Doppelmord. Ein Zeuge hat ihn zu seinem Auto hasten gesehen. Wir können annehmen, dass er direkt zu Alex Conklins Haus gefahren ist. Ungefähr zum Zeitpunkt der Tat war Bourne nachweisbar in dem Haus. Seine Fingerabdrücke sind an einem halb leeren Glas Scotch im Medienraum gefunden worden.«

»Was ist mit dem Revolver?«, fragte der Direktor. »Ist er die Tatwaffe?«

Lindros nickte. »Durch ballistische Untersuchungen eindeutig bestätigt.«

»Und er gehört Bourne, wissen Sie das bestimmt, Martin?«

Lindros suchte eine Fotokopie heraus, ließ sie über den Tisch zu dem Direktor hinübersegeln. »Die Registrierung bestätigt, dass die Tatwaffe einem gewissen David Webb gehört. *Unserem* David Webb.«

»Verdammt!« Die Hände des Direktors zitterten. »Hat der Scheißkerl seine Fingerabdrücke drangelassen?«

»Die Waffe ist abgewischt worden«, sagte Lindros, in seinen Notizen blätternd. »Die Spurensicherer haben keinen einzigen Abdruck gefunden.«

»So arbeitet ein Profi.« Der CIA-Direktor wirkte plötzlich müde. Es war nicht leicht, einen alten Freund zu verlieren.

»Ja, Sir. Absolut.«

»Und Bourne?«, knurrte der Direktor. Für ihn schien es schmerzlich zu sein, den Namen auch nur auszusprechen.

»In den frühen Morgenstunden haben wir einen Tipp bekommen. Bourne soll sich in einem Motel in Virginia in der Nähe einer der Straßensperren verkrochen haben«, sagte Lindros. »Das Gebiet wurde sofort abgesperrt, ein Einsatzteam zum Motel entsandt. Falls Bourne tatsächlich dort gewesen ist, war er bereits geflüchtet und irgendwie durch die Absperrung gelangt. Im Augenblick ist er spurlos verschwunden.«

»Verdammter Mist!« Der Direktor war rot angelaufen.

Lindros' Assistent kam schweigend herein und legte ihm ein Blatt Papier hin. Er überflog es, dann sah er auf. »Zuvor hatte ich ein Team zu Webbs Haus entsandt – für den Fall, dass er dort aufkreuzt oder versucht, mit seiner Frau Verbindung aufzunehmen. Das Team hat das Haus abgesperrt und leer vorgefunden. Keine Spur von Bournes Frau oder den beiden Kindern. Spätere Ermittlungen haben ergeben, dass sie in ihrer Schule aufgekreuzt ist und sie ohne weitere Erklärungen aus dem Unterricht geholt hat.«

»Damit ist alles klar!« Der CIA-Direktor schien einem Schlaganfall nahe zu sein. »Er ist uns auf allen Gebieten einen Schritt voraus, weil er diese Morde langfristig geplant hat!« Auf der kurzen, raschen Fahrt nach Langley hatte er zugelassen, dass seine Emotionen die Herrschaft über seinen Verstand eroberten. Alex Conklins Ermordung und Alonzo-Ortiz' Trickserei hatten bewirkt, dass er schon wütend in diese Besprechung gegangen war. Als er jetzt mit den belastenden Ergebnissen der Spurensicherung konfrontiert wurde, war er gleich bereit, Bourne zu verurteilen.

»Jason Bourne ist durchgedreht.« Der Alte, der weiterhin stand, zitterte jetzt förmlich. »Alexander Conklin war ein bewährter alter Freund. Ich kann nicht einmal andeutungsweise aufzählen, wie oft er seinen Ruf – und sogar sein *Leben* – für diese Organisation aufs Spiel gesetzt hat. Er war ein wahrer Patriot im schönsten Sinn des Wortes, ein Mann, auf den wir alle mit Recht stolz sind.«

Lindros seinerseits dachte an die vielen Gelegenheiten, bei denen der Alte über Conklin und seine Cowboymethoden, tollkühnen Unternehmen und inoffiziell verfolgten Ziele geschimpft hatte. Die Toten zu preisen war schön und gut, fand er, aber in dieser Branche war es geradezu töricht, gefährliche

Neigungen früherer und gegenwärtiger Agenten zu ignorieren. Dazu gehörte natürlich auch Jason Bourne. Als Agent war er eine Art »Schläfer« – die schlimmste Sorte, die nicht ganz unter CIA-Kontrolle stand. In der Vergangenheit war er stets durch die Umstände, und niemals auf eigenen Wunsch aktiviert worden. Lindros, der nur sehr wenig über Jason Bourne wusste, war entschlossen, diese Wissenslücken zu schließen, sobald diese Besprechung zu Ende war.

»Falls Alexander Conklin eine Schwäche oder einen blinden Fleck hatte, dann war es Jason Bourne«, fuhr der CIA-Direktor fort. »Viele Jahre vor der Eheschließung mit seiner jetzigen Frau Marie hat er alle seine Angehörigen – seine thailändische Frau und zwei Kinder – bei einem Luftangriff auf Phnom Penh verloren. Der Mann war vor Kummer und Schuldbewusstsein fast wahnsinnig, als Alex ihn in Saigon aufgegabelt und ausgebildet hat. Auch Jahre später, selbst nachdem Alex Dr. Panov hinzugezogen wurde, hat es noch Schwierigkeiten mit Bourne gegeben – obwohl Dr. Panov in seinen Berichten regelmäßig das Gegenteil behauptet hat. Irgendwie ist auch er unter den Einfluss von Jason Bourne geraten.

Ich habe Alex immer wieder gewarnt, ich habe ihn gebeten, Bourne herzubringen, wo unsere Gerichtspsychiater ihn begutachten sollten, aber er hat sich stets geweigert. Alex, Gott hab ihn selig, konnte schrecklich stur sein; er hat fest an Bourne geglaubt.«

Das Gesicht des Direktors war schweißnass, als er sich mit geweiteten Augen in dem Raum umsah. »Und wozu hat dieser Glaube geführt? Beide Männer sind von dem Kerl, den sie unter Kontrolle zu haben glaubten, wie tolle Hunde abgeknallt worden. Die schlichte Wahrheit lautet, dass Bourne unkontrollierbar ist. Und er ist gefährlich, eine giftige Viper.« Der Direktor schlug mit der Faust auf den Tisch. »Aber ich lasse nicht zu, dass diese abscheulichen, eiskalt verübten Morde ungesühnt bleiben. Ich werde einen weltweit gültigen Befehl unterzeichnen, der Jason Bournes sofortige Liquidierung anordnet.«

Bourne war inzwischen durchgefroren und zitterte vor Kälte. Er sah auf und richtete den Strahl seiner Stablampe auf das Gitter, durch das die kalte Luft einströmte. Er folgte dem Mittelgang nach vorn, kletterte rechts über die Kisten hinauf, kroch über sie hinweg bis zum Lüftungsgitter. Mit dem Rücken der Klinge des Schnappmessers löste er die Schrauben, die das Gitter hielten. Erstes graues Tageslicht erfüllte den Laderaum. Die Öffnung schien groß genug zu sein, dass ein Mann sich hindurchzwängen konnte. Hoffentlich.

Er nahm die Schultern nach vorn, zwängte sich in die Öffnung und fing an, sich hindurchzuschlängeln. Das klappte einige Handbreit weit, aber dann wurde sein Vorwärtskommen abrupt gestoppt. Er konnte sich nicht mehr bewegen. Er saß fest. Bourne atmete aus, ließ seinen Oberkörper schlaff werden. Er stieß sich mit den Füßen ab. Eine Kiste verrutschte, aber er war ein Stück vorangekommen. Er ließ die Beine sinken, bis seine Füße erneut Halt gefunden hatte, stemmte die Absätze ein, drückte nochmals und bewegte sich wieder. Beharrlich wiederholte er dieses Manöver und gelangte endlich mit Armen, Kopf und Schultern ins Freie. Er sah blinzelnd zu dem rosaroten Morgenhimmel auf, an dem Wattebauschwölkchen ihre Form veränderten, während er unter ihnen hindurchfuhr. Er griff nach oben, bekam die Dachkante des Trailers zu fassen, zog sich aus dem Laderaum und lag nun ausgestreckt auf dem Dach.

An der nächsten roten Ampel sprang er zu Boden und rollte sich über eine Schulter ab, um den Aufprall abzumildern.

Er kam wieder auf die Beine, erreichte den Gehsteig und klopfte seine Kleidung ab. Die Straße war menschenleer. Als der Sattelschlepper, in bläulichen Dieselqualm gehüllt, weiterrollte, schickte er dem ahnungslosen Guy einen knappen Gruß nach.

Er befand sich in einem Außenbezirk von D.C., im armen Nordosten. Der Morgenhimmel wurde rasch heller, und die langen Schatten bei Tagesanbruch wichen vor der Sonne zurück. In der Ferne war Verkehrslärm zu hören, in den sich eine Polizeisirene mischte. Er atmete tief durch. Für ihn enthielt die Luft außer städtischem Gestank auch etwas Erfrischendes: das Hochgefühl von Freiheit nach einer langen Nacht, in der er darum gekämpft hatte, nicht entdeckt zu werden und frei zu bleiben.

Er ging weiter, bis er das Flattern verblasster rot-weiß-blauer Fähnchen sah. Der Gebrauchtwagenhändler würde erst in einigen Stunden öffnen. Bourne betrat den verlassenen Verkaufsplatz, wählte das nächstbeste unauffällige Auto und vertauschte seine Kennzeichen mit denen des Wagens daneben. Er knackte das Türschloss, öffnete die Fahrertür und schloss die Zündung kurz. Im nächsten Augenblick fuhr er vom Verkaufsplatz auf die Straße hinaus.

Er hielt vor einem Schnellimbiss, dessen verchromte Fassade ein Relikt aus den fünfziger Jahren war. Auf dem Dach lockte eine riesige Kaffeetasse, deren Neonröhren längst durchgebrannt waren. Drinnen war es schwülheiß. Der Geruch von Kaffeesatz und Frittierfett hatte sich auf allen Oberflächen festgesetzt. Links befand sich eine lange Resopaltheke, vor der rote Kunstlederhocker mit verchromten Beinen standen; rechts vor den sonnenhellen Fenstern befanden sich Sitznischen – jede mit einer dieser individuellen Musikboxen mit den Titelkärtchen aller Songs, die man für einen Quarter abspielen konnte.

Bournes weiße Haut wurde von den schwarzen Gesichtern, die sich ihm zuwandten, als die Tür sich mit leisem Gebimmel hinter ihm schloss, schweigend registriert. Niemand erwiderte sein Lächeln. Den meisten war er wohl gleichgültig, aber einige, die empfindlicher waren, schienen sein Aufkreuzen für ein schlimmes Omen zu halten.

Er war sich der feindseligen Blicke bewusst, als er in eine der Nischen mit klumpigen Sitzpolstern glitt. Eine Bedienung mit orangeroter Afrofrisur und einem Gesicht wie Eartha Kitt ließ eine Speisekarte mit Fliegendreck auf dem Umschlag vor ihm auf den Tisch fallen und goss ihm dampfend heißen Kaffee ein. Wache, übertrieben stark geschminkte Augen in einem von Sorgen gezeichneten Gesicht betrachteten ihn mit einer Mischung aus Neugier und etwas anderem, das vielleicht Mitgefühl war. »Lass'n Sie die Leute ruhig gaff'n, Schätzchen«, sagte sie leise. »Die ham bloß Angst vor Ihn'.«

Bourne aß ein mittelmäßiges Frühstück: Spiegelei, Schinken und Bratkartoffeln, alles mit bitterem Kaffee hinuntergespült. Aber er brauchte Proteine, und das Koffein ließ ihn zumindest vorläufig seine Erschöpfung vergessen.

Die Bedienung goss ihm Kaffee nach, den er mit kleinen Schlucken trank, um die Zeit totzuschlagen, bis das Maßatelier Lincoln Fine Tailors geöffnet haben würde. Aber er war nicht untätig. Er zog den Notizblock, den er aus Conklins Medienraum mitgenommen hatte, aus der Tasche und betrachtete erneut den Abdruck auf dem obersten Blatt: *NX 20*. Das klang irgendwie experimentell, irgendwie bedrohlich, aber in Wirklichkeit konnte es alles Mögliche, vielleicht nur irgendein neuer Computer sein.

Er sah auf und verfolgte, wie Bewohner dieses Viertels kamen und gingen, wie sie über Sozialhilfeschecks, Drogenbeschaffung, Polizeibrutalität, den plötzlichen Tod von Angehörigen und die Erkrankung von Freunden im Strafvollzug diskutierten. Dies war ihr Leben – ihm fremder als das Leben in Asien oder Mikronesien. Ihr Zorn und ihre Trauer verfinsterten die Atmosphäre in dem Schnellimbiss.

Einmal glitt draußen langsam ein Streifenwagen vorbei wie ein Hai, der ein Riff umkreist. Alle Gäste erstarrten, als habe das Objektiv eines Fotografen diesen bedeutsamen Augenblick eingefangen. Bourne drehte den Kopf zur Seite und sah die Bedienung an. Sie beobachtete, wie die Schlusslichter des Streifenwagens den Block entlang verschwanden. Ein hörbarer Seufzer der Erleichterung ging durch den Raum. Auch Bourne war erleichtert. Er befand sich anscheinend doch in Gesellschaft von Leuten, die wie er allen Grund hatten, im Schatten zu bleiben.

Er dachte wieder an den Mann, der ihn verfolgte. Sein Gesicht hatte einen asiatischen Schnitt, aber doch nicht ganz. Hatte es etwas Vertrautes an sich – der kühne Schwung der Nase, der gar nicht asiatisch war, oder die vollen Lippen, die es sehr wohl waren? War er jemand aus Bournes Vergangenheit, vielleicht aus Vietnam? Aber nein, das war unmöglich. Er schätzte den Unbekannten auf höchstens Ende zwanzig, was bedeutete, dass er zu Bournes Zeit erst fünf oder sechs Jahre alt gewesen war. Wer war er also? Und was wollte er? Diese Fragen bedrückten Bourne. Er stellte seine noch halb volle Tasse ab. Der Kaffee fing an, ihm ein Loch in die Magenwand zu brennen.

Wenig später saß er wieder in dem geklauten Wagen, stellte das Radio an und suchte die Sender ab, bis er einen Nachrichtensprecher fand, der nach einem Bericht über den bevorstehenden Terrorismusgipfel und einer Zusammenfassung wichtiger nationaler Nachrichten die Lokalnachrichten verlas. Ganz oben stand natürlich der Doppelmord an Alex Conklin und Mo Panov, aber seltsamerweise schien es keine neuen Ermittlungsergebnisse zu geben.

»Weitere Nachrichten in Kürze«, sagte der Sprecher, »aber zuvor eine wichtige Mitteilung für Sie ...«

»... *eine wichtige Mitteilung für dich.*« In dieser Sekunde stand ihm das Büro in Paris mit dem Blick auf die Champs-Élysées und den Eiffelturm wieder schlagartig vor Augen, und diese Erinnerung verdrängte den Schnellimbiss mitsamt seinen Gästen. Neben ihm stand ein schokoladebrauner Sessel, aus dem er gerade aufgestanden war. In seiner rechten Hand hielt er ein geschliffenes Kristallglas, das zur Hälfte mit einer bernsteingelben Flüssigkeit gefüllt war. Eine Stimme – tief, volltönend, melodisch – sprach darüber, wie lange es dauern würde, alles zu beschaffen, was Bourne benötigte. »Keine Sorge, mein Freund«, sagte die Stimme in stark akzentgefärbtem Englisch, »ich habe eine wichtige Mitteilung für dich.«

Im Theater seines Verstands drehte Bourne sich um, bemühte sich, das Gesicht des Mannes zu erkennen, der gesprochen hatte, aber er sah nur eine leere Wand. Die Erinnerung hatte sich verflüchtigt wie der Scotchduft und nur Bourne zurückgelassen, der trübselig in die schmutzigen Scheiben des heruntergekommenen Schnellimbisses starrte.

Ein Wutanfall brachte Chan dazu, nach seinem Handy zu greifen und Spalko anzurufen. Das dauerte einige Zeit und kostete ihn viel Mühe, aber zuletzt wurde sein Anruf doch durchgestellt.

»Was verschafft mir diese Ehre, Chan?«, nuschelte Spalko. Chan fiel sofort auf, dass er leicht undeutlich sprach, als habe er getrunken. Seine Kenntnis der Gewohnheiten seines gelegentlichen Auftraggebers reichte tiefer, als Spalko vielleicht vermutet hätte – falls er jemals darüber hätte nachdenken wollen. So wusste er beispielsweise, dass Spalko eine Vorliebe für Alkohol, Zigaretten und Frauen hatte, jedoch nicht unbedingt in dieser Reihenfolge, aber allen drei Freuden frönte er unmäßig. Ist er auch nur halb so betrunken, wie du vermutest, sagte Chan sich, bist du im Vorteil. Bei Spalko war das verdammt selten.

»Das Dossier, das Sie mir gegeben haben, scheint unzutreffend oder zumindest unvollständig zu sein.«

»Und wie kommen Sie zu diesem bedauerlichen Schluss?« Die Stimme war augenblicklich hart geworden, als erstarre Wasser zu Eis. Chan erkannte zu spät, dass er sich zu aggressiv ausgedrückt hatte. Spalko mochte ein großer Denker sein – vielleicht sogar ein Visionär, wie er sich zweifellos selbst sah –, aber im Grunde seines Wesens reagierte er meist rein instinktiv. Daher hatte er sich aus halber Betäubung aufgerafft, um Aggression mit Aggression zu begegnen. Er besaß ein aufbrausendes Temperament, das gar nicht zu seinem in der Öffentlichkeit kultivierten Bild passte. Andererseits florierten weite Bereiche seines Egos unter dem rosa Zuckerguss, mit dem sein Alltag überzogen war.

»Webb hat sich eigenartig benommen«, sagte Chan ruhig.

»Oh? In welcher Beziehung?« Spalko sprach wieder nachlässig, leicht undeutlich.

»Er hat sich nicht wie ein Professor verhalten.«

»Ich frage mich, wieso das wichtig ist. Haben Sie ihn denn nicht umgelegt?«

»Noch nicht.« Chan saß in seinem geparkten Wagen und beobachtete einen Bus, der an der Haltestelle auf der anderen Straßenseite hielt. Die Tür öffnete sich zischend, und Leute stiegen aus: ein alter Mann, zwei Jugendliche, eine Mutter mit ihrem kleinen Sohn.

»Also haben Sie Ihren Plan geändert, nehme ich an …?«

»Sie wissen, dass ich erst noch mit ihm spielen wollte.«

»Gewiss, aber wie lange?«

Sie lieferten sich sozusagen ein verbales Duell, in dem so verdeckt wie fieberhaft gekämpft wurde, und Chan konnte nur Vermutungen über die Hintergründe anstellen. Ging es dabei um Webb? Weshalb hatte Spalko beschlossen, Webb den Doppelmord an den Regierungsbeamten Conklin und Panov anzuhängen? Wieso hatte Spalko die beiden überhaupt ermorden lassen? Chan zweifelte keinen Augenblick daran, dass er den Auftrag zu dem Doppelmord gegeben hatte.

»Bis ich so weit bin. Bis er weiß, wer's auf ihn abgesehen hat.«

Chans Blick folgte der Mutter, als sie ihr Kind auf den Gehsteig stellte. Der Kleine schwankte beim Gehen etwas, worüber sie lachen musste. Er sah zu ihr auf, dann lachte er ebenfalls, weil er ihre Erheiterung imitierte. Sie nahm seine kleine Hand in ihre.

»Sie haben sich die Sache doch nicht anders überlegt, oder?«

Chan glaubte, eine gewisse Anspannung, ein Zittern wie von einem unerbittlichen Vorsatz zu entdecken, und fragte sich plötzlich, ob Spalko überhaupt betrunken war. Er überlegte, ob er fragen sollte, was es für ihn bedeutete, ob er David Webb liquidierte oder nicht. Aber nach kurzem Nachdenken kam er davon ab, weil er fürchtete, dadurch die eigenen Motive preiszugeben. »Nein, ich hab's mir nicht anders überlegt«, sagte Chan.

»Weil wir im Innersten gleich sind, Sie und ich. Unsere Nüstern blähen sich beim Geruch des Todes.«

Gedankenverloren und weil er nicht recht wusste, was er darauf antworten sollte, klappte Chan sein Handy zu. Er legte eine Hand mit gespreizten Fingern an die Scheibe und beobachtete durch die Zwischenräume, wie die Frau mit ihrem Kleinen die Straße entlangging. Sie machte winzige Schritte und tat ihr Bestes, um ihr Tempo dem schwankenden Gang des Kindes anzupassen.

Spalko belog ihn, das wusste Chan sicher. Genau wie er seinerseits Spalko belogen hatte. Sekundenlang verschwamm sein Blick, und er war wieder im kambodschanischen Dschungel. Er hatte sich ein Jahr lang in der Gewalt eines vietnamesischen Waffenschmugglers befunden, war wie ein Kettenhund angebunden gewesen und hatte wenig zu essen, aber dafür umso mehr Prügel bekommen. Beim dritten Fluchtversuch hatte er seine Lektion gelernt und den im Drogenrausch bewusstlosen Waffenschmuggler mit dem Spaten erschlagen, mit dem er sonst Latrinen ausheben musste. Er hatte sich zehn Tage lang von dem wenigen ernährt, das er finden konnte, bis ihn ein amerikanischer Missionar namens Richard Wick bei sich aufgenommen hatte. Bei ihm hatte er Essen, Kleidung, ein heißes Bad und ein sauberes Bett bekommen. Als Gegenleistung hatte er beim Englischunterricht des Missionars aufgepasst. Sobald er lesen konnte, bekam er eine Bibel, aus der er vieles auswendig lernen musste. In gewisser Weise begann er zu verstehen, dass er sich nach Wicks Ansicht nicht auf dem Weg zur Erlösung, sondern zur Zivilisation befand. Einige Male hatte er versucht, Wick das Wesen des Buddhismus zu erklären, aber er war noch sehr jung, und die Grundsätze, die er als Kleinkind gelernt hatte, klangen nicht sehr überzeugend, wie sie nun aus seinem Mund kamen. Allerdings hätten sie Wick ohnehin nicht interessiert. Er hielt nichts von Religionen, die nicht an Gott und an den Heiland glaubten.

Chan stellte seinen Blick jäh wieder scharf. Die Mutter führte ihren Kleinen jetzt an der Chromfassade des Schnellimbisses mit der riesigen Kaffeetasse auf dem Dach vorbei. Etwas weiter die Straße entlang konnte Chan den Mann, den er als David Webb kannte, durch das mit Reflexen überzogene

Glas einer Autoscheibe sehen. Eines musste er Webb lassen: Er war vom Rand von Conklins Anwesen aus gewiss nicht leicht zu beschatten gewesen. Chan hatte die Gestalt des Beobachters auf der Hügelstraße gesehen. Bis er den Aussichtspunkt erreicht hatte, nachdem er aus Webbs cleverer Falle entkommen war, war der Mann verschwunden gewesen, aber mit seinem IR-Nachtglas hatte Chan verfolgen können, wie Webb den Highway erreichte. So war er zur Verfolgung bereit gewesen, als Webb als Anhalter mitgenommen wurde. Während er ihn jetzt beobachtete, wusste er, was Spalko schon immer gewusst hatte: Webb war ein höchst gefährlicher Mann. Jemandem wie ihm machte es bestimmt keine Sorgen, in einem Schnellimbiss der einzige Weiße zu sein. Er wirkte einsam, obwohl Chan das nicht sicher beurteilen konnte, weil Einsamkeit ihm gänzlich fremd war.

Sein Blick kehrte zu Mutter und Kind zurück. Ihr Lachen drang an sein Ohr, unwirklich wie ein Traum.

Bourne betrat das Maßatelier Lincoln Fine Tailors in Alexandria um fünf nach neun. Das Ladenlokal sah wie fast alle übrigen Geschäfte in der Old Town aus: Es hatte eine Fassade in nachempfundenem Kolonialstil. Bourne überquerte den Klinkergehsteig, stieß die Tür auf und trat ein. Die Ladenfläche wurde durch eine Barriere zweigeteilt, die aus einer hüfthohen Theke links und dem Zuschneidetisch rechts bestand. Die Nähmaschinen standen direkt hinter der Theke und waren mit drei Latinas besetzt, die nicht mal aufsahen, als er hereinkam. Ein dünner Mann in Hemdsärmeln und einer aufgeknöpften gestreiften Weste stand hinter der Theke und starrte stirnrunzelnd auf etwas hinunter. Er hatte eine gewölbte hohe Stirn, eine hellbraune schüttere Haarkrause und ein hageres Gesicht mit schlammigen Augen. Die Brille hatte er hoch auf die Stirnglatze geschoben. Er hatte die Angewohnheit, sich in seine Habichtsnase zu kneifen. Obwohl er nicht auf die Ladentür geachtet hatte, sah er auf, als Bourne an die Theke trat.

»Ja?«, fragte er erwartungsvoll. »Was kann ich für Sie tun?«

»Sie sind Leonard Fine? Ich habe Ihren Namen im Schaufenster gelesen.«

»Der bin ich«, sagte Fine.

»Alex schickt mich.«

Der Schneider blinzelte. »Wer?«

»Alex Conklin«, wiederholte Bourne. »Mein Name ist Jason Bourne.« Er sah sich um. Niemand achtete im Geringsten auf sie. Das Geräusch der Nähmaschinen schien die Luft glitzern und summen zu lassen.

Fine zog sehr bedächtig die Brille auf seinen schmalen Nasensattel herunter. Er starrte Bourne unverhohlen und forschend an.

»Ich bin ein Freund von ihm«, sagte Bourne, der das Gefühl hatte, ihm auf die Sprünge helfen zu müssen.

»Bei uns liegen keine Kleidungsstücke für einen Mr. Conklin.«

»Ich glaube nicht, dass er welche dagelassen hat«, sagte Bourne.

Fine kniff sich in die Nase, als habe er Schmerzen. »Sie sind ein Freund, sagen Sie?«

»Seit vielen Jahren.«

Ohne ein weiteres Wort öffnete Fine die in die Theke eingelassene Klappe, damit Bourne hindurchgehen konnte. »Vielleicht sollten wir das in meinem Büro besprechen.« Er führte Bourne durch eine Tür und einen staubigen Korridor entlang, auf dem es nach Appretur und Sprühstärke roch.

Das Büro war nichts Besonderes, nur ein Kabuff mit abgetretenem Linoleumboden voller kleiner Löcher, nackten

Wasser- und Heizungsrohren vom Boden bis zur Decke, einem verkratzten grünen Stahlschreibtisch, einem Drehstuhl, einem gewöhnlichen Stuhl, zwei billigen Karteischränken und in einer Ecke aufgestapelten Kartons. Von der ganzen Einrichtung stieg wie Dampf ein Geruch von Moder und Schimmel auf. Das quadratische kleine Fenster hinter dem Drehstuhl war so verdreckt, dass die draußen vorbeiführende Gasse kaum zu sehen war.

Fine trat hinter seinen Schreibtisch, zog eine Schublade auf. »Drink?«

»Dafür ist's noch ein bißchen früh«, sagte Bourne. »Finden Sie nicht auch?«

»Stimmt eigentlich«, murmelte Fine. Er nahm eine Pistole aus der Schublade und zielte damit auf Bournes Bauch. »Die Kugel ist nicht gleich tödlich, aber während Sie verbluten, werden Sie sich wünschen, sie sei's gewesen.«

»Kein Grund zur Aufregung«, sagte Bourne gelassen.

»Da bin ich anderer Meinung«, widersprach der Schneider. Seine Augen standen so eng zusammen, dass der Eindruck entstand, er schiele leicht. »Conklin ist tot, und wie ich höre, haben Sie ihn umgelegt.«

»Ich war's nicht«, sagte Bourne.

»Das behauptet ihr alle. Leugnen, leugnen, leugnen. Für den Staatsdienst typisch, nicht wahr?« Fine lächelte schlau. »Nehmen Sie doch Platz, Mr. Webb ... oder Bourne ... oder wie nennen Sie sich heute ...«

Bourne starrte ihn an. »Sie sind bei der Agency.«

»Durchaus nicht. Ich arbeite selbstständig. Falls Alex mich nicht erwähnt hat, bezweifle ich, dass überhaupt jemand in der Agency weiß, dass ich existiere.« Der Schneider grinste zufrieden. »Deswegen ist Alex ja zu mir gekommen.«

Bourne nickte. »Darüber wüsste ich gern mehr.«

»Oh, das glaube ich.« Fine griff nach dem Hörer des Telefons auf dem Schreibtisch. »Aber wenn Ihre Leute Sie erst mal in den Klauen haben, sind Sie so damit beschäftigt, ihre Fragen zu beantworten, dass Ihnen alles andere egal ist.«

»Lassen Sie das!«, sagte Bourne scharf.

Fines Hand mit dem Telefonhörer machte mitten in der Luft Halt. »Sagen Sie mir einen Grund dafür.«

»Ich habe Alex nicht ermordet. Ich versuche rauszukriegen, wer der Täter war.«

»Doch, Sie haben ihn umgelegt. In der Zeitung steht, dass Sie zum Zeitpunkt seiner Ermordung in seinem Haus waren. Haben Sie dort jemand anders gesehen?«

»Nein, aber Mo Panov und Alex waren bereits tot, als ich angekommen bin.«

»Bockmist. Ich frage mich nur, warum Sie ihn ermordet haben.« Fine kniff die Augen zusammen. »Vermutlich wegen Dr. Schiffer.«

»Ich kenne keinen Dr. Schiffer.«

Der Schneider lachte humorlos. »Noch mehr Bockmist. Und Sie wissen vermutlich auch nicht, was die DARPA ist?«

»Natürlich kenne ich die«, sagte Bourne. »Die Abkürzung bedeutet Defense Advanced Research Projects Agency. Ist das die Forschungseinrichtung, bei der Dr. Schiffer arbeitet?«

Fine schüttelte angewidert den Kopf und murmelte: »Jetzt reicht's.« Als er sekundenlang die Augen abwandte, um eine Nummer einzutippen, stürzte Bourne sich auf ihn.

Der CIA-Direktor saß in seinem geräumigen Eckbüro und telefonierte mit Jamie Hull. Durchs Fenster fiel strahlender Sonnenschein und ließ die Farben des Orientteppichs prächtig aufleuchten, doch das herrliche Farbenspiel blieb ohne Wirkung auf den Direktor. Seine Stimmung war düster. Er betrachtete trübselig die gerahmten Fotos, die ihn mit Präsidenten im Oval Office zeigten, mit ausländischen Spitzenpolitikern in Paris, Berlin und Dakar, Entertainern in L.A. und Las Vegas, Erweckungspredigern in Atlanta und Salt Lake City, absurderweise sogar mit dem Dalai Lama mit seinem ewigen Lächeln und seiner safrangelben Robe bei einem Besuch in New York. Diese Bilder holten ihn jedoch keineswegs aus seiner Depression heraus, sondern ließen ihn im Gegenteil seine Jahre spüren, als seien sie ein mehrschichtiges Kettenhemd, das ihn niederdrückte.

»Das Ganze ist ein gottverdammter Albtraum, Sir«, berichtete Hull aus dem fernen Reykjavik. »Zum Ersten ist die Abstimmung von Sicherheitsmaßnahmen mit Russen und Arabern eine Sisyphusarbeit. Ich meine, die halbe Zeit weiß ich nicht, wovon zum Teufel sie reden, und in der anderen Hälfte der Zeit habe ich meine Zweifel, ob die Dolmetscher – unsere *und* ihre – genau wiedergeben, was die anderen sagen.«

»Sie hätten in der Schule als Wahlfach Fremdsprachen belegen sollen, Jamie. Arbeiten Sie einfach weiter. Wenn Sie wollen, schicke ich Ihnen andere Dolmetscher.«

»Tatsächlich? Und wo wollen Sie die herkriegen? Wir haben unsere Arabisten alle entlassen, stimmt's?«

Der CIA-Direktor seufzte. Das war allerdings ein Problem. Fast alle Agenten, die Arabisch konnten, waren als Sympathisanten der islamischen Sache eingestuft worden, weil sie immer heftig mit den Falken debattierten und zu erklären versuchten, wie friedliebend die meisten Islamisten in Wirklichkeit waren. Wie sollte man das den Israelis begreiflich machen? »Übermorgen bekommen wir vom Center for the Study of Intelligence einen ganzen Jahrgang neuer Leute. Ich setze sofort ein paar zu Ihnen in Marsch.«

»Das ist noch nicht alles, Sir.«

Der Direktor machte ein finsteres Gesicht, weil ihn ärgerte, dass er im Tonfall des anderen keine Spur von Dankbarkeit hörte. »Was noch?«, knurrte er. Du könntest alle Fotos abhängen, dachte er im Stillen. Würde das die trübselige Atmosphäre im Raum verbessern?

»Ich will nicht jammern, Sir, aber ich tue mein gottverdammt Bestes, um in einem Land, das keine speziellen Bindungen an die Vereinigten Staaten hat, vernünftige Sicherheitsmaßnahmen durchzusetzen. Diese Leute bekommen keine Wirtschaftshilfe von uns, deshalb sind sie uns nicht verpflichtet. Ich spreche vom Präsidenten, und was tun sie? Sie starren mich ausdruckslos an. Das macht meine Arbeit dreimal so schwierig. Ich handle im Auftrag des mächtigsten Staats der Welt. Ich verstehe mehr von Sicherheit als alle Isländer zusammen. Wo bleibt der Respekt, den ich als ...«

Seine Gegensprechanlage summte, und der Alte verbannte Hull mit gewisser Befriedigung in die Warteschleife. »Was gibt's?«, blaffte er in die Anlage.

»Entschuldigen Sie die Störung«, sagte der Offizier vom Dienst, »aber eben ist unter Mr. Conklins Notfallnummer ein Anruf eingegangen.«

»Was? Alex ist tot. Wissen Sie das bestimmt?«

»Hundertprozentig, Sir. Diese Nummer ist noch nicht wieder vergeben worden.«

»Also gut. Bitte weiter.«

»Ich habe eine kurze Rangelei gehört, und jemand hat einen Namen gesagt ... Bourne, glaube ich.«

Der CIA-Direktor setzte sich ruckartig auf. Seine düstere Stimmung verflog so rasch, wie sie gekommen war. »Bourne ... ist das der Name, den Sie gehört haben, Sohn?«

»So hat's jedenfalls geklungen. Und dieselbe Stimme hat irgendwas von ›erschießen‹ gesagt.«

»Wo ist der Anruf hergekommen?«, wollte der Alte wissen.

»Die Verbindung ist abgerissen, aber ich habe die Nummer ermitteln lassen. Sie gehört einem Herrenausstatter hier in Alexandria. Lincoln Fine Tailors.«

»Gut gemacht!« Der Direktor war aufgestanden. Seine Stimme zitterte leicht. »Setzen Sie sofort zwei Agententeams in Marsch. Sagen sie ihnen, dass Bourne aufgetaucht ist! Sagen sie ihnen, dass er sofort zu liquidieren ist!«

Bourne hatte Leonard Fine die Pistole entrissen, ohne dass ein Schuss gefallen war. Er stieß ihn so heftig gegen die schmuddelige Wand, dass ein Kalender von seinem Nagel zu Boden fiel. Den Telefonhörer hielt Bourne in der Hand; er hatte eben die Verbindung unterbrochen. Er horchte auf Geräusche aus dem Laden, auf irgendeinen Hinweis darauf, dass die drei Näherinnen auf den kurzen, aber heftigen Kampf aufmerksam geworden waren.

»Sie sind unterwegs«, sagte Fine. »Ihr Spiel ist aus.«

»Das glaube ich nicht.« Bourne dachte angestrengt nach. »Ihr Anruf ist bei der Vermittlung gelandet. Dort kann niemand etwas damit anfangen.«

Fine schüttelte hämisch grinsend den Kopf. »Mein Anruf ist nicht über die Vermittlung, sondern direkt zum Offizier vom Dienst gegangen. Conklin hat darauf bestanden, dass ich diese Nummer auswendig lerne und sie nur im Notfall benütze.«

Bourne schüttelte Fine, dass ihm die Zähne klapperten. »Sie Idiot! Was haben Sie getan?«

»Alex Conklin einen letzten Dienst erwiesen.«

»Aber ich habe Ihnen gesagt, dass ich ihn nicht ermordet habe.« In diesem Augenblick fiel Bourne etwas ein. Er unternahm einen verzweifelten letzten Versuch, Fine auf seine Seite zu ziehen und ihn dazu zu bringen, von Conklins Aktivitäten zu erzählen, die vielleicht einen Hinweis auf das Tatmotiv liefern konnten. »Ich kann Ihnen beweisen, dass Alex mich hergeschickt hat.«

»Noch mehr Bockmist«, sagte Fine. »Es ist zu spät, um …«

»Ich weiß von NX 20.«

Fine erstarrte. Sein Gesicht wurde schlaff; seine Augen waren vor Entsetzen weit aufgerissen. »Nein«, sagte er. »Nein, nein, nein!«

»Er hat's mir erzählt«, sagte Bourne. »Alex hat mir davon erzählt. Darum hat er mich zu Ihnen geschickt, wissen Sie.«

»Niemand hätte Alex dazu zwingen können, von NX 20 zu erzählen. Niemand!« Fines Schock flaute allmählich ab und wurde durch die Erkenntnis abgelöst, dass er einen schweren Fehler gemacht hatte.

Bourne nickte. »Wir waren alte Freunde. Alex und ich haben uns in Vietnam kennen gelernt. Das habe ich Ihnen zu erklären versucht.«

»Großer Gott, ich habe mit ihm telefoniert, als … als es passiert ist.« Fine schlug die Hände vors Gesicht. »Ich hab den Schuss gehört!«

Bourne packte den Schneider vorn an der Weste. »Leonard, reißen Sie sich zusammen. Wir haben keine Zeit für eine Wiederholung.«

Fine starrte ihm ins Gesicht. Wie die meisten Leute hatte er auf seinen Vornamen reagiert. »Ja.« Er fuhr sich mit der Zungenspitze über die Lippen. So glich er einem Mann, der aus einem Traum erwacht. »Ja, ich verstehe.«

»Die Agency ist in ein paar Minuten hier. Bis dahin muss ich weg sein.«

»Ja, ja. Natürlich.« Fine schüttelte bekümmert den Kopf. »Lassen Sie mich jetzt los. Bitte.« Sobald Bourne ihn losließ, kniete er unter dem Fenster nieder, schob den Heizkörper zur Seite und legte so einen in die Gipswand mit Drahtnetzeinlage eingebauten modernen Safe frei. Er drehte das Zahlenschloss, entriegelte die schwere Tür, zog sie auf und nahm einen kleinen braunen Umschlag heraus. Nachdem er den Safe wieder geschlossen und den Heizkörper davorgeschoben hatte, stand er auf und gab Bourne den Umschlag.

»Der ist neulich Nacht für Alex abgegeben worden. Er hat mich gestern Morgen angerufen, um danach zu fragen. Er wollte vorbeikommen und ihn abholen.«

»Von wem ist er?«

In diesem Augenblick hörten sie vorn im Laden Stimmen, die in lautem Befehlston sprachen.

»Sie sind da«, sagte Bourne.

»O Gott!« Fines Gesicht war spitz, blutleer.

»Hier muss es einen zweiten Ausgang geben.«

Der Schneider nickte. Er gab Bourne rasche Anweisungen. »Los jetzt!«, sagte er drängend. »Ich halte sie auf, so gut ich kann.«

»Trocknen Sie sich das Gesicht ab«, sagte Bourne; als Fine sich den Schweißfilm abgetupft hatte, nickte er.

Während der Schneider in den Laden zurückhastete, um die CIA-Agenten aufzuhalten, rannte Bourne lautlos den schmutzigen Korridor entlang. Er konnte nur hoffen, dass Fine bei der Befragung nicht gleich zusammenklappen würde; sonst war er erledigt. Der Duschraum mit WC war größer als erwartet. An der linken Wand hing ein altes Keramikwaschbecken, unter dem angebrochene Farbdosen mit zugerosteten Deckeln gestapelt waren. An der Rückwand stand das WC, links daneben war die Duschkabine installiert.

Bourne befolgte Fines Anweisungen, trat in die Dusche, entdeckte die schmale Tür in der Kachelwand und zog sie auf. Er schlüpfte hindurch und schloss sie hinter sich.

Dann hob er eine Hand und betätigte den altmodischen Zugschalter, um Licht zu machen. Er stand auf einem engen Gang, der sich schon im Nachbarhaus befinden musste. Hier stank es wie auf einer Müllkippe, denn zwischen die rauen Holzstreben waren – vielleicht zur Isolierung – schwarze Müllsäcke gestopft worden. Hier und da hatten Ratten die Plastikfolie aufgebissen, um an den Müll heranzukommen, der nun auf dem Boden verstreut war.

Im schwachen Licht der nackten Glühbirne an der Decke sah Bourne eine grau gestrichene Stahltür, die auf die Gasse hinter der Ladenzeile hinausführte. Als er zu ihr unterwegs war, flog die Tür auf, und zwei Agenten in Anzügen kamen hereingestürmt: mit schussbereiten Waffen, den Blick starr auf ihn gerichtet.

Kapitel *sechs*

Die beiden ersten Schüsse gingen über Bourne hinweg, weil er sich blitzschnell duckte. Als er wieder hochkam, versetzte er einem der Müllsäcke einen gewaltigen Tritt, der ihn auf die Agenten zufliegen ließ. Er traf einen und platzte dabei entlang der Naht auf. Müll flog nach allen Seiten und ließ die Agenten hustend, mit tränenden Augen und den Händen vor dem Gesicht zurückweichen.

Bourne schlug nach oben, zertrümmerte die Glühbirne und tauchte den engen Gang in Dunkelheit. Er drehte sich um, schaltete kurz die Stablampe ein und sah die kahle Wand am anderen Ende des Korridors. Aber wenn es hier eine Tür ins Freie gab, wie …?

Dann sah er etwas und knipste den schmalen Lichtstrahl sofort aus. Er konnte laute Stimmen hören, während die Agenten allmählich ihr Gleichgewicht wieder fanden. Er rannte ans Ende des Korridors, kniete nieder und tastete nach dem in den Boden eingelassenen Eisenring, den er dort stumpf glänzen gesehen hatte. Als er zwei Finger durch den Ring steckte und ihn hochzog, öffnete sich eine in den Keller führende Falltür. Gleichzeitig schlug ihm ein Schwall abgestandener Moderluft entgegen.

Ohne einen Augenblick zu zögern, ließ Bourne sich in die Öffnung hinab gleiten. Seine Schuhsohlen berührten eine Leiter, die er hinab stieg, während er über sich die Falltür zuzog. Der Geruch nach Schabenspray wurde stärker, und als er seine Stablampe einschaltete, sah er den rauen Betonboden mit ihren vertrockneten Körpern wie mit kleinen Blättern bedeckt. Als er in dem Durcheinander aus Schachteln, Pappkartons und Kisten stöberte, fand er ein Brecheisen. Er stieg sofort wieder die Leiter hinauf und schob die starke Metallstange durch die Handgriffe auf der Unterseite der Falltür. Sie passte nicht sehr gut, sondern blieb ziemlich locker, aber mehr konnte er im Augenblick nicht tun. Während tote Schaben zerknackten, als er über den Betonboden ging, überlegte er sich, dass er nur genug Zeit gewinnen musste, um den Straßenzugang des Lagerkellers, den diese Geschäftshäuser alle hatten, zu erreichen.

Über seinem Kopf hörte er das Hämmern, mit dem die beiden Agenten die Falltür zu öffnen versuchten. Bei diesem Gerüttel konnte es nicht lange dauern, bis das Brecheisen aus den Handgriffen rutschte. Aber Bourne hatte die zweiflüglige schräge Stahltür zum Gehsteig gefunden, hatte die kurze Betontreppe zu ihr hinauf erstiegen. Hinter ihm flog die Falltür auf. Er knipste die Stablampe aus, bevor die Agenten die Leiter heruntergeklettert kamen.

Jetzt saß er in der Falle, das wusste er. Bei jedem Versuch, die Türflügel hochzustemmen, würde er so viel Tageslicht einlassen, dass sie ihn erschießen konnten, bevor er halb auf dem Gehsteig war. Bourne machte kehrt, schlich wieder die Treppe hinunter. Er hörte die beiden auf der Suche nach dem Lichtschalter durch den Keller tappen. Sie sprachen nur halblaut, bruchstückhaft miteinander, was sie als erfahrene Profis auswies. Er schlich zwischen aufgestapelten Kisten hindurch weiter. Auch er suchte etwas Bestimmtes.

Als das Licht aufflammte, waren die beiden Agenten an den Längswänden des Kellers postiert.

»Was für ein Dreckloch!«, sagte einer von ihnen.

»Ist doch egal«, sagte der andere warnend. »Scheiße, wo steckt Bourne?«

Mit ihren nüchtern leidenschaftslosen Mienen waren sie kaum voneinander zu unterscheiden. Die bei der Agency üblichen Anzüge trugen sie ebenso selbstsicher wie den bei der Agency üblichen Gesichtsausdruck. Aber Bourne hatte viel Erfahrung mit Leuten gesammelt, die bei der Agency angeheuert hatten. Er wusste, wie sie dachten, und konnte deshalb vorhersagen, was sie tun würden. Obwohl sie räumlich getrennt waren, bewegten sie sich im Gleichtakt. Sie würden kaum einen Gedanken daran verschwenden, wo der Gesuchte sich versteckt haben könnte. Stattdessen hatten sie den Keller in gleich große Abschnitte eingeteilt, die sie wie Roboter systematisch absuchen würden. Er konnte ihnen nicht mehr entkommen, aber er konnte sie überraschen.

Sobald er sich zeigte, würde er blitzschnell handeln müssen. Darauf zählte er; deshalb war er entsprechend positioniert. Er hatte sich in einer Kiste verkrochen, und seine Augen brannten von den Dämpfen der starken Reinigungsmittel, mit denen die Kiste frei von Ungeziefer gehalten werden sollte. Mit einer Hand tastete er das Dunkel um sich herum ab. Als etwas gegen seinen Handrücken stieß, griff er danach. Es war eine Blechdose, die für seine Zwecke schwer genug war.

Außer seinem Herzschlag konnte Bourne eine Ratte hören, die an der Wand kratzte, an der die Kiste lehnte; ansonsten herrschte Stille, während die Agenten ihre gewissenhafte Suche fortsetzten. Er wartete geduldig, zusammengerollt. Sein Ausguck, die Ratte, hatte zu kratzen aufgehört. Folglich war mindestens einer der Agenten in seiner Nähe.

Totenstille. Dann hörte er plötzlich ein scharfes Luftholen, während direkt über ihm Stoff raschelte, und schnellte sich hoch, sodass der Kistendeckel wegflog. Der Agent prallte mit der Waffe in der Hand zurück. Sein Partner auf der anderen Seite des Kellers warf sich herum. Bourne packte den vor ihm stehenden Agenten mit der linken Hand am Hemd und riss ihn zu sich her. Als der Agent instinktiv zurückwich, seinen Körper versteifte, stürzte Bourne sich auf ihn und nützte den Schwung des anderen aus, um ihn mit Kopf und Rückgrat an die Kellerwand zu knallen. Er konnte die Ratte quieksen hören, als der Agent die Augen nach oben verdrehte und bewusstlos an der Wand zu Boden glitt.

Der zweite Agent machte ein, zwei Schritte auf Bourne zu, entschied sich dagegen, es im Nahkampf mit ihm aufzunehmen, und zielte mit der Glock auf seine Brust. Bourne warf ihm die Blechdose ins Gesicht. Als er mit einem Aufschrei zurückwich, war Bourne bereits heran, traf den Agenten mit einem Handkantenschlag seitlich am Hals und fällte ihn.

Im nächsten Augenblick hetzte Bourne die Treppe hinauf und stieß die Flügel der Stahltür auf, vor der frische Luft und blauer Himmel lagen. Er ließ sie hinter sich zufallen und folgte dem Gehsteig ohne erkennbare Eile bis zur Rosemont Avenue. Dort tauchte er in der Menge unter.

Sobald Bourne sich davon überzeugt hatte, dass er nicht verfolgt wurde, betrat er eine halbe Meile weiter ein Restaurant. Von einem Ecktisch aus musterte er die Gesichter der anderen Gäste, hielt Ausschau nach Anomalien – gespielte Nonchalance, heimlich prüfende Blicke. Er bestellte sich ein Sandwich mit Schinken, Tomate und Salat und eine Tasse Kaffee, dann stand er auf und ging durchs Restaurant nach hinten. Auf der leeren Herrentoilette sperrte er sich in einer Kabine ein, setzte sich aufs WC und riss den für Conklin bestimmten Umschlag auf, den Fine ihm gegeben hatte.

Der Umschlag enthielt ein auf Conklin ausgestelltes Flugticket erster Klasse nach Budapest und den Schlüssel eines Zimmers im Grandhotel Danubius. Bourne saß einen Augenblick da, betrachtete die beiden Dinge und fragte sich, weshalb Conklin nach Budapest hatte fliegen wollen – und ob diese Reise etwas mit seiner Ermordung zu tun hatte.

Er zog Conklins Handy aus der Tasche, tippte eine Nummer im Ortsbereich ein. Seit er ein Ziel hatte, fühlte er sich besser. Deron meldete sich nach dem dritten Klingeln.

»Friede, Liebe und Verständnis.«

Bourne lachte. »Ich bin's, Jason.« Wie Deron sich am Telefon melden würde, wusste man nie. Deron war buchstäblich ein Künstler seines Fachs. Zufällig war er von Beruf Kunstfälscher. Seinen Lebensunterhalt verdiente er sich damit, dass er Alte Meister kopierte, die in den Häusern reicher Protze an den Wänden hingen. Derons Arbeiten waren so detailgetreu, so penibel ausgeführt, dass seine Werke immer wieder bei großen Kunstauktionen versteigert wurden oder in Museen landeten. Und nebenbei fälschte er nur so aus Spaß andere Dinge.

»Ich habe die Meldungen über dich verfolgt, und sie klingen entschieden bedrohlich«, sagte Deron mit seinem leichten britischen Akzent.

»Erzähl mir was, das ich nicht weiß.« Als die Toilettentür aufging, machte Bourne eine Pause. Er stand auf, stieg aufs WC und warf einen Blick über den oberen Rand der Kabine. Ein grauhaariger, bärtiger Mann, der leicht hinkte, trat an eines der Urinale. Er trug eine Bomberjacke aus dunklem Wildleder, eine schwarze Hose, nichts Besonderes. Und trotzdem hatte Bourne plötzlich das Gefühl, in der Falle zu sitzen. Er musste sich beherrschen, um nicht sofort hinauszustürmen.

»Verdammt, ist der Mann hinter deinem Arsch her?« Es war immer amüsant, wenn ein kultivierter Mensch wie Deron amerikanischen Slang benützte.

»Das war er, bis ich ihn abgeschüttelt habe.« Bourne betätigte die Wasserspülung, verließ die Toilette, ging ins Restaurant zurück und suchte dabei wieder alle Tische ab. Das Sandwich war unterdessen gekommen, aber sein Kaffee war kalt. Er winkte die Bedienung heran und bat sie, ihm einen frischen Kaffee zu bringen. Als sie gegangen war, sprach er leise ins Handy: »Hör zu, Deron, ich brauche das Übliche: einen Pass und Kontaktlinsen in meiner Sehstärke – und ich brauche beides bis gestern.«

»Nationalität?«

»Ich möchte Amerikaner bleiben.«

»Gute Idee. Damit wird der Mann nicht rechnen.«

»Irgendwas in dieser Art. Und der Pass soll auf den Namen Alexander Conklin lauten.«

Deron stieß einen leisen Pfiff aus. »Das ist deine Entscheidung, Jason. Lass mir zwei Stunden Zeit.«

»Bleibt mir was anderes übrig?«

Derons eigenartiges kleines Kichern explodierte in seinem Ohr. »Du kannst's natürlich auch bleiben lassen. Ich habe alle deine Fotos. Welches willst du?«

Als Bourne es ihm sagte, fragte er: »Im Ernst? Auf dem ist dein Kopf fast kahl geschoren. So siehst du jetzt überhaupt nicht aus.«

»Aber demnächst wieder, wenn meine Verwandlung fertig ist«, antwortete Bourne. »Die Agency hat mich auf ihre Abschussliste gesetzt.«

»Dich erwischen sie nicht – hoffentlich. Wo sollen wir uns treffen?«

Bourne sagte es ihm.

»Wird gemacht. He, hör mal, Jason …« Derons Tonfall klang plötzlich ernster. »Das muss schlimm gewesen sein. Ich meine, du hast sie doch gesehen, stimmt's?«

Bourne starrte seinen Teller an. Hatte er dieses Sandwich bestellt? Die Tomatenscheiben sahen roh und blutig aus. »Ich habe sie gesehen, ja.« Was wäre, wenn er die Zeit zurückdrehen und Alex und Mo wieder ins Leben zurückrufen könnte? Das wäre ein toller Trick gewesen! Aber die Vergangenheit blieb vergangen; sie schwand mit jedem Tag mehr aus der Erinnerung.

»Schließlich war's nicht bloß eine Szene aus *Butch Cassidy*.«

Bourne sagte kein Wort.

Deron seufzte. »Ich habe Alex und Mo auch gekannt.«

»Natürlich hast du das. Ich habe dich ihnen vorgestellt«, sagte Bourne und klappte das Handy zu.

Er blieb eine Zeit lang an seinem Tisch sitzen und dachte nach, denn etwas machte ihm Sorgen. In seinem Kopf hatten Alarmglocken geschrillt, als er die Toilette verlassen hatte, aber sein Gespräch mit Deron hatte ihn so abgelenkt, dass er nicht weiter darauf geachtet hatte. Was hatte ihn beunruhigt? Er suchte das Restaurant langsam nochmals ab. Dann hatte er's. Er hatte den bärtigen Mann mit dem leichten Hinken nicht wieder gesehen. Vielleicht hatte der andere schon gegessen und war auf dem Hinausweg gewesen. Andererseits hatte seine Gegenwart Bourne auf unerklärliche Weise beunruhigt. Er hatte irgendetwas an sich gehabt …

Bourne warf Geld auf den Tisch und ging in den Eingangsbereich des Restaurants hinaus. Die beiden Fenster, die dort auf die Straße hinausführten, waren durch einen breiten Mahagonipfeiler getrennt. Er benützte ihn als Deckung, während er die Straße absuchte. Als Erstes kamen die Fußgänger dran: jeder, der unnatürlich langsam ging oder sich unauffällig in der Nähe aufhielt, indem er eine Zeitung las oder zu lange vor der Auslage eines Geschäfts auf der gegenüberliegenden Straßenseite stand, um den Eingang des Restaurants wie in einem Spiegel zu beobachten. Er sah nichts Verdächtiges. Ihm fielen drei Personen auf, die in geparkten Autos saßen – eine Frau, zwei Männer. Ihre Gesichter konnte er nicht sehen. Und auch auf seiner Straßenseite parkten natürlich Autos, in denen Leute sitzen konnten.

Ohne weiter darüber nachzudenken, trat er auf die Straße hinaus. Inzwischen war es später Vormittag, und mehr Passanten drängten sich auf den Gehsteigen. Das entsprach seinen gegenwärtigen Bedürfnissen. Er verbrachte die nächsten zehn Minuten damit, seine unmittelbare Umgebung zu beobachten, indem er Hauseingänge, Schaufenster, entgegenkommende Fußgänger, vorbeifahrende Autos, Fenster und Dächer kontrollierte. Nachdem er sich davon überzeugt hatte, dass hier keine CIA-Agenten unterwegs waren, überquerte er die Straße und betrat einen Spirituosenladen. Er verlangte eine Flasche des in Sherryfässern gereiften Speyside-Single-Malt, den Conklin bevorzugt hatte. Während der Besitzer ihn aus dem Lager holte, sah Bourne aus dem Schaufenster. In keinem der in der Umgebung des Restaurants parkenden Wagen saß jemand. Während er hinaussah, stieg einer der beiden Männer, die ihm aufgefallen waren, aus dem Auto und betrat eine Apotheke. Er hatte keinen Bart und hinkte auch nicht.

Bourne wollte sich erst in gut eineinhalb Stunden mit Deron treffen und die Zeit bis dahin produktiv nutzen. Die von den Erfordernissen des Augenblicks zunächst verdrängte Erinnerung an das Pariser Büro, die Stimme und das vage vertraute Gesicht waren jetzt zurückgekehrt. Wollte er Mo Panovs Methode folgen, musste er den Duft dieses Whiskys einatmen, um seinem Gedächtnis womöglich auf die Sprünge zu helfen. So würde er hoffentlich herausbekommen, wer der Mann in Paris gewesen und weshalb diese Erinnerung gerade jetzt aufgetaucht war. War sie wirklich nur durch den Whiskyduft oder eher durch irgendeinen Aspekt seiner gegenwärtigen Notlage ausgelöst worden?

Er bezahlte den Scotch mit einer Kreditkarte, was bei einem Einkauf in einem Spirituosenladen vermutlich ungefährlich war. Im nächsten Augenblick verließ er das Geschäft mit einer Tragetasche in der Hand. Er kam an dem Auto vorbei, in dem eine Frau saß. Sie hatte ein kleines Kind auf dem Beifahrersitz neben sich sitzen. Da die Agency niemals gestattet hätte, dass ein Kind an einer aktiven Überwachung teilnahm, blieb einzig der zweite Mann als potenzieller Beschatter übrig. Bourne machte kehrt, ging von dem Auto weg, in dem der Mann saß. Er sah sich nicht um und versuchte nicht, eines der Standardverfahren anzuwenden, mit dem man Beschatter abschütteln konnte. Aber er achtete auf alle vorbeifahrenden oder am Randstein geparkten Autos.

Keine zehn Minuten später erreichte Bourne einen Park. Er setzte sich auf eine schmiedeeiserne Bank und sah den Tauben zu, die sich bei ihren Flugmanövern von dem blauen Himmel abhoben. Von den übrigen Bänken war ungefähr die Hälfte besetzt. Ein alter Mann kam in den Park; aus der mitgebrachten braunen Papiertüte, die so verknittert war wie sein Gesicht, holte er Hände voller Brotbrocken. Die Tauben schienen auf sein Kommen gewartet zu haben; sie stießen herab, umflatterten ihn und gurrten entzückt, während sie das Brot aufpickten.

Bourne schraubte die Flasche Single-Malt auf und schnüffelte das elegante, komplexe Aroma. Sofort erschien Alex' Gesicht vor ihm – und sein langsam im Teppich versickerndes Blut. Sanft, fast ehrfürchtig schob er dieses Bild beiseite. Er nahm einen kleinen Schluck Scotch, behielt ihn im Mund

und ließ sich das Aroma in die Nase steigen, damit es vielleicht die bruchstückhafte Erinnerung zurückbrachte, die sich ihm so hartnäckig entzog. Vor seinem inneren Auge erschien wieder der Blick auf die Champs-Élysées. Er hielt das geschliffene Kristallglas in der Hand, und während er einen weiteren Schluck Scotch trank, zwang er sich dazu, das Glas an die Lippen zu heben. Er hörte die kräftige, beinahe bühnenreife Stimme und zwang sich dazu, sich nach dem Pariser Büro umzudrehen, in dem er einst gestanden hatte.

Jetzt konnte er zum erstenmal die luxuriöse Einrichtung des Raums sehen: das Gemälde von Raoul Dufy, ein elegantes Reiterporträt aus dem Bois de Boulogne, die leuchtend dunkelgrün gestrichenen Wände, die hohe, cremefarben abgesetzte Decke, deren Stuckverzierungen im klaren Pariser Licht deutlich hervortraten. *Weiter,* drängte er sich selbst. *Weiter ...* Ein Orientteppich, zwei Polsterstühle mit hohen Rückenlehnen und ein schwerer Walnussschreibtisch im Louis-XIV.-Stil, hinter dem ein großer, gut aussehender Mann mit wissenden Augen, einer langen gallischen Nase und frühzeitig ergrautem Haar stand. Jacques Robbinet, der französische Kulturminister.

Das war's! Woher Bourne ihn kannte, weshalb sie Freunde und in gewissem Sinn Landsleute geworden waren, blieb noch rätselhaft, aber nun wusste er zumindest, dass er einen Verbündeten hatte, mit dem er Verbindung aufnehmen, auf den er zählen konnte. Freudig erregt stellte Bourne die Flasche Scotch als Geschenk für den ersten Stadtstreicher, der sie entdeckte, unter die Bank. Er sah sich unauffällig um. Der alte Mann war verschwunden – und mit ihm die meisten Tauben; nur noch einige Tauber, die aufgeplustert ihr Territorium verteidigten, stolzierten umher und pickten die letzten Brotkrumen auf. Auf einer der benachbarten Bänke küsste sich ein junges Paar; drei Jugendliche, die mit einem Ghettoblaster an ihnen vorbeikamen, machten anzügliche Bemerkungen über die beiden. Bourne hatte den Eindruck, seine Sinne seien übernatürlich geschärft. Irgendetwas war hier nicht in Ordnung, passte nicht hierher, aber er konnte nicht herausfinden, was es war.

Ihm war durchaus bewusst, dass der Zeitpunkt für sein Treffen mit Deron rasch näher rückte, aber ein Instinkt warnte ihn davor, sich zu bewegen, bevor er die Anomalie identifiziert hatte. Er betrachtete nochmals die Menschen in seiner Umgebung. Kein bärtiger Mann, jedenfalls keiner, der leicht hinkte. Und trotzdem … Ihm schräg gegenüber saß ein Mann mit aufgestützten Ellbogen und gefalteten Händen nach vorn gebeugt. Er beobachtete einen kleinen Jungen, dem sein Vater gerade eine Eiswaffel gegeben hatte. Was Bourne an ihm interessierte, war die Tatsache, dass er eine Bomberjacke aus dunklem Wildleder und dazu eine schwarze Hose trug. Sein Haar war schwarz, nicht grau; er hatte keinen Bart, und seine Beine sahen so normal aus, dass Bourne ihm keinen hinkenden Gang zutraute.

Bourne, selbst ein Chamäleon und ein wahrer Verwandlungskünstler, wusste recht gut, dass ein veränderter Gang zu den besten Tarnmethoden zählte – vor allem wenn man einen Profi täuschen wollte. Ein Amateur achtete vielleicht eher auf Äußerlichkeiten wie Haarfarbe und Kleidung, aber für einen ausgebildeten Agenten war die Art und Weise, wie jemand sich bewegte, so charakteristisch wie ein Fingerabdruck. Er versuchte, sich den Mann in der Toilette des Restaurants ins Gedächtnis zurückzurufen. Hatte er eine Perücke und einen falschen Bart getragen? Das wusste er nicht sicher. Beschwören hätte er jedoch können, dass der Mann eine Bomberjacke aus dunklem Wildleder und eine schwarze Hose getragen hatte. Aus diesem Blickwinkel konnte Bourne das Gesicht des anderen nicht sehen, aber er war jedenfalls weit jünger, als der Mann auf der Toilette des Restaurants gewirkt hatte.

Er hatte zusätzlich noch etwas an sich, aber was? Bourne studierte das Gesicht des Mannes sekundenlang von der Seite aus, dann wusste er's plötzlich. In seiner Erinnerung blitzte ein Bild des Mannes auf, der ihn auf Conklins Anwesen im Wald überfallen hatte. Die Form dieses Ohrs, die tiefbraune Farbe, die Drehung der Ohrmuschel … das alles war unverkennbar.

Großer Gott, sagte er sich plötzlich desorientiert, das ist der Mann, der auf dich geschossen, der's fast geschafft hat, dich in der Höhle in Manassas umzulegen! Wie hatte der andere ihm bis hierher folgen können, obwohl er's geschafft hatte, alle Leute abzuschütteln, die Agency und State Police gegen ihn aufgeboten hatten? Bourne erschauerte einen Augenblick. Was für eine Art Mann konnte das schaffen?

Er wusste, dass es nur eine Möglichkeit gab, das herauszubekommen. Aus Erfahrung wusste er, dass man einen gefährlichen Gegner nur dann richtig einschätzen konnte, wenn man etwas tat, das er ganz sicher nicht erwartete. Trotzdem zögerte er zunächst noch. Mit einem solchen Gegenspieler hatte er's noch nie zu tun gehabt. Er war sich darüber im Klaren, dass er in dieser Beziehung Neuland betreten hatte.

In diesem Bewusstsein stand er auf, durchquerte langsam und bedächtig den Park und setzte sich neben den Mann, dessen Gesicht entschieden asiatische Züge aufwies, wie Bourne jetzt sah. Zur Ehre des anderen musste gesagt werden, dass er nicht zusammenzuckte und sich keinerlei Überraschung anmerken ließ. Er beobachtete weiter den kleinen Jungen. Als das Eis zu schmelzen begann, zeigte sein Vater ihm, wie er die Waffel drehen musste, um das herunterlaufende Eis abzulecken.

»Wer bist du?«, fragte Bourne. »Warum willst du mich ermorden?«

Der Mann sah weiterhin geradeaus, ließ sich nicht im Geringsten anmerken, dass er gehört hatte, was Bourne gesagt hatte. »Was für eine heitere Szene eines friedlichen Familienlebens.« In seiner Stimme lag ein sarkastischer Unterton. »Ich frage mich, ob das Kind weiß, dass sein Vater es jeden Augenblick ohne Vorwarnung verlassen könnte.«

Bourne spürte eine eigenartige Reaktion darauf, die Stimme des anderen in dieser Umgebung zu hören. Als sei er aus dem Schatten getreten, um wahrhaftig im Alltag der anderen Menschen zu existieren.

»Auch wenn du mich unbedingt kaltmachen willst«, sagte Bourne, »kannst du mir hier in der Öffentlichkeit nichts anhaben.«

»Wie alt ist der Junge wohl? Ungefähr sechs, würde ich sagen. Viel zu klein, um den Sinn des Lebens zu verstehen, viel zu klein, um zu begreifen, weshalb sein Vater ihn verlassen könnte.«

Bourne schüttelte den Kopf. Das Gespräch verlief durchaus nicht so, wie er es sich vorgestellt hatte. »Wie kommst du darauf? Weshalb sollte der Vater seinen Sohn verlassen?«

»Eine interessante Frage, zumal wenn sie von einem Mann mit zwei Kindern kommt. Jamie und Alison, nicht wahr?«

Bourne fuhr zusammen, als habe der andere ihm ein Messer in die Rippen gestoßen. Angst und Wut brodelten in ihm, aber er ließ nur seine Wut an die Oberfläche steigen. »Ich will nicht mal fragen, woher du so viel über mich weißt, aber eines will ich dir sagen: Dass du meine Familie bedroht hast, war ein verhängnisvoller Fehler.«

»Oh, das brauchst du nicht zu glauben. Ich habe keineswegs vor, deinen Kindern etwas anzutun«, sagte Chan gelassen. »Ich habe mich nur gefragt, wie Jamie reagieren wird, wenn du nicht zurückkehrst.«

»Ich werde meinen Sohn nie verlassen. Ich werde tun, was nötig ist, um sicher zu ihm zurückzukehren.«

»Eigenartig, dass du hinsichtlich deiner jetzigen Familie so leidenschaftlich empfindest, nachdem du Dao, Joshua und Alyssa im Stich gelassen hast.«

Jetzt gewann die Angst in Bourne die Oberhand. Sein Herz hämmerte schmerzhaft, und er fühlte brennende Stiche in der Brust. »Wovon redest du überhaupt? Wie kommst du darauf, dass ich sie im Stich gelassen habe?«

»Du hast sie ihrem Schicksal überlassen, stimmt's?«

Bourne hatte das Gefühl, den Bezug zur Realität zu verlieren. »Das verbitte ich mir! Sie waren tot! Sie sind mir entrissen worden, und ich habe sie nie vergessen!«

Die Lippen des anderen verzogen sich zu einem schwachen Lächeln, als habe er einen Sieg erzielt, indem er Bourne über eine unsichtbare Grenze gezerrt hatte. »Nicht einmal, als du Marie geheiratet hast? Nicht einmal, als Jamie und Alison geboren wurden?« Seine Stimme klang gepresst, als kämpfe er darum, etwas tief in seinem Inneren Aufwallendes unter Kontrolle zu halten. »Du hast versucht, Joshua und Alyssa zu reproduzieren. Du hast ihnen sogar Vornamen mit den gleichen Anfangsbuchstaben gegeben.«

Bourne war wie vor den Kopf geschlagen. In seinen Ohren begann ein dumpfes Brausen. »Wer bist du?«, wiederholte er heiser.

»Ich bin unter dem Namen Chan bekannt. Aber wer bist *du*, David Webb? Ein Linguistikprofessor kann sich vielleicht in der Wildnis auskennen, aber er versteht bestimmt nichts von Nahkampf; er weiß nicht, wie man nach Art des Vietcong ein Lianennetz flicht; er weiß nicht, wie man einen geklauten Wagen kurzschließt. Und erst recht weiß er nicht, wie man sich erfolgreich vor der CIA verbirgt.«

»Offenbar geben wir uns gegenseitig Rätsel auf.«

Um Chans Lippen spielte wieder das irritierend geheimnisvolle Lächeln. Bourne fühlte, dass seine Nackenhaare sich sträubten, während erneut ein Bruchstück seiner zerschellten Erinnerungen hochzusteigen versuchte.

»Red dir das nur weiter ein. Tatsächlich könnte ich dich *jetzt* umlegen, selbst hier in der Öffentlichkeit«, sagte Chan mit hasserfüllter Stimme. Sein Lächeln war so rasch verschwunden, wie eine Wolke ihre Form verändert, und die Bronzesäule seines Halses erzitterte leicht, als sei lange unterdrückter Zorn für einen Augenblick in ihm aufgestiegen. »Ich *sollte* dich sogar jetzt umlegen. Aber so unüberlegtes Handeln würde mich gegenüber den beiden CIA-Agenten exponieren, die eben den Park durch den Nordeingang betreten haben.«

Ohne den Kopf zu bewegen, sah Bourne rasch in die angegebene Richtung. Chan hatte Recht. Zwei CIA-Agenten suchten die Gesichter der dort Sitzenden ab.

»Ich glaube, es wird Zeit, dass wir gehen.« Chan stand auf, blickte kurz auf Bourne hinab. »Die Sache ist sehr einfach. Du kannst mitkommen oder dich schnappen lassen.«

Bourne stand auf, ging neben Chan her, verließ an seiner Seite den Park. Chan, der sich zwischen Bourne und den Agenten befand, wählte eine Route, auf der er in dieser Position blieb. Bourne fand die professionelle Art des jungen Mannes und seine Geistesgegenwart in Extremsituationen erneut beeindruckend.

»Warum tust du das?«, fragte Bourne. Er hatte den jähen Gefühlsausbruch des anderen – ein ebenso rätselhaftes wie alarmierendes Aufflammen – sehr wohl wahrgenommen. Chan gab keine Antwort.

Sie tauchten in den Fußgängerstrom ein und verschwanden darin. Chan hatte beobachtet, wie vier Agenten in die Geschäftsräume von Lincoln Fine Tailors stürmten, und sich rasch ihre Gesichter gemerkt. Das war nicht schwierig gewesen; im Dschungel, in dem er sich als Kind allein hatte durchschlagen müssen, entschied die blitzschnelle Identifizierung eines Menschen oft über Leben und Tod. Jedenfalls wusste Chan im Gegensatz zu Webb, wo alle vier waren, und hielt jetzt Ausschau nach den beiden anderen, weil er in dieser entscheidenden Phase, in der er mit seinem Opfer zu einem selbst gewählten Ort unterwegs war, keine Einmischung dulden konnte.

Tatsächlich entdeckte er sie vor sich in der Menge. Sie kamen ihnen in Standardformation – auf beiden Straßenseiten je einer – entgegen. Als er sich halb zur Seite drehte, um Webb zu warnen, musste er feststellen, dass er in der Menge allein war. Webb hatte sich in Luft aufgelöst.

Kapitel sieben

Tief im Inneren der Zentrale von Humanistas, Ltd., lag eine mit modernster Technik ausgestattete Abhörstation, die den geheimen Funkverkehr der wichtigsten Geheimdienste überwachte. Kein menschliches Ohr hörte jemals die Rohdaten, weil kein menschliches Ohr sie hätte verstehen können. Da die Meldungen verschlüsselt waren, wurde der aufgefangene Funkverkehr mit Software weiterverarbeitet, die aus heuristischen Algorithmen bestand – die Software war also lernfähig. Für jeden Geheimdienst gab es ein eigenes Programm, weil alle mit verschiedenen Verschlüsselungsalgorithmen arbeiteten.

Obwohl das Programmiererteam von Humanistas nicht alle Codes knacken konnte, wusste Stepan Spalko über ziemlich alles Bescheid, was in der Welt der Geheimdienste ablief. Da der amerikanische CIA-Code zu denen gehörte, die seine Leute geknackt hatten, vergingen nach dem Befehl des CIA-Direktors, Jason Bourne zu liquidieren, nur wenige Stunden, bis Spalko ihn las.

»Ausgezeichnet«, sagte er. »Jetzt läuft alles nach Plan.« Er legte die entschlüsselte Meldung weg und holte sich einen Stadtplan von Nairobi auf den Bildschirm. Dann suchte er die Außenbezirke der Großstadt ab, bis er das Gebiet gefunden hatte, in dem das von Humanistas entsandte Medizinerteam auf Wunsch von Präsident Jomo die dort in Quarantäne gehaltenen Aids-Kranken betreuen sollte.

In diesem Augenblick klingelte sein Handy. Er hörte sich an, was die Stimme am anderen Ende zu berichten hatte.

Nach einem Blick auf die Uhr sagte er zuletzt: »Die Zeit müsste reichen. Gut gemacht!« Dann fuhr er mit dem Aufzug zu Ethan Hearns Büro hinauf. Unterwegs telefonierte er nochmals und bekam binnen Minuten, worum viele andere in Budapest sich seit Wochen vergeblich bemüht hatten: einen Parkettplatz für die Abendvorstellung im Opernhaus.

Der Neue in der Entwicklungsabteilung von Humanistas arbeitete fleißig am Computer, aber als Spalko hereinkam, stand er sofort auf. Er wirkte so frisch und munter, wie er vermutlich heute Morgen ins Büro gekommen war.

»Kein Grund, so förmlich zu sein, Ethan«, sagte Spalko entspannt lächelnd. »Wir sind hier nicht bei der Army, wissen Sie.«

»Ja, Sir. Danke.« Hearn streckte seinen Rücken. »Ich bin seit sieben Uhr dran.«

»Wie kommen Sie mit dem Spendensammeln voran?«

»Nächste Woche finden zwei Wohltätigkeitsdinners und ein Mittagessen mit potenziellen Sponsoren statt. Und ich habe Ihnen den Entwurf eines neuen Werbebriefs gemailt.«

»Gut, gut.« Spalko sah sich um, als wolle er sich davon überzeugen, dass niemand sie hören konnte. »Sagen Sie, haben Sie einen Smoking?«

»Natürlich, Sir. Der gehört sozusagen zu meiner Berufskleidung.«

»Ausgezeichnet. Sie fahren jetzt nach Hause und ziehen ihn an.«

»Sir?« Der junge Mann zog überrascht die Augenbrauen hoch.

»Sie gehen in die Oper.«

»Heute Abend? So kurzfristig? Wie haben Sie's geschafft, Karten zu bekommen?«

Spalko lachte. »Also, Sie gefallen mir, Ethan. Ich möchte wetten, dass Sie der letzte ehrliche Mensch der Welt sind.«

»Sir, für mich steht fest, dass Sie das sind.«

Spalko lachte erneut, diesmal über den leicht verwirrten Gesichtsausdruck des jungen Mannes. »Das war ein Scherz, Ethan. Los jetzt! Sie müssen sich ein bisschen beeilen.«

»Aber meine Arbeit …« Hearn deutete auf den Bildschirm.

»In gewisser Weise arbeiten Sie heute Abend auch. In der Oper ist ein Mann, den ich als Geldgeber gewinnen möchte.« Spalko wirkte so entspannt, so nonchalant, dass Hearn nicht den geringsten Verdacht schöpfte. »Dieser Mann … er heißt übrigens László Molnar …«

»Nie von ihm gehört.«

»Das wundert mich nicht.« Spalko sprach leise und mit Verschwörermiene. »Er ist sehr reich, will aber unbedingt vermeiden, dass sein Reichtum bekannt wird. Er steht auf keiner meiner Spenderlisten, das kann ich Ihnen versichern, und wenn Sie auch nur eine Andeutung über seine Vermögensverhältnisse machen, kommen Sie nie wieder mit ihm ins Gespräch.«

»Ich verstehe völlig, Sir«, sagte Hearn.

»Er ist so etwas wie ein *connoisseur,* ein Kenner, auch wenn dieses Wort viel von seiner ursprünglichen Bedeutung verloren hat.«

»Ja, Sir.« Hearn nickte. »Ich denke, ich weiß, was Sie meinen.«

Spalko war überzeugt, dass der junge Mann keine Ahnung hatte, was er meinte, und empfand bei diesem Gedanken vages Bedauern. Auch er war einst – vor hundert Jahren, so erschien es ihm jetzt – so naiv gewesen wie Hearn. »Jedenfalls ist Molnar ein großer Opernliebhaber. Er hat seit vielen Jahren ein Abonnement.«

»Ich weiß genau, wie man mit schwierigen Kandidaten wie László Molnar umgeht.« Hearn schlüpfte in sein Jackett. »Sie können sich auf mich verlassen, Sir.«

Spalko grinste. »Ich weiß, dass ich auf Sie zählen kann. Sobald Sie ihn an der Angel haben, möchte ich, dass Sie ihn ins Underground lotsen. Kennen Sie diese Bar, Ethan?

»Natürlich, Sir. Aber es wird ziemlich spät werden. Nach elf Uhr, fürchte ich.«

Spalko legte einen Zeigefinger an die Nase. »Noch ein Geheimnis. Molnar ist ein ziemliches Nachtlicht. Aber er wird sich sträuben. Ihm scheint es Spaß zu machen, sich überreden zu lassen. Sie dürfen nicht lockerlassen, Ethan, ist das klar?«

»Sonnenklar.«

Spalko drückte ihm einen Zettel mit Molnars Sitznummer in die Hand. »Also los! Amüsieren Sie sich gut.« Er gab ihm einen kleinen Schubs. »Und viel Erfolg!«

Die imposante Säulenfassade des Magyar Állami Operaház, der Ungarischen Staatsoper, war in helles Licht getaucht. Drinnen glitzerte der prächtige, in Gold und Rot gehaltene Zuschauerraum mit seinen drei Rängen im Schein von zehntausend Lichtpfeilen, die von dem riesigen Kristalllüster ausgingen, der wie eine riesige Glocke von dem mit Gemälden geschmückten Deckengewölbe herabhing.

An diesem Abend wurde Zoltán Kodálys *Háry János* gegeben: eine traditionell sehr beliebte Oper, die seit 1926 auf dem Spielplan stand. Als Ethan Hearn das riesige Marmorfoyer betrat, hallte es bereits von den Stimmen der versammelten Budapester Gesellschaft wider. Obwohl sein Smoking aus feinem Kammgarn gearbeitet und gut geschnitten war, stammte er von keinem der großen Modemacher. In Hearns Beruf kam es sehr darauf an, was er trug und wie er es trug. Er tendierte zu eleganter, dezenter Kleidung, die nie zu auffällig oder zu teuer wirken durfte. Bescheidenheit war eine unerlässliche Zier, wenn man um Spenden warb.

Obwohl er keinesfalls zu spät auf seinen Platz kommen wollte, ging er bewusst etwas langsamer, um keinen Augenblick dieser eigenartig elektrisierenden Zeit vor dem Einsetzen der Ouvertüre zu versäumen, die sein Herz jedes Mal höher schlagen ließ.

Da er sich gewissenhaft mit den Vorlieben der ungarischen Gesellschaft vertraut gemacht hatte, fühlte er sich als eine Art Opernkenner. Die Oper *Háry János* gefiel ihm wegen ihrer Musik, die auf ungarische Volksweisen zurückgriff, und der fast unglaublichen Geschichte, die der altgediente Soldat János erzählt: wie er die Tochter des Kaisers rettet, zum General befördert wird, Napoleon praktisch im Alleingang besiegt und schließlich das Herz der Kaisertochter gewinnt. Das Ganze war ein in die blutige Geschichte Ungarns eingebettetes schönes Märchen.

Letzten Endes war es sogar gut, dass er ein wenig später gekommen war, denn so konnte er mit Hilfe der Sitznummer, die Spalko ihm auf einem Zettel mitgegeben hatte, László Molnar identifizieren, der wie die meisten anderen schon auf seinem Platz saß. Soweit Hearn auf den ersten Blick feststellen konnte, war er ein mittelgroßer Mann mittleren Alters, ziemlich korpulent, mit vollem schwarzem Haar, das er mit Brillantine zurückgekämmt trug. Aus seinen Ohren und auf dem Rücken seiner grobknochigen Hände sprossen schwarze Borsten. Er ignorierte die links neben ihm sitzende Frau, die sich ohnehin viel zu laut mit ihrer Begleiterin unterhielt. Der Sitz rechts neben Molnar war leer. Anscheinend war er ohne Begleitung in die Oper gekommen. Umso besser, dachte Hearn, als er seinen nicht besonders guten Parkettplatz einnahm. Wenig später wurde das Licht gedämpft, das Orchester spielte die Ouvertüre, und der Vorhang ging auf. Hearn überließ sich der Musik.

In der Pause, holte Hearn sich eine Tasse Schokolade und mischte sich unter die elegante Menge. Hier war die Evolution des Menschen zu besichtigen. Im Gegensatz zur Tierwelt waren die Weibchen eindeutig farbenprächtiger als die Männchen. Die Damen trugen Abendkleider aus Schantungseide, venezianischem Moiré und marokkanischem Satin, die erst vor wenigen Wochen auf Laufstegen in Paris, Mailand und New York vorgeführt worden waren. Die Herren, die meisten in Designersmokings, waren anscheinend damit zufrieden, ihre Gefährtinnen, die sich in Gruppen versammelten, zu umkreisen und ihnen bereitwillig Champagner oder heiße Schokolade zu holen, und wirkten ansonsten reichlich gelangweilt.

Hearn hatte die erste Hälfte der Oper genossen und freute sich auf den Schlussteil. Seinen Auftrag hatte er jedoch nicht vergessen. Tatsächlich hatte er sich während der Vorstellung überlegt, wie er die Sache angehen würde. Er ließ sich ungern ins Korsett eines festen Plans zwängen; stattdessen nutzte er lieber seinen ersten Eindruck von dem potenziellen Geldgeber, um sich eine Annäherungsmethode zurechtzulegen. Ein guter Beobachter konnte schon auf den ersten Blick viel erkennen. Achtete der Betreffende auf seine äußere Erscheinung? Aß er gern oder war essen für ihn nebensächlich? Rauchte oder trank er? War er kultiviert oder ungehobelt? Alle diese Faktoren und noch weitere ergaben einen Gesamteindruck.

Deshalb war Hearn zuversichtlich, dass es ihm gelingen würde, László Molnar ins Gespräch zu ziehen, als er nun an ihn herantrat.

»Entschuldigen Sie bitte«, sagte Hearn in seinem bescheidensten Tonfall. »Als Opernliebhaber habe ich mich gefragt, ob Sie auch einer sind.«

Molnar hatte sich umgedreht. Er trug einen Armani-Smoking, der seine breiten Schultern betonte und seinen Schmerbauch geschickt kaschierte. Seine sehr großen Ohren waren aus der Nähe noch stärker behaart, als Hearn angenommen hatte. »Ich bin ein großer Freund der Oper«, sagte er langsam und leicht misstrauisch, wie Hearns geübtes Gehör ihm verriet. Hearn setzte sein charmantestes Lächeln auf und erwiderte den prüfenden Blick aus den dunklen Augen des anderen ganz unbefangen. »Ehrlich gesagt«, fuhr Molnar anscheinend beruhigt fort, »hat sie mich völlig in ihren Bann geschlagen.«

Das passt genau zu dem, was Spalko gesagt hat, dachte Hearn. »Ich habe ein Abonnement«, sagte er in seiner ungekünstelten Art. »Ich habe es seit einigen Jahren, und da ist mir natürlich aufgefallen, dass Sie auch eines haben.« Er lachte halblaut. »Ich kenne leider nicht allzu viele Opernfreunde. Meine Frau ist ein Jazzfan.«

»Meine hat die Oper geliebt!«

»Sie sind geschieden?«

»Witwer.«

»Oh, tut mir Leid.«

»Das ist schon länger her«, sagte Molnar, der etwas auftaute, seit er diese Tatsache preisgegeben hatte. »Sie fehlt mir so sehr, dass ich's nie über mich bringen konnte, ihren Platz einer anderen zu überlassen.«

Hearn streckte ihm die Rechte hin. »Ethan Hearn.«

Nach kaum merklichem Zögern ergriff Molnar sie mit seiner behaarten Pranke. »László Molnar. Freut mich, Ihre Bekanntschaft zu machen.«

Hearn machte eine höfliche kleine Verbeugung. »Darf ich Sie einladen, eine Schokolade mit mir zu trinken, Herr Molnar?«

Dieser Vorschlag schien dem anderen zu gefallen, denn er nickte. »Danke, sehr gern.« Während sie durchs Gedränge unterwegs waren, tauschten sie sich über ihre Lieblingsopern und Lieblingskomponisten aus. Da Hearn dafür gesorgt hatte, dass Molnar anfing, konnte er jetzt sicherstellen, dass es viele Gemeinsamkeiten gab. Auch das gefiel Molnar. Wie schon Spalko bemerkt hatte, hatte Hearn etwas Offenes und Aufrichtiges an sich, das auch sehr misstrauische Menschen beeindruckte. Der junge Mann besaß das Talent, sogar in unnatürlichsten Situationen natürlich zu wirken. Seine scheinbar naive Aufrichtigkeit beeindruckte Molnar und lullte seinen sonst sehr wachen Argwohn ein.

»Gefällt Ihnen die heutige Vorstellung?«, fragte er, als sie ihre heiße Schokolade schlürften.

»Sehr sogar«, antwortete Hearn. »Aber *Háry János* ist so voller Emotionen, dass ich gestehe, dass ich noch mehr davon hätte, wenn ich die Gesichter der Hauptdarsteller besser sehen könnte. Leider konnte ich mir damals, als ich das Abonnement angefangen habe, keinen besseren Platz leisten, und heutzutage ist's unmöglich, einen besseren zu bekommen.«

Als Molnar nicht gleich reagierte, fürchtete Hearn schon, er werde diese Chance verstreichen lassen. Dann sagte der Ungar, als sei ihm das gerade eingefallen: »Darf ich Ihnen den Platz meiner Frau anbieten?«

»Hör zu«, sagte Hassan Arsenow. »Wir müssen die Reihenfolge der Ereignisse, die uns die Freiheit sichern werden, nochmals durchgehen.«

»Aber die kenne ich so gut, wie ich dein Gesicht kenne«, protestierte Sina.

»Gut genug, um unser Ziel mit verbundenen Augen zu erreichen?«

»Mach dich nicht lächerlich«, spottete sie.

»Auf Isländisch, Sina. Wir sprechen jetzt nur noch Isländisch.«

Auf dem großen Schreibtisch in ihrem Hotelzimmer waren detaillierte Pläne des Hotels Oskjuhlid in Reykjavik ausgebreitet. Das behagliche Licht der Schreibtischlampe enthüllte sämtliche Stockwerke des Hotels von den Fundamenten über Sicherheits-, Sanitär-, Heizungs- und Belüftungsanlagen bis hin zu den Stockwerksplänen. Alle übergroßen Blaupausen waren mit zahlreichen Anmerkungen, Richtungspfeilen und Farbmarkierungen versehen, die genau bezeichneten, welche zusätzlichen Sicherheitsmaßnahmen die an dem Terrorismusgipfel teilnehmenden Staaten ergriffen hatten. Spalkos Informationen waren bewundernswert detailliert und vollständig.

»Nachdem wir ins Hotel eingedrungen sind«, sagte Arsenow, »bleibt uns nur sehr wenig Zeit, unseren Auftrag auszuführen. Das Schlimme ist, dass wir nicht wissen, *wie wenig* Zeit wir haben, bis wir die Verhältnisse bei einem Probelauf erkundet haben. Das macht es umso wichtiger, dass es kein Zögern, keinen Fehler geben darf – keine einzige falsche Bewegung!« Seine schwarzen Augen glühten vor Eifer. Er führte Sina an die Rückwand des Zimmers und verband ihr dort mit einem ihrer Seidenschals die Augen. Den Schal verknotete er so fest, dass sie nichts mehr sehen konnte.

»Wir haben soeben das Hotel betreten.« Er ließ ihren Arm los. »Ich möchte jetzt, dass du unsere Route abschreitest. Ich stoppe dabei deine Zeit. Also los!«

Gut zwei Drittel der umständlichen Route legte sie fehlerfrei zurück, aber an einer Stelle, wo ein Korridor sich verzweigte, ging sie nach links statt nach rechts.

»Du bist erledigt«, sagte er schroff, als er ihr die Augenbinde abriss. »Selbst wenn du deinen Fehler korrigieren würdest, könntest du das Ziel nicht mehr rechtzeitig erreichen. Sicherheitskräfte – Amerikaner, Russen oder Araber – würden dich einholen und erschießen.«

Sina zitterte vor Wut über sich selbst – und über ihn.

»Dieses Gesicht kenne ich, Sina«, sagte Hassan. »Bezähme deinen Zorn. Gefühle beeinträchtigen die Konzentration, die du jetzt brauchst. Sobald du den Weg mit verbundenen Augen findest, ohne einen einzigen Fehler zu machen, sind wir für heute Abend fertig.«

Eine Stunde später, als ihr Auftrag ausgeführt war, sagte Sina: »Komm ins Bett, Liebster.«

Arsenow, der jetzt nur einen einfachen Hausmantel aus leichtem schwarzem Musselin mit Bindegürtel trug, schüttelte den Kopf. Er stand an dem riesigen Fenster und blickte auf das wie Diamanten glitzernde nächtliche Budapest hinaus, das sich im dunklen Wasser der Donau spiegelte.

Sina räkelte sich nackt auf der leichten Daunendecke und lachte ihr kehliges leises Lachen. »Hassan, fühl nur.« Sie ließ eine Hand mit langen gespreizten Fingern über das Bettlaken gleiten. »Reine ägyptische Baumwolle, herrlich luxuriös!«

Hassan drehte sich mit missbilligend gerunzelter Stirn zu ihr um. »Das ist's gerade, Sina.« Er zeigte auf die halb leere Flasche auf dem Nachttisch. »Cognac Napoléon, weiche Bettwäsche, Daunendecken. Solcher Luxus ist nichts für uns.«

Sina riss die Augen auf. Sie verzog ihre vollen Lippen zu einem Schmollmund. »Und warum nicht?«

»Ist die Lektion, die du vorhin gelernt hast, bei einem Ohr rein und beim anderen raus gegangen? Weil wir *Krieger* sind, weil wir allem weltlichen Besitz entsagt haben.«

»Hast du auf deine Waffen verzichtet, Hassan?«

Er schüttelte den Kopf; sein Blick war hart und kalt. »Unsere Waffen erfüllen einen Zweck.«

»Diese weichen Dinge erfüllen auch einen, Hassan. Sie machen mich glücklich.«

Er stieß einen rauen Kehllaut aus: knapp und verächtlich.

»Ich will diese Dinge nicht besitzen, Hassan«, sagte Sina heiser, »sondern nur für ein oder zwei Nächte genießen.« Sie streckte eine Hand nach ihm aus. »Kannst du deine eisernen Regeln nicht mal für ein paar Stunden vergessen? Wir haben heute beide hart gearbeitet; wir haben uns ein wenig Entspannung verdient.«

»Sprich für dich selbst. Mich kann Luxus nicht verführen«, sagte Arsenow knapp. »Mich widert's an, dass du ihm verfällst.«

»Ich glaube nicht, dass *ich* dich anwidere.« Sie hatte in seinem Blick etwas gesehen: eine Art Selbstverleugnung, die sie fälschlicherweise für das Urgestein seines streng asketischen Wesens hielt.

«Also gut«, sagte sie, »ich zerschlage die Cognacflasche und übersäe das Bett mit Glassplittern, wenn du nur zu mir kommst.«

Sie richtete sich auf und rutschte auf den Knien an die Bettkante vor, sodass ihre in goldenes Lampenlicht getauchten Brüste provozierend schaukelten. »Das ist mein voller Ernst. Weshalb sollte ich dir widersprechen, wenn du den Wunsch hast, auf einem Schmerzenslager zu ruhen, während wir uns lieben?«

Arsenow stand lange da und blickte auf sie hinab. Er kam nicht auf die Idee, sie könnte ihn womöglich verspotten. »Das verstehst du nicht.« Er trat einige Schritte näher an sie heran.

»Unser Weg ist vorgezeichnet. Für uns gibt's nur den *tariqat,* den spirituellen Pfad zu Allah.«

»Stör mich nicht, Hassan. Ich denke weiter an Waffen.« Sie packte eine Hand voll Musselin und zog ihn daran zu sich her. Ihre ausgestreckte andere Hand streichelte sanft den Verband um seinen Oberschenkeldurchschuss. Dann glitt ihre Hand höher.

Ihr Liebesspiel war wild wie ein Nahkampf. Es entstand ebenso aus dem Wunsch, den anderen zu verletzen, wie aus sexueller Gier. Ob Liebe bei ihrem heftigen Ringen, Stöhnen und Sich-Ergießen eine Rolle spielte, war sehr zweifelhaft. Weil er sich insgeheim danach sehnte, auf das Bett aus Glasscherben, von dem Sina im Scherz gesprochen hatte, geworfen zu werden, leistete er Widerstand, als ihre Fingernägel zugriffen, sodass sie fester zupacken, ihm die Haut ritzen musste. Anschließend war er grob genug, um sie so zu provozieren, dass sie die Zähne bleckte und in seine starken Schulter-, Brust- und Armmuskeln biss. Erst als die Schmerzen stärker als seine Lust zu werden drohten, verflog das seltsame halluzinatorische Gefühl, das ihn einhüllte, ein wenig.

Arsenow musste dafür bestraft werden, was er Chalid Murat, seinem Landsmann, seinem Freund, angetan hatte. Dass er lediglich getan hatte, was seinem Volk Überleben und Wohlstand sicherte, war keine Entschuldigung. Wie oft hatte er sich schon eingeredet, Chalid Murat sei auf dem Altar von Tschetscheniens Zukunft geopfert worden? Und trotzdem wurde er wie ein Sünder, wie ein Ausgestoßener von Zweifeln und Ängsten verfolgt, hatte eine grausame Strafe verdient. Aber war das bei Propheten nicht eigentlich immer so, fragte er sich während des kleinen Todes, der dem Orgasmus folgt. Waren seine Seelenqualen nicht ein weiterer Beweis dafür, dass er den rechten Weg gewählt hatte?

Sina ruhte, neben ihm liegend, in seinen Armen. Sie hätte kilometerweit von ihm entfernt sein können, obwohl sie in gewisser Weise ebenfalls mit Propheten beschäftigt war. Oder genauer gesagt mit einem Propheten. Dieser moderne Prophet hatte ihre Gedanken beherrscht, seit sie Hassan ins Bett gelockt hatte. Sie hasste ihn dafür, dass er den Luxus, der sie umgab, nicht genießen konnte, und als er sie an sich zog, war's nicht er, an den sie dachte, und als er in sie eindrang, war's nicht er, sondern Stepan Spalko, für den sie gurrte. Und als sie sich kurz vor dem Höhepunkt auf die Unterlippe biss, geschah das nicht aus Leidenschaft, sondern weil sie fürchtete, sie könnte Spalkos Namen schreien. Genau das hätte sie am liebsten getan – und wenn's nur gewesen wäre, um Hassan ins Herz zu treffen, denn sie zweifelte keinen Augenblick daran, dass er sie liebte. Seine Liebe erschien ihr tumb und unwissend, eine infantile Regung wie die eines Säuglings, der nach der Mutterbrust tastet. Was er von ihr ersehnte, waren Schutz und Wärme, die vorübergehende Rückkehr in den Mutterschoß. Von dieser Art Liebe bekam sie eine Gänsehaut.

Aber wonach *sie* sich sehnte …

Ihre Gedanken erstarrten, als er sich leise seufzend an sie drängte. Sie hatte geglaubt, er schlafe, aber das tat er nicht – oder er war von irgendetwas aufgewacht. Da sie sich jetzt wieder um seine Wünsche kümmern musste, hatte sie keine Zeit mehr für eigene Gedanken. Sie roch seinen männlichen Geruch, der wie Morgennebel aufstieg, und hörte, wie seine Atmung sich leicht beschleunigte.

»Ich hab darüber nachgedacht«, flüsterte er, »was es bedeutet, ein Prophet zu sein, und ob unser Volk mich eines Tages so nennen wird.«

Sie sagte nichts, weil sie wusste, dass sie jetzt schweigen, nur zuhören sollte, während er sich unsicher tastend auf dem gewählten Pfad weiterbewegte. Dies war seine Schwäche, die einzige, die außer ihr niemand kannte, die einzige, die er sich nur ihr gegenüber anmerken ließ. Sina fragte sich, ob Chalid Murat clever genug gewesen war, um diese Schwäche zu erahnen. Sie war sich fast sicher, dass Stepan Spalko sie sofort erkannt hatte.

»Der Koran lehrt, dass jeder unserer Propheten die Inkarnation einer Eigenschaft Gottes ist«, fuhr Arsenow fort. »Moses verkörpert den übersinnlichen Aspekt der Realität, weil er mit Gott sprechen konnte, ohne einen Mittelsmann zu brauchen. Im Koran sagt Gott zu Moses: ›Fürchte dich nicht, du bist übernatürlich.‹ Jesus ist die Verkörperung der Prophetengabe. Als Kind hat er ausgerufen: ›Gott hat mir das Buch gegeben und mich als Propheten eingesetzt.‹

Aber Mohammed ist die spirituelle Inkarnation und Manifestation aller Namen Gottes. Er selbst hat gesagt: ›Was Gott als Erstes schuf, war mein Licht. Ich war ein Prophet, als Adam noch zwischen Wasser und Erde war.‹«

Sina wartete einige Herzschläge lang, um sicher zu sein, dass er zu predigen aufgehört hatte. Mit einer Hand auf seiner sich langsam hebenden und senkenden Brust fragte sie dann, was er zweifellos von ihr erwartete: »Und was ist *deine* göttliche Eigenschaft, mein Prophet?«

Arsenow drehte den Kopf zur Seite, um sie ganz sehen zu können. Die Lampe hinter ihr tauchte den größten Teil ihres Gesichts in Schatten, ließ nur einen lichten Streifen vom Wangenknochen bis zum Kinn wie einen meisterhaften Pinselstrich hervortreten. Er ertappte sich wieder einmal bei einem Gedanken, den er meistens unterdrückte und sich selbst nicht eingestehen wollte. Er wusste nicht, was er ohne

Sinas Kraft und Vitalität hätte tun sollen. Für ihn verkörperte ihr Leib die Unsterblichkeit; er war die heilige Stätte, aus der seine Söhne hervorgehen würden, damit sein Geschlecht bis in alle Ewigkeit fortbestand. Aber er wusste auch, dass dieser Traum nur mit Spalkos Hilfe Wirklichkeit werden konnte.

»Ah, Sina, wenn du nur wüsstest, was der Scheich für uns tun wird, zu welcher Bedeutung er uns verhelfen wird.«

Sie ließ die Wange auf ihrem angewinkelten Arm ruhen. »Erzähl's mir.«

Aber er schüttelte den Kopf. Um seine Mundwinkel spielte ein schwaches Lächeln. »Das wäre ein Fehler.«

»Wieso?«

»Weil du ohne Vorwarnung selbst sehen musst, wie verheerend die Waffe wirkt.«

Als sie jetzt prüfend in Hassans Augen sah, empfand sie tief in ihrem Innersten, in das sie nur selten zu blicken wagte, einen kalten Schauder. Vielleicht spürte sie eine Vorahnung der schrecklichen Kraft, die in drei Tagen in Nairobi freigesetzt werden würde. Aber mit der Hellsichtigkeit, die Liebenden manchmal vergönnt ist, begriff sie, dass ihn hauptsächlich die Angst interessierte, die diese Todesart – um welche es sich auch handeln mochte – hervorrufen würde. Er wollte Angst einsetzen, das war klar. Angst als Schwert der Rache, mit dem die Tschetschenen alles zurückgewinnen würden, was sie in Jahrhunderten der Demütigung, Vertreibung und des Mordens verloren hatten.

Mit Angst stand Sina seit frühester Kindheit auf vertrautem Fuß. Ihr Vater, schwach und an der Verzweiflung sterbend, die wie Mehltau auf Tschetschenien lag, hatte einst seine Familie versorgt, wie es jeder Tschetschene tat, aber jetzt durfte er sich nicht einmal auf der Straße zeigen, weil die Russen ihn sonst verhaftet hätten. Ihre Mutter, einst eine schöne junge Frau, war in ihren letzten Jahren ein schmalbrüstiges altes Weib mit schütterem Haar, schlechten Augen und Gedächtnislücken gewesen.

Kam Sina nach einem langen Tag, den sie damit verbracht hatte, etwas Essbares aufzutreiben, nach Hause, musste sie drei Kilometer zur nächsten öffentlichen Wasserstelle gehen, ein bis zwei Stunden anstehen und anschließend den vollen Eimer nach Hause tragen und fünf Treppen hoch in ihr schmuddeliges Zimmer hinaufschleppen.

Dieses Wasser! Manchmal schreckte sie noch heute würgend hoch, weil sie den grässlichen Terpentingeschmack zu schmecken glaubte.

Eines Abends hatte ihre Mutter sich hingesetzt und war nicht wieder aufgestanden. Sie war achtundzwanzig, sah aber wie sechzig aus. Von den ständig brennenden Ölfeuern war ihre Lunge voller Teer. Als Sinas kleiner Bruder über Durst klagte, hatte die alte Frau zu ihr aufgesehen und gesagt: »Ich kann nicht aufstehen. Nicht mal, um ihm zu trinken zu geben. Ich kann nicht mehr …«

Sina verdrehte den Rumpf, machte einen langen Arm und knipste die Lampe aus. Zuvor unsichtbarer blasser Mondschein füllte den Fensterrahmen. Wo ihr Oberkörper sich zur schmalen Taille hin verengte, beleuchtete ein schräg übers Bett fallender Streifen Mondlicht eine Brustwarze. Darunter, unter der hohen Wölbung, lag Hassans Hand. Außerhalb dieses Streifens war das Zimmer dunkel.

Sie lag lange mit offenen Augen da, horchte auf Hassans regelmäßiges Atmen und wartete darauf, dass der Schlaf auch zu ihr kam. Wer kennt das Gewicht von Angst besser als wir Tschetschenen?, fragte sie sich. Auf Hassans Gesicht stand die ganze traurige Geschichte seines Volkes eingegraben. Was kümmerte ihn Tod, was kümmerte ihn Verderben, wenn er nur Rache für Tschetschenien nehmen konnte! Und mit vor Verzweiflung schwerem Herzen wusste Sina, dass die Aufmerksamkeit der Weltöffentlichkeit geweckt, auf ihre Heimat konzentriert werden musste. Das ließ sich heutzutage nur mit einer Methode erreichen. Sie wusste, dass Hassan Recht hatte: Der Tod musste auf bis dahin unvorstellbare Weise kommen, aber welchen Preis sie alle dafür würden zahlen müssen, konnte sie sich in keiner Weise vorstellen.

Kapitel *acht*

Jacques Robbinet liebte es, die Vormittage mit seiner Frau zu verbringen, Café au lait zu trinken, die Zeitungen zu lesen und mit ihr über Wirtschaftsfragen, ihre Kinder und die Lebensverhältnisse ihrer Freunde zu reden. Über seine Arbeit sprach er nie.

Er machte es sich strikt zur Gewohnheit, nie vor Mittag ins Ministerium zu gehen. Dort verbrachte er ungefähr eine Stunde damit, Akten, Memos aus Abteilungen des Hauses und weitere Schriftstücke durchzuarbeiten und seine Kommentare als E-Mails zu verschicken. Anrufe nahm seine Assistentin entgegen, die jeden notierte und ihm nur Mitteilungen vorlegte, die sie für dringend hielt. Diese und alle sonstigen Arbeiten für Robbinet erledigte sie vorbildlich und zuverlässig. Er hatte sie selbst ausgebildet, und ihre Instinkte waren untrüglich.

Ihr größter Vorzug war, dass sie absolut diskret war. Daher konnte Robbinet ihr sagen, wo er mit seiner Geliebten zu Mittag essen würde – sei's in einem ruhigen Bistro oder in ihrer Wohnung im vierten Arrondissement. Das war wichtig, denn Robbinet dehnte seine Mittagspausen selbst für französische Begriffe sehr lange aus. Er kam selten vor vier Uhr ins Büro zurück, blieb aber oft bis nach Mitternacht an seinem Schreibtisch und hielt Verbindung mit seinen Kollegen in Amerika. Auch wenn Jacques Robbinet offiziell als französischer Kulturminister fungierte, war er in Wirklichkeit ein so hochkarätiger Spion, dass er dem Präsidenten persönlich unterstand.

Heute war er jedoch zum Abendessen ausgegangen, denn der Nachmittag war so hektisch gewesen, dass er sein tägliches Rendezvous auf den späten Abend hatte verschieben müssen. Es hatte Aufregung gegeben, die ihn persönlich betroffen machte. Seine amerikanischen Freunde hatten einen weltweit gültigen Liquidierungsauftrag an ihn weitergeleitet, der ihm das Blut in den Adern hatte gerinnen lassen, denn die Zielperson war Jason Bourne.

Er hatte Bourne vor einigen Jahren ausgerechnet in einem Kurhotel kennen gelernt. Robbinet hatte in einem Wellness-Center in der Nähe von Paris ein Wochenende gebucht, um es mit seiner damaligen Geliebten, einer winzigen Person, die in vielem unersättlich war, verbringen zu können. Sie war beim Ballett gewesen; Robbinet dachte noch immer sehr gern an ihren wundervoll geschmeidigen Körper zurück. Jedenfalls waren sie sich im Dampfbad begegnet und ins Gespräch gekommen. Auf höchst beunruhigende Weise hatte Robbinet dann erfahren, dass Bourne dort auf der Suche nach einer bestimmten Doppelagentin war. Sobald sie enttarnt war, hatte Bourne sie liquidiert, während Robbinet eine Anwendung bekam – eine Fangopackung, wenn er sich recht erinnerte. Gerade noch rechtzeitig, denn die Doppelagentin hatte sich als Masseuse ausgegeben, um Robbinet zu ermorden. Gab es einen Ort, wo man verwundbarer war als auf einer Massagebank?, fragte Robbinet sich. Was hätte er danach tun können, außer Bourne zu einem üppigen Essen einzuladen? Seit sie sich an jenem Abend bei Gänseleber-Terrine, Kalbsnieren in Trüffelvinaigrette und Torte *Tatin,* alles mit drei Flaschen feinstem Bordeaux hinuntergespült, ihre Geheimnisse anvertraut hatten, waren sie gute Freunde.

Durch Bourne hatte Robbinet Alexander Conklin kennen gelernt und war Conklins Mittelsmann im Außenministerium und bei Interpol geworden.

Letztlich erwies Robbinets Vertrauen zu seiner Assistentin sich als Glück für Jason Bourne, denn er saß mit Delphine bei Kaffee und höchst dekadenten Petits Fours im Chez Georges, als sie ihn anrief. Er liebte dieses Restaurant wegen seiner Küche und seiner Lage. Weil es gegenüber der Börse lag, verkehrten hier Börsenmakler und Bankiers: Leute, die weit diskreter waren als die schwatzhaften Politiker, unter die Robbinet sich manchmal mischen musste.

»Ich habe jemanden am Apparat«, sagte seine Assistentin in seinem Ohr. Zum Glück wurden nach Dienstschluss eingehende Anrufe zu ihr nach Hause durchgestellt. »Er sagt, dass er Sie dringend sprechen muss.«

Robbinet lächelte Delphine an. Seine Geliebte war eine elegante, reife Schönheit, äußerlich das genaue Gegenteil von seiner Frau, mit der er seit dreißig Jahre verheiratet war. Sie hatten sich gerade höchst angeregt über Aristide Maillol, dessen üppige Akte die Tuilerien schmückten, und Jules Massenet unterhalten, dessen Oper *Manon* sie beide für überschätzt hielten. Er konnte wirklich nicht verstehen, weshalb amerikanische Männer eine Vorliebe für Mädchen hatten, die kaum dem Teenageralter entwachsen waren. Die Vorstellung, sich eine Geliebte im Alter seiner Tochter zu nehmen, erschien ihm beängstigend und sinnlos zugleich. Um Himmels willen, worüber hätten sie sich bei Kaffee und Petits Fours unterhalten sollen? »Hat er seinen Namen angegeben?«, sagte er ins Handy.

»Ja. Jason Bourne.«

Robbinets Herz begann zu jagen. »Stellen Sie ihn durch«, entschied er sofort. Weil es unhöflich gewesen wäre, in Anwesenheit seiner Geliebten länger zu telefonieren, entschuldigte er sich, trat in den feinen Nebel eines Pariser Abends hinaus und wartete auf die Stimme seines alten Freundes.

»Mein lieber Jason! Wann haben wir zuletzt miteinander telefoniert?«

Bournes Stimmung besserte sich schlagartig, als Jacques Robbinets dröhnende Stimme aus seinem Handy drang. Endlich ein Insider, der's nicht – hoffentlich nicht! – darauf abgesehen hatte, ihn umzulegen. Bourne war mit einem weiteren gestohlenen Wagen auf dem Capital Beltway unterwegs, um sich mit Deron zu treffen.

»Das weiß ich ehrlich gesagt nicht.«

»Jahrelang nicht mehr, ist das nicht unglaublich?«, sagte Robbinet. »Aber ich gebe zu, dass Alex mich über dich auf dem Laufenden gehalten hat.«

Bourne, der anfangs leicht beklommen gewesen war, begann sich zu entspannen. »Jacques, du hast von Alex gehört.«

»Ja, *mon ami*. Der CIA-Direktor hat dich auf die Abschussliste der Agency gesetzt. Aber ich glaube kein Wort davon. Du kannst Alex unmöglich ermordet haben. Weißt du schon, wer's war?«

»Das versuche ich gerade rauszukriegen. Sicher weiß ich im Augenblick nur, dass ein gewisser Chan in den Fall verwickelt sein muss.«

Am anderen Ende herrschte so lange Schweigen, dass Bourne schließlich fragen musste: »Jacques? Bist du noch da?«

»Gewiss, mein Freund. Du hast mich erschreckt, das war alles.« Robbinet atmete tief durch. »Diesen Chan, den kennen wir. Er ist ein Profi, ein erstklassiger Auftragskiller. Wir wissen, dass er für über ein Dutzend Morde an prominenten Persönlichkeiten in aller Welt verantwortlich ist.«

»Wer sind die Zielpersonen?«

»Hauptsächlich Politiker – zum Beispiel der Präsident von Mali –, aber manchmal auch prominente Geschäftsleute. Unseres Wissens sind seine Taten weder politisch noch ideologisch motiviert. Er übernimmt die Aufträge allein wegen des Geldes. Nur darauf kommt's ihm an.«

»Diese Sorte ist die gefährlichste ...«

»Zweifellos, *mon ami*«, sagte Robbinet. »Verdächtigst du ihn, Alex ermordet zu haben?«

»Er könnte es gewesen sein«, antwortete Bourne. »Ich bin ihm auf dem Anwesen begegnet, nachdem ich die Leichen gefunden hatte. Vielleicht hat er die Polizei angerufen, denn sie ist gekommen, als ich noch im Haus war.«

»Eine klassische Falle«, bestätigte Robbinet.

Bourne schwieg einen Augenblick, weil er an Chan dachte, der ihn auf dem Campus oder später von der Weide am Bachufer aus hätte erschießen können. Für Chan war dies offenbar kein gewöhnlicher Auftrag; vielmehr schien es sich um eine Art Vendetta zu handeln, die ihren Ursprung im südostasiatischen Dschungel hatte. Die logischste Annahme war, dass Bourne Chans Vater getötet hatte. Jetzt befand sein Sohn sich auf einem Rachefeldzug. Weshalb wäre er sonst so von Bournes Familie besessen gewesen? Weshalb hätte er sonst behauptet, Bourne habe Jamie verlassen? Diese Theorie passte genau zu den bisher bekannten Umständen.

»Was kannst du mir noch über Chan erzählen?«, fragte Bourne jetzt.

»Sehr wenig«, antwortete Robbinet, »nur sein Alter: Er ist siebenundzwanzig.«

»Er sieht jünger aus«, meinte Bourne nachdenklich. »Außerdem ist er ein Eurasier.«

»Angeblich ist er zur Hälfte Kambodschaner, aber das sind nur Gerüchte ...«

»Und die andere Hälfte?«

»Da könnte ich auch nur raten. Er ist ein Einzelgänger, anscheinend ohne Laster, Wohnsitz unbekannt. Vor sechs Jahren ist er schlagartig bekannt geworden, als er den Premierminister von Sierra Leone ermordet hat. Davor hat er praktisch nicht existiert.«

Bourne sah in den Rückspiegel. »Also hat er erstmals offiziell gemordet, als er einundzwanzig war.«

»Eine gelungene Coming-out-Party«, sagte Robbinet trocken. »Hör zu, Jason, was diesen Chan angeht, kann ich gar nicht genug betonen, wie gefährlich er ist. Wenn er irgendwas mit dieser Sache zu tun hat, rate ich zu äußerster Vorsicht.«

»Das klingt, als hättest du Angst, Jacques.«

»Die habe ich allerdings, *mon ami.* Ist Chan an einer Sache beteiligt, dann ist das keine Schande. Das gilt auch für dich. Eine gesunde Dosis Angst macht vorsichtig, und Vorsicht ist hier angebracht, das kannst du mir glauben.«

»Ich werd's mir merken«, sagte Bourne. Er wechselte die Spur, fuhr langsamer und hielt Ausschau nach der richtigen Ausfahrt. »Alex hat an etwas gearbeitet, und ich glaube, dass er deswegen ermordet worden ist. Weißt du zufällig, woran er gearbeitet hat?«

»Ich habe Alex zuletzt vor etwa einem halben Jahr hier in Paris getroffen. Wir waren miteinander essen. Mein Eindruck war, dass er in Gedanken ganz woanders war. Aber du kennst Alex ja – immer schweigsam wie ein Grab.« Robbinet seufzte. »Sein Tod ist ein schrecklicher Verlust für uns alle.«

Bourne verließ den Beltway über die Ausfahrt 123 und fuhr zu Tysons Corner weiter. »Sagt NX 20 dir irgendetwas?«

»Mehr hast du nicht? NX 20?«

Er fuhr zur Parkterrasse C von Tysons Corner. »Mehr oder weniger. Ich möchte, dass du Erkundigungen wegen eines Mannes anstellst: Dr. Felix Schiffer.« Er buchstabierte den Namen. »Er arbeitet bei der DARPA.«

»Ah, damit lässt sich etwas anfangen. Mal sehen, was ich für dich tun kann.«

Bourne gab ihm seine Handynummer, während er aus dem Wagen stieg. »Pass auf, Jacques, ich bin nach Budapest unterwegs, aber ziemlich abgebrannt.«

»Kein Problem«, versicherte Robbinet ihm. »Bleibt's bei der bisherigen Vereinbarung?«

Bourne hatte keine Ahnung, wie sie ausgesehen hatte. Er konnte nur zustimmen.

»*Bon.* Wie viel?«

Er fuhr am Aviarium vorbei mit der Rolltreppe nach oben. »Zwanzigtausend müssten reichen. Ich wohne als Alex Conklin im Grandhotel Danubius. Lass das Päckchen an der Rezeption für mich abgeben, damit ich's bei der Ankunft bekomme.«

»*Mais oui,* Jason. Das veranlasse ich sofort. Kann ich dir sonst irgendwie behilflich sein?«

»Im Augenblick nicht.« Bourne sah Deron vor einem Laden stehen, der sich Dry Ice nannte. »Danke für alles, Jacques.«

»Denk daran: Vorsicht, *mon ami*«, sagte Robbinet, bevor er das Gespräch beendete. »Wo Chan mitspielt, ist alles möglich.«

Deron hatte Bourne kommen sehen und ging langsam weiter, damit Bourne ihn einholen konnte. Er war ein schmächtiger Mann mit kaffeebraunem Teint, markantem Gesicht mit hohen Backenknochen und blitzenden Augen, aus denen ein scharfer Intellekt leuchtete. In seinem leichten Sommermantel, unter dem er einen gut geschnittenen Anzug trug, und mit einem glänzenden bordeauxroten Aktenkoffer in der Hand war er jeder Zoll ein Geschäftsmann. Er lächelte, als sie nebeneinander durch das Einkaufszentrum gingen.

»Freut mich, dich mal wieder zu treffen, Jason.«

»Nur schade, dass die Umstände so unerfreulich sind.«

Deron lachte. »Teufel, ich treffe dich leider *nur* in Krisensituationen!«

Während sie miteinander redeten, beurteilte Bourne Sichtachsen, registrierte Fluchtwege, kontrollierte Gesichter.

Deron öffnete seinen Aktenkoffer und gab Bourne einen gepolsterten Umschlag. »Pass und Kontaktlinsen.«

»Danke.« Bourne steckte den Umschlag ein. »Ich sorge dafür, dass du das Geld in spätestens einer Woche bekommst.«

»Klar doch.« Deron winkte mit einer langfingrigen Künstlerhand ab. »Du hast Kredit bei mir.« Er zog Bourne in eine Ecke, in der sie unbeobachtet waren, und drückte ihm noch etwas in die Hand. »Kritische Situationen erfordern extreme Maßnahmen.«

Bourne wog die kleine Pistole prüfend in der Hand. »Woraus besteht sie? Sie ist so leicht.«

»Kunststoff und Keramikmaterial. Daran habe ich ein paar Monate gearbeitet«, sagte Deron sichtbar stolz. »Für größere Entfernungen wertlos, aber aus der Nähe absolut brauchbar.«

»Außerdem ist sie bei der Sicherheitskontrolle am Flughafen unsichtbar.«

Deron nickte. »Und Munition.« Er gab Bourne eine kleine Pappschachtel. »Keramikgeschosse mit Kunststoffspitze als Ausgleich für das kleine Kaliber. Ein weiterer Pluspunkt sind die Schlitze hier am Lauf: Sie verringern den Schussknall. Ein Schuss ist nicht lauter, als wenn du dir mit einer Faust in die Hand schlägst.«

Bourne runzelte die Stirn. »Setzt das nicht die Durchschlagskraft herab?«

Deron lachte. »Ballistik von gestern, mein Lieber. Glaub mir, wenn du damit jemanden umlegst, bleibt er liegen.«

»Deron, du bist ein echtes Multitalent.«

»He, das muss man heutzutage sein.« Der Fälscher seufzte schwer. »Alte Meister zu kopieren hat zweifellos seine Reize. Du kannst dir nicht vorstellen, wie viel ich durchs Studium ihrer Malweise dazugelernt habe. Aber die Welt, die du mir erschlossen hast – eine Welt, von der hier außer uns beiden kein Mensch etwas weiß –, nun, die nenne ich aufregend.« Ein kühler Wind, der Regen bringen würde, war aufgekommen, und Deron klappte seinen Mantelkragen hoch. »Ich gestehe, dass ich früher davon geträumt habe, einige meiner eher ungewöhnlichen Produkte Leuten wie dir zu verkaufen.« Er schüttelte den Kopf. »Aber das ist vorbei. Was ich heutzutage nebenbei tue, mache ich zum Spaß.«

Bourne sah einen Mann vor einem Schaufenster Halt machen, um sich eine Zigarette anzuzünden. Er blieb dort stehen und schien die ausgestellten Schuhe zu betrachten. Das Dumme war nur, dass es Damenschuhe waren. Bourne machte Deron ein Zeichen, und sie wandten sich nach links, entfernten sich von dem Schuhgeschäft. Im nächsten Augenblick nutzte Bourne eine andere Schaufensterscheibe als Spiegel, um die Fläche hinter sich abzusuchen. Der Mann in dem Trenchcoat war nirgends zu sehen.

Er wog die Pistole prüfend in der Hand, sie kam ihm federleicht vor. »Wie viel?«, fragte er.

Deron zuckte mit den Schultern. »Sie ist ein Prototyp. Sagen wir einfach, dass du den Preis danach festlegst, wie sehr sie dir nützt. Ich weiß, dass du fair sein wirst.«

Nachdem Ethan Hearn in Budapest angekommen war, hatte er einige Zeit gebraucht, um sich an die Tatsache zu gewöhnen, dass die Ungarn an alles, was sie taten, ebenso pragmatisch wie rational herangingen. Daher lag die Bar Underground im Stadtteil Pest im Keller des Hauses 30 Teréz Körúta unter einem Filmtheater. Auch ihre Lage unter einem Kino verdankte sie dieser ungarischen Geisteshaltung, denn Underground war eine Hommage an den bekannten ungarischen Filmemacher Emir Kusturica und seinen gleichnamigen Film. Aus Hearns Sicht war die Bar postmodern im hässlichsten Sinn des Wortes. Zwischen den nackten Stahlträgern der Deckenkonstruktion hingen riesige Ventilatoren, die die rauchgeschwängerte Luft auf die trinkenden und tanzenden Gäste hinabbliesen. Was Hearn im Underground jedoch am wenigsten gefiel, war die Musik: eine laute, kakophone Mischung aus zornigem Garagenrock und verschwitztem Funk.

Seltsamerweise schien die Musik László Molar nicht zu stören. Er machte vielmehr den Eindruck, als wolle er möglichst lange in der Gesellschaft dieser Hüften schwenkenden Menschen bleiben – als widerstrebe es ihm, nach Hause zu fahren. In seiner Art lag etwas Zerbrechliches, fand Hearn, in seinem spröden Lachen, in der Art, wie seine Augen den Raum absuchten, ohne jemals etwas oder jemanden länger zu fixieren, als lauere dicht unter seiner Haut ein dunkles, quälendes Geheimnis. Durch seinen Beruf hatte Hearn viel Umgang mit reichen Leuten. Er fragte sich nicht zum ersten Mal, ob übermäßig großer Reichtum die menschliche Psyche schädigen konnte. Vielleicht war das der Grund dafür, dass er selbst nie nach Reichtümern gestrebt hatte.

Molnar bestand darauf, ihn zu einem Drink einzuladen: einem scheußlich süßen Cocktail namens Causeway Spray, der aus Whisky, Gingerale, Triple Sec und Zitronensaft gemixt wurde. Sie fanden einen kleinen Ecktisch, an dem es so dunkel war, dass Hearn kaum die Getränkekarte lesen konnte, und diskutierten weiter über die Oper, was in dieser Umgebung absurd wirkte.

Nach dem zweiten Drink wurde Hearn auf Spalko aufmerksam, der in dem bläulichen Dunst im rückwärtigen Teil des Clubs stand. Als sein Boss ihn zu sich heranwinkte, entschuldigte Hearn sich für einen Augenblick. In Spalkos Nähe lungerten zwei Männer herum. Sie schienen nicht ins Underground zu gehören, dachte Hearn, aber andererseits traf das auch auf László Molnar und ihn zu. Spalko führte ihn durch einen düsteren Gang, an dessen Decke kleine Spots wie Sterne leuchteten.

Er öffnete die Tür eines Raums, den Hearn für das Büro des Clubmanagers hielt. Der Raum war leer.

»Guten Abend, Ethan.« Spalko lächelte, als er die Tür hinter ihnen schloss. »Sie haben gehalten, was ich mir von Ihnen versprochen habe. Gut gemacht!«

»Danke, Sir.«

»Und nun«, sagte Spalko übertrieben jovial, »wird's Zeit, dass ich die Sache übernehme.«

Hearn konnte das Wummern elektronischer Bässe durch die Wände hören. »Sollte ich nicht noch bleiben, um Sie mit Molnar bekannt zu machen?«

»Nicht nötig, das kann ich Ihnen versichern. Wird Zeit, dass Sie ein bisschen Schlaf bekommen.« Er sah auf seine Uhr. »Warum nehmen Sie sich nicht gleich den morgigen Tag frei, nachdem es heute so spät geworden ist?«

Hearn reagierte ungehalten. »Sir, ich kann unmöglich …«

Spalko lachte. »Doch, das können Sie, Ethan, und Sie werden es auch.«

»Aber Sie haben selbst betont, dass …«

»Ethan, es steht in meiner Macht, Vorschriften zu erlassen, und es steht in meiner Macht, sie außer Kraft zu setzen. Ist erst mal Ihr Schlafsofa da, dann können Sie tun, was Sie wollen, aber morgen haben Sie frei.«

»Ja, Sir.« Der junge Mann nickte verlegen grinsend. Er hatte seit drei Jahren keinen Tag Urlaub mehr gehabt. Ein Morgen im Bett, an dem er nicht mehr zu tun brauchte, als die Zeitung zu lesen und Orangenmarmelade auf seinen Toast zu streichen – himmlische Aussichten! »Vielen Dank, Sir. Ich bin Ihnen sehr dankbar.«

»Schön, dann gehen Sie jetzt. Bis Sie wieder ins Büro kommen, habe ich Ihren Brief an potenzielle Spender gelesen und kommentiert an Sie zurückgeschickt.« Er führte Hearn aus dem überheizten Büro. Als er sah, dass der junge Mann die Treppe zum Ausgang hinaufstieg, nickte er seinen beiden Begleitern zu, die sich sofort durch das hektische Treiben in der Bar drängten.

László Molnar hatte angefangen, zwischen den von zuckenden bunten Lichtern erhellten Rauchschwaden Ausschau nach seinem neuen Freund zu halten. Als Hearn aufgestanden war, war er von dem kreisenden Hintern eines jungen Mädchens abgelenkt worden, aber dann hatte er doch gemerkt, dass Hearn länger als erwartet wegblieb. Jetzt erschrak Molnar, als sich an seiner Stelle zwei wildfremde Männer an seinen Tisch setzten.

»Was soll das?«, fragte er mit vor Angst brüchiger Stimme. »Was wollen Sie?«

Die Männer sagten nichts. Der rechts von ihm Sitzende umklammerte seinen Unterarm mit solcher Kraft, dass Molnar zusammenfuhr. Er stand zu sehr unter Schock, um laut um Hilfe zu rufen, und selbst wenn er die Geistesgegenwart dazu besessen hätte, wären seine Schreie von dem ohrenbetäubenden Lärm übertönt worden. So saß er wie versteinert da, während der andere Mann ihm eine Injektionsnadel in den Oberschenkel jagte. Das geschah so rasch, so diskret unter dem Tisch, dass es niemandem auffallen konnte.

Das Molnar injizierte Betäubungsmittel brauchte nur dreißig Sekunden, um zu wirken. Er verdrehte die Augen nach oben und sackte schlaff zusammen. Darauf waren die beiden Männer vorbereitet: Sie zogen ihn hoch, als sie gemeinsam aufstanden, und hielten ihn zwischen sich aufrecht.

»Er verträgt einfach nichts«, sagte einer der Männer zu einem in der Nähe tanzenden Gast. »Was soll man mit solchen Leuten anfangen?« Der Gast zuckte grinsend mit den Schultern, wandte sich ab und tanzte weiter. Von den anderen Gästen würdigte sie keiner eines zweiten Blicks, als sie László Molnar aus dem Underground schleppten.

Spalko wartete im Fond eines großen, eleganten BMW auf sie. Die beiden luden den bewusstlosen Molnar in den Kofferraum, dann stiegen sie rasch vorn ein: Einer setzte sich ans Steuer, der andere auf den Beifahrersitz.

Die Nacht war hell und klar. Der Vollmond stand tief am Himmel. Spalko kam es vor, als brauche er nur einen Finger auszustrecken, um ihn wie eine Murmel über den mit schwarzem Samt bespannten Tisch des Himmels schnippen zu können. »Wie hat's geklappt?«, fragte er.

»Kinderspiel«, antwortete der Fahrer, während er den Motor anließ.

Bourne verließ Tysons Corner so rasch wie möglich. Obwohl er geglaubt hatte, dies sei ein sicherer Ort für seinen Treff mit Deron, war »sicher« jetzt ein relativer Begriff für ihn. Er fuhr zum Wal-Mart in der New York Avenue. In diesem Supermarkt mitten in der Stadt herrschte so viel Betrieb, dass er zumindest das Gefühl haben konnte, anonym zu sein.

Gegenüber dem Wal-Mart fuhr er auf den Parkplatz zwischen der 12th und 13th Street und stellte den Wagen ab. Der Himmel war jetzt voller Wolken, die sich im Süden dunkel zusammenballten. Drinnen kaufte er neue Klamotten, Toilettenartikel, ein Ladegerät fürs Handy und verschiedene andere Dinge. Dann suchte er einen Rucksack, in dem er alles leicht verstauen konnte. Während er in der Schlange an der Kasse wartete und mit den übrigen Kunden langsam vorrückte, fühlte er seine Besorgnis wachsen. Er schien niemanden zu beobachten, aber in Wirklichkeit achtete er auf jede ungewöhnliche Aufmerksamkeit, die ihm gelten konnte.

Allzu viele Gedanken bedrängten ihn gleichzeitig. Er war auf der Flucht vor der Agency, die faktisch einen Preis auf seinen Kopf ausgesetzt hatte. Er wurde von einem unerklärlich fesselnden jungen Mann mit außergewöhnlichen Gaben verfolgt, der zufällig einer der gefährlichsten internationalen Auftragskiller war. Er hatte seine beiden besten Freunde verloren, von denen einer anscheinend eine offensichtlich äußerst gefährliche Nebenbeschäftigung gehabt hatte.

Weil er so abgelenkt war, merkte er nicht, dass der Chef des Sicherheitsdiensts ihm mit wenigen Schritten Abstand folgte. Der Mann hatte erst heute Morgen Besuch von einem CIA-Agenten bekommen, der ihm das schon im Fernsehen gezeigte Fahndungsfoto hingelegt und ihn zu schärfster Wachsamkeit aufgefordert hatte. Der Agent hatte ihm erklärt, er sei im Rahmen einer Großfahndung hier, bei der seine Kollegen und er alle großen Geschäfte, Kinos und dergleichen besuchten, damit alle Sicherheitsleute wussten, dass die Fahndung nach diesem Jason Bourne absoluten Vorrang haben musste. Der Sicherheitschef empfand eine Mischung aus Stolz und Angst, als er in seinem kleinen Büro verschwand und die Telefonnummer wählte, die der Agent ihm gegeben hatte.

Kurz nachdem der Sicherheitschef den Hörer aufgelegt hatte, betrat Bourne die Herrentoilette. Als Erstes stutzte er mit dem gekauften Batterierasierer sein Haar auf wenige Millimeter Länge. Dann zog er die neuen Sachen an: Jeans, ein rot-weiß kariertes Cowboyhemd mit Perlmuttknöpfen und Lauf-schuhe von Nike. Vor dem Spiegel über den Waschbecken schraubte er den kleinen Tiegel auf, den er in der Kosmetik-abteilung gekauft hatte, und verteilte den Inhalt sorgfältig auf seinem Gesicht, wodurch sein Teint merklich dunkler wur-de. Ein anderes Produkt machte seine Augenbrauen voller und markanter. Die von Deron gelieferten Kontaktlinsen ver-liehen seinen grauen Augen einen glanzlosen braunen Farb-ton. Zwischendurch musste er mehrmals eine Pause machen, weil jemand hereinkam oder an die Waschbecken trat, aber die meiste Zeit hatte er die Herrentoilette für sich allein.

Als er fertig war, betrachtete er sich im Spiegel. Weil er noch nicht ganz zufrieden war, klebte er sich einen auffälli-gen Leberfleck auf die linke Wange. Damit war die Ver-wandlung komplett. Er nahm den Rucksack über eine Schul-ter, durchquerte den Laden und hielt auf den Glaskasten mit dem Hauptausgang zu.

Martin Lindros war in Alexandria, um nach der verpatzten Liquidierung bei Lincoln Fine Tailors Schadensbegrenzung zu betreiben, als der Anruf vom Chef des Sicherheitsdiensts im Wal-Mart an der New York Avenue kam. An diesem Morgen hatte er mit Detective Harry Harris vereinbart, dass sie sich trennen und mit ihren jeweiligen Leuten weiterfahnden wür-den. Weil der Kriminalbeamte sich erst vor zehn Minuten ge-meldet hatte, wusste Lindros, dass er einige Meilen weniger fahren musste. Das brachte ihn in eine teuflische Zwick-mühle. Wegen des Fine-Fiaskos würde der Alte ihn gewaltig zusammenstauchen, aber wenn er erfuhr, dass Lindros zuge-lassen hatte, dass die State Police Bournes letzten bekannten Aufenthaltsort zuerst erreichte, würde er ihm das ewig vorhalten. Eine beschissene Situation, sagte er sich, und fuhr schneller. Wichtiger als alles andere war jedoch, dass Bourne geschnappt wurde. Plötzlich stand seine Entscheidung fest. *Zum Teufel mit Eifersüchteleien und Geheimnissen zwischen den Diensten,* dachte Lindros. Er ließ sein Handy eine gespeicherte Nummer wählen, wartete ab, bis Harris sich meldete, und gab ihm die Adresse des Wal-Marts.

»Passen Sie auf, Harry, Sie müssen sich lautlos annähern. Ihre Aufgabe ist's, den Markt abzusperren. Sie sollen dafür sorgen, dass Webb nicht entkommt, das ist alles. Unter gar keinen Umständen dürfen Sie sich zeigen oder versuchen, ihn zu verhaften. Ist das klar? Ich bin nur wenige Minuten hinter Ihnen.«

Ich bin nicht so dumm, wie ich aussehe, dachte Harry Harris, während er die drei ihm unterstehenden Streifenwagen zusammenzog. *Und ich bin jedenfalls nicht so dumm, wie Lindros glaubt.* Er hatte reichlich Erfahrung mit CIA- und FBI-Typen und noch keinen kennen gelernt, der ihm sympathisch gewesen wäre. Alle Feds waren unverbesserlich von ihrer Überlegenheit überzeugt, als seien andere Polizeien völlig ahnungslos und müssten wie Kinder an der Hand geführt werden. Diese Einstellung ging Detective Harris verdammt gegen den Strich. Lindros hatte ihn unterbrochen, als er seine eigene Theorie hatte erläutern wollen – weshalb sollte er sich also die Mühe machen, sie ihm jetzt mitzuteilen? Für Lindros war er nicht mehr als ein Packesel: Jemand, der so dankbar dafür war, mit der CIA zusammenarbeiten zu dürfen, dass er alle Befehle genauestens und ohne zu fragen ausführen würde. Harris war inzwischen klar, dass er längst nicht alle Informationen erhielt. So hatte Lindros ihm Webbs Auftauchen in Alexandria absichtlich verschwiegen. Davon hatte Harris nur zufällig erfahren. Als sie jetzt zum Wal-Mart unterwegs waren, beschloss er, die volle Kontrolle über die Situation zu übernehmen, solange er die Chance dazu hatte. Nachdem sein Entschluss gefasst war, griff er nach dem Mikrofon seines Funkgeräts und begann Befehle an seine Männer zu blaffen.

Im Wal-Mart hatte Bourne den Ausgang schon fast erreicht, als drei Streifenwagen der Virginia State Police mit Sirenengeheul die New York Avenue entlang rasten. Er wich in die Schatten zurück. Kein Zweifel, die Polizei war direkt hierher zum Wal-Mart unterwegs. Er war erkannt worden – aber wie? Darüber konnte er sich später den Kopf zerbrechen. Im Augenblick musste er sich einen Fluchtplan überlegen.

Die Streifenwagen hielten mit quietschenden Reifen, blockierten den Verkehr und provozierten sofort ein Hupkonzert. Bourne konnte sich nur einen Grund vorstellen, weshalb sie außerhalb ihres Zuständigkeitsbereichs im Einsatz waren: Sie waren im Auftrag der Agency hier. Die Männer der D.C. Metro Police waren bestimmt fuchsteufelswild.

Er zog Conklins Handy aus der Tasche und wählte den Polizeinotruf.

»Hier ist Detective Morran von der Virginia State Police«, sagte er. »Ich möchte sofort einen District Commander sprechen.«

»District Commander Burton Philips«, sagte eine stählerne Stimme in seinem Ohr.

»Hören Sie, Philips, ihr Jungs seid klar und deutlich angewiesen worden, eure Nase nicht in unsere Angelegenheiten zu stecken. Jetzt sehe ich Ihre Streifenwagen vor dem Wal-Mart in der New York Avenue vorfahren und ...«

»Sie sind mitten im District, Morran. Was zum Teufel haben Sie in meinem Bereich zu wildern?«

»Das geht Sie nichts an«, sagte Bourne in seinem arrogantesten Tonfall. »Hängen Sie sich ans Telefon, und sorgen Sie dafür, dass Ihre gottverdammten Jungs mir nicht in die Quere kommen.«

»Morran, ich weiß nicht, woher Sie diese Dreistigkeit haben, aber bei mir verfängt sie nicht. Ich bin in drei Minuten drüben, das schwöre ich Ihnen, und trete Ihnen persönlich in den Hintern!«

Unterdessen wimmelte es auf der Straße von Cops. Statt in den Wal-Mart zurückzuweichen, verließ Bourne, der dabei das linke Knie steif hielt, gelassen mit etwa einem Dutzend weiterer Kunden den Supermarkt. Die Hälfte der Cops unter Führung eines großen, leicht gebeugten Kriminalbeamten suchte rasch die Gesichter dieses Dutzends ab, während sie in den Wal-Mart rannten. Die übrigen Cops verteilten sich auf dem Parkplatz. Zwei sperrten die New York Avenue zwischen der 12th und 13th Street ab; die anderen sorgten dafür, dass neu ankommende Kunden in ihren Autos blieben; einer sprach in sein Handfunkgerät, um den Verkehr zu koordinieren.

Statt zu seinem Wagen zu gehen, wandte Bourne sich nach rechts und verschwand um die Ecke, um die Ladezone hinter dem Supermarkt zu erreichen, wo Lieferungen angenommen wurden. Vor sich sah er vier oder fünf rückwärts eingeparkte Sattelschlepper, die entladen wurden. Schräg gegenüber auf der anderen Straßenseite lag der Franklin Park. Er hielt darauf zu.

Jemand rief hinter ihm her. Bourne ging weiter, als habe er nichts gehört. Als nochmals Sirenen heulten, sah er auf seine Uhr. Commander Burton Philips kam überaus pünktlich. Er hatte ungefähr die halbe Strecke entlang des Gebäudes zurückgelegt, als er wieder angerufen wurde, diesmal energischer, befehlender. Dann war hinter ihm ein Durcheinander aus schreiend lauten Stimmen zu hören, die sich erregt fluchend stritten.

Bourne drehte sich um, sah den gebeugt gehenden Kriminalbeamten, der seinen Dienstrevolver gezogen hatte. Hinter ihm kam Commander Philips angerannt: eine große, imposante Gestalt mit silbern glänzendem Haar, unter dem seine Hamsterbacken vor Wut und Anstrengung gerötet waren. Nach Art von Würdenträgern in aller Welt war er von zwei Schwergewichtlern flankiert, deren Gesichter so finster waren wie ihre Schultern breit. Ihre rechten Hände lagen auf ihren Dienstwaffen, als seien sie bereit, jeden zu durchsieben, der töricht genug war, sich den Wünschen des Commanders zu widersetzen.

»Unterstehen diese Trooper aus Virginia Ihnen?«, rief Philips.

»State Police«, sagte der Detective. »Und, yeah, sie unterstehen mir.« Er runzelte die Stirn, als er Uniformen der D.C. Metro Police sah. »Verdammt, was machen Sie hier? Sie versauen mir meinen Einsatz.«

»*Ihren* Einsatz!« Commander Philips war einem Schlaganfall nahe. »Verschwinden Sie aus meinem Revier, Sie Arschloch von einem Hinterwäldler!«

Das schmale Gesicht des Kriminalbeamten wurde weiß. »Wer ist hier ein Arschloch von einem Hinterwäldler?«

Bourne überließ sie ihrer Auseinandersetzung. Der Park kam nicht mehr in Frage; da der Kriminalbeamte auf ihn aufmerksam geworden war, brauchte er einen kürzeren Fluchtweg. Er ging vor den Sattelschleppern vorbei weiter, bis er einen fand, der schon entladen war. Er kletterte ins Fahrerhaus. Der Schlüssel steckte; er brauchte ihn nur nach rechts zu drehen. Der große Motor sprang mit einem Basso-profundo-Grollen an.

»He, was soll der Scheiß, Kumpel?«

Der Fahrer riss die Tür auf. Er war ein riesiger Kerl mit einem Hals wie ein Baumstamm und entsprechenden Armen. Während er sich hochzog, griff er nach einer abgesägten Schrotflinte in einer verdeckten Halterung über dem Fahrersitz. Bournes Faust knallte auf seinen Nasensattel. Blut spritzte, und der Blick des Fahrers verschwamm. Die Schrotflinte fiel ihm aus den Händen.

»Entschuldige, Kumpel«, sagte Bourne, als er einen Handkantenschlag anbrachte, der selbst diesen Stier von einem Mann bewusstlos machen musste. Dann zerrte er ihn auf den Beifahrersitz, indem er ihn hinten an seinem Nietengürtel packte, knallte die Tür zu und fuhr an.

In diesem Augenblick bemerkte er, dass ein neuer Akteur die Bühne betreten hatte. Ein jüngerer Mann war zwischen die streitenden Polizeibeamten getreten und trennte die beiden grob voneinander. Bourne erkannte Martin Lindros, den stellvertretenden CIA-Direktor. Folglich hatte der Alte ihn mit der Leitung der hiesigen Fahndung beauftragt. Das war schlimm. Von Alex wusste Bourne, dass Lindros hochintelligent war; er würde nicht so leicht auszutricksen sein, wie schon das engmaschige Netz in der Old Town bewiesen hatte.

Aber solche Überlegungen waren jetzt zweitrangig, denn Lindros war auf den anfahrenden Sattelschlepper aufmerksam geworden und versuchte, ihn heftig mit den Armen rudernd aufzuhalten.

»Keiner verlässt das Gelände!«, brüllte er.

Bourne ignorierte ihn, nahm den Fuß nicht vom Gaspedal. Er durfte es nicht auf eine persönliche Konfrontation mit Lindros ankommen lassen; als erfahrener Agent konnte der Mann seine Tarnung durchschauen.

Lindros zog seine Dienstwaffe. Bourne sah ihn winkend und schreiend zu dem verzinkten Stahltor rennen, durch das der Sattelschlepper würde fahren müssen.

Als Reaktion auf seine gebrüllten Befehle schlossen die beiden am Tor stationierten Beamten der Virginia State Police hastig die Torflügel, während ein CIA-Fahrzeug sich einen Weg durch die Absperrung auf der New York Avenue bahnte, um den Sattelschlepper abzufangen.

Bourne trat das Gaspedal ganz durch, und der unbeladene Sattelschlepper beschleunigte schwerfällig. Die Cops sprangen im letzten Augenblick zur Seite, als er das geschlossene Tor durchbrach und seine Flügel aus den Angeln riss, sodass sie hoch durch die Luft wirbelten und auf beiden Seiten des Sattelschleppers auf den Asphalt krachten. Er schaltete herunter, bog scharf rechts ab und raste, weiter beschleunigend, die Straße entlang davon.

Ein Blick in die übergroßen Außenspiegel des Fahrzeugs zeigte ihm, wie die CIA-Limousine langsamer wurde. Die Beifahrertür wurde aufgestoßen, und Lindros sprang hinein und knallte die Tür hinter sich zu. Der Wagen beschleunigte wie eine Rakete, er holte den Sattelschlepper mühelos ein. Bourne wusste, dass er nicht hoffen durfte, die Verfolger mit diesem schwerfälligen Ungetüm abzuhängen, aber seine schiere Größe, die in Bezug auf Geschwindigkeit nachteilig war, konnte in anderer Beziehung vorteilhaft sein.

Er ließ zu, dass die Limousine ihm mit geringem Abstand folgte. Dann beschleunigte sie plötzlich und schob sich entlang der linken Seite des Sattelschleppers nach vorn. Im Außenspiegel sah er, wie Martin Lindros, dessen Lippen vor Konzentration einen schmalen Strich bildeten, seine Pistole in einer Hand hielt, wobei die andere das Handgelenk umfasste, um die Waffe zu stabilisieren. Im Gegensatz zu Schauspielern in Actionfilmen wusste er, wie man aus einem schnell fahrenden Auto schoss.

Als er eben abdrücken wollte, lenkte Bourne sein Fahrzeug mit einem kurzen Schlenker nach links. Die Limousine prallte seitlich gegen den Sattelschlepper; Lindros hielt seine Pistole senkrecht, während der Fahrer darum kämpfte, nicht die am linken Straßenrand geparkten Autos zu rammen.

Sobald der Fahrer die Limousine abgefangen hatte, begann Lindros aufs Fahrerhaus des Sattelschleppers zu schießen. Der Schusswinkel war ungünstig, und er konnte nicht ruhig zielen, aber der Feuerhagel genügte, um Bourne zu veranlassen, rechts abzubiegen. Ein Geschoss hatte das linke Seitenfenster zersplittern lassen; zwei weitere hatten die Rückenlehne durchschlagen und den bewusstlosen Trucker getroffen.

»Gottverdammt noch mal, Lindros«, sagte Bourne. Auch wenn er sich in einer Notlage befand, wollte er nicht am Tod eines unbeteiligten Mannes schuld sein. Er war bereits nach Westen unterwegs; das George Washington University Hospital in der 23rd Street war nicht mehr allzu weit entfernt. Er bog erneut rechts und dann wieder links auf die K Street ab, donnerte weiter und benützte seine Druckluftfanfare, während er rote Ampeln überfuhr. In der 18th Street überhörte ein Autofahrer, der vermutlich halb schlafend am Steuer saß, dieses Warnsignal und knallte rechts gegen das Heck des Sattelschleppers. Bourne geriet gefährlich ins Schleudern, brachte das schwere Fahrzeug wieder auf Kurs und raste weiter. Lindros' Wagen blieb weiter hinter ihm, konnte aber nicht vorfahren, weil die K Street mit ihrem bepflanzten Mittelstreifen zu schmal war, als dass der Fahrer sich seitlich hätte nach vorn schieben können.

Als er die 20th Street überquerte, konnte er die unter dem Washington Circle hindurchführende Unterführung sehen.

Von dort aus war das Krankenhaus nur noch einen Straßenblock weit entfernt. Ein Blick in den Außenspiegel zeigte ihm, dass die CIA-Limousine nicht mehr hinter ihm war. Bourne hatte auf der 22nd Street zum University Hospital fahren wollen, aber als er eben zum Abbiegen ansetzte, sah er die Limousine auf der 22nd Street auf sich zurasen. Lindros beugte sich weit aus dem Beifahrerfenster und begann in seiner methodischen Art zu schießen.

Bourne trat das Gaspedal nochmals durch, und der Sattelschlepper schoss vorwärts. Jetzt musste er die Unterführung benützen und das Krankenhaus von der anderen Seite aus anfahren. Aber als er auf die Unterführung zufuhr, merkte er, dass hier etwas nicht stimmte. Der Tunnel unter dem Washington Circle war völlig finster; vom anderen Ende aus fiel kein Tageslicht herein. Das konnte nur eines bedeuten: Dort vorn war eine Straßensperre errichtet worden – eine Barriere aus großen Fahrzeugen quer über beide Fahrspuren der K Street.

Er raste in die Unterführung hinein, schaltete herunter und trat erst kräftig auf die Bremse, als er von Dunkelheit umgeben war. Gleichzeitig ließ er einen Handballen auf dem Knopf für die Druckluftfanfare. Ihr Dröhnen wurde von Stein und Beton zurückgeworfen, bis es ohrenbetäubend war und das Quietschen der Reifen übertönte, als Bourne das Lenkrad nach links riss und die Mittelleitplanke niederwalzte, sodass der Sattelschlepper quer zu den Fahrbahnen stehen blieb. Er war mit einem Satz aus dem Fahrerhaus und spurtete zur Nordwand der Unterführung hinüber. Der zwischen ihm und der Straßensperre quer stehende Sattelschlepper reichte von einer Tunnelwand bis zur anderen über beide Fahrspuren der K Street. Bourne tastete nach der für Wartungsarbeiten an der Wand festgeschraubten Stahlleiter, zog sich auf die unterste

Sprosse hoch und begann die Leiter zu erklettern, als die ersten Suchscheinwerfer aufleuchteten. Er drehte den Kopf zur Seite, schloss die Augen und kletterte weiter.

Wenige Augenblicke später sah er die Scheinwerfer, die den Sattelschlepper und den Asphalt darunter beleuchteten. Bourne, nun fast auf gleicher Höhe mit dem Scheitelpunkt der Fahrbahn, konnte Martin Lindros erkennen. Als er in sein Handfunkgerät sprach, flammten auch am anderen Ende des Tunnels Suchscheinwerfer auf. Sie hatten den Sattelschlepper in einem Zangengriff. Von beiden Enden der K Street kamen CIA-Agenten mit schussbereiten Waffen angerannt.

»Sir, im Fahrerhaus liegt jemand.« Der Agent kletterte zu ihm hinauf. »Er ist angeschossen und blutet ziemlich stark.«

Lindros rannte zum Führerhaus. Auf seinem Gesicht stand Anspannung, als er ins Scheinwerferlicht kam. »Ist's Bourne?«

Hoch über ihnen erreichte Bourne das Mannloch mit dem Eisendeckel. Als er den Riegel zurückzog und den Deckel hochstemmte, befand er sich unter den dekorativen Bäumen, die den Washington Circle am Rand umgaben. Um ihn herum brauste der Verkehr: eine unerbittliche, niemals endende Prozession von leicht verschwommenen Fahrzeugen. Im Tunnel unter ihm wurde der verletzte Trucker geborgen und ins nahe University Hospital gebracht. Nun wurde es Zeit, dass Bourne sich selbst rettete.

Kapitel *neun*

Chan hatte zu viel Respekt vor David Webbs Fähigkeit gewonnen, sich unsichtbar zu machen, als dass er Zeit mit dem Versuch vergeudet hätte, ihn im Menschengewühl der Old Town zu finden. Stattdessen konzentrierte er sich auf die CIA-Agenten und folgte ihnen bis zu Lincoln Fine Tailors zurück, wo sie mit Martin Lindros zur trübseligen Schlussbefragung nach einem verpatzten Einsatz zusammentrafen. Er beobachtete, wie sie mit dem Schneider sprachen. In Übereinstimmung mit bewährten Einschüchterungsmethoden hatten sie ihn aus seiner gewohnten Umgebung geholt – in diesem Fall aus seinem Laden – und auf den Rücksitz eines ihrer Fahrzeuge gesetzt, um ihn ohne Erklärung, beengt zwischen zwei Agenten hockend, schmoren zu lassen. So viel Chan aus den Gesprächen zwischen Lindros und seinen Agenten schließen konnte, hatten sie nichts Brauchbares aus dem Schneider herausbekommen. Er behauptete, die Agenten hätten seinen Laden so schnell erreicht, dass Webb ihm gar nicht habe sagen können, weshalb er gekommen sei. Deshalb empfahlen die Agenten seine Freilassung. Lindros war einverstanden gewesen, aber nachdem der Schneider in sein Geschäft zurückgekehrt war, hatte er für den Fall, dass Webb versuchte, nochmals mit ihm Kontakt aufzunehmen, zwei neue Agenten in einem neutralen Fahrzeug auf der gegenüberliegenden Straßenseite postiert.

Jetzt, zwanzig Minuten nachdem Lindros weggefahren war, langweilten die Agenten sich. Sie hatten ihre Donuts gegessen und ihr Coke getrunken; nun saßen sie in ihrem Wagen und schimpften darüber, dass sie zu einer eintönigen Überwachung eingeteilt waren, während ihre Kollegen im Einsatz waren, um den berüchtigten David Webb zu stellen.

»Nicht David Webb«, sagte der stämmigere der beiden Agenten. »Der Direktor hat angeordnet, dass wir seinen Decknamen Jason Bourne benützen.«

Chan, der noch nahe genug war, um jedes Wort mitzubekommen, erstarrte. Von Jason Bourne hatte er natürlich schon gehört. Bourne hatte viele Jahre lang als der fähigste international tätige Auftragskiller der Welt gegolten. Chan kannte die Branche aus eigener Erfahrung und hatte eine Hälfte der Storys als erfunden und die andere als übertrieben abgetan. Es war einfach unmöglich, dass ein einzelner Mann so viel Kühnheit und Spezialwissen, so viel animalische Tücke besaß, wie Jason Bourne zugeschrieben wurde. Tatsächlich hatte ein Teil seines Ichs sich geweigert, überhaupt an Bournes Existenz zu glauben.

Und jetzt sprachen diese CIA-Agenten von David Webb als Jason Bourne! Chan hatte das Gefühl, sein Gehirn müsse explodieren. Er war bis in die Grundfesten seines Wesens erschüttert. David Webb war keineswegs nur ein Linguistikprofessor, wie Spalkos Dossier behauptet hatte, sondern einer der berüchtigtsten Profikiller der Welt. Er war der Mann, mit dem Chan seit gestern Katz und Maus spielte. Nun wurde ihm vieles klar – auch warum Bourne ihn im Park erkannt hatte. Bisher hatte es immer ausgereicht, sein Gesicht, seine Frisur und notfalls auch seinen Gang zu verändern, um die Leute zu täuschen. Aber jetzt hatte er's mit Jason Bourne zu tun, mit einem Agenten, dessen Geschick und Erfahrung auf vielen Gebieten – auch auf dem der Verkleidung – legendär und unter Umständen so groß wie seine eigenen waren.

Bourne würde nicht auf die in der Branche üblichen Tricks hereinfallen, so clever sie auch sein mochten. Chan begriff, dass er sich gewaltig würde anstrengen müssen, wenn er diesen Mann erledigen wollte.

Flüchtig fragte Chan sich, ob Webbs wahre Identität eine weitere Tatsache war, die Stepan Spalko bekannt gewesen war, als er ihm das unvollständige Dossier übergeben hatte. Ja, sie musste ihm bekannt gewesen sein. Das war die einzige Erklärung dafür, warum Spalko dafür gesorgt hatte, dass Bourne als Mörder Conklins und Panovs verdächtigt wurde. Das war eine klassische Desinformationsmethode. Solange die Agency Bourne für den Täter hielt, hatte sie keinen Grund, nach dem wahren Mörder zu fahnden – und würde keine Chance bekommen, jemals den wirklichen Grund für die Ermordung der beiden zu erfahren. Spalko versuchte offenbar, Chan wie eine Schachfigur in einem größeren Spiel zu führen, genau wie er Bourne benützte. Chan wollte herausfinden, was Spalko beabsichtigte – er dachte nicht daran, sich von irgendjemandem dirigieren zu lassen.

Chan erkannte, dass er sich an den Schneider würde halten müssen, um die Wahrheit über die Morde zu erfahren. Unabhängig davon, was der Mann den CIA-Agenten erzählt hatte. Da er Webb selbst beschattet hatte – es fiel ihm noch immer schwer, ihn sich als Jason Bourne vorzustellen –, wusste Chan recht gut, dass der Schneider Fine reichlich Zeit gehabt hatte, alle Informationen, die er besaß, weiterzugeben. Als Chan ihn nach seiner Festnahme beobachtet hatte, hatte Fine einmal aus dem Autofenster gestarrt, und Chan hatte die Gelegenheit genutzt, ihm in die Augen zu sehen. Seither kannte er ihn als stolzen, halsstarrigen Mann. Obwohl er als Buddhist Stolz für eine negative Eigenschaft hielt, konnte er sehen, dass Fine sein Stolz in dieser Situation genützt hatte, denn je stärker die Agency ihn unter Druck gesetzt hatte, desto resoluter hatte er Widerstand geleistet. Die Agency hatte nichts aus ihm herausbekommen, aber Chan verstand sich darauf, Stolz ebenso wie Halsstarrigkeit zu neutralisieren.

Er zog seine Wildlederjacke aus und zerriss an zwei Stellen das Futter, damit die mit der Überwachung beauftragten Agenten ihn nur als weiteren Kunden von Lincoln Fine Tailors wahrnehmen würden.

Er überquerte die Straße, betrat das Geschäft und hörte hinter sich das Glöckchen an der Ladentür melodisch bimmeln. Eine der Latinas, die einen Tupperware-Behälter mit Reis und Bohnen halb geleert vor sich stehen hatte, sah von den Zeitungscomics auf, die sie in der Mittagspause las. Sie kam nach vorn an die Theke und fragte, ob sie etwas für ihn tun könne. Sie hatte einen üppigen Körper, eine breite, hohe Stirn und große, schokoladenbraune Augen. Chan erklärte ihr, da es um seine Lieblingsjacke gehe, wolle er Mr. Fine persönlich sprechen. Die Frau nickte. Sie verschwand nach hinten, kam bald wieder zurück und setzte sich an ihren Platz, ohne ein Wort zu sagen.

Mehrere Minuten vergingen, bevor Leonard Fine nach vorn in den Laden kam. Nach seinem langen und äußerst unangenehmen Vormittag sah er ziemlich mitgenommen aus. Tatsächlich schien so enger und intimer Kontakt mit der Agency ihm jegliche Vitalität geraubt zu haben.

»Was kann ich für Sie tun, Sir? Maria sagt, dass Sie eine Jacke reparieren lassen möchten.«

Chan breitete die Wildlederjacke mit dem Futter nach oben auf der Theke aus.

Fine befühlte sie so vorsichtig, wie ein Arzt einen Patienten abtastet. »Oh, da ist nur das Futter zerrissen. Ein Glück für Sie. Wildleder lässt sich fast nicht reparieren.«

»Schon gut«, flüsterte Chan ihm zu. »Ich bin im Auftrag von Jason Bourne hier. Ich bin sein Vertreter.«

Fines Selbstbeherrschung war bewundernswert. Er zuckte mit keiner Wimper. »Ich habe keine Ahnung, wovon Sie reden.«

»Er lässt Ihnen dafür danken, dass Sie mitgeholfen haben, ihm die Flucht zu ermöglichen«, fuhr Chan fort, als habe Fine nichts gesagt. »Und ich soll Sie warnen, dass Sie auch jetzt noch von zwei Agenten überwacht werden.«

Der Schneider fuhr leicht zusammen. »Das habe ich erwartet. Wo sind sie?« Seine knochigen Finger kneteten jetzt die Jacke nervös durch.

»Gleich gegenüber«, sagte Chan. »In dem weißen Ford Taurus.«

Fine war gerissen genug, um nicht selbst hinüberzusehen. »Maria«, sagte er gerade so laut, dass die Latina ihn hören konnte, »steht auf der anderen Straßenseite ein weißer Ford Taurus?«

Maria drehte den Kopf zur Seite. »Ja, Mr. Fine.«

»Können Sie sehen, ob jemand drinsitzt?«

»Zwei Männer«, sagte Maria. »Groß, Bürstenhaarschnitt. Richtige Dick-Tracey-Typen wie die anderen, die vorher hier drin waren.«

Fine stieß einen halblauten Fluch aus. Er hob den Kopf und sah Chan in die Augen. »Richten Sie Mr. Bourne von mir aus … bestellen Sie ihm, dass Leonard Fine sagt: ›Gott sei mit Ihnen!‹«

Chans Miene blieb ausdruckslos. Die Gewohnheit der Amerikaner, bei fast jeder nur denkbaren Gelegenheit Gott anzurufen, war ihm äußerst zuwider. »Ich brauche ein paar Informationen.«

»Natürlich.« Fine nickte dankbar. »Was immer Sie wollen.«

Martin Lindros verstand endlich die Bedeutung des Ausdrucks »vor Wut kochen«. Wie sollte er dem Alten jemals mit dem Wissen unter die Augen treten können, dass Jason Bourne ihm nicht nur einmal, sondern zweimal entwischt war?

»Welcher Teufel hat Sie geritten, als Sie meine ausdrücklichen Befehle ignoriert haben?«, schrie er, so laut er nur konnte. Der Tunnel unter dem Washington Circle hallte von Stimmen und Motorenlärm wider, als Mitarbeiter eines Abschleppdiensts sich abmühten, den in der Unterführung verkeilten Sattelschlepper zu bergen.

»He, immerhin habe ich den Verdächtigen erkannt, als er den Wal-Mart verlassen hat.«

»Und dann haben Sie ihn entwischen lassen!«

»Das waren *Sie,* Lindros. Mich hat der District Commander aufgehalten, der mich zusammengestaucht hat!«

»Das ist noch so eine Sache!«, brüllte Lindros. »Was zum Teufel hat er dort zu suchen gehabt?«

»Erzählen Sie mir's doch, Klugscheißer. Sie haben das Unternehmen in Alexandria verpatzt. Hätten Sie sich die Mühe gemacht, mich zu informieren, hätte ich Ihnen helfen können, die Old Town abzusuchen. Die kenne ich wie meine Hosentasche. Aber nein, Sie sind ein Fed, Sie wissen alles besser, Sie sind hier der Boss.«

»Da haben Sie verdammt Recht! Weil Sie untätig geblieben sind, habe ich veranlasst, dass das Personal von Flughäfen, Bahnhöfen, Busbahnhöfen und Autovermietungen alarmiert wird, damit es Ausschau nach Bourne hält.«

»Lächerlich! Selbst wenn Sie mir nicht die Hände auf den Rücken gefesselt hätten, wäre ich nicht berechtigt, diese Alarmierung zu veranlassen. Aber meine Männer suchen die nähere Umgebung ab, und wir wollen nicht vergessen, dass

Sie allen diesen Stellen *meine* aktuelle Personenbeschreibung von Bourne übermittelt haben.«

Obwohl Harris Recht hatte, kochte Lindros weiter. »Ich verlange Auskunft, warum zum Teufel Sie die D.C. Metro Police in diese Sache hineingezogen haben. Hätten Sie Verstärkung gebraucht, hätten Sie sich an mich wenden müssen.«

»Warum zum Teufel hätte ich zu Ihnen kommen sollen, Lindros? Können Sie mir einen Grund dafür nennen? Sind Sie etwa mein alter Kumpel? Arbeiten wir gut zusammen, irgendwas in dieser Art? Scheiße, nein.« Auf Harris' trübseligem Gesicht stand ein angewiderter Ausdruck. »Und damit Sie's wissen: Ich habe den District Commander nicht angefordert. Wie ich Ihnen gesagt habe, ist er sofort über mich hergefallen und hat mich mit Schaum vor dem Mund beschuldigt, in seinem Revier zu wildern.«

Lindros hörte kaum, was er sagte. Der Krankenwagen fuhr mit Blinklicht und Sirenengeheul davon, um den Trucker, den er versehentlich angeschossen hatte, ins George Washington University Hospital zu bringen. Sie hatten fast vierzig Minuten gebraucht, um die Umgebung zu sichern, sie als Tatort abzusperren und den Verletzten aus dem Fahrerhaus zu bergen. Würde er leben oder sterben? Darüber wollte Lindros jetzt nicht nachdenken. Man hätte einfach behaupten können, an seinen Verletzungen sei Bourne schuld – er wusste, dass der Alte so denken würde. Aber der Direktor war von einem Panzer aus zwei Teilen Pragmatismus und einem Teil Verbitterung umgeben, den Lindros sich hoffentlich nie zulegen würde. Er wusste, dass niemand ihm die Verantwortung für das Schicksal des Truckers abnehmen konnte, und dieses Wissen gab seiner Feindseligkeit neue Nahrung. Auch wenn er nicht den durch Zynismus gehärteten Panzer des Direktors besaß, dachte er nicht daran, sich Vorwürfe wegen Entscheidungen zu machen, die sich nicht mehr ändern ließen. Stattdessen verspritzte er sein Gift nach außen.

»Vierzig Minuten!«, knurrte Harris, als der Krankenwagen sich durch den Stau in der Unterführung schlängelte. »Jesus, das arme Schwein hätte inzwischen zehnmal sterben können.« Er schüttelte den Kopf. »Typisch öffentlicher Dienst!«

»In dem sind Sie auch, Harry, wenn ich recht informiert bin«, sagte Lindros gehässig.

»Sie vielleicht nicht?«

Lindros stieg die Galle hoch. »Hören Sie mal, Sie Dorftrottel, ich bin aus anderem Holz geschnitzt als ihr anderen. Meine Ausbildung …«

»Ihre ganze Ausbildung hat Ihnen nicht geholfen, Bourne zu fassen, Lindros! Sie hatten zwei Chancen, und Sie haben beide versiebt!«

»Und was haben *Sie* dazu beigetragen?«

Chan beobachtete, wie Lindros und Harris erregt miteinander diskutierten. In seinem Overall mit dem Namen eines Abschleppdiensts auf dem Rücken sah er genau wie alle anderen aus. Niemand interessierte sich für sein Kommen oder Gehen. Als er das Heck des Sattelschleppers begutachtete, als wolle er abschätzen, welchen Schaden der Wagen, der ihn gerammt hatte, angerichtet hatte, sah er im Schatten die an der Tunnelwand nach oben führende Leiter. Er verrenkte sich den Hals, um nach oben zu sehen. Wohin sie wohl führte? Hatte Bourne sich das auch gefragt – oder hatte er's im Voraus gewusst? Chan sah sich um, vergewisserte sich, dass niemand ihn beobachtete, stieg dann die Leiter hinauf und gelangte rasch über die Polizeischeinwerfer, sodass ihn niemand mehr sehen konnte. Er fand das Mannloch und war nicht überrascht, als sich erwies, dass es vor kurzem entriegelt worden war. Er drückte den Deckel hoch und kletterte ins Freie.

Auf seinem Beobachtungspunkt am Washington Circle drehte er sich langsam im Uhrzeigersinn um die eigene Achse und suchte dabei die nähere und weitere Umgebung ab. Ein auffrischender Wind wehte ihm ums Gesicht. Der Himmel hatte sich weiter verfinstert und schien unter den Hammerschlägen des durch die Entfernung gedämpften Donners, der hin und wieder durch die Schluchten und über die europäisch breiten Avenuen der Großstadt rollte, dunkle Druckstellen zu bekommen. Im Westen lagen der Rock Creek Parkway, der Whitehurst Parkway und Georgetown. Im Norden ragten die modernen Türme der Hotelzeile auf – das ANA, Grand, Park, Hyatt und Marriott, dahinter das Rock Creek. Im Westen verlief die K Street, die am McPherson Square und dem Franklin Park vorbeiführte. Und im Süden lagen der Foggy Bottom, die weitläufige George Washington University und der massive Monolith des Außenministeriums. Und in weiter Ferne, wo der Potomac River nach Osten abbog und breiter wurde, um das stille Nebengewässer des Tidal Basins zu bilden, sah er ein silbernes Sonnenstäubchen: ein fast bewegungslos in der Luft hängendes Flugzeug, das hoch über den sich zusammenballenden Wolken von einem letzten Sonnenstrahl beleuchtet wurde, bevor es den Landeanflug zum Washington National Airport begann.

Chans Nasenlöcher weiteten sich, als habe er die Witterung seiner Beute aufgenommen. Der Flugplatz musste Bournes Ziel sein. Kein Zweifel, denn an Bournes Stelle wäre er jetzt auch dorthin unterwegs gewesen.

Das schreckliche Wissen, dass David Webb und Jason Bourne ein und derselbe Mann waren, hatte ihn in Gedanken beschäftigt, seit er gehört hatte, wie Lindros und seine CIA-Kollegen darüber sprachen. Allein die Vorstellung, Bourne und er hätten denselben Beruf, erschien ihm empörend: als Entweihung seiner ganzen Existenz, die er sich mühsam aufgebaut hatte. Er war's gewesen – und nur er allein –, der sich am eigenen Haar aus dem Sumpf des Dschungels gezogen hatte. Dass er jene hasserfüllten Jahre überlebt hatte, war allein schon ein Wunder. Aber zumindest hatte diese erste Zeit einzig und allein ihm gehört. Jetzt feststellen zu müssen, dass er sich die Bühne, die er zu erobern entschlossen war, ausgerechnet mit David Webb teilen musste, erschien ihm wie ein grausamer Scherz – und als himmelschreiende Ungerechtigkeit. Das war ein Unrecht, das möglichst schnell korrigiert werden musste. Jetzt konnte er's nicht mehr erwarten, vor Bourne hinzutreten, ihm die Wahrheit ins Gesicht zu schleudern und in seinem Blick zu sehen, wie diese Enthüllung ihn von innen zersetzte, während Chan ihn verbluten ließ.

*Kapitel **zehn***

Bourne stand im Schatten des aus Stahl und Glas erbauten internationalen Abflugterminals. Der Washington National Airport war ein Tollhaus: Geschäftsleute mit Laptops und kleinen Rollenkoffern, Familien mit riesigem Gepäck, Kinder mit Micky-Maus-, Power-Ranger- oder Teddybär-Rucksäcken, ältere Leute in Rollstühlen, eine Gruppe Mormonenmissionare auf dem Weg in die Dritte Welt und Händchen haltende Liebespaare mit Flugtickets ins Paradies drängten und schoben sich durch die Halle. Doch trotz des Gewühls hatten Flughäfen stets etwas Leeres an sich. Deshalb sah Bourne nichts als leeres Starren: den nach innen gerichteten Blick, mit dem der Mensch sich instinktiv gegen grässliche Langeweile abschottet.

Eine Ironie, die Bourne nicht entging, war die Tatsache, dass auf Flughäfen, wo das Warten eine Institution war, die Zeit stillzustehen schien. Nur nicht für ihn. Jetzt zählte jede Minute, denn sie brachte ihn der Liquidierung durch genau die Leute näher, für die er früher gearbeitet hatte.

In der Viertelstunde, die er nun schon hier war, hatte er ein Dutzend Verdächtige in Zivil gesehen. Einige patrouillierten in den Abflugbereichen und tranken aus Pappbechern Kaffee, als könnten sie so mit Zivilisten verwechselt werden. Die meisten standen jedoch in der Nähe der Check-in-Schalter der Fluggesellschaften und musterten die Fluggäste, die dort Schlange standen, um ihr Gepäck abzugeben und ihre Bordkarte in Empfang zu nehmen. Bourne erkannte fast augenblicklich, dass es für ihn unmöglich sein würde, an Bord einer Passagiermaschine zu gehen. Doch welche Alternative hatte er sonst? Er musste so schnell wie möglich nach Budapest.

Bourne trug eine beige Sommerhose, einen billigen durchsichtigen Regenmantel über einem schwarzen Rollkragenpullover und Top-Sider-Schuhe von Sperry statt der Laufschuhe, die er mit den übrigen Klamotten, die er im Wal-Mart getragen hatte, in einen Abfallbehälter gestopft hatte. Weil er dort erkannt worden war, hatte er sein Aussehen möglichst schnell verändern müssen. Aber nachdem er die Situation im Terminal begutachtet hatte, war er mit der Wahl seiner Garderobe ganz und gar nicht zufrieden.

Er wich den patrouillierenden Agenten aus, ging in die von feinem Nieselregen erfüllte Nacht hinaus und bestieg einen Shuttlebus, der ihn zum Frachtterminal bringen würde. Er setzte sich hinter den Fahrer und begann eine Unterhaltung mit ihm. Der Busfahrer hieß Ralph. Bourne stellte sich als Joe vor. Als der Bus an einem Zebrastreifen halten musste, schüttelten sie sich kurz die Hand.

»He, ich will meinen Cousin bei OnTime Cargo besuchen«, sagte Bourne, »aber dämlich wie ich bin, hab ich die Wegbeschreibung verloren.«

»Was isser dort?«, fragte Ralph, während er auf die Überholspur wechselte.

»Er ist Pilot.« Bourne rückte etwas näher. »Er wollte unbedingt zu American oder Delta, aber Sie wissen ja, wie so was läuft.«

Ralph nickte mitfühlend. »Die Reichen werden reicher, und die Armen werden beschissen.« Er hatte eine Knopfnase, einen widerspenstigen Haarschopf und dunkle Ringe unter den Augen. »Wem erzählen Sie das?«

»Okay, können Sie mir sagen, wie ich dort hinkomme?«

»Ich kann mehr als das«, sagte Ralph, indem er Bournes Blick in seinem langen Rückspiegel erwiderte. »Am Frachtterminal ist meine Schicht zu Ende. Ich bringe Sie hin.«

Chan stand im gleißend hellen Licht der Flughafenbeleuchtung im Regen und durchdachte die Situation. Bourne würde die Agenten gewittert haben, noch bevor sie ihn entdeckten. Chan hatte über fünfzig gezählt, was vermutlich bedeutete, dass in anderen Bereichen des Flughafens dreimal so viele im Einsatz waren. Bourne würde wissen, dass er niemals durch ihr Spalier hindurch an Bord einer ins Ausland fliegenden Maschine gelangen würde, selbst wenn er seine Kleidung noch so sehr veränderte. Im Wal-Mart war er erkannt worden; sie wussten jetzt, wie er aussah, das hatte Chan in der Unterführung gehört.

Er konnte Bourne in der Nähe fühlen. Nachdem er neben ihm auf der Parkbank gesessen und sein Gewicht, seinen Knochenbau, sein Muskelspiel, die Verteilung von Licht und Schatten auf seinem Gesicht in sich aufgenommen hatte. Er wusste, dass er hier war. In der kurzen Zeit ihres Beisammenseins hatte er heimlich Bournes Gesicht studiert. Ihm war bewusst gewesen, dass er sich dringend alle Umrisse und ihre Veränderung durch das Mienenspiel des anderen einprägen musste. Was hatte er in Bournes Gesichtsausdruck gesucht, als er sein lebhaftes Interesse bemerkt hatte? Bestätigung? Respekt? Das wusste er nicht einmal selbst. Er wusste nur, dass Bournes Gesicht zu einem Bestandteil seines Bewusstseins geworden war. Was auch geschehen mochte, Bourne hatte ihn in seiner Gewalt. Sie waren gemeinsam aufs Rad ihrer eigenen Begierden geflochten und würden es bleiben, bis der Tod sie erlöste.

Chan sah sich nochmals um. Bourne musste die Stadt, vielleicht sogar das Land verlassen. Aber die Agency würde ihr

Personal verstärken, um die Fahndung auszudehnen, während sie gleichzeitig versuchte, das Netz enger zu ziehen. Chan an seiner Stelle hätte das Land so schnell wie möglich verlassen wollen, deshalb machte er sich auf den Weg zum internationalen Ankunftsgebäude. Im Terminal stand er vor einem riesigen, farbig kodierten Plan des Flughafens und suchte den kürzesten Weg zum Frachtterminal heraus. Da die internationalen Flüge bereits scharf überwacht wurden, lag Bournes beste Chance, von diesem Flughafen wegzukommen, an Bord einer Frachtmaschine. Dabei musste er sich jetzt beeilen. Es würde nicht mehr lange dauern, bis die Agency erkannte, dass er nicht versuchen würde, an Bord eines Passagierflugzeugs zu gelangen, und prompt anfangen würde, auch die Frachtterminals zu überwachen.

Chan ging wieder in den Regen hinaus. Nachdem er festgestellt hatte, welche Maschinen in der kommenden Stunde starten würden, brauchte er nur noch auf Bourne zu achten und ihn – wenn er richtig vermutet hatte – zu erledigen. Er hegte keine Illusionen mehr darüber, wie schwierig diese Aufgabe sein würde. Zu seinem großen Schock und Verdruss hatte Bourne sich als cleverer, entschlossener und einfallsreicher Gegner erwiesen. Er hatte Chan wehgetan, hatte ihn sogar gefangen, war ihm mehr als einmal entwischt. Chan wusste, dass Bourne mit seinem Angriff rechnete. Diesmal würde er ihn überraschen müssen, wenn er Erfolg haben wollte. In seinem Kopf glaubte er die Stimme des Dschungels zu hören, die ihn rief, die ihre Botschaft von Tod und Verderben wiederholte. Das Ende seines langen Trecks war in Sicht. Er würde Jason Bourne dieses eine letzte Mal überlisten.

Bourne war der einzige Fahrgast, als sie die Endstation erreichten. Der Regen war stärker geworden, und der Nachmittag ging in eine frühe Abenddämmerung über. Der Himmel war eintönig schiefergrau: eine leere Tafel, auf die jetzt jede Zukunft geschrieben werden konnte.

»OnTime Cargo ist mit FedEx, Lufthansa und dem Zoll im Cargo fünf.« Ralph fuhr seinen Bus auf die Parkfläche und stellte die Zündung ab. Sie stiegen aus und hasteten im Regen über den Asphalt zu einem der riesigen hässlichen Flachdachbauten hinüber. »Gleich hier drin.«

Sie betraten das Gebäude, und Ralph schüttelte den Regen von sich ab. Er war ein Mann mit birnenförmiger Figur und merkwürdig zierlichen Händen und Füßen. Jetzt deutete er nach links. »Sehen Sie, wo der Zoll ist? Zwei Stationen weiter das Gebäude entlang finden Sie Ihren Cousin.«

»Vielen Dank«, sagte Bourne.

Ralph zuckte mit den Schultern und grinste. »Keine Ursache, Joe.« Er streckte ihm die Hand hin. »Freut mich, dass ich Ihnen helfen konnte.«

Als der Busfahrer mit den Händen in den Hosentaschen davonschlenderte, machte Bourne sich auf den Weg zu On-Time Cargo. Aber er hatte nicht die Absicht, dort hinzugehen – zumindest nicht gleich. Stattdessen machte er kehrt und folgte Ralph zu einer Tür mit der Aufschrift KEIN ZUTRITT FÜR UNBEFUGTE – ZUTRITT NUR FÜR PERSONAL. Während er beobachtete, wie Ralph seinen laminierten Dienstausweis in einen Metallschlitz steckte, zog er eine Kreditkarte aus der Tasche. Die Tür ließ sich öffnen, und als Ralph nach drinnen verschwand, huschte Bourne lautlos nach vorn und steckte die Kreditkarte in den Schlitz. Die Tür schloss sich wie vorgesehen automatisch, aber die Kreditkarte verhinderte, dass das Schloss einschnappte. Er zählte in Gedanken bis dreißig, um sicherzugehen, dass Ralph nicht mehr in der Nähe der Tür war. Dann stieß er sie auf und steckte seine Kreditkarte wieder ein, als er hindurchging.

Hinter der Tür lag der Umkleide- und Duschraum des Flughafenpersonals. Die Wände waren weiß gekachelt; den Betonboden bedeckte eine wabenförmige Gummimatte, damit die Füße der Männer auf dem Weg zu und von den Duschen trocken blieben. Vor ihm standen acht Reihen von Metallspinden in Standardausführung, die meisten mit einfachen Zahlenschlössern gesichert. Rechts hinten führte ein Durchgang zu den Waschbecken und Duschkabinen. In einem kleinen Raum am Ende des Flurs befanden sich die Toiletten.

Bourne spähte vorsichtig um die Ecke der nächsten Reihe von Spinden und sah Ralph barfuß zu den Duschen tapsen. Ihm etwas näher seifte sich ein weiterer Mann vom Flughafenpersonal ein, wobei er Bourne und Ralph den Rücken zukehrte. Als Bourne sich umsah, entdeckte er sofort Ralphs Spind. Die Tür stand einen Spalt weit offen, das Zahlenschloss hing geöffnet am Türgriff selbst. Natürlich. Was war an einem sicheren Ort wie diesem zu befürchten, wenn man seinen Spind für ein paar Minuten unverschlossen ließ, während man unter der Dusche stand? Bourne zog die Tür weiter auf und sah Ralphs Dienstausweis auf seinem Unterhemd auf einer Metallablage liegen. Er steckte ihn ein. Ganz in der Nähe stand der ebenfalls offene Spind des zweiten Duschenden. Bourne vertauschte die Schlösser, ließ das an Ralphs Spindtür einschnappen. Das würde den Busfahrer hoffentlich so lange daran hindern, den Diebstahl seines Dienstausweises zu bemerken, wie Bourne ihn voraussichtlich brauchen würde.

Er schnappte sich einen der vom Bodenpersonal getragenen Overalls aus dem offenen Wagen für Schmutzwäsche, kontrollierte, ob die Größe ungefähr stimmte, und zog sich rasch um. Dann verließ er mit Ralphs Dienstausweis um den Hals den Umkleideraum und ging eilig zum Zoll weiter, wo auf einem Monitor die nächsten planmäßigen Flüge angezeigt waren. Nach Budapest ging keiner, aber Flug 113 von Rush Service nach Paris sollte in achtzehn Minuten von Cargo vier aus starten. In den kommenden neunzig Minuten war dies der einzige Flug, aber Paris gehörte zu den großen Drehkreuzen des europäischen Luftverkehrs, das war auch in Ordnung. Von dort aus würde er leicht nach Budapest kommen.

Bourne hastete auf das nass glänzende Vorfeld hinaus. Es goss jetzt in Strömen, aber er sah keine Blitze, und auch der Donner, den er zuvor gehört hatte, war verstummt. Das war gut, denn er wollte nicht, dass Flug 113 aus irgendwelchen Gründen verspätet startete. Er ging schneller und hielt auf das nächste Gebäude zu, in dem Cargo drei und vier untergebracht waren.

Als er das Terminal betrat, war er nass bis auf die Haut. Ein kurzer Blick nach links und rechts, dann strebte er dem Abfertigungsbereich von Rush Service zu. Hier waren nur wenige Leute unterwegs, was nicht gut war. Es war immer leichter, in einer Menge unterzutauchen, als sich einigen wenigen Leuten anpassen zu müssen. Er fand den Eingang für Berechtigte, steckte Ralphs Dienstausweis in den Schlitz, hörte das erfreuliche Klicken, mit dem das Schloss sich öffnete, stieß die Tür auf und ging hindurch. Als er auf gewundenem Weg den Korridoren aus Hohlblocksteinen folgte, die zwischen Lagerräumen mit hohen Kistenstapeln hindurchführten, wurden die Gerüche von harzigem Holz, Sägemehl und Pappe fast überwältigend stark. Überall herrschte eine Atmosphäre von Vergänglichkeit, ein Gefühl von ständiger Bewegung, von Menschenleben, die von Flugplänen und dem Wetter abhängig waren, und von Besorgnis wegen möglicher technischer und menschlicher Fehler. Hier gab es nirgends Sitzgelegenheiten, nirgends einen Platz zum Ausruhen.

Bourne sah weder links noch rechts und bewegte sich mit zielbewusster Autorität, die niemand anzweifeln würde. Bald erreichte er eine weitere Tür, diesmal eine Stahltür, in die ein kleines Fenster eingelassen war. Durchs Fenster konnte er auf dem Vorfeld Frachtflugzeuge sehen, die be- oder entladen wurden. Er brauchte nicht lange, um die Maschine von Rush Service ausfindig zu machen, deren Frachtraumtür noch offen stand. Von dem Flugzeug führte ein dicker Schlauch zu einem Tankwagen. Ein Mann in gelber Regenjacke mit hochgeschlagener Kapuze überwachte den Tankvorgang. Pilot und Kopilot waren im Cockpit und führten die Vorflugkontrollen durch.

Als er gerade Ralphs Dienstausweis in den Schlitz stecken wollte, klingelte Conklins Handy. Der Anrufer war Robbinet.

»Jacques, wie's aussieht, bin ich bald in deine Richtung unterwegs. Kannst du mich um ... in ungefähr sieben Stunden am Flughafen abholen?«

»*Mais oui, mon ami.* Ruf mich an, wenn du gelandet bist.« Er gab Bourne seine Handynummer. »Ich freue mich sehr, dich schon so bald wiederzusehen.«

Bourne wusste, was Robbinet damit meinte. Er freute sich, dass es ihm gelungen war, durchs Netz der Agency zu schlüpfen. Noch nicht, dachte Bourne. Noch nicht ganz. Aber bald war es so weit. Bis dahin ...

»Jacques, was hast du rausgekriegt? Hast du in Erfahrung bringen können, was NX 20 ist?«

»Nein, leider nicht. Ein Projekt mit dieser Bezeichnung ist nirgends bekannt.«

Bournes Herz sank. »Was ist mit Dr. Schiffer?«

»Ah, da habe ich etwas mehr Glück gehabt«, sagte Robbinet. »Ein Dr. Felix Schiffer arbeitet bei der DARPA – oder hat es zumindest getan.«

Eine kalte Hand schien nach Bournes Herz zu greifen. »Was soll das heißen?«

Bourne hörte Papier rascheln und konnte sich vorstellen, wie sein Freund in den Informationen blätterte, die seine Washingtoner Quellen ihm übermittelt hatten. »Dr. Schiffer steht nicht mehr auf der Liste der DARPA. Er ist dort vor dreizehn Monaten ausgeschieden.«

»Was macht er seitdem?«

»Keine Ahnung. Kein Mensch weiß, wo er steckt.«

»Er ist spurlos verschollen?«, fragte Bourne ungläubig.

»Genau das scheint passiert zu sein, so unglaublich das heutzutage klingen mag.«

Bourne schloss kurz die Augen. »Nein, nein. Er ist noch irgendwo – er muss irgendwo sein.«

»Aber was ...?«

»Er ist ›verschwunden‹ worden – von Profis.«

Da Felix Schiffer verschwunden war, musste er so schnell wie möglich nach Budapest. Sein einziger Hinweis war der Schlüssel aus dem Grandhotel Danubius. Er sah auf seine Uhr. Die Zeit drängte. Er musste los. Sofort. »Danke, dass du dich so für mich exponiert hast, Jacques.«

»Tut mir Leid, dass ich nicht mehr für dich tun konnte.« Robbinet zögerte. »Jason ...«

»Ja?«

»Bonne chance.«

Bourne steckte das Handy ein, stieß die mit Edelstahl beplankte Tür auf und trat in das schwere Wetter. Aus tief hängenden, dunklen Wolken goss es in Strömen; im Licht der Vorfeldbeleuchtung bildete der schräg fallende Regen silbrig schimmernde Schleier, lief in glitzernden Bächen über Unebenheiten im Asphalt. Er ging wegen des Windes leicht nach vorn gebeugt, aber mit dem sicheren Schritt eines Mannes, der seine Aufgabe kennt und sie rasch und effektiv erledigen will. Als er um den Bug der Maschine kam, konnte er die offene Frachtraumtür vor sich sehen. Der Mann, der das Flugzeug betankte, war eben fertig und hatte den Schlauch abgeschraubt.

Aus dem Augenwinkel heraus nahm Bourne Bewegungen links von sich wahr. Eine der Türen von Cargo vier wurde aufgestoßen, und mehrere Sicherheitsbeamte kamen mit schussbereiten Waffen aufs Vorfeld gestürmt. Ralph musste seinen Spind endlich aufbekommen haben. Bournes Zeit war fast abgelaufen. Trotzdem behielt er sein gleichmäßiges Tempo bei. Er hatte die Frachtraumtür schon fast erreicht, als der Tankwagenfahrer ihn ansprach: »He, Kumpel, kannst du mir sagen, wie spät es ist? Meine Uhr ist stehen geblieben.«

Bourne drehte sich um. Im selben Augenblick erkannte er die asiatischen Züge unter der Kapuze. Chan spritzte ihm einen Strahl Kerosin ins Gesicht. Bourne riss verspätet die Hände hoch, würgte krampfhaft und war geblendet.

Chan stürzte sich auf ihn, drängte ihn gegen die regennasse Metallbeplankung des Flugzeugrumpfs zurück. Er brachte zwei brutale Boxhiebe an, von denen einer Bournes Solarplexus und der andere seine linke Kopfseite traf. Als Bourne auf die Knie sank, stieß Chan ihn in den Frachtraum.

Chan drehte sich um und sah einen Mann von Rush Service auf sich zukommen. Er hob einen Arm. »Alles okay, ich schließe hier ab«, sagte er. Dabei hatte er Glück, weil der Regen es erschwerte, sein Gesicht oder seine Uniform zu erkennen. Der Mann vom Frachtdienst, der froh war, aus Wind und Regen herauszukommen, hob dankend die Hand. Chan knallte die Frachtluke zu und verriegelte sie. Dann spurtete er zu dem Tankwagen hinüber und fuhr ihn so weit von der Maschine weg, dass er sie beim Rollen nicht behinderte.

Die Sicherheitsbeamten, die Bourne zuvor beobachtet hatte, arbeiteten sich die abgestellten Flugzeuge entlang vor. Sie kontrollierten dabei die Cockpitbesatzungen. Chan brachte das Flugzeug zwischen sich und die Uniformierten. Er griff nach oben, entriegelte die Frachtraumtür und schwang sich hinein. Bourne hatte sich auf Händen und Knien aufgerichtet, ließ den Kopf hängen. Von seiner Fähigkeit, sich zu erholen, überrascht, trat Chan ihm brutal in die Rippen. Bourne kippte mit einem Grunzen zur Seite und schlang die Arme um seinen Oberkörper.

Chan zog eine Nylonkordel aus der Brusttasche seiner gelben Regenjacke. Er drückte Bourne mit dem Gesicht nach unten auf den Boden des Frachtraums, riss ihm die Arme nach hinten und fesselte seine gekreuzten Handgelenke mit der Kordel. Obwohl der Regen auf den Flugzeugrumpf trommelte, konnte er hören, wie die Sicherheitsbeamten die beiden Piloten aufforderten, ihre Dienstausweise vorzuzeigen. Chan ließ den Gefesselten liegen, trat an die Frachtraumluke und verriegelte sie lautlos von innen.

Danach saß Chan einige Minuten lang mit untergeschlagenen Beinen in der Dunkelheit des Frachtraums. Durch den auf den Flugzeugrumpf prasselnden Regen entstand ein arrhythmisches Geräusch, das ihn an Urwaldtrommeln erinnerte. Er war ziemlich krank gewesen, als er diese Trommeln gehört hatte. Sein fiebriger Verstand hatte sie für das Röhren von Flugzeugtriebwerken, das Knattern von verdichteter Luft an den Lufteinlässen kurz nach Einleitung eines steilen Sturzflugs gehalten. Die Geräusche hatten ihn erschreckt, weil sie Erinnerungen weckten: Erinnerungen, die er lange und mühsam in den hintersten Winkel seines Bewusstseins verbannt hatte. Das Fieber hatte alle seine Sinne auf fast schmerzhafte Weise geschärft. So nahm er wahr, dass der

Dschungel lebendig geworden war, dass Gestalten in bedrohlich keilförmiger Formation auf ihn zukamen. Seine einzige bewusste Reaktion bestand darin, dass er den kleinen, aus Stein geschnittenen Buddha, den er um den Hals trug, hastig im weichen Boden neben sich verscharrte. Er konnte Stimmen hören und begriff nach einiger Zeit, dass die Gestalten ihm Fragen stellten. Er blinzelte durch den Fieberschweiß und versuchte, sie in dem smaragdgrünen Dämmerlicht zu erkennen, aber eine von ihnen verband ihm die Augen. Eine überflüssige Vorsichtsmaßnahme. Als sie ihn von seiner Lagerstatt aus Laubstreu aufhoben, verlor er das Bewusstsein. Und als er zwei Tage später wieder zu sich kam, befand er sich in einem Lager der Roten Khmer. Sobald er nach Ansicht eines ausgemergelten Mannes mit eingefallenen Wangen und nur einem wässrigen Auge vernehmungsfähig war, begann das Verhör.

Sie warfen ihn in ein Erdloch mit sich windenden Lebewesen, die er bis heute nicht hatte identifizieren können. Er wurde in eine Dunkelheit geworfen, die tiefer und vollständiger war als irgendeine, die er zuvor erlebt hatte. Und es war diese Finsternis, die ihn am meisten ängstigte. Sie hüllte ihn ein, beengte ihn, drückte gegen seine Schläfen wie ein Gewicht, das unheilvoll proportional zur Länge seines Aufenthalts in dem Erdloch anwuchs.

Eine Finsternis, die der im Bauch von Rush Service Flug 113 nicht unähnlich war.

Und Jona betete zu dem Herrn, seinem Gott, im Leibe des Fisches. Und sprach: Ich rief zu dem Herrn in meiner Angst, und er antwortete mir; ich schrie aus dem Bauche der Hölle, und du hörtest meine Stimme. Du warfst mich in die Tiefe mitten im Meer, dass die Fluten mich umgaben; alle deine Wogen und Wellen gingen über mich …

An diese Stelle in der fleckigen, zerlesenen Bibel erinnerte er sich, aus der er auf Geheiß des Missionars vieles hatte auswendig lernen müssen. Grausig! Grausig! Denn in den Händen der feindseligen, mörderischen Roten Khmer war Chan buchstäblich in den Bauch der Hölle geworfen worden und hatte um Errettung gebetet, so gut er's in seiner noch kindlichen Art vermochte. Das war vor der Zeit gewesen, in der ihm die Bibel aufgedrängt worden war, und bevor er die Lehren Buddhas verstanden hatte, denn er war in sehr jungen Jahren in ein formloses Chaos gestürzt worden. Der Herr hatte Jonas Gebet aus dem Bauch des Wals gehört, aber Chan war von niemandem erhört worden. Er hatte in völliger Dunkelheit geschmachtet, und dann, als sie glaubten, er müsse jetzt weich genug sein, hatten sie ihn herausgeholt und mit kalter Leidenschaftslosigkeit, die er sich erst Jahre später aneignen würde, zu vernehmen begonnen.

Chan schaltete seine kleine Stablampe ein, blieb zunächst unbeweglich sitzen und starrte Bourne an. Dann streckte er ein Bein aus und trat so kräftig gegen die Schulter des Gefesselten, dass er ihm zugewandt auf die Seite rollte. Bourne stöhnte, und seine Augen öffneten sich mit flatternden Lidern. Er keuchte, holte erschaudernd tief Luft, atmete dabei wieder Kerosindämpfe ein und musste sich krampfartig erbrechen. Er übergab sich zwischen der Stelle, an der er in brennendem Schmerz und Elend lag, und jener, an der Chan heiter wie Buddha persönlich saß.

»Ich sank hinunter zu der Berge Gründen, die Erde hatte mich verriegelt ewiglich; aber du hast mein Leben aus dem Verderben geführt«, sagte Chan, der dabei Jona zitierte. »Du siehst beschissen aus.«

Bourne kämpfte darum, sich auf einem Ellbogen aufzurichten. Chan brachte ihn gelassen mit einem gut gezielten Tritt

zu Fall. Bourne versuchte es erneut, und Chan trat ihm nochmals den Ellbogen weg. Aber beim dritten Versuch griff Chan
nicht mehr ein, und Bourne setzte sich ihm gegenüber auf.

Um Chans Lippen spielte schwaches, rätselhaftes Lächeln,
aber in seinen Augen flammte plötzlich Wut auf.

»Hallo, Vater«, sagte er. »Wir haben uns so lange nicht
mehr gesehen, dass ich schon gefürchtet habe, wir würden
diesen Augenblick nie genießen können.«

Bourne schüttelte leicht den Kopf. »Was soll das heißen,
verdammt noch mal?«

»Ich bin dein Sohn.«

»Mein Sohn ist zehn Jahre alt.«

Chans Augen glitzerten. »Den meine ich nicht. Ich bin der
andere, den du in Phnom Penh zurückgelassen hast.«

Bourne war zutiefst gekränkt. Roter Zorn stieg in ihm auf.
»Was fällt dir ein, dich für ihn auszugeben? Ich weiß nicht,
wer du bist, aber mein Sohn Joshua ist tot.« Sein Aufbegeh-
ren kam ihn teuer zu stehen: Weil er wieder Kerosindämpfe
eingeatmet hatte, krümmte er sich plötzlich nach vorn und
würgte wieder, ohne jedoch etwas heraufbringen zu können.

»Ich bin nicht tot.« Chans Stimme klang fast zärtlich, als
er sich jetzt vorbeugte und Bourne hochzog, damit sie sich
wieder Auge in Auge gegenübersaßen. Dabei schwang der
kleine Steinbuddha von seiner unbehaarten Brust weg und
pendelte bei seinen Anstrengungen, Bourne aufrecht zu halten, ein wenig hin und her. »Wie du siehst.«

»Nein, Joshua ist tot! Ich habe seinen Sarg selbst in die Erde
gesenkt – mit denen von Dao und Alyssa! Alle drei waren in
amerikanische Flaggen gehüllt.«

»Lügen, Lügen und noch mal Lügen!« Chan hielt Bourne
den aus Stein geschnittenen Buddha auf seiner Handfläche
liegend hin. »Sieh ihn dir an und erinnere dich, Bourne.«

Bourne hatte das Gefühl, die Realität entgleite ihm. Er hörte den eigenen Herzschlag als donnerndes Brausen im Innenohr: eine Flutwelle, die ihn von den Beinen zu holen und mit sich zu reißen drohte. Das konnte nicht sein! Das konnte nicht sein! »Wo ... wo hast du den her?«

»Den kennst du, nicht wahr?« Der Buddha verschwand, als seine Finger sich darum schlossen. »Hast du endlich deinen lange verlorenen Sohn Joshua wiedererkannt?«

»Du bist nicht Joshua!« Bourne war jetzt wütend, sein Gesichtsausdruck finster, seine Zähne wie zu einem Knurren gefletscht. »Welchen Diplomaten aus Südostasien hast du ermordet, um diesen Buddha zu bekommen?« Er lachte grimmig. »Ja, ich weiß mehr über dich, als du denkst.«

»Dann täuschst du dich gewaltig. Er gehört mir, Bourne. Hast du verstanden?« Chan öffnete die Hand und wies nochmals die von seinem Schweiß dunkel verfärbte kleine Steinfigur vor. »Dieser Buddha gehört mir!«

»Lügner!« Bourne riss die Arme hinter seinem Rücken hervor und stürzte sich auf ihn. Als Chan ihn gefesselt hatte, hatte er die Armmuskeln und die Sehnen des Handgelenks angespannt, damit sie stärker hervortraten. Und während Chan sich an seiner Hilflosigkeit geweidet hatte, war es ihm gelungen, die schlaff gewordene Fesselkordel abzustreifen.

Chan war nicht auf diesen Ansturm gefasst. Er fiel nach hinten, und Bourne landete auf ihm. Die Stablampe schepperte zu Boden und rollte mal hierhin, mal dorthin, wobei ihr heller Strahl die Kämpfenden beleuchtete und mal ein verzerrtes Gesicht, mal einen angespannten Muskel hervortreten ließ. In diesem unheimlichen Wechsel aus Licht und Schatten, der so an den dichten Urwald erinnerte, den sie hinter sich gelassen hatten, kämpften die beiden wie Raubtiere, sie atmeten die Feindseligkeit des anderen ein, sie rangen auf Leben und Tod.

Bourne knirschte mit den Zähnen, ohne sich dessen bewusst zu sein. In blinder Wut schlug er immer wieder auf Chan ein. Chan gelang es, seinen Oberschenkel in die Hände zu bekommen und mit den Daumen auf einen dort befindlichen Nervenknoten zu drücken. Bourne taumelte, weil sein vorübergehend gelähmtes Bein unter ihm nachgab. Chan verpasste ihm einen Kinnhaken, und Bourne taumelte noch mehr, schüttelte dabei benommen den Kopf. Als es ihm gelang, sein Schnappmesser herauszuziehen, traf Chan ihn mit einem weiteren gewaltigen Boxhieb. Bourne ließ das Messer fallen. Chan griff es sich sofort, ließ die Klinge aufschnappen.

Er stand jetzt über Bourne, hielt ihn am Hemd gepackt und riss ihn daran hoch. Ein kurzer Schauder durchlief seinen Körper, wie ein Stromstoß durch eine Leitung geht, wenn ein Schalter umgelegt wird. »Ich bin dein Sohn. Chan ist ein Name, den ich angenommen habe, genau wie David Webb den Namen Jason Bourne angenommen hat.«

»Nein!« Bourne musste schreien, um den anschwellenden Lärm und die Vibrationen der Triebwerke zu übertönen. »Mein Sohn ist mit dem Rest meiner Familie in Phnom Penh umgekommen!«

»Ich bin Joshua Webb«, sagte Chan. »Du hast mich im Stich gelassen. Du hast mich dem Dschungel, meinem Tod überlassen.«

Die Messerspitze schwebte über Bournes Kehle. »Unzählige Male war ich dem Tod nahe. Ich wäre auch gestorben, hätte ich mich nicht an die Erinnerung an dich klammern können.«

»Wage nicht, seinen Namen noch mal zu gebrauchen! Joshua ist tot!« Bourne war blass vor Zorn, fletschte in tierischer Wut die Zähne. Blutgier trübte sein Sehvermögen.

»Vielleicht ist er das.« Die Messerklinge berührte jetzt Bournes Haut. Einen Millimeter tiefer, dann würde sie eine blutende Wunde hinterlassen. »Ich bin jetzt Chan. Joshua – der Joshua, den du gekannt hast – ist tot. Ich bin zurückgekommen, um mich zu rächen, um dich dafür zu bestrafen, dass du mich verlassen hast. Ich hätte dich in den letzten Tagen ein Dutzend Mal liquidieren können, aber ich habe abgewartet, weil du vor deinem Tod erfahren sollst, was du mir angetan hast.« In Chans rechtem Mundwinkel hatte sich eine unbeachtete Speichelblase gebildet, die stetig größer wurde. »Warum hast du mich im Stich lassen? Warum bist du einfach abgehauen?«

Ein gewaltiger Ruck ging durch das Flugzeug, als es beim Start zu rollen begann. Von der Klinge spritzte Blut, als sie Bournes Haut zerschnitt; dann war sie auf einmal nicht mehr da, weil Chan das Gleichgewicht verlor. Das nützte Bourne zu einem Faustschlag aus, der Chans Rippen traf. Chan machte eine Sichelbewegung mit dem linken Fuß, hakte ihn hinter Bournes Knöchel und brachte ihn so zu Fall. Die Maschine wurde langsamer, bog vom Rollweg auf die Startbahn ab und bremste am Haltepunkt.

»Ich bin nicht abgehauen!«, brüllte Bourne. »Joshua ist mir weggenommen worden!«

Chan warf sich auf ihn. Das Messer zuckte herab. Bourne verdrehte im letzten Augenblick den Körper, sodass die Klinge an seinem rechten Ohr vorbeiging. Er dachte verzweifelt an die Keramikpistole an seiner rechten Hüfte, aber sosehr er sich auch abmühte, er schaffte es nicht, sie zu ziehen, weil er unablässig tödliche Angriffe abwehren musste. Sie kämpften mit geschwellten Muskeln, mit vor Anstrengung und Wut geröteten Gesichtern. Ihre Atemzüge kamen keuchend aus halb geöffneten Mündern; ihre Augen und ihr Verstand suchten die winzigste Lücke in der gegnerischen Deckung, während sie angriffen und sich verteidigten, nur um jedes Mal zurückgeschlagen zu werden. Sie waren einander gleichwertig, wenn auch nicht nach Jahren, dann doch in Bezug auf Schnelligkeit, Kraft, Können und List. Es war, als wüssten sie, was der andere dachte, als könnten sie seine Reaktionen jeweils Bruchteile von Sekunden vorhersehen und so jeden gesuchten Vorteil neutralisieren. Sie kämpften nicht leidenschaftslos, daher kämpften sie nicht auf höchstem Niveau. Alle ihre Gefühle waren an die Oberfläche gespült worden und überlagerten ihr Bewusstsein wie eine Ölschicht ein sonst klares Gewässer.

Das Flugzeug ruckte nochmals; der Rumpf erzitterte, als es beim Start mit aufheulenden Triebwerken beschleunigte. Bourne rutschte aus, und Chan benützte seine freie Hand als Keule, um Bourne von dem Messer abzulenken. Bourne konterte und traf die Innenseite von Chans linkem Handgelenk. Aber nun zuckte die Messerspitze auf ihn herab. Er wich mit einem Schritt zur Seite zurück und entriegelte dabei unabsichtlich die Frachtraumluke. Der an dem stetig beschleunigenden Flugzeug vorbeiströmende Luftstrom bewirkte, dass sich die entriegelte Tür öffnete.

Während die Startbahn verschwommen unter ihnen vorbeihuschte, imitierte Bourne mit ausgestreckten Armen und Beinen einen Seestern, wobei er den Türrahmen mit beiden Händen umklammerte. Chan ging wie besessen grinsend zum Angriff über, und das Messer beschrieb einen bösartigen flachen Bogen, der Bourne den ganzen Unterleib aufschlitzen würde.

Chan stürzte sich auf ihn, kurz bevor das Flugzeug von der Startbahn abhob. Im letzten möglichen Augenblick ließ Bourne mit der rechten Hand los. Sein Körper, der durch die Schwerkraft nach draußen und hinten getrieben wurde, schwang mit solcher Gewalt weg, dass Bourne fast die Schulter ausgerenkt wurde. Wo eben noch sein Körper gewesen war, klaffte jetzt eine Lücke, durch die Chan sich überschlagend auf den Asphalt stürzte. Bourne erhaschte noch einen letzten Blick auf ihn: nur eine graue Kugel auf dem schwarzen Untergrund der Startbahn.

Dann hob die Maschine ab, und der Luftstrom trieb Bourne nach oben, weiter von der offenen Luke weg. Er kämpfte dagegen an; der Regen peitschte sein Gesicht wie mit dünnen Ketten. Der Wind drohte ihm den Atem zu rauben, aber zugleich schrubbte er ihm das letzte Kerosin vom Gesicht, während der Regen seine brennenden Augen ausspülte und das Gift von seiner Haut, aus seinem Gewebe wusch. Als das Flugzeug sich in eine Rechtskurve legte, rollte Chans Stablampe über den Boden des Frachtraums und fiel hinter ihm her hinaus. Bourne wusste, dass er verloren war, wenn er nicht binnen Sekunden wieder in die Maschine gelangte. Der schreckliche Zug an seinem linken Arm war viel zu gewaltig, um sehr viel länger ertragen zu werden.

Er schwang ein Bein nach vorn und schaffte es, die linke Ferse hinter dem Türrahmen zu verankern. Dann zog er sich mit atemloser Anstrengung nach vorn, während seine Kniekehle an dem erhöhten Türrahmen anlag, und verschaffte sich so genug Halt und Hebelkraft, um sich zu drehen, bis er dem Rumpf zugewandt war. Sobald seine rechte Hand auf der Türabdichtung lag, konnte er sich in den Frachtraum hinein vorarbeiten. Zuletzt knallte er die Luke wieder zu.

Bourne – am ganzen Körper mit Prellungen übersät, blutend und starke Schmerzen leidend – brach als erschöpftes Bündel Mensch zusammen. In der beängstigenden, turbulenten Dunkelheit des stark vibrierenden Flugzeugrumpfs glaubte er immer wieder, den kleinen aus Stein geschnittenen Buddha zu sehen, den seine erste Frau und er Joshua zum vierten Geburtstag geschenkt hatten. Dao hatte gewollt, der Geist Buddhas möge ihren Sohn von frühester Kindheit an erfüllen. Joshua, der mit Dao und seiner kleinen Schwester gestorben war, als ein feindliches Flugzeug sie in dem Fluss, in dem sie gebadet hatten, angegriffen hatte.

Joshua war tot. Dao, Alyssa, Joshua – alle drei waren tot, ihre Körper vom Kugelhagel des Tieffliegers zerfetzt. Sein Sohn lebte nicht mehr, *konnte* nicht mehr leben. Etwas anderes zu denken musste zum Wahnsinn führen. Wer war Chan also wirklich, und warum spielte er dieses entsetzlich grausame Spiel?

Darauf wusste Bourne keine Antwort. Das Flugzeug sackte kurz durch und stieg sofort weiter; dann veränderte sich der Triebwerkslärm, als es die Reiseflughöhe erreicht hatte. Im Frachtraum wurde es so kalt, dass sein Atem bestimmt weiße Wölkchen bildete. Er schlang beide Arme auf dem Boden sitzend um die Knie, wiegte sich leicht vor und zurück. Das war nicht möglich. Das konnte nicht sein!

Er stieß einen unartikulierten, tierischen Klagelaut aus und wurde von Schmerzen und äußerster Verzweiflung überwältigt. Sein Kopf sank herab, und er weinte zornig, ungläubig und kummervoll bittere Tränen.

Teil zwei

Kapitel elf

Im vollen Bauch von Flug 113 schlief Jason Bourne, aber in seinem Unterbewusstsein lief sein Leben – ein weit zurückliegendes Leben, das er längst begraben hatte – wieder vor ihm ab. Seine Träume waren übervoll von Bildern, Emotionen, Stimmen und Gerüchen, die er in den verstrichenen Jahren mit aller Kraft so tief ins Unbewusste hinabgestoßen hatte.

Was war an jenem heißen Sommertag in Phnom Penh geschehen? Das wusste niemand. Zumindest kein Lebender. Tatsache war jedoch: Während er im US-Diplomatenkomplex gelangweilt und ruhelos bei einer Besprechung in seinem klimatisierten Büro gesessen hatte, war seine Frau Dao mit ihren beiden Kindern in dem breiten, schlammigen Fluss vor ihrem Haus schwimmen gegangen. Dann war wie aus dem Nichts ein feindliches Flugzeug auf sie herabgestoßen. Es hatte David Webbs Frau und Kinder, die im Fluss schwammen und planschten und spielten, im Tiefflug mit Bordwaffen angegriffen.

Wie viele Male hatte er sich diese Schreckensszene ausgemalt? Hatte Dao das Flugzeug noch gesehen? Aber es war so schnell auf sie herabgestoßen, hatte sie in lautlosem Sinkflug überrascht. Jedenfalls musste sie ihre Kinder bei einem vergeblichen Versuch, sie zu retten, an sich gezogen, unter Wasser gedrückt und mit dem eigenen Leib gedeckt haben, noch während ihre Schreie in ihren Ohren gellten und ihr Blut ihr Gesicht befleckte, noch während sie den Schmerz ihres eigenen Todes spürte. Das war zumindest, was er geglaubt, wovon er geträumt, was ihn fast zum Wahnsinn getrieben hatte. Denn die Schreie, die Dao seiner Vorstellung nach unmittelbar vor dem Ende gehört haben musste, waren dieselben Schreie, die er Nacht für Nacht hörte, bevor er in Schweiß gebadet mit Herzjagen hochfuhr. Diese Träume hatten ihn gezwungen, das Haus und alles, woran er hing, aufzugeben, weil der Anblick jedes vertrauten Gegenstands wie ein Stich ins Herz war. Er war aus Phnom Penh nach Saigon geflüchtet, wo Alexander Conklin sich seiner angenommen hatte.

Hätte er nur seine Albträume in Phnom Penh zurücklassen können! In den schwülheißen Dschungeln Vietnams hatten sie ihn heimgesucht, als seien sie Wunden, die er sich selbst wieder und wieder beibringen müsse. Denn eine Tatsache blieb unverändert wahr: Er konnte es sich nicht verzeihen, dass er nicht zu Hause gewesen war und seine Frau und seine Kinder beschützt hatte.

Jetzt schrie er in seinen gequälten Träumen zehntausend Meter über dem stürmischen Nordatlantik auf. Wozu taugt ein Ehemann und Familienvater, fragte er sich wie unzählige Male zuvor, wenn er es nicht schafft, seine Familie zu beschützen?

Um fünf Uhr morgens wurde der CIA-Direktor aus tiefem Schlaf durch einen dringenden Anruf der Nationalen Sicherheitsberaterin geweckt, die ihn in einer Stunde in ihr Büro beorderte. *Wann schläft diese Hexe eigentlich?*, fragte er sich, als er den Hörer auflegte. Er saß auf der Bettkante und kehrte Madeleine den Rücken zu. *Sie wacht von nichts mehr auf*, dachte er säuerlich. Madeleine hatte sich längst angewöhnt, auch bei nächtlichen oder frühmorgendlichen Anrufen weiterzuschlafen.

»Aufwachen!«, sagte er und rüttelte sie wach. »Im Dienst geht's wieder mal rund, und ich brauche Kaffee.«

Ohne sich mit einem Wort zu beschweren, stand sie auf, schlüpfte in Morgenrock und Pantoffeln und folgte dem Gang zur Küche.

Der Direktor rieb sich das Gesicht, patschte barfuß ins Bad und ließ die Tür hinter sich offen. Auf dem WC sitzend rief er seinen Stellvertreter an. Warum sollte Lindros schlafen, verdammt noch mal, wenn sein Vorgesetzter es nicht tat? Zu seinem Erstaunen war Martin Lindros jedoch hellwach.

»Ich habe die ganze Nacht im Vier-Null-Archiv verbracht.« Lindros sprach von den in einem Hochsicherheitstrakt gelagerten Personalakten aller CIA-Mitarbeiter. »Ich glaube, ich weiß jetzt alles, was es über Alex Conklin und Jason Bourne zu wissen gibt.«

»Klasse. Dann schaffen Sie mir Bourne her.«

»Sir, nachdem ich nun alles über die beiden weiß, wie eng sie zusammengearbeitet, wie oft sie verdammt viel für einander riskiert und sich gegenseitig das Leben gerettet haben, halte ich's für äußerst unwahrscheinlich, dass Bourne Alex Conklin ermordet haben soll.«

»Alonzo-Ortiz will mich sprechen«, sagte der Direktor gereizt. »Glauben Sie, ich sollte ihr nach dem Fiasko am Washington Circle diese Mitteilung machen?«

»Nein, vielleicht nicht, aber ...«

»Da haben Sie gottverdammt Recht, Sonnyboy. Ich muss ihr Tatsachen berichten – Tatsachen, die zusammengenommen eine *gute Nachricht* ergeben.«

Lindros räusperte sich. »Im Augenblick weiß ich leider keine. Bourne ist verschwunden.«

»Verschwunden? Jesus, Martin, was für eine Art Geheimdienst führen Sie eigentlich?«

»Der Mann ist ein Zauberer.«

»Er besteht aus Fleisch und Blut, genau wie jeder andere«, donnerte der Alte. »Warum zum Teufel ist er Ihnen wieder durch die Lappen gegangen? Ich dachte, Sie hätten alle Schlupflöcher verstopft!«

»Das haben wir auch. Er ist einfach …«

»Verschwunden, ich weiß. Ist das alles, was Sie für mich haben? Dafür reißt Alonzo-Ortiz mir meinen gottverdammten Kopf ab, aber nicht bevor ich Sie einen Kopf kürzer gemacht habe!«

Der CIA-Direktor unterbrach die Verbindung und warf das schnurlose Telefon durch die offene Tür aufs Bett. Als er geduscht, sich angezogen und einen Schluck Kaffee aus dem Becher genommen hatte, den Madeleine ihm dienstfertig hinhielt, stand sein Wagen bereits vor der Tür.

Beim Wegfahren warf er noch einen Blick durch die dunkle Panzerglasscheibe auf die Fassade seines Hauses: dunkelroter Klinker mit helleren Ecksteinen, funktionierende Läden an allen Fenstern. Es hatte einst einem russischen Tenor, einem Maxim Wasweißich, gehört, aber dem Direktor gefiel es, weil es eine gewisse mathematische Eleganz, einen aristokratischen Stil besaß, den modernere Häuser nicht mehr hatten. Das Beste daran war seine private Atmosphäre wie in der Alten Welt, die es einem gepflasterten Innenhof verdankte, der von grün belaubten Pappeln und einem kunstvoll geschmiedeten Eisenzaun abgeschirmt wurde.

Er lehnte sich in die weichen Polster des Lincoln Town Cars zurück und beobachtete mürrisch, wie Washington um ihn herum weiterschlief. *Jesus, um diese Zeit sind nur die gottverdammten Rotkehlchen auf,* dachte er. *Stehen mir nicht die Privilegien eines hohen Dienstalters zu? Habe ich's nach so vielen Dienstjahren nicht verdient, länger als bis fünf Uhr schlafen zu dürfen?*

Sie fuhren in raschem Tempo auf der Arlington Memorial Bridge über den Potomac, der bleigrau unter ihnen lag und hart und flach wie die Landebahn eines Flughafens wirkte. Jenseits des Flusses überragte das Washington Monument den dorisch anmutenden Tempel des Lincoln Memorials; der Obelisk war so dunkel und bedrohlich wie die Speere, die die Spartaner einst in die Herzen ihrer Feinde stießen.

Jedes Mal wenn das Wasser über ihm zusammenschlägt, hört er ein musikalisches Geräusch wie von den Glocken der Mönche, das in den bewaldeten Bergen von einem Grat zum anderen hallt – der Mönche, auf die er in seiner Zeit bei den Roten Khmer Jagd gemacht hat. Und er hat den Geruch nach – was ist das gleich wieder? – Zimt in der Nase. Das bösartig reißende Wasser ist voller Klänge und Gerüche, deren Herkunft ihm unklar bleibt. Es scheint ihn in die Tiefe zu reißen, und er versinkt erneut. Obwohl er mit aller Kraft kämpft, sich verzweifelt anstrengt, wieder an die Oberfläche zu gelangen, fühlt er sich, wie mit Blei belastet, in Spiralen in die Tiefe sinken. Seine Hände krallen nach dem dicken Tau, das um seinen linken Fußknöchel geknotet ist, aber es ist so schleimig, dass es ihm immer wieder durch die Finger gleitet. Was hängt am Ende dieses Taus? Er späht in die dämmrige Tiefe, in die er hinabgezogen wird. Er hat das Gefühl, unbedingt erfahren zu müssen, was ihn in den Tod zieht, als könnte dieses Wissen ihn vor einem namenlosen Schrecken bewahren. Er sinkt, sinkt, wird ins Dunkel hinabgezogen, ohne das Wesen seiner verzweifelten Notlage verstehen zu können. Unter sich, am Ende des straff gespannten Taus, sieht er Umrisse: das Ding, das seinen Tod bewirken wird. Emotionen stecken in seiner Kehle wie ein Mund voll Nesseln, und als er die Umrisse zu identifizieren versucht, hört er wieder das musikalische Geräusch, diesmal deutlicher; das sind keine Glocken, sondern ist etwas anderes, an das er sich kaum noch erinnert, obwohl es ihm einst vertraut war. Und dann erkennt er endlich das Ding, das ihn in die Tiefe zieht: Es ist ein Leichnam. Plötzlich beginnt er zu weinen ...

Chan schrak auf, hatte noch ein Wimmern in der Kehle stecken. Er biss sich fest auf die Unterlippe, sah sich in der abgedunkelten Flugzeugkabine um. Vor den Fenstern herrschte noch pechschwarze Dunkelheit. Er war eingeschlafen, obwohl er sich vorgenommen hatte, das auf keinen Fall zu tun, weil er wusste, dass er dann in seinem wiederkehrenden Albtraum gefangen sein würde. Er stand auf und ging auf die Toilette, wo er Papierhandtücher benützte, um den Schweiß von Gesicht und Armen zu wischen. Er fühlte sich müder als beim Start des Flugzeugs. Während er sein Gesicht im Spiegel anstarrte, gab der Pilot die Restflugzeit durch: noch vier Stunden und fünfzig Minuten nach Paris-Orly. Für Chan eine Ewigkeit.

Als er die Toilette verließ, standen draußen mehrere Leute an. Er kehrte langsam an seinen Platz zurück. Jason Bourne hatte ein bestimmtes Ziel; das wusste er aus den Informationen, die er von dem Schneider Fine erhalten hatte: Bourne war jetzt im Besitz eines Päckchens, das für Alex Conklin bestimmt gewesen war. War es denkbar, fragte er sich, dass Bourne jetzt Conklins Identität annahm? Das war etwas, worüber er an Bournes Stelle nachgedacht hätte.

Chan starrte aus dem Kabinenfenster in die schwarze Nacht hinaus. Bourne befand sich irgendwo in der weitläufigen Metropole vor ihm, das stand fest, aber er hatte keinen Zweifel daran, dass Paris nur ein Etappenziel war. Wo Bournes endgültiges Ziel lag, würde sich erst noch zeigen müssen.

Die Assistentin der Nationalen Sicherheitsberaterin räusperte sich diskret, und der CIA-Direktor sah auf seine Uhr. Roberta Alonzo-Ortiz, die Hexe, ließ ihn nun schon fast vierzig Minuten warten. Innerhalb des Beltways waren kleine Machtspiele an der Tagesordnung, aber Alonzo-Ortiz war eine *Frau,* verdammt noch mal. Und gehörten sie nicht beide dem Nationalen Sicherheitsrat an? Aber sie war vom Präsidenten direkt ernannt worden, auf sie hörte er mehr als auf alle anderen. Wo zum Teufel steckte Brent Scowcroft, wenn man ihn brauchte? Der Direktor setzte ein Lächeln auf, als er sich von dem Fenster abwandte, durch das er hinausgestarrt hatte, während er nachdachte.

»Sie hat jetzt Zeit für Sie«, gurrte die Assistentin zuckersüß. »Ihr Telefongespräch mit dem Präsidenten wurde soeben beendet.«

Die Hexe lässt keinen Trick aus, dachte der CIA-Direktor. *Wie sie's genießt, mir ihre Macht und ihren Einfluss zu demonstrieren!*

Die Nationale Sicherheitsberaterin war hinter ihrem riesigen Schreibtisch verschanzt: einem antiken Möbel, das sie auf eigene Kosten hatte hertransportieren lassen. Der Direktor fand es lächerlich, zumal auf dem Schreibtisch außer einem Telefon nur die Schreibgarnitur aus Messing stand, die der Präsident ihr geschenkt hatte, als sie ihre Nominierung für diesen Posten akzeptiert hatte. Er traute Leuten mit aufgeräumten Schreibtischen grundsätzlich nicht. Hinter ihr standen in prächtigen goldenen Halterungen die Stars and Stripes und eine Fahne mit dem Wappen des Präsidenten der Vereinigten Staaten. Dahinter ging der Blick in den Lafayette Park hinaus. Vor dem Schreibtisch standen zwei gepolsterte Besucherstühle mit hohen Lehnen. Der Alte betrachtete sie leicht sehnsüchtig.

Roberta Alonzo-Ortiz, die zu einem dunkelblauen Strick-kostüm eine weiße Seidenbluse trug, wirkte hellwach und munter. Ihre Ohrstecker waren goldgeränderte Miniaturaus-gaben der US-Flagge in farbigem Email.

»Ich habe gerade mit dem Präsidenten telefoniert«, sagte sie ohne Einleitung, ohne auch nur »Guten Morgen« oder »Bitte nehmen Sie Platz« zu sagen.

»Ja, das weiß ich von Ihrer Assistentin.«

Alonzo-Ortiz funkelte ihn an, was ihn wieder daran er-innerte, dass sie es hasste, unterbrochen zu werden. »Bei dem Gespräch ist's um Sie gegangen.«

Trotz aller guten Vorsätze fühlte der Direktor eine Hitze-welle durch seinen Körper fluten. »Dann hätte ich vielleicht dabei sein sollen.«

»Das wäre unpassend gewesen.« Die Nationale Sicher-heitsberaterin sprach weiter, bevor er auf diesen verbalen Schlag ins Gesicht reagieren konnte. »Der Terrorismusgipfel beginnt in fünf Tagen. Alle Vorbereitungen sind getroffen, deshalb schmerzt es mich, wiederholen zu müssen, dass die-se Sache ein Eiertanz ist. Nichts darf das Gipfeltreffen stö-ren, *vor allem* kein durchgeknallter ehemaliger CIA-Killer. Der Präsident geht davon aus, dass der Gipfel ein klarer Er-folg wird. Er will ihn zum Eckstein der Kampagne für seine Wiederwahl machen. Sogar noch mehr: Er sieht darin sein politisches Vermächtnis.« Sie legte beide Hände flach auf die polierte Schreibtischplatte. »Eines will ich Ihnen ganz deut-lich sagen – der Gipfel hat für mich absoluten Vorrang. Sein Erfolg wird bewirken, dass diese Präsidentschaft noch in Ge-nerationen gepriesen und verehrt werden wird.«

Der Direktor musste sich diesen Monolog stehend anhö-ren, denn er war nicht aufgefordert worden, Platz zu nehmen. Die Standpauke wurde durch ihre Untertöne besonders beschämend. Er hielt nichts von Drohungen, und schon gar nichts von versteckten. Er kam sich vor, als würde er in der Grundschule zum Nachsitzen verdonnert.

»Ich musste ihm von der Sache unter dem Washington Circle berichten«, sagte sie mit einer Miene, als habe der Direktor sie gezwungen, eine Schaufel Scheiße ins Oval Office zu tragen. »Jedes Versagen hat Konsequenzen; die hat es immer. Sie müssen dem Ungeheuer einen Pflock durchs Herz schlagen, damit es so rasch wie möglich begraben werden kann. Haben Sie mich verstanden?«

»Vollkommen.«

»Weil sich diese Sache nämlich nicht von selbst erledigt«, fügte die Nationale Sicherheitsberaterin hinzu.

An der Schläfe des Direktors hatte eine Ader zu klopfen begonnen. Er empfand den Drang, ihr irgendwas an den Kopf zu werfen. »Ich habe bereits gesagt, dass ich vollkommen verstanden habe.«

Roberta Alonzo-Ortiz musterte ihn einen Augenblick, als versuche sie, seine Glaubwürdigkeit einzuschätzen. Schließlich fragte sie: »Wo ist Jason Bourne?«

»Er ist ins Ausland geflüchtet.« Der Direktor ballte die Hände so angestrengt zusammen, dass die Fingerknöchel weiß hervortraten. Er brachte es nicht über sich, dem Hexenweib zu gestehen, dass Bourne einfach verschwunden war. Auch so brachte er die Worte kaum heraus. Aber sobald er ihren Gesichtsausdruck sah, erkannte er, dass das die falsche Antwort gewesen war.

»Ins Ausland geflüchtet?« Alonzo-Ortiz stand auf. »In welches Ausland?«

Der CIA-Direktor schwieg.

»Ah, ich verstehe. Gelangt Bourne auch nur in die Nähe von Reykjavik …«

227

»Weshalb sollte er das tun?«

»Das weiß ich nicht. Er ist verrückt – haben Sie das vergessen? Er ist total durchgeknallt. Und er muss wissen, dass eine Sabotage der Sicherheitsmaßnahmen beim Gipfeltreffen uns in höchste Verlegenheit bringen würde.« Ihr Zorn war fast mit Händen zu greifen, und der Direktor hatte erstmals wirklich Angst vor ihr.

»Ich will Bournes Tod«, sagte sie mit stählerner Stimme.

»Genau wie ich.« Der Direktor kochte innerlich. »Er hat schon zwei Männer getötet, und einer war ein alter Freund von mir.«

Die Nationale Sicherheitsberaterin kam hinter ihrem Schreibtisch hervor. »Der Präsident verlangt, dass Bourne liquidiert wird. Ein übergeschnappter Agent – und wir wollen ehrlich zugeben, dass Jason Bourne der schlimmstmögliche Fall ist – stellt ein Risiko dar, das wir auf keinen Fall eingehen dürfen. Drücke ich mich deutlich genug aus?«

Der CIA-Direktor nickte nachdrücklich. »Glauben Sie mir, Bourne ist so gut wie tot, spurlos *verschwunden,* als habe er nie gelebt.«

»Aus Ihrem Mund in Gottes Ohr. Der Präsident behält Sie im Auge«, sagte Roberta Alonzo-Ortiz und beendete das Gespräch ebenso abrupt und unfreundlich, wie sie es begonnen hatte.

Jason Bourne erreichte Paris an einem nassen, wolkenverhangenen Morgen. Im Regen machte die Lichterstadt Paris nicht gerade den besten Eindruck. Die Häuser mit Mansardendächern sahen grau und blass aus, und die sonst so belebten Cafés auf den Gehsteigen waren nahezu leer. Das Leben ging auch gedämpft weiter, aber die Stadt war anders, als wenn sie im Sonnenschein leuchtete und glänzte, wenn an jeder Ecke Lachen und lebhafte Gespräche zu hören waren.

Bourne war körperlich und emotional erschöpft und hatte den größten Teil des Fluges zusammengerollt auf der Seite liegend verschlafen. Obwohl sein Schlaf immer wieder durch verstörende Albträume unterbrochen wurde, gewährte er Bourne doch eine dringend benötigte Erholungspause von den Schmerzen, die ihn in der ersten Stunde nach dem Start gequält hatten. Als er durchfroren und steif aufwachte, musste er wieder an den Steinbuddha um Chans Hals denken. Die kleine Statue schien ihn grinsend zu verspotten: ein Rätsel, das noch gelöst werden musste. Er wusste, dass solche Kleinstatuen ein Massenartikel waren – allein in dem Laden, in dem Dao und er einen für Joshua ausgesucht hatten, hatte es über ein Dutzend gegeben! Und er wusste, dass viele asiatische Buddhisten solche Talismane zum Schutz und als Glücksbringer trugen.

Vor seinem inneren Auge erschien wieder Chans wissender Gesichtsausdruck, so von Erwartung und Hass leuchtend, als er gesagt hatte: »*Den kennst du, nicht wahr?*« Und er hatte so gewaltsam hervorgestoßen: »*Er gehört mir, Bourne. Hast du verstanden? Dieser Buddha gehört mir!*« Chan war nicht Joshua Webb, das wusste Bourne jetzt. Chan war clever, aber auch grausam: ein Profikiller, der schon oft gemordet hatte. Er konnte nicht Bournes Sohn sein.

Trotz starker Querwinde vor Neufundland landete Flug 113 von Rush Service halbwegs pünktlich auf dem Pariser Flughafen Charles de Gaulle. Bourne hätte den Frachtraum am liebsten gleich nach der Landung verlassen, aber er widerstand diesem Drang.

Um sie herum rollten, landeten und starteten weitere Maschinen. Stieg er jetzt aus, würde er exponiert auf einer Fläche stehen, die auch das Flughafenpersonal im Regelfall nicht betreten durfte. Also wartete er geduldig, während das Flugzeug von der Landebahn rollte.

Als es langsamer wurde, wusste er, dass er jetzt handeln musste. Solange die Maschine mit noch arbeitenden Triebwerken rollte, würde sich ihr niemand vom Bodenpersonal nähern. Er öffnete die Frachtraumtür und sprang auf den Asphalt hinunter, als eben ein Tankwagen vorbeifuhr. Bourne sprang hinten auf. Während er sich dort festklammerte, wurde er von heftiger Übelkeit erfasst, weil starke Kerosindämpfe die Erinnerung an Chans Überraschungsangriff wachriefen. Er sprang möglichst rasch wieder ab und gelangte auf Umwegen ins Terminal.

Drinnen prallte er mit einem Arbeiter an der Laderampe zusammen, entschuldigte sich in fließendem Französisch und hielt sich mit einer Hand den Kopf, um anzudeuten, wie schlimm seine Migräne sei. Hinter der nächsten Biegung des Korridors benützte er den Dienstausweis, den er dem Arbeiter gerade geklaut hatte, um durch zwei Türen ins eigentliche Terminal zu gelangen, das zu seiner Verblüffung nur ein umgebauter Hangar war. Dort waren verdammt wenige Leute unterwegs, aber immerhin hatte er erfolgreich die Pass- und Zollkontrollen umgangen.

Bei erster Gelegenheit warf er den geklauten Dienstausweis in einen Abfallbehälter. Er wollte nicht mit ihm erwischt werden, wenn der Arbeiter ihn als verloren meldete. Unter einer großen Wanduhr stehend stellte er seine Armbanduhr. In Paris war es wenige Minuten nach sechs Uhr morgens. Er rief Robbinet an und erklärte ihm, wo er war.

Der Minister wirkte leicht verwirrt. »Bist du mit einem Charterflugzeug angekommen, Jason?«

»Nein, mit einer Frachtmaschine.«

»*Bon,* das erklärt, warum du im alten Terminal drei bist. Die Maschine muss von Orly aus umgeleitet worden sein«, sagte Robbinet. »Bleib einfach, wo du bist, *mon ami.* Ich hole dich sofort ab.« Er lachte halblaut. »Erst mal: Willkommen in Paris. Unheil und Verwirrung deinen Verfolgern!«

Bourne verschwand auf der Herrentoilette, um sich zu waschen. Aus dem Spiegel starrte ihn ein ausgezehrtes Gesicht mit gehetztem Blick und blutiger Kehle an – jemand, den er kaum wiedererkannte. Er ließ Wasser in seine hohlen Hände laufen und spülte damit Schmutz, Schweiß und die Reste des zuvor aufgetragenen Make-ups ab. Mit einem feuchten Papierhandtuch säuberte er die dunklen Ränder des Schnitts quer über seiner Kehle. Er wusste, dass er dort möglichst bald eine desinfizierende Salbe auftragen musste.

Seine Magennerven waren verkrampft, und obwohl er keinen Hunger hatte, wusste er, dass er Nahrung brauchte. In unregelmäßigen Abständen hatte er wieder den Geschmack von Kerosin im Mund und musste jedes Mal würgen, wobei seine Augen vor Anstrengung tränten. Um sich von diesem jammervollen Zustand abzulenken, machte er in einer WC-Kabine fünf Minuten lang Stretching und anschließend fünf Minuten Gymnastik, um seine schmerzenden und verkrampften Muskeln zu lockern. Er ignorierte die Schmerzen, die diese Übungen verursachten, und konzentrierte sich stattdessen darauf, tief und gleichmäßig zu atmen.

Als er wieder ins Terminal hinaustrat, wartete dort schon Jacques Robbinet auf ihn. Er war ein großer, außergewöhnlich sportlicher Mann, der einen dunkelblauen Nadelstreifenanzug, glänzend geputzte feste Schuhe und einen modischen Tweedmantel trug. Er war nun älter und ein wenig grauer, aber ansonsten die Gestalt aus Bournes Erinnerungsfragment.

Er entdeckte Bourne sofort und grinste zur Begrüßung, wartete jedoch an seinem Platz auf seinen alten Freund und bedeutete ihm mit einem Handzeichen, nach rechts durchs Terminal weiterzugehen. Bourne entdeckte sofort den Grund seiner Zurückhaltung. Mehrere Beamte der Police Nationale hatten den ehemaligen Hangar betreten und befragten das Flughafenpersonal – zweifellos auf der Suche nach dem Verdächtigen, der den Dienstausweis des Arbeiters entwendet hatte. Bourne bewegte sich ohne sichtbare Eile. Er hatte den Ausgang schon fast erreicht, als er zwei weitere Polizeibeamte mit vor der Brust getragenen Maschinenpistolen sah, die jeden aufmerksam beobachteten, der das Terminal betrat oder verließ.

Robbinet hatte sie ebenfalls gesehen. Er hastete mit gerunzelter Stirn an Bourne vorbei, trat ins Freie und sprach die Polizeibeamten an. Sobald er seinen Namen genannt hatte, meldeten sie ihm, sie fahndeten nach einem Verdächtigen – einem mutmaßlichen Terroristen –, der einem Arbeiter an der Laderampe den Dienstausweis gestohlen habe. Sie zeigten ihm sogar ein Fax mit Bournes Fahndungsfoto.

Nein, der Minister hatte diesen Mann nicht gesehen. Aber Robbinet setzte ein ängstliches Gesicht auf. Vielleicht – war das nicht denkbar? – habe dieser Terrorist es auf ihn abgesehen, sagte er. Ob sie so freundlich wären, ihn zu seinem Wagen zu begleiten?

Sobald die drei Männer weggegangen waren, schlüpfte Bourne durch die Tür in den grauen Nebel hinaus. Er sah, wie die Polizeibeamten Robbinet zu seinem Peugeot begleiteten, und ging in Gegenrichtung davon. Als der Minister einstieg, warf er Bourne einen heimlichen Blick zu. Er bedankte sich bei den Polizeibeamten, die auf ihren Posten am Eingang zum Terminal zurückkehrten.

Robbinet fuhr an, wendete und kam zurück, um den Flughafen zu verlassen. Außer Sichtweite der Polizeibeamten bremste er, hielt an und fuhr das rechte Fenster herunter.

»Das war knapp, *mon ami.*«

Als Bourne einsteigen wollte, schüttelte Robbinet jedoch den Kopf. »Nachdem der gesamte Flughafen alarmiert ist, kontrolliert die Police Nationale bestimmt an allen Zufahrtsstraßen.« Er griff nach unten, entriegelte den Kofferraumdeckel. »Nicht gerade der bequemste Platz«, sagte er entschuldigend. »Aber vorläufig bestimmt der sicherste.«

Ohne ein Wort zu verlieren, kletterte Bourne in den Kofferraum und schloss den Deckel von innen. Der Minister fuhr weiter. Zum Glück hatte er vorausgedacht: Bevor er das Flughafengelände verlassen konnte, musste er zwei weitere Straßensperren passieren, an denen erst die Polizei und dann Beamte des französischen Geheimdiensts Sûreté Nationale kontrollierten. Der Minister wurde natürlich erkannt und durfte anstandslos passieren, aber er bekam beide Male Bournes Fahndungsfoto gezeigt und wurde gefragt, ob er diesen Mann gesehen habe.

Zehn Minuten nach dem Abbiegen auf die A1 hielt Robbinet auf einem Rastplatz hinter den Toiletten und öffnete den Kofferraum. Bourne kletterte heraus und stieg vorn rechts ein. Robbinet beschleunigte wieder und fuhr auf der Autobahn nach Norden.

»Das ist er!« Der Arbeiter tippte auf das grobkörnige Foto von Jason Bourne. »Das ist der Kerl, der meinen Ausweis geklaut hat!«

»Wissen Sie das bestimmt, Monsieur? Sehen Sie sich das Gesicht bitte noch einmal genau an.« Inspektor Alain Savoy schob das Foto etwas weiter zu dem potenziellen Zeugen hinüber. Sie befanden sich in einem fensterlosen Raum im Terminal drei des Flughafens Charles de Gaulle, von dem aus Savoy die Fahndung nach dem Gesuchten koordinierte. In dem Kellerbüro roch es nach Schimmel und starken Desinfektionsmitteln. Der Inspektor hatte das Gefühl, ständig in solchen Räumen zu arbeiten. In seinem Leben gab es nichts Dauerhaftes.

»Ja, ja«, sagte der Arbeiter. »Er hat mich angerempelt, hat sich mit einer Migräne entschuldigt. Als ich zehn Minuten später durch eine Sicherheitsschleuse gehen wollte, war mein Dienstausweis weg. *Er* hat ihn mir geklaut!«

»Das wissen wir«, bestätigte Inspektor Savoy. »Ihr Ausweis ist an zwei Kontrollstellen registriert worden, als Sie ihn schon nicht mehr hatten. Hier.« Er legte dem Mann seinen am Overall zu tragenden Dienstausweis hin. Savoy war klein und litt darunter. Sein Gesicht wirkte so zerknittert wie sein dunkles Haar, das er ziemlich lang trug. Seine Lippen wirkten ständig wie geschürzt, als urteile er selbst in Ruhe über Schuld oder Unschuld. »Wir haben ihn in einem Abfallbehälter gefunden.«

»Danke, Inspektor.«

»Sie wissen, dass Sie eine Geldstrafe erwartet? Diese Sache kostet Sie einen Tageslohn.«

»Das ist unfair!«, protestierte der Arbeiter. »Das melde ich der Gewerkschaft. Die demonstriert für mich!«

Inspektor Savoy seufzte. Solche Drohungen war er gewöhnt. Die Gewerkschaftler demonstrierten ständig für oder gegen irgendwas. »Können Sie mir sonst noch etwas über den Vorfall erzählen?« Als der Mann den Kopf schüttelte, ließ Savoy ihn gehen. Er starrte das Fax aus Amerika an. Unter Jason Bournes Foto war eine CIA-Telefonnummer angegeben. Der Inspektor klappte sein Tri-Band-Handy auf und tippte diese Kontaktnummer ein.

»Martin Lindros, Stellvertreter des Direktors.«

»Monsieur Lindros, hier ist Inspektor Savoy von der Sûreté. Wir haben Ihren Flüchtling gefunden.«

»*Was?*«

Auf Savoys unrasiertem Gesicht breitete sich ein langsames Lächeln aus. Da die Sûreté sonst immer am Tropf der CIA hing, war es ein Vergnügen, das auch den gekränkten Nationalstolz besänftigte, eine Umkehrung der gewohnten Situation zu erleben. »Ganz recht. Jason Bourne ist heute gegen sechs Uhr Ortszeit auf dem Flughafen Charles de Gaulle angekommen.« Der Inspektor genoss das rasche Atemholen seines amerikanischen Gesprächspartners.

»Haben Sie ihn?«, fragte Lindros. »Befindet Bourne sich in Haft?«

»Leider nein.«

»Was soll das heißen? Wo ist er?«

»Das ist ein Rätsel.« Am anderen Ende herrschte so lange Schweigen, dass Savoy schließlich fragen musste: »Monsieur Lindros, sind Sie noch da?«

»Ja, Inspektor. Ich sehe nur meine Aufzeichnungen durch.« Wieder eine Pause, die jedoch kürzer war. »Alex Conklin hatte einen geheimen Kontaktmann in französischen Regierungskreisen – einen gewissen Jacques Robbinet. Kennen Sie den?«

»*Certainement,* Monsieur Robbinet ist unser Kulturminister. Aber Sie wollen doch wohl nicht im Ernst behaupten, ein Mann in seiner Stellung könnte mit diesem Verrückten gemeinsame Sache machen?«

»Natürlich nicht«, sagte Lindros hastig. »Aber Bourne hat bereits Conklin ermordet. Ist er jetzt in Paris, könnte er es womöglich auf Monsieur Robbinet abgesehen haben.«

»Augenblick, bitte bleiben Sie dran.« Der Inspektor wusste bestimmt, dass er den Namen Jacques Robbinet heute schon einmal gehört oder gelesen hatte. Als er einem Mitarbeiter ein Zeichen machte, legte dieser ihm einen Ordner vor. Savoy blätterte rasch die Wortprotokolle der Befragungen durch, die alle möglichen Sicherheitsdienste an diesem Morgen auf dem Flughafen durchgeführt hatten. Tatsächlich entdeckte er dabei Robbinets Namen. Er meldete sich hastig wieder. »Monsieur Lindros, wie ich eben sehe, war Monsieur Robbinet heute Morgen hier.«

»Am Flughafen?«

»Ja, und nicht nur das. Er ist in demselben Terminal befragt worden, in dem Bourne war. Und er war sichtlich besorgt, als er erfahren hat, wer der Gesuchte ist. Er hat die Polizeibeamten sogar gebeten, ihn zu seinem Wagen zu begleiten.«

»Das erhärtet meine Theorie.« Eine Kombination aus Aufregung und Sorge ließ Lindros' Stimme leicht atemlos klingen. »Inspektor, Sie müssen Robbinet finden – und das so schnell wie möglich!«

»Kein Problem«, meinte Inspektor Savoy. »Ich rufe einfach das Ministerium an.«

»Genau das tun Sie *nicht*«, erklärte Lindros ihm. »Unser Vorgehen muss absolut geheim bleiben.«

»Aber Bourne kann doch nicht …«

»Inspektor, im Lauf dieser Ermittlungen habe ich gelernt, niemals ›Bourne kann nicht‹ zu sagen, weil ich weiß, dass er's kann. Er ist ein extrem cleverer und gefährlicher Berufskiller. Wer sich in seine Nähe begibt, schwebt in Lebensgefahr, kapiert?«

»*Pardon,* Monsieur?«

Lindros merkte, dass er langsamer sprechen musste. »Wie Sie Robbinet aufspüren, ist mir egal, solange Sie unauffällig vorgehen. Schaffen Sie's, den Minister zu überraschen, haben Sie gute Chancen, gleichzeitig auch Bourne zu überraschen.«

»*D'accord.*« Savoy stand auf, sah sich nach seinem Trenchcoat um.

»Hören Sie mir bitte gut zu, Inspektor«, sagte Lindros. «Ich fürchte, dass Monsieur Robbinet sich in akuter Lebensgefahr befindet. Jetzt hängt alles von Ihnen ab.«

Stahlbetontürme, Bürogebäude mit Glasfassaden und Fabriken, die nach amerikanischen Begriffen niedrig und klobig waren – und im düsteren Licht des wolkenverhangenen Tages noch hässlicher wirkten –, flitzten draußen vorbei. Wenig später bog Robbinet von der Autobahn ab und fuhr auf der D47 in den von Westen aufkommenden Regen weiter.

»Wohin fahren wir, Jacques?«, fragte Bourne. »Ich muss so schnell wie möglich nach Budapest.«

»*D'accord*«, sagte Robbinet. Er sah immer wieder in seinen Rückspiegel und hielt Ausschau nach Fahrzeugen der Police Nationale. Mit der Sûreté sah die Sache anders aus; die Geheimdienstler fuhren neutrale Wagen, die alle paar Monate innerhalb der Abteilungen gewechselt wurden. »Ich hatte für dich einen Platz in einer Maschine gebucht, die vor fünf Minuten gestartet ist, aber während du in der Luft warst, hat die Situation sich dramatisch verändert. Die Agency heult nach deinem Blut, und dieses Heulen wird in allen Staaten der Erde gehört, in denen sie Einfluss hat – selbstverständlich auch in meinem.«

»Aber es muss eine Möglichkeit geben …«

»Natürlich gibt es eine, *mon ami.*« Robbinet lächelte. »Wo ein Wille, da ein Weg, das habe ich von einem gewissen Jason Bourne gelernt.« Er bog nochmals ab, fuhr dann auf der N17 nach Norden weiter. »Während du dich im Kofferraum ausgeruht hast, bin ich keineswegs untätig gewesen. Um sechzehn

Uhr startet auf dem Flughafen Orly eine Militärmaschine mit dir an Bord.«

»Warum so spät?«, fragte Bourne. »Was spricht dagegen, dass ich mit dem Auto nach Budapest fahre?«

»Nun, das Risiko, dass du in eine Straßensperre der Police Nationale gerätst, ist viel zu groß. Und deine rachsüchtigen amerikanischen Freunde haben die Sûreté alarmiert und aufgestachelt.« Der Franzose zuckte mit den Schultern. »Alles ist vorbereitet. Ich habe die nötigen Genehmigungen für dich ausstellen lassen. Fliegst du mit einer Militärmaschine, wirst du nicht kontrolliert, und wir wollen, dass die heiße Spur, die du im Terminal drei hinterlassen hast, zügig kalt wird, *non?*« Er überholte einen Lastwagen. »Bis dahin brauchst du ein sicheres Versteck.«

Bourne drehte den Kopf zur Seite, starrte in die trostlose Industrielandschaft hinaus. Was seit seiner letzten Begegnung mit Chan geschehen war, traf ihn jetzt mit der Gewalt eines entgleisenden Zugs. Er konnte nichts anders, er musste den brennenden Schmerz in seinem Inneren erforschen, wie man gegen einen schmerzenden Zahn drückt, nur um festzustellen, wie tief der Schmerz wirklich sitzt. Ein scharf analysierender Teil seines Verstands hatte bereits festgestellt, dass Chan in Wirklichkeit nichts gesagt hatte, was tief greifende Kenntnisse über David oder Joshua Webb bewies. Gewiss, er hatte Andeutungen, Anspielungen, gemacht, aber worauf liefen sie letztlich hinaus?

Als Bourne bemerkte, dass sein alter Freund ihn prüfend betrachtete, wandte er sich noch weiter dem Fenster zu.

»Keine Sorge, *mon ami*«, sagte Robbinet, der sein trübseliges Schweigen falsch deutete, »kurz nach achtzehn Uhr bist du in Budapest.«

»*Merci*, Jacques.« Bourne gab sich einen Ruck, um seine

melancholischen Gedanken zu überwinden. »Danke für all deine Freundlichkeit und Hilfe. Was machen wir jetzt?«

»Wir fahren nach Goussainville. Nicht die malerischste Stadt Frankreichs, aber dort wohnt jemand, der dich interessieren dürfte.«

Die restliche Strecke legten sie schweigend zurück. Robbinet hatte Goussainville zutreffend geschildert: Es gehörte zu den ehemaligen Dörfern im Großraum Paris, die wegen ihrer Flughafennähe zu modernen Industriestädten geworden waren. Auch die farbenprächtigen Blumen, mit denen Gehsteigränder und Verkehrskreisel bepflanzt waren, machten die deprimierende Ansammlung von Hochhäusern, Bürogebäuden mit Glasfassaden und riesigen Einkaufszentren kaum erträglicher.

Bourne fiel das unter dem Handschuhfach montierte Funkgerät auf, das normalerweise vermutlich von Jacques' Fahrer benützt wurde. Als Robbinet in eine Tankstelle abbog, fragte er seinen Freund nach den Einsatzfrequenzen von Police Nationale und Sûreté. Während Robbinet tankte, hörte Bourne beide Frequenzen ab, ohne etwas über den Vorfall am Flughafen oder über die laufende Fahndung mitzubekommen. Dabei beobachtete er die von der Straße in die Tankstelle abbiegenden Autos. Eine Frau stieg aus ihrem Wagen und fragte Robbinet, was er von ihrem rechten Vorderreifen halte. Sie fürchtete, er verliere Luft. Dann hielt ein Auto mit zwei jungen Leuten neben den Zapfsäulen. Beide stiegen aus. Während der Beifahrer sich gähnend reckte, verschwand der Fahrer in dem Tankstellenshop. Der Blick des Zurückgebliebenen streifte Robbinets Peugeot, dann heftete er sich anerkennend auf die Frau, die um ihren Wagen herum zurückging.

»Irgendwas im Funk?«, fragte Jacques, als er sich wieder ans Steuer setzte.

»Überhaupt nichts.«

»Na, das ist doch eine gute Nachricht«, sagte Robbinet, als sie davonfuhren.

Sie fuhren kreuz und quer durch ein Labyrinth aus hässlichen Straßen, und Bourne sah dabei in den Außenspiegel, um sich zu vergewissern, dass der Wagen mit den beiden jungen Männern ihnen nicht folgte. »Goussainville hat eine uralte königliche Vergangenheit«, erzählte Jacques. »Zu Anfang des sechsten Jahrhunderts hat es Clotaire, der Gemahlin des französischen Königs Clovis, gehört. Während die Franken noch als Barbaren galten, hat er sich taufen lassen, wodurch wir für die Römer akzeptabel wurden. Der Kaiser hat ihn zum Konsul ernannt. Damit wurden aus Barbaren plötzlich wahre Verteidiger des Glaubens.«

»Ich hätte nicht vermutet, dass dieses Nest eine mittelalterliche Stadt war.«

Der Minister hielt vor einigen tristen grauen Apartmentgebäuden. »In Frankreich«, sagte er, »verbirgt Geschichte sich oft an ganz unerwarteten Orten.«

Bourne sah sich um. »Hier wohnt deine gegenwärtige Geliebte, stimmt's?«, fragte er. »Als du mich mit ihrer Vorgängerin bekannt gemacht hast, musste ich so tun, als sei sie meine Freundin, weil deine Frau in das Bistro gekommen ist, in dem wir vor unseren Drinks saßen.«

»Soviel ich mich erinnere, hast du dich an diesem Nachmittag recht gut amüsiert.« Robbinet schüttelte den Kopf. »Nein, ich möchte wetten, dass Delphine, die ständig von Dior, Yves Saint-Laurent und anderen Luxusmarken redet, sich lieber die Pulsadern aufschneiden als in Goussainville leben würde.«

»Was tun wir dann hier?«

Der Minister saß einige Zeit nur da und starrte in den Regen hinaus. »Scheußliches Wetter«, sagte er zuletzt.

»Jacques …?«

Robbinet sah zu ihm hinüber. »Oh, entschuldige, *mon ami.* Ich war in Gedanken woanders. *Alors,* ich möchte, dass du Mylene Dutronc kennen lernst.« Er legte den Kopf schief. »Hast du ihren Namen schon mal gehört?« Als Bourne den Kopf schüttelte, fuhr Robbinet fort: »Das habe ich mir gedacht. Nun, da er jetzt tot ist, darf man wohl darüber sprechen. Mademoiselle Dutronc war Alex Conklins Geliebte.«

»Lass mich raten«, sagte Bourne sofort. »Helle Augen, langes lockiges Haar, leicht ironisches Lächeln?«

»Er *hat* dir also von ihr erzählt?«

»Nein, ich habe ein gerahmtes Foto gesehen. Es war so ziemlich der einzige private Gegenstand in seinem Schlafzimmer.« Er zögerte einen Augenblick. »Weiß sie Bescheid?«

»Als sein Tod gemeldet wurde, habe ich sie sofort angerufen.«

Bourne fragte sich, weshalb Robbinet ihr die Nachricht nicht selbst überbracht hatte. Das hätte der Anstand erfordert.

»Genug geredet.« Aus dem Fußraum hinter dem Fahrersitz holte Robbinet eine Reisetasche hervor. »Wir besuchen jetzt Mylene.«

Sie stiegen aus dem Peugeot, gingen im Regen zwischen Blumenrabatten zur Haustür und stiegen zwei, drei Betonstufen hinauf. Robbinet klingelte bei 4A, und einen Augenblick später summte der elektrische Türöffner.

Das Apartmentgebäude war innen ebenso schlicht und hässlich wie außen. Sie stiegen die Treppe in den vierten Stock hinauf und gingen einen Flur mit identischen Wohnungstüren auf beiden Seiten entlang. Beim Geräusch ihrer Schritte wurde die Tür von 4A geöffnet. Unmittelbar dahinter stand Mylene Dutronc.

Sie war ungefähr zehn Jahre älter als auf dem Foto – sie muss inzwischen fünfzig sein, überlegte Bourne sich, obwohl man ihr das nicht ansieht –, aber ihre Augen waren hell und klar wie auf dem Foto, und ihr Lächeln wirkte reizvoll ironisch. Ihre Kleidung – Jeans und ein Männerhemd – wirkte feminin, weil sie ihre üppige Figur betonte. Sie trug Schuhe mit flachen Absätzen und hatte ihr aschblondes Haar zu einem Nackenknoten gebunden.

»*Bonjour,* Jacques.« Sie ließ sich von Robbinet auf beide Wangen küssen, aber ihr Blick war schon auf seinen Begleiter gerichtet.

Bourne konnte jetzt Einzelheiten sehen, die der Schnappschuss nicht hatte erkennen lassen. Die Farbe ihrer Augen, die eleganten Linien von Nase und Lippen, die Weißheit ihrer ebenmäßigen Zähne. Aus ihrem Gesicht sprachen Willensstärke und Einfühlungsvermögen.

»Und Sie müssen Jason Bourne sein.« Die grauen Augen musterten ihn kühl.

»Mein herzliches Beileid wegen Alex«, sagte Bourne.

»Ich danke Ihnen. Die Nachricht war ein Schock für alle, die ihn kannten.« Sie trat einen Schritt zur Seite. »Bitte treten Sie ein.«

Während sie die Tür hinter ihnen schloss, sah Bourne sich im Wohnzimmer um. Mlle. Dutronc wohnte zwar in einem hässlichen Neubauviertel, aber ihr Apartment war ganz anders. Im Gegensatz zu den meisten Menschen ihres Alters umgab sie sich nicht weiterhin mit jahrzehntealten Möbeln und Erinnerungen an die Vergangenheit. Ihre Einrichtung war elegant modern und zugleich bequem. Im Raum verteilte Sessel, identische Zweiersofas auf beiden Seiten des offenen Kamins, dezent gemusterte bodenlange Vorhänge. Bestimmt ein Ort, den man nicht gern verlässt, überlegte er sich.

»Wie ich höre, haben Sie einen langen Flug hinter sich«, sagte sie zu Bourne. »Sie sind sicher ausgehungert.« Sie erwähnte seine unordentliche Kleidung mit keinem Wort, wofür er ihr dankbar war. Bourne musste sich im Esszimmer an den Tisch setzen und bekam einen Sandwichteller, ein Glas Weißwein und Mineralwasser. Als er fertig war, setzte sie sich ihm gegenüber und legte ihre gefalteten Hände auf die Tischplatte.

Bourne sah jetzt, dass sie geweint hatte.

»War er sofort tot?«, fragte Mlle. Dutronc. »Wissen Sie, ich habe mich gefragt, ob er leiden musste.«

»Nein«, antwortete Bourne wahrheitsgemäß. »Das glaube ich nicht.«

»Das ist immerhin etwas.« Ihr Gesichtsausdruck wirkte zutiefst erleichtert. Als Mlle. Dutronc sich zurücklehnte, erkannte Bourne, wie verkrampft sie dagesessen hatte. »Danke, Jason.« Sie sah wieder auf. Die ausdrucksvollen grauen Augen erwiderten seinen Blick, und das Gesicht spiegelte ihre Emotionen wider. »Darf ich Sie Jason nennen?«

»Natürlich«, sagte er.

»Sie haben Alex gut gekannt, nicht wahr?«

»So gut, wie man Alex Conklin überhaupt nur kennen konnte.«

Ihr Blick streifte Robbinet nur, aber das genügte schon.

»Ich muss ein paar Leute anrufen.« Der Minister hatte bereits sein Handy aus der Tasche geholt. »Ihr seid mir sicher nicht böse, wenn ich euch kurz allein lasse.«

Sie sah Robbinet nach, bis er ihm Wohnzimmer verschwunden war. Dann wandte sie sich wieder an Bourne. »Jason, was Sie vorhin gesagt haben, waren die Worte eines wahren Freundes. Selbst wenn Alex mir nie von Ihnen erzählt hätte, würde ich das Gleiche sagen.«

»Alex hat mit Ihnen über mich gesprochen?« Bourne schüttelte den Kopf. »Mit Zivilisten hat Alex nie über seine Arbeit gesprochen.«

Wieder dieses Lächeln; diesmal war die Ironie jedoch unverkennbar. »Aber ich bin keine ›Zivilistin‹, wie Sie's ausdrücken.« Sie hielt plötzlich eine Packung Zigaretten in der Hand. »Stört es Sie, wenn ich rauche?«

»Durchaus nicht.«

»Viele Amerikaner sind militante Nichtraucher. Bei euch ist das zu einem regelrechten Wahn geworden, nicht wahr?«

Sie erwartete keine Antwort, und Bourne gab auch keine. Er beobachtete, wie sie sich eine Zigarette anzündete, den Rauch tief inhalierte und ihn dann langsam, genussvoll ausstieß. »Nein, ich bin ganz entschieden keine ›Zivilistin‹.« Bläulicher Zigarettenqualm umwaberte sie. »Ich arbeite für die Sûreté Nationale.«

Bourne blieb unbeweglich sitzen. Unter dem Tisch umklammerte seine Rechte den Griff der Keramikpistole.

Als könne sie seine Gedanken lesen, schüttelte Mlle. Dutronc den Kopf. »Kein Grund zur Aufregung, Jason. Jacques hat Sie nicht in eine Falle gelockt. Sie sind hier bei Freunden.«

»Das verstehe ich nicht«, sagte er heiser. »Wenn Sie bei der Sûreté sind, hätte Alex Ihnen erst recht nichts über seine Arbeit erzählt, um Sie nicht in Loyalitätskonflikte zu stürzen.«

»Stimmt genau. Und so hat er's über viele Jahre hinweg gehalten.« Mlle. Dutronc inhalierte erneut, stieß den Rauch durch Mund und Nase aus. Mit der Angewohnheit, dabei leicht den Kopf zu heben, erinnerte sie an Marlene Dietrich. »Bis dann vor kurzem irgendwas passiert ist. Ich weiß nicht, was – er wollte es mir nicht sagen, obwohl ich ihn darum gebeten habe.«

Sie betrachtete ihn einige Sekunden lang durch die Rauchschwaden. Als Geheimagentin verstand sie sich darauf, hinter einer undurchdringlichen Miene zu verbergen, was sie fühlte oder dachte. Aber ihr Blick zeigte ihm, was sie beschäftigte, und er merkte, dass sie ihre anfängliche Reserviertheit aufgegeben hatte.

»Sagen Sie mir, Jason, können Sie sich als langjähriger Freund erinnern, Alex jemals ängstlich erlebt zu haben?«

»Nein«, sagte Bourne. »Alex hatte nie Angst.«

»Aber an jenem Tag *war* er ängstlich. Deshalb habe ich ihn gebeten, mir davon zu erzählen, damit ich ihm helfen oder ihn wenigstens dazu überreden konnte, der Gefahr aus dem Weg zu gehen.«

Bourne beugte sich nach vorn. Seine Haltung war jetzt ebenfalls aufs Äußerste angespannt. »Wann war das?«

»Vor zwei Wochen.«

»Hat er wenigstens irgendwas erzählt?«

»Er hat einen Namen erwähnt: Felix Schiffer.«

Bournes Herz begann zu jagen. »Dr. Schiffer hat bei der DARPA gearbeitet.«

Sie runzelte die Stirn. »Alex hat mir erzählt, er arbeite in der Entwicklungsabteilung für nichttödliche taktische Waffen.«

»Das ist ein Anhängsel der Agency«, sagte Bourne halb zu sich selbst. Die Puzzlesteine ergaben allmählich ein Bild. Konnte Alex erreicht haben, dass Felix Schiffer die DARPA verließ, um zur Entwicklungsabteilung zu gehen? Natürlich wäre es für ihn ein Leichtes gewesen, Schiffer »verschwinden« zu lassen. Aber warum hätte er das tun sollen? Hätte er nur im Revier des Verteidigungsministeriums wildern wollen, hätte er die dadurch ausgelösten Proteste locker weggesteckt. Nein, Alex musste einen anderen Grund gehabt haben, Felix Schiffer verschwinden zu lassen.

Er starrte Mylene forschend an. »War Dr. Schiffer der Grund, dass Alex Angst hatte?«

»Das hat er nicht zugegeben, Jason. Aber wer sonst sollte der Grund gewesen sein? An jenem Tag hat Alex in ganz kurzer Zeit viele Anrufe bekommen und selbst viel telefoniert. Er war schrecklich nervös, und ich wusste, dass irgendein wichtiges Unternehmen in die kritische Phase getreten war. Bei dieser Gelegenheit habe ich mehrmals Dr. Schiffers Namen gehört und vermute daher, dass er der Mittelpunkt des Unternehmens gewesen ist.«

Inspektor Savoy saß bei laufendem Motor in seinem Citroën und horchte auf das Quietschen der Wischerblätter auf der Windschutzscheibe. Er hasste den Regen. Es hatte an dem Tag geregnet, an dem seine Frau ihn verlassen hatte, an dem seine Tochter für immer abgereist war, um in Amerika zu studieren. Seine Exfrau lebte jetzt in Boston, war mit einem stinknormalen Investmentbanker verheiratet. Sie hatte drei Kinder, ein Haus, Grundbesitz, alles, was ihr Herz begehrte, während er in diesem beschissenen Nest hockte – Wie hieß es gleich wieder? Ah, richtig, Goussainville – und sich die Fingernägel abkaute. Und obendrein regnete es wieder.

Aber heute war alles anders, denn er war kurz davor, den Mann zu fassen, nach dem die CIA so dringend fahndete. Wenn er Jason Bourne schnappte, würde seine Karriere einen steilen Aufschwung nehmen. Vielleicht würde sogar der Präsident auf ihn aufmerksam werden. Er sah nochmals zu dem Wagen auf der anderen Straßenseite hinüber: Dem Peugeot des Kulturministers Jacques Robbinet.

Aus der Datenbank der Sûreté hatte er Marke, Modell und Kennzeichen des Dienstwagens. Von seinen Kollegen an den

Straßensperren wusste Savoy, dass Robbinet vom Flughafen aus auf der A1 nach Norden gefahren war. Nachdem er bei der Zentrale erfragt hatte, wer für den Nordteil des Fahndungsnetzes zuständig war, hatte er methodisch alle Fahrzeuge angerufen, weil Lindros ihn ausdrücklich vor nicht abhörsicheren Funkverbindungen gewarnt hatte. Keiner seiner Agenten hatte den Wagen des Ministers gesehen, und er begann schon zu verzweifeln, als er zuletzt Justine Bérard anrief, die ihm mitteilte, sie habe Robbinet an einer Tankstelle gesehen und sogar kurz mit ihm gesprochen. Ihr war aufgefallen, dass der Minister angespannt und nervös, ja fast unhöflich gewirkt hatte.

»Ist sein Verhalten Ihnen seltsam vorgekommen?«

»Eigentlich schon. Ich habe dem allerdings keinen besonderen Wert beigemessen«, hatte Bérard gesagt. »Jetzt bin ich natürlich anderer Meinung.«

»War der Minister allein?«, fragte der Inspektor.

»Das weiß ich nicht bestimmt. Es hat stark geregnet, und die Scheiben waren angelaufen«, antwortete Bérard. »Außerdem habe ich ehrlich gesagt vor allem auf Monsieur Robbinet geachtet.«

»Ja, ein richtiger Traummann«, sagte Savoy trockener als eigentlich beabsichtigt. Bérard hatte ihm entscheidend geholfen. Sie hatte gesehen, in welche Richtung der Minister weitergefahren war, und als Savoy Goussainville erreichte, hatte sie seinen Wagen bereits vor einem tristen Apartmentgebäude stehend ausfindig gemacht.

Mlle. Dutronc kniff die Augen zusammen, als ihr Blick Bournes Kehle streifte, und sie drückte ihre Zigarette aus. »Ihre Wunde blutet wieder. Kommen Sie, wir müssen sie richtig verbinden.«

Sie führte ihn in ihr Bad, das meergrün und cremeweiß gefliest war. Ein kleines Fenster, das auf die Straße hinausführte, ließ trübes Tageslicht ein. Bourne musste sich auf den Hocker setzen, damit sie die Wunde säubern, desinfizieren und verbinden konnte.

»So, jetzt blutet sie nicht mehr«, sagte sie, als sie eine Salbe auf die entzündeten Wundränder auftrug. »Aber das war kein Unfall. Sie haben mit jemandem gekämpft.«

»Es war schwierig, aus den Staaten rauszukommen.«

»Ah, Sie erzählen so wenig wie Alex.« Sie trat einen halben Schritt zurück, als wolle sie ihn genauer betrachten. »Sie sind traurig, Jason. Sehr traurig.«

»Mlle. Dutronc …«

»Sie müssen Mylene zu mir sagen. Darauf bestehe ich.« Sie hatte eine sterile Mullbinde ausgepackt, mit der sie ihm nun den Hals verband. »Und Sie müssen den Verband alle drei Tage wechseln, verstanden?«

»Ja.« Bourne erwiderte ihr Lächeln. »*Merci*, Mylene.«

Ihre Hand berührte sanft seine Wange. »Sehr traurig. Ich weiß, dass Alex Ihnen sehr nahe gestanden hat. Er hat Sie als seinen Sohn betrachtet.«

»Hat er das gesagt?«

»Das brauchte er nicht. War von Ihnen die Rede, stand in seinen Augen ein ganz spezieller Ausdruck.« Sie überprüfte den Verband nochmals. »Deshalb weiß ich, dass ich nicht als Einzige leide.«

Bourne empfand den Drang, ihr alles zu erzählen – dass er nicht nur unter der Ermordung von Alex und Mo, sondern auch unter seiner Begegnung mit Chan litt. Letztlich schwieg er aber. Sie hatte genug eigenen Kummer zu ertragen.

Stattdessen fragte er: »Was ist mit Jacques und Ihnen? Sie benehmen sich beide, als hassten Sie einander.«

Mylene wich seinem Blick kurz aus, sah zu dem Fenster mit der halben Milchglasscheibe hinüber, auf dessen klarer Hälfte Regentropfen perlten. »Es war tapfer von ihm, dass er Sie hierher gebracht hat. Mich um Hilfe zu bitten, muss ihn große Überwindung gekostet haben.« Als sie sich ihm wieder zuwandte, standen Tränen in den hellen grauen Augen. Alex' Tod hatte viele Emotionen an die Oberfläche kommen lassen, und Bourne erfasste intuitiv, dass die Wucht der gegenwärtigen Ereignisse auch ihre Vergangenheit aufwühlte. »So viel Kummer auf dieser Welt, Jason.« Eine einzelne Träne quoll aus einem Auge und lag zitternd auf der Wange, bevor sie hinunterlief. »Lange vor Alex war ich mit Jacques zusammen, wissen Sie.«

»Waren Sie seine Geliebte?«

Sie schüttelte den Kopf. »Damals war Jacques noch nicht verheiratet. Wir waren beide sehr jung. Wir haben uns wie verrückt geliebt, und weil wir jung – und töricht – waren, bin ich schwanger geworden.«

»Sie haben ein Kind?«

Mylene fuhr sich mit dem Handrücken über die Augen. »*Non*, ich wollte es nicht haben. Ich habe Jacques nicht wirklich geliebt. Das haben die damaligen Ereignisse mir bewiesen. Jacques *hat* mich geliebt, und er … nun, er ist eben sehr katholisch.«

Sie lachte ein wenig traurig, und Bourne erinnerte sich daran, was Jacques ihm aus der Geschichte von Goussainville und von der Bekehrung der barbarischen Franken zum Christentum erzählt hatte. König Clovis' Taufe war ein gerissener Schachzug gewesen, aber er hatte mehr aus Selbsterhaltungstrieb und politischen Erwägungen als aus christlicher Überzeugung gehandelt.

»Jacques hat mir nie verziehen.« In ihrem Tonfall klang kein Selbstmitleid an, was ihr Geständnis umso ergreifender machte.

Bourne schloss sie in die Arme, küsste sie zärtlich auf beide Wangen, und sie drängte sich mit leisem Schluchzen einen Augenblick lang an ihn.

Mylene verließ das Bad, damit er duschen konnte. Als er aus der Kabine trat, fand er auf dem Hocker, vor dem Springerstiefel standen, die ordentlich zusammengelegte Uniform eines französischen Unteroffiziers. Während er sich anzog, sah er über die Milchglasscheibe hinweg aus dem Fenster, vor dem der Wind die Zweige einer hohen Linde bewegte. Unter ihm stieg eine attraktive Frau Anfang vierzig aus ihrem Wagen und ging die Straße entlang zu einem Citroën mit laufendem Motor und arbeitenden Scheibenwischern, in dem ein Mann unbestimmten Alters am Steuer saß. Sie öffnete die Beifahrertür und stieg bei ihm ein.

Diese Szene wäre nicht weiter ungewöhnlich gewesen, wenn Bourne die Frau nicht schon einmal an der Tankstelle gesehen hätte. Sie hatte Jacques wegen des Luftdrucks in ihrem rechten Vorderreifen angesprochen.

Sûreté!

Er hastete ins Wohnzimmer, wo Robbinet noch immer telefonierte. Sobald der Minister Bournes Gesichtsausdruck sah, beendete er sein Gespräch.

»Was gibt's, *mon ami*?«

»Wir werden beobachtet«, sagte Bourne.

»*Was?* Wie ist das möglich?«

»Keine Ahnung, aber drüben auf der anderen Straßenseite sitzen zwei Sûreté-Agenten in einem schwarzen Citroën.«

Mylene kam aus der Küche herein. »Zwei weitere überwachen die Straße hinter der Wohnanlage. Aber keine Sorge, sie wissen noch nicht mal, in welchem Gebäude ihr seid.«

In diesem Augenblick wurde an der Wohnungstür geklingelt. Bourne zog seine Pistole, aber Mylenes Augen blitzten warnend. Auf ihre Kopfbewegung hin verschwanden Bourne und Robbinet nach nebenan. Sie öffnete die Wohnungstür und sah einen ziemlich zerknitterten Inspektor vor sich.

»Alain, *bonjour*«, sagte sie.

»Entschuldige, dass ich dich im Urlaub störe«, sagte Inspektor Savoy verlegen grinsend, »aber ich habe unten im Wagen gesessen, und da ist mir plötzlich eingefallen, dass du hier wohnst.«

»Willst du nicht reinkommen? Möchtest du eine Tasse Kaffee?«

»Nein, vielen Dank. Keine Zeit, keine Zeit.«

Sehr erleichtert fragte Mylene: »Und wozu sitzt du vor meinem Haus im Auto?«

»Wir warten auf Jacques Robbinet.«

Sie machte große Augen. »Du meinst den Kulturminister? Aber was täte der ausgerechnet in Goussainville?«

»Da kann ich auch nur raten«, bestätigte Inspektor Savoy. »Trotzdem ist sein Wagen hier in der Nähe geparkt.«

»Der Inspektor ist zu clever für uns, *chérie*.« Jacques Robbinet, der sich dabei sein weißes Hemd zuknöpfte, kam mit großen Schritten ins Wohnzimmer. »Er hat uns aufgespürt.«

Mylene, die Savoy den Rücken zukehrte, funkelte Robbinet warnend an. Er erwiderte ihren Blick unbekümmert lächelnd.

Seine Lippen streiften ihre, als er sich neben ihr aufbaute.

Inspektor Savoy wand sich inzwischen vor Verlegenheit. »Minister Robbinet, ich hatte keine Ahnung ... ich wollte bestimmt nicht stören ...«

Robbinet hob eine Hand. »Schon gut, aber wieso sind Sie auf der Suche nach mir?«

Sichtlich erleichtert zeigte Savoy das körnige Foto von Jason Bourne vor. »Wir fahnden nach diesem Mann, Minister. Er ist ein berühmter CIA-Killer, der zum Verbrecher geworden ist. Wir haben Grund zu der Annahme, dass er Sie ermorden will.«

»Aber das ist ja schrecklich, Alain!«

Bourne beobachtete diese Farce durch einen Spalt der Esszimmertür und hatte den Eindruck, dass Mylene echt schockiert wirkte.

»Ich kenne diesen Mann nicht«, sagte Robbinet, »und weiß auch nicht, warum er mir nach dem Leben trachtet. Aber wer kann sich schon in einen Attentäter hineinversetzen?« Er zuckte mit den Schultern und wandte sich Mylene zu, die ihm Sakko und Tweedmantel hinhielt. »Aber ich werde trotzdem möglichst schnell nach Paris zurückkehren.«

»Nur in unserer Begleitung«, sagte Savoy nachdrücklich. »Sie fahren mit mir, und meine Kollegin fährt Ihren Dienstwagen.« Er streckte eine Hand aus. »Wenn Sie so freundlich sein wollen …«

»Wie Sie meinen.« Robbinet gab die Peugeotschlüssel ab. »Ich vertraue mich Ihnen an, Inspektor.«

Als er sich umdrehte und Mylene in die Arme schloss, zog Savoy sich diskret zurück und sagte, er werde auf dem Flur warten.

»Geh mit Jason in die Tiefgarage hinunter«, flüsterte Robbinet ihr ins Ohr. »Nimm meinen Aktenkoffer mit und gib ihm den Inhalt, kurz bevor ihr euch trennt.« Er nannte die Kombination des Zahlenschlosses, und sie nickte.

Mylene blickte zu ihm auf, dann küsste sie ihn plötzlich auf den Mund und sagte: »Behüt dich Gott, Jacques.«

Seine Reaktion bestand daraus, dass seine Augen sich sekundenlang weiteten. Dann war er fort, und Mylene durchquerte rasch das Wohnzimmer.

Als sie halblaut seinen Namen rief, trat Bourne aus dem

Esszimmer. »Wir müssen den Vorteil, den Jacques Ihnen verschafft hat, bestmöglich nutzen.«

Bourne nickte. »*D'accord.*«

Mylene schnappte sich Robbinets Aktenkoffer. »Also los! Wir müssen uns beeilen!«

Sie öffnete die Wohnungstür, überzeugte sich mit einem Blick nach draußen, dass die Luft rein war, und führte ihn dann zur Tiefgarage hinunter. Dort blieb sie an der stählernen Brandschutztür stehen, sah durch das Drahtglasfenster und berichtete: »Die Tiefgarage scheint leer zu sein, aber bleiben Sie wachsam, man kann nie wissen.«

Sie stellte die Zahlenkombination ein, holte ein versiegeltes Päckchen aus dem Aktenkoffer und hielt es Bourne hin. »Hier ist das Geld, das Sie angefordert haben … mit Ihrem Dienstausweis und einem Marschbefehl. Als der Kurier Pierre Montefort haben Sie den Auftrag, unserem Militärattaché in Budapest heute bis spätestens neunzehn Uhr dieses Päckchen mit streng geheimen Schriftstücken zu übergeben.« Sie ließ einen Metallring mit zwei Schlüsseln in Bournes Handfläche fallen. »Auf dem vorletzten Platz in der dritten Reihe steht ein olivgrünes Krad.«

Bourne und Mylene standen sich noch einen Augenblick lang stumm gegenüber. Er öffnete den Mund, aber sie sprach zuerst: »Denken Sie daran, Jason, das Leben ist zu kurz, als dass man lange trauern dürfte.«

Darauf wandte Bourne sich ab und marschierte militärisch stramm durch die Stahltür in das triste, trüb beleuchtete Kellergeschoss mit kahlen Betonwänden und einem ölfleckigen Betonboden hinaus. Er sah weder links noch rechts, als er die um diese Zeit noch weitgehend leeren Reihen abschritt. Vor der dritten Reihe bog er rechts ab. Im nächsten Augenblick fand er das Motorrad: eine olivgrün lackierte Voxan VB-1 mit einem riesigen Zweizylindermotor mit 996 Kubikzentimetern Hubraum. Sturzhelm und Regenanzug – beides militärisch olivgrün – fand Bourne im Topcase. Er verstaute Uniformmütze und Geldpäckchen darin, schlüpfte in den Regenanzug und setzte den Sturzhelm auf. Dann schwang er sich in den Sattel, bugsierte die Maschine aus der Parklücke, ließ den Motor an und röhrte die Tiefgaragenrampe hinauf und in den Regen hinaus.

Justine Bérard hatte über ihren Sohn Yves nachgedacht, als Inspektor Savoy angerufen hatte. Zu Yves fand sie nur noch Zugang über seine Computerspiele. Als sie ihn zum ersten Mal bei *Vorsicht, Autodiebe!* geschlagen hatte – sie bremste seinen Wagen gekonnt aus –, hatte er sie erstmals seit langem richtig angesehen und sie tatsächlich als lebendes, atmendes menschliches Wesen wahrgenommen, anstatt in ihr nur eine lästige Nörglerin zu sehen, die für ihn wusch und kochte. Seitdem setzte er ihr jedoch zu, ihn zu einer Ausfahrt in ihrem Dienstwagen mitzunehmen. Bisher hatte sie ihn abwimmeln können, aber letzten Endes würde er bestimmt seinen Willen bekommen – nicht nur, weil sie stolz auf ihre nervenstarken Fahrkünste war, sondern weil sie sich verzweifelt wünschte, dass Yves stolz auf sie wäre.

Nachdem Savoy angerufen und ihr mitgeteilt hatte, er habe Minister Robbinet gefunden und werde ihn nach Paris zurückbegleiten, hatte sie sofort die nötigen Vorbereitungen getroffen, Männer vom Überwachungsdienst abgezogen und die Police Nationale verständigt, damit sie zunächst den Personenschutz des Ministers übernahm. Jetzt alarmierte sie die Polizeibeamten mit Handzeichen, als Inspektor Savoy den Kulturminister aus dem Apartmentgebäude begleitete. Gleichzeitig suchte sie die Straße nach einem Anzeichen auf die Gegenwart des übergeschnappten Killers Jason Bourne ab.

Bérard war in Hochstimmung. Unabhängig davon, ob Inspektor Savoy den Minister in diesem Häuserlabyrinth durch Überlegung oder nur mit Glück aufgespürt hatte, würde sie gewaltig davon profitieren. Schließlich hatte sie Savoy hierher geführt, und sie würde dabei sein, wenn sie Jacques Robbinet heil und gesund nach Paris zurückbrachten.

Savoy und Robbinet überquerten die Straße unter den wachsamen Blicken der mit schussbereiten Maschinenpistolen Spalier stehenden Polizeibeamten. Sie hielt die hintere rechte Tür des Citroën auf, und als Savoy an ihr vorbeiging, übergab er ihr die Autoschlüssel des Ministers.

Als Robbinet sich bückte, um hinten einzusteigen, hörte Bérard das Röhren eines starken Motorrads. Dem Echo nach kam es aus der Tiefgarage des Gebäudes, in dem Savoy den Minister aufgespürt hatte. Sie legte den Kopf schief, weil sie das Grollen einer Voxan VB-1 erkannte. Ein beim Militär eingesetztes Krad.

Im nächsten Augenblick sah sie, wie der Kurier, aus der Tiefgarage kommend, beschleunigte, und griff nach ihrem Handy. Was hatte ein Motorradkurier in Goussainville zu suchen? Fieberhaft überlegend war sie bereits zu dem Peugeot des Ministers unterwegs. Sie blaffte ihren Sûreté-Zugangscode und verlangte die Dienststelle des Verbindungsoffiziers. Sie erreichte den Peugeot, entriegelte die Türen und glitt hinters Steuer. Da Alarmstufe rot herrschte, dauerte es nicht lange, bis Bérard die gewünschte Auskunft enthielt: In Goussainville und Umgebung war kein Militärkurier unterwegs.

Sie ließ den Motor an und legte den ersten Gang ein. Inspektor Savoys fragender Schrei ging im Quietschen der Reifen des Peugeot unter, als sie mit durchgetretenem Gaspedal die Straße entlang beschleunigte, um die Verfolgung der Voxan aufzunehmen. Sie konnte nur vermuten, Bourne habe Savoy und sie erkannt und deshalb befürchtet, er sitze in der Falle, wenn er nicht sofort flüchte.

Der dringende CIA-Fahndungsaufruf, den sie gelesen hatte, betonte ausdrücklich Bournes Fähigkeit, sein Aussehen verblüffend rasch zu verändern und ebenso schnell neue Identitäten anzunehmen. War er der Kurier – und welche andere Möglichkeit gab es, wenn man's recht bedachte? –, dann würde ihre Karriere eine ganz neue Richtung nehmen, wenn sie ihn verhaftete oder liquidierte. Bérard konnte sich vorstellen, wie der Minister – so dankbar, weil sie ihm das Leben gerettet hatte – sich für sie verwandte, sie vielleicht sogar zur Leiterin des zu seinem Schutz abgestellten Geheimdienstpersonals machte.

Aber zuerst musste sie diesen angeblichen Kurier stellen. Zu ihrem Glück war der Peugeot des Ministers keine gewöhnliche Limousine in Standardausführung. Sie merkte bereits, wie der getunte Motor reagierte, als sie durch eine Linkskurve driftete, bei Orange über eine Kreuzung schoss und einen schwerfälligen Sattelschlepper rechts überholte. Den empörten Aufschrei seiner Pressluftfanfaren ignorierte sie. Ihr ganzes Wesen war darauf konzentriert, zu der Voxan Sichtkontakt zu halten.

Anfangs konnte Bourne nicht glauben, dass er so schnell enttarnt worden sein sollte, aber als der Peugeot ihn hartnäckig weiterverfolgte, musste er einsehen, dass etwas schrecklich schief gelaufen sein musste. Er hatte gesehen, wie Robbinet von der Sûreté eskortiert wurde, und wusste, dass ein Agent seinen Wagen fuhr. Die angenommene Identität würde jetzt nicht ausreichen, um ihn zu schützen; er würde seine Verfolger um jeden Preis abschütteln müssen. Bourne schlängelte sich nach vorn gebeugt durch den Verkehr, wechselte immer wieder das Tempo und variierte die Art und Weise, wie er langsamere Fahrzeuge überholte. Er bog in gefährlichen Schräglagen ab und war sich dabei bewusst, dass er jederzeit stürzen und mit der aufheulenden Voxan über den regennassen Asphalt schlittern konnte. Seine Spiegel zeigten ihm jedoch, dass er es nicht schaffte, den Peugeot abzuschütteln. Schlimmer noch: Sein Verfolger konnte den Abstand zwischen ihnen anscheinend verringern.

Obwohl die Voxan sich geschickt durch den Verkehr schlängelte und obwohl ihr Peugeot weniger wendig war, verringerte Bérard den Abstand zwischen ihnen. Sie hatte den in allen Ministerautos installierten Schalter betätigt, der Scheinwerfer und Heckleuchten blinken ließ, und dieses Signal veranlasste die aufmerksameren Autofahrer, ihr Platz zu machen. Vor ihrem inneren Auge liefen die immer komplizierteren und haarsträubenderen Szenen von *Vorsicht, Autodiebe!* ab. Die vorbeiflitzenden Straßenbilder und die Fahrzeuge, denen sie ausweichen oder die sie überholen musste, waren denen des Computerspiels erstaunlich ähnlich. Um die Voxan nicht aus den Augen zu verlieren, musste sie sich einmal blitzschnell dafür entscheiden, kurz über den Gehsteig zu fahren. Fußgänger spritzten vor ihr auseinander.

Plötzlich sah sie weit vor sich die Auffahrt zur A1 und wusste, dass Bourne dorthin unterwegs sein musste. Die beste Chance, ihn zu stellen, hatte sie, bevor er die Autobahn erreichte. Sie biss sich grimmig entschlossen auf die Unterlippe, nutzte die volle Leistung des aufheulenden Motors aus und verringerte den Abstand noch mehr. Die Voxan hatte nur mehr zwei Autos Vorsprung. Bérard zog nach links, überholte den ersten Wagen und signalisierte dem zweiten Fahrer, er solle zurückbleiben. Das tat er bereitwillig, denn ihre aggressive Fahrweise wirkte ebenso einschüchternd wie die blinkenden Scheinwerfer des Peugeot.

Bérard war entschlossen diese Chance zu nutzen. Die Auffahrt kam rasch näher, also hieß es: Jetzt oder nie! Sie lenkte den Peugeot auf den Gehsteig, um sich rechts neben Bourne zu setzen, damit er den Blick von der Straße nehmen musste, wenn er sie im Auge behalten wollte. Aber bei seinem gegenwärtigen Tempo würde er sich das nicht leisten können. Sie fuhr ihr Fenster herunter und trat das Gaspedal durch, so dass der Wagen in den vom Wind getriebenen Regen vorwärts schoss.

»Stopp!«, rief sie laut. »Sûreté Nationale! Halt, oder ich schieße!«

Der Kurier ignorierte sie. Sie zog ihre Dienstwaffe und zielte damit auf seinen Kopf. Ihr am Ellbogen abgewinkelter Arm blieb unerschütterlich ruhig. Sie visierte über Kimme und Korn, zielte auf die Vorderkante seiner Silhouette. Dann drückte sie ab.

Im selben Augenblick brach die Voxan jedoch nach links aus, überquerte die linke Spur vor einem Auto, das eben zum Überholen ansetzte, sprang über den niedrigen Fahrbahnteiler und fuhr zwischen dem Gegenverkehr weiter.

»Großer Gott!«, flüsterte Bérard erschrocken. »Er spielt Geisterfahrer!«

Als sie den Gehsteig verließ, um die Verfolgung aufzunehmen, sah sie, wie die Voxan sich durch den von der A1 kommenden Verkehr schlängelte. Reifen quietschten, Hupen gellten, erschrockene Fahrer drohten mit der Faust und fluchten. Diese Reaktionen registrierte Bérard nur mit einem Teil ihres Verstandes. Der andere Teil war damit beschäftigt, sich durch den stehenden Verkehr zu schlängeln, den Fahrbahnteiler zu überwinden und die Autobahnausfahrt zu erreichen.

Sie gelangte bis zum Anfang der Ausfahrtsrampe, die buchstäblich durch einen Wall aus Fahrzeugen blockiert war. Als sie in den peitschenden Regen hinausstürmte, sah sie die Voxan zwischen zwei Fahrspuren mit Gegenverkehr beschleunigen. Bourne hatte bisher erstaunlich Glück gehabt, aber wie lange konnte er diese halsbrecherische Fahrweise durchhalten, ohne zu stürzen?

Das Krad verschwand hinter dem ovalen Silberzylinder eines Tankwagens. Bérard schnappte erschrocken nach Luft, als sie auf der Spur daneben einen riesigen Sattelschlepper heranrasen sah. Sie hörte Reifen kreischen, als der Fahrer eine Vollbremsung machte; dann knallte die Voxan gegen den massiven Kühlergrill des Sattelschleppers und explodierte sofort in einem prasselnden, ölig blakenden Feuerball.

Kapitel *zwölf*

Jason Bourne sah etwas, das er als »Zusammentreffen von Gelegenheiten« bezeichnete, unmittelbar vor sich. Er war zwischen zwei Fahrspuren mit Gegenverkehr unterwegs. Rechts neben sich hatte er einen Tankwagen; etwas weiter links vor ihm kam ein riesiger Sattelschlepper heran. Die Entscheidung musste augenblicklich fallen, zum Nachdenken blieb keine Zeit. Er legte sich mit Geist und Körper darauf fest, dieses Zusammentreffen zu nutzen.

Er richtete sich auf den Fußrasten stehend auf und lenkte die Maschine sekundenlang nur noch mit der linken Hand. Er zielte mit der Voxan auf den Sattelschlepper, der links herangerast kam, dann ließ er den Lenker los. Die Finger seiner ausgestreckten Rechten bekamen die schmale Eisenleiter zu fassen, die über die gewölbte Flanke des Tankwagens hinaufführte, sodass er vom Motorrad gerissen wurde. Dann drohten seine Finger von dem regennassen Metall abzurutschen, und er war in Gefahr, vom Fahrtwind weggerissen zu werden. Die Schmerzen in seiner Schulter, die er sich, an der Frachtluke des Flugzeugs hängend, gezerrt hatte, trieben ihm Tränen in die Augen. Mit beiden Händen an der Leiter packte er fester zu. Als er sich mit den Füßen auf den Sprossen an die Flanke des Tankwagens schmiegte, knallte die Voxan gegen den Kühler des Sattelschleppers. Der Tankwagen erzitterte und schwankte auf seinen Stoßdämpfern, als er durch den Feuerball fuhr. Dann war er hindurch und rollte nach Süden, wo der Flughafen Paris-Orly und Bournes Freiheit lagen.

Es gab viele Gründe für Martin Lindros' raschen, unfehlbar sicheren Aufstieg auf der glitschigen Karriereleiter der Agency. Mit nur achtunddreißig Jahren war er der Stellvertreter des CIA-Direktors geworden. Er war intelligent, kam von den richtigen Universitäten und verlor selbst in kritischen Situationen nie den Kopf. Darüber hinaus stellte sein nahezu eidetisches Gedächtnis einen unschätzbaren Vorteil dar, wenn es darauf ankam, die reibungslose Arbeit der CIA-Verwaltung zu organisieren. Bestimmt lauter wichtige Eigenschaften – für den stellvertretenden CIA-Direktor sogar unentbehrlich. Der Alte hatte Lindros jedoch aus einem weiteren Grund ausgewählt: weil er vaterlos war.

Der CIA-Direktor hatte Martin Lindros' Vater gut gekannt. Die beiden waren drei Jahre lang gemeinsam in Russland und Osteuropa im Einsatz gewesen, bis der ältere Lindros durch eine Autobombe getötet worden war. Wie sein Tod sich auf den damals zwanzigjährigen Martin Lindros auswirken würde, war nicht absehbar gewesen. Als der Direktor auf der Beerdigung des älteren Lindros das blasse, verkniffene Gesicht des jungen Mannes studiert hatte, war ihm klar geworden, dass er Martin Lindros an die Organisation binden wollte, die dessen Vater so fasziniert hatte.

Die Anwerbung war einfach gewesen, denn der junge Mann hatte sich in einer verwundbaren Phase befunden. Der Alte hatte rasch gehandelt, weil er mit unfehlbarem Instinkt Lindros' Rachedurst erkannt hatte. Der CIA-Direktor hatte dafür gesorgt, dass der junge Mann nach der Graduierung in Yale an die Georgetown University wechselte. Das hatte zwei Vorteile: Es brachte Martin physisch in seinen Einflussbereich, und er konnte so dafür sorgen, dass er die Fächer belegte, die er für die Karriere, die der Direktor für ihn plante, brauchen würde. Er hatte den jungen Mann selbst in die Agency eingeführt und sämtliche Phasen seiner Ausbildung überwacht. Und weil er ihn für immer an sich binden wollte, hatte er ihm zuletzt die Rache ermöglicht, nach der Martin lechzte: Er hatte ihm Namen und Adresse des Terroristen gegeben, der die Autobombe gebaut hatte.

Martin Lindros hielt sich damals exakt an die Anweisungen des Direktors und bewies eine bemerkenswert ruhige Hand, als er den Terroristen mit einem Kopfschuss liquidierte. War dieser Mann wirklich der Erbauer der Autobombe gewesen? Das wusste nicht einmal der CIA-Direktor genau. Aber welchen Unterschied machte das schon? Er *war* ein Terrorist und hatte in seinem Leben schon viele Autobomben gebastelt. Jetzt war er tot – ein weiterer Terrorist erledigt –, und Martin Lindros konnte nachts wieder ruhig schlafen, weil er den Tod seines Vaters gerächt hatte.

»… wie Bourne uns reingelegt hat«, sagte Lindros gerade. »*Er* hat die D.C. Metro angerufen, sobald er Ihre Streifenwagen gesehen hat. Er wusste, dass Ihre Leute – außer in Zusammenarbeit mit der Agency – in Washington nichts zu suchen haben.«

»Scheiße, da haben Sie leider Recht.« Detective Harris von der Virginia State Police nickte, bevor er den letzten Schluck seines Bourbons kippte. »Aber nachdem er jetzt ins Visier der Franzmänner geraten ist, haben sie vielleicht bessere Chancen, ihn zu stellen, als wir.«

»Sie sind Franzmänner«, sagte Lindros verdrießlich.

»Trotzdem müssen sie ab und zu auch mal was richtig hinkriegen, stimmt's?«

Die beiden saßen in der Foggy Bottom Lounge in der Pennsylvania Avenue. Um diese Zeit war die Bar voller Studenten der George Washington University. Seit über einer Stunde betrachtete Lindros nun aus den Augenwinkeln nackte Bäuche mit Nabelsteckern und miniberockte knackige Hintern, die fast zwanzig Jahre jünger waren als seiner. Im Leben jedes Mannes kommt einmal der Tag, dachte er, an dem er in den Rasierspiegel sieht und erkennt, dass er nicht mehr jung ist. Keines dieser Mädchen hatte ihn eines zweiten Blickes gewürdigt; sie nahmen gar nicht zur Kenntnis, dass er existierte.

»Wie kommt's«, fragte er, »dass man als Mann nicht sein Leben lang jung bleiben kann?«

Harris lachte und gab der Bedienung ein Zeichen, eine weitere Runde zu bringen.

»Finden Sie das komisch?«

Sie hatten die Phasen überwunden, in der sie sich erst angebrüllt, dann eisig geschwiegen und einander schließlich mit gehässigen und spöttischen Bemerkungen geärgert hatten. Zuletzt hatten sie sich gesagt: »Schluss mit dem Blödsinn!« und waren losgezogen, um sich zu betrinken.

»Yeah, das finde ich verdammt komisch«, sagte Harris und machte Platz für die neuen Gläser. »Sie jammern hier wegen Muschis, bilden sich ein, Sie seien im Leben zu kurz gekommen. Hier geht's nicht um Muschis, Martin, obwohl ich ehrlich sagen muss, dass ich keine Gelegenheit zum Bumsen ausgelassen habe.«

»Okay, Klugscheißer, worum geht's sonst?«

»Wir haben verloren, das ist alles. Wir haben uns auf Jason Bournes Spiel eingelassen, und er hat haushoch gewonnen. Aber bei ihm ging's um mehr als um Kopf und Kragen.«

Lindros setzte sich etwas gerader auf, büßte diese unbedachte Bewegung mit einem leichten Schwindelanfall. Er hielt sich mit einer Hand den Kopf. »Was zum Teufel soll das heißen?«

Harris hatte die Angewohnheit, jeden Schluck Whiskey im Mund zu bewegen, als sei der Drink ein Mundwasser. Sein

Adamsapfel hüpfte, als er hörbar laut schluckte. »Ich glaube nicht, dass er Conklin und Panov ermordet hat.«

Lindros ächzte. »Jesus, Harry, nicht schon wieder!«

»Das sage ich, bis Sie meschugge werden. Aber mich interessiert vor allem, warum Sie das nicht hören wollen.«

Lindros hob den Kopf. »Okay, okay. Erzählen Sie mir, warum Sie Bourne für unschuldig halten.«

»Was würde das nützen?«

»Ich habe Sie gefragt. Also los!«

Harris schien zu überlegen. Dann zuckte er mit den Schultern, zog seine Geldbörse aus der Tasche und nahm einen Zettel heraus, den er auf dem Tisch glatt strich. »Wegen dieser Verwarnung wegen Falschparkens.«

Lindros griff nach dem Zettel, las ihn. »Diesen Strafzettel hat ein Dr. Felix Schiffer bekommen.« Er schüttelte verständnislos den Kopf.

»Felix Schiffer gehört zu den Leuten, die Verwarnungen ignorieren«, sagte Harris. »Ich hätte nie etwas von ihm gehört, aber diesen Monat nehmen wir uns gezielt solche Leute vor, und einer meiner Männer hat vergeblich versucht, ihn aufzuspüren.« Er tippte mit dem Zeigefinger auf den Zettel. »Das hat einige Mühe gekostet, aber ich habe rausbekommen, weshalb mein Mann ihn nicht finden konnte. Wie sich herausgestellt hat, geht Schiffers gesamte Post an Alex Conklins Adresse.«

Lindros zuckte mit den Schultern. »Und?«

»Und als ich versucht habe, Dr. Felix Schiffer am Computer zu überprüfen, bin ich vor einer Mauer gestanden.«

Lindros hatte das Gefühl, wieder klarer denken zu können. »Was für eine Mauer?«

»Eine von der amerikanischen Regierung errichtete.« Harris kippte den Rest seines Whiskeys, ohne ihn erst im Mund zu bewegen. »Dieser Dr. Schiffer ist höchst wirkungsvoll auf Eis gelegt worden. Ich weiß nicht, was zum Teufel Conklin vorhatte, aber es war verdammt gut getarnt. Ich möchte wetten, dass nicht mal seine eigenen Leute davon gewusst haben.« Der Kriminalbeamte schüttelte den Kopf. »Er ist nicht von einem durchgeknallten Agenten ermordet worden, Martin, darauf würde ich meinen Kopf verwetten.«

Als Stepan Spalko in der Zentrale von Humanistas, Ltd., mit dem Privataufzug nach oben fuhr, war er allerbester Laune. Sah man von der unerwarteten Komplikation mit Chan ab, war wieder alles auf Kurs. Die Tschetschenen hatte er in der Tasche; sie waren intelligent, furchtlos und bereit, für ihre Sache zu sterben. Und Arsenow war zumindest ein engagierter und disziplinierter Führer. Deshalb hatte Spalko ihn ausgewählt, Chalid Murat zu verraten. Murat hatte Spalko nie recht getraut; er hatte ein feines Gespür für Falschheit besessen. Aber jetzt war Murat beseitigt, und Spalko zweifelte nicht daran, dass die Tschetschenen leisten würden, was er von ihnen erwartete. An der anderen Front war der verdammte Alexander Conklin tot, und die CIA hielt Jason Bourne für seinen Mörder – zwei Fliegen mit einer Klappe. Trotzdem existierte das Kernproblem mit der Waffe und Felix Schiffer weiter. Spalko fühlte den gewaltigen Druck der Maßnahmen, die noch getroffen werden mussten. Die Zeit lief ihm davon, das wusste er; es gab noch erschreckend viel zu tun.

Er stieg in einer mittleren Etage aus, die nur mit seiner persönlichen Magnetkarte zugänglich war, durchquerte seine sonnendurchflutete Wohnung und trat an die Fensterfront mit Blick auf die Donau, das satte Grün der Margareteninsel, die Stadt dahinter. Während er dastand und das Parlamentsgebäude anstarrte, dachte er an künftige Zeiten, in denen er unvorstellbare Macht besitzen würde. Sonnenschein ließ die neugotische Fassade, die Strebepfeiler, die Kuppeln und Türme in scharfem Relief hervortreten. Drinnen trafen mächtige Männer zu täglichen Sitzungen zusammen und schwatzten belangloses Zeug. Spalko holte tief Luft. Er allein wusste, wo die wahre Macht auf dieser Welt konzentriert war. Er hob seine Rechte und ballte sie zur Faust. Bald würden *alle* es wissen – der amerikanische Präsident in seinem Weißen Haus, der russische Präsident im Kreml, die Ölscheichs in ihren prächtigen arabischen Palästen. Bald würden sie alle wissen, was Angst ist.

Nachdem er seine Kleidung abgestreift hatte, ging er barfuß in das große, luxuriöse Bad, das lapislazuliblau gefliest war. Er duschte in der mit acht Düsen ausgestatteten Kabine und schrubbte sich, bis seine Haut gerötet war. Dann trocknete er sich mit einem übergroßen weißen Badetuch ab und zog Jeans und ein Jeanshemd an.

An seiner Hausbar aus makellosem Edelstahl ließ er sich vom Kaffeeautomaten einen Becher frischen Kaffees zubereiten. Er fügte Sahne, Zucker und einen Klacks Schlagobers aus dem Einbaukühlschrank unter der Theke hinzu. Danach stand er einige Augenblicke lang nur da, trank den Kaffee mit kleinen Schlucken, ließ seinen Verstand angenehm unkonzentriert, genoss die wachsende freudige Erwartung. Heute gab es so viele wundervolle Dinge, auf die man sich freuen konnte!

Er stellte den Kaffeebecher ab und band sich eine Fleischerschürze um. Auf seine auf Hochglanz polierten Slipper verzichtete er zugunsten grüner Gummistiefel.

Noch ein Schluck von dem köstlichen Kaffee, dann ging er durch den Raum zu einer holzvertäfelten Wand. Davor stand ein kleiner Tisch mit einer Schublade, die er aufzog. Sie enthielt eine Box mit Latexhandschuhen. Vor sich hinsummend entnahm er zwei Handschuhe, streifte sie über. Dann drückte er auf einen Geheimknopf, der zwei der Wandpaneele zur Seite gleiten ließ, und trat über die Schwelle in einen entschieden seltsamen Raum. Die Wände bestanden aus schwarz gestrichenem Beton; der weiß gefliese Fußboden senkte sich zur Mitte hin, wo ein riesiger Abfluss montiert war. An einer Wand hing eine Metalltrommel mit einem aufgerollten Wasserschlauch. Die Decke des Raums war dick mit schallschluckendem Material verkleidet. Die einzigen Einrichtungsgegenstände waren ein Holztisch – zerkratzt, an vielen Stellen fleckig von altem Blut – und ein Zahnarztstuhl mit bestimmten, von Spalko exakt vorgegebenen Veränderungen. Neben dem Stuhl stand ein verchromtes Wägelchen mit drei Ablagen, auf denen eine Ansammlung blitzender Metallinstrumente mit bedrohlich wirkenden spitzen Enden lag: gerade, gekrümmt und spiralig.

In dem Stuhl lag László Molnar: splitternackt, die Hand- und Fußgelenke mit Stahlbändern gefesselt. Gesicht und Körper Molnars waren mit Schnittwunden, Prellungen und Blutergüssen übersät; seine Augen lagen, von dunklen Ringen aus Schmerz und Verzweiflung umgeben, tief in ihren Höhlen.

Spalko betrat den Raum so energisch und professionell wie ein geschäftstüchtiger Arzt. »Mein lieber László, ich muss schon sagen, Sie sehen ziemlich mitgenommen aus.« Er kam so dicht heran, dass er sehen konnte, wie Molnars Nasenlöcher sich weiteten, als er den Kaffee roch. »Aber das war zu erwarten, nicht wahr? Sie haben eine ziemlich schlimme Nacht hinter sich. Nichts, was Sie erwartet hätten, als Sie in die Oper gefahren sind, stimmt's? Aber keine Sorge, die Sache bleibt spannend.« Er stellte den Kaffeebecher neben Molnars Ellbogen ab, griff nach einem der Instrumente. »Wir machen mit diesem hier weiter, denke ich, ja.«

»Was ... was haben Sie vor?«, krächzte Molnar. Seine Stimme war nur ein heiseres Flüstern.

»Wo ist Dr. Schiffer?«, fragte Spalko im Plauderton.

Molnars Kopf ruckte von einer Seite zur anderen; er biss krampfhaft die Zähne zusammen, als wolle er sicherstellen, dass kein Wort über seine Lippen kam.

Spalko testete die scharfe Spitze des Instruments. »Ich verstehe wirklich nicht, weshalb Sie zögern, László. Ich habe die Waffe, und obwohl Dr. Schiffer verschwunden ist ...«

»Vor Ihrer Nase entführt«, flüsterte Molnar.

Spalko machte sich lächelnd mit dem Instrument über seinen Gefangenen her und erreichte binnen kurzem, dass Molnar laut schrie.

Dann trat er einen Augenblick zurück, hob den Kaffeebecher an die Lippen und trank einen Schluck. »Wie Sie inzwischen bestimmt wissen, ist dieser Raum absolut schalldicht. Niemand kann Sie hören – niemand wird Sie retten, am allerwenigsten Vadas. Er weiß nicht einmal, dass Sie verschwunden sind.«

Er nahm ein anderes Instrument zur Hand, bohrte es in den Körper seines Opfers. »Wie Sie sehen, ist Ihre Lage hoffnungslos«, sagte er dabei. »Es sei denn, Sie erzählen mir, was ich wissen will. Wie's der Zufall will, László, bin ich jetzt Ihr einziger Freund, jaja, ich bin der Einzige, der Sie retten kann.« Er packte Molnar unter dem Kinn und küsste seine blutige Stirn. »Ich bin der Einzige, der Sie wahrhaft liebt.«

Molnar schloss kurz die Augen und schüttelte erneut den Kopf.

Spalko starrte ihm aus nächster Nähe in die Augen. »Ich will Ihnen nicht wehtun, László. Das wissen Sie doch, nicht wahr?« Im Gegensatz zu seinen Händen war seine Stimme sanft. »Aber Ihre Sturheit macht mir Sorgen.« Er bearbeitete Molnar weiter. »Ich frage mich, ob Sie die wahre Natur der Umstände erkennen, in die Sie geraten sind. An diesen Schmerzen, die Sie erdulden, ist Vadas schuld. Es ist Vadas, der Sie in diese verzweifelte Lage gebracht hat. Auch Conklin war daran beteiligt, möchte ich wetten, aber Conklin ist tot.«

Molnar riss den Mund weit auf und stieß einen gellenden Schrei aus. Blutige schwarze Löcher gähnten, wo ihm Zähne langsam und schmerzvoll herausgebrochen worden waren.

»Ich möchte Ihnen versichern, dass ich meine Arbeit nur äußerst widerwillig fortsetze«, sagte Spalko sehr konzentriert. In diesem Stadium kam es entscheidend darauf an, dass Molnar trotz der ihm zugefügten Schmerzen verstand, was er sagte. »Ich bin nur das Werkzeug Ihrer eigenen Sturheit. Können Sie nicht begreifen, dass in Wirklichkeit Vadas für dies alles büßen müsste?«

Spalko hielt einen Augenblick inne. Seine Latexhandschuhe waren mit Blut bespritzt, und er atmete so schwer, als sei er fünf Treppen hinaufgerannt. Trotz des Vergnügens, das ihm die Folter bereitete, war sie harte Arbeit. Molnar begann zu wimmern. Das klang wie ein Stoßgebet.

»Was soll der Unsinn, László? Sie beten zu einem Gott, der nicht existiert und Sie daher nicht schützen oder Ihnen helfen kann. Wie die Russen sagen: ›Bete zu Gott, rudere an Land.‹« Aus Spalkos Lächeln sprach eine Andeutung von Vertraulichkeit zwischen Kameraden. »Und die Russen müssen's wissen, eh? Ihre Geschichte ist mit Blut geschrieben. Erst die Zaren, dann die Apparatschiks – als ob die Parteikader besser gewesen wären als jene lange Reihe von Despoten!

Ich sage Ihnen, László, die Russen mögen politisch völlig versagt haben, aber was Religion angeht, haben sie die richtige Haltung. Religion – jede Religion – ist ein Schwindel. Sie ist die große Illusion der Schwachen, der Ängstlichen, der Schafe dieser Welt, die nicht die Kraft besitzen, selbst zu führen, sondern nur geführt werden wollen. Auch wenn sie unweigerlich zur Schlachtbank geführt werden.« Spalko schüttelte traurig, weise den Kopf. »Nein, nein, die einzige Realität ist Macht, László. Geld und Macht. Allein darauf kommt's an, auf sonst nichts.«

Molnar hatte sich etwas entspannt, während Spalko ihm diesen Vortrag hielt, der darauf berechnet war, ihn durch seinen Plauderton und die Illusion von Kameradschaft an seinen Folterer zu binden. Jetzt riss er jedoch in nackter Panik die Augen auf, als Spalko von neuem begann. »Nur Sie selbst können sich helfen, László. Sagen Sie mir, was ich wissen will. Erzählen Sie mir, wo Vadas Felix Schiffer versteckt hat.«

»Aufhören!«, stöhnte Molnar. »Bitte aufhören!«

»Ich kann nicht aufhören, László. Verstehen Sie das doch endlich. Diese Situation wird jetzt allein von Ihnen kontrolliert.« Wie um seine Behauptung zu illustrieren, gebrauchte Spalko das Instrument erneut. »Nur Sie können dafür sorgen, dass ich aufhöre!«

Auf Molnars Gesicht erschien ein verwirrter Ausdruck, und er sah sich wild um, als erkenne er erst jetzt, was mit ihm geschah. Spalko studierte ihn aufmerksam – er wusste aus Erfahrung, was in ihm vorging. Diese Erscheinung war gegen Ende einer erfolgreichen Folter oft zu beobachten. Der Betreffende näherte sich dem Altar des Geständnisses nicht etwa Schritt für Schritt, sondern leistete vielmehr Widerstand, solange er nur konnte. Aber seine Willenskraft war irgendwann erschöpft. An einem geheimnisvollen Punkt erreichte sie wie ein gedehntes Gummiband ihr Limit, und wenn sie zurück-schnappte, gewann eine neue Realität – die vom Inquisitor kunstvoll erschaffene Realität – die Oberhand.

»Ich weiß nicht …«

»Erzählen Sie's mir«, sagte Spalko mit samtweicher Stimme, während seine Hand in dem Latexhandschuh die schweißnasse Stirn seines Opfers tätschelte. »Erzählen Sie's mir, dann ist alles vorbei, als würden Sie aus einem schlimmen Traum erwachen.«

Molnar verdrehte die Augen nach oben. »Versprechen Sie's mir?«, fragte er wie ein kleines Kind.

»Haben Sie Vertrauen zu mir, László. Ich will, was auch Sie wollen – ein Ende Ihrer Qualen.«

Molnar weinte jetzt. Aus seinen Augen quollen große Tränen, die milchig und rosa wurden, als sie über sein Gesicht rollten. Und dann begann er hemmungslos zu schluchzen, wie er es seit seiner Kindheit nicht mehr getan hatte.

Spalko sagte nichts. Er wusste, dass sie das kritische Stadium erreicht hatten. Jetzt ging es um alles oder nichts: Molnar würde sich in den Abgrund stürzen, an den Spalko ihn so trickreich geführt hatte, oder er würde sich dazu zwingen, in Schmerzen zu erlöschen.

Molnars Körper zitterte unter dem Sturm aus Emotionen, den das Verhör ausgelöst hatte. Nach einiger Zeit ließ er den Kopf zurücksinken. Sein Gesicht war grau und erschreckend abgehärmt; seine Augen, die weiter von Tränen glänzten, schienen noch tiefer in ihre Höhlen gesunken zu sein. Nichts erinnerte mehr an den lebhaften, leicht beschwipsten Opernliebhaber, den Spalkos Männer im Underground betäubt hatten. Er war wie verwandelt. Er war restlos erschöpft.

»Gott verzeih mir«, flüsterte er heiser. »Dr. Schiffer ist auf Kreta.« Er brabbelte eine Adresse.

»Braver Junge«, sagte Spalko leise. Damit war das Puzzle-spiel endlich vollständig. Heute Abend würden seine »Mit-arbeiter« und er nach Kreta fliegen, um Felix Schiffer zu ent-führen und ihm die Informationen zu entlocken, die sie noch brauchten, um ihren Anschlag auf das Hotel Oskjuhlid durchführen zu können.

Molnar gab einen animalischen kleinen Laut von sich, als Spalko das Folterwerkzeug fallen ließ. Er verdrehte seine blut-unterlaufenen Augen und war dicht davor, erneut in Tränen auszubrechen.

Langsam, fast zärtlich setzte Spalko den Becher an Molnars Lippen und beobachtete desinteressiert, wie er gierig den hei-ßen, süßen Kaffee trank. »Endlich erlöst.« Ob er mit Molnar oder sich selbst sprach, blieb unklar.

*Kapitel **dreizehn***

Nachts glich das Parlamentsgebäude in Budapest einem großen ungarischen Bollwerk gegen die wilden Horden, die in
der Vergangenheit über das Land hereingebrochen waren.
Dem durchschnittlichen Touristen, der wegen der Größe und
Schönheit des Bauwerks von Ehrfurcht ergriffen war, erschien
es solide, zeitlos, unantastbar. Aber Jason Bourne, der vor kurzem nach anstrengender Reise von Washington, D.C., über
Paris in Budapest angekommen war, erschien es nur als ein
fantastischer Bau, der geradewegs aus einem Märchenbuch
hätte stammen können: ein Gebilde aus überirdisch weißem
Stein und blassgrünem Kupfer, das bei einsetzender Dunkelheit jederzeit einstürzen konnte.

Bourne war in trüber Stimmung, als das Taxi ihn am
Moszkva tér in der Nähe der beleuchteten Kuppel des Ein-
kaufszentrums Mammut absetzte, in dem er sich neu
einkleiden wollte. Als der französische Militärkurier Pierre
Montefort war er bei der Einreise an der ungarischen Pass-
und Zollkontrolle durchgewinkt worden. Aber er musste
seine Uniform, die Robbinet ihm besorgt hatte, loswerden,
bevor er im Hotel Danubius als Alex Conklin auftreten
konnte.

Er kaufte eine Cordsamthose, ein Baumwollhemd von Sea
Island und einen schwarzen Pullover mit rundem Halsaus-
schnitt, schwarze Stiefel mit dünnen Sohlen und eine Bomberjacke aus schwarzem Leder. Während er durch die Geschäfte und die Ladenpassagen mit dem Gedränge der

Kauflustigen streifte, absorbierte er allmählich ihre Energie und fühlte sich erstmals seit Tagen wieder als der Alltagswelt zugehörig. Er erkannte, dass sein jäher Stimmungsumschwung daher rührte, dass er das Rätsel Chan gelöst hatte. Natürlich war er nicht Joshua; er war nur ein genialer Hochstapler. Irgendein unbekanntes Wesen – Chan selbst oder seine Auftraggeber –, hatte es auf ihn abgesehen, wollte ihm einen solchen Schrecken einjagen, dass er sich nicht mehr konzentrieren konnte und die Ermordung von Alex Conklin und Mo Panov für belanglos hielt. Konnten sie ihn nicht beseitigen, konnten sie zumindest erreichen, dass er sich mit der vergeblichen Suche nach seinem Phantomsohn verzettelte. Woher Chan oder seine Auftraggeber überhaupt von Joshua wussten, war eine weitere Frage, auf die er eine Antwort suchte. Aber seit er den anfänglichen Schock nun auf ein rationales Problem reduziert hatte, konnte sein überragender logischer Verstand das Problem in seine Bestandteile zerlegen, woraus dann ein Angriffsplan entstehen würde.

Bourne brauchte Informationen, die nur Chan liefern konnte. Er musste den Spieß umdrehen und Chan in eine Falle locken. Der erste Schritt dazu war, dass er Chan wissen ließ, wo er sich aufhielt. Er bezweifelte nicht, dass Chan, der den Bestimmungsort des Frachtflugzeugs gekannt hatte, jetzt in Paris war. Chan konnte sogar von seinem »Unfalltod« auf der A1 gehört haben. Tatsächlich war er nach allem, was Bourne von ihm wusste, genau so ein Chamäleon wie er selbst. An seiner Stelle hätte Bourne als Erstes versucht, Erkundigungen bei der Sûreté Nationale einzuziehen.

Zwanzig Minuten später verließ Bourne das Einkaufszentrum, nahm ein Taxi, das eben einen Fahrgast absetzte, und stieg nach kurzer Fahrt auf der Margareteninsel vor dem imposanten Säulenportal des Grandhotels Danubius aus. Ein livrierter Türsteher geleitete ihn hinein.

Bourne war in einem Zustand, als hätte er seit einer Woche nicht mehr geschlafen. Er durchquerte die in poliertem Marmor gehaltene Hotelhalle. Am Empfang stellte er sich als Alexander Conklin vor.

»Ah, Mr. Conklin, wir haben Sie erwartet. Einen Augenblick, wenn ich bitten darf.«

Der Angestellte verschwand im Büro hinter der Rezeption. Als er wenig später zurückkam, brachte er den Hoteldirektor mit.

»Willkommen, willkommen! Mein Name ist Hazas, ich stehe zu Ihrer Verfügung.« Dieser Gentleman war klein, untersetzt und schwarzhaarig; er hatte ein Menjoubärtchen und einen wie mit dem Lineal gezogenen Scheitel. Er streckte Bourne eine Hand hin, die warm und trocken war. »Mr. Conklin, es ist mir ein Vergnügen.« Er machte eine Handbewegung. »Folgen Sie mir bitte!«

Er führte Bourne in sein Büro, in dem er einen Wandsafe öffnete und ein Päckchen etwa von der Größe eines Schuhkartons herausnahm, dessen Empfang er sich von Bourne quittieren ließ. Auf dem Packpapier stand: MR. ALEXANDER CONKLIN. WIRD ABGEHOLT. Das Päckchen war nicht frankiert.

»Es ist hier abgegeben worden«, sagte Hazas auf Bournes Frage.

»Von wem?«, fragte Bourne.

Der Hoteldirektor breitete die Hände aus. »Tut mir Leid, das weiß ich nicht.«

Bourne empfand jähen Zorn. »Was soll das heißen? Sie wissen es nicht! Das Hotel führt doch bestimmt Buch über von Boten zugestellte Sendungen?«

»Oh, gewiss, Mr. Conklin. Wie auf allen Gebieten nehmen wir es damit sehr genau. Aber in diesem speziellen Fall – und ich weiß nicht, weshalb – scheint es keinerlei Aufzeichnungen zu geben.« Hazas lächelte hoffnungsvoll, während er hilflos mit den Schultern zuckte.

Nach dreitägigem Überlebenskampf, in dem er einen Schock nach dem anderen hatte überwinden müssen, war Bourne mit seiner Geduld am Ende. Zorn und Frustration ließen blinde Wut aufflammen. Er schloss die Tür mit einem Fußtritt, packte Hazas an seinem steif gestärkten Hemd und knallte ihn mit solcher Gewalt an die Wand, dass die Augen des Hoteldirektors aus den Höhlen zu quellen drohten.

»Mr. … Mr. Conklin«, stammelte er, »ich habe wirklich keine …«

»Ich will eine Antwort!«, knurrte Bourne. »Und ich will sie sofort!«

Der sichtlich verängstigte kleine Mann war den Tränen nahe. »Aber ich weiß keine.« Seine dicken Finger machten eine flatternde Bewegung. »Da … da liegt die Kladde! Sehen Sie selbst nach!«

Er ließ Hazas los, dessen Knie sofort nachgaben, sodass er die Wand entlang zu Boden rutschte. Bourne ignorierte ihn, trat an seinen Schreibtisch und zog die Kladde zu sich heran. Er sah Eintragungen in zwei verschiedenen Handschriften – eine krakelig, die andere pedantisch exakt –, vermutlich die Schriften des Tag- und Nachtportiers. Dass er die Eintragungen lesen konnte, weil er aus einem früheren Leben Ungarisch konnte, überraschte ihn nur wenig. Indem er die Kladde leicht schief ins Licht hielt, suchte er nach radierten Flächen oder anderen Manipulationen. Aber er entdeckte nichts.

Er fuhr herum, packte Hazas, zog ihn vom Fußboden hoch. »Wie erklären Sie sich, dass dieses Päckchen nicht eingetragen wurde?«

»Mr. Conklin, ich war selbst da, als es abgegeben wurde.« Der Hoteldirektor war so erschrocken, dass das Weiße seiner Augen um die Pupillen herum sichtbar war. Er war auffällig blass geworden, und auf seiner Stirn standen Schweißperlen. »Ich hatte Dienst, meine ich. Ich schwöre Ihnen, dass das Päckchen von einem Augenblick zum anderen auf der Empfangstheke gelegen hat. Es ist einfach aufgetaucht. Weder ich noch meine Angestellten haben den Überbringer gesehen. Es war gegen zehn Uhr, wenn die meisten Gäste abreisen und wir immer viel zu tun haben. Das Päckchen muss absichtlich anonym abgegeben worden sein – das ist die einzig logische Erklärung.«

Damit hatte er natürlich Recht. Bournes wilder Zorn verflog so rasch, wie er aufgeflammt war, und er fragte sich, warum er diesen harmlosen kleinen Mann so terrorisiert hatte. Er ließ den Hoteldirektor los.

»Bitte entschuldigen Sie, Herr Hazas. Ich habe einen langen Tag mit schwierigen Verhandlungen hinter mir.«

»Ja, Sir.« Hazas tat sein Bestes, um Jackett und Krawatte ohne Spiegel zurechtzurücken, und behielt Bourne dabei im Auge, als befürchte er jeden Augenblick einen weiteren Angriff. »Natürlich, Sir. Das Geschäftsleben ist für uns alle ein großer Stress.« Er hüstelte, gewann seine Fassung einigermaßen wieder. »Darf ich Ihnen unser Wellness-Bad empfehlen? Nichts stellt das innere Gleichgewicht schneller wieder her als ein Dampfbad und eine Massage.«

»Sehr freundlich von Ihnen«, sagte Bourne. »Vielleicht später.«

»Das Bad schließt um einundzwanzig Uhr«, sagte Hazas, der sichtlich erleichtert war, weil er von diesem Verrückten eine vernünftige Antwort bekommen hatte. »Aber ich brauche nur anzurufen, damit es für Sie länger offen hält.«

»Ein andermal, vielen Dank. Bitte lassen Sie mir Zahnpasta und eine Zahnbürste hinaufschicken. Ich habe meinen Kulturbeutel vergessen«, sagte Bourne beim Hinausgehen.

Sobald Hazas wieder allein war, zog er eine Schublade seines Schreibtischs auf und holte mit grässlich zitternder Hand eine Flasche Schnaps heraus. Als er sich ein Glas einschenkte, verschüttete er etwas Schnaps auf seine Kladde. Aber das kümmerte ihn nicht; er kippte den Schnaps und spürte das wohlige Brennen bis in den Magen hinunter. Nachdem er sich einigermaßen beruhigt hatte, griff er nach dem Telefonhörer und tippte eine Budapester Nummer ein.

»Er ist vor zehn Minuten angekommen«, berichtete er der Stimme am anderen Ende. Er brauchte seinen Namen nicht zu nennen. »Mein Eindruck? Ein Verrückter! Ich kann Ihnen sagen, wie ich das meine. Er hat mich fast erwürgt, weil ich ihm nicht sagen wollte, wer das Päckchen abgeliefert hat.«

Der Telefonhörer wäre ihm beinahe aus den schweißnassen Fingern gerutscht, und er wechselte die Hand. Er schenkte sich noch einen Schnaps ein.

»Natürlich habe ich's ihm nicht gesagt, und die Zustellung ist nirgends verzeichnet. Dafür habe ich selbst gesorgt. Er hat alles sehr sorgfältig kontrolliert, das muss man ihm lassen.« Hazas hörte einen Augenblick zu. »Er ist in seine Suite hinaufgefahren. Ja, das weiß ich bestimmt.«

Er legte den Hörer auf, dann wählte er ebenso rasch eine weitere Nummer und übermittelte dieselbe Nachricht – diesmal einem anderen, weit schrecklicheren Herrn und Gebieter. Danach sank er in seinen Sessel zurück und schloss die

Augen. *Gott sei Dank, dass mein Part in dieser Sache damit beendet ist,* dachte er.

Bourne fuhr mit dem Aufzug in die oberste Etage hinauf. Mit seiner Magnetkarte ließ sich eine der zweiflügligen Türen aus poliertem Teakholz öffnen, und er betrat eine luxuriös eingerichtete Suite. Vor den Fenstern lag die hundert Jahre alte Parklandschaft als kompakte, dunkle und dicht belaubte Masse. Die Insel war nach Margarete, der Tochter König Bélas IV., benannt, die im 13. Jahrhundert hier in einem Dominikanerinnenkloster gelebt hatte, dessen Ruine hell angestrahlt am Ostufer stand. Bourne zog sich bereits aus, als er die Suite durchquerte, und hinterließ auf seinem Weg in das blitzende Luxusbad eine Spur aus Kleidungsstücken. Das Päckchen warf er ungeöffnet aufs Bett.

Er verbrachte zehn beglückende Minuten unter der Dusche, die er so heiß einstellte, wie er es aushalten konnte; dann seifte er sich ein und schrubbte den angesammelten Schmutz und Schweiß von seinem Körper. Dabei tastete er vorsichtig seine Rippen, seine Brustmuskeln ab, um abschätzen zu können, welche Schäden Chans Angriffe angerichtet hatten. Seine rechte Schulter war sehr druckempfindlich, und er verbrachte weitere zehn Minuten damit, sie behutsam zu dehnen und sanft zu bewegen. Er hatte sie sich fast ausgerenkt, als er die Eisenleiter des Tanklasters gepackt hatte, und sie tat verdammt weh. Vermutlich hatte er eine Bänderzerrung und einen Muskelfaserriss, aber dagegen konnte er im Augenblick nicht mehr tun, als die Schulter möglichst zu schonen.

Nach drei Minuten unter eiskaltem Wasser trat er aus der Dusche und frottierte sich ab. In einem flauschigen Bademantel setzte er sich auf die Bettkante und riss das Päckchen auf. Es enthielt eine Pistole mit zwei vollen Reservemagazinen. *Alex,* fragte er sich nicht zum ersten Mal, *in was warst du um Himmels willen verwickelt?*

Er blieb lange sitzen und starrte die Waffe an. Sie wirkte ominös böse, als krieche Finsternis aus ihrem Lauf. Aber dann erkannte Bourne, dass die Finsternis aus den Tiefen seines eigenen Unterbewusstseins heraufstieg. Plötzlich wurde ihm klar, dass seine Realität nicht so aussah, wie er sie sich im Einkaufszentrum Mammut vorgestellt hatte. Sie war nicht nett und ordentlich, nicht rational wie eine mathematische Gleichung. Die reale Welt war chaotisch, Rationalität war nur das System, das die Menschen zufälligen Ereignissen zu oktroyieren versuchten, um sie geordnet erscheinen zu lassen. Sein Wutanfall hatte nicht dem Hoteldirektor gegolten, das erkannte er jetzt ziemlich schockiert, sondern – Chan. *Er* hatte ihn beschattet, ihm zugesetzt und ihn schließlich reingelegt. Bourne wünschte sich nichts mehr, als dieses Gesicht in den Staub zu drücken, um es aus seiner Erinnerung zu tilgen.

Beim Anblick des Buddhas war vor seinem inneren Auge wieder sein vierjähriger Joshua aufgetaucht. Über Saigon sank der Abend herab, der Himmel war safrangelb und grün-golden. Joshua kam aus dem Haus am Fluss gelaufen, als David Webb aus dem Büro heimkam. Webb schloss den Kleinen in die Arme, schwenkte ihn im Kreis herum und küsste ihn auf die Wangen, obwohl der Junge sich dagegenstemmte. Er ließ sich nie gern von seinem Vater küssen.

Jetzt sah Bourne seinen kleinen Sohn abends im Bett liegen. Zikaden und Baumfrösche ließen ihre Stimmen hören, und die Lichter vorbeifahrender Boote wurden von der Wand gegenüber dem Fenster zurückgeworfen. Joshua hörte zu, als Webb ihm eine Geschichte vorlas. Jeden Samstagmorgen spielte Webb mit Joshua Fangball, wofür er einen Baseball benützte, den er bis aus Amerika mitgebracht hatte. Der Widerschein der Lichter glitt über Joshuas unschuldiges Kindergesicht und ließ es sanft leuchten.

Bourne blinzelte und sah nun gegen seinen Willen den aus Stein geschnittenen kleinen Buddha, den Chan an einer Kette um den Hals trug. Er sprang auf und wischte mit einem gutturalen Schrei, aus dem tiefste Verzweiflung sprach, Tischlampe, Schreibunterlage, Briefmappe und Kristallascher von dem Schreibtisch im Schlafzimmer. Mit zu Fäusten geballten Händen schlug er sich mehrmals an den Kopf. Verzweifelt aufstöhnend sank er auf die Knie und wiegte sich in dieser Haltung vor und zurück. Erst das Klingeln des Telefons brachte ihn wieder zu sich.

Mit brutaler Gewalt zwang er sich dazu, wieder klar zu denken. Das Telefon klingelte weiter, und er empfand einen Augenblick lang den Drang, es klingeln zu lassen. Stattdessen nahm er den Hörer ab. »Hier ist János Vadas«, flüsterte eine heisere Raucherstimme. »Matthiaskirche. Mitternacht, keinen Augenblick später.« Dann wurde aufgelegt, bevor Bourne ein Wort sagen konnte.

Als Chan erfuhr, dass Jason Bourne tot war, hatte er das Gefühl, sein Inneres sei nach außen gekehrt worden, sodass alle seine Nerven für einen Moment der ätzenden Außenluft ausgesetzt waren. Er berührte seine Stirn mit dem Handrücken, war sich sicher, von innen heraus zu verbrennen.

Er war auf dem Flughafen Orly, wo er mit Beamten der Sûreté Nationale sprach. Informationen von ihnen zu erhalten war lachhaft einfach. Mit einem Presseausweis, den sein Pariser Kontaktmann ihm – für einen unanständig hohen Preis – besorgt hatte, gab Chan sich als Reporter der hiesigen Zeitung *Le Monde* aus. Allerdings spielte Geld für ihn keine

Rolle. Er besaß mehr, als er sinnvoll ausgeben konnte, aber die Warterei auf den Presseausweis hatte ihn nervös gemacht. Als die Minuten zu Stunden wurden, der Nachmittag in den Abend überging, hatte er erkannt, dass er mit seiner berühmten Geduld am Ende war. In dem Augenblick, in dem er David Webb – Jason Bourne – gesehen hatte, war die Zeit umgekrempelt worden: Die Vergangenheit war zur Gegenwart geworden. Seine Hände ballten sich zu Fäusten, und er spürte seinen Puls in den Schläfen hämmern. Zum wievielten Mal seit seiner ersten Begegnung mit Bourne hatte er das Gefühl, den Verstand zu verlieren? Den absolut schlimmsten Augenblick hatte er durchlitten, als er in der Altstadt von Alexandria neben ihm auf einer Parkbank gesessen und mit ihm gesprochen hatte, als stünde nichts zwischen ihnen, als sei die Vergangenheit eine belanglos gewordene akademische Frage, als gehöre sie zum Leben eines anderen, den Chan sich nur eingebildet hatte. Das Irreale dieses Augenblicks, von dem er jahrelang geträumt, den er herbeigesehnt hatte, hatte ihn aller Substanz beraubt mit dem Gefühl zurückgelassen, alle Nerven seines Körpers seien wund gerieben. Sämtliche Emotionen, die er über Jahre hinweg zu zügeln und zu unterdrücken versucht hatte, hatten rebelliert, waren an die Oberfläche aufgestiegen, hatten Übelkeit verursacht. Und nun hatte ihn diese Nachricht wie ein Blitz aus heiterem Himmel getroffen. Er hatte das Gefühl, als sei die Leere in seinem Inneren, von der er gehofft hatte, sie werde bald ausgefüllt sein, nur noch weiter und tiefer geworden, bis sie ihn ganz zu verschlingen drohte. Er konnte es hier keine Sekunde länger aushalten.

Gerade noch hatte er mit einem Notizblock in der Hand die Pressesprecherin der Sûreté interviewt; im nächsten Augenblick fühlte er sich in die Vergangenheit, in den vietnamesischen Dschungel zurückversetzt – in das aus Holz und Bambus erbaute Haus des Missionars Richard Wick, des großen, hageren Mannes, der ihn nach seiner Flucht vor dem vietnamesischen Waffenschmuggler, den er ermordet hatte, aus der Wildnis gerettet hatte. Obgleich Wick stets melancholisch wirkte, lachte er gern, und der sanfte Ausdruck seiner braunen Augen kündete von großer Menschenliebe. Wick war ein unerbittlicher Zuchtmeister, wenn es darum ging, aus dem Heidenkind Chan ein Kind Gottes zu machen, aber in der entspannten Atmosphäre des Abendessens und des ruhigen Tagesausklangs war er freundlich und sanft, sodass er schließlich Chans Vertrauen gewann.

So sehr, dass Chan eines Abends beschloss, Wick sein Leben zu erzählen, ihm seine Seele zu offenbaren, um geheilt zu werden. Chan wünschte sich nichts sehnlicher, als geheilt zu werden: den Abszess herauszuwürgen, der ihn innerlich vergiftete, weil er stetig wuchs. Er wollte seine Wut darüber bekennen, dass sein Vater ihn verlassen hatte; er wollte von ihr befreit werden, denn er hatte in letzter Zeit verstehen gelernt, dass er ein Gefangener seiner extremen Gefühle war.

Er sehnte sich danach, sich Wick anzuvertrauen und ihm den Gefühlsaufruhr zu schildern, der in seinem Inneren tobte, aber die Gelegenheit dazu ergab sich nie. Wick war stets damit ausgelastet, diesem »verlassenen, gottlosen Weltwinkel« das Wort Gottes zu verkünden. Zu diesem Zweck förderte er Bibelkreise, an denen Chan teilnehmen musste. Tatsächlich hatte Wick eine Vorliebe dafür, Chan vor seiner Gruppe aufstehen und auswendig aus der Bibel rezitieren zu lassen, als sei er ein genialischer Idiot, der auf Jahrmärkten für Geld gezeigt wurde.

Chan hasste diese Auftritte, er fühlte sich durch sie gedemütigt. Seltsamerweise empfand er die Demütigung umso stärker, je stolzer Wick auf ihn zu sein schien. Bis der Missionar eines Tages einen weiteren Jungen ins Haus brachte: das einzige Kind eines tödlich verunglückten Missionarsehepaars. Weil er ein Weißer war, überhäufte Wick ihn mit der Liebe und Fürsorge, nach der Chan sich vergeblich gesehnt hatte – und die ihm, wie er jetzt sah, niemals zuteil werden würde. Trotzdem gingen die grässlichen Litaneien aus der Bibel weiter, während der andere Junge stumm dabeisaß und zuhörte, ohne unter der Demütigung zu leiden, die Chan peinigte.

Er konnte die Tatsache, dass Wick ihn benützte, nie überwinden, und verstand erst an dem Tag, an dem er weglief, die Ungeheuerlichkeit von Wicks Verrat an ihm. Sein Wohltäter, sein Beschützer interessierte sich nicht für *ihn,* sondern war nur darauf bedacht, einen weiteren Konvertiten zu gewinnen, einen weiteren Wilden der göttlichen Erleuchtung teilhaftig werden zu lassen.

In diesem Augenblick klingelte sein Handy und holte ihn in die schreckliche Gegenwart zurück. Nachdem er mit einem Blick aufs Display festgestellt hatte, von wem der Anruf kam, entschuldigte er sich bei der Pressesprecherin und trat in die betriebsame Anonymität des Terminals hinaus.

»Das nenne ich eine Überraschung«, sagte er ins Handy.

»Wo sind Sie?«, fragte Stepan Spalko knapp, als sei er sehr beschäftigt.

»Flughafen Orly. Ich habe gerade von der Sûreté erfahren, dass David Webb tot ist.«

» Wirklich?«

»Nach meinen Informationen ist er mit einem Motorrad frontal gegen einen Lastwagen geknallt.« Chan machte eine Pause, wartete auf eine Reaktion. »Sie sind offenbar nicht gerade begeistert, muss ich sagen. Ist das nicht, was Sie wollten?«

»Es ist verfrüht, Webbs Tod zu feiern, Chan«, sagte Spalko trocken. »Mein Kontaktmann an der Rezeption des Grandhotels Danubius hier in Budapest hat mir gemeldet, dass Alexander Conklin eben dort angekommen ist.«

Chan war so schockiert, dass er spürte, dass er weiche Knie bekam. Er trat an die nächste Wand, lehnte sich dagegen. »Webb?«

»Bestimmt nicht Alex Conklins Geist!«

Zu seinem Verdruss merkte er, dass ihm kalter Schweiß auf der Stirn stand. »Warum sind Sie so sicher, dass er's ist?«

»Mein Kontaktmann hat ihn mir beschrieben. Ich kenne das Phantombild, das in Umlauf gebracht worden ist.«

Chan knirschte mit den Zähnen. Obwohl er wusste, dass dieses Gespräch wahrscheinlich ein schlimmes Ende nehmen würde, hörte er sich unaufhaltsam weitersprechen. »Sie haben gewusst, dass David Webb mit Jason Bourne identisch ist. Warum haben Sie mir das nicht gesagt?«

»Weil ich keinen Grund dafür gesehen habe«, sagte Spalko gelassen. »Sie haben nach Webb gefragt, und ich habe die gewünschten Informationen geliefert. Es ist nicht meine Gewohnheit, anderer Leute Gedanken zu lesen. Aber ich finde Ihren Unternehmungsgeist lobenswert.«

Chan erlebte einen so starken krampfartigen Hassanfall, dass er sich zittern fühlte. Aber er achtete darauf, weiter ruhig zu sprechen. »Wie lange dürfte Bourne Ihrer Meinung nach brauchen, um seine Hinweise zu Ihnen zurückzuverfolgen, nachdem er nun in Budapest ist?«

»Ich habe bereits Schritte unternommen, um sicherzustellen, dass das nicht passiert«, sagte Spalkos. »Andererseits fällt mir natürlich auf, dass ich mir all diese Mühe hätte sparen können, wenn Sie den Scheißkerl umgelegt hätten, als Sie die Gelegenheit dazu hatten.«

Chan, der diesem Mann misstraute, der ihn belogen und außerdem versucht hatte, ihn als Handlanger zu missbrauchen, spürte einen weiteren Hassanfall wie einen Stich ins Herz. Spalko wollte, dass er Bourne ermordete – aber weshalb? Das würde er herausbekommen müssen, bevor er selbst Rache übte. Als er jetzt weitersprach, hatte er ein wenig von seiner eisigen Selbstbeherrschung eingebüßt, sodass seine Stimme entschieden scharf klang. »Okay, ich lege Bourne um«, sagte er. »Aber das tue ich zu *meinen* Bedingungen und nach *meinem* Fahrplan, nicht nach Ihrem.«

Humanistas, Ltd., besaß drei eigene Hangars auf dem Flughafen Ferihegy. In einem davon war ein Lastwagen, der einen Container trug, rückwärts an einen kleinen Jet herangestoßen, dessen silberner Rumpf das Symbol der Hilfsorganisation trug: ein grünes Kreuz mit einer beschützenden Hand. Uniformierte Männer verluden die letzten Waffenkisten in das Geschäftsreiseflugzeug, während Hassan Arsenow den Frachtbrief kontrollierte.

Als er wegging, um mit einem der Uniformierten zu sprechen, wandte Spalko sich an Sina und sagte fast beiläufig: »In einigen Stunden fliege ich nach Kreta. Ich möchte, dass du mich begleitest.«

Sie bekam vor Überraschung große Augen. »Scheich, ich soll mit Hassan nach Tschetschenien zurückkehren, um die letzten Vorbereitungen für unseren Einsatz zu treffen.«

Er hielt ihren Blick fest. »Mit den letzten Vorbereitungen kommt Arsenow auch allein zurecht. Tatsächlich ist er meiner Einschätzung nach besser dran, wenn er nicht durch deine … Nähe abgelenkt wird.«

Sina, die sich von seinem Blick wie aufgespießt fühlte, öffnete leicht den Mund.

»Eines muss unmissverständlich klar sein, Sina.« Spalko sah Arsenow zu ihnen zurückkommen. »Ich werde dir nichts befehlen. Die Entscheidung liegt allein bei dir.«

Trotz der Dringlichkeit des Augenblicks sprach er langsam und deutlich, und Sina erfasste die Bedeutung seiner Worte nur allzu gut. Er bot ihr eine Chance – auch wenn sie nicht wusste, wozu –, und ihr war bewusst, dass sie an einem Wendepunkt in ihrem Leben angelangt war. Wofür sie sich auch entschied, ein Zurück würde es nicht geben – das hatte er ihr durch seine nachdrückliche Art unmissverständlich klar gemacht. Die Entscheidung mochte bei ihr liegen, aber sie war sich sicher, dass eine Zurückweisung auf eine noch unbestimmte Weise ihr Ende bedeuten würde. Aber sie wollte gar nicht Nein sagen.

»Ich wollte schon immer mal nach Kreta«, flüsterte sie, bevor Arsenow sie erreichte.

Spalko nickte ihr zu. Dann wandte er sich an den tschetschenischen Terroristenführer. »Alles vollständig?«

Arsenow sah von seinem Schreibbrett auf. »Wie könnte es anders sein, Scheich?« Er sah auf seine Uhr. »Sina und ich fliegen binnen einer Stunde ab.«

»Tatsächlich begleitet Sina die Waffen«, sagte Spalko leichthin. »Die Sendung soll von meinem Fischerboot auf den Färöerinseln übernommen werden. Ich möchte, dass einer von euch beiden die Übergabe und den Weitertransport der Waffen nach Island beaufsichtigt. Du wirst bei deinen Leuten in der Heimat gebraucht.« Er lächelte. »Ich bin überzeugt, dass du Sina ein paar Tage entbehren kannst.«

Arsenow runzelte die Stirn, starrte Sina an, die raffiniert genug war, seinen Blick ausdruckslos zu erwidern, und nickte dann. »Es soll natürlich geschehen, wie du wünschst, Scheich.«

Sina fand es interessant, dass der Scheich Hassan belogen hatte, was seine Absichten in Bezug auf sie betraf. Sie fand sich in der von ihm gewobenen kleinen Verschwörung gefangen: aufgeregt und zugleich nervös vor banger Erwartung. Sie sah den Ausdruck auf Hassans Gesicht und spürte einen kleinen Stich ins Herz, aber dann dachte sie an das Geheimnis, das sie erwartete, und den Honig in der Stimme des Scheichs: *In einigen Stunden fliege ich nach Kreta. Ich möchte, dass du mich begleitest.*

Neben Sina stehend, streckte Spalko die Hand aus, und Arsenow umfasste nach Kriegerart mit der Linken seinen Unterarm, als er sie ergriff. *»La illaha ill Allah.«*

»La illaha ill Allah«, erwiderte Arsenow und beugte den Kopf.

»Draußen steht eine Limousine, die dich zum Abflugter-minal bringt. Auf Wiedersehen in Reykjavik, mein Freund.« Spalko wandte sich ab, ging zu der Maschine, um kurz mit dem Piloten zu sprechen, und überließ es Sina, sich von ihrem gegenwärtigen Geliebten zu verabschieden.

Chan fühlte sich von ungewohnten Emotionen bedrängt. Als er eine Dreiviertelstunde später darauf wartete, an Bord des Flugzeugs nach Budapest zu gehen, hatte er den Schock über die Nachricht, dass Jason Bourne in Wirklichkeit keineswegs tot war, noch immer nicht überwunden. Er hockte da, hat-te seine Ellbogen auf die Knie gestützt, hielt sich den Kopf mit beiden Händen und bemühte sich – jämmerlich verge-bens –, die Welt zu verstehen. Für jemanden wie ihn, dessen Vergangenheit jeden Augenblick seiner Gegenwart durch-drang, war es unmöglich, ein Denkschema zu finden, das diese Entwicklung verständlich machte. Die Vergangenheit war ein Rätsel – und seine Erinnerung daran war eine Hure, die den Befehlen seines Unterbewusstseins gehorchte, Tatsachen verzerrte und Ereignisse verkürzte oder ganz ausließ, alles im Dienst des Gifts, das sich in ständig wachsender Menge in ihm ansammelte.

Aber diese Emotionen, die zügellos in seinem Inneren tobten, waren noch zerstörerischer. Er war wütend darüber, dass er Stepan Spalko gebraucht hatte, um zu erfahren, dass Jason Bourne noch lebte. Warum hatte sein normalerweise sehr feiner Instinkt ihn nicht dazu veranlasst, etwas gründlicher nachzuforschen? Wäre ein Agent von Bournes Kaliber frontal gegen einen Lastzug geknallt? Er hatte sich weismachen lassen, die Gerichtsmediziner seien noch dabei, die sterblichen Überreste zu untersuchen, aber die Explosion und der anschließende Brand hätten so wenig übrig gelassen, dass die Identifizierung noch Stunden, vielleicht sogar Tage dauern könne – falls sie überhaupt möglich sei. Er hätte einfach misstrauischer sein müssen. Dies war ein Trick, den er selbst hätte benützen können; tatsächlich hatte er vor drei Jahren, als er eiligst aus den Docks von Singapur hatte verschwinden müssen, eine Variante dieses Tricks benützt.

Aber es gab noch eine weitere Frage, die ihm immer wieder durch den Kopf ging, und obwohl er sich bemühte, sie abzublocken, gelang ihm das nicht. Was hatte er in exakt dem Augenblick empfunden, in dem er erfahren hatte, dass Jason Bourne noch lebte? Freudige Erregung? Angst? Wut? Verzweiflung? Oder eine Kombination aus allen diesen Empfindungen – ein beängstigendes Kaleidoskop, dessen Bilder ständig wechselten?

Er hörte, wie sein Flug aufgerufen wurde, und reihte sich leicht benommen in die Schlange ein, um an Bord zu gehen.

Spalko ging, tief in Gedanken versunken, am Portal der Klinik Eurocenter Bio-I im Gebäude 75 Hattyu utca vorbei. Vermutlich würde Chan Schwierigkeiten machen. Er war ein nützlicher Handlanger, denn es gab niemanden, der Zielpersonen wirkungsvoller liquidierte als er, das stand außer Zweifel, aber auch diese seltene Begabung verblasste vor der Gefahr, die Chan nach Spalkos Einschätzung zu werden drohte. Genau diese Frage beschäftigte ihn, seit es Chan beim ersten Versuch nicht geschafft hatte, Jason Bourne umzulegen. Das Unnatürliche dieser Situation steckte ihm wie eine Fischgräte im Hals, und er hatte sich seither bemüht, sie herauszuhusten oder zu verschlucken. Aber sie steckte weiter fest und ließ sich nicht entfernen. Seit dem letzten Telefongespräch mit Chan war er sich darüber im Klaren, dass er ohne weitere Verzögerung dafür sorgen musste, seinen ehemaligen Auftragskiller schnellstens zu beseitigen. Er durfte nicht zulassen, dass jemand das bevorstehende Unternehmen in Reykjavik gefährdete. Bourne oder Chan, das machte nun keinen Unterschied mehr. In dieser Beziehung waren beide gleich gefährlich.

Er betrat das Café neben dem hässlichen modernen Zweckbau der Klinik. Er lächelte in das farblose Gesicht des Mannes, der jetzt zu ihm aufsah.

»Sorry, Peter«, sagte er, als er an seinem Tisch Platz nahm.

Dr. Peter Sido winkte gelassen ab. »Kein Problem, Stepan. Ich weiß, wie beschäftigt Sie sind.«

»Nicht zu beschäftigt, um Dr. Schiffer aufzuspüren.«

»Gott sei Dank nicht!« Sido löffelte Schlagsahne in seine Kaffeetasse. Er schüttelte den Kopf. »Ehrlich, Stepan, ich weiß nicht, was ich ohne Sie und Ihre Kontakte täte. Als ich entdeckt habe, dass Felix verschwunden ist, bin ich beinahe ausgeflippt.«

»Keine Sorge, Peter. Wir sind jeden Tag näher dran, ihn zu finden. Verlassen Sie sich auf mich.«

»Oh, das tue ich.« Körperlich war Sido in jeder Beziehung unscheinbar: Er war mittelgroß, weder dick noch dünn, und hatte schlammfarbene Augen, die von seiner Nickelbrille unnatürlich vergrößert wurden, und kurzes braunes Haar, das er nicht bewusst zu scheiteln und nur selten zu kämmen schien. Er trug einen an den Ellbogen schon etwas abgewetzten braunen Tweedanzug mit Fischgrätenmuster, ein weißes Hemd und eine braun-schwarze Krawatte, die seit mindestens zehn Jahren unmodern war. Er hätte ein kleiner Handelsvertreter oder Bestattungsunternehmer sein können, aber das war er nicht, denn sein unscheinbares Äußeres tarnte einen ganz außergewöhnlichen Verstand.«

Spalko beugte sich etwas zu ihm hinüber. »Meine Frage an Sie lautet: Haben Sie das Produkt für mich?«

Diese Frage schien Sido erwartet zu haben, denn er nickte sofort. »Es ist vollständig synthetisiert und steht Ihnen bei Bedarf zur Verfügung.«

»Haben Sie's mitgebracht?«

»Nur die Probe. Der Rest lagert sicher im Kühlraum der Klinik. Und machen Sie sich wegen der Probe keine Sorgen; sie ist in einem Transportbehälter eingeschlossen, den ich selbst konstruiert habe. Das Produkt ist äußerst empfindlich, wissen Sie. Bis zu dem Augenblick, in dem es zum Einsatz kommen soll, muss es bei minus zweiunddreißig Grad gelagert werden. Der von mir konstruierte Behälter hat ein eingebautes Kühlaggregat, das diese Temperatur achtundvierzig Stunden lang hält.« Er legte seinen Aktenkoffer auf den Tisch, klappte ihn auf und holte eine kleine Metallbox heraus, die ungefähr die Größe zweier aufeinander gelegter Taschenbücher hatte. »Ist das lange genug?«

»Das genügt durchaus, danke.« Spalko griff nach der Box. Sie war schwerer, als sie aussah, was bestimmt auf das Kühlaggregat zurückzuführen war. »Die Probe befindet sich in der von mir angegebenen Phiole?«

»Natürlich.« Sido seufzte leicht. »Ich verstehe noch immer nicht recht, wozu Sie einen so tödlichen Krankheitserreger brauchen.«

Spalko betrachtete ihn einen Augenblick lang nachdenklich. Er zündete sich eine Zigarette an. Er wusste, dass eine zu rasch angebotene Erklärung den Effekt verderben würde, und bei Dr. Peter Sido war Effekt alles. Obwohl er ein Genie war, was die Herstellung von Pathogenen betraf, die sich in der Luft verbreiteten, ließ die soziale Intelligenz des guten Doktors einiges zu wünschen übrig. Darin unterschied er sich nur wenig von anderen Wissenschaftlern mit der Nase in ihren Reagenzgläsern, aber in diesem Fall kam Sidos Naivität Spalkos Absichten wunderbar entgegen. Er wollte seinen Freund zurückhaben, nur das interessierte ihn, und deshalb achtete er nicht allzu genau auf Spalkos Erklärungen. Sein Gewissen musste beruhigt werden, das war alles.

Endlich sprach Spalko. »Wie ich schon gesagt habe, ist die Anglo-Amerikanische Sonderkommission zur Terrorismusbekämpfung an mich herangetreten.«

»Ist die auch beim Gipfeltreffen nächste Woche vertreten?«

»Natürlich«, log Spalko. Außer der von ihm erfundenen gab es keine Anglo-Amerikanische Sonderkommission zur Terrorismusbekämpfung. »Jedenfalls steht sie vor einem Durchbruch bei der Bekämpfung der Gefahr durch Bioterrorismus, zu dem logischerweise auch Pathogene gehören, die sich in der Luft verbreiten. Sie muss sie testen, daher hat sie sich an mich gewandt – und deshalb haben wir unsere Abmachung getroffen. Ich spüre Dr. Schiffer für Sie auf, und Sie liefern mir das Produkt, das die Sonderkommission braucht.«

»Ja, das weiß ich alles. Sie haben mir ja bereits erklärt ...« Sido brachte seinen Satz nicht zu Ende. Er spielte nervös mit dem Kaffeelöffel und trommelte damit auf seiner Serviette herum, bis Spalko ihn aufforderte, damit aufzuhören.

»Entschuldigung«, murmelte er und schob seine Brille wieder hoch. »Aber ich verstehe noch immer nicht, was diese Leute mit dem Produkt wollen. Ich meine, Sie haben von einem Test gesprochen ...«

Spalko beugte sich nach vorn. Dies war der kritische Augenblick; jetzt kam es darauf an, Sido einzuwickeln. Als er sprach, senkte er vertraulich die Stimme. »Hören Sie mir gut zu, Peter. Ich habe Ihnen schon mehr erzählt, als ich vielleicht hätte erzählen dürfen. Die ganze Sache ist streng geheim, verstehen Sie?«

Sido saß mit hochgezogenen Schultern leicht nach vorn gebeugt da und nickte wortlos.

»Indem ich Ihnen überhaupt etwas erzählt habe, habe ich tatsächlich schon gegen die Geheimhaltungsverpflichtung verstoßen, die ich unterschreiben musste.«

»Ach, du lieber Gott.« Sido wirkte betroffen. »Ich habe Sie in Gefahr gebracht.«

»Machen Sie sich deswegen bitte keine Sorgen, Peter. Mir passiert nichts«, sagte Spalko. »Aber Sie dürfen keinem Menschen etwas davon erzählen, sonst ...«

»Oh, das täte ich nie! Niemals!«

Spalko lächelte. »Ich weiß, dass Sie das nie täten. Peter. Ich vertraue Ihnen, das wissen Sie.«

»Und das weiß ich zu würdigen, Stepan. Das wissen Sie auch!«

Spalko musste sich auf die Unterlippe beißen, um nicht laut herauszulachen. Stattdessen setzte er die Farce fort. »Ich weiß nicht, woraus dieser Test besteht, Peter, denn diese Leute haben es mir nicht erklärt«, sagte er so leise, dass der andere sich weit herüberbeugen musste, bis ihre Nasenspitzen sich fast berührten. »Und ich habe lieber nicht gefragt.«

»Natürlich nicht.«

»Aber ich glaube – und das müssen Sie auch –, dass diese Leute ihr Bestes tun, um uns in einer ständig unsicherer werdenden Welt zu beschützen. Letztlich kam es immer auf Vertrauen an, überlegte Spalko sich. Aber damit der Gimpel – in diesem Fall Sido – auf den Leim ging, musste er wissen, dass man ihm sein Vertrauen geschenkt hatte. Danach konnte man ihm den letzten Groschen rauben, und er würde nie vermuten, dass dahinter sein »guter Freund« steckte. »Meiner Überzeugung nach sollten wir die Kommission bei allem, was sie tun muss, nach Kräften unterstützen. Das habe ich ihrem Beauftragten gesagt, als er an mich herangetreten ist.«

»Das hätte ich auch gesagt.« Sido wischte sich Schweißperlen von seiner wenig bemerkenswerten Oberlippe. »Glauben Sie mir, Stepan, wenn Sie auf irgendwas zählen können, dann können Sie darauf zählen.«

Das U.S. Naval Observatory an der Ecke Massachusetts Avenue und 34th Street ist die offizielle Quelle für alle Zeitsignale in den Vereinigten Staaten. Es gehört zu den wenigen Einrichtungen im ganzen Land, in denen der Mond, die Sterne und die Planeten unter ständiger Beobachtung stehen. Das größte Teleskop des Observatoriums ist über 125 Jahre alt und noch immer in Gebrauch. Mit diesem Spiegelteleskop entdeckte Dr. Asaph Hall im Jahr 1877 die beiden Marsmonde. Niemand weiß, weshalb er sich dafür entschied, sie Deimos (Sorge) und Phobos (Angst) zu nennen, aber der CIA-Direktor wusste, dass er sich zum Observatorium hingezogen fühlte, wenn ihn seine Melancholie fast greifbar dick einhüllte. Deshalb hatte er sich tief im Inneren des Gebäudes, nicht weit von Dr. Halls Teleskop entfernt, ein kleines Büro einrichten lassen.

Dort traf Martin Lindros ihn in einer Videokonferenz mit Jamie Hull an, der für die US-Sicherheitsmaßnahmen in Reykjavik zuständig war.

»Fahd al-Sa'ud macht mir keine Sorgen«, sagte Hull gerade mit seiner ziemlich hochmütigen Stimme. »Die Araber haben keinen blassen Schimmer von heutigen Sicherheitsmaßnahmen, deshalb überlassen Sie sich bereitwillig unserer Führung.« Er schüttelte den Kopf. »Aber der Russe, dieser Boris Iljitsch Karpow, geht mir verdammt auf die Nerven. Er kritisiert grundsätzlich alles. Sage ich weiß, sagt er schwarz. Ich glaube, das macht dem Scheißkerl echt Spaß!«

»Soll das heißen, dass Sie mit einem einzigen gottverdammten russischen Sicherheitsbeamten nicht fertig werden, Jamie?«

»Äh, wie bitte?« In Hulls blaue Augen trat ein verblüffter Ausdruck, sein rötlicher Schnurrbart zitterte leicht. »Nein, Sir. Durchaus nicht.«

»Sonst würde ich Sie nämlich auf der Stelle ablösen lassen.« Die Stimme des Direktors klang grausam scharf.

»Nicht nötig, Sir.«

»Und das tue ich, wenn's nötig ist. Ich habe keine Lust, mich mit diesem Scheiß …«

»Nicht nötig, Sir«, versicherte Hull ihm hastig. »Ich bekomme Karpow unter Kontrolle.«

»Das will ich auch hoffen.« Lindros hörte die plötzliche Mattigkeit in der Stimme des alten Kriegers und hoffte, dass Jamie sie in der elektronischen Übermittlung nicht entdecken würde. »Vor, während und nach dem Besuch des Präsidenten brauchen wir eine geschlossene Front. Ist das klar?«

»Ja, Sir.«

»Jason Bourne hat sich nicht blicken lassen, was?«

»Bisher nicht, Sir. Und glauben Sie mir, wir sind besonders wachsam gewesen.«

Lindros erkannte, dass der Direktor alle Informationen erhalten hatte, die er im Augenblick brauchte, und räusperte sich dezent.

»Jamie, mein nächster Besucher ist da«, sagte der CIA-Direktor, ohne sich umzudrehen. »Ich melde mich morgen wieder.« Er schaltete die Kamera aus, blieb mit aneinander gelegten Händen sitzen und starrte ein großes Farbfoto an, das den Mars und seine beiden unbewohnbaren Monde zeigte.

Lindros hängte seinen Regenmantel auf und setzte sich dem Boss gegenüber. Der Raum, den der CIA-Direktor sich ausgesucht hatte, war klein, eng und selbst mitten im Winter überheizt. An einer Wand hing ein Porträt des Präsidenten. Gegenüber befand sich das einzige Fenster, vor dem hohe Tannen aufragten: schwarz und weiß – alle Einzelheiten wurden durch die aus Sicherheitsgründen installierten starken Scheinwerfer überstrahlt. »Gute Nachrichten aus Paris«, sagte er. »Jason Bourne ist tot.«

Der Direktor hob ruckartig den Kopf. Seine Gesichtszüge, die eben noch schlaff gewesen waren, wirkten plötzlich belebt. »Sie haben ihn erwischt? Wie? Hoffentlich ist er unter Schmerzen gestorben!«

»Höchstwahrscheinlich, Sir. Er ist bei einem Verkehrsunfall auf der A1 knapp nordwestlich von Paris umgekommen. Sein Motorrad ist frontal mit einem Sattelschlepper zusammengestoßen. Eine Sûreté-Agentin war Augenzeugin.«

»Mein Gott«, flüsterte der Direktor. »Nichts übrig außer einer Ölspur.« Er runzelte die Stirn. »Dass er's war, steht außer Zweifel?«

»Bis er eindeutig identifiziert ist, bleiben immer Zweifel«, sagte Lindros. »Wir haben Bournes Zahnschema und eine DNA-Probe übermittelt, aber die französischen Stellen sagen, dass es eine Explosion mit anschließendem Brand gegeben hat, der vielleicht sogar alle Knochen vernichtet hat. Jedenfalls werden sie ein bis zwei Tage brauchen, um den Unfallort unter die Lupe zunehmen. Sie haben mir zugesichert, mich sofort zu informieren, wenn es neue Erkenntnisse gibt.«

Der CIA-Direktor nickte.

»Und Jacques Robbinet ist unverletzt«, fügte Lindros hinzu.

»Wer?«

»Der französische Kulturminister, Sir. Er war ein Freund Conklins, hat früher für ihn gearbeitet. Wir haben befürchtet, Bourne könnte es als Nächstes auf ihn abgesehen haben.«

Die beiden Männer saßen ganz still. Der Blick des Direktors war nach innen gerichtet. Vielleicht dachte er an Alex Conklin, vielleicht dachte er über die Rolle nach, die Sorge und Angst im modernen Leben spielten, und fragte sich, wie Dr. Hall das hatte voraussehen können. Er selbst war in der irrigen Annahme zum Geheimdienst gegangen, diese Arbeit könne seine angeborenen Angstzustände lindern. Und trotzdem hatte er nie daran gedacht, diesen Beruf aufzugeben. Er konnte sich kein Leben ohne ihn vorstellen; sein ganzes Wesen wurde dadurch definiert, was er war und was er in der für Zivilisten unsichtbaren Welt der Geheimdienste leistete.

»Sir, es ist spät, wenn ich das sagen darf.«

Der Direktor seufzte. »Erzählen Sie mir etwas, das ich nicht weiß, Martin.«

»Ich denke, Sie sollten zu Madeleine heimfahren«, sagte Lindros halblaut.

Sein Boss rieb sich die Stirn. Er war plötzlich sehr müde. »Maddy ist bei ihrer Schwester in Phoenix. Das Haus ist heute Abend dunkel.«

»Sie sollten trotzdem heimfahren.«

Als Lindros aufstand, sah der Direktor zu ihm auf. »Hören Sie, Martin, Sie glauben vielleicht, der Fall Bourne sei abgeschlossen, aber das ist er nicht.«

Lindros war dabei, seinen Regenmantel anzuziehen; jetzt hielt er inne. »Das verstehe ich nicht, Sir.«

»Bourne mag tot sein, aber in den letzten Stunden seines Lebens hat er uns gründlich zum Narren gehalten.«

»Sir ...«

»Er hat uns vorgeführt. Das dürfen wir nicht auf uns sitzen lassen. Heutzutage wird einfach zu viel geschnüffelt. Und wo geschnüffelt wird, werden peinliche Fragen gestellt, und wenn solche Fragen nicht gleich beantwortet werden, haben sie unweigerlich schlimme Konsequenzen.« Die Augen des CIA-Direktors glitzerten. »Uns fehlt nur ein wichtiges Element, damit wir diese betrübliche Episode abschließen und auf den Müllhaufen der Geschichte werfen können.«

»Und das wäre, Sir?«

»Wir brauchen einen Sündenbock, Martin – jemanden, an dem die ganze Scheiße hängen bleibt, während wir wie Rosenknospen im Mai duften.« Er starrte seinen Stellvertreter durchdringend an. »Haben Sie jemanden, der sich für diese Rolle eignet, Martin?«

Lindros hatte das Gefühl, in seinem Magen bilde sich ein Eisklumpen.

»Los, los, Martin«!, drängte der Direktor scharf. »Reden Sie schon!«

Aber Lindros starrte ihn weiter stumm an. Seine Stimme schien ihm den Dienst zu versagen.

»Klar haben Sie jemanden, Martin«, knurrte sein Boss.

»Das macht Ihnen Spaß, stimmt's?«

Diese Beschuldigung ließ den Direktor innerlich zusammenzucken. Nicht zum ersten Mal war er froh, dass seine Söhne nicht in dieser Branche waren, in der er sie hätte ducken müssen. Niemand würde ihn übertreffen; dafür würde er sorgen. »Wenn Sie den Namen nicht sagen wollen, sage ich ihn: Detective Harris.«

»Das dürfen wir ihm nicht antun«, sagte Lindros mit gepresster Stimme. Er fühlte Zorn in sich aufwallen, wie Kohlensäure in einer eben aufgerissenen Getränkedose aufsteigt.

»Wir? Wer hat irgendwas von ›wir‹ gesagt, Martin? Dies war Ihr Fall. Das habe ich von Anfang an klar gemacht. Jetzt bleibt's ganz Ihnen überlassen, Schuldzuweisungen vorzunehmen.«

»Aber Harris hat nichts falsch gemacht.«

Der Direktor zog die Augenbrauen hoch. »Das bezweifle ich sehr, aber wen kümmert das, selbst wenn's wahr wäre?«

»Mich kümmert's, Sir.«

»Auch gut, Martin. Dann sind Sie sicher bereit, die Verantwortung für die Pleiten in der Old Town und am Washington Circle zu übernehmen.«

Lindros presste die Lippen zusammen. »Ist das die Wahl, die mir bleibt?«

»Ich sehe keine andere – Sie etwa? Das Hexenweib legt's darauf an, mir sein Pfund Fleisch aus den Rippen zu schneiden. Muss ich jemanden opfern, wäre mir ein ältlicher Kriminalbeamter der Virginia State Police verdammt viel lieber als mein eigener Stellvertreter. Welches Licht würde es auf mich werfen, wenn Sie sich in Ihr Schwert stürzen, Martin?«

»Jesus«, sagte Lindros vor Wut kochend, »wie zum Teufel haben Sie es bloß geschafft, in dieser Schlangengrube so lange zu überleben?«

Der CIA-Direktor stand auf und zog seinen Mantel an. »Worauf führen *Sie* das zurück?«

Bourne erreichte den gotischen Steinbau der Matthiaskirche um 23.40 Uhr. Die folgenden zwanzig Minuten verbrachte er damit, die Umgebung der Kirche zu erkunden. Die Luft war still und kühl, der Nachthimmel klar. Aber am Horizont im Westen stand eine dunkle Wolkenwand, und der auffrischende Wind brachte feuchten Regengeruch mit. Zwischendurch weckten einzelne Laute oder Gerüche Teile seiner verschütteten Erinnerungen. Er wusste bestimmt, dass er schon einmal hier gewesen war, konnte sich aber nicht erinnern, wann und mit welchem Auftrag das gewesen war. Als er wieder die Leere aus Verlustgefühl und Sehnsucht empfand, dachte er so intensiv an Alex und Mo, dass er sie in diesem Augenblick fast hätte heraufbeschwören können.

Mit einer Grimasse setzte er seine Arbeit fort, kontrollierte die Umgebung der Kirche und vergewisserte sich so gut wie irgend möglich, dass der Treffpunkt nicht unter feindlicher Überwachung stand.

Als es Mitternacht schlug, näherte er sich der gewaltigen Südfassade der Matthiaskirche mit ihrem achtzig Meter hohen gotischen Steinturm, der mit Wasserspeiern überladen war. Auf der untersten Stufe der zum Portal hinaufführenden Treppe stand eine junge Frau. Sie war groß, schlank und auffallend schön. Ihr langes rotes Har leuchtete im Licht der Straßenlaternen. Hinter ihr, über dem Portal, befand sich ein Relief aus dem 14. Jahrhundert, das die Jungfrau Maria zeigte. Die junge Frau wollte seinen Namen wissen.

»Alex Conklin«, antwortete er.

»Ihren Pass, bitte«, sagte sie so energisch wie eine Kontrolleurin auf dem Flughafen.

Er gab ihn ihr und beobachtete, wie sie ihn durchblätterte und das Papier zwischen Daumen und Zeigefinger prüfte. Sie hatte interessante Hände: schmal, langfingrig, kräftig, mit kurz geschnittenen Nägeln. Die Hände einer Musikerin. Er schätzte sie auf höchstens Mitte dreißig.

»Woher weiß ich, dass Sie wirklich Alexander Conklin sind?«, fragte sie.

»Was weiß man schon gewiss?«, erkundigte Bourne sich. »Man muss daran *glauben*.«

Die Frau schnaubte. »Wie heißen Sie mit Vornamen?«

»Der steht vorn im Pass ...«

Sie schüttelte den Kopf. »Ich meine Ihren wirklichen Vornamen. Den Sie bei Ihrer Geburt bekommen haben.«

»Alexej«, sagte Bourne, dem einfiel, dass Conklins Eltern aus Russland eingewandert waren.

Die junge Frau nickte. Sie hatte ein gut geschnittenes Gesicht, in dem große grüne ungarische Augen dominierten, eine schmale Nase und volle, schön geschwungene Lippen. Sie zeigte eine gewisse steife Förmlichkeit, die jedoch mit einer Fin-de-siècle-Ausstrahlung kombiniert war, die unterschwellig und reizvoll an ein harmloseres Jahrhundert erinnerte, in dem das Unausgesprochene oft wichtiger gewesen war als das offen Gesagte. »Willkommen in Budapest, Mr. Conklin. Ich bin Annaka Vadas.« Sie hob einen wohl geformten Arm, machte eine einladende Bewegung. »Bitte kommen Sie mit.«

Sie führte ihn über den Platz vor der Kirche und um die nächste Ecke. Die Gasse war so schlecht beleuchtet, dass die mit schweren Eisenbändern beschlagene Holztür kaum zu erkennen war. Die junge Frau nahm eine kleine Stablampe aus ihrer Umhängetasche und schaltete sie ein. Sie lieferte einen blendend hellen Lichtstrahl. Dann steckte sie einen altmodischen Bartschlüssel ins Schloss und drehte ihn erst in eine Richtung, dann in die andere. Die Tür öffnete sich knarrend.

»Mein Vater erwartet Sie bereits«, sagte sie. Sie betraten den riesigen Innenraum der Matthiaskirche. Im schwankenden Lichtstrahl der Stablampe konnte Bourne sehen, dass die verputzten Wände farbig bemalt waren. Die Fresken stellten Szenen aus dem Leben ungarischer Heiliger dar.

»Im Jahr 1541 wurde Buda von den Türken erobert, und diese Kirche diente hundertfünfzig Jahre als Hauptmoschee der Stadt«, sagte sie, während sie den Lichtstrahl über die Fresken gleiten ließ. »Die Türken räumten sie leer und übermalten die herrlichen Fresken. Aber jetzt ist alles so wiederhergestellt, wie es im dreizehnten Jahrhundert war.«

Vor ihnen sah Bourne einen schwachen Lichtschein. Annaka führte ihn in den aus mehreren Kapellen bestehenden Nordteil der Kirche. In der Kapelle neben der Kanzel standen die genau parallel ausgerichteten Sarkophage des ungarischen Königs Bela III. aus dem zehnten Jahrhundert und seiner Gemahlin Anne de Châtillon. In der ehemaligen Krypta stand unter einer Reihe geschnitzter Holzfiguren aus dem Mittelalter eine Gestalt im Halbdunkel.

János Vadas streckte die Rechte aus. Als Bourne sie ergreifen wollte, tauchten drei finster dreinblickende Männer aus den Schatten auf. Bourne zog blitzschnell seine Pistole. Aber Vadas lächelte nur.

»Sehen Sie sich den Schlagbolzen an, Mr. Bourne. Glauben Sie etwa, wir hätten eine funktionierende Waffe für Sie hinterlegt?«

Bourne sah, dass Annaka mit einer Pistole auf ihn zielte.

»Alexej Conklin war ein alter Freund von mir, Mr. Bourne. Und Ihr Gesicht war oft genug im Fernsehen.« Er hatte den wachsamen Gesichtsausdruck eines Jägers, dunkel und mit dichten Augenbrauen, einem energischen Kinn und glitzernden Augen. In seiner Jugend hatte er einen in der Stirnmitte spitz zulaufenden Haaransatz gehabt, aber jetzt, Mitte sechzig, hatte er eine Stirnglatze, die in Gegenrichtung ausgriff. »Sie haben offenbar Alexej und einen weiteren Mann – einen Dr. Panov, glaube ich – ermordet. Allein wegen Alexejs Tod könnte ich Sie auf der Stelle umlegen lassen.«

»Für mich war er ein alter Freund, sogar mein Mentor.«

Vadas machte ein trauriges, resigniertes Gesicht. »Und Sie haben sich gegen ihn gewandt, weil Sie's wie alle anderen auf das abgesehen haben, was Felix Schiffer in seinem Kopf hat.«

»Ich habe keine Ahnung, wovon Sie reden.«

»Nein, natürlich nicht«, sagte Vadas ziemlich skeptisch.

»Woher habe ich Ihrer Meinung nach Alex' richtigen Namen gewusst? Alexej und Mo Panov waren meine Freunde.«

»Also wäre der Mord an den beiden die Tat eines Verrückten gewesen.«

»Genau.«

»Herr Hazas ist der Überzeugung, dass Sie unzurechnungsfähig sind«, sagte Vadas gelassen. »Sie erinnern sich an den Hoteldirektor, den Sie fast zu Brei geschlagen haben? Er hat Sie als Verrückten bezeichnet, glaube ich.«

»Von ihm haben Sie also gewusst, wo Sie mich anrufen konnten«, sagte Bourne. »Ich habe ihn vielleicht etwas zu hart angefasst, aber ich wusste, dass er lügt.«

»Er hat für mich gelogen«, sagte Vadas mit unverkennbarem Stolz.

Während Annaka und die drei Männer ihn wachsam beobachteten, trat Bourne auf Vadas zu und hielt ihm die unbrauchbare Pistole hin. Als Vadas danach griff, riss Bourne ihn zu sich heran. Im selben Augenblick zog er seine Keramikpistole und drückte sie an Vadas' Schläfe. »Glauben Sie wirklich, dass ich eine fremde Waffe benützen würde, ohne sie vorher zu überprüfen?«

Er wandte sich an Annaka und sagte mit ruhiger, nüchterner Stimme: »Legen Sie die Pistole auf den Boden, wenn Sie nicht wollen, dass das Gehirn Ihres Vaters über fünf Jahrhunderte Geschichte verspritzt wird. Sehen Sie ihn nicht an; tun Sie einfach nur, was ich sage.«

Annaka legte ihre Waffe auf den Fußboden.

»Befördern Sie sie mit dem Fuß zu mir her.«

Sie tat wie geheißen.

Keiner der drei Männer hatte eine Bewegung gemacht, und nun würden sie nicht mehr angreifen. Trotzdem behielt Bourne sie für alle Fälle im Auge. Er nahm die Mündung von Vadas' Schläfe, ließ ihn los.

»Ich hätte Sie erschießen können, wenn ich das gewollt hätte.«

»Und dann hätte ich Sie umgelegt«, sagte Annaka wild entschlossen.

»Sie hätten's bestimmt versucht«, sagte Bourne. Er hielt die Keramikpistole so, dass Vadas' Männer und sie merkten, dass er nicht die Absicht hatte, sie zu benützen. »Aber das wäre feindselig gehandelt. Um das zu tun, müssten wir Feinde sein.« Er hob Annakas Pistole auf und hielt sie ihr mit dem Griff voraus hin.

Sie griff wortlos danach und zielte sofort wieder auf ihn.

»Was haben Sie aus Ihrer Tochter gemacht, Herr Vadas? Sie würde für Sie töten, ja, aber ich habe den Eindruck, dass sie zu impulsiv und ohne ausreichenden Grund handelt.«

Vadas trat zwischen Bourne und seine Tochter, drückte ihre

Waffe mit einer Hand herunter. »Ich habe schon genügend Feinde, Annaka«, sagte er leise.

Annaka steckte die Pistole weg, aber Bourne sah in ihrem Blick weiter Feindseligkeit blitzen.

Vadas wandte sich an Bourne. »Hätten Sie Alexej ermordet, wäre das zweifellos die Tat eines Verrückten gewesen. Und trotzdem scheinen Sie das genaue Gegenteil eines Wahnsinnigen zu sein.«

»Man hat die Morde mir angehängt, damit der wahre Täter auf freiem Fuß bleiben konnte.«

»Interessant. Weshalb?«

»Um das rauszukriegen, bin ich hergekommen.«

Vadas starrte Bourne an. Dann sah er sich um, hob die Arme. »Wäre Alexej am Leben geblieben, hätte ich mich hier mit ihm getroffen, wissen Sie. Diese Kirche ist für uns Ungarn von großer geschichtlicher Bedeutung. Im frühen vierzehnten Jahrhundert hat hier Budas erste Pfarrkirche gestanden. Die riesige Orgel auf der Empore hat bei beiden Hochzeiten König Matthias' gespielt. Die beiden letzten ungarischen Könige, Franz Joseph I. und Karl IV., wurden hier gekrönt. Ja, dies ist geschichtsträchtiger Boden, und Alexej und ich wollten hier Geschichte machen.«

»Mit Hilfe von Dr. Felix Schiffer, stimmt's?«, fragte Bourne.

Vadas hatte keine Zeit mehr, seine Frage zu beantworten. Im nächsten Augenblick hallte ein Schuss durch den weiten Kirchenraum, und er taumelte mit hochgerissenen Armen rückwärts. Blut sickerte aus einer Einschusswunde mitten in seiner Stirn. Bourne stürzte sich auf Annaka, begrub sie auf dem Marmorboden unter sich. Vadas' Männer warfen sich herum, liefen auseinander und begannen zu schießen, während sie in Deckung flüchteten. Einer von ihnen wurde sofort getroffen: Er schlitterte über den Steinboden und war tot, bevor er aufschlug. Der zweite Mann erreichte den Rand einer Bankreihe und bemühte sich verzweifelt, hinter sie zu gelangen, als auch er von einer Kugel in die Wirbelsäule gefällt wurde. Er bäumte sich auf, und sein Revolver krachte zu Boden.

Von dem dritten Mann, der eben in Deckung ging, sah Bourne zu Vadas hinüber, der in einer größer werdenden Blutlache auf dem Rücken lag. Er bewegte sich nicht mehr, sein Brustkorb ließ keine Atmung mehr erkennen. Weitere Schüsse lenkten Bournes Aufmerksamkeit wieder auf den dritten Mann, der sich jetzt aus geduckter Haltung erhob und mehrmals in Richtung Orgelempore schoss. Plötzlich warf er den Kopf zurück und breitete die Arme weit als, während ein Blutfleck auf seiner Brust sich rasch vergrößerte. Er griff sich noch an die Wunde, verdrehte aber bereits die Augen nach oben.

Bourne blickte zu der düsteren Empore auf, glaubte einen noch dunkleren Schatten zu erkennen, griff sich die Pistole des ersten Mannes und drückte ab. Steinsplitter spritzten. Im nächsten Augenblick rannte er mit Annakas Stablampe in der Hand zu der steinernen Wendeltreppe, die zur Empore hinaufführte. Annaka konnte sich endlich aufrichten und das Chaos um sie herum in Augenschein nehmen. Sie sah ihren Vater leblos daliegen und schrie entsetzt auf.

»Zurück!«, rief Bourne. »Das ist zu gefährlich!«

Annaka ignorierte ihn und beugte sich über ihren Vater.

Bourne gab ihr Feuerschutz, indem er nochmals ins Dunkel der Orgelempore schoss, und war nicht überrascht, als sein Feuer nicht erwidert wurde. Der Attentäter hatte sein Ziel erreicht; vermutlich war er längst auf der Flucht.

Nun war keine Zeit mehr zu verlieren. Bourne hetzte die Wendeltreppe zur Empore hinauf. Als er dort eine leere Patronenhülse liegen sah, rannte er weiter. Auf der Empore war anscheinend niemand. Ihr Boden bestand aus Steinplatten, und die Wand hinter der Orgel war reich aus Holz geschnitzt. Bourne warf einen Blick dahinter, aber dieser Raum war leer. Er kontrollierte den Boden um die Orgel herum, dann die Holzwand. Der Spalt um eines der Paneele schien sich von den anderen zu unterscheiden, war auf einer Seite mehrere Millimeter breiter ...

Als er ihn mit den Fingerspitzen abtastete, zeigte sich, dass dieses Paneel in Wirklichkeit eine schmale Tür war. Dahinter lag eine steil nach oben führende Wendeltreppe. Mit schussbereiter Pistole stieg Bourne die Steinstufen hinauf, die vor einer weiteren Tür endeten. Als er sie aufstieß, sah er, dass sie aufs Kirchendach hinausführte. Sobald er den Kopf ins Freie steckte, schlug ein Geschoss neben ihm ein. Er wich hastig zurück, sah aber noch eine Gestalt, die sich über das extrem steile Ziegeldach von ihm wegbewegte. Um alles schlimmer zu machen, hatte es zu regnen begonnen, sodass die Dachpfannen rutschig waren. Positiv war jedoch, dass der Attentäter zu sehr damit beschäftigt war, das Gleichgewicht zu bewahren – er konnte nicht riskieren, noch einmal zu schießen.

Da Bourne erkannte, dass die Sohlen seiner neuen Stiefel rutschen würden, zog er sie aus und ließ sie über die Brüstung fallen. Dann bewegte er sich auf allen vieren übers Dach. Dreißig Meter unter ihm, aus seiner Perspektive in gähnender Tiefe, lag der Platz um die Matthiaskirche im schwachen Lichtschein altmodischer Straßenlaternen. Bourne krallte sich mit Fingern und Zehen fest und verfolgte den Attentäter. Unterschwellig vermutete er, der Unbekannte sei Chan – aber wie hätte er *vor* ihm in Budapest eintreffen können und weshalb hätte er statt Bourne Vadas erschießen sollen?

Als er den Kopf hob, sah er, dass die Gestalt zum Südturm unterwegs war. Bourne war entschlossen, ihn zu stellen, und beeilte sich, ihm zu folgen. Die Dachziegel waren alt und porös. Eine Pfanne zerbrach unter seinem Griff der Länge nach und blieb in seiner Hand, sodass er einen Augenblick, wild mit den Armen rudernd, ums Gleichgewicht kämpfte. Sobald er es zurückgewonnen hatte, warf er den Ziegel weg, der drei Meter unter ihm auf dem Dach eines kleinen Kapellenanbaus zerschellte.

Sein Verstand eilte voraus. Der für ihn gefährlichste Augenblick stand bevor, wenn der Attentäter die sichere Zuflucht des Südturms erreichte. Befand Bourne sich dann noch in exponierter Lage auf dem Dach, konnte der Unbekannte ihn in aller Ruhe aufs Korn nehmen. Der Regen war stärker geworden, er machte die Dachplatten rutschiger und verschlechterte die Sicht. Der Südturm war kaum mehr als eine fünfzehn Meter entfernte schemenhafte Silhouette.

Bourne hatte drei Viertel des Weges bis zum Südturm zurückgelegt, als er etwas hörte – das Klirren von Metall auf Stein – und sich flach aufs Dach drückte. Wasser strömte über ihn hinweg, und er glaubte, ein an seinem Ohr vorbeisurrendes Geschoss zu hören, bevor die Dachziegel neben seinem rechten Knie explodierten, wobei er den Halt verlor. Er rutschte über das steile Dach hinunter und fiel über den Rand.

Er ließ seinen Körper instinktiv locker, und als er mit der linken Schulter aufs Kapellendach prallte, rollte er sich zu einer Kugel zusammen und benützte seinen Schwung, um sich übers Dach zu wälzen und so die Bewegungsenergie aufzuzehren. Er blieb, an ein buntes Glasfenster gelehnt, liegen, wo er außer Sichtweite des Attentäters war.

Als er nun den Kopf hob, stellte er fest, dass er nicht weit von dem Kirchturm entfernt war. Dicht vor ihm ragte ein niedriger Turm mit einer ihm zugekehrten schmalen Fensteröffnung auf. Dieses mittelalterliche Fenster war unverglast. Er zwängte sich hindurch, stieg eine steile Wendeltreppe hinauf und gelangte so auf eine schmale Steinbalustrade, die direkt zum Südturm hinüberführte.

Bourne konnte nicht abschätzen, ob der Attentäter ihn sehen würde, wenn er die Balustrade überquerte. Er holte tief Luft, stürmte aus der Tür, spurtete über die schmale Steinbalustrade. Als er vor sich eine schemenhafte Bewegung sah, rollte er sich zu einer Kugel zusammen, während ein Schuss knallte. Im nächsten Augenblick war er schon wieder auf den Beinen, und bevor der Attentäter den nächsten Schuss abgeben konnte, war er in der Luft und gelangte diesmal mit einem Hechtsprung durch das offene Turmfenster vor ihm.

Weitere Schüsse hallten ohrenbetäubend laut, und Steinsplitter umsummten ihn, als er die Wendeltreppe im Inneren des Turms hinaufhetzte. Über sich hörte er ein metallisches Klicken, das ihm sagte, dass sein Gegner seine Munition verschossen hatte. Er nahm jetzt zwei Stufen auf einmal, um diesen vorübergehenden Vorteil auszunützen. Er hörte ein weiteres metallisches Klirren, dann kam eine leere Patronenhülse sich überschlagend die Steintreppe herabgehüpft. Ohne sein Tempo zu verringern, krümmte er den Rücken, um ein möglichst kleines Ziel zu bieten. Je länger kein Schuss mehr fiel, desto höher war die Wahrscheinlichkeit, den Attentäter einzuholen.

Mit Wahrscheinlichkeiten konnte er sich nicht begnügen, er musste sich Gewissheit verschaffen. Er richtete Annakas Stablampe nach oben, schaltete sie ein. Er sah sofort Spuren eines verschwindenden Schattens auf den Stufen über ihm und verdoppelte seine Anstrengungen. Die Lampe schaltete er wieder aus, um dem Attentäter seine Position nicht zu verraten.

Sie befanden sich jetzt in achtzig Metern Höhe dicht unterhalb der Turmspitze. Hier gab es für den Unbekannten keinen Fluchtweg mehr. Er würde Bourne erledigen müssen, um sich aus dieser Falle zu befreien. Seine Verzweiflung würde ihn gefährlicher und zugleich risikobereiter machen. Von Bourne hing es ab, wie er diese Risikobereitschaft zu seinem Vorteil nutzte.

Über sich konnte er sehen, wo der Turm mit einer runden Plattform endete, die von hohen Steinbogen umgeben war, die Wind und Regen ungehindert einließen. Bourne machte Halt. Ihm war bewusst, dass er riskierte, in einen Kugelhagel zu geraten, wenn er seinen Sturmlauf fortsetzte. Und trotzdem durfte er hier nicht bleiben.

Er legte die Stablampe schräg nach oben gerichtet auf eine Stufe über sich, drückte sich flach an die Wand, zog den Kopf ein, machte einen möglichst langen Arm und schaltete die Lampe ein.

Der dadurch ausgelöste Kugelhagel krachte ohrenbetäubend laut. Noch während das Echo der Schüsse durch den Turm hallte, stürmte Bourne die restlichen Stufen hinauf. Er hatte darauf gesetzt, dass der Attentäter aus Verzweiflung sein gesamtes Magazin leer schießen würde, wenn er glaubte, dies sei Bournes endgültiger Angriff.

Durch eine Wolke aus Steinsplittern stürmte Bourne mit gesenktem Kopf gegen den Unbekannten an, drängte ihn über die Plattform zurück, knallte ihn gegen einen der Steinbogen. Der Mann hämmerte mit beiden Fäusten gleichzeitig auf Bournes Rücken, sodass er auf die Knie sank. Dabei senkte er den Kopf, wodurch sein Nacken ein allzu verlockendes Ziel bot. Als der Attentäter einen Handkantenschlag anbringen wollte, packte Bourne den herabzuckenden Arm, nutzte den Schwung des Angreifers gegen ihn aus und holte den Mann so von den Beinen. Als er zu Boden ging, traf Bourne mit einem Fausthieb seine Niere.

Der Attentäter umschlang Bournes Fußknöchel mit den Beinen und verdrehte sie, sodass er auf den Rücken knallte. Der Mann stürzte sich auf ihn. Sie kämpften miteinander, während das Licht der Stablampe von einem Nebel aus aufgewirbeltem Staub verdüstert wurde. In dem schwachen Lichtschein sah Bourne das lange, scharf geschnittene Gesicht des Attentäters, sein blondes Haar, die hellen Augen. Das verblüffte ihn sekundenlang. Ihm wurde bewusst, dass er erwartet hatte, der Attentäter werde Chan sein.

Bourne wollte diesen Mann nicht töten; er wollte ihn verhören. Er wollte unbedingt wissen, wer der Kerl war, wer ihn geschickt hatte und weshalb Vadas hatte sterben müssen. Aber der Mann kämpfte mit der Kraft und Hartnäckigkeit eines Verlorenen, und als er Bournes rechte Schulter traf, wurde dessen Arm gefühllos. Als er sich jetzt aufrappelte, fiel der Attentäter über ihn her, bevor er seine Haltung verändern und sich schützen konnte. Drei wuchtige Fausthiebe nacheinander ließen ihn durch einen der Steinbogen taumeln, bis er mit dem Rücken an der niedrigen Brüstung lehnte. Der Mann setzte sofort nach und hielt seine leer geschossene Pistole am Lauf gepackt, um ihren Griff als Keule zu benützen.

Bourne schüttelte benommen den Kopf und versuchte, die Schmerzen in seiner rechten Schulter loszuwerden. Der Attentäter war nun fast heran und hatte den rechten Arm erhoben, sodass der massive Griff seiner Waffe im Licht der Straßenlaternen auf dem Platz vor der Kirche glänzte. Auf seinem Gesicht stand ein mörderischer Ausdruck, seine Zähne waren zu einem raubtierartigen Knurren gefletscht. Er schwang die Pistole mit brutalem Schwung in weitem Bogen; der Griff kam herabgesaust, sollte Bourne offensichtlich den

Schädel einschlagen. Im letzten Augenblick schaffte es Bourne, so zur Seite zu rutschen, dass der Angreifer durch den eigenen Schwung über die Brüstung kippte.

Bourne reagierte augenblicklich, griff über die Brüstung und bekam die Hand des Mannes noch zu fassen. Aber der Regen hatte ihre Haut glitschig gemacht, und die Hand rutschte ihm durch die Finger. Mit einem gellenden Aufschrei fiel der Mann in die Tiefe und stürzte aufs Pflaster vor dem Kirchenportal.

Kapitel *vierzehn*

Es war spät nachts, als Chan in Budapest ankam. Er nahm sich am Flughafen ein Taxi und stieg im Hotel Danubius als Heng Raffarin ab – unter dem Namen, unter dem er schon als Reporter von *Le Monde* aufgetreten war. So war er durch die Passkontrolle gekommen, aber er hatte auch weitere – ebenfalls gekaufte – Papiere bei sich, die ihn als Interpol-Inspektor auswiesen.

»Ich bin eigens aus Paris angereist, um Mr. Conklin zu interviewen«, sagte er in gereiztem Tonfall. »All diese Verzögerungen! Ich bin schrecklich spät dran. Könnten Sie Mr. Conklin bitte mitteilen, dass ich endlich angekommen bin? Wir haben beide einen recht vollen Terminkalender.«

Wie Chan vorausgesehen hatte, sah der Hotelangestellte an der Rezeption sich automatisch nach den Brieffächern hinter sich um, über denen in goldenen Ziffern die jeweilige Zimmernummer stand. »Tut mir Leid, Monsieur, aber Mr. Conklin ist im Augenblick nicht in seiner Suite. Möchten Sie eine Nachricht für ihn hinterlassen?«

»Mir wird wohl nichts anderes übrig bleiben. Vielleicht klappt's ja morgen früh.« Chan gab vor, eine kurze Mitteilung für »Mr. Conklin« zu schreiben, klebte den Umschlag zu und gab ihn dem jungen Mann. Dann nahm er seinen Schlüssel mit, wandte sich ab und beobachtete dabei aus den Augenwinkeln, wie der Angestellte den Umschlag in das Fach PENT-HOUSE 3 legte. Befriedigt fuhr er in sein Zimmer hinauf, das im Stockwerk unter der Penthouse-Etage lag.

Nachdem er geduscht hatte, nahm er einige Utensilien aus einem kleinen Beutel mit und verließ sein Zimmer. Über die Treppe gelangte er in die Penthouse-Etage hinauf. Oben blieb er sehr lange auf dem Korridor stehen, horchte einfach nur, gewöhnte sich an die in jedem Gebäude zu hörenden kleinen Geräusche. Er stand unbeweglich da und wartete auf etwas – einen Laut, eine Vibration, ein *Gefühl* –, das ihm sagen würde, ob er weitergehen oder den Rückzug antreten sollte.

Als sich nichts Verdächtiges erkennen ließ, setzte Chan sich endlich vorsichtig in Bewegung, erkundete den gesamten Korridor und vergewisserte sich, dass zumindest hier keine Gefahr drohte. Zuletzt stand er vor der polierten zweiflügligen Teakholztür von Penthouse 3. Aus einem kleinen Besteck wählte er einen Dietrich aus. Keine Minute später öffnete er die Tür.

Chan blieb wieder eine Zeit lang auf der Schwelle stehen und nahm die Atmosphäre der Suite in sich auf. Sein Instinkt sagte ihm, dass sie leer war. Trotzdem musste er sich vor einer Falle in Acht nehmen. Während langer Schlafmangel und die auf ihn einstürzenden Emotionen ihn leicht schwanken ließen, suchte er den Raum ab. Außer den Überresten eines Päckchens, das ungefähr die Größe eines Schuhkartons gehabt haben musste, wies kaum etwas darauf hin, dass diese Suite vor kurzem bewohnt worden war. Das Bett schien noch unbenutzt zu sein. Aber wo ist Bourne jetzt?, fragte Chan sich.

Schließlich konzentrierte er sich wieder darauf, was er hier zu tun hatte, ging durch die Suite ins Bad und machte Licht. Auf der Ablage vor dem Spiegel sah er die Toilettenartikel – Kunststoffkamm, Zahnbürste, Zahnpasta und ein winziges Fläschchen Mundwasser –, die das Hotel ebenso wie Seife, Shampoo und Handcreme zur Verfügung gestellt hatte. Er schraubte die Zahnpastatube auf, drückte etwas von dem

Inhalt ins Waschbecken, spülte es weg. Dann holte er eine Büroklammer und ein kleines Silberdöschen aus seiner Jackentasche. Das Döschen enthielt zwei Kapseln aus schnell löslicher Gelatine. Eine war weiß, die andere schwarz.

»*One pill makes your heart beat, the other makes it slow, and the pills that Father gives you don't do anything at all*«, sang er mit klarer Tenorstimme zur Melodie von »White Rabbit«, als er die weiße Kapsel herausnahm.

Chan wollte sie gerade in die aufgeschraubte Zahnpastatube stecken und mit einem Ende der Büroklammer in die weiche Masse drücken, als ihn irgendetwas daran hinderte. Er zählte bis zehn, dann schraubte er die Tube wieder zu und legte sie genauso hin, wie er sie vorgefunden hatte.

Er stand einige Augenblicke lang verwirrt da und starrte die beiden Kapseln an, die er selbst angefertigt hatte. Als er sie vorbereitet hatte, hatte er genau gewusst, wozu sie dienen sollten: Im Gegensatz zu der sofort tödlich wirkenden schwarzen Kapsel enthielt die weiße nur eben genug Gift einer Ceylon-Krait-Schlange, um Bournes Körper zu lähmen, während sein Verstand klar und er selbst völlig ansprechbar blieben. Bourne wusste mehr über Spalkos Absichten als Chan; er musste mehr über ihn wissen, denn er war der aufgenommenen Fährte bis zu Spalkos Zentrale gefolgt. Chan wollte erfahren, was Bourne wusste, bevor er ihn umbrachte. Zumindest redete er sich das selbst ein.

Aber er konnte unmöglich noch länger leugnen, dass es in seinem Verstand, der so lange von fiebrigen Rachevisionen erfüllt gewesen war, in letzter Zeit Raum für andere Szenarien gab. Auch wenn er noch so viel Energie aufwandte, um sie zu verdrängen, hielten sie sich hartnäckig. Tatsächlich, das erkannte er jetzt, weigerten sie sich umso hartnäckiger, zu verschwinden, je energischer er sie zu unterdrücken versuchte.

Er kam sich wie ein Idiot vor, als er, im Hotelzimmer seines Feindes stehend, außerstande war, seinen sorgfältig ausgearbeiteten Plan in die Tat umzusetzen. Stattdessen erschien vor seinem inneren Auge wieder Bournes Gesichtsausdruck beim Anblick des aus Stein geschnittenen Buddhas, den er an einer Goldkette um den Hals trug. Als er jetzt nach dem Buddha griff, empfand er wie immer ein Gefühl des Trosts und der Sicherheit, das die glatte, schwere Form der kleinen Statue ihm vermittelte. Was war nur mit ihm los?

Mit einem ärgerlichen kleinen Grunzlaut wandte er sich ab und stolzierte aus der Suite. Auf der Treppe zur Hotelhalle hinunter zog er sein Handy aus der Tasche und tippte eine Budapester Telefonnummer ein. Nach dem zweiten Klingeln meldete sich eine Stimme.

»Ja?«, sagte Ethan Hearn.

»Wie läuft's in Ihrem Job?«

»Oh, es gefällt mir eigentlich ganz gut.«

»Genau wie ich vorhergesagt habe.«

»Wo sind Sie jetzt?«, fragte der neu angestellte Spendenwerber von Humanistas, Ltd.

»Budapest.«

»Das überrascht mich«, sagte Hearn. »Ich dachte, Sie hätten einen Auftrag in Ostafrika.«

»Den habe ich abgelehnt«, erklärte Chan ihm. Er hatte die Hotelhalle erreicht und durchquerte sie jetzt auf dem Weg zur Drehtür. »Tatsächlich stehe ich für einige Zeit nicht mehr zur Verfügung.«

»Etwas ziemlich Wichtiges muss Sie hergeführt haben.«

»Ihr Boss, wenn Sie's genau wissen wollen. Was haben Sie über ihn in Erfahrung bringen können?«

»Nichts Konkretes, aber er plant etwas, das steht fest, und es ist sehr, sehr groß.«

»Wie kommen Sie darauf?«, fragte Chan.

»Erstens hat er ein tschetschenisches Paar bei sich zu Gast gehabt«, antwortete Hearn. »Auf den ersten Blick war das nicht verdächtig. Schließlich haben wir in Tschetschenien ein wichtiges Hilfsunternehmen laufen. Und trotzdem war es seltsam, *sehr* seltsam, denn obwohl die beiden westlich gekleidet waren – der Mann war bartlos, die Frau hat kein Kopftuch getragen –, habe ich sie erkannt … nun, zumindest *ihn*. Er war Hassan Arsenow, der tschetschenische Rebellenführer.«

»Bitte weiter«, drängte Chan, der schon jetzt dachte, sein Maulwurf habe sich reichlich bezahlt gemacht.

»Und vorgestern Abend hat er mich aufgefordert, in die Oper zu gehen«, fuhr Hearn fort. »Angeblich wollte er mit meiner Hilfe einen reichen Geldgeber namens László Molnar ködern.«

»Was ist daran so seltsam?«, fragte Chan.

»Zwei Dinge«, sagte Hearn. »Erstens hat Spalko mich mitten am Abend abgelöst. Er hat mir praktisch befohlen, den nächsten Tag freizunehmen. Zweitens ist Molnar seitdem verschwunden.«

»Verschwunden?«

»Spurlos verschwunden, als habe er nie existiert«, bestätigte Hearn. »Spalko hält mich für zu naiv, um das zu überprüfen.« Er lachte halblaut.

»Bloß kein übertriebenes Selbstbewusstsein«, warnte Chan ihn. »Dann fängt man an, Fehler zu machen. Und denken Sie daran, was ich gesagt habe: Unterschätzen Sie Spalko nicht! Sobald Sie das tun, sind Sie so gut wie tot.«

»Schon verstanden, Chan. Jesus, ich bin schließlich kein Dummkopf.«

»Wären Sie einer, stünden Sie nicht auf meiner Gehaltsliste«, erinnerte Chan ihn. »Wissen Sie, wo dieser László Molnar wohnt?«

Ethan Hearn gab ihm die Adresse.

»Jetzt«, sagte Chan, »brauchen Sie nur noch Augen und Ohren offen zu halten und in Deckung zu bleiben. Ich will alles, was Sie über ihn in Erfahrung bringen können.«

Jason Bourne beobachtete, wie Annaka Vadas die Leichenhalle verließ, in die sie vermutlich von der Polizei gebracht worden war, um ihren erschossenen Vater und seine drei Begleiter zu identifizieren. Der Attentäter war beim Sturz vom Dach mit dem Kopf voraus aufgeschlagen, was eine Identifizierung mit Hilfe seines Zahnschemas ausschloss. Die Polizei war vermutlich dabei, Interpol seine Fingerabdrücke zu übermitteln. Bourne hatte Gesprächsfetzen in der Matthiaskirche mitbekommen, und die Polizei fragte sich nun völlig zu Recht, weshalb ein Profikiller auf János Vadas angesetzt worden war, aber Annaka gab vor, sie könne sich das auch nicht erklären, sodass die Polizei schließlich kapitulierte. Sie ahnte natürlich nichts von Bournes Verwicklung in diese Sache. Er hatte notwendigerweise einen weiten Bogen um die Ermittler gemacht – schließlich war er ein international gesuchter Verdächtiger –, aber er empfand eine gewisse Beklemmung. Er wusste nicht, ob er Annaka trauen durfte. Dass sie ihm eine Kugel durch den Kopf hatte jagen wollen, lag noch nicht lange zurück. Aber er hoffte, dass sein Verhalten nach der Ermordung ihres Vaters sie davon überzeugen würde, dass er auf ihrer Seite war.

Das war wohl auch der Fall, denn Annaka hatte der Polizei nichts von ihm erzählt. Stattdessen hatte er seine Stiefel in der Kapelle gefunden, die Annaka ihm gezeigt hatte; dort lagen sie zwischen den Sarkophagen von König Béla III. und Anne de Châtillon. Bourne hatte einen Taxifahrer mit einem guten Trinkgeld geködert und war ihr zum Polizeirevier und zur Leichenhalle nachgefahren. Jetzt beobachtete er, wie die

Polizeibeamten zum Abschied grüßend an ihre Mützenschirme tippten und ihr eine gute Nacht wünschten. Sie hatten angeboten, Annaka nach Hause zu fahren, aber sie hatte dankend abgelehnt. Stattdessen zog sie auf dem Gehsteig ihr Handy heraus – um ein Taxi zu rufen, vermutete er.

Als er bestimmt wusste, dass sie allein war, trat er aus den Schatten, in denen er versteckt gewesen war, und überquerte rasch die Straße, um zu ihr zu gelangen. Sie sah ihn und steckte das Handy ein. Ihr besorgter Blick stoppte ihn abrupt.

»Sie! Wie haben Sie mich gefunden?« Annaka sah sich um – ziemlich wild, wie Bourne fand. »Sind Sie mir die ganze Zeit nachgefahren?«

»Ich wollte sichergehen, dass mit Ihnen alles in Ordnung ist.«

»Mein Vater ist vor meinen Augen erschossen worden«, sagte sie knapp. »Wie soll da alles in Ordnung sein?«

Ihm war bewusst, dass sie unter einer Straßenlampe standen. Nachts dachte er immer in Ziel- und Sicherheitskategorien; das war ihm zur zweiten Natur geworden – dagegen war er machtlos. »Die hiesige Polizei kann unangenehm sein.«

»Wirklich? Und woher wollen Sie das wissen?« Seine Antwort interessierte sie anscheinend nicht, denn sie begann von ihm wegzugehen. Ihre Absätze klackten auf den Pflastersteinen.

»Annaka, wir brauchen einander.«

Sie hielt sich sehr gerade, trug den Kopf auf ihrem langen, schlanken Hals hoch erhoben. »Was veranlasst Sie zu dieser absurden Behauptung?«

»Sie ist nicht absurd, sie ist wahr.«

Die junge Frau machte auf dem Absatz kehrt, sah ihm ins Gesicht. »Nein, sie ist nicht wahr.« Ihre Augen funkelten. »Ihretwegen ist mein Vater tot!«

»Wer stellt hier absurde Behauptungen auf?« Er schüttelte den Kopf. »Ihr Vater ist wegen einer Sache ermordet worden, in die er gemeinsam mit Alex Conklin verwickelt war. Wegen dieser Sache ist Alex in seinem Haus erschossen worden, und deshalb bin ich hier.«

Sie schnaubte verächtlich. Bourne verstand die Ursachen ihrer Sprödigkeit. Sie war – vielleicht von ihrem Vater – auf ein von Männern beherrschtes Schlachtfeld getrieben worden und befand sich jetzt mehr oder weniger im Krieg. Zumindest nahm sie eine höchst defensive Haltung ein.

»Wollen Sie nicht herausbekommen, wer Ihren Vater ermordet hat?«

»Offen gesagt, nein.« Ihre zur Faust geballte Rechte war in die Hüfte gestemmt. »Ich will ihn begraben und vergessen, dass ich je von Alex Conklin und Dr. Felix Schiffer gehört habe.«

»Das ist doch nicht Ihr Ernst!«

»Kennen Sie mich, Mr. Bourne? Wissen Sie irgendwas über mich?« Sie hielt den Kopf leicht schief, während ihre klaren Augen ihn prüfend musterten. »Das glaube ich nicht. Sie tappen völlig im Dunkeln. Deshalb sind Sie hergekommen und haben sich als Alexej ausgegeben. Eine dämliche List, auf den ersten Blick zu durchschauen. Und nachdem wegen Ihrer Ungeschicklichkeit Blut geflossen ist, halten Sie's für Ihre Pflicht, festzustellen, was Alexej und mein Vater planten.«

»Kennen Sie mich, Annaka?«

Ihre Lippen verzogen sich zu einem spöttischen Lächeln, als sie einen Schritt näher an ihn herantrat. »O ja, Mr. Bourne, ich kenne Sie gut. Ich habe Männer ihrer Art kommen und gehen gesehen – jeder in den letzten Augenblicken, bevor er niedergeschossen wird, von dem Glauben erfüllt, er sei cleverer als seine Vorgänger.«

»Wer bin ich also?«

»Denken Sie, dass ich mich nicht traue, Ihnen das zu sagen? Mr. Bourne, ich weiß genau, wer Sie sind. Sie gleichen einer Katze mit einem Wollknäuel. Sie sind erpicht darauf, das Knäuel zu entwirren, koste es, was es wolle. Für Sie ist dies nur ein Spiel – ein Rätsel, das gelöst werden muss. Alles andere ist unwichtig. Sie werden durch eben das Rätsel definiert, das Sie zu lösen versuchen. Sonst wären Sie gar nicht existent.«

»Sie täuschen sich.«

»O nein, das tue ich nicht.« Das spöttische Lächeln wurde breiter. »Deshalb können Sie nicht begreifen, dass ich diese Sache hinter mir lassen will. Sie begreifen nicht, warum ich nicht mit Ihnen zusammenarbeiten und Ihnen nicht helfen will, den Mörder meines Vaters zu finden. Wozu auch? Würde ihn das wieder lebendig machen? Er ist *tot,* Mr. Bourne. Er denkt, er atmet nicht mehr. Er ist nur noch ein Leichnam, der darauf wartet, dass die Zeit beendet, was sie begonnen hat.«

Sie wandte sich ab und wollte gehen.

»Annaka …«

»Lassen Sie mich in Ruhe, Mr. Bourne. Was immer Sie zu sagen haben, es interessiert mich nicht.«

Er lief ihr nach, holte sie ein. »Wie können Sie das behaupten? Sechs Männer haben ihr Leben gelassen, weil …«

Sie bedachte ihn mit einem wehmütigen Blick, und er merkte, dass sie dicht davor war, in Tränen auszubrechen. »Ich habe meinen Vater gebeten, sich aus dieser Sache rauszuhalten, aber Sie wissen schon … alte Freunde, der Reiz des Geheimen, weiß der Teufel, was es war. Ich habe ihn gewarnt, alles würde ein schlimmes Ende nehmen, aber er hat nur gelacht – ja, *gelacht* – und gesagt, Frauen verstünden nichts von solchen Dingen. Nun, das hat mich in meine Schranken gewiesen, nicht wahr?«

»Annaka, nach mir wird wegen eines Doppelmordes gefahndet, den ich nicht begangen habe. Meine beiden besten
Freunde sind erschossen worden, und ich gelte als Haupt-
verdächtiger. Können Sie nicht begreifen, dass …«

»Jesus, haben Sie denn kein Wort von dem gehört, was ich
gesagt habe? Ist alles bei einem Ohr hinein- und beim anderen hinausgegangen?«

»Allein kann ich's nicht schaffen, Annaka. Sie müssen mir helfen. Ich kann mich an sonst niemanden wenden. Mein Leben
liegt buchstäblich in Ihren Händen. Bitte erzählen Sie mir von
Dr. Felix Schiffer. Sagen Sie mir, was Sie über ihn wissen, und
ich schwöre Ihnen, dass Sie mich nie wieder sehen werden.«

Sie wohnte im Haus 106–108 Fo utca in Víziváros, einem
engen Stadtviertel mit Hügeln und steilen Treppen statt Straßen, das zwischen Festungsbezirk und Donau eingeklemmt
war. Von ihrem nach vorn hinausführenden Erkerfenster aus
konnte man den Bem tér sehen. Dort hatten sich im Jahr
1956 wenige Stunden vor dem Ungarnaufstand Tausende versammelt und ungarische Fahnen geschwenkt, aus denen sie
freudig und sorgfältig Hammer und Sichel herausgeschnitten
hatten, bevor sie zum Parlament gezogen waren.

Das kleine Apartment wirkte umso beengter, weil ein Konzertflügel fast die Hälfte des Wohnzimmers einnahm. Die
Bücherwand gegenüber war mit Büchern, Monografien und
Zeitschriften über Musikgeschichte und Musiktheorie, Biografien von Komponisten, Dirigenten und Musikern voll gestopft.

»Sie spielen Klavier?«, fragte Bourne.

»Ja«, sagte Annaka einfach.

Er setzte sich auf die Klavierbank und warf einen Blick auf
das vor ihm stehende Notenheft. Ein Nocturne von Chopin,

Opus 9, No. 1 in b-moll. *Sie muss ziemlich gut spielen, wenn sie das meistert,* dachte er.

Von dem Erkerfenster im Wohnzimmer aus waren der Boulevard und die Häuser auf der gegenüberliegenden Seite zu sehen. Nur hinter wenigen Fenstern brannte noch Licht; leiser Jazz aus den Fünfzigern – Thelonious Monk – schwebte durch die Nacht. Ein Hund bellte kurz und verstummte wieder. Von Zeit zu Zeit trug die leichte Brise Verkehrsgeräusche herüber.

Nachdem Annaka überall Licht gemacht hatte, ging sie in die Küche und setzte Teewasser auf. Aus einem butterblumengelben Hängeschrank nahm sie Tassen und Untertassen, und während der Tee zog, schraubte sie eine Flasche auf und kippte in jede Tasse einen kräftigen Schuss Rum.

Sie machte den Kühlschrank auf. »Möchten Sie etwas essen? Käse, ein Wurstbrot?« Sie sprach mit ihm wie mit einem alten Freund.

»Danke, ich habe keinen Hunger.«

»Ich auch nicht.« Sie schloss seufzend die Tür. Seit sie sich dafür entschieden hatte, ihn mit in ihre Wohnung zu nehmen, schien sie ihre Abwehrhaltung aufgegeben zu haben. Von János Vadas oder Bournes vergeblicher Verfolgung des Mörders wurde nicht mehr gesprochen. Das war ihm nur recht.

Sie gab ihm seinen Tee mit Rum, sie gingen ins Wohnzimmer und setzten sich auf das uralte Sofa.

»Mein Vater hat mit einem professionellen Vermittler namens László Molnar zusammengearbeitet«, sagte sie ohne Vorrede. »Er war derjenige, der Dr. Schiffer versteckt hatte.«

»Versteckt?« Bourne schüttelte den Kopf. »Das verstehe ich nicht.«

»Dr. Schiffer war entführt worden.«

Bournes nervöse Spannung wuchs. »Von wem?«

Sie schüttelte den Kopf. »Mein Vater hat's gewusst, aber ich nicht.« Sie runzelte die Stirn, während sie sich konzentrierte. »Deshalb hat Alexej sich ursprünglich mit ihm in Verbindung gesetzt. Er brauchte die Hilfe meines Vaters, um Dr. Schiffer zu befreien und an einen geheimen, sicheren Ort zu bringen.«

Plötzlich hatte er Mylene Dutroncs Stimme im Ohr: »*An jenem Tag hat Alex in ganz kurzer Zeit viele Anrufe bekommen und selbst viel telefoniert. Er war schrecklich nervös, und ich wusste, dass irgendein wichtiges Unternehmen in die kritische Phase getreten war. Bei dieser Gelegenheit habe ich mehrmals Dr. Schiffers Namen gehört und vermute daher, dass das Unternehmen ihm gegolten hat.*« Dies war das wichtige Unternehmen gewesen.

»Ihrem Vater ist es also gelungen, Dr. Schiffer zu befreien.«

Annaka nickte. Der Lampenschein ließ ihr Haar in tiefem Kupferrot leuchten. Es beschattete die halbe Stirn und ihre Augen. Sie saß leicht nach vorn gebeugt mit geschlossenen Knien da und hielt ihre Teetasse mit beiden Händen umfasst, als wolle sie die Wärme des Tees in sich aufnehmen.

»Sobald mein Vater Dr. Schiffer befreit hatte, hat er ihn László Molnar übergeben. Das war eine reine Vorsichtsmaßnahme. Alexej und er hatten schreckliche Angst vor seinem Entführer.«

Auch das stimmte mit dem überein, was Mylene ihm erzählt hatte: »*An jenem Tag war er ängstlich.*«

Bournes Verstand arbeitete auf Hochtouren. »Annaka, damit dies alles einen Sinn ergibt, müssen Sie verstehen, dass die Ermordung Ihres Vaters ein sorgfältig geplantes Unternehmen war. Der Attentäter war schon vor uns in der Kirche, und er hat gewusst, dass Ihr Vater kommen würde.«

»Wie meinen Sie das?«

»Ihr Vater ist erschossen worden, bevor er mir erzählen konnte, was ich wissen wollte. Jemand will verhindern, dass ich Dr. Schiffer finde, und nun stellt sich immer deutlicher heraus, dass dieser Jemand der Mann sein muss, der Dr. Schiffer entführt hat und vor dem Alexej und Ihr Vater Angst hatten.«

Annaka machte große Augen. »Dann ist László Molnar jetzt möglicherweise in Gefahr.«

»Kann dieser Unbekannte von der Verbindung Ihres Vaters zu Molnar gewusst haben?«

»Mein Vater war äußerst vorsichtig, sehr sicherheitsbewusst, deshalb halte ich das für unwahrscheinlich.« Ihre Augen waren dunkel vor Angst, als sie ihn jetzt ansah. »Andererseits ist seine Abwehr in der Matthiaskirche durchbrochen worden.«

Bourne nickte zustimmend. »Wissen Sie, wo Molnar wohnt?«

Annaka fuhr sie zu Molnars Apartment im eleganten Botschaftsviertel Rószadomb oder Rosenhügel. Budapest präsentierte sich mit einer unglaublichen Vielfalt von Gebäuden aus hellem Stein, mit ornamental geschmückten Fensterstürzen und Gesimsen, üppig verziert wie Geburtstagstorten, malerischen Pflastergassen, schmiedeeisernen Balkonen mit Blumenkästen, Kaffeehäusern, die von kunstvollen Kronleuchtern erhellt wurden, deren gelbes Licht rötliche Wandtäfelungen beleuchtete, und bunt leuchtenden Glasfenstern in unverfälschten Jugendstilmustern. Wie Paris wurde diese Stadt zuallererst durch den mächtigen Fluss definiert, der sie in zwei Teile zerschnitt, und danach durch die Brücken, die ihn überspannten. Darüber hinaus war Budapest eine Stadt aus behauenem Stein mit gotischen Türmen, breiten Treppenanlagen, angestrahlten Wällen, mit Kupfer eingedeckten Kuppeln, efeubewachsenen Mauern, monumentalen Statuen und glitzernden Mosaiken. Und wenn es regnete, wurden entlang der Donau Schirme, tausende von Schirmen, wie Segel aufgespannt.

Alles das und noch mehr bewegte Bourne zutiefst. Er hatte das Gefühl, in einer Stadt anzukommen, an die er sich aus einem Traum erinnerte – mit der für Träume charakteristischen übernatürlichen Klarheit, die von ihrer direkten Verbindung zum Unterbewusstsein herrührt. Und trotzdem konnte er den Emotionen, die aus seinem bruchstückhaften Gedächtnis aufstiegen, keine spezifische Erinnerung abringen.

»Was haben Sie?«, fragte Annaka, als spüre sie sein Unbehagen.

»Ich bin schon einmal hier gewesen«, sagte er. »Erinnern Sie sich daran, dass ich gesagt habe, die hiesige Polizei könne unangenehm sein?«

Sie nickte. »Damit haben Sie völlig Recht. Aber soll das heißen, dass Sie nicht wissen, woher Sie das wissen?«

Er lehnte den Kopf an die Kopfstütze. »Vor vielen Jahren hatte ich einen schrecklichen Unfall. In Wirklichkeit war's gar kein Unfall. Ich bin auf einem Boot angeschossen worden und über Bord gefallen. Schock, Blutverlust und Unterkühlung hätten mich beinahe das Leben gekostet. Ein Arzt auf der französischen Île de Port Noir hat mir die Kugel herausgeschnitten und mich gesund gepflegt. Körperlich war ich bald wieder ganz gesund, aber mein Gedächtnis war beeinträchtigt. Nach anfänglichem Gedächtnisverlust sind in einem langsamen, schmerzhaften Prozess Bruchstücke meines früheren Lebens wieder aufgetaucht. Aber ich muss mit der Wahrheit leben, dass ich mein Gedächtnis wohl niemals vollständig wieder erlangen werde.«

Annaka fuhr schweigend weiter, aber ihr Gesichtsausdruck zeigte ihm, dass seine Erzählung sie bewegte.

»Sie können sich gar nicht vorstellen, wie's ist, nicht zu wissen, wer man ist«, sagte er. »Bis es einem selbst zustößt, kann man nicht wissen oder gar erklären, wie man sich dabei fühlt.«

»Wie Treibgut.«

Er sah zu ihr hinüber. »Ja.«

»Auf hoher See treibend, nirgends Land in Sicht, weder Sonne, Mond noch Sterne, nach denen man seinen Kurs setzen könnte, um wieder die Heimat zu erreichen.«

»Ganz ähnlich.« Bourne war überrascht. Er wollte sie fragen, woher sie das wisse, aber dann hielten sie bereits vor einem prächtig restaurierten Jugendstilgebäude.

Sie stiegen aus und betraten den Windfang. Als Annaka einen Knopf drückte, flammte eine schwache Glühbirne auf, deren trübes Licht den Mosaikfußboden und eine lange Reihe von Klingelknöpfen beleuchtete. Niemand reagierte, als sie bei László Molnar klingelten.

»Das braucht nichts zu bedeuten«, meinte Annaka. »Wahrscheinlich ist er bei Dr. Schiffer.«

Bourne trat an die breite, massive Haustür mit ihrer in Hüfthöhe beginnenden geätzten Milchglasscheibe. »Das werden wir gleich feststellen.«

Er beugte sich zu dem Schloss hinunter und hatte es wenig später offen. Annaka drückte einen weiteren Knopf, der das Licht in der Eingangshalle dreißig Sekunden lang einschaltete, während sie auf der breiten Treppe zu Molnars Apartment im ersten Stock vorausging.

Mit der Wohnungstür hatte Bourne etwas mehr Schwierigkeiten, aber dann war auch dieses Schloss geknackt. Annaka wollte hineinstürmen, aber er hielt sie zurück. Er zog seine Keramikpistole und stieß die Tür langsam auf. Dahinter brannte Licht, aber in dem Apartment war es totenstill. Als sie vom Wohnzimmer ins Schlafzimmer, ins Bad und dann in die Küche gingen, fanden sie die gesamte Wohnung tadellos sauber und aufgeräumt vor. Nichts wies darauf hin, dass hier ein Kampf stattgefunden haben könnte, und von Molnar war keine Spur zu entdecken.

»Was mich stört«, sagte Bourne, als er seine Pistole wegsteckte, »sind die brennenden Lampen. Er kann nicht mit Dr. Schiffer zusammen sein.«

»Dann kommt er bestimmt bald zurück«, meinte Annaka. »Wir sollten auf ihn warten.«

Bourne nickte. Im Wohnzimmer griff er nach mehreren gerahmten Fotos, die im Bücherregal und auf dem Schreibtisch standen. »Ist das Molnar?«, fragte er Annaka und zeigte auf einen stämmigen Mann, der seine schwarze Mähne glatt zurückgekämmt trug.

»Ja, das ist er.« Sie sah sich um. »Meine Großeltern haben in diesem Haus gewohnt, und ich habe als Kind auf den Fluren gespielt. Die hier lebenden Kinder haben alle möglichen Verstecke gekannt.«

Bourne ließ seinen Zeigefinger über die Rücken der Hüllen altmodischer Langspielplatten gleiten, die neben der teuren Stereoanlage mit einem hochwertigen Plattenspieler standen. »Wie ich sehe, ist er nicht nur ein Hi-Fi-Fan, sondern auch ein Opernliebhaber.«

Annaka zog die Augenbrauen hoch. »Kein CD-Player?«

»Leute wie Molnar erzählen einem, dass digitale Aufnahmen niemals die Wärme und den Nuancenreichtum von Vinylplatten besitzen.«

Bourne wandte sich dem Schreibtisch zu, auf dem ein aufgeklapptes Notebook stand. Er sah, dass es mit der Steckdose und einem Modem verbunden war. Der Bildschirm war schwarz, aber als er das Gehäuse berührte, schien es leicht warm zu sein. Als er die Taste »Esc« drückte, wurde der Bildschirm sofort hell; der Computer war nicht ausgeschaltet, sondern nur im Stromsparmodus gewesen.

Annaka war hinter ihn getreten und las vom Bildschirm ab: »Argentinisches hämorrhagisches Fieber, Kryptokokkose, Lungenpest, Milzbrand ... Großer Gott, weshalb hat Molnar sich auf einer Webseite über die Wirkung tödlicher – wie werden sie gleich wieder genannt – Pathogene informiert?«

»Ich weiß nur, dass Dr. Schiffer Anfang und Ende dieses Rätsels sein muss«, sagte Bourne. »Alex Conklin hat mit ihm Verbindung aufgenommen, als er noch bei der DARPA war – das ist eine Forschungseinrichtung, die im Auftrag des US-Verteidigungsministeriums modernste Waffen entwickelt. Binnen eines Jahres ist Dr. Schiffer zur CIA-Entwicklungsabteilung für nichttödliche taktische Waffen versetzt worden. Und kurz danach ist er ganz verschwunden. Ich habe keine Ahnung, was Conklin so sehr interessiert hat, dass er sich die Mühe gemacht hat, das Verteidigungsministerium gegen sich aufzubringen und einen prominenten Wissenschaftler aus einer CIA-Abteilung verschwinden zu lassen.«

»Vielleicht ist Dr. Schiffer ein Bakteriologe oder Epidemiologe.« Annaka fuhr zusammen. »Der Inhalt dieser Webseite ist beängstigend.«

Sie ging in die Küche, um sich ein Glas Wasser zu holen, während Bourne im Web surfte, um vielleicht so herauszubekommen, weshalb Molnar diese Webseite besucht hatte. Als er nicht fündig wurde, öffnete er im Browser das Pull-down-Menü neben dem Adressfeld, um zu sehen, welche Seiten Molnar zuletzt aufgerufen hatte. Er klickte die letzte Seite an, die Molnar besucht hatte. Sie erwies sich als ein in Echtzeit stattfindendes wissenschaftliches Forum. Bourne rief die

Archivfunktion auf und suchte rückwärts, um vielleicht dadurch festzustellen, wann Molnar an dem Forum teilgenommen und worüber er gesprochen hatte. Vor ungefähr 48 Stunden hatte László1647M sich dort eingeloggt. Bourne, dessen Herz zu jagen begann, verbrachte mehrere Minuten damit, den Dialog Molnars mit einem anderen Mitglied des Forums zu lesen.

»Annaka, sehen Sie sich das an!«, rief er. »Dr. Schiffer ist offenbar weder Bakteriologe noch Epidemiologe, sondern Experte für das Teilungsverhalten von Bakterien.«

»Mr. Bourne, Sie sollten herkommen«, sagte Annaka mit gepresster Stimme. »Sofort!«

Der Klang ihrer Stimme ließ ihn in die Küche hasten. Annaka stand wie gelähmt am Ausguss. Die Hand mit einem Glas Wasser war auf halbem Weg zu ihren Lippen erstarrt. Sie war blass, und als sie Bourne sah, fuhr sie sich nervös mit der Zungenspitze über die Lippen.

»Was gibt's?«

Sie deutete auf den Raum zwischen Küchenschrank und Kühlschrank, in dem er sieben oder acht weiß beschichtete Gitter, deren Rand an einer Querseite erhöht war, aufgestapelt liegen sah.

»Was zum Teufel sind das für Dinger?«, fragte er.

»Kühlschrankfächer«, sagte Annaka. »Jemand hat sie rausgenommen.« Sie wandte sich ihm zu. »Wozu sollte das jemand tun?«

»Vielleicht bekommt Molnar einen neuen Kühlschrank.«

»Dieser hier ist neu.«

Bourne sah hinter dem riesigen Kühlschrank nach. »Er ist eingesteckt, und das Aggregat scheint normal zu laufen. Haben Sie reingesehen?«

»Nein.«

Er packte den Griff, zog die Tür auf. Annaka holte entsetzt tief Luft.

»Jesus«, sagte er.

Ein im Tod glanzloses Augenpaar starrte sie blicklos an. In den Tiefen des ausgeräumten Kühlschranks steckte der zusammengefaltete, bläulich weiße Leichnam László Molnars.

Kapitel *fünfzehn*

Das an- und abschwellende Geheul von Polizeisirenen riss sie aus ihrem Schockzustand. Bourne rannte ans Wohnzimmerfenster, blickte auf den Rosenhügel hinaus und sah ein halbes Dutzend Opel Astra und Škoda Felicia mit eingeschaltetem Blaulicht vorfahren. Die herausspringenden Uniformierten stürmten sofort in Molnars Gebäude. Er war wieder in eine Falle geraten! Diese Szene war der in Conklins Haus so ähnlich, dass er wusste, dass hinter beiden Vorfällen derselbe Kopf stecken musste.

Das war wichtig, weil es ihm zweierlei bewies: Erstens wurden Annaka und er beschattet. Von wem? Von Chan? Das glaubte er nicht, denn Chan ging in letzter Zeit immer mehr zu offener Konfrontation über. Zweitens konnte Chan die Wahrheit gesagt haben, als er behauptet hatte, er habe Alex und Mo nicht ermordet. Im Augenblick fiel Bourne kein Grund ein, weshalb Chan in dieser Beziehung lügen sollte. Folglich blieb nur der Unbekannte übrig, der die Polizei zu Conklins Landhaus geschickt hatte. Lebte sein Auftraggeber hier in Budapest? Darin lag eine überzeugende Logik. Conklin war nach Budapest unterwegs gewesen, als er ermordet wurde. Dr. Schiffer war ebenso wie János Vadas und László Molnar in Budapest gewesen. Alle Wege führten in diese Stadt.

Noch während ihm diese Gedanken durch den Kopf gingen, wies er Annaka an, das Glas abzuwischen, es zurückzustellen und über den Schwenkhahn am Ausguss zu wischen.

Er griff sich Molnars Notebook, wischte Türknopf und Klinke der Wohnungstür ab und spurtete mit Annaka ins Treppenhaus hinaus.

Unten trampelten schon Polizeibeamte durch die Eingangshalle. Der Aufzug würde voller Uniformierter sein, kam also nicht in Frage.

»Sie lassen uns keine andere Wahl«, sagte Bourne auf dem Weg zur Treppe. »Wir müssen nach oben.«

»Aber wieso sind sie jetzt gekommen?«, fragte Annaka ratlos. »Woher wussten sie, dass wir hier sind?«

»Sie haben's nicht gewusst«, sagte Bourne weiter auf dem Weg nach oben, »außer wir werden überwacht.« Ihm gefiel es nicht, in welche Lage die Polizei sie brachte. Er erinnerte sich nur allzu gut an das Schicksal des Attentäters in der Matthiaskirche. Stieg man irgendwo hinauf, kam man allzu oft sehr unsanft wieder herunter.

Sie waren im vorletzten Stock unter dem Dach angelangt, als Annaka seine Hand ergriff und ihn mit sich zog. »Hierher!«, flüsterte sie.

Sie führte ihn den Korridor entlang. Hinter ihnen dröhnte das Treppenhaus von dem Lärm, den jede Gruppe von Männern gemacht hätte – vor allem eine, die unterwegs war, um einen abscheulichen Mörder zu verhaften. Nach drei Vierteln des Korridors erreichten sie eine Tür, die ein Notausgang hätte sein können. Annaka zog sie auf. Sie standen vor einem kurzen Gang, nicht länger als drei Meter, der vor einer zerschrammten Stahltür endete. Bourne erreichte sie als Erster.

Die Tür war oben und unten verriegelt. Er zog die Riegel zurück und öffnete die schwere Feuerschutztür. Dahinter befand sich nur eine unverputzte Ziegelwand, kalt wie ein Grab.

»Seht euch den bloß an!«, sagte Kommissar Csilla und ignorierte den blutjungen Beamten, der auf seine auf Hochglanz polierten Schuhe gekotzt hatte. Die Ausbildung an der Akademie hat doch gewaltig nachgelassen, dachte er, während er den in seinen eigenen Kühlschrank gezwängten Toten begutachtete.

»In der Wohnung ist sonst niemand«, meldete einer seiner Beamten.

»Trotzdem nach Fingerabdrücken absuchen«, entschied Kommissar Csilla. Er war ein stämmiger blonder Mann mit Boxernase und intelligenten Augen. »Ich bezweifle, dass der Täter so dämlich war, welche zu hinterlassen, aber man weiß nie.« Er zeigte auf den Toten. »Seht euch bloß diese Verbrennungen an! Und die Stichwunden scheinen sehr tief zu sein.«

»Gefoltert«, sagte sein Sergeant, ein schmalhüftiger junger Mann. »Von einem Profi.«

»Dieser hier ist mehr als ein Profi.« Csilla beugte sich nach vorn und schnüffelte, als sei der Leichnam eine Schweinehälfte, die er in Verdacht hatte, nicht mehr ganz frisch zu sein. »Ihm macht die Arbeit Spaß.«

»Der Anrufer hat gesagt, der Täter sei hier in der Wohnung.«

Kommissar Csilla blickte auf. »Wenn nicht in der Wohnung, dann bestimmt im Haus.« Er trat vom Kühlschrank zurück, als die Spurensicherer mit ihren Köfferchen und Kameras hereinkamen. »Lassen Sie die Männer ausschwärmen.«

»Schon veranlasst«, sagte sein Sergeant in einem Ton, als wolle er seinen Boss dezent daran erinnern, dass er nicht die Absicht habe, ewig Sergeant zu bleiben.

»Wir waren lange genug bei dem Toten«, entschied Kommissar Csilla. »Mal sehen, was unsere Leute machen.«

Als sie den Korridor entlanggingen, erläuterte der Sergeant, Erdgeschoss und Aufzug würden bereits überwacht. »Dem Mörder bleibt nur noch der Weg nach oben.«

»Schicken Sie Scharfschützen aufs Dach«, sagte Kommissar Csilla.

»Bereits veranlasst«, antwortete sein Sergeant. »Ich habe sie gleich mit dem Aufzug nach oben geschickt.«

Csilla nickte. »Wie viele Stockwerke über uns? Drei?«

»Genau.«

Csilla nahm je zwei Treppenstufen auf einmal. »Nachdem das Dach besetzt ist, können wir uns Zeit lassen.«

Sie brauchten nicht lange, um die Tür zu dem kurzen Gang zu finden.

»Wohin führt die?«, fragte Csilla.

»Weiß ich nicht«, sagte sein Sergeant, der sich darüber ärgerte, dass er's nicht wusste.

Als die beiden Männer den Gang betraten, sahen sie die zerschrammte Stahltür am anderen Ende. »Wo die wohl hinführt?« Csilla betrachtete sie prüfend. »Oben und unten Riegel.« Er beugte sich nach vorn, sah blankes Metall glänzen. »Die sind vor kurzem geöffnet worden.« Er zog seine Pistole und öffnete die schwere Tür, hinter der eine unverputzte Ziegelwand sichtbar wurde.

»Unser Mörder dürfte ebenso frustriert gewesen sein wie wir.«

Csilla starrte das Mauerwerk an und versuchte zu erkennen, ob einzelne Teile davon neu waren. Dann streckte er eine Hand aus, drückte gegen einen Ziegel nach dem anderen. Der sechste Ziegel, den er berührte, bewegte sich kaum merklich. Weil er spürte, dass seinem Sergeanten ein überraschter Ausruf auf der Zunge lag, hielt er ihm rasch den Mund zu und bedachte ihn mit einem warnenden Blick. Dann flüsterte er ihm ins Ohr: »Nehmen Sie drei Männer mit, und durchsuchen Sie das Nachbarhaus.«

Anfangs glaubte Bourne, der sein Gehör in der pechschwarzen Dunkelheit bis zum Äußersten anstrengte, das Geräusch komme von einer der Ratten, mit denen sie sich diesen feuchten und unbequemen Raum zwischen den Brandmauern von Molnars Haus und dem Nachbarhaus teilten. Dann wiederholte es sich, und er erkannte, was es war: das Scharren eines Ziegelsteins auf Mörtel.

»Sie haben unser Versteck gefunden«, flüsterte er und umklammerte Annakas Hand. »Wir müssen hier raus.«

Der Raum, in dem sie sich befanden, war eng, kaum schulterbreit, aber er schien unendlich weit ins Dunkel über ihren Köpfen hinaufzureichen. Sie standen auf einer Art Gitterrost aus Leitungsrohren. Der Rost wirkte nicht sehr stabil, und Bourne dachte lieber nicht an die Tiefe, in die sie stürzen mussten, falls eines dieser Rohre oder sogar mehrere nachgaben.

»Weißt du, wie wir hier wieder herauskommen?«, flüsterte Bourne.

»Ich denke schon«, sagte sie ebenso leise.

Annaka wandte sich nach rechts, tastete sich mit den Händen die Brandmauer des Nachbarhauses entlang.

Einmal stolperte sie, richtete sich wieder auf. »Irgendwo hier muss es sein«, murmelte sie.

Sie tasteten sich weiter vorwärts, setzten einen Fuß vor den anderen. Dann gab plötzlich ein Rohr unter Bournes Gewicht nach, und sein linker Fuß trat ins Leere. Er warf sich so heftig zur Seite, dass er mit der Schulter gegen die Wand prallte, wobei Molnars Notebook ihm aus der Hand gerissen wurde. Er versuchte noch, es wieder zu erwischen, als Annaka bereits nach unten griff, um ihn zu packen und heraufzuziehen. Das Notebook prallte von einem anderen Rohr ab, fiel durch die Lücke, die das gebrochene Leitungsrohr hinterlassen hatte, und verschwand in der Tiefe.

»Alles in Ordnung mit dir?«, fragte Annaka, als er wieder neben ihr stand.

»Mir fehlt nichts«, sagte er grimmig, »aber das Notebook ist futsch.«

Im nächsten Augenblick erstarrte er, weil er hinter ihnen langsame, vorsichtige Bewegungen hörte – außer ihnen atmete hier noch jemand! Er zog die Stablampe aus seiner Tasche und ließ den Daumen auf der Schiebetaste. Er brachte seine Lippen dicht an Annakas Ohr. »Er ist mit uns hier drinnen. Kein Wort mehr.« Während er ihr Nicken spürte, stieg ihm der Duft ihrer nackten Haut in die Nase: ein teures Eau de Toilette mit Limonenöl und Moschus.

Dann schepperte hinter ihnen etwas, als ein Schuh des Polizeibeamten gegen eine Rohrmuffe stieß. Alle drei blieben sekundenlang stocksteif stehen. Bournes Herz jagte. Dann ertastete Annaka seine Hand und führte sie die Mauer entlang zu einer Stelle, wo der Mörtel zwischen den Ziegeln fehlte oder herausgekratzt worden war.

Hier ergab sich jedoch ein weiteres Problem. Sobald sie die Geheimtür in der Mauer aufstießen, würde der Polizeibeamte hinter ihnen den blassen Lichtschein – und sei er noch so schwach – sehen, der von der anderen Seite einfiel. Er würde sie sehen und erkennen, wohin sie unterwegs waren. Bourne riskierte es, seine Lippen an Annakas Ohr zu legen und zu flüstern: »Du musst mich warnen, kurz bevor du die Tür öffnest.«

Sie drückte seine Hand, um zu zeigen, dass sie verstanden hatte, und hielt sie weiter fest. Als er den nächsten Druck spürte, zielte er mit der Stablampe hinter sich und schaltete sie ein. Der gleißend helle Lichtstrahl blendete ihren Verfolger für einen Augenblick, und Bourne verwandte seine ganze Energie darauf, Annaka zu helfen, die ungefähr einen mal einen Meter messende Geheimtür aufzustoßen.

Annaka schlüpfte hindurch, während Bourne den Lichtstrahl weiter auf ihren Verfolger gerichtet hielt. Aber dann fühlte er die Leitungsrohre unter seinen Stiefelsohlen vibrieren, und im nächsten Augenblick traf ihn ein gewaltiger Schlag.

Kommissar Csilla versuchte, trotz des blendend hellen Lichtstrahls etwas zu erkennen. Sein Aufflammen hatte ihn überrascht, was ihn ärgerte, weil er stolz darauf war, stets auf alles gefasst zu sein. Er schüttelte mit zusammengekniffenen Augen den Kopf, aber das nützte nichts – das helle Licht blendete ihn. Blieb er, wo er war, bis die Lampe ausgeknipst wurde, war der Mörder verschwunden, bevor er ihn einholen konnte. Deshalb nutzte Csilla sein eigenes Überraschungsmoment aus und griff an, obwohl er geblendet war. Vor Anstrengung grunzend stürmte er über die unter seinen Füßen nachgebenden Rohre hinweg, er hielt den Kopf wie ein Straßenkämpfer gesenkt und prallte so mit dem Täter zusammen.

Im Nahkampf schadete es nicht weiter, dass Csilla geblendet war, als er sich daran machte, seine Fäuste, die Handkanten und die Absätze seiner festen Schuhe genau so einzusetzen, wie er es auf der Akademie gelernt hatte. Er war ein Mann, der an Disziplin, Exaktheit und die energische Ausnützung von Vorteilen glaubte. In dem Augenblick, in dem er sich auf den Mörder stürzte, wusste er genau, dass sein Angriff völlig überraschend kam, deshalb deckte er ihn sofort mit einem Hagel von Schlägen ein, um seinen Vorteil bestmöglich zu nutzen.

Aber der Mann war kräftig gebaut und stark. Noch schlimmer war, dass er ein erfahrener Nahkämpfer war, sodass Csilla fast augenblicklich erkannte, dass er in einem längeren Kampf unterliegen würde. Deshalb versuchte er, eine rasche Entscheidung herbeizuführen. Dabei machte er den schlimmen Fehler, eine Halsseite ungeschützt zu lassen. Er spürte einen überraschenden Druck, aber keinen Schmerz. Als seine Beine unter ihm nachgaben, war er schon bewusstlos.

Bourne kroch durch die Geheimtür in der Mauer und half Annaka, das Ziegelquadrat wieder einzusetzen.

»Was war mit dir?«, fragte sie atemlos.

»Ein Polizeibeamter war schlauer, als für ihn gut war.«

Sie befanden sich auf einem weiteren kurzen Gang mit unverputzten Ziegelwänden. Hinter einer Tür lag ein Korridor des Nachbarhauses im warmen Licht von Wandleuchtern auf den Tapeten mit Blumenmuster. Hier und da standen Sitzbänke aus dunklem Holz.

Annaka hatte bereits den Rufknopf des Aufzugs gedrückt, aber als er heraufkam, konnte Bourne in dem schmiedeeisernen Käfig zwei Polizeibeamten mit schussbereiten Waffen sehen.

»Verdammt!«, sagte er, ergriff Annakas Hand und zog sie hinter sich her ins Treppenhaus. Aber als er dort schwere Schritte heraufkommen hörte, wusste er, dass auch dieser Fluchtweg versperrt war. Hinter ihnen hatten die beiden Polizeibeamten das Aufzuggitter geöffnet und kamen den Korridor entlang gerannt. Bourne lief mit Annaka einen Stock höher. Auf dem oberen Flur knackte er das Schloss der ersten

Wohnungstür, die sie erreichten, und zog sie hinter ihnen zu, bevor die Polizeibeamten die Treppe heraufkamen.

In dem Apartment war es dunkel und still. Ob jemand zu Hause war, war nicht festzustellen. Bourne trat ans Flurfenster, öffnete es lautlos und blickte an einem Sims vorbei in eine schmale Gasse hinunter, auf der zwei riesige grüne Müllbehälter standen. Der einzige Lichtschein kam von einer Straßenlampe auf der Endrodi utca. Drei Fenster weiter führte eine Feuertreppe zu der Gasse hinunter, die menschenleer war, soweit Bourne das feststellen konnte.

»Komm!«, sagte er und kletterte auf den Sims hinaus.

Annaka machte große Augen. »Du spinnst wohl?«

»Willst du geschnappt werden?« Er sah sie nüchtern an. »Dies ist unser einziger Ausweg.«

Sie schluckte unbehaglich. »Ich habe Höhenangst.«

»Wir sind nicht sehr hoch.« Er streckte eine Hand aus, winkte sie mit den Fingern zu sich heran. »Komm schon, wir haben's eilig!«

Sie holte tief Luft, dann stieg sie über die Fensterbank. Bourne schloss das Fenster hinter ihr. Annaka drehte sich um, sah dabei nach unten und wäre vom Sims gestürzt, wenn Bourne sie nicht gepackt und an die Hauswand gedrückt hätte. »Jesus, du hast gesagt, dass wir nicht sehr hoch sind!«

»Für meine Begriffe nicht.«

Annaka biss sich auf die Unterlippe. »Dafür bringe ich dich um!«

»Das hast du schon versucht.« Bourne drückte ihre Hand. »Komm einfach mit, dann passiert dir nichts. Ich versprech's dir.«

Sie tasteten sich den Sims entlang bis zu der Stelle vor, wo er wegen eines Fensters unterbrochen war. Bourne wollte Annaka nicht drängen, aber sie hatten es verdammt eilig.

Da die Polizisten dieses Gebäude durchsuchten, war es nur eine Frage der Zeit, bis sie auch in die Gasse unter ihnen kamen.

»Du musst jetzt meine Hand loslassen«, sagte er, und weil er sah, was sie tun wollte, fügte er scharf genug hinzu, um sie daran zu hindern: »Nicht nach unten sehen! Wenn du das Gefühl hast, dir wird schwindlig, konzentrierst du dich auf etwas Kleines, auf eine in Stein gehauene Verzierung, irgendwas. Lenk dich damit ab, dann vergeht deine Angst ganz von selbst.«

Sie nickte, ließ seine Hand los, und er machte einen großen Schritt über die Lücke zwischen den Simsen hinweg. Die rechte Hand packte den Sims über dem nächsten Fenster, und er verlagerte sein Gewicht von der linken auf die rechte Seite. Als er den linken Fuß von dem Sims nahm, auf dem Annaka noch stand, gelangte er scheinbar mühelos auf den anderen Sims. Dann wandte er sich ihr zu, lächelte und streckte ihr die Hand hin.

»Jetzt du.«

»Nein.« Sie schüttelte energisch den Kopf. Ihr Gesicht war leichenblass. »Ich kann nicht!«

»Doch du kannst.« Er winkte sie wieder mit den Fingern zu sich heran. »Komm, Annaka, mach den ersten Schritt – alles andere ist einfach. Du brauchst dein Gewicht nur von rechts nach links zu verlagern.«

Sie schüttelte stumm den Kopf.

Er lächelte weiter, ließ sich seine wachsende Besorgnis nicht anmerken. Hier an der Außenwand des Gebäudes waren sie leichte Ziele. Tauchte unten in der Gasse Polizei auf, waren sie erledigt. Sie mussten so schnell wie möglich die Feuertreppe erreichen. »Nur ein Fuß, Annaka, den rechten Fuß ausstrecken.«

»Jesus!« Sie hatte jetzt die Stelle erreicht, an der er bis vor einer halben Minute gestanden hatte. »Was ist, wenn ich falle?«

»Du fällst nicht.«

»Aber wenn …«

»Dann fange ich dich auf.« Sein Lächeln wurde breiter. »Los, komm schon!«

Annaka tat wie geheißen, streckte das rechte Bein aus und stellte den Fuß auf den anderen Sims. Er zeigte ihr, wie sie sich mit der rechten Hand über dem Fenster festhalten konnte. Das tat sie ohne Zögern.

»Jetzt verlagerst du dein Gewicht von links nach rechts, dann bist du drüben.«

»Ich kann nicht.«

Sie war kurz davor, in die Tiefe zu sehen, das wusste er. »Mach die Augen zu«, sagte er. »Spürst du meine Hand auf deiner?« Sie nickte nur, als fürchte sie, die Schwingungen ihres Kehlkopfs könnten ihren Griff lockern und sie abstürzen lassen. »Verlagere dein Gewicht, Annaka. Du brauchst es nur von links nach rechts zu verlagern. Schön, jetzt hebst du den linken Fuß und machst einen Schritt …«

»Nein.«

Er legte seine Hand um ihre Taille. »Also gut, dann heb nur den linken Fuß.« Sobald sie das tat, zog er sie ruckartig und mit ziemlicher Gewalt an sich und auf den nächsten Sims. Sie sank gegen ihn, zitternd vor Angst und nachlassender Anspannung.

Nur noch zwei Lücken zu überwinden. Bourne zog Annaka mit sich, wiederholte diesen Vorgang. Je schneller sie die Sache hinter sich brachten, desto besser für sie beide. Den zweiten und dritten Übergang schaffte Annaka besser – durch bloßen Mut oder weil sie ihren Verstand völlig ausschaltete und Bournes Anweisungen ausführte, ohne darüber nachzudenken.

Endlich erreichten sie die Feuertreppe und begannen den Abstieg. Die Straßenlampe auf der Endrodi utca warf lange Schatten in die Gasse. Bourne hätte sie am liebsten ausgeschossen, aber das wagte er nicht. Stattdessen beschleunigte er ihren Abstieg so gut wie möglich.

Sie waren auf einer der letzten Stufen vor dem waagrechten Treppenstück, das nach dem Entriegeln bis auf einen halben Meter über die Pflastersteine hinabsinken würde, als Bourne aus dem Augenwinkel heraus wahrnahm, wie das Licht sich veränderte. Schatten bewegten sich aus entgegengesetzten Richtungen durch die Gasse: Zwei Polizeibeamte hatten sie von links und rechts kommend betreten.

Csillas Sergeant hatte einen seiner Männer ins Freie mitgenommen, sobald der Täter gesichtet worden war. Er wusste bereits, dass der Verdächtige clever genug gewesen war, um einen Weg von Gebäude zu Gebäude zu finden. Nachdem der Kerl aus László Molnars Apartment entkommen war, würde er sich hier bestimmt nicht im Treppenhaus schnappen lassen. Das bedeutete, dass er einen Fluchtweg finden würde, und der Sergeant wollte alle Fluchtwege blockieren. Er hatte einen Mann auf dem Dach, je einen am Haupt- und Lieferanteneingang. So blieb nur die Gasse neben dem Haus. Wie der Täter sie erreichen sollte, war unklar, aber der Sergeant wollte nichts dem Zufall überlassen.

Zu seinem Glück sah er die menschliche Silhouette auf der Feuertreppe, als er um die Hausecke bog und die Gasse betrat. Das Licht der Straßenlaterne auf der Endrodi utca zeigte ihm seinen Mann, der die Gasse aus entgegengesetzter Richtung betrat. Der Sergeant machte ihm ein Zeichen, deutete auf die Gestalt auf der Feuertreppe. Er hatte seine Pistole gezogen und bewegte sich gleichmäßig auf die Stelle zu, wo der senkrechte Treppenteil zur Ruhe kommen würde, als die Gestalt sich bewegte und sich wie durch Zellteilung verdoppelte. Der Sergeant starrte überrascht nach oben. Auf der Feuertreppe waren *zwei* Gestalten!

Er riss die Pistole hoch und schoss. Funken sprühten vom Metall, und er sah eine der Gestalten von der Treppe springen, sich in der Luft zusammenrollen und zwischen den riesigen Abfallbehältern verschwinden. Der Polizeibeamte rannte los, aber der Sergeant blieb zunächst noch zurück. Er beobachtete, wie sein Mann die Ecke des ersten Müllbehälters erreichte und sich tief duckte, als er sich der Lücke zwischen ihnen näherte.

Der Sergeant blickte zu der zweiten Gestalt auf. Bei dem schwachen Licht waren kaum Einzelheiten zu erkennen, aber er sah dort oben niemanden. Die Feuertreppe schien leer zu sein. Wohin konnte der zweite Täter verschwunden sein?

Er konzentrierte seine Aufmerksamkeit wieder auf seinen Mann, der jedoch verschwunden war. Er trat einige Schritte auf die Müllbehälter zu, rief den Namen seines Untergebenen. Keine Antwort. Er hob sein Sprechfunkgerät an die Lippen und wollte eben Verstärkung anfordern, als ein schweres Gewicht auf ihn fiel. Der Sergeant taumelte, stürzte schwer, rappelte sich kniend auf, schüttelte benommen den Kopf. Dann kam jemand zwischen den Abfallbehältern hervor. Bevor er merkte, dass dies nicht sein Mann war, traf ihn bereits ein Schlag, und er verlor das Bewusstsein.

»Das war richtig dumm«, sagte Bourne und bückte sich, um Annaka vom Pflaster aufzuhelfen.

»Gern geschehen«, sagte sie, schüttelte seine Hand ab und stand aus eigener Kraft auf.

»Ich dachte, du hättest Höhenangst.«

»Vor dem Sterben habe ich noch mehr Angst«, erwiderte sie knapp.

»Komm, wir hauen ab, bevor noch mehr Polizisten kommen«, sagte er. »Ich denke, du solltest jetzt die Führung übernehmen.«

Die Straßenlaterne schien Chan in die Augen, als Bourne und Annaka aus der Gasse gerannt kamen. Obwohl er die Gesichter der beiden nicht sehen konnte, erkannte er Bourne an seiner Figur und seinen Bewegungen. Was seine Begleiterin anging, registrierte sein Verstand sie zwar beiläufig, aber er achtete nicht sonderlich auf sie. Wie Bourne interessierte ihn viel mehr, weshalb die Polizei in László Molnars Apartment aufgekreuzt war, als Bourne sich darin aufgehalten hatte. Und genau wie Bourne fiel ihm die Ähnlichkeit mit der Szene in Conklins Landhaus in Manassas auf. Sie trug eindeutig Spalkos Handschrift. Aber im Gegensatz zu Virginia, wo er Spalkos Mann entdeckt hatte, war Chan bei seiner gründlichen Erkundung der Umgebung von Molnars Apartmenthaus auf keinen möglichen Tippgeber gestoßen. Wer hatte also die Polizei angerufen? Irgendjemand musste in der Nähe gewesen sein und sie informiert haben, als Bourne und die Frau das Haus betreten hatten.

Er ließ den Motor seines Leihwagens an und konnte Bourne folgen, als er in ein Taxi stieg. Die Frau ging allein weiter. Chan kannte Bourne und war auf die Richtungsänderungen, das Hakenschlagen und den Fahrzeugwechsel vorbereitet und behielt Bourne auch während dieser Manöver, die etwaige Beschatter abschütteln sollten, in Sicht.

Endlich erreichte Bournes zweites Taxi die Fo utca. Vier Straßenblocks nördlich der prächtigen Kuppel der Kiraly-bäder stieg Bourne aus und verschwand in dem Gebäude Nr. 106–108.

Chan fuhr langsamer und parkte dann in einiger Entfernung schräg gegenüber auf der anderen Straßenseite, um nicht am Hauseingang vorbeifahren zu müssen. Er stellte den Motor ab, machte sich auf dem dunklen Fahrersitz klein. Alex Conklin, Jason Bourne, László Molnar, Hassan Arsenow. Er dachte an Spalko und fragte sich, wie all diese einzelnen Namen zusammengehörten. Zwischen ihnen gab es eine logische Verbindung – die gab es immer, man musste nur imstande sein, sie zu erkennen.

So verstrichen fünf bis sechs Minuten, und dann hielt ein weiteres Taxi vor dem Haus Nr. 106–108. Chan sah eine junge Frau aussteigen. Er bemühte sich, einen Blick auf ihr Gesicht zu erhaschen, bevor sie die schwere Eingangstür aufstieß, konnte aber nur feststellen, dass sie rothaarig war. Er wartete und beobachtete die Fassade des Gebäudes. Als Bourne von der Straße hereingekommen war, war nirgends Licht aufgeflammt, was bedeutete, dass er unten in der Eingangshalle auf sie wartete – und dass sie hier wohnte. Tatsächlich war es kurze Zeit später hinter einem Erkerfenster im dritten und obersten Stock hell geworden.

Weil er nun wusste, wo sie waren, versenkte er sich in Zazen-Meditation, aber nachdem er eine Stunde lang vergebens versucht hatte, seine Gedanken zu klären, gab er auf. In der Dunkelheit schloss seine Hand sich um den kleinen, aus Stein geschnittenen Buddha. Dann fiel er fast augenblicklich in tiefen Schlaf, in dem er wie ein Stein in der Unterwelt seines wiederholten Albtraums versank.

Das Wasser ist blauschwarz, rastlos strudelnd wie von bösartiger Energie erfüllt. Er versucht, an die Oberfläche zu gelangen, und greift so kraftvoll aus, dass seine Gelenke unter der Belastung knacken. *Trotzdem sinkt er, von dem um seinen Knöchel geknoteten Tau in die Tiefe gezogen, weiter ins Dunkel hinab. Seine Lunge beginnt zu brennen. Er sehnt sich danach, einmal Atem zu holen, aber er weiß, dass Wasser eindringen und er ertrinken wird, sobald er den Mund aufmacht.*

Er krallt nach unten, versucht das Tau aufzuknoten, aber seine Finger finden an der glitschigen Oberfläche keinen Halt. Den Schrecken dessen, was in der dunklen Tiefe auf ihn lauert, spürt er wie elektrischen Strom, der durch seinen Körper läuft. Dieser Schrecken hält ihn wie ein Schraubstock fest; er muss den Drang unterdrücken, haltlos zu wimmern. In diesem Augenblick hört er die aus der Tiefe aufsteigenden Klänge – Glockengeläut, der Gesang von Mönchen, bevor sie von den Roten Khmer ermordet wurden. Nach einiger Zeit wird daraus der Gesang einer einzelnen Stimme, eines klaren Tenors mit einer wiederholten Wehklage, die etwas von einer Gebetsmühle an sich hat.

Und während er in die dunkle Tiefe hinabstarrt, während er die Figur am anderen Ende des Seils, das ihn unerbittlich ins Verderben zieht, zu erkennen beginnt, hat er allmählich das Gefühl, das Lied, das er hört, müsse von dieser Figur kommen. Denn er kennt die Figur, die in der starken Strömung unter ihm kreiselt; sie ist ihm so vertraut wie das eigene Gesicht, der eigene Körper. Aber jetzt erkennt er mit einem Schock, der ihn ins Innerste trifft, dass der Gesang nicht von der vertrauten Figur unter ihm stammt, weil sie tot ist und ihn daher mit ihrem Gewicht ins Verderben zieht.

Der Klang kommt aus größerer Nähe, und nun erkennt er die Wehklage als die eines klaren Tenors – der eigenen Stimme, die tief aus seinem Innersten kommt. Sie berührt jeden Teil seines Ichs gleichzeitig.

»Lee Li-Li! Li-Li!«, ruft er, kurz bevor er ertrinkt …

Kapitel *sechzehn*

Spalko und Sina erreichten Kreta vor Sonnenaufgang und landeten auf dem Flughafen Kazantzakis knapp außerhalb von Iráklion. Sie wurden von einem Chirurgen und drei Männern begleitet, die Sina während des Fluges unauffällig studiert hatte. Sie waren nicht besonders groß, was den Vorteil hatte, dass sie niemals aus der Menge hervorragen würden. Spalkos gesteigertes Sicherheitsbewusstsein diktierte, dass er sich – wenn er wie jetzt nicht als Stepan Spalko, Präsident von Humanistas, Ltd., sondern als der Scheich auftrat – möglichst unauffällig verhielt. Das galt nicht nur für ihn, sondern auch für alle seine Begleiter. In den sparsamen Bewegungen dieser Männer erkannte Sina ihre Kraft, denn sie hatten ihre Körper absolut unter Kontrolle, und wenn sie sich bewegten, taten sie es mit der Sicherheit und Geschmeidigkeit von Tänzern oder Jogameistern. In ihren dunklen Augen erkannte sie eine Zielstrebigkeit, die man erst nach jahrelanger harter Ausbildung erlangt. Auch wenn sie Sina respektvoll anlächelten, konnte sie die in ihnen lauernde Gefahr spüren, die wie eine zusammengerollte Schlange geduldig darauf wartete, freigesetzt zu werden.

Kreta, die größte Insel im Ägäischen Meer, ist eine Brücke zwischen Europa und Afrika: Ihre unter der heißen Mittelmeersonne liegende Südküste war seit vielen Jahrhunderten ganz nach Alexandria in Ägypten und Bengasi in Libyen orientiert. Aber eine Insel in so gesegneter Lage musste unweigerlich Eroberer anziehen. Als Schmelztiegel von Kulturen hatte sie folglich eine blutige Geschichte. Wie Wellen, die sich am Strand brachen, gingen Invasoren aus fremden Ländern in den Buchten und an den Stränden Kretas an Land und brachten ihre Kultur, Sprache, Architektur und Religion mit.

Iráklion war im Jahr 824 v. Chr. von den Sarazenen gegründet worden. Sie nannten es Chandax, eine Verballhornung des arabischen Worts *kandak*, das den um die Stadt herum angelegten Wassergraben bezeichnete. Die Sarazenen herrschten hundertvierzig Jahre lang, bevor sie von den Byzantinern vertrieben wurden. Aber die Piraten waren so erstaunlich erfolgreich gewesen, dass dreihundert Schiffe nötig waren, um ihre aufgehäufte Beute nach Byzanz zu schaffen.

Während der venezianischen Besetzung trug die Stadt den Namen Candia. Unter den Venezianern entwickelte sie sich zum bedeutendsten Kulturzentrum des östlichen Mittelmeers. Doch damit war Schluss, nachdem Kreta erstmals von den Türken besetzt wurde.

Diese multikulturelle Vergangenheit hatte überall deutlich sichtbare Spuren hinterlassen: in der mächtigen venezianischen Festung, die den schönen Hafen von Iráklion schützte; im Rathaus, das eine venezianische Loggia war, und dem »Koubes«, dem türkischen Brunnen in der Nähe der Basilika des Agios Titos, die von den Türken zur Moschee umgebaut worden war.

Aber in der modernen, belebten Großstadt selbst war keine Spur der minoischen Kultur zurückgeblieben – der ersten und aus archäologischer Sicht wichtigsten kretischen Zivilisation. Gewiss, außerhalb der eigentlichen Stadt waren Überreste des Palasts von Knossos zu besichtigen, aber nur Historiker wiesen darauf hin, dass die Sarazenen Chandax an genau der Stelle gegründet hatten, an der schon vor Jahrtausenden der wichtigste minoische Hafen gelegen hatte.

Im Grunde genommen blieb Kreta eine geheimnisumwitterte Insel, die man nicht betreten konnte, ohne an die Sagen erinnert zu werden, die sich um seine versunkene Kultur rankten. Viele Jahrhunderte vor dem Auftreten der Sarazenen, der Venezianer oder der Türken hatte die Insel, aus dem Dunstkreis der Vorgeschichte tretend, erstmals eine bedeutende Rolle erlangt. Minos, der erste kretische König, war ein Halbgott. Sein Vater Zeus hatte seine Mutter Europa in Gestalt eines Stiers entführt, und so wurde der Stier von Anfang an zu einem wichtigen Symbol der Insel.

Minos und seine beiden Brüder kämpften um die Herrschaft über Kreta, aber Minos betete zu Poseidon und versprach dem Meeresgott ewigen Gehorsam, wenn er ihm helfe, seine Brüder zu besiegen. Poseidon erhörte sein Gebet, und aus dem aufgewühlten Meer erhob sich ein schneeweißer Stier. Minos hätte ihn als Zeichen seiner Dienstbarkeit gegenüber Poseidon opfern sollen, aber der habgierige König behielt den Stier für sich selbst. Daraufhin sorgte der zornige Meeresgott dafür, dass die Gemahlin des Minos sich in den Stier verliebte. Sie ließ sich von Dädalus, dem Lieblingsarchitekten des Königs, heimlich eine hohle hölzerne Kuh bauen, in der sie sich versteckte, damit der Stier sich mit ihr paaren konnte. So wurde der Minotaurus gezeugt – ein riesiger Mann mit Haupt und Schwanz eines Stiers –, dessen Wildheit solche Schäden anrichtete, dass Minos von Dädalus ein gewaltiges Labyrinth erbauen ließ, das so kompliziert war, dass der gefangene Minotaurus niemals daraus entkommen konnte.

An diese Sage dachte Stepan Spalko mehrmals, als er mit seinem Team die steilen Straßen der Stadt hinauffuhr, denn er hatte eine Affinität zu griechischen Mythen mit ihrer Betonung von Vergewaltigung, Inzest, Sodomie, Blutvergießen und Hybris. Da er in vielen Sagen Aspekte seines eigenen Ichs wieder erkannte, fiel es ihm nicht schwer, sich für einen Halbgott zu halten.

Wie viele Inselstädte im Mittelmeer lag Iráklion an einer Bergflanke, sodass seine Steinhäuser sich an steilen Straßen erhoben, auf denen zum Glück Busse und Taxis verkehrten. Die ganze Insel wird von einer Gebirgskette, den Weißen Bergen, durchzogen.

Die Adresse, die Spalko bei der Vernehmung László Molnars erfahren hatte, bezeichnete ein Haus ungefähr auf halber Höhe über dem Hafen. Es gehörte einem Architekten namens Istos Daedalika, der sich als ebenso geheimnisvoll erwies wie sein Namensvetter aus der antiken Sage. Spalkos Team hatte ermittelt, dass eine mit László Molnar in Verbindung stehende Firma das Haus gemietet hatte. Als sie es erreichten, war der Morgenhimmel eben im Begriff, wie eine Nussschale aufzuplatzen und die blutrote Mittelmeersonne zum Vorschein kommen zu lassen.

Nach kurzer Erkundung legten sie alle winzige Ohrhörer an, über die sie drahtlos verbunden waren. Dann überprüften sie ihre Waffen: High-tech-Armbrüste aus Verbundmaterial, deren garantierte Lautlosigkeit ihren Absichten entgegenkam. Nach einem Uhrenvergleich schickte Spalko zwei seiner Männer zum Hintereingang des Hauses, während Sina und er sich den Haupteingang vornahmen. Der dritte Mann des Teams sollte Wache halten und sie warnen, falls sich auf der Straße etwas Verdächtiges ereignen oder gar die Polizei auftauchen sollte.

Die Straße war menschenleer und verlassen, denn um diese Zeit war noch niemand unterwegs. Im Haus brannte kein Licht, aber Spalko hatte auch keines erwartet. Er sah auf seine Uhr und zählte ins Mikrofon, während der Sekundenzeiger der vollen Minute zustrebte.

Im Haus waren die Söldner schon auf den Beinen. Heute war Umzugstag, an dem sie das Haus wie schon andere vor ihnen verlassen würden. Sie brachten Dr. Schiffer alle drei Tage an einen anderen Ort auf der Insel; das taten sie rasch und effizient, sobald das nächste Ziel in letzter Minute bestimmt worden war. Solche Sicherheitsmaßnahmen erforderten, dass einige von ihnen zurückblieben, um alle Spuren ihrer Anwesenheit zu beseitigen.

In diesem Augenblick waren die Söldner im ganzen Haus verteilt. Einer von ihnen goss in der Küche türkischen Kaffee auf, ein weiterer Mann war im Bad, und ein Dritter hatte den Satellitenfernseher eingeschaltet. Er verfolgte die Nachrichten ohne sonderliches Interesse, dann trat er ans Wohnzimmerfenster, zog den Vorhang einen Spalt weit auf und spähte auf die Straße hinaus. Alles wirkte normal. Er räkelte sich wie eine Katze, dehnte und streckte seinen Körper. Dann legte er sein Schulterholster an und brach zu seinem morgendlichen Kontrollgang auf.

Er schloss die Haustür auf, trat hinaus und bekam prompt Spalkos Armbrustbolzen ins Herz. Er taumelte mit ausgebreiteten Armen rückwärts, verdrehte die Augen nach oben und war tot, bevor er auf den Rücken krachte.

Spalko und Sina betraten die Diele in dem Augenblick, in dem seine Männer die Hintertür aufbrachen. Der Söldner in der Küche ließ seine Kaffeetasse fallen, zog seine Waffe und verwundete einen von Spalkos Männern leicht, bevor auch er durchbohrt wurde.

Spalko nickte Sina zu, dann nahm er je drei Stufen der in den ersten Stock hinaufführenden Treppe auf einmal.

Sina reagierte auf die durch die Badezimmertür kommenden Schüsse, indem sie einen von Spalkos Männern durch den Hintereingang ins Freie beorderte. Den zweiten Mann ließ sie die Tür aufbrechen. Das tat er rasch und wirkungs-voll. Als sie ins Bad stürmten, wurden sie nicht mit Schüssen empfangen. Stattdessen sahen sie das offene Fenster, durch das der Söldner geflüchtet war. Mit dieser Möglichkeit hatte Sina gerechnet und deshalb einen Mann draußen postiert.

Im nächsten Augenblick hörten sie das typische Schwirren eines Armbrustbolzens, dem ein ersticktes Grunzen folgte.

Oben lief Spalko in geduckter Haltung von einem Raum zum anderen. Das erste Schlafzimmer war leer, also huschte er ins nächste weiter. Als er am Bett vorbeikam, nahm er links von sich in dem Wandspiegel über der Kommode eine Be-wegung wahr. Unter dem Bett bewegte sich etwas. Spalko ließ sich sofort auf die Knie nieder und verschoss einen Bolzen, der den Rüschenbehang des Bettgestells durchschlug. Das Bett wurde hochgehoben, als der Getroffene keuchend und stöhnend um sich schlug.

Auf den Knien liegend legte Spalko den nächsten Bolzen ein und begann zu zielen, als er plötzlich umgeworfen wur-de. Etwas Hartes streifte seinen Schädel, eine Kugel surrte als Querschläger davon, und er fühlte ein Gewicht auf sich las-ten. Er ließ sofort die Armbrust fallen, zog sein Jagdmesser und rammte es dem auf ihm lastenden Angreifer in den Leib. Als es bis zum Heft darin vergraben war, drehte er die Klin-ge, wobei er vor Anstrengung mit den Zähnen knirschte, und wurde mit einem heißen Blutstrom belohnt.

Mit einem Grunzen warf er den Söldner von sich ab, riss sein Messer heraus und wischte die Klinge an dem Rüschen-behang ab. Dann schoss er den zweiten Bolzen senkrecht durchs Bett. Teile der Matratzenfüllung flogen in die Luft, und die Bewegung unter dem Bett hörte abrupt auf.

Nachdem er die übrigen Räume im Obergeschoss durch-sucht hatte, kam er ins Wohnzimmer zurück, wo nach dem

Schuss der Gestank von Kordit hing. Einer seiner Männer kam durch die offene Hintertür herein und schleppte dabei den letzten überlebenden Söldner mit, den er schwer verwundet hatte. Der ganze Überfall hatte keine drei Minuten gedauert, was Spalko nur recht war; je weniger Aufmerksamkeit sie auf das Haus lenkten, desto besser.

Nirgends eine Spur von Dr. Felix Schiffer. Und trotzdem wusste Spalko, dass László Molnar ihn nicht belogen hatte. Diese Männer gehörten zu dem Söldnerkontingent, das Molnar angeworben hatte, als Conklin und er Dr. Schiffers Verschwinden organisiert hatten.

»Verluste?«, fragte er seine Männer.

»Marco ist verwundet. Nichts Schlimmes, ein glatter Oberarmdurchschuss links«, meldete einer von ihnen. »Zwei Gegner tot, einer schwer verwundet.«

Spalko nickte. »Und zwei Tote im ersten Stock.«

Der Mann deutete mit dem in seine Armbrust eingelegten Bolzen auf den letzten noch lebenden Söldner und fügte hinzu: »Der macht's nicht mehr lange, wenn er keinen Arzt bekommt.«

Spalko sah zu Sina hinüber und nickte ihr leicht zu. Sie trat neben den Verletzten, kniete nieder, drehte ihn auf den Rücken. Er stöhnte laut, während seine Wunde wieder stärker zu bluten begann.

»Wie heißt du?«, fragte sie auf Ungarisch.

Er sah zu ihr auf. Schmerzen und das Bewusstsein, dass er nicht mehr lange zu leben hatte, verdunkelten seinen Blick.

Sina holte ein Streichholzbriefchen aus der Tasche. »Wie heißt du?«, wiederholte sie auf Griechisch.

Als sie keine Antwort bekam, wies sie Spalkos Männer an: »Haltet ihn fest.«

Zwei von ihnen beeilten sich, ihre Anweisung auszuführen. Der Söldner wehrte sich kurz, dann lag er still. Er starrte gleichmütig zu ihr auf; schließlich war er ein Berufssoldat.

Sie riss ein Streichholz an. Scharfer Schwefelgeruch begleitete das Aufflammen des Zündholzkopfs. Mit Daumen und Zeigefinger einer Hand spreizte sie ein Augenlid; mit der anderen Hand brachte sie die Flamme dicht an den exponierten Augapfel heran.

Das andere Auge des Söldners blinzelte manisch, und seine Atmung wurde röchelnd. Die von dem feuchten Augapfel reflektierte Flamme kam stetig näher. Der Mann empfand Angst, das sah sie, aber darunter verbarg sich ein Gefühl der Ungläubigkeit. Er glaubte einfach nicht, dass sie ihre Drohung wahr machen würde. Bedauerlich, aber für sie nicht weiter wichtig.

Der Söldner kreischte, und sein Körper bäumte sich auf, obwohl die Männer sich alle Mühe gaben, ihn festzuhalten. Er wand sich weiter heulend, als das erlöschende Streichholz rauchend auf seine Brust fiel. Sein unversehrtes Auge rollte verzweifelt in seiner Höhle, als versuche es, eine sichere Zuflucht zu finden.

Als Sina seelenruhig das nächste Zündholz anriss, musste der Söldner sich plötzlich übergeben. Sina ließ sich dadurch nicht beirren. Er musste jetzt begreifen, dass es nur eine Antwort gab, die bewirken würde, dass sie aufhörte. Er war nicht dumm; er wusste längst, wie sie lautete. Und kein Geld dieser Welt war solche Folterqualen wert. In dem tränenden unversehrten Auge las sie seine Kapitulation. Trotzdem würde sie nicht lockerlassen, bevor er ihr gesagt hatte, wohin sie Schiffer gebracht hatten.

Stepan Spalko, der hinter ihr stand und die Szene von Anfang bis Ende beobachtet hatte, war wider Willen beeindruckt. Er hatte keine klare Vorstellung davon gehabt, wie

Sina vorgehen würde, wenn er ihr das Verhör übertrug. In gewisser Beziehung war das ein Test; aber es war auch mehr – es bot ihm die Möglichkeit, sie auf jene intime Weise kennen zu lernen, die er so schätzte.

Als Mann, der Tag für Tag Worte benützte, um Menschen und Ereignisse zu manipulieren, betrachtete Spalko sie mit angeborenem Misstrauen. Menschen logen, so einfach war das. Manche logen, weil ihnen gefiel, welche Wirkungen sie damit erzielen konnten; andere logen unbewusst, um sich vor Nachforschungen zu schützen; wieder andere belogen sich selbst. Nur darin, wie sie handelten, vor allem in extremen Situationen oder unter Zwang, zeigte sich ihr wahres Wesen. Dann gab es kein Lügen mehr; man konnte den vorliegenden Beweisen unbesorgt vertrauen.

Jetzt wusste er eine Wahrheit über Sina, die er bis dahin nicht gekannt hatte. Er bezweifelte, dass Hassan Arsenow sie kannte; dass er sie überhaupt geglaubt hätte, wenn man sie ihm erzählt hätte. In ihrem Innersten war Sina stahlhart, ja sie war sogar härter als Arsenow selbst. Als er jetzt beobachtete, wie sie aus dem unglücklichen Söldner die benötigten Informationen herausholte, wusste er, dass sie auch ohne Arsenow leben konnte – aber Arsenow nicht ohne sie.

Bourne wachte zum Klang von Übungsarpeggien und aromatischem Kaffeeduft auf. Einige Sekunden lang verharrte er noch zwischen Schlaf und Bewusstsein. Er merkte, dass er mit einer Steppdecke über sich und einem Daunenkissen unter dem Kopf auf Annaka Vadas' Sofa lag. Im nächsten Augenblick kam er hellwach in Annakas sonnendurchflutetem Wohnzimmer an. Er drehte sich um und sah sie mit einem riesigen Kaffeebecher neben sich an ihrem Konzertflügel sitzen.

»Wie spät ist's?«

Sie spielte weiter ihre Arpeggien, ohne den Kopf zu heben. »Nachmittag.«

»Jesus!«

»Ja, es war Zeit, ich übe, Zeit, dass du aufstehst.« Sie begann ein Thema zu spielen, das er nicht identifizieren konnte. »Beim Aufstehen dachte ich eigentlich, du wärst in dein Hotel verschwunden, aber dann bin ich hier reingekommen und habe dich schlafen gesehen wie ein Baby. Also bin ich in die Küche gegangen und habe Kaffee gekocht. Möchtest du Kaffee?«

»Gern.«

»Du weißt, wo er steht.«

Sie hob jetzt den Kopf, sah absichtlich nicht weg und beobachtete, wie er die Daunendecke zurückschlug und Hemd und Cordhose anzog. Er tappte ins Bad, und als er dort fertig war, ging er in die Küche. Als er sich Kaffee eingoss, sagte sie: »Du hast dich gut gehalten, auch wenn dein Körper so vernarbt ist.«

Er suchte die Sahne. Annaka trank ihren Kaffee anscheinend schwarz. »Die Narben verleihen mir Charakter.«

»Auch die quer über deiner Kehle?«

Bourne durchsuchte weiter den Kühlschrank und gab keine Antwort, sondern griff unwillkürlich nach seiner Wunde und spürte dabei wieder Mylene Dutroncs mitfühlende Fürsorge.

»Die ist neu«, sagte sie. »Woher hast du die?«

»Von einem Zusammentreffen mit einem sehr großen, sehr zornigen Wesen.«

Sie bewegte sich, als sei ihr plötzlich unbehaglich. »Wer hat versucht, dir die Kehle durchzuschneiden?«

Er hatte die Sahne gefunden. Er kippte einen Schuss in seinen Kaffee, fügte zwei Löffel Zucker hinzu, rührte um, nahm den ersten Schluck. Als er ins Wohnzimmer zurückkam, sagte er: »Das kann im Zorn passieren, hast du das nicht gewusst?«

»Woher sollte ich? Ich bin kein Teil deiner gewalttätigen Welt.«

Er musterte sie gleichmütig. »Du wolltest mich erschießen, hast du das vergessen?«

»Ich vergesse nie etwas«, sagte sie knapp.

Irgendetwas, das er gesagt hatte, hatte sie aufgebracht, aber Bourne wusste nicht, was. Ein Teil ihres Ichs war sehr dünnhäutig. Vielleicht war das eine Folge des Schocks nach dem plötzlichen und gewaltsamen Tod ihres Vaters.

Vorsichtshalber wechselte er das Thema. »Du hast nichts Essbares im Kühlschrank.«

»Ich esse meistens außer Haus. Ein paar Straßen weiter gibt's ein gutes Café.«

»Könnten wir dort hingehen?«, schlug er vor. »Ich bin ausgehungert.«

»Sobald ich fertig bin. Nach unserer langen Nacht habe ich einiges nachzuholen.«

Die Klavierbank scharrte über den Parkettboden, als Annaka sich zurechtsetzte. Dann erklangen die ersten Takte von Chopins Nocturne Opus 9, No. 1 in b-moll, kreiselten wie fallende Blätter an einem goldenen Herbstnachmittag. Bourne war überrascht, wie sehr er die Musik genoss.

Kurze Zeit später stand er auf, setzte sich an den kleinen Schreibsekretär und klappte ihren Laptop auf.

»Lass das bitte«, sagte Annaka, ohne den Blick von ihren Noten zu nehmen. »Es stört mich.«

Bourne blieb sitzen, versuchte sich zu entspannen, während herrliche Musik die Wohnung erfüllte.

Kaum waren die letzten Noten des Nocturnes verklungen, als Annaka aufstand und in die Küche ging. Er hörte Wasser in den Ausguss laufen, während sie darauf wartete, dass es kalt wurde. Es schien sehr lange zu laufen. Dann kam sie mit einem Glas Wasser in der Hand zurück, das sie mit einem einzigen langen Zug leerte. Bourne, der sie von seinem Platz am Sekretär aus beobachtete, sah die Kurve ihres blassen Halses, das Gekräusel einiger Haarsträhnen in feurigem Kupferrot an ihrem Haaransatz.

»Du hast dich letzte Nacht sehr gut gehalten«, sagte Bourne.

»Danke, dass du mir von dem Sims runter geholfen hast.« Sie sah weg, als halte sie sein Kompliment für völlig unverdient. »Solche Angst habe ich noch nie im Leben gehabt.«

Sie waren in dem altmodischen Café, das voller Kristallkronleuchter, Samtsitzkissen und durchsichtiger Wandleuchten auf Kirschbaumpaneelen war. Sie saßen sich an einem Fenstertisch gegenüber; vor sich hatten sie die Terrasse, deren Tische und Stühle jedoch unbesetzt waren, weil der Tag zu kühl war.

»Was mir jetzt Sorgen macht, ist die Tatsache, dass Molnars Wohnung überwacht wurde«, sagte Bourne. »Anders lässt sich das Auftauchen der Polizei in genau diesem Augenblick nicht erklären.«

»Weshalb sollte jemand die Wohnung überwachen?«

»Um zu sehen, ob wir dort aufkreuzen. Seit meiner Ankunft in Budapest sind meine Nachforschungen behindert worden.«

Annaka sah nervös aus dem Fenster. »Und jetzt? Bei der Vorstellung, dass jemand mein Apartment beobachtet – dass er *uns* beobachtet –, kriege ich eine Gänsehaut.«

»Von deiner Wohnung aus ist uns niemand hierher gefolgt. Das habe ich kontrolliert.« Er machte eine Pause, während ihr Essen serviert wurde. Als der Kellner gegangen war, fuhr er fort:

»Erinnerst du dich an die Vorsichtsmaßnahmen der vergangenen Nacht, nachdem uns die Flucht vor der Polizei geglückt war? Wir sind getrennt mit dem Taxi gefahren, haben es einmal gewechselt, sind kreuz und quer durch die Stadt gefahren.«

Sie nickte. »Ich war viel zu fertig, um gegen deine verrückten Anweisungen zu protestieren.«

»Niemand weiß, wohin wir gefahren oder dass wir jetzt zusammen sind.«

»Nun, das ist mir eine Beruhigung.« Nachdem sie unwillkürlich die Luft angehalten hatte, atmete sie jetzt tief durch.

Ein einziger Gedanke beherrschte Chan, als er Bourne und die Frau aus ihrem Haus kommen sah. Obgleich Spalko großspurig verkündet hatte, er sei vor Bournes Nachforschungen sicher, kam Bourne immer näher an ihn heran. Irgendwie war er auf László Molnar gestoßen, für den auch Spalko sich interessierte. Außerdem hatte er entdeckt, wo Molnar wohnte, und war vermutlich in seinem Apartment gewesen, als die Polizei angerückt war. Weshalb war Molnar für Spalko wichtig? Das musste Chan noch herausbekommen.

Er beobachtete von hinten, wie Bourne und die Frau davongingen. Dann stieg er aus seinem Leihwagen und ging zum Eingang der Nr. 106–108 Fo utca hinüber. Er sperrte die Haustür mit einem Dietrich auf, betrat die Eingangshalle und fuhr mit dem Aufzug in den dritten Stock hinauf. Dort oben fand er die aufs Dach führende schmale Treppe. Die Tür zum Dach war mit einer Alarmanlage gesichert, was keine Überraschung war, aber für Chan war es eine Kleinigkeit, die Anlage zu überlisten. Er trat aus der Tür auf das Flachdach und ging sofort nach vorn auf die Straßenseite.

Mit den Händen auf der Steinbrüstung beugte er sich nach vorn und sah sofort unmittelbar unter sich die beiden Erkerfenster im dritten Stock. Er kletterte über die Brüstung und ließ sich auf den Sims unterhalb der Fenster gleiten. Das erste Fenster war von innen verriegelt, aber das zweite war nur angelehnt. Er stieß es auf, schwang sich über die Fensterbank in die Wohnung.

Natürlich hätte er sich hier gern umgesehen, aber weil er nicht wusste, wann die beiden zurückkommen würden, durfte er das nicht riskieren. Er war nicht zum Vergnügen, sondern gewissermaßen dienstlich hier. Als er sich nach einem geeigneten Ort umsah, fiel sein Blick auf die Milchglasschale der Deckenlampe in der Mitte des Wohnzimmers. Dieses Versteck war so gut wie jedes andere, entschied er rasch, und besser als die meisten.

Er zog die Klavierbank heran, stellte sie unter die Lampe und stieg hinauf. Die winzige Wanze in seiner Hand ließ er in die Milchglasschale gleiten. Dann stieg er wieder herunter, steckte sich einen elektronischen Ohrhörer ins Ohr und aktivierte die Wanze.

Er hörte kleine Geräusche, als er die Klavierbank wieder vor den Flügel schob, und die eigenen Schritte, als er übers Parkett zu dem Sofa ging, auf dem eine Daunendecke und ein Kopfkissen lagen. Er griff nach dem Kissen, schnüffelte an seiner Mitte. Er roch Bourne, aber dieser Geruch rief bisher schlummernde Erinnerungen wach. Als sie in seinem Gedächtnis aufzusteigen begannen, ließ er das Kissen hastig fallen, als sei es in Brand geraten. Dann verließ er das Apartment rasch auf dem Weg, auf dem er hereingekommen war, und ging die Treppe hinunter.

Diesmal durchquerte er den Eingangsbereich jedoch und verließ das Haus durch den Lieferanteneingang. Man konnte nie vorsichtig genug sein.

Annaka machte sich über ihr Frühstück her, das in diesem Café auch nachmittags serviert wurde. Das durchs Fenster einfallende Sonnenlicht beleuchtete ihre Pianistenfinger. Sie aß, wie sie spielte, handhabe Messer und Gabel wie Musikinstrumente.

»Wo hast du so Klavier spielen gelernt?«

»Hat's dir gefallen?«

»Ja, sehr.«

»Warum?«

Er legte den Kopf schief. »Warum?«

Sie nickte. »Ja, warum hat dir mein Klavierspiel gefallen? Was hast du herausgehört?«

Bourne überlegte kurz. »Eine gewisse Traurigkeit, denke ich.«

Annaka legte Messer und Gabel weg, um die Hände frei zu haben, und begann einen Ausschnitt aus dem Nocturne zu singen. »Das liegt an den nicht aufgelösten Siebteln, weißt du. Mit ihnen hat Chopin die überlieferten Grenzen von Dissonanzen und Tonarten erweitert.« Sie sang halblaut weiter. »Das Ergebnis klingt aufgeschlossen. Und wegen dieser unaufgelösten dominanten Siebtel zugleich klagend.«

Sie machte eine Pause. Ihre schönen weißen Hände ruhten auf dem Tisch wie auf einer Tastatur, die langen Finger waren leicht gekrümmt, als seien sie weiterhin von der Energie des Komponisten belebt.

»Sonst noch etwas?«

Er dachte darüber nach, dann schüttelte er den Kopf.

Sie griff nach dem Besteck und aß weiter. »Klavier spielen habe ich von meiner Mutter gelernt. Das war ihr Beruf, Klavierlehrerin, und als sie das Gefühl hatte, ich sei reif dafür, hat sie mich an Chopin herangeführt. Er war ihr Lieblingskomponist, aber seine Musik ist unglaublich schwer zu spielen –

nicht nur technisch, sondern auch, weil man die jeweilige Stimmung genau treffen muss.«

»Spielt deine Mutter noch?«

Annaka schüttelte den Kopf. »Ihre Gesundheit war wie die Chopins schwach. Tuberkulose. Sie ist gestorben, als ich achtzehn war.«

»Ein schlimmes Alter, um einen Elternteil zu verlieren.«

»Ihr Tod hat mein Leben verändert. Ich war natürlich untröstlich, aber zu meiner Verblüffung war ich unterschwellig auf sie zornig, wofür ich mich geschämt habe.«

»Zornig?«

Sie nickte. »Ich habe mich verlassen gefühlt, auf hoher See treibend, ohne Möglichkeit, wieder heimzufinden.«

Bourne begriff plötzlich, weshalb sie sich in die schwierige Lage eines Mannes mit Gedächtnisverlust hatte versetzen können.

Sie runzelte die Stirn. »Aber am meisten bedaure ich, wie schäbig ich sie behandelt habe. Als sie mich aufgefordert hat, Klavier spielen zu lernen, habe ich mich mit Händen und Füßen dagegen gesträubt.«

»Natürlich hast du das getan«, sagte er mild. »Das war ihre Idee. Außerdem war's ihr Beruf.« Er empfand einen kleinen Schauder, als habe sie gerade eine von Chopins berühmten Dissonanzen gespielt. »Als ich mit meinem Sohn über Baseball gesprochen habe, hat er die Nase gerümpft – er wollte lieber Fußball spielen.« Als Bourne die Erinnerung an Joshua wachrief, richtete sein Blick sich nach innen. »Seine Freunde haben alle Fußball gespielt, aber das war nicht der einzige Grund. Seine Mutter war Thailänderin; auf ihren Wunsch ist er sehr früh im Buddhismus unterwiesen worden. Sein ›Amerikanertum‹ hat ihn nicht interessiert.«

Annaka schob ihren leer gegessenen Teller von sich weg.

»Ich glaube im Gegenteil, dass sein ›Amerikanertum‹ ihn vermutlich sehr beschäftigt hat«, sagte sie. »Wie könnte's anders sein? Glaubst du nicht, dass er in der Schule tagtäglich daran erinnert worden ist?«

Vor seinem inneren Auge erschien plötzlich Joshua: verpflastert, mit einem blau-schwarzen Auge. Als er Dao danach gefragt hatte, hatte sie behauptet, der Junge habe sich zu Hause bei einem Sturz verletzt. Aber am nächsten Tag hatte sie Joshua in die Schule begleitet und war mehrere Stunden dort geblieben. Bourne hatte sie nie eingehend befragt; damals war er beruflich zu eingespannt gewesen, um sich überhaupt mit dieser Sache zu beschäftigen.

»Darauf bin ich nie gekommen«, sagte er jetzt.

Sie zuckte mit den Schultern und sagte ohne wahrnehmbare Ironie: »Weshalb auch? Du bist Amerikaner. Die Welt gehört dir.«

Woher kommt ihre unterschwellige Feindseligkeit?, fragte er sich. Von der tiefen Angst vor dem hässlichen Amerikaner, die in letzter Zeit wieder geschürt worden ist?

Sie ließ sich Kaffee nachschenken. »Du kannst deine Probleme wenigstens mit deinem Sohn besprechen«, sagte sie. »Mit meiner Mutter …« Sie zuckte mit den Schultern.

»Mein Sohn ist tot«, sagte Bourne, »seine Schwester und seine Mutter auch. Die drei sind vor vielen Jahren in Phnom Penh umgekommen.«

»Oh.« Anscheinend hatte er ihren coolen, stählernen Panzer endlich durchstoßen. »Das tut mir sehr Leid.«

Bourne sah zur Seite, denn jede Erwähnung Joshuas quälte ihn wie Salz in einer offenen Wunde. »Du hast dich doch bestimmt mit deiner Mutter versöhnt, bevor sie gestorben ist.«

»Ich wollte, ich hätte's getan.« Annaka starrte in ihren Kaffee; auf ihrem Gesicht stand ein konzentrierter Ausdruck.

»Erst als sie mich an Chopin herangeführt hat, habe ich den ganzen Wert ihres Geschenks begriffen. Mit welcher Begeisterung ich die Nocturnes gespielt habe, auch als ich noch mit ihren technischen Schwierigkeiten zu kämpfen hatte!«

»Das hast du ihr nicht erzählt?«

»Ich war ein Teenager; wir haben nicht viel miteinander gesprochen.« Ihre Augen waren kummervoll dunkel. »Heute wünsche ich mir, ich hätte es getan.«

»Du hattest deinen Vater.«

»Ja, natürlich«, sagte sie. »Ich hatte ihn.«

Kapitel *siebzehn*

Die Entwicklungsabteilung für nichttödliche taktische Waffen war in mehreren anonym wirkenden, mit Efeu bewachsenen Klinkergebäuden untergebracht, die einst ein Mädchenpensionat gewesen waren. Der Agency war es sicherer erschienen, eine schon bestehende Einrichtung zu übernehmen, statt einen Neubau zu errichten. So konnte sie die Gebäude entkernen und von innen zu dem Labyrinth aus Büros, Labors und Konferenzräumen ausbauen, das die Abteilung brauchte – und das alles nicht mit fremden Baufirmen, sondern mit eigenen hoch qualifizierten Fachkräften.

Obwohl Lindros seinen Dienstausweis vorgelegt hatte, wurde er in einen fensterlosen weißen Raum geführt, in dem er fotografiert wurde, seine Fingerabdrücke abgeben musste und einem Iris-Scan unterzogen wurde.

Nach etwa einer Viertelstunde kam endlich ein CIA-Schlips herein und sprach ihn an: »Deputy Director, Direktor Driver hat jetzt Zeit für Sie, Sir.«

Der stellvertretende CIA-Direktor folgte ihm wortlos. Sie verbrachten weitere fünf Minuten damit, über indirekt beleuchtete eintönige Korridore zu marschieren. Lindros konnte nicht beurteilen, ob er womöglich nur im Kreis herumgeführt wurde.

Schließlich blieben sie vor einer Tür stehen, die sich in Lindros' Augen durch nichts von allen übrigen Türen unterschied, an denen sie vorbeigekommen waren. Wie die anderen auch trug sie keine Beschriftung, kein Namensschild, keine Identifizierung, sondern nur zwei ins Türblatt eingelassene Lämpchen. Eines glühte dunkelrot. Der Schlips klopfte dreimal an die Tür. Im nächsten Augenblick ging das rote Licht aus, und das zweite Lämpchen brannte grün. Der CIA-Schlips öffnete die Tür und trat beiseite, um Lindros einzulassen.

Auf der anderen Seite fand er Direktor Randy Driver vor, einen aschblonden Mann mit militärisch kurzem Haarschnitt, schmaler langer Nase und eng zusammenstehenden, blauen Augen, die seinem Gesicht einen ständig misstrauischen Ausdruck verliehen. Er hatte breite Schultern und einen muskulösen Oberkörper, den er etwas zu sehr betonte. Er saß auf einem High-tech-Drehstuhl, dessen Rückenlehne aus einer Lochplatte bestand, hinter einem Schreibtisch aus Edelstahl und Rauchglas. Genau in der Mitte der weißen Metallwände seines Büros hing je eine Reproduktion eines Gemäldes von Mark Rothko, auf denen farbige Mullbinden eine blutende Wunde zu bedecken schienen.

»Deputy Director, welch unerwartetes Vergnügen«, begrüßte Driver ihn mit verkrampftem Lächeln, das seine Worte widerlegte. »Ich gestehe allerdings, dass ich unangekündigte Inspektionen nicht gewöhnt bin. Mir wär's lieber gewesen, Sie hätten sich höflicherweise angemeldet.«

»Entschuldigung«, sagte Lindros, »aber dies ist keine unangekündigte Inspektion. Ich ermittle in einer Mordsache.«

»Der Mordsache Alexander Conklin, nehme ich an.«

»Ganz recht. Ich muss einen Ihrer Leute befragen. Einen Dr. Felix Schiffer.«

Es war, als hätte Lindros eine Lähmbombe gezündet. Drivers verkrampftes Lächeln wurde zu einer Grimasse, und er saß wie erstarrt hinter seinem Schreibtisch. Zuletzt schien er seine Fassung wiederzugewinnen. »Weshalb um Himmels willen?«

»Das habe ich Ihnen gerade gesagt«, antwortete Lindros. »Im Rahmen unserer laufenden Ermittlungen.«

Driver breitete die Hände aus. »Ich sehe da keinen Zusammenhang.«

»Das ist auch nicht notwendig«, sagte Lindros knapp. Driver hatte ihn wie einen Schuljungen im Karzer schmoren lassen, und jetzt wurde er verbal hingehalten. Lindros verlor allmählich die Geduld. »Sie brauchen mir nur zu sagen, wo Dr. Schiffer ist.«

Die Miene des anderen wurde noch verschlossener. »Als Sie über meine Schwelle getreten sind, haben Sie mein Revier betreten.« Driver stand auf. »Während Sie identifiziert wurden, habe ich mir erlaubt, den CIA-Direktor anzurufen. Sein Büro hat keine Ahnung, welchen Zweck Ihr Besuch bei mir haben könnte.«

»Natürlich nicht«, erwiderte Lindros, der wusste, dass er die Schlacht verloren hatte. »Ich erstatte dem Direktor immer erst abends Bericht.«

»Ich habe absolut kein Interesse an Ihren Ermittlungen, Deputy Director. Das Fazit lautet, dass niemand meine Mitarbeiter ohne ausdrückliche schriftliche Zustimmung des CIA-Direktors befragt.«

»Der Direktor hat mir freie Hand gegeben, die Ermittlungen nach meinem Ermessen zu führen.«

»Aber das weiß ich nur von Ihnen.« Driver zuckte mit den Schultern. »Sie verstehen sicher, dass ...«

»Nein, das verstehe ich *nicht*«, unterbrach Lindros ihn. Er wusste, dass es nichts nützen würde, in dieser Art weiterzumachen. Noch schlimmer: Es war taktisch unklug, aber er war so sauer auf Randy Driver, dass er nicht anders konnte. »Meiner Ansicht nach sind Sie halsstarrig und betreiben Obstruktion.«

Driver beugte sich nach vorn, seine Fingerknöchel knackten, als er beide Hände auf die Schreibtischplatte stützte. »Ihre Ansicht tut nichts zur Sache. Da Sie keine schriftliche Einwilligung vorlegen können, habe ich nichts mehr zu sagen. Das Gespräch ist beendet.«

Der Schlips musste sie belauscht haben, denn in diesem Augenblick öffnete sich die Tür, und er stand auf der Schwelle, um Lindros hinauszubegleiten.

Den Geistesblitz hatte Detective Harris bei der Verfolgung eines Straftäters. Über Funk war eine Fahndungsmeldung eingegangen: Gesucht wurde ein Weißer in einem schwarzen Pontiac GTO – neuestes Modell, in Virginia zugelassen –, der außerhalb von Falls Church eine rote Ampel missachtet hatte und auf der Route 649 nach Süden weitergefahren war. Harris, den Martin Lindros unerklärlicherweise von den Ermittlungen in der Mordsache Conklin-Panov ausgeschlossen hatte, war in Sleepy Hollow, um abschließende Ermittlungen wegen eines Raubmords in einem kleinen Supermarkt zu führen. So war er zufällig auf der 649.

Er wendete mit seinem Streifenwagen mit quietschenden Reifen, schaltete Blaulicht und Sirene ein und raste auf der 649 nach Norden. Wenige Minuten später entdeckte er den schwarzen GTO, den bereits drei Streifenwagen der Virginia State Police verfolgten.

Von einem Hupkonzert und Reifenquietschen begleitet fuhr Detective Harris über den Mittelstreifen und hielt genau auf den GTO zu. Sein Fahrer sah ihn kommen und wechselte die Spur; als Harris ihm durch das Labyrinth aus stehenden Fahrzeugen zu folgen begann, verließ er die Fahrbahn und flitzte die Standspur entlang.

Harris berechnete den Vorhaltewinkel, brachte den Streifenwagen auf Abfangkurs und drängte den GTO auf die Asphaltfläche einer Tankstelle ab. Bremste der Fahrer nicht scharf, musste er die Zapfsäulen rammen.

Als der GTO mit quietschenden Reifen und auf übergroßen Stoßdämpfern wippend zum Stehen kam, sprang Harris mit gezogener Dienstwaffe aus dem Wagen und trabte auf den anderen Fahrer zu.

»Aussteigen und Hände hoch!«, rief er.

»Officer, ich …«

»Klappe halten und tun, was ich sage!« Harris näherte sich und achtete auf ein Anzeichen für eine Waffe.

»Okay, okay!«

Der Fahrer stieg aus, als eben die anderen Streifenwagen herankamen. Harris konnte sehen, dass der Verdächtige nicht älter als Anfang zwanzig und dünn wie eine Bohnenstange war. In seinem Wagen fanden sie eine angebrochene Schnapsflasche … und unter dem Vordersitz eine Pistole.

»Die ist registriert!«, beteuerte der junge Mann. »Sie brauchen nur im Handschuhfach nachzusehen!«

Die Pistole war tatsächlich legal gekauft. Der junge Mann war ein Diamantenkurier. Weshalb er getrunken hatte, war eine andere Geschichte, die Harris nicht sonderlich interessierte.

Als er wieder auf dem Revier war, fiel ihm auf, dass mit der Registrierungskarte der Waffe etwas nicht stimmte. Er rief bei dem Geschäft an, in dem der junge Mann angeblich die Pistole gekauft hatte. Am Apparat war eine ausländisch klingende Stimme, die zugab, dem jungen Mann die Waffe verkauft zu haben, aber irgendetwas an dieser Stimme störte Harris. Also fuhr er zu dem Geschäft hinüber – und stellte fest, dass es nicht existierte. Stattdessen traf er dort einen einzelnen Russen vor einem Computer sitzend an. Er verhaftete den Russen und beschlagnahmte den Computer.

Nach seiner Rückkehr aufs Revier rief Harris in der Datenbank zur Registrierung von Waffen das letzte halbe Jahr auf. Er gab den Namen des angeblichen Geschäfts ein und stellte erschrocken fest, dass bei über dreihundert Verkäufen legale Registrierungskarten gefälscht worden waren. Eine noch größere Überraschung erwartete ihn jedoch, als er die Datensätze des beschlagnahmten Computers sichtete. Als er einen vertrauten Namen sah, griff er sofort nach dem Telefonhörer und wählte die Nummer von Lindros' Handy.

»He, hier ist Harry.«

»Oh, hallo«, sagte Lindros, als sei er in Gedanken woanders.

»Was haben Sie?«, fragte Harris. »Ihre Stimme klingt deprimiert.«

»Ich stecke in einer Sackgasse. Und noch schlimmer: Jemand hat mir die Zähne eingeschlagen, und ich frage mich jetzt, ob ich genügend Munition habe, um damit zum Alten zu gehen.«

»Hören Sie, Martin, ich weiß, dass ich offiziell nicht mehr mit diesem Fall befasst bin ...«

»Jesus, Harry, darüber wollte ich schon längst mit Ihnen reden, aber ...«

»Lassen wir das jetzt«, unterbrach Detective Harris ihn. Er erzählte knapp von dem GTO-Fahrer, seiner Pistole und dem Schwindel mit der gefälschten Registrierung von Schusswaffen. »Sie sehen selbst, wie das funktioniert«, fuhr er fort. »Diese Kerle können Waffen besorgen, für wen sie wollen.«

»Yeah, und?«, fragte Lindros ohne sonderliche Begeisterung.

»Und sie können auch jeden beliebigen Namen auf die Registrierungskarte setzen. Zum Beispiel den von David Webb.«

»Das ist eine nette Theorie, aber ...«

»Martin, das ist keine Theorie!« Harris brüllte empört ins Telefon. Alle Kollegen, die ihn hörten, sahen erstaunt auf, weil sie sich über seine Lautstärke wunderten. »Genau das ist passiert!«

»Was?!«

»Richtig. Die gleiche Bande hat einem gewissen David Webb eine Schusswaffe ›verkauft‹, nur hat Webb sie nie gekauft, weil das auf der Registrierungskarte genannte Geschäft nicht existiert.«

»Okay, aber woher wissen wir, dass Webb diese Bande nicht gekannt und dazu benützt hat, sich illegal eine Waffe zu beschaffen?«

»Das ist das Schöne daran«, sagte Harris. »Ich habe den Computer mit der elektronischen Buchführung der Bande beschlagnahmt. Alle ›Verkäufe‹ sind genau registriert. Die Pistole, die Webb angeblich gekauft hat, ist per Überweisung aus Budapest bezahlt worden.«

Das Kloster thronte hoch auf einem Bergkamm. Auf den weit tiefer liegenden steilen Terrassen gediehen Oliven und Orangen, aber dort oben, wo das Gebäude wie ein Backenzahn im gewachsenen Fels zu sitzen schien, wuchsen nur Disteln und wilder Mohn. Die *kri-kri,* die überall auftretende kretische Bergziege, war das einzige Tier, das auf Höhe des Klosters überleben konnte. Der alte Steinbau war seit langem in Vergessenheit geraten. Welches Räuber- und Piratenvolk in der turbulenten Geschichte der Insel ihn erbaut hatte, war für Laien schwer festzustellen. Er war wie die Insel selbst durch viele Hände gegangen, war stummer Zeuge von Gebeten und Opfern und Blutvergießen gewesen. Schon ein flüchtiger Blick zeigte, dass er sehr alt sein musste.

Seit undenklichen Zeiten war der Sicherheitsaspekt für Krieger und Mönche gleichermaßen wichtig gewesen – daher die Lage des Klosters auf einem Bergkamm. Auf einer Seite lagen die in Terrassen angelegten, duftenden Oliven- und Orangenhaine; auf der anderen klaffte eine Schlucht wie vom Säbelhieb eines Sarazenen, der dem Berg mit roher Gewalt eine tiefe Wunde geschlagen hatte.

Nachdem sie in dem Haus in Iráklion auf professionellen Widerstand gestoßen waren, plante Spalko ihren nächsten Angriff sehr sorgfältig. Eine Erstürmung des Klosters bei Tageslicht kam nicht in Frage. Unabhängig davon, aus welcher Richtung sie sich annäherten, würden sie niedergemäht werden, lange bevor sie die von Zinnen gekrönten, massiven Mauern des Klosters erreichten. Während die Männer des Teams ihren verletzten Kameraden ins Flugzeug zurückbrachten, damit der Chirurg ihn versorgen konnte, und die benötigte Ausrüstung zusammenstellten, liehen Spalko und Sina sich Motorräder, um die Umgebung des Klosters zu erkunden.

Am Eingang der Schlucht stellten sie die Maschinen ab und wanderten hinunter. Der Himmel war leuchtend blau, so strahlend, dass er mit seiner Aura alle übrigen Farben zu tränken schien. Vögel kreisten und stiegen in der Thermik, und als die Brise kräftiger wurde, erfüllte der köstliche Duft von Orangenblüten die Luft. Seit sie seinen Privatjet bestiegen hatte, wartete Sina geduldig darauf, zu erfahren, warum der Scheich mit ihr allein sein wollte.

»Es gibt einen unterirdischen Zugang zum Kloster«, sagte Spalko, als sie über Geröll zu dem Teil der Schlucht abstiegen, der dem Kloster am nächsten war. Die Kastanien am Eingang der Schlucht hatten anspruchsloseren Zypressen Platz gemacht, deren verdrehte Stämme aus Erdspalten zwischen den Felsen wuchsen. Die beiden benützten ihre biegsamen Zweige als improvisierte Griffe, während sie weiter dem steil abfallenden Boden der Schlucht folgten.

Über die Informationsquellen des Scheichs konnte Sina nur Vermutungen anstellen. Jedenfalls war klar, dass er über ein weltweites Netzwerk von Leuten verfügte, die ihm praktisch sämtliche Informationen beschaffen konnten, die er je benötigen würde.

Sie rasteten kurz im Schatten eines Felsblocks. Mittag war längst vorbei, und sie aßen Oliven, Fladenbrot und in Olivenöl, Essig und Knoblauch eingelegten Tintenfisch.

»Erzähl mir etwas, Sina«, sagte Spalko jetzt. »Denkst du oft an Chalid Murat – trauerst du ihm nach?«

»Er fehlt mir sehr.« Sina fuhr sich mit dem Handrücken über die Lippen und biss von einem Kanten Brot ab. »Aber nichts währt ewig, und jetzt ist Hassan unser Führer. Was ihm zugestoßen ist, war tragisch, aber es ist nicht unerwartet gekommen. Die russischen Unterdrücker haben uns alle im Visier; mit diesem Wissen müssen wir leben.«

»Was wäre, wenn ich dir erzählen würde, dass die Russen nichts mit Murats Tod zu schaffen hatten?«, fragte Spalko.

Sina hörte zu essen auf. »Das verstehe ich nicht. Ich weiß, was passiert ist. Das weiß jeder.«

»Nein«, sagte Spalko leise, »du weißt nur, was Hassan Arsenow dir erzählt hat.«

Sie starrte ihn an, und als sie zu begreifen begann, wurden ihr die Knie weich.

»Wie …?« Sina war so erschüttert, dass ihre Stimme versagte; sie musste sich räuspern und erneut anfangen, wobei sie merkte, dass ein Teil ihres Ichs die Frage, die sie jetzt stellen würde, nicht beantwortet haben wollte. »Woher weißt du das?«

»Das weiß ich«, erwiderte Spalko nüchtern, »weil Arsenow sich mir gegenüber verpflichtet hat, Chalid Murat zu liquidieren.«

»Aber *weshalb*?«

Sein Blick bohrte sich in ihre Augen. »Oh, das weißt du, Sina, das weißt du am besten – du als seine Geliebte, die ihn besser kennt als jeder andere … Du weißt es ganz genau!«

Und das stimmte leider; Hassan hatte selbst oft genug davon gesprochen. Chalid Murat verkörperte die alte Ordnung. Er konnte nicht über die Grenzen Tschetscheniens hinaus denken. Nach Hassans Überzeugung hatte er Angst davor, es mit der ganzen Welt aufzunehmen, und traute sich nicht einmal zu, die russischen Ungläubigen zu vertreiben.

»Hast du das nie vermutet?«

Und das wirklich Ärgerliche war, dass sie nie, keine Sekunde lang, Verdacht geschöpft hatte. Sie hatte Hassans Geschichte von A bis Z geglaubt. Am liebsten hätte Sina den Scheich belogen, um in seinen Augen cleverer dazustehen, aber unter seinem scharfen Blick war ihr bewusst, dass er geradewegs durch sie hindurchsehen und wissen würde, dass sie log – und dann würde er wahrscheinlich zu dem Schluss kommen, dass sie nicht vertrauenswürdig war, und sie fallen lassen.

Und so schüttelte sie gedemütigt den Kopf. »Er hat mich reingelegt.«

»Dich und alle anderen«, bestätigte er gleichmütig. »Mach dir nichts draus.« Er lächelte plötzlich. »Aber jetzt weißt du die Wahrheit. Du siehst, welche Macht Wissen verleiht, das andere nicht besitzen.«

Sie blieb einen Augenblick mit dem Rücken an den sonnenwarmen Fels gelehnt stehen und rieb sich die Handflächen an den Oberschenkeln ab. »Ich verstehe bloß nicht«, sagte sie, »warum du beschlossen hast, mich einzuweihen.«

Spalko hörte einen Doppelklang von Angst und Beklemmung in ihrer Stimme mitschwingen und fand das durchaus in Ordnung. Sie wusste, dass sie am Rand eines Abgrunds stand. Schätzte er sie richtig ein, hatte sie das von der Sekunde an vermutet, in der er ihr vorgeschlagen hatte, ihn nach Kreta zu begleiten – ganz sicher ab dem Augenblick, in dem sie Arsenow gemeinsam belogen hatten.

»Ja«, sagte er, »du bist auserwählt worden.«

»Aber wofür?« Sie merkte, dass sie zitterte.

Er trat auf sie zu, blieb dicht vor ihr stehen. Indem er das Licht blockierte, ersetzte er die Sonnenwärme durch seine eigene. Sina konnte ihn wie im Hangar riechen, und sein männlicher Duft ließ sie feucht werden.

»Du bist für große Dinge auserwählt worden.« Als er noch dichter an sie herantrat, wurde seine Stimme leiser, während ihre Intensität sich steigerte.

»Hassan Arsenow ist schwach, Sina«, flüsterte er. »Das habe ich sofort erkannt, als er mit seinem Attentatsplan zu mir gekommen ist. Wozu braucht er dich eigentlich?, habe ich mich gefragt. Ein starker Krieger, der seinen bisherigen Führer für ungeeignet hält, beseitigt ihn selbst. – Er überlässt die Ausführung der Tat nicht anderen, die – wenn sie clever und geduldig sind – seine Schwäche eines Tages gegen ihn ausnützen werden.«

Sina zitterte von seinen Worten wie von seiner körperlichen Nähe, die ihre Haut kribbeln und ihre Nackenhaare sich aufrichten ließ. Ihr Mund war trocken, ihre Kehle voller Begehren.

»Was nützt mir Hassan Arsenow, Sina, wenn er schwach ist?« Als Spalko eine Hand auf ihre Brust legte, holte sie tief Luft. »Ich will's dir sagen.« Sie schloss die Augen. »Das Unternehmen, zu dem wir in wenigen Tagen aufbrechen werden, ist auf jeder Etappe höchst gefährlich.« Er umfasste eine Brust, drückte sie sanft. »Für den Fall, dass etwas schief geht, ist es klug, einen Anführer zu haben, der die Aufmerksamkeit des Feindes wie ein Magnet anzieht, sie auf sich lenkt, während die wirkliche Arbeit ungehindert weitergeht.« Er drängte sich gegen sie und fühlte, wie ihr Körper sich in einer Art Krampf, der sich ihrer Kontrolle entzog, an ihm aufrichtete »Verstehst du, was ich meine?«

»Ja«, flüsterte sie.

»Du bist die Starke, Sina. Hättest *du* Chalid Murat entmachten wollen, wärst du mit diesem Plan niemals zu mir gekommen. Du hättest ihn selbst beseitigt und das für eine segensreiche Tat zu deinem Wohl und dem deines Volkes gehalten.« Seine andere Hand glitt zwischen ihre Schenkel. »Hab ich Recht?«

»Ja«, sagte sie heiser. »Aber mein Volk würde niemals eine Führerin akzeptieren. Das ist unvorstellbar.«

»Für diese Leute, aber nicht für uns.« Seine Hände wanderten über ihren Körper. »Denk darüber nach, Sina. Wie ließe sich das erreichen?«

Es war schwierig, klar zu denken, während heiße Wellen ihren Körper durchfluteten. Ein Teil ihres Ichs erkannte, dass er das wollte. Er wollte sie nicht einfach hier in den Tiefen der Schlucht auf nacktem Fels unter freiem Himmel besitzen. Wie in dem Architektenhaus in Iráklion unterzog er sie einem Test. Verlor sie völlig den Kopf, gelang es ihr nicht, ihre Gedanken zu ordnen, schaffte er es, dass sie vor Begehren außerstande war, seine Frage zu beantworten, dann war sie für ihn erledigt. Dann würde er sich eine andere suchen, die für seine Zwecke geeignet war.

Während er ihre Bluse aufknöpfte und ihre brennende Haut berührte, zwang Sina sich dazu, sich daran zu erinnern, wie es mit Chalid Murat gewesen war, wie er sich nach den zweimal in der Woche stattfindenden Besprechungen mit seinen Ratgebern angehört hatte, was *sie* zu sagen hatte – und wie er oft danach gehandelt hatte. Sina hatte nie gewagt, Hassan von dieser Rolle zu erzählen, weil sie fürchtete, dann Opfer seiner maßlosen Eifersucht zu werden.

Aber jetzt, auf einem sonnenwarmen Felsen den gierigen Händen des Scheichs ausgeliefert, extrapolierte sie in die Zukunft. Sie schlang Spalko einen Arm um den Nacken, zog ihn zu sich herab und flüsterte ihm ins Ohr: »Ich suche mir jemanden – einen Mann mit imposanter Erscheinung, dessen Liebe zu mir ihn gefügig macht – und benütze ihn als Sprachrohr für meine Befehle. Die Tschetschenen werden sein Gesicht sehen, seine Stimme hören, aber er wird genau das tun, was ich ihm sage.«

Er richtete den Oberkörper kurz auf, und sie blickte in seine Augen auf, sah sie ebenso vor Bewunderung wie vor Lust glitzern und erkannte mit einem weiteren jubelnden Schauder, dass sie ihren zweiten Test bestanden hatte. Und dann, geöffnet und sofort aufgespießt, stöhnte sie in einem gedehnten, lang gezogenen Freudenschrei ihre geteilte Lust hinaus.

Kapitel *achtzehn*

Als sie zurückkamen, roch es in Annakas Wohnung noch immer nach Kaffee. Sie waren nicht länger als nötig in dem Café geblieben. Bourne ging zu viel durch den Kopf, als dass er hätte ruhig sitzen können. Aber die Erholungspause, so kurz sie auch gewesen war, hatte ihn belebt, hatte seinem Unterbewusstsein die Möglichkeit gegeben, die benötigten Informationen zu verarbeiten.

Sie betraten die Wohnung dicht hintereinander. Der Duft von Limonenöl und Moschus stieg wie Nebel über einem Fluss von ihr auf, und Bourne konnte nicht anders, als ihn tief einzuatmen. Um auf andere Gedanken zu kommen, konzentrierte er sich grimmig auf die Aufgabe, die ihn hergeführt hatte.

»Hast du die Blutergüsse und Verbrennungen, die Stich- und Schnittwunden an László Molnars Körper gesehen?«

Annaka fuhr zusammen. »Bitte erinnere mich nicht daran.«

»Er ist viele Stunden, vielleicht sogar mehrere Tage lang gefoltert worden.«

Sie sah ihn unter elegant geschwungenen Augenbrauen hervor ernsthaft an.

»Das bedeutet«, fuhr er fort, »dass er Dr. Schiffers Aufenthaltsort verraten haben könnte.«

»Oder auch nicht«, sagte sie. »Auch das wäre ein Grund gewesen, ihn zu ermorden.«

»Ich glaube nicht, dass wir's uns leisten können, das anzunehmen.«

»Was meinst du mit ›wir‹?«

»Ja, ich weiß, ich bin jetzt auf mich allein gestellt.«

»Willst du damit erreichen, dass ich mich schuldig fühle? Du vergisst, dass mir nichts daran liegt, Dr. Schiffer zu finden.«

»Auch nicht, wenn's eine Katastrophe für die ganze Welt wäre, wenn er den falschen Leuten in die Hände fiele?«

»Wie meinst du das?«

Chan, der unten in seinem Leihwagen saß, drückte sich den Ohrhörer fester ins Ohr. Er konnte jedes Wort deutlich verstehen.

»Alex Conklin war ein meisterhafter Organisator – das war seine Spezialität. Ich habe keinen gekannt, der komplexe Unternehmen besser geplant und ausgeführt hätte. Wie ich dir erzählt habe, wollte er Dr. Schiffer so dringend haben, dass er ihn aus einem streng geheimen Projekt des Verteidigungsministeriums losgeeist, zur CIA geholt und dort prompt hat ›verschwinden‹ lassen. Das bedeutet, dass Schiffers Arbeit so wichtig gewesen sein muss, dass Alex ihn unbedingt in Sicherheit bringen wollte. Und wie sich herausgestellt hat, hatte er Recht, denn jemand hat Dr. Schiffer entführt. Dein Vater und seine Leute haben ihn in Conklins Auftrag zurückgeholt und in ein Versteck gebracht, das nur Molnar kannte. Dein Vater ist jetzt tot, László Molnar ebenfalls. Der Unterschied ist lediglich, dass Molnar vor seinem Tod gefoltert wurde.«

Chan setzte sich auf, er fühlte sein Herz jagen. *Dein Vater?* Konnte die Begleiterin Bournes, die er bisher kaum beachtet hatte … konnte sie wirklich Annaka Vadas sein?

Annaka stand in einem Sonnenfleck, der durch ihr Erkerfenster einfiel. »Woran hat Dr. Schiffer gearbeitet, dass es alle so brennend interessiert? Was glaubst du?«

»Ich dachte, Dr. Schiffer sei dir egal«, sagte Bourne.

»Keine abfälligen Bemerkungen. Beantworte einfach meine Frage.«

»Schiffer ist der weltweit führende Fachmann fürs Teilungsverhalten von Bakterien. Das habe ich auf der Website des Forums gesehen, die Molnar besucht hat. Ich hab's dir erzählt, aber du warst zu sehr damit beschäftigt, die Leiche des armen Kerls zu finden.«

»Das klingt wie Geschwafel, finde ich.«

»Erinnerst du dich an die Webseite, die Molnar aufgerufen hatte?«

»Argentinisches hämorrhagisches Fieber, Kryptokokkose …«

»Lungenpest, Milzbrand. Ich halte es für möglich, dass der gute Doktor mit diesen tödlichen Krankheitserregern gearbeitet hat – oder mit anderen, die vielleicht noch gefährlicher sind.«

Annaka starrte ihn sekundenlang an, dann schüttelte sie den Kopf.

»Was Alex so aufgeregt – und geängstigt – hat, war meiner Ansicht nach, dass Dr. Schiffer etwas entwickelt hat, das sich als biologische Waffe einsetzen lässt. Damit hätte er ein Wissen, nach dem alle Terroristen gieren.«

»Großer Gott! Aber das ist nur eine Vermutung. Wie willst du feststellen, ob du Recht hast?«

»Ich muss einfach weitergraben«, sagte Bourne. »Interessiert dich noch immer nicht, wo Dr. Schiffer steckt?«

»Allmählich interessiert es mich, aber ich sehe nicht, wie wir ihn finden sollen.« Sie wandte sich ab und trat an ihren Flügel, als sei er ein Prüfstein oder ein Talisman, der sie vor Schaden beschützen könnte.

»Wir«, sagte Bourne. »Du hast ›wir‹ gesagt.«

»Das war ein Versprecher.«

»Ein Freudscher Versprecher, denke ich.«

»Schluss damit«, sagte sie verärgert. »Kein Wort mehr!«

Inzwischen kannte er sie gut genug, um zu wissen, dass das ihr Ernst war. Er setzte sich an ihren Schreibsekretär. Dabei sah er das LAN-Kabel, das ihren Laptop mit dem Internet verband.

»Ich habe eine Idee«, sagte er. In diesem Augenblick sah er die Kratzspuren. Das schräg einfallende Sonnenlicht traf die Klavierbank und ließ einige frische Kratzer deutlich hervortreten. In ihrer Abwesenheit war jemand in der Wohnung gewesen. Wozu? Er sah sich nach kleinsten Veränderungen im Raum um.

»Was hast du?«, fragte Annaka. »Was ist los?«

»Nichts«, sagte er. Aber das Kissen lag nicht ganz so da, wie er's zurückgelassen hatte; es war etwas nach rechts geschoben.

Annaka stemmte eine Hand in die Hüfte. »Was vermutest du also?«

»Ich muss erst noch etwas holen«, improvisierte er. »Aus dem Hotel.« Er wollte sie nicht beunruhigen, aber er musste eine Möglichkeit finden, heimliche Nachforschungen anzustellen. Es war denkbar – vielleicht sogar wahrscheinlich –, dass der Eindringling, der in ihrem Apartment gewesen war, noch in der Nähe war. Schließlich waren sie auch in László Molnars Apartment überrascht worden. Aber wie zum Teufel hat der Beschatter uns hierher verfolgt?, fragte er sich. Er war so vorsichtig wie nur möglich gewesen. Darauf gab es natürlich eine logische Antwort: Chan hatte ihn aufgespürt.

Bourne griff sich seine Lederjacke und ging zur Wohnungstür. »Ich bleibe nicht lange fort, versprochen. Willst du dich inzwischen nützlich machen, könntest du diese Website besuchen und weitere Informationen einholen.«

Jamie Hull, der amerikanische Sicherheitschef beim Terrorismusgipfel in Reykjavik, hatte eine Abneigung gegen Araber. Er mochte sie nicht, traute ihnen nicht. Sie glauben nicht mal an Gott – zumindest nicht an den richtigen –, erst recht nicht an Christus den Erlöser, sagte er sich verdrießlich, während er auf einem Korridor des weitläufigen Hotels Oskjuhlid unterwegs war.

Aber sie kontrollierten drei Viertel der weltweiten Ölvorkommen. Ein weiterer Grund, sie nicht zu mögen. Wäre diese Tatsache nicht gewesen, hätte kein Mensch sie im Geringsten beachtet, und sie hätten sich unter sonst gleichen Voraussetzungen in ihren rätselhaften Stammeskriegen zerfleischt. Hier in Reykjavik gab es vier arabische Sicherheitsteams – eines aus jedem der teilnehmenden Staaten –, aber Fahd al-Sa'ud koordinierte ihre Arbeit.

Für einen Araber war Fahd al-Sa'ud gar nicht so übel. Er war ein Saudi ... oder ein Sunnit? Hull schüttelte den Kopf. Er wusste nicht, was das für einen Unterschied machte. Das war ein weiterer Grund für seine Abneigung: Man wusste nie, wer zum Teufel sie waren oder wessen Hand sie abhacken würden, wenn man ihnen Gelegenheit dazu gab. Fahd al-Sa'ud hatte sogar im Westen studiert, irgendwo in London, in Oxford ... oder vielleicht in Cambridge? Als ob das einen Unterschied gemacht hätte! Der Vorteil war nur, dass man mit dem Kerl normales Englisch sprechen konnte, ohne dass er einen wie ein Mondkalb anglotzte.

Außerdem hatte Hull den Eindruck, er sei ein vernünftiger Mann, was bedeutete, dass er wusste, wem er Respekt schuldete. Ging es um die Bedürfnisse und Wünsche des US-Präsidenten, dann stimmte al-Sa'ud in praktisch allen Punkten Hulls Anordnungen zu – ganz im Gegensatz zu diesem sozialistischen Hundesohn Boris Iljitsch Karpow. Hull bedauerte heftig, sich bei dem Alten über ihn beklagt zu haben, was ihm einen Anschiss eingebracht hatte, aber tatsächlich war Karpow der fieseste Kerl, mit dem Hull jemals das Unglück gehabt hatte, zusammenarbeiten zu müssen.

Hull betrat den in mehrere Ränge unterteilten Konferenzsaal, in dem das eigentliche Gipfeltreffen stattfinden würde. Der Saal war ein perfektes Oval mit einer wellenförmigen Decke aus blauen Schalldämmplatten. Hinter diesen Platten verbargen sich die gewaltigen Lufteinlässe der von der komplexen Belüftungsanlage des Hotels völlig unabhängigen Klimaanlage. Ansonsten bestanden die Wände aus poliertem Teakholz, die Sitze waren blau gepolstert, alle waagrechten Flächen waren aus Bronze oder Rauchglas.

Seit dem Tag seiner Ankunft traf Hull hier jeden Morgen mit seinen Kollegen zusammen, um die umfangreichen Sicherheitsvorkehrungen zu besprechen und zu verfeinern. Nachmittags trafen sie mit ihren jeweiligen Mitarbeitern zusammen, um über Einzelheiten zu diskutieren und die neuesten Verfahren zu erläutern. Seit ihrer Ankunft war das gesamte Hotel für den Publikumsverkehr gesperrt, damit die Sicherheitsteams das Gebäude durchsuchen, elektronisch auf Wanzen überprüfen und in jeder Beziehung sichern konnten.

Als er den hell beleuchteten Konferenzsaal betrat, sah er seine Kollegen: Fahd al-Sa'ud, schlank, mit schwarzen Augen über seiner Hakennase und dem überaus selbstbewussten Betragen eines Prinzen; Boris Iljitsch Karpow, Kommandeur der Alpha-Einheit des Sicherheitsdiensts FSB, muskulös und bullig, mit breiten Schultern und schmalen Hüften, einem brutal wirkenden, flachen Tatarengesicht unter buschigen Augenbrauen und dichtem schwarzem Haar. Hull hatte Karpow noch nie lächeln gesehen; was Fahd al-Sa'ud betraf, bezweifelte er, dass er überhaupt wusste, wie man das machte.

»Guten Morgen, Kollegen«, sagte Boris Iljitsch Karpow in seiner ernsthaft schwerfälligen Art, die Hull an einen Nachrichtensprecher aus den fünfziger Jahren erinnerte. »In nur drei Tagen beginnt das Gipfeltreffen, und vor uns liegt noch viel Arbeit. Sollen wir gleich anfangen?«

»Unbedingt«, sagte Fahd al-Sa'ud und nahm seinen gewohnten Platz auf dem Podium ein, auf dem in nur zweiundsiebzig Stunden die Führer der fünf wichtigsten arabischen Staaten mit den Präsidenten Amerikas und Russlands zusammensitzen würden, um die erste gemeinsame Initiative auszuarbeiten, die dem internationalen Terrorismus den Nährboden entziehen sollte. »Ich habe Stellungnahmen von meinen Kollegen aus den anderen teilnehmenden islamischen Staaten erhalten und bin gern bereit, sie hier zu erläutern.«

»Forderungen, meinen Sie«, meinte Karpow aggressiv. Er war nie über ihren Beschluss, bei ihren Treffen Englisch zu reden, hinweggekommen; er war zwei zu eins überstimmt worden.

»Boris, wieso müssen Sie alles immer ins Negative ziehen?«, fragte Hull.

Karpow reagierte ungehalten; Hull wusste, dass er seine amerikanische Ungezwungenheit nicht leiden konnte. »Forderungen haben einen gewissen Geruch an sich, Mr. Hull.« Er tippte sich an die Spitze seiner geröteten Nase. »Ich kann sie riechen.«

»Mich wundert's, dass Sie nach jahrelanger Wodkatrinkerei überhaupt noch etwas riechen, Boris.«

»Wodka macht uns stark, macht uns zu richtigen Männern.« Karpow verzog seine roten Lippen zu einem geringschätzigen Lächeln. »Im Gegensatz zu euch Amerikanern.«

»Ich soll auf Sie hören, Boris? Auf einen *Russen*? Ihr Land ist ein Totalversager. Der Kommunismus hat sich als so korrupt erwiesen, dass Russland unter seiner Last implodiert ist. Und Ihr Volk ist moralisch bankrott.«

Karpow sprang auf, sein ganzes Gesicht war nun so rot wie Nase und Lippen. »Ich habe langsam genug von Ihren Beleidigungen!«

»Pech für Sie.« Hull stand so ruckartig auf, dass er dabei seinen Stuhl umwarf. Die Ermahnungen des CIA-Direktors waren in diesem Augenblick vergessen. »Ich fange gerade erst richtig an.«

»Gentlemen, Gentlemen!« Fahd al-Sa'ud trat zwischen die Streithähne. »Erklären Sie mir bitte, wie dieser kindische Streit uns hilft, die Aufgaben zu bewältigen, die vor uns liegen.« Seine Stimme klang ruhig und gelassen, während er von einem zum anderen sah. »Jeder von uns dient seinem jeweiligen Staatsoberhaupt unbeirrbar loyal. Habe ich Recht? Dann sind wir verpflichtet, ihnen nach besten Kräften zu dienen.« Er ließ nicht locker, bis ihm beide widerstrebend beipflichteten.

Karpow nahm wieder Platz, behielt aber die Arme vor der Brust verschränkt. Hull stellte seinen Stuhl auf, rückte ihn an den Tisch und warf sich mit verdrießlicher Miene darauf.

»Wir mögen uns vielleicht nicht, aber wir müssen lernen, zusammenzuarbeiten«, sagte Fahd al-Sa'ud und beobachtete sie dabei aufmerksam.

Hull war vage bewusst, dass Karpow außer seiner aggressiven Halsstarrigkeit noch einen Wesenzug hatte, der ihn aufbrachte. Er brauchte einen Augenblick, um die Ursache dafür zu erkennen, aber bei näherer Überlegung wurde sie ihm klar. Irgendwas an Karpow – sein unerschütterliches Selbstbewusstsein – erinnerte ihn an David Webb oder Jason Bourne, wie alle CIA-Mitarbeiter ihn auf Befehl des Alten nennen mussten. Trotz allem Aktionismus und aller Lobbyarbeit Hulls zu seinen eigenen Gunsten war Bourne immer Alex Conklins Liebling geblieben, bis Hull schließlich aufgegeben hatte und ins Zentrum für Terrorismusbekämpfung übergewechselt war. Dort hatte er Karriere gemacht, kein Zweifel, aber er konnte es nie verwinden, um welche Position Bourne ihn gebracht hatte. Conklin war eine Legende innerhalb der Agency gewesen. Mit ihm zusammenzuarbeiten war Hulls Traum gewesen, seit er vor zwanzig Jahren zur CIA gegangen war. Es gab Träume, die man als Kind hatte; von diesen konnte man sich später leicht trennen. Aber die Träume eines Erwachsenen … nun, die waren etwas ganz anderes. Die Verbitterung wegen unerfüllter Träume ließ sich nicht überwinden, zumindest nicht nach Hulls Erfahrung.

Er hatte tatsächlich gefeiert, als der Direktor ihm mitgeteilt hatte, Bourne könnte nach Reykjavik unterwegs sein. Die Vorstellung, Bourne habe seinen alten Mentor ermordet und sei zu einem bösartigen Einzelgänger geworden, hatte sein Blut in Wallung gebracht. Hätte Conklin sich bloß für Jamie Hull entschieden, dachte er, dann wäre er noch am Leben. Der Gedanke, er könnte derjenige sein, der Bourne im Auftrag der Agency liquidierte, war ihm als wahr gewordener Traum erschienen. Aber dann hatte er die Nachricht von Bournes Unfalltod erhalten, und seine Hochstimmung hatte sich in Niedergeschlagenheit verwandelt. Hull war zunehmend reizbar geworden – auch im Umgang mit den Secret-Service-Agenten, mit denen er offen und vertrauensvoll hätte zusammenarbeiten müssen. Da es für ihn nun keinerlei Erfüllung gab, bedachte er Karpow mit einem mörderischen Blick, der nicht minder grimmig erwidert wurde.

Bourne fuhr nicht mit dem Aufzug nach unten, als er Annakas Wohnung verließ. Stattdessen ging er die kurze Betontreppe zum Dach hinauf. Oben war die Tür mit einer Alarmanlage gesichert, die er leicht und schnell überwand.

Die Sonne hatte den Nachmittag schiefergrauen Wolken und einem böigen frischen Wind überlassen. Ein Blick nach Süden zeigte Bourne die vier prächtigen Kuppeln der Kiraly-Bäder. Er trat an die Dachbrüstung und lehnte sich an ungefähr der Stelle hinüber, an der Chan vor weniger als einer Stunde gestanden hatte.

Von diesem Aussichtspunkt aus suchte er die Straße ab, erst nach jemandem, der in einem dunklen Hauseingang stand, dann nach Fußgängern, die zu langsam gingen oder ganz stehen blieben. Er beobachtete zwei junge Frauen, die eingehakt vorbeispazierten, eine Mutter mit Kinderwagen und einen alten Mann, den er genauer betrachtete, weil er sich an Chans chamäleonartige Wandelbarkeit erinnerte.

Als er nichts Verdächtiges fand, konzentrierte er seine Aufmerksamkeit auf die unten geparkten Autos und hielt Ausschau nach etwas Ungewöhnlichem. Alle ungarischen Leihwagen mussten einen Aufkleber tragen, der sie als solche auswies. In diesem Wohnviertel war ein Leihwagen etwas, für das er sich würde interessieren müssen.

Er entdeckte einen schwarzen Škoda, der schräg gegenüber auf der anderen Straßenseite stand, und begutachtete seine Position. Am Steuer sitzend musste man den Eingang des Gebäudes 106–108 Fo utca ungehindert beobachten können. Im Augenblick saß jedoch niemand am Steuer oder im Fond des Leihwagens.

Bourne wandte sich ab und ging mit großen Schritten übers Dach zurück.

Chan kauerte im Treppenhaus in Bereitschaft und sah Bourne auf sich zukommen. Dies war seine große Chance, das wuss-

te er. Bourne dachte bestimmt nur an Überwachungsproble-
me und war völlig ahnungslos. Wie in einem Traum – ein
Traum, der ihn seit vielen Jahren quälte – sah er Bourne mit
geistesabwesendem Blick direkt auf sich zukommen. Chan
fühlte Wut in sich aufsteigen. Dies war der Mann, der neben
ihm gesessen und ihn nicht wiedererkannt hatte; der sich geweigert hatte, ihn zu akzeptieren, als er sich zu erkennen gegeben hatte. Das verstärkte nur Chans Überzeugung, Bourne
habe ihn nie gewollt, er sei nur allzu gern bereit gewesen, weg-
zulaufen und ihn im Stich zu lassen.

Und so erhob Chan sich jetzt mit dem Zorn des Gerechten. Als Bourne in den Schatten hinter der Tür trat, traf er
seine Nase mit einem Kopfstoß. Blut spritzte, und Bourne
taumelte rückwärts. Um seinen Vorteil auszunützen, setzte
Chan sofort nach, aber Bourne trat nach ihm.

»*Che-sah!*«, keuchte Bourne.

Chan steckte den Tritt weg, indem er ihn teilweise ab-
lenkte, und klemmte Bournes Fußknöchel mit dem linken
Arm gegen seinen Körper. Aber sein Gegner überraschte ihn.
Statt das Gleichgewicht zu verlieren, richtete er sich auf,
stemmte Gesäß und Rücken gegen die Stahltür, trat mit dem
rechten Fuß nach Chan und traf seine rechte Schulter mit
einem so gewaltigen Tritt, dass Chan seinen linken Fuß loslassen musste.

»*Mee-sah!*«, rief Bourne halblaut.

Er stürzte sich auf Chan, der wie vor Schmerzen zitterte,
während er mit starr gestreckten Fingern Bournes Brustbein
traf. Im nächsten Augenblick bekam er Bournes Kopf mit beiden Händen zu fassen und schlug ihn gegen die Stahltür zum
Dach. Bournes Blick wurde verschwommen.

»Was hat Spalko vor?«, fragte Chan scharf. »Weißt
du's?«

Schock und Schmerzen bewirkten, dass sich vor Bournes Augen alles drehte. Er strengte sich an, um wieder deutlich sehen und klar denken zu können.

»Wer ... ist Spalko?« Seine Stimme klang schwammig, schien aus weiter Ferne zu kommen.

»Das weißt du natürlich!«

Bourne schüttelte den Kopf, was einen Hagel von Schlägen auslöste, die seinen Kopf fast gleichzeitig trafen. Er schloss kurz die Augen.

»Ich dachte ... ich dachte, du wolltest mich umbringen.«

»Hör mir gefälligst zu!«

»Wer bist du?«, flüsterte Bourne heiser. »Woher weißt du von meinem Sohn? Woher weißt du von Joshua?«

»Hör mir zu!« Chan brachte seinen Kopf dicht an Bournes heran. »Stepan Spalko ist der Mann, der Alex Conklin hat ermorden lassen und dir diesen Mord angehängt hat – er hat uns beide reingelegt. Weshalb hat er das getan, Bourne? Du weißt es, und ich muss es wissen!«

Bourne hatte das Gefühl, sich in einem Traum zu befinden, in dem alles unendlich langsam ablief. Er konnte nicht klar denken und keinen vernünftigen Gedanken fassen. Dann fiel ihm etwas auf, das so merkwürdig war, dass es die seltsame Trägheit überwand, die ihn befallen hatte. Es handelte sich um etwas, das in Chans rechtem Ohr steckte. Aber was war das? Als er den Kopf unter Schmerzen leicht drehte, sah er, dass das Ding ein elektronischer Miniempfänger war.

»Wer bist du?«, fragte er. »Gottverdammt noch mal, wer bist du?«

Hier schienen zwei Gespräche gleichzeitig stattzufinden, als gehörten die beiden Männer verschiedenen Welten an, als lebten sie in zwei unterschiedlichen Leben. Sie erhoben die Stimmen, ihre Emotionen brachten sie bis zur Weißglut, und je mehr sie sich anschrien, desto weiter schienen sie sich voneinander zu entfernen.

»Ich hab's dir gesagt!« Chans Hände waren mit Bournes Blut bedeckt, das jetzt um seine Nasenlöcher herum zu gerinnen schien. »Ich bin dein Sohn!«

Mit diesen Worten wurde der Stillstand durchbrochen, und ihre Welten kollidierten erneut. Die Wut, die bis in Bournes Faust vorgedrungen war, als der Hoteldirektor ihn abwimmeln wollte, donnerte wieder in seinen Ohren. Mit einem Aufschrei trieb er Chan rückwärts durch die Tür, aufs Dach hinaus.

Er ignorierte seine Kopfschmerzen, hakte einen Fuß hinter Chans Beine und brachte ihn so zu Fall. Aber Chan riss ihn im Fallen mit, zog die Beine an, als er auf den Rücken krachte, stemmte Bourne hoch und stieß ihn mit solcher Gewalt fort, dass er sich in der Luft überschlug.

Bourne zog den Kopf ein und landete mit einer Schulterrolle, sodass der größte Teil der Aufprallenergie absorbiert wurde. Beide kamen mit ausgestreckten Armen und den Gegner abtastenden Fingern gleichzeitig wieder auf die Beine. Dann zuckten Bournes Arme plötzlich herab, schlugen auf Chans Handgelenke, lösten seinen Griff und drehten ihn zur Seite. Bourne brachte einen Kopfstoß an, der den Nervenknoten dicht hinter Chans linkem Ohr traf. Eine Körperhälfte des Getroffenen wurde taub, und Bourne nutzte seinen Vorteil und traf Chans Gesicht mit einer rechten Geraden.

Chan taumelte mit leicht nachgebenden Knien, aber wie ein angeschlagener Schwergewichtler weigerte er sich, zu Boden zu gehen. Bourne griff wie ein gereizter Stier wieder und wieder an und trieb ihn mit jedem Boxhieb weiter in Richtung Dachbrüstung zurück. In seiner blinden Wut machte er jedoch den Fehler, seine Deckung zu vernachlässigen. Er war völlig überrascht, als Chan nach dem nächsten Schlag nicht weiter zurückwich, sondern sich im Gegenteil mit seinem vollem Gewicht nach *vorn* warf. Eine ansatzlos geschlagene Gerade ließ Bournes Zähne klappern, bevor sie ihn von den Beinen holte.

Bourne sank auf die Knie, und Chan traf ihn mit einem gewaltigen Tritt in die Herzgrube. Er wäre zur Seite gekippt, aber Chan packte ihn an der Kehle und drückte zu.

»Raus mit der Sprache«, verlangte er heiser. »Sag mir alles, was du weißt.«

Bourne keuchte vor Anstrengung und Schmerzen. »Zum Teufel mit dir!«

Chan traf seinen Unterkiefer mit einem Handkantenschlag. »Wann wirst du endlich vernünftig?«

»Versuch's mit mehr Kraft«, sagte Bourne.

»Du bist komplett übergeschnappt.«

»Darauf legst du's an, was?« Bourne schüttelte verbissen den Kopf. »Diese ganze verrückte Geschichte, dass du Joshua sein sollst ...«

»Ich *bin* dein Sohn.«

»Hör dir das bloß an – du kannst nicht mal seinen Namen sagen. Schluss jetzt mit dieser Farce; sie nützt dir nichts mehr. Du bist ein international gesuchter Attentäter namens Chan. Ich denke gar nicht daran, dich zu diesem Spalko oder sonst jemandem zu führen. Ich lasse mich von niemandem mehr als Werkzeug missbrauchen.«

»Du weißt nicht, was du tust. Du weißt nicht, was ...« Chan verstummte, schüttelte heftig den Kopf, versuchte es anders. Mit der freien Hand wies er den kleinen aus Stein geschnittenen Buddha vor. »Sieh dir den an, Bourne!« Er spuckte die Wörter aus, als seien sie vergiftet. »*Sieh* ihn dir an!«

»Ein Talisman, den jeder in Südostasien kaufen kann ...«

»Aber nicht *diesen*. Den hast du mir geschenkt – *ja, das hast du getan.*« Seine Augen blitzten, und in seiner Stimme schwang ein Beben mit, das er nicht unterdrücken konnte, so peinlich es ihm auch war. »Und dann hast mich verlassen, damit ich im Dschungel ...«

In diesem Augenblick fiel ein Schuss. Als die Kugel neben Chans rechtem Bein einschlug und als Querschläger davonsurrte, ließ er Bourne los und sprang zurück. Ein zweiter Schuss hätte ihn fast an der Schulter getroffen, doch er wich hastig hinter den Mauerwürfel mit der Aufzugmechanik zurück.

Bourne drehte den Kopf zur Seite und sah Annaka, die ihre Waffe mit beiden Händen umklammert hielt, oben an der Treppe kauern. Jetzt kam sie vorsichtig näher. Sie riskierte einen kurzen Blick zu Bourne hinüber.

»Bist du in Ordnung?«

Er nickte, aber im selben Augenblick nutzte Chan die Gelegenheit, um sein Versteck zu verlassen, mit wenigen Sätzen das Dach zu überqueren und aufs Dach des Nachbarhauses zu springen. Bourne war es recht, dass Annaka nicht wild hinter ihm her schoss, sondern ihre Pistole sinken ließ und sich ihm zuwandte.

»Du bist nicht in Ordnung!«, sagte sie. »Du bist voller Blut!«

»Das ist nur Nasenbluten.« Er fühlte sich leicht schwindlig, als er sich aufsetzte. Ihr zweifelnder Gesichtsausdruck veranlasste ihn dazu, hinzuzufügen: »Es sieht vielleicht nach viel Blut aus, ist aber nicht weiter schlimm.«

Sie drückte einige Papiertaschentücher an seine Nase, als er wieder zu bluten begann.

»Danke.«

Annaka betrachtete ihn stirnrunzelnd. »Du hast gesagt, du müsstest etwas aus deinem Hotel holen. Wieso bist du dann aufs Dach gegangen?«

Er rappelte sich langsam auf, was ihm jedoch nicht ohne ihre Hilfe gelang. »Augenblick!« Sie sah in die Richtung, in die Chan verschwunden war, dann wandte sie sich wieder Bourne zu. Ihr Gesichtsausdruck zeigte, dass ihr ein Licht aufgegangen war. »Das war der Kerl, der uns beobachtet hat, stimmt's? Der Mann, der die Polizei angerufen hat, als wir in László Molnars Apartment waren.«

»Das weiß ich nicht.«

Sie schüttelte den Kopf. »Ich glaube dir nicht. Nur damit lässt sich erklären, weshalb du mich belogen hast. Du wolltest mich nicht beunruhigen, weil du behauptet hattest, in meiner Wohnung wären wir sicher. Was hat sich geändert?«

Bourne zögerte einen Augenblick, dann sah er ein, dass ihm nichts anderes übrig blieb, als ihr die Wahrheit zu sagen. »Als wir aus dem Café gekommen sind, habe ich an deiner Klavierbank frische Kratzer gesehen.«

»Was?« Sie machte große Augen und schüttelte den Kopf. »Das verstehe ich nicht.«

Er dachte an den elektronischen Empfänger in Chans Ohr. »Komm, wir gehen in deine Wohnung, dann zeige ich's dir.«

Sie zögerte noch, als er sich in Bewegung setzte. »Ich weiß nicht recht …«

Er drehte sich nach ihr um. »Was weißt du nicht?«, fragte er müde.

Ihr Gesichtsausdruck hatte sich verhärtet, doch zugleich wirkte er irgendwie wehmütig. »Du hast mich angelogen.«

»Das habe ich getan, um dich zu schützen, Annaka.«

Ihre großen Augen glitzerten feucht. »Wie soll ich dir jetzt noch vertrauen?«

»Annaka ...«

»Sag's mir bitte, weil ich's wirklich wissen möchte.« Sie blieb unbeirrbar stehen, und er wusste, dass sie keinen einzigen Schritt in Richtung Treppe machen würde. »Ich brauche eine Antwort, an die ich mich klammern, an die ich glauben kann.«

»Was soll ich denn sagen?«

Sie hob die Arme, ließ sie mit einer Geste, die ärgerliche Verzweiflung ausdrückte, herabfallen. »Merkst du eigentlich, was du tust – dass du alles, was ich sage, gegen mich verwendest?« Sie schüttelte den Kopf. »Wo hast du gelernt, Leute so zu behandeln, dass sie sich wie ein Haufen Scheiße fühlen?«

»Ich wollte verhindern, dass dir etwas passiert«, sagte er. Annaka hatte ihn zutiefst gekränkt, und obwohl er sich um einen gleichmütigen Gesichtsausdruck bemühte, vermutete er, dass sie das sehr wohl wusste. »Ich dachte, ich hätte das Richtige getan. Dieser Meinung bin ich noch immer, auch wenn es bedeutet hat, dir die Wahrheit vorzuenthalten – zumindest für gewisse Zeit.«

Sie starrte ihn lange an. Der böige Wind fuhr in ihr kupferrotes Haar, breitete es wie Vogelschwingen aus. Von der Fo utca drangen die gereizten Stimmen von Leuten herauf, die wissen wollten, was für Geräusche das gewesen waren – Fehlzündungen eines Automotors oder doch Schüsse? Als sie keine Antwort bekamen, wurde es in der Umgebung wieder still, nur ab und zu kläffte ein Hund.

»Du hast geglaubt, du könntest die Situation meistern«, sagte Annaka. »Du hast geglaubt, du könntest *ihn* meistern.«

Bourne ging steifbeinig zur vorderen Brüstung und beugte sich darüber. Obwohl das unwahrscheinlich war, stand der Leihwagen noch immer dort, war weiterhin leer. Vielleicht gehörte er gar nicht Chan, oder Chan war zu Fuß geflüchtet. Leise ächzend richtete Bourne sich auf. Die Schmerzen kamen in Wellen, die immer gewaltiger gegen den Strand seines Bewusstseins brandeten, weil die Wirkung der durch das Schocktrauma freigesetzten Endorphine abzuklingen begann. Jeder Knochen seines Körpers schien zu schmerzen, aber Unterkiefer und Rippen am allermeisten.

Endlich überwand er sich dazu, ihr ehrlich zu antworten: »Ja, das stimmt wohl.«

Sie hob eine Hand, strich ihr Haar von der Wange zurück. »Wer ist er, Jason?«

Damit hatte sie ihn zum ersten Mal mit seinem Vornamen angesprochen, aber er registrierte diese Tatsache kaum. Im Augenblick bemühte er sich – und scheiterte dabei –, ihr eine Antwort zu geben, die ihn selbst befriedigen würde.

Chan lag ausgestreckt auf der Treppe des Hauses, auf dessen Dach er hinübergesprungen war, und starrte blicklos die nichts sagenden Wände des Treppenhauses an. Er wartete darauf, dass Bourne kommen würde, um ihn zu liquidieren. Oder, das fragte er sich mit der Entschlusslosigkeit eines unter Schock stehenden Mannes, wartete er darauf, dass Annaka Vadas ihre Pistole auf ihn richten und abdrücken würde? Er hätte in seinem Leihwagen sitzen und davonrasen müssen, aber stattdessen lag er hier: reglos wie eine in einem Spinnennetz gefangene Fliege.

Das Wort »hätte« beherrschte seinen auf Hochtouren arbeitenden Verstand. Er hätte Bourne erschießen sollen, als er ihn erstmals im Visier gehabt hatte, aber damals hatte er einen Plan gehabt, der ihm vernünftig erschienen war, den er sorgfältig ausgearbeitet hatte, der ihm – das hatte er damals geglaubt! – das Maximum an Rache bringen würde, auf das er ein Anrecht hatte. Er hätte Bourne im Laderaum des nach Paris startenden Frachtflugzeugs erledigen sollen. Das war natürlich seine Absicht gewesen – genau wie vorhin.

Er hätte sich leicht einreden können, er sei durch Annaka Vadas bei der Ausführung seines Plans gestört worden, aber die erschreckende, unbegreifliche Wahrheit war, dass er seine Chance gehabt hatte, bevor sie auf der Bildfläche erschienen war, und *sich dazu entschlossen hatte, sich nicht an Bourne zu rächen.*

Weshalb? Das konnte er sich trotz aller Mühe unmöglich erklären.

Sein Verstand, der sonst so unerschütterlich ruhig war, sprang von Erinnerung zu Erinnerung, als finde er die Gegenwart unerträglich. Er erinnerte sich an den Raum, in dem er in den Jahren bei dem vietnamesischen Waffenschmuggler eingesperrt gewesen war, an seinen kurzen Augenblick der Freiheit, bevor der Missionar Richard Wick ihn gerettet hatte. Er erinnerte sich an Wicks Haus, sein Gefühl von Ungebundenheit und Freiheit, das allmählich erodiert war, und an den schleichenden Horror seiner Zeit bei den Roten Khmer.

Der schlimmste Teil – der Teil, den er zu vergessen versuchte – war jedoch, dass er sich ursprünglich zur Philosophie der Roten Khmer hingezogen gefühlt hatte. Weil die Bewegung von jungen Kambodschanern gegründet worden war, die ihre Ausbildung in Paris genossen hatten, wollte es eine Ironie des Schicksals, dass ihr Ethos auf dem französischen Nihilismus basierte. »Die Vergangenheit bedeutet Tod! Zerstört alles, um eine neue Zukunft zu erschaffen!« Das war das Mantra der Roten Khmer, das gebetsmühlenartig wiederholt wurde, bis diese Wahnvorstellung schließlich alle anderen Gedanken oder Ansichten zermalmt hatte.

Dass ihre Weltsicht anfangs auf Chan – selbst ein unfreiwilliger Flüchtling, verlassen, an den Rand gedrängt –, der nicht aus freien Stücken, sondern durch widrige Umstände zu einem Verlorenen geworden war, anziehend wirken würde, war kaum überraschend. Für Chan *war* die Vergangenheit gleichbedeutend mit Tod – das bezeugte sein wiederkehrender Albtraum. Aber wenn er erstmals bei den Roten Khmer lernte, wie man zerstörte, dann lag das daran, dass sie zuerst ihn zerstört hatten.

Da sie sich nicht damit zufrieden gegeben hatten, die Geschichte seiner Aussetzung zu glauben, hatten sie ihn langsam seines Lebens und seiner Energie beraubt, indem sie ihn jeden Tag hatten bluten lassen. Sie wollten, so hatte sein Folterer gesagt, alle Erinnerungen aus seinem Verstand tilgen; sie brauchten eine völlig leere Tafel, auf die sie ihre radikale Sicht der Zukunft, die ihnen allen bevorstand, schreiben konnten. Sie ließen ihn zu seinem eigenen Besten zur Ader, behauptete sein lächelnder Folterer, um ihn von den Giftstoffen der Vergangenheit zu reinigen. Jeden Tag las er Chan aus ihrem Manifest vor und zählte danach die Namen der Gegner ihres Rebellenregimes auf, die hingerichtet worden waren. Die meisten kannte Chan natürlich nicht, aber einige – vor allem Mönche sowie ein paar Jungen in seinem Alter – hatte er flüchtig gekannt. Manche dieser Jungen hatten ihn gehänselt und ihm den Mantel des Ausgestoßenen um seine jugendlichen Schultern gehängt. Nach einiger Zeit wurde ein zusätzlicher Punkt auf die Tagesordnung gesetzt: Hatte der Folterer einen bestimmten Abschnitt des Manifests vorgelesen, musste Chan ihn auswendig hersagen. Das tat er mit immer überzeugenderer Stimmgewalt.

Eines Tages las sein Folterer ihm nach der obligaten Rezitation und Chans Wiederholung die Namen derer vor, die kürzlich zur Beförderung der Revolution liquidiert worden waren. Am Schluss der Liste stand Richard Wick, der Missionar, der Chan bei sich aufgenommen hatte, um den Jungen zur Zivilisation und zu Gott zu führen. Welchen Gefühlsaufruhr diese Nachricht bei Chan bewirkte, ließ sich unmöglich schildern, aber die beherrschende Empfindung war ein Gefühl der Verlassenheit. Damit war seine letzte Verbindung zur Außenwelt abgerissen. Nun war er endgültig und völlig allein. In der relativen Abgeschiedenheit der Latrine weinte er, ohne recht zu wissen, warum. Wenn er jemals einen Menschen gehasst hatte, dann war es dieser Mann gewesen, der ihn benützt und emotional im Stich gelassen hatte, und nun beweinte er unerklärlicherweise dessen Tod.

Später an diesem Tag führte sein Folterer ihn aus dem Betonbunker, in dem er seit seiner Gefangennahme festgehalten worden war. Obwohl es aus bleigrauem Himmel stark regnete, blinzelte Chan ins Tageslicht. Das Rad der Zeit hatte sich weitergedreht; die Monsunperiode hatte begonnen.

Im Treppenhaus liegend erkannte Chan jetzt, dass er als Heranwachsender nie über sein eigenes Leben hatte bestimmen können. Das wirklich Eigenartige und Beunruhigende war, dass er das noch immer nicht konnte. Er hatte sich eingebildet, sein eigener Herr zu sein, nachdem er sich große Mühe gegeben hatte, sich in einer Branche zu etablieren, in der man seiner – freilich naiven – Ansicht nach frei und ungebunden agieren konnte.

Wollte er sich jemals von den Ketten befreien, die ihn fesselten, würde er etwas wegen Stepan Spalko unternehmen müssen. Chan wusste, dass er gegen Ende ihres letzten Telefongesprächs unverschämt zu ihm gewesen war, und er bedauerte das jetzt. Mit diesem für ihn so untypischen Wutausbruch hatte er nichts anderes erreicht, als Spalko misstrauisch und wachsam zu machen. Andererseits, das erkannte er nur allzu deutlich, war es mit seiner eiskalten Zurückhaltung vorbei, seit Bourne sich in der Old Town von Alexandria neben ihn auf eine Parkbank gesetzt hatte. Jetzt stiegen Emotionen, die er weder benennen noch verstehen konnte, in ihm an die Oberfläche, wühlten sein Bewusstsein auf und trübten seine Gedanken. Erschrocken wurde ihm klar, dass er in Bezug auf Jason Bourne nicht mehr genau wusste, was er wollte.

Chan setzte sich auf, sah sich um. Er hatte ein Geräusch gehört, das wusste er genau. Er stand auf, legte eine Hand aufs Treppengeländer, spannte fluchtbereit alle Muskeln an. Und dann kam es wieder. Er wandte den Kopf zur Seite. Was war dieses Geräusch? Wo hatte er das schon einmal gehört?

Sein Herz jagte und schlug ihm bis zum Hals, als dieser Ruf im Treppenhaus aufsteigend in seinem Gehirn echote, und nun rief auch er: »*Li-Li! Li-Li!*«

Aber Li-Li konnte nicht antworten. Li-Li war tot.

Kapitel *neunzehn*

Der unterirdische Zugang zum Kloster lag im Schatten der tiefsten Spalte in der Nordwand der Schlucht verborgen. Die tiefer stehende Sonne hatte enthüllt, dass die Spalte eher ein Engpass war – wie schon vor vielen Jahrhunderten, als die Mönche diesen Ort für ihr wehrhaftes Kloster ausgewählt hatten. Vielleicht waren sie kampferprobte Mönche gewesen, denn die ausgedehnten Befestigungsanlagen kündeten von Kämpfen und Blutvergießen und der Notwendigkeit, das Kloster gegen äußere Feinde zu verteidigen.

Das Team bewegte sich, der Sonne folgend, schweigend durch den Engpass. Zwischen Spalko und Sina gab es jetzt kein intimes Gespräch mehr, nicht den geringsten Hinweis darauf, was zwischen ihnen vorgefallen war, obwohl es ungeheuer bedeutsam gewesen war. In gewisser Beziehung hätte man von einem heiligen Segen sprechen können; jedenfalls war damit ein Transfer von Loyalität und Macht verbunden gewesen, den Schweigen und Geheimhaltung jetzt noch wirkungsvoller machten. Es war wieder Spalko gewesen, der einen metaphorischen Kiesel in einen stillen Teich geworfen und sich dann zurückgelehnt hatte, um zu beobachten, wie die kleinen Wellen sich ringförmig ausbreiteten und die grundlegende Natur des Teichs und aller seiner Bewohner veränderten.

Die von der Sonne angestrahlten Felsen blieben hinter ihnen zurück, als sie in den Schatten eintraten und ihre Stablampen einschalteten. Spalko und Sina wurden von zwei

Männern begleitet – der dritte Mann lag, von dem Chirurgen betreut, in Spalkos Privatjet auf dem Flughafen Kazantzakis. Sie trugen leichte Nylonrucksäcke mit allen möglichen Ausrüstungsgegenständen von Tränengaskanistern bis zu Zwirnspulen. Da Spalko nicht wusste, was sie erwartete, hatte er für alle Eventualitäten vorgesorgt.

Die beiden Männer, die schussbereite Maschinenpistolen an breiten Schultergurten trugen, bildeten die Vorhut. In dem schmalen Engpass mussten sie hintereinander hergehen. Wenig später verschwand der Himmel jedoch unter einem Felsendach, und sie befanden sich in einer Höhle. Sie war feucht und moderig, roch nach Verwesung.

»Sie stinkt wie ein geöffnetes Grab«, sagte einer der Männer.

»Seht euch das an!«, rief der andere. »Knochen!«

Sie blieben stehen, und der Lichtschein ihrer Stablampen konzentrierte sich auf die verstreuten Knochen eines kleinen Säugetiers, aber keine hundert Meter weiter stießen sie auf den Schenkelknochen eines weit größeren Warmblüters.

Sina ging in die Hocke, um den Knochen in die Hand zu nehmen.

»Nicht!«, sagte der erste Mann warnend. »Menschenknochen anzufassen bringt Unglück.«

»Was soll der Unsinn? Archäologen tun das dauernd.« Sina lachte. »Außerdem muss der nicht von einem Menschen stammen.« Trotzdem ließ sie den Knochen wieder in den Staub fallen.

Fünf Minuten später waren sie alle um ein Objekt versammelt, das unverkennbar ein Menschenschädel war. Der Lichtschein ihrer Stablampen ließ die Augenwülste hervortreten und tauchte die Augenhöhlen in tiefen Schatten.

»Woran mag er gestorben sein?«, fragte Sina.

»Unterkühlung, nehme ich an«, sagte Spalko. »Oder er ist verdurstet.«

»Armer Teufel.«

Sie gingen weiter, drangen tiefer in den gewachsenen Fels ein, auf dem das Kloster erbaut war. Je weiter sie vorankamen, desto häufiger wurden die Knochen. Jetzt waren es ausschließlich Menschenknochen, von denen viele gebrochen oder zersplittert waren.

»Ich glaube nicht, dass diese Leute an Durst oder Unterkühlung gestorben sind«, sagte Sina.

»Woran sonst?«, fragte einer der Männer, aber niemand wusste eine Antwort.

»Weiter!«, befahl Spalko knapp. Nach seiner Einschätzung mussten sie sich jetzt ziemlich genau unter der Stelle befinden, wo die von Zinnen gekrönten äußeren Mauern des Klosters aufragten. Im Licht ihrer Stablampen wurde vor ihnen eine merkwürdige Felsformation sichtbar.

»Hier teilt sich die Höhle«, sagte einer der Männer, indem er erst in den linken, dann in den rechten Gang hineinleuchtete.

»Höhlen teilen sich nicht«, sagte Spalko. Er trat nach vorn, steckte den Kopf in die linke Abzweigung. »Dieser Gang ist eine Sackgasse.« Er ließ seine Hand über den Rand der Öffnungen gleiten. »Der Fels ist bearbeitet worden«, sagte er. »Vor langer Zeit, vielleicht damals, als das Kloster erbaut wurde.« Seine Stimme klang merkwürdig hallend, als er den rechten Gang betrat. »Ja, der hier geht weiter, aber er knickt ab und verzweigt sich wieder.«

Als er zurückkam, trug sein Gesicht einen seltsamen Ausdruck. »Ich glaube nicht, dass dieser Gang nur ein Fluchtweg ist«, sagte er. »Kein Wunder, dass Molnar sich dafür entschieden hat, Dr. Schiffer hier zu verstecken. Ich glaube, dass wir im Begriff sind, ein Labyrinth zu betreten.«

Seine Männer wechselten einen besorgten Blick.

»Wie sollen wir jemals wieder herausfinden?«, fragte Sina.

»Was uns dort drinnen erwartet, weiß kein Mensch.« Spalko zog einen kleinen rechteckigen Gegenstand, kaum größer als eine Zigarettenschachtel, aus der Tasche. Er grinste, während er ihr zeigte, wie das Gerät funktionierte. »Das ist ein GPS-Empfänger. Ich habe gerade unseren Ausgangspunkt gespeichert.« Er nickte den Männern zu. »Auf geht's!«

Aber sie brauchten nicht lange, um zu erkennen, dass sie hier unten orientierungslos waren. Keine fünf Minuten später waren sie wieder am Eingang des Labyrinths versammelt.

»Was ist passiert?«, fragte Sina.

Spalko runzelte die Stirn. »Das GPS hat dort drinnen nicht funktioniert.«

Sie schüttelte den Kopf. »Wie ist das möglich?«

»Anscheinend blockiert der Fels das Satellitensignal«, vermutete Spalko. Er konnte es sich nicht leisten, einzugestehen, dass er keine Ahnung hatte, weshalb der GPS-Empfänger hier unten nicht funktionierte. Stattdessen machte er seinen Rucksack auf, holte eine dicke Zwirnspule heraus. »Wir machen's wie Theseus und rollen den Zwirn als Ariadnefaden ab.«

Sina betrachtete die Spule zweifelnd. »Was ist, wenn uns der Faden ausgeht?«

»Theseus ist das nicht passiert«, sagte Spalko. »Und da wir praktisch schon unter dem Kloster sind, können wir hoffen, dass er uns auch nicht ausgeht.«

Dr. Felix Schiffer langweilte sich. Seit Tagen hatte er nun schon nichts anderes getan, als Anweisungen auszuführen, während sein Team aus Beschützern ihn im Schutz der Nacht nach Kreta flog und dort in regelmäßigen Abständen von einem Versteck zum anderen brachte. Sie blieben nirgends länger als drei Tage. Das Haus in Iráklion hatte ihm gefallen, aber letztlich hatte er sich auch dort gelangweilt. Er hatte absolut nichts zu tun. Sie weigerten sich, ihm eine Zeitung zu bringen oder ihn Radio hören zu lassen. Einen Fernseher gab es dort nicht, und wenn es einen gegeben hätte, wäre er bestimmt davon fern gehalten worden. Trotzdem, überlegte er sich trübselig, war das Haus verdammt viel behaglicher gewesen als dieses schimmelige Gemäuer, in dem ein Feldbett und ein Kaminfeuer den einzigen Komfort darstellten. Schwere Schränke und Kommoden waren buchstäblich die einzigen Einrichtungsgegenstände, sodass die Männer Klappstühle, Feldbetten und Schlafsäcke hatten mitbringen müssen. Da es hier anscheinend keine Toilette gab, hatten sie auf dem Innenhof eine Latrine gegraben, deren Gestank bis ins Innere des Klosters drang. Selbst mittags – und nach Einbruch der Dunkelheit erst recht – war der alte Bau feucht und düster. Es gab nicht einmal Licht, bei dessen Schein man hätte lesen können, wenn es denn eine Lektüre gegeben hätte.

Er dürstete nach Freiheit. Wäre er ein gottesfürchtiger Mann gewesen, hätte er um Erlösung gebetet. Es war schrecklich lange her, dass er László Molnar gesehen oder mit Alex Conklin gesprochen hatte. Als er seine Beschützer nach ihnen gefragt hatte, hatten sie sich auf das ihnen heiligste Wort berufen: Sicherheit. Telefonate waren einfach nicht sicher genug. Sie beeilten sich, ihm zu versichern, er werde bald mit seinem Freund und seinem Wohltäter wieder vereint sein. Aber als er fragte, was »bald« heiße, zuckten sie lediglich mit den Schultern und setzten ihr endloses Kartenspiel fort. Er spürte, dass sie sich ebenfalls langweilten – zumindest die Männer, die gerade nicht Wache stehen mussten.

Sie waren zu siebt. Ursprünglich waren es mehr gewesen, aber die anderen waren in Iráklion zurückgeblieben. Wie er mitbekommen hatte, hätten sie längst eintreffen sollen. Deshalb gab's heute kein Kartenspiel – alle sieben Männer des Teams waren auf Patrouille. In der Luft hing deutlich wahrnehmbare Spannung, die auch ihn nervös machte.

Schiffer war ein ziemlich großer Mann mit durchdringend blauen Augen und einer kräftigen Nase unter einer grau melierten Mähne. Bevor er zur DARPA gegangen war, hatte es eine Zeit gegeben, in der er sich mehr in der Öffentlichkeit bewegt hatte und oft mit Burt Bacharach verwechselt worden war. Da er nicht sehr gut mit Leuten umgehen konnte, hatte er immer hilflos auf die Verwechslung reagiert. Er hatte nur etwas Unverständliches gemurmelt und sich abgewandt, aber seine offenkundige Verlegenheit hatte die Leute nur in ihrer Fehleinschätzung bestärkt.

Er stand auf und schlenderte durch den Raum zum Fenster, wurde aber von einem Mann des Teams abgefangen und zurückdirigiert.

»Sicherheit«, sagte der Söldner mit deutlicher Nervosität in der Stimme, wenn auch nicht im Blick.

»Sicherheit! Sicherheit! Wie ich dieses Wort satt habe!«, rief Dr. Schiffer aus.

Trotzdem wurde er zu dem Stuhl zurückbegleitet, auf dem er sitzen sollte. Auf seinen von allen Türen und Fenstern entfernten Platz. Er zitterte in der feuchten Kälte.

»Mir fehlt mein Labor – mir fehlt meine Arbeit!« Schiffer sah in die dunklen Augen des Söldners. »Ich komme mir wie im Gefängnis vor, verstehen Sie das nicht?«

Sean Keegan, der Führer des Teams, der die Unruhe seines Schutzbefohlenen spürte, kam mit langen Schritten herüber. »Bitte setzen Sie sich, Doktor.«

»Aber ich …«

»Das ist zu Ihrem eigenen Besten«, sagte Keegan. Er gehörte zu dem dunklen irischen Typ mit schwarzen Augen und Haaren, kantigem Gesicht, aus dem grimmige Entschlossenheit sprach, und der sehnigen Gewandtheit eines Straßenkämpfers. »Wir haben den Auftrag, für Ihre Sicherheit zu sorgen, und nehmen diese Verantwortung ernst.«

Schiffer nahm gehorsam Platz. »Will mir nicht *endlich* jemand sagen, was hier vorgeht?«

Keegan starrte einige Zeit auf ihn hinab. Dann fasste er einen Entschluss und ging neben dem Stuhl in die Hocke. Halblaut sagte er: »Ich habe Sie bewusst im Unklaren gelassen, aber vielleicht ist's besser, wenn Sie's jetzt erfahren.«

»Was?« Schiffers Gesicht wirkte gequält und verkniffen. »Was ist passiert?«

»Alex Conklin ist tot.«

»O Gott, nein.« Schiffer fuhr sich mit dem Handrücken über seine plötzlich schweißnasse Stirn.

»Und was László Molnar betrifft, haben wir seit zwei Tagen nichts mehr von ihm gehört.«

»Allmächtiger!«

»Beruhigen Sie sich, Doktor. Denkbar ist durchaus, dass Molnar sich aus Sicherheitsgründen nicht gemeldet hat.« Keegan erwiderte seinen Blick. »Andererseits sind die Leute, die wir in dem Haus in Iráklion zurückgelassen haben, uns nicht wie geplant gefolgt.«

»Ja, das habe ich mitgekriegt«, sagte Schiffer. »Glauben Sie, dass ihnen … ein Unheil zugestoßen ist?«

»Das muss ich leider annehmen.«

Schiffers Gesicht glänzte, und wider Willen schwitzte er weiterhin vor Angst. »Dann ist's möglich, dass Spalko he--

rausbekommen hat, wo ich bin. Es ist möglich, dass er hier auf Kreta ist!«

Keegans Gesicht war wie aus Stein gehauen. »Von dieser Prämisse gehen wir aus.«

Das Entsetzen machte Schiffer aggressiv. »Und?«, fragte er scharf. »Was tun Sie dagegen?«

»Ich lasse die Mauern von Männern mit Maschinenpistolen bewachen, aber ich bezweifle sehr, dass Spalko töricht genug ist, einen Sturmangriff über deckungsloses Gelände zu wagen.« Er schüttelte den Kopf. »Nein, wenn er hier ist, wenn er's auf Sie abgesehen hat, Doktor, bietet sich ihm nur eine Möglichkeit.« Keegan stand auf und hängte sich seine MP über die Schulter. »Er muss durchs Labyrinth kommen.«

Spalko, der mit seinen Leuten im Labyrinth unterwegs war, wurde mit jeder Biegung und Abzweigung nervöser. Für einen Angriff aufs Kloster bildete das Labyrinth den einzig logischen Zugang, was andererseits bedeuten konnte, dass sie geradewegs in einen Hinterhalt marschierten.

Ein Blick auf seine Hand zeigte ihm, dass der Zwirn zu zwei Dritteln abgerollt war. Inzwischen mussten sie direkt unter dem Kloster oder fast in der Mitte der Anlage angelangt sein. Der Faden bestätigte ihm, dass sie im Labyrinth nicht im Kreis gegangen waren. Er glaubte, an jeder Abzweigung den richtigen Weg gewählt zu haben.

Spalko wandte sich an Sina, flüsterte ihr zu: »Ich wittere einen Hinterhalt. Ich möchte, dass du als Reserve hier bleibst.« Er klopfte leicht auf ihren Rucksack. »Sollte es Schwierigkeiten geben, weißt du, was du zu tun hast.«

Sina nickte, und die drei Männer bewegten sich geduckt weiter. Sie waren gerade erst verschwunden, als sie mehrere kurze Feuerstöße aus Maschinenpistolen hörte. Sina öffnete rasch ihren Rucksack, holte einen Tränengaskanister heraus und folgte ihnen, wobei sie sich an dem Zwirnsfaden orientierte.

Sie roch den beißenden Gestank von Kordit, noch bevor sie die zweite Biegung erreichte. Als sie um die Ecke spähte, sah sie einen Mann ihrer Truppe in einer Blutlache auf dem Felsboden daliegen. Spalko und der zweite Mann wurden durch MP-Feuer festgenagelt. Von ihrem Standort aus konnte sie feststellen, dass es aus zwei verschiedenen Richtungen kam.

Sie zog den Sicherungsstift heraus und warf den Kanister in hohem Bogen über Spalko hinweg. Der Behälter prallte auf, rollte nach links und explodierte leise zischend. Spalko schlug seinem Mann auf den Rücken, und die beiden zogen sich vor den Schwaden des Tränengases zurück.

Sie konnten Husten und Würggeräusche hören. Unterdessen hatten sie alle drei ihre Gasmasken aufgesetzt und waren zu einem zweiten Angriff bereit. Spalko ließ einen weiteren Kanister nach rechts rollen, der dafür sorgte, dass das von dort kommende Feuer verstummte. Leider jedoch erst, nachdem sein letzter Mann von drei Kugeln in Brust und Hals getroffen worden war. Er brach mit Blutblasen zwischen seinen schlaffen Lippen zusammen.

Spalko und Sina trennten sich, stießen nach links und rechts vor und erledigten die kampfunfähigen Söldner – jeweils zwei – mit wirksamen Feuerstößen aus ihren Maschinenpistolen. Beide sahen die Treppe zur selben Zeit und hielten darauf zu.

Sean Keegan packte Felix Schiffer, noch während er seinen Männern auf den Mauern zubrüllte, ihre Stellungen zu räumen und ins Hauptgebäude des Klosters zurückzukehren, wohin er seinen verängstigten Schutzbefohlenen jetzt schleppte.

Er hatte augenblicklich reagiert, als er den ersten Hauch von Tränengas wahrgenommen hatte, das aus dem Labyrinth unter ihnen aufstieg. Sekunden später hörte er nochmals hämmerndes MP-Feuer, danach herrschte tödlich hallende Stille. Als die beiden Männer hereingestürmt kamen, dirigierte er sie zu der Steintreppe, auf der er seine anderen Leute ins Labyrinth hinuntergeschickt hatte, wo sie Spalko auflauern sollten.

Keegan hatte jahrelang in der IRA gekämpft, bevor er sich als Söldner selbstständig gemacht hatte, deshalb waren ihm Situationen vertraut, in denen er in der Unterzahl und an Feuerkraft unterlegen war. Tatsächlich genoss er solche Situationen, er betrachtete sie als Herausforderungen, die überwunden werden mussten.

Aber aus dem Hauptgebäude drang inzwischen Rauch in riesigen dichten Schwaden, aus denen jetzt Feuerstöße aus Maschinenpistolen hämmerten. Seine Männer hatten keine Chance – sie wurden niedergemäht, bevor sie die Killer auch nur identifizieren konnten.

Auch Keegan wartete nicht ab, bis er sie identifizieren konnte. Er schleppte Dr. Schiffer mit sich, hastete auf der Suche nach einem Fluchtweg durch ein Labyrinth aus kleinen, dunklen und stickigen Räumen.

Spalko und Sina trennten sich wie abgesprochen, sobald sie aus den dichten Schwaden der Rauchbombe herauskamen, die sie durch die Tür oben an der Steintreppe geworfen hatten. Spalko durchsuchte methodisch einen Raum nach dem anderen, während Sina einen Ausgang ins Freie suchte.

Jetzt war es Spalko, der Schiffer und Keegan als Erster entdeckte und sie anrief, was mit einem Feuerstoß aus einer Maschinenpistole beantwortet wurde, sodass er hinter einem massiven Schrank in Deckung gehen musste.

»Sie kommen hier niemals lebend raus!«, rief er dem Söldner zu. »Ich will nicht Sie – ich will Schiffer.«

»Das ist das Gleiche«, rief Keegan zurück. »Ich habe einen Auftrag übernommen und werde ihn ausführen.«

»Wozu?«, fragte Spalko. »Ihr Auftraggeber László Molnar ist tot. János Vadas ebenfalls.«

»Ich glaube Ihnen nicht«, antwortete Keegan. Als Schiffer wimmerte, hielt er ihm grob den Mund zu.

»Wie habe ich Sie Ihrer Meinung nach aufgespürt?«, fuhr Spalko fort. »Diese Adresse habe ich mit Gewalt aus Molnar rausgeholt. Mann, geben Sie auf! Sie wissen, dass nur er gewusst hat, wo Sie sind.«

Schweigen.

»Sie sind alle tot«, sagte Spalko und glitt langsam vorwärts. »Wer soll den Rest Ihres Honorars zahlen? Übergeben Sie mir Schiffer, dann zahle ich Ihnen, was Sie noch zu bekommen haben, und lege einen Bonus drauf. Na, was halten Sie davon?«

Sina hatte sich von der anderen Seite angeschlichen. Keegan wollte gerade antworten, als sie ihm eine Kugel in den Hinterkopf jagte.

Die dadurch ausgelöste Explosion von Blut und Gehirnmasse ließ Dr. Schiffer winseln wie einen geprügelten Hund. Als sein letzter Beschützer zusammenbrach, sah er Stepan Spalko auf sich zukommen. Er warf sich herum … und lief geradewegs Sina in die Arme.

»Für Sie gibt's keinen Ausweg mehr, Felix«, sagte Spalko. »Das sehen Sie doch ein?«

Schiffer starrte Sina mit weit aufgerissenen Augen an. Als er zu schnattern begann, hob sie eine Hand und strich ihm das Haar aus der feuchten Stirn, als sei er ein fieberkrankes Kind.

»Früher waren Sie mein«, sagte Spalko, als er über Keegans Leiche hinwegstieg. »Und jetzt sind Sie's wieder.« Aus seinem Rucksack holte er zwei Gegenstände. Sie bestanden aus Edelstahl, Glas und Titan.

»O Gott!« Schiffers Stöhnen kam ebenso von Herzen, wie es unfreiwillig war.

Sina lächelte Schiffer an und küsste ihn auf beide Wangen, als seien sie alte Freunde, die nach langer Zeit endlich wieder vereint waren. Er brach sofort in Tränen aus.

Spalko genoss die Wirkung des Diffusors NX 20 auf seinen Erfinder sichtlich und fragte: »So gehören die beiden Hälften zusammen, nicht wahr, Felix?« Zusammengesetzt war der NX 20 nicht größer als die vor Spalkos Brust hängende Maschinenpistole. »Nachdem ich jetzt die richtige Ladung dafür habe, müssen Sie mich in seinem Gebrauch unterweisen.«

»Nein«, sagte Schiffer mit zittriger Stimme. »Nein, nein, nein!«

»Nur keine Sorge«, flüsterte Sina, als Spalko Dr. Schiffer am Genick packte, wobei den Wissenschaftler ein weiterer Schauder durchlief. »Sie sind jetzt in besten Händen.«

Die Treppe war nur kurz, aber für Bourne war dieser Abstieg viel schmerzhafter als erwartet. Bei jedem Schritt ließ die Rippenprellung, die er Chans Tritt verdankte, Schmerzwogen durch seinen Körper fluten. Was er jetzt brauchte, waren ein heißes Bad und ein paar Stunden Schlaf – doch beides konnte er sich noch nicht leisten.

In Annakas Wohnung zeigte er ihr die Kratzer an der Klavierbank und hörte sie leise fluchen. Gemeinsam schoben sie die Bank unter die Deckenleuchte, und Bourne stieg hinauf.

»Siehst du was?«

Er schüttelte den Kopf. »Was soll ich sehen? Ich verstehe überhaupt nichts.«

Er stieg von der Bank, trat an den Sekretär und kritzelte auf einen Notizblock: *Hast du eine Stehleiter?*

Sie sah ihn seltsam an, nickte jedoch.

Dann hol sie, schrieb er.

Als sie die Leiter ins Wohnzimmer brachte, stieg er hoch genug hinauf, um in die Milchglasschale der Deckenleuchte blicken zu können. Und tatsächlich entdeckte er etwas. Er griff hinein, angelte den winzigen Gegenstand mit zwei Fingern heraus. Dann stieg er von der Leiter und hielt ihn Annaka auf der flachen Hand hin.

»Was …?« Sie verstummte, als er nachdrücklich den Kopf schüttelte.

»Hast du eine Kombizange?«, fragte er.

Wieder der seltsame Blick, bevor Annaka einen nicht sehr tiefen Schrank öffnete. Dann gab sie ihm die Zange. Er legte das winzige Quadrat zwischen die geriffelten Enden und drückte kräftig zu. Das Quadrat zersplitterte.

»Ein elektronischer Minisender«, sagte er.

»Was?« Neugier hatte sich in Verständnislosigkeit verwandelt.

»Deshalb ist der Mann vom Dach hier eingebrochen – um die Wanze in der Lampe zurückzulassen. Er hat uns nicht nur beobachtet, sondern auch belauscht.«

Sie sah sich in dem behaglichen Raum um und fuhr zusammen. »Großer Gott, jetzt werde ich mich hier nie mehr richtig wohl fühlen.« Dann wandte sie sich an Bourne. »Was *will* er überhaupt? Wieso versucht er, jedes unserer Worte aufzuzeichnen?« Sie schnaubte, als ihr die Erklärung einfiel. »Alles wegen Dr. Schiffer, stimmt's?«

»Möglich«, sagte Bourne. »Ich weiß es nicht.« Ihm wurde plötzlich schwindlig, und er sank einer Ohnmacht nahe aufs Sofa.

Annaka lief ins Bad, um ein Desinfektionsmittel und Verbandzeug zu holen. Er lehnte den Kopf nach hinten in die Kissen und versuchte, nicht mehr daran zu denken, was vorhin passiert war. Er musste sich abschotten, seine Konzentration bewahren und fest im Auge behalten, was als Nächstes getan werden musste.

Als sie zurückkam, trug sie ein Tablett mit einer flachen Porzellanschale mit heißem Wasser, einem Schwamm, Papierhandtüchern, einem Eisbeutel, einer Flasche Desinfektionslösung, Verbandzeug und einem Glas Wasser.

»Jason?«

Er öffnete die Augen.

Sie gab ihm das Glas. Als Bourne es geleert hatte, hielt sie ihm den Eisbeutel hin. »Deine Backe ist schon ganz dick.«

Er legte den Eisbeutel darauf und fühlte, wie die Schmerzen sich langsam in Taubheit verwandelten. Als er jedoch rasch Luft holte, spürte er einen Stich in der Seite, weil er den Oberkörper verdrehte, um das Glas auf den Beistelltisch zu stellen. Er drehte sich langsam und steif wieder um und dachte an Joshua, der zwar nicht wirklich, aber in seiner Erinnerung wiederauferstanden war. Vielleicht empfand er deshalb so blinde Wut gegen Chan, denn Chan hatte die Gespenster einer schrecklichen Vergangenheit wachgerufen und damit ein Wesen ins Licht gerückt, das David Webb so lieb war, dass es ihn in seinen beiden Persönlichkeiten verfolgt hatte.

Als er Annaka beobachtete, während sie sein Gesicht von angetrocknetem Blut säuberte, erinnerte er sich an ihren kurzen Dialog im Café. Er hatte von ihrem Vater gesprochen, und sie hatte fast die Nerven verloren, und er wusste jetzt, dass er dieses Thema nochmals anschneiden musste. Er war ein Vater, der durch Gewalt seine Familie verloren hatte. Sie war eine Tochter, die durch Gewalt ihren Vater verloren hatte.

»Annaka«, begann er ruhig, »ich weiß, dass dieses Thema für dich schmerzlich ist, aber ich wüsste sehr gern mehr über deinen Vater.« Er merkte, dass sie sich versteifte, sprach aber trotzdem weiter. »Kannst du über ihn reden?«

»Was möchtest du denn wissen? Wie Alexej und er sich kennen gelernt haben, nehme ich an.«

Sie konzentrierte sich auf ihre Tätigkeit, aber er fragte sich, ob sie seinem Blick absichtlich auswich.

»Ich dachte mehr an dein Verhältnis zu ihm.«

Ein Schatten glitt über ihr Gesicht. »Das ist eine seltsame – und recht intime – Frage, findest du nicht auch?«

»Das hängt mit meiner Vergangenheit zusammen, weißt du ...« Bourne zuckte hilflos mit den Schultern. Er konnte weder lügen noch die volle Wahrheit sagen.

»An die du dich nur bruchstückhaft erinnerst.« Sie nickte. »Ja, ich verstehe.« Als sie den Schwamm ausdrückte, verfärbte das Wasser in der Schale sich rosa. »Also, János Vadas war der perfekte Vater. Er hat mich als Baby gewickelt, mir später Gutenachtgeschichten vorgelesen, mir vorgesungen, wenn ich krank war. Er war an jedem Geburtstag und zu allen speziellen Anlässen da. Ich weiß ehrlich nicht, wie er das geschafft hat.« Sie drückte den Schwamm erneut aus; Bourne hatte wieder zu bluten begonnen. »Ich habe für ihn immer an erster Stelle gestanden. Unverrückbar. Und er ist nie müde geworden, mir zu sagen, wie sehr er mich liebte.«

»Was für ein glückliches Kind du warst!«

»Glücklicher als alle meine Freundinnen, glücklicher als alle, die ich kenne.« Sie konzentrierte sich noch mehr darauf, die Blutung zu stillen.

Bourne war in eine Art Halbtrance verfallen. Er dachte an Joshua – und den Rest seiner Familie –, an all die Dinge, die er nie mehr mit ihnen hatte tun können, und an die vielen kleinen Augenblicke, an die man sich später erinnert, weil sie einem aus den Jahren einer frühen Kindheit im Gedächtnis geblieben sind.

Nachdem es Annaka schließlich gelungen war, die Blutung zu stillen, warf sie einen Blick unter den Eisbeutel. Ihr Gesichtsausdruck verriet nicht, was sie sah. Sie ließ sich so zurücksinken, dass sie neben dem Sofa auf dem Teppich saß, und legte die Hände in den Schoß.

»Du solltest Jacke und Hemd ausziehen.«

Er zog verständnislos die Augenbrauen hoch.

»Damit wir uns deine Rippen ansehen können. Ich habe gesehen, wie du zusammengezuckt bist, als du das Glas abgestellt hast.«

Sie streckte eine Hand aus, und Bourne ließ den Eisbeutel hineinfallen. Annaka wog ihn prüfend in der Hand. »Der muss nachgefüllt werden.«

Als sie zurückkam, saß er mit nacktem Oberkörper da. Eine erschreckend große Prellung in der Herzgegend war bereits rot angeschwollen und sehr druckempfindlich, als ihre Fingerspitzen sie berührten.

»Mein Gott, du brauchst ein *Eisbad*!«, rief sie aus.

»Wenigstens ist nichts gebrochen.«

Sie warf ihm den Eisbeutel zu. Er schnappte unwillkürlich nach Luft, als er ihn auf die Schwellung legte. Annaka ging wieder neben ihm in die Hocke und betrachtete ihn abermals prüfend. Er wünschte sich, ihre Gedanken lesen zu können.

»Du kannst bestimmt nicht anders, als dich an deinen Sohn zu erinnern, der so jung umgekommen ist.«

Bourne nickte trübselig. »Das ist's eben ... Der Mann auf dem Dach – der Kerl, der uns bespitzelt – ist mir aus Amerika hierher gefolgt. Er sagt, dass er mich ermorden will, aber ich weiß, dass er lügt. Ich soll ihn hier zu jemandem führen, deshalb bespitzelt er uns.«

Ihre Miene verfinsterte sich. »An wen will er herankommen?«

»An einen Mann namens Spalko.«

Sie war sichtlich überrascht. »Stepan Spalko?«

»Ganz recht. Kennst du ihn?«

»Natürlich kenne ich ihn dem Namen nach«, sagte sie. »In Ungarn kennt ihn jeder. Er ist der Präsident von Humanistas, Ltd., der weltweit tätigen Hilfsorganisation.« Sie runzelte die Stirn. »Jetzt bin ich wirklich besorgt, Jason. Dieser Mann ist gefährlich. Wenn er versucht, an Stepan Spalko heranzukommen, sollten wir die Polizei verständigen.«

Bourne schüttelte den Kopf. »Was sollen wir ihr erzählen? Dass wir glauben, ein Mann, den wir nur als Chan kennen, wolle mit Stepan Spalko in Verbindung treten? Wir wissen nicht einmal, weshalb. Und weißt du, was die Polizei fragen würde? ›Warum greift dieser Chan nicht einfach nach dem Telefonhörer und ruft ihn an?‹«

»Dann sollten wir wenigstens jemanden bei Humanistas anrufen.«

»Annaka, bevor ich weiß, was hier vorgeht, möchte ich mit niemandem Verbindung aufnehmen. Das würde die Situation, die wegen zahlreicher Fragen, auf die ich keine Antwort weiß, schon kompliziert genug ist, nur noch verworrener machen.«

Er stand auf, ging an den Schreibsekretär und setzte sich vor ihren Laptop. »Ich habe dir erzählt, dass ich eine Idee habe. Darf ich deinen Computer benützen?«

»Natürlich«, sagte sie und stand ebenfalls auf.

Während Bourne den Computer einschaltete, stellte sie die Schale wieder aufs Tablett, legte den Schwamm und alles andere dazu und tappte damit hinaus. Als er online ging, hörte er in der Küche Wasser laufen. Er rief die Webseite der US-Regierung auf, folgte den dort verzeichneten Links und hatte eben die gesuchte Seite gefunden, als Annaka aus der Küche zurückkam.

Die Agency hatte eine Unmenge von öffentlichen Seiten, die jeder aufrufen konnte, der einen Internetzugang besaß, aber es gab auch ein Dutzend weiterer Seiten, verschlüsselt und mit Passwörtern geschützt, die Bestandteil des sagenhaften CIA-Intranets waren.

Annaka merkte, dass er äußerst konzentriert arbeitete. »Was tust du?« Sie stellte sich hinter ihn und sah zu. Im nächsten Moment riss sie erstaunt die Augen auf. »Was zum Teufel *machst* du da?«

»Was du siehst«, antwortete er, »dringe ich gerade in die Zentraldatenbank der CIA ein.«

»Aber wie kannst du ...«

»Frag mich nicht«, sagte Bourne, während seine Finger über die Tasten flogen. »Glaub mir, es ist besser, wenn du's nicht weißt.«

Alex Conklin hatte stets Zugang durch den Vordereingang gehabt, aber das hatte daran gelegen, dass er jeden Montagmorgen um sechs Uhr das neueste Passwort erhalten hatte. Von Deron, dem Künstler und Meisterfälscher, hatte Bourne die hohe Kunst des Eindringens in Datenbanken von US-Regierungsbehörden gelernt. In seinem Beruf war das eine unentbehrliche Fertigkeit. Das Problem war, dass der Firewall, der das CIA-Netzwerk vor unerwünschtem Zugriff schützte, besonders schwer zu überwinden war. Das wöchentlich wechselnde Passwort war zusätzlich mit einem flexiblen Algorithmus gekoppelt. Aber Deron hatte Bourne gezeigt, wie man das System überlisten konnte. Er spiegelte dem Server vor, er kenne das Passwort, bis der Rechner es ihm zur Verfügung stellte.

Überwinden ließ der Firewall sich durch den Algorithmus, der eine Variante des Kern-Algorithmus war, mit dem der Inhalt der Zentraldatenbank verschlüsselt wurde. Die Formel kannte Bourne, weil Deron darauf bestanden hatte, dass er sie auswendig lernte.

Auf der CIA-Seite öffnete sich ein Fenster, das Bourne aufforderte, das aktuelle Passwort einzugeben. Stattdessen tippte er den Algorithmus, der aus weit mehr Buchstaben und Zahlen bestand, als das Kästchen aufnehmen konnte. Andererseits erkannte das Programm nach der dritten Schlüsselgruppe, was hier eingegeben wurde, und war vorübergehend perplex. Der Trick war, hatte Deron gesagt, den gesamten Algorithmus einzugeben, bevor das Programm merkte, was man tat, und einem den Zugang verweigerte, indem es sich abschaltete. Die Formelreihe war sehr lang; man durfte keinen Fehler machen oder auch nur einen Augenblick zögern, und Bourne begann zu schwitzen, weil er nicht glauben konnte, dass die Software so lange blockiert bleiben würde.

Schließlich gelang es ihm jedoch, den Algorithmus einzugeben, bevor das Programm sich abschaltete. Das Fenster verschwand, das Design des Bildschirms veränderte sich.

»Ich bin drin«, sagte Bourne aufatmend.

»Unglaublich«, flüsterte Annaka fasziniert.

Bourne navigierte zur Entwicklungsabteilung für nichttödliche taktische Waffen. Er gab den Namen Schiffer ein, aber das angezeigte spärliche Material war enttäuschend. Nichts über Schiffers gegenwärtige Arbeit, nichts über seinen Werdegang. Hätte Bourne es nicht besser gewusst, hätte er tatsächlich glauben müssen, Dr. Felix Schiffer sei irgendein unbedeutender Wissenschaftler, nur ein kleines Rädchen in der Entwicklungsabteilung.

Doch es gab noch eine weitere Möglichkeit. Wie er von Deron gelernt hatte, benützte er den Hintereingang, den auch Conklin benützt hatte, um sich darüber auf dem Laufenden zu halten, was sich im Verteidigungsministerium hinter den Kulissen ereignete.

Sobald er drin war, rief er die DARPA-Seite auf und navigierte zum Archiv. Zu seinem Glück arbeiteten die staatlichen Computerfachleute notorisch langsam, wenn es darum ging, veraltete Dateien zu löschen. Schiffers Personalakte war noch da und enthielt einiges über seinen Werdegang. Er hatte am MIT studiert und gleich nach der Promotion bei einem Pharmakonzern ein eigenes Labor bekommen. Schon nach weniger als einem Jahr hatte er sich selbstständig gemacht und einen Kollegen, einen Dr. Peter Sido, mitgenommen, mit dem er fünf Jahre lang zusammengearbeitet hatte, bevor er sich von der DARPA hatte anwerben lassen. Weshalb er seine Selbstständigkeit aufgegeben hatte, um zum Staat zu gehen, wurde nicht erläutert, aber so waren manche Wissenschaftler eben. Sie waren für eine normale Existenz so ungeeignet wie viele Häftlinge, die nach der Entlassung aus dem Gefängnis sofort die nächste Straftat verübten, nur um wieder in eine klar definierte Welt zurückgeschickt zu werden, in der ihnen jegliche Verantwortung abgenommen wurde.

Bourne las weiter und entdeckte, dass Schiffer im Defense Sciences Office gearbeitet hatte, das – was nichts Gutes ahnen ließ – mit Biowaffensystemen befasst war. In seiner Zeit bei der DARPA hatte Dr. Schiffer an einem Verfahren gearbeitet, das es ermöglichen sollte, mit Milzbranderregern infizierte Räume biologisch zu »reinigen«.

Doch als er weiterblätterte, konnte er keine näheren Angaben über Schiffers Arbeit finden. Was ihn beunruhigte, war die Tatsache, dass diese Informationen keine Erklärung für Conklins starkes Interesse an Schiffer lieferten.

Annaka sah ihm weiter über die Schulter. »Lässt sich darin irgendein Hinweis auf Dr. Schiffers gegenwärtiges Versteck finden?«

»Nein, das glaube ich nicht.«

»Also gut.« Ihre Hände umfassten seine Schultern, drückten sie leicht. »Der Kühlschrank ist leer, und wir müssen beide etwas essen.«

»Ich denke, ich bleibe lieber hier, wenn ich darf, und ruhe mich ein bisschen aus.«

»Du hast Recht. In dieser Verfassung kannst du schlecht draußen rumlaufen.« Sie lächelte, als sie ihren Mantel anzog. »Ich gehe nur rasch um die Ecke und hole uns etwas zu essen. Möchtest du etwas Bestimmtes?«

Er schüttelte den Kopf und sah ihr nach, als sie zur Tür ging. »Annaka, sei bitte vorsichtig.«

Sie drehte sich um, zog ihre Pistole halb aus ihrer Umhängetasche. »Keine Sorge, mir passiert nichts.« Sie öffnete die Wohnungstür. »Bin in ein paar Minuten wieder da.«

Bourne hörte sie hinausgehen, aber seine Aufmerksamkeit galt bereits wieder dem Bildschirm. Er spürte, dass sein Pulsschlag sich beschleunigte, und er versuchte erfolglos, sich zu beruhigen. Trotz seiner ernsten Absicht zögerte er noch. Er wusste, dass er weitermachen musste, aber er merkte auch, dass sein Vorhaben ihn ängstigte.

Während er seine Hände beobachtete, als gehörten sie

einem anderen, verbrachte er die folgenden fünf Minuten damit, den Firewall der U.S. Army zu durchbrechen. An einer Stelle wäre er fast nicht weitergekommen. Das IT-Team des Militärs hatte den Firewall vor kurzem durch eine dritte Ebene verstärkt, von der Deron ihm nichts gesagt oder die er wahrscheinlich selbst noch nicht gesehen hatte. Seine Finger schwebten über der Tastatur wie Annakas über den Klaviertasten, und er zögerte einen Augenblick lang. Noch kannst du umkehren, sagte er sich, das wäre keine Schande. In den vergangenen Jahren hatte er stets das Gefühl gehabt, alles was mit seiner ersten Familie zusammenhing, auch die in den Datenbanken der U.S. Army über sie gespeicherten Informationen, sei für ihn tabu. Er litt schon genug unter ihrem Tod, wurde von Schuldgefühlen gepeinigt, weil er ungefährdet in einer Besprechung gesessen hatte, als der Tiefflieger sie im Sturzflug mit einem Geschosshagel eingedeckt hatte.

Bourne konnte nicht anders: Er musste sich erneut selbst quälen, indem er sich ihre letzten von Schrecken erfüllten Minuten vorstellte. Als Kind des Krieges musste Dao die durch den heißen Sommerhimmel herandröhnenden Triebwerke natürlich gehört haben. Anfangs würde sie die aus der weiß glühenden Sonne kommende Maschine nicht gesehen haben, aber als ihr Röhren anschwoll, ihre Metallmasse größer wurde als die Sonne, hatte sie zweifellos die Gefahr erkannt. Noch während Entsetzen ihr Herz erfüllte, würde sie versucht haben, ihre Kinder an sich zu reißen in dem vergeblichen Versuch, sie mit ihrem Leib vor den Kugeln zu schützen, die nun das schlammige Wasser des Flusses aufspritzen ließen. »*Joshua! Alyssa! Schnell zu mir!*«, würde sie gekreischt haben, als sei sie in der Lage, sie vor dem zu bewahren, was kommen würde.

Vor Annakas Computer sitzend merkte Bourne, dass er weinte. Einige Augenblicke ließ er seinen Tränen freien Lauf wie seit vielen Jahren nicht mehr. Dann schüttelte er sich, wischte sich das Gesicht mit dem Ärmel ab und machte weiter, bevor er sich die Sache anders überlegen konnte.

Er fand eine Möglichkeit, die letzte Ebene des Firewalls zu umgehen, und war nach fünf Minuten qualvoller Arbeit endlich eingeloggt. Bevor er in seinem Entschluss wankend werden konnte, rief er das Sterberegister auf und gab in den dafür vorgesehenen Feldern die Namen und das Todesdatum von Dao Webb, Alyssa Webb und Joshua Webb ein. Er starrte die Namen an und sagte sich: *Das war meine Familie, Wesen aus Fleisch und Blut, die geweint und gelacht, mich umarmt und mich »Darling« und »Daddy« genannt haben.* Aber was waren sie jetzt? Namen auf einem Bildschirm. Statistiken in einer Datenbank. Das Herz drohte ihm zu brechen, und er spürte wieder einen Anflug von Wahnsinn wie im ersten Schmerz nach ihrem Tod. *Das darf sich nicht wiederholen,* dachte er. *Sonst zerbrichst du daran.* Voll namenloser Trauer drückte er die Eingabetaste. Er hatte keine andere Wahl; es gab kein Zurück mehr. Niemals zurückgehen – das war sein Motto seit dem Augenblick gewesen, in dem Alex Conklin ihn angeworben und ihn erst zu einem anderen David Webb, dann zu Jason Bourne gemacht hatte. Weshalb hörte er dann noch immer ihre Stimmen? *»Darling, du hast mir so gefehlt!«* *»Daddy, du bist wieder da!«*

Diese Erinnerungen, die durch die durchlässige Barriere der Zeit nach ihm griffen, hielten ihn in ihrem Netz gefangen, sodass Bourne nicht gleich darauf reagierte, was auf dem Bildschirm erschien. Er starrte ihn über eine halbe Minute lang an, ohne die entsetzliche Anomalie bewusst wahrzunehmen.

Er sah, was er gehofft hatte, nie sehen zu müssen: Fotos von seiner geliebten Frau Dao, Brust und Schultern von Kugeln durchsiebt, ihr Gesicht von traumatischen Wunden grotesk entstellt. Auf der zweiten Seite sah er ähnliche Fotos von Alyssa, deren armer Körper wegen seiner Verwundbarkeit, seiner geringeren Größe noch schlimmer zugerichtet war. Bourne saß vor Schmerz und Entsetzen wie gelähmt vor diesen Schreckensbildern. Aber er musste weitermachen. Noch eine Seite, noch ein Satz Fotos, um die Tragödie ganz zu erleben.

Bourne scrollte zur dritten Seite weiter und machte sich darauf gefasst, ähnliche Aufnahmen von Joshua zu sehen. Nur gab es keine.

Aus Verblüffung tat er einen Augenblick lang nichts. Erst glaubte er an eine Computerpanne, durch die er unabsichtlich auf eine andere Archivseite geraten war. Aber nein, der Name stand da: Joshua Webb. Darunter folgten jedoch Angaben, die sich wie glühende Nadeln in sein Bewusstsein bohrten: »Drei Teile von Kleidungsstücken wie unten aufgeführt, ein Schuh (Sohle und Absatz fehlen), Fundort: zehn Meter von den Leichen von Dao und Alyssa Webb entfernt. Joshua Webb nach einstündiger Suche für tot erklärt. KLG.«

KLG. Die bei der Army übliche Abkürzung schrie ihn förmlich an. *Keine Leiche gefunden.* Bourne fühlte eine kalte Hand nach seinem Herzen greifen. Sie hatten eine Stunde nach Joshua gesucht – nur eine Stunde lang? Und warum hatte ihm das niemand gesagt? Er hatte drei Särge beisetzen lassen, hatte, von Schmerz, Reue und Schuldgefühlen fast vernichtet, am Grab seiner Familie gestanden. Und die ganze Zeit über hatten sie's gewusst, die Scheißkerle hatten's *gewusst!* Er lehnte sich zurück. Sein Gesicht war kreidebleich, seine Hände zitterten. In seinem Herzen wütete ein Zorn, den er nicht beherrschen konnte.

Er dachte an Joshua; er dachte an Chan.

Sein Intellekt stand in Flammen, wurde von der schrecklichen Möglichkeit, die er verdrängt hatte, seit er den aus Stein geschnittenen Buddha an Chans Hals gesehen hatte, fast überwältigt. Was war, wenn Chan wirklich Joshua war? Dann war er eine Tötungsmaschine, ein Monster geworden. Bourne wusste nur allzu gut, wie leicht man in den Dschungeln Südostasiens den Verstand verlieren und zum Killer werden konnte. Aber es gab natürlich noch eine andere Möglichkeit, zu der sein Verstand logischerweise neigte und an die er sich klammerte: Die Verschwörung mit dem Ziel, Chan als seinen Joshua auszugeben, reichte erheblich weiter und war komplexer, als er ursprünglich geglaubt hatte. Dann waren alle diese Angaben gefälscht, und die Verschwörung reichte bis in höchste Regierungskreise hinein. Aber seine Konzentration auf die üblichen Verschwörungstheorien bewirkte seltsamerweise nur, dass er noch desorientierter wurde.

Vor seinem inneren Auge erschien Chan, der ihm den aus Stein geschnittenen Buddha hinhielt und dabei sagte: *»Den hast du mir geschenkt – ja, das hast du getan. Und dann hast du mich verlassen, damit ich im Dschungel …«*

Bourne spürte plötzlich, dass ihm schlecht wurde, und als sein Magen wütend rebellierte, sprang er von seinem Platz vor dem Laptop auf, hastete, ohne auf die Schmerzen zu achten, durchs Wohnzimmer und lief ins Bad, wo er sich übergab, bis sein Magen restlos leer war.

Im Lagerraum tief im Inneren der CIA-Zentrale griff der Offizier vom Dienst, der einen Bildschirm beobachtete, nach dem Telefon und wählte eine besondere Nummer. Er wartete einen Augenblick, bis eine Computerstimme »Sprechen Sie!« sagte. Der Wachhabende verlangte den Direktor. Seine Stimme wurde analysiert und mit dem Dienstplan verglichen. Erst dann wurde das Gespräch weitervermittelt, und eine Männerstimme sagte: »Bitte warten Sie.« Im nächsten Augenblick meldete sich die unverkennbar knurrige Stimme des CIA-Direktors.

»Ich dachte, Sie sollten wissen, Sir, dass ein interner Alarm ausgelöst worden ist. Jemand hat den Firewall der Army geknackt und ihr Sterberegister nach folgenden Personen abgefragt: Dao Webb, Alyssa Webb, Joshua Webb.«

Darauf folgte eine kurze, unangenehme Pause. »Sagten Sie Webb? Sie wissen bestimmt, dass der Name *Webb* war?«

Der plötzliche Ernst im Tonfall des Direktors ließ dem jungen Offizier vom Dienst den Schweiß auf die Stirn treten. »Ja, Sir.«

»Wo befindet sich dieser Hacker?«

»In Budapest, Sir.«

»Hat das Alarmsystem funktioniert? Hat es die Absenderadresse ermittelt?«

»Ja, Sir. Nummer 106–108 Fo utca.«

In seinem Dienstzimmer lächelte der Alte grimmig. Rein aus Zufall hatte er eben Martin Lindros' letzten Bericht gelesen. Die Franzmänner hatten jetzt offenbar das gesamte Material vom Unfallort, an dem Jason Bourne umgekommen sein sollte, durchgesiebt, ohne eine Spur menschlicher Überreste zu finden. Nicht mal einen Backenzahn. Also gab es trotz der Zeugenaussage der Sûreté-Agentin keine amtliche Bestätigung dafür, dass Bourne wirklich tot war. Der Direktor schlug wütend mit der Faust auf seinen Schreibtisch. Bourne war ihnen wieder einmal entwischt. Aber trotz seines Zorns und seiner Frustration überraschte ihn das nicht sonderlich. Schließlich war Bourne von dem besten Mann ausgebildet worden, den die Agency hervorgebracht hatte. Auch Alex Conklin hatte mehrmals seinen eigenen »Tod« inszeniert, allerdings nie auf so spektakuläre Weise.

Natürlich, sagte der Direktor sich, war es immer möglich, dass ein anderer als Jason Bourne den Firewall der U.S. Army überwunden hatte, um an die moderigen Leichenakten einer Frau und ihrer zwei Kinder heranzukommen, die nicht einmal beim Militär gewesen und vermutlich nur einer Hand voll noch lebender Menschen bekannt waren. Aber wie groß war die Wahrscheinlichkeit, dass das zutraf?

Nein, dachte er zunehmend aufgeregt, Bourne ist nicht bei diesem Unfall bei Paris umgekommen. Er ist gesund und munter in Budapest – wieso dort? – und hat ausnahmsweise einen Fehler gemacht, den wir nutzen können. Warum er sich für die Leichenakten seiner ersten Familie interessierte, konnte der Direktor nicht beurteilen, und es war ihm auch egal, solange Bournes Wissbegierde ihnen die Chance eröffnete, ihn endlich zu liquidieren.

Der CIA-Direktor griff nach dem Telefonhörer. Alles Weitere hätte er einem Untergebenen überlassen können, aber er wollte sich das Vergnügen gönnen, gerade diese Liquidierung persönlich anzuordnen. *Jetzt hab ich dich, du Hundesohn,* dachte er, als er eine Auslandsnummer wählte.

Kapitel *zwanzig*

Nairobi wurde Ende des 19. Jahrhunderts als britisches Arbeiterlager beim Bau der Eisenbahnlinie Mombasa-Uganda gegründet. Die Stadt hat heute eine deprimierend banale Skyline voller eleganter moderner Hochhäuser. Nairobi liegt auf einer weiten Ebene in flachem Grasland, das vor der Einführung der westlichen Zivilisation viele Jahrhunderte lang die Heimat der Massai gewesen war. Gegenwärtig ist es die am schnellsten wachsende Großstadt Ostafrikas. Die Stadt leidet unter den üblichen Wachstumsbeschwerden und bietet den verwirrenden Anblick von Altem und Neuem nebeneinander, während gewaltiger Reichtum und bitterste Armut aufeinander prallen, dass die Funken fliegen, die Gemüter sich erhitzen und immer wieder mit Gewalt Ruhe hergestellt werden muss. Wegen der hohen Arbeitslosigkeit sind Unruhen ebenso häufig wie nächtliche Raubüberfälle – vor allem in dem westlich der Innenstadt gelegenen Uhuru Park und seiner Umgebung.

Keine dieser Unannehmlichkeiten brauchte die kleine Reisegruppe zu kümmern, die eben in zwei gepanzerten Limousinen vom Wilson Airport kommend eintraf, obwohl die Insassen die vor Gewaltverbrechen warnenden Schilder und die Wachleute privater Sicherheitsdienste wahrnahmen, die in der Innenstadt und westlich davon, wo die Ministerien und ausländischen Botschaften lagen, sowie entlang der Latema und River Road patrouillierten. Sie kamen am Rand des Basars vorbei, auf dem buchstäblich alle Arten von ausgemustertem Kriegsmaterial, von Flammenwerfern bis zu von der Schulter abzufeuernden Fliegerabwehr-Raketen, ebenso zum Verkauf angeboten wurden wie billige Kattunkleider und in farbenprächtigen Stammesmustern gewebte Textilien.

Spalko fuhr mit Hassan Arsenow in der vorderen Limousine. Im zweiten Wagen hinter ihnen saß Sina mit Magomet und Achmed, zwei der wichtigsten Unterführer Arsenows. Die beiden Männer hatten sich nicht die Mühe gemacht, sich die dichten, lockigen Vollbärte abzunehmen. Sie trugen ihre traditionelle schwarze Kleidung und starrten Sinas westliche Aufmachung verwirrt an. Die junge Frau lächelte sie an, beobachtete ihre Mienen sorgfältig auf irgendwelche Veränderungen hin.

»Alles ist bereit, Scheich«, sagte Arsenow. »Meine Leute sind perfekt ausgebildet und vorbereitet. Sie sprechen einigermaßen Isländisch; sie haben die Einrichtungen des Hotels und die von dir angegebenen Verfahren im Kopf. Sie warten nur noch auf meinen endgültigen Befehl, um mit der Ausführung zu beginnen.«

Spalko starrte nach draußen, wo auf den Straßen Nairobis Einheimische und Ausländer von der Abendsonne rot angestrahlt unterwegs waren, und lächelte vor sich hin. »Entdecke ich einen skeptischen Unterton in deiner Stimme?«

»Falls du's tust«, sagte Arsenow rasch, »liegt das nur an meinen großen Erwartungen. Ich habe mein Leben lang auf eine Chance gewartet, das russische Joch abzuschütteln. Meine Landsleute haben sich zu lange als Ausgestoßene fühlen müssen; sie haben Jahrhunderte darauf gewartet, in der islamischen Gemeinschaft willkommen geheißen zu werden.«

Spalko nickte geistesabwesend. Für ihn war längst irrelevant, was Arsenow dachte; bald würde er den Wölfen zum Fraß vorgeworfen werden und spurlos verschwinden.

An diesem Abend versammelten die fünf sich in dem privaten Speisezimmer, das Spalko im obersten Stock des Hotels 360 an der Kenyatta Avenue gebucht hatte. Wie ihre Zimmer bot es einen prachtvollen Blick über die Stadt zum Nairobi National Park hinüber, der nicht nur mit Giraffen, Gnus, Thomsongazellen und Nashörnern, sondern auch mit Löwen, Leoparden und Wasserbüffeln besetzt war. Beim Abendessen wurde nicht über ihr Unternehmen gesprochen; es gab keinerlei Hinweise darauf, was sie hergeführt hatte.

Das änderte sich, sobald das Geschirr abgetragen war. Ein Team von Humanistas, Ltd., das vor ihnen in Nairobi eingetroffen war, hatte eine Multimediapräsentation vorbereitet, zu der die nötigen Geräte auf einem Wägelchen hereingerollt wurden. Eine Stativleinwand wurde aufgestellt, und Spalko begann mit einer Power-Point-Präsentation, bei der er die isländische Küste, Reykjavik und Umgebung, Luftaufnahmen des Hotels Oskjuhlid sowie Außen- und Innenaufnahmen des Hotels zeigte. »Dies ist das Überwachungssystem. Wie ihr seht, ist es hier und hier durch neueste Bewegungsmelder und Infrarotsensoren ergänzt«, sagte er. »Und dies ist das Schaltpult, das wie alle Systeme des Hotels doppelt gegen Stromausfall gesichert ist – nicht nur durch ein Notstromaggregat, sondern auch durch Akkus mit entsprechend hoher Kapazität.« Er ging das Unternehmen in sämtlichen Details durch, indem er mit dem Augenblick ihrer Ankunft begann und mit dem Verlassen des Hotels aufhörte. Alles war sorgfältig durchgeplant; alles stand bereit.

»Bis morgen früh bei Sonnenaufgang«, sagte Spalko. Als er dann aufstand, folgten die anderen seinem Beispiel. »*La illaha ill Allah.*«

»*La illaha ill Allah*«, erwiderten vier ernste Stimmen im Chor.

Spät nachts lag Stepan Spalko im Bett und rauchte eine Zigarette. Obwohl in seinem Zimmer eine Lampe brannte, konnte er die glitzernden Lichter der Großstadt und dahinter die dunkle Wildnis des Nationalparks sehen. Er schien in Gedanken versunken zu sein, aber in Wirklichkeit gab es nichts, das ihm hätte Sorgen machen müssen. Er wartete.

Achmed hörte das ferne Gebrüll von Raubtieren und fand keinen Schlaf. Er setzte sich im Bett auf, rieb sich die Augen mit den Handrücken. Dass er nicht einschlafen konnte, war ungewohnt für ihn, und er wusste nicht recht, was er dagegen tun sollte. Vorerst ließ er sich wieder zurücksinken, aber er war jetzt hellwach, spürte jeden hämmernden Herzschlag und lag mit offenen Augen da.

Er dachte an den kommenden Tag, der so vieles versprach. Allah gewähre uns die Gnade, dass damit auch für unser Volk ein neuer Tag anbricht, betete er.

Dann setzte er sich seufzend auf, schwang die Beine über die Bettkante und stand auf. Er zog die merkwürdige westliche Kleidung – Hemd und Hose – an und fragte sich, ob er sich jemals an sie würde gewöhnen können. Mit Allahs Hilfe niemals.

Achmed war eben dabei, die Tür seines Zimmers zu öffnen, als er draußen Sina vorbeigehen sah. Sie schritt wunderbar anmutig den Korridor entlang und bewegte sich lautlos, mit provokant sich wiegenden Hüften. Er hatte sich schon oft heimlich die Lippen geleckt, wenn sie vor ihm hergegangen war, und versuchte immer, möglichst viel von ihrem Duft einzuatmen.

Er spähte durch den Türspalt. Sie entfernte sich von ihrem Zimmer, sodass er sich fragte, wohin sie unterwegs sein mochte. Im nächsten Augenblick bekam er seine Antwort. Er machte große Augen, als sie leise an die Tür des Scheichs klopfte, die sich sofort öffnete, und der Scheich ließ sie persönlich eintreten. Vielleicht hatte er Sina zu sich beordert, um sie wegen irgendeiner Disziplinlosigkeit zu tadeln, die Achmed nicht mitbekommen hatte.

Dann sagte sie in einem Tonfall, den er bei ihr noch nie gehört hatte: »Hassan schläft«, und er verstand alles.

Als leise angeklopft wurde, drehte Spalko sich zur Seite und drückte seine Zigarette aus; dann stand er auf, ging barfuß durchs Zimmer und öffnete die Tür.

Auf dem Korridor stand Sina. »Hassan schläft«, sagte sie, als müsse sie ihr Kommen begründen.

Spalko trat wortlos einen Schritt zur Seite, und sie kam herein, schloss die Tür lautlos hinter sich. Er packte sie, warf sie aufs Bett. Wenige Augenblicke später stöhnte sie bereits nackt unter ihm. Aus ihrer Art, sich zu lieben, sprach eine gewisse Wildheit, als seien sie am Ende der Welt angelangt. Und als es vorbei war, war es keineswegs vorüber, denn sie lag mit gespreizten Beinen auf ihm, streichelte und liebkoste ihn, flüsterte ihm mit deutlichen Ausdrücken ihre Begierden ins Ohr, bis er sie, wieder erregt, nochmals nahm.

Danach ruhte Sina in seinen Armen, ließ Rauch aus ihrem halb geöffneten Mund quellen. Die Lampe war ausgeknipst, und sie betrachtete ihn nur im Widerschein der Lichtpunkte der nächtlichen Großstadt. Seit er sie erstmals berührt hatte, sehnte sie sich danach, ihn besser zu kennen. Sie wusste nichts über seine Vergangenheit – ihres Wissens gab es niemanden, der sie kannte. Sprach er mit ihr darüber, vertraute er ihr die kleinen Geheimnisse seines Lebens an, dann würde er sich an sie binden wie sie an ihn.

Sie fuhr mit der Fingerspitze um seine Ohrmuschel, über die unnatürlich glatte Haut seiner Wange. »Ich möchte wissen, wie das passiert ist«, sagte sie leise.

Spalkos Augen sahen langsam wieder klar. »Das liegt schon lange zurück.«

»Umso mehr Grund, mir davon zu erzählen.«

Er drehte den Kopf zur Seite, starrte ihr in die Augen. »Willst du's wirklich wissen?«

»Ja, sehr gern.«

Er atmete tief durch. »Damals haben mein jüngerer Bruder und ich noch in Moskau gelebt. Er hatte ständig Schwierigkeiten, gegen die er machtlos war; er hatte die Veranlagung eines Süchtigen.«

»Drogen?«

»Allah sei Dank, nein. In seinem Fall war's Spielsucht. Er musste einfach wetten, selbst wenn er völlig abgebrannt war. Dann hat er mich um Geld angehauen, und ich habe ihm natürlich immer Geld geliehen, weil er's verstanden hat, mich mit glaubhaften Geschichten einzuwickeln.«

Er drehte sich zur Seite, schüttelte eine Zigarette aus dem Päckchen und zündete sie an. »Dann kam irgendwann der Zeitpunkt, an dem seine Geschichten nicht mehr glaubhaft klangen, oder vielleicht konnte ich's mir einfach nicht leisten, ihm noch länger zu glauben. Jedenfalls habe ich ihm erklärt, der Geldhahn sei zugedreht, weil ich törichterweise glaubte, dann müsse er aufhören.« Er inhalierte tief, atmete den Rauch geräuschvoll aus. »Aber das hat er nicht getan. Was hat er stattdessen getan, meinst du? Er ist zu den völlig falschen Leuten gegangen, weil sie die Einzigen waren, die noch bereit waren, ihm Geld zu leihen.«

»Zur Russenmafia.«

Spalko nickte. »Genau! Er hat ihr Geld genommen, obwohl

er wusste, dass er's niemals würde zurückzahlen können, wenn er's verlor. Er wusste, was die Kerle ihm antun würden, aber er war, wie gesagt, ein Sklave seiner Leidenschaft. Er hat gewettet und wie meistens verloren.«

»Und?« Sie saß wie auf glühenden Kohlen, wartete begierig darauf, dass er weitersprach.

»Sie haben darauf gewartet, dass er seine Schulden bezahlen würde, und als er's nicht getan hat, sind sie massiv geworden.«

Er starrte das glühende Ende der Zigarette an. Die Fenster standen offen. Ab und zu übertönte lautes Tiergebrüll oder unheimliches Geheul das leise Brausen des Verkehrs und das Rascheln der Palmwedel.

»Beim ersten Mal haben sie ihm nur eine Abreibung verpasst«, sagte er mit einer Stimme, die kaum lauter als ein Flüstern war. »Nichts sehr Schlimmes, weil sie noch dachten, er werde das Geld irgendwie auftreiben. Aber als sie merkten, dass er nichts hatte, auch nichts beschaffen konnte, haben sie ihn wie einen Straßenköter abgeknallt.«

Seine Zigarette war aufgeraucht, aber Spalko ließ sie bis zu Mittel- und Zeigefinger herunter abbrennen. Er schien sie ganz vergessen zu haben. Neben ihm sagte Sina kein Wort, so gefesselt war sie von seiner Erzählung.

»Danach verging ein halbes Jahr«, sagte er und schnippte die Zigarettenkippe quer durch den Raum zum Fenster hinaus. »Ich habe meine Hausaufgaben gemacht; ich habe die Leute bezahlt, die bezahlt werden mussten, und endlich meine Chance bekommen. Zufällig hat der Gangsterboss, der den Tod meines Bruders befohlen hatte, sich jede Woche einmal beim Friseur im Hotel Metropol rasieren lassen.«

»Ich weiß, was jetzt kommt«, sagte Sina. »Du hast dich als sein Friseur ausgegeben, und als er vor dir gesessen hat, hast du ihm mit einem Rasiermesser die Kehle durchgeschnitten!«

Er starrte sie sekundenlang an, dann begann er zu lachen. »Das ist sehr gut, filmisch sehr wirkungsvoll.« Er schüttelte den Kopf. »Aber im richtigen Leben hätte das nicht funktioniert. Der Boss war seit fünfzehn Jahren beim selben Friseur; er hätte jeden Ersatzmann abgelehnt.« Spalko beugte sich über sie, küsste sie. »Sei nicht enttäuscht, sondern lass dir das eine Lehre sein. Er schlang einen Arm um Sina, zog sie an sich. Irgendwo im Nationalpark brüllte ein Leopard.

»Nein, ich habe gewartet, bis er frisch rasiert, frisiert und entspannt von dem aufmerksamen Service war. Ich habe ihm auf offener Straße vor dem Metropol aufgelauert – an einem so öffentlichen Ort, dass nur ein Verrückter ihn wählen konnte. Als er aus dem Hotel gekommen ist, habe ich ihn und seine Leibwächter erschossen.«

»Und dann bist du entkommen.«

»In gewisser Weise«, sagte er. »An jenem Tag bin ich entkommen, aber ein halbes Jahr später bin ich in einer anderen Stadt aus einem fahrenden Auto heraus mit einem Molotowcocktail beworfen worden.«

Sie fuhr mit den Fingern zärtlich über sein von einer dünnen Narbenschicht überzogenes Fleisch. »So gefällst du mir, unvollkommen. Der Schmerz, den du erlitten hast, macht dich ... heldenhaft.«

Spalko sagte nichts und hörte Sina dann gleichmäßig tief atmen, als sie einschlief. Natürlich war kein Wort von seiner Geschichte wahr gewesen, obwohl er zugeben musste, dass diese Story gut war – filmisch sehr wirkungsvoll. Die Wahrheit ... was war die Wahrheit? Er kannte sie kaum noch; er hatte so viel Zeit darauf verwandt, seine kunstvolle Fassade zu errichten, dass er sich an manchen Tagen in der eigenen Scheinwelt verirrte. Jedenfalls hätte er niemandem die Wahrheit erzählt, weil das für ihn nachteilig gewesen wäre. Leute, die einen kannten, glaubten, einen zu besitzen, als ob die Wahrheit, die man in einem schwachen Augenblick, den sie Intimität nannten, einen an sie binden könnte.

In dieser Beziehung war Sina wie alle anderen, und er hatte den bitteren Geschmack von Enttäuschung im Mund. Andererseits enttäuschten andere Menschen ihn ständig. Sie spielten nicht in seiner Liga; sie konnten die Feinheiten des Weltgeschehens nicht wie er begreifen.

Sie waren eine Zeit lang amüsant, aber eben nur für gewisse Zeit. Diesen Gedanken nahm er mit in den bodenlosen Abgrund seines tiefen, traumlosen Schlafs hinunter, und als er aufwachte, war Sina fort, an die Seite des ahnungslosen Hassan Arsenow zurückgekehrt.

Bei Tagesanbruch stiegen die fünf in zwei Range Rover, die von Mitgliedern des Humanistas-Teams ausgerüstet worden waren und gelenkt wurden, und fuhren nach Süden aus der Stadt auf den von Pöbel bewohnten Slum zu, der wie ein Krebsgeschwür an der Flanke Nairobis wucherte. Keiner sagte ein Wort, und sie hatten nur leicht gefrühstückt, weil sie alle – sogar Spalko – im Bann ungeheurer Anspannung standen.

Obwohl der Morgen klar war, hing über dem weitläufigen Slumgebiet ein Gifthauch, der vom Fehlen jeglicher Kanalisation zeugte und das stets drohende Gespenst der Cholera heraufbeschwor. Die Bewohner hausten in wackeligen Unterkünften, windschiefen Hütten aus Pappe und Wellblech, einigen Holzhütten und quadratischen Betonbauten, die man für Bunker hätte halten können, wären die draußen im Zickzack gespannten Leinen nicht gewesen, an denen Wäsche in der staubigen Luft flatterte. Dazwischen immer wieder von Planierraupen aufgetürmte Erdhügel, frisch und rätselhaft, bis die Vorbeifahrenden die angesengten und verkohlten Überreste von ausgebrannten Hütten, Schuhe mit weggebrannten Sohlen oder Fetzen eines blauen Kleides sahen.

Diese wenigen Artefakte, Zeugen jüngster Geschichte – nur sie existierte hier –, ließen die Hässlichkeit bitterster Armut noch fürchterlicher erscheinen. Falls man hier ein Leben führen konnte, war es unbeständiger, chaotischer und trister, als man mit Gedanken oder Worten ausdrücken konnte. Alle wurden von dem Gefühl erfasst, hier herrsche selbst im Licht des neuen Morgens endlose Nacht. Das weitläufige Elendsviertel stand irgendwie unter einem ungünstigen Stern, der sie an den Basar erinnerte, als sei die Schwarzmarktwirtschaft in der Stadt auf obskure Weise an der deprimierenden Landschaft schuld, durch die sie krochen, wobei sie von den Menschenmassen behindert wurden, die sich auf den rissigen Gehsteigen drängten und auf die unbefestigten, mit Schlaglöchern übersäten Straßen auswichen. Verkehrsampeln gab es keine, und selbst wenn es hier welche gegeben hätte, wären die Fahrzeuge immer wieder von stinkenden Bettlerhorden oder Straßenhändlern, die ihre kümmerlichen Waren anpriesen, angehalten worden.

Schließlich erreichten sie ungefähr die Mitte des Slums und verschwanden dort in einem ausgebrannten einstöckigen Gebäude, in dem es nach Rauch stank. Drinnen lag überall Asche, weiß und weich wie Knochenmehl. Die Fahrer brachten die Ladung herein, die sie in zwei rechteckigen Behältern von der Größe von Schrankkoffern transportiert hatten.

Die Behälter enthielten ABC-Schutzanzüge aus silbrig beschichtetem Material, die sie unter Spalkos Anleitung anlegten. Zu jedem dieser Anzüge gehörte ein eigenes Atemschutzgerät. Dann nahm Spalko das NX 20 aus seinem Koffer in einem der Behälter und setzte die beiden Teile sorgfältig zusammen, während die vier tschetschenischen Rebellen sich um ihn drängten, um zuzusehen. Er ließ Hassan Arsenow einen Augenblick das Gerät halten und zog den kleinen schweren Metallbehälter, den Dr. Peter Sido ihm gegeben hatte, aus der Tasche. Spalko öffnete ihn sehr vorsichtig. Sie starrten alle die Glasphiole an. So klein, aber doch so tödlich. Ihre Atmung verlangsamte sich, wurde keuchend, als fürchteten sie alle, den Tod einzuatmen.

Spalko wies Arsenow an, ihm das NX 20 mit leicht gebeugten Armen hinzuhalten. Er bewegte den oben angeordneten Titanschieber und legte die Phiole in die Ladekammer. Trotzdem lasse das NX 20 sich noch nicht abfeuern, erklärte er den anderen. Dr. Schiffer hatte mehrere Sicherungen gegen versehentliches oder vorzeitiges Versprühen eingebaut. Spalko wies auf den luftdichten Verschluss hin, der nach dem Laden entstand, wenn er den Schieber zurückzog und verriegelte. Das tat er jetzt; dann nahm er Arsenow das NX 20 aus den Händen und führte die kleine Gruppe in dem ausgebrannten Gebäude eine Treppe hinauf, die nur noch stand, weil sie aus Stahlbeton war.

Im ersten Stock drängten sie sich an einem Fenster zusammen. Auch seine Scheiben waren zersprungen, nur der Rahmen war noch übrig. Von dieser Warte aus beobachteten sie die Hinkenden und die Lahmen, die Verhungernden, die Kranken. Fliegen summten, ein dreibeiniger Hund hockte sich hin und kackte zwischen die Gebrauchtwaren, die auf einem Markt unter freiem Himmel angeboten wurden. Ein nacktes Kind lief weinend durch die Straßen. Eine vorbeischlurfende alte Frau räusperte sich umständlich und spuckte aus.

Diese Bilder interessierten die kleine Gruppe jedoch nur am Rande. Die vier beobachteten jede Bewegung Spalkos, nahmen mit fast zwanghafter Konzentration jedes seiner Worte in sich auf. Die fast mathematische Präzision der Waffe wirkte wie ein Gegenzauber zur Abwehr der Krankheiten, die hier in der Luft zu liegen schienen.

Spalko zeigte ihnen die beiden Abzughebel des NX 20, von denen der kleinere unmittelbar vor dem größeren Abzug angeordnet war. Mit dem kleinen Hebel, erklärte er ihnen, wurde die Phiole aus der Ladekammer in die Feuerkammer befördert. Sobald auch sie versiegelt war, wozu man diesen Knopf hier auf der linken Seite der Waffe drücken musste, war das NX 20 schussbereit. Er betätigte den kleinen Abzug, drückte dann den Knopf und konnte im Inneren der Waffe eine leichte Bewegung, eine erste Regung des nahenden Todes spüren.

Die Mündung des Geräts war stumpf und hässlich, aber ihre Stumpfheit hatte auch einen praktischen Zweck. Im Gegensatz zu herkömmlichen Waffen musste man mit dem NX 20 nicht genau zielen, erläuterte Spalko. Er schob die Mündung aus dem Fenster. Alle fünf hielten den Atem an, als sein Finger sich um den großen Abzug krümmte.

Draußen ging das Leben seinen ungeordneten Gang. Ein junger Mann hielt sich einen Blechnapf mit Maisbrei unters Kinn und schaufelte das Zeug mit zwei Fingern der rechten Hand in seinen Mund, während eine Gruppe von halb verhungerten Menschen ihn mit unnatürlich großen Augen beobachtete. Ein unglaublich dünnes Mädchen fuhr auf einem Fahrrad vorbei, und zwei zahnlose alte Männer starrten auf die fest getrampelte Erde der Straße, als läsen sie dort die traurige Geschichte ihres Lebens.

Zu hören war nur ein leises Zischen, zumindest klang es in ihren sicheren ABC-Schutzanzügen so. Ansonsten war kein äußeres Anzeichen für den Sprühvorgang zu erkennen. Genau das hatte Dr. Schiffer vorhergesagt.

Während die Sekunden qualvoll langsam verstrichen, beobachtete die Gruppe gespannt das Leben vor dem Fenster. Alle Sinneswahrnehmungen schienen unnatürlich gesteigert zu sein. Sie hörten ihren Puls als sonores Pochen in den Ohren, spürten das schwere Schlagen ihrer Herzen. Sie merkten, dass sie unwillkürlich den Atem anhielten.

Dr. Schiffer hatte gesagt, sie würden binnen drei Minuten die ersten Anzeichen dafür sehen, dass das NX 20 richtig funktioniert hatte. Das waren mehr oder weniger seine letzten Worte gewesen, bevor Spalko und Sina seinen fast leblosen Körper ins Labyrinth geworfen hatten.

Spalko hatte verfolgt, wie der Sekundenzeiger seiner Uhr sich der Dreiminutenmarke näherte, und sah jetzt auf. Von dem Anblick, der sich ihm bot, war er wie gebannt. Ein Dutzend Menschen waren zusammengeklappt, bevor der erste heulende Schrei ertönte. Er verstummte rasch, aber andere nahmen die Wehklage auf, nur um auf der Straße zusammenzubrechen und sich am Boden zu winden. Chaos und Schweigen, während der Tod in immer weiterem Umkreis immer reichere Ernte hielt. Man konnte sich nicht vor ihm verstecken, und niemand entging ihm – auch die nicht, die wegzurennen versuchten.

Spalko machte den Tschetschenen ein Zeichen, und die vier folgten ihm die Betontreppe hinunter. Die Fahrer – auch sie in ABC-Schutzanzügen – hielten sich bereit, während Spalko das NX 20 zerlegte. Sobald es wieder in seinem Koffer verstaut war, ließen sie die Schlösser zuschnappen und brachten die Behälter zu den wartenden Geländewagen hinaus.

Die fünf machten einen Rundgang über die Straße und einige Nachbarstraßen. Sie gingen nach allen Richtungen vier

Straßenblocks weit, sahen überall dasselbe Ergebnis: Tote und Sterbende, noch mehr Tote und Sterbende. Sie hatten den Geschmack des Triumphs im Mund, als sie zu ihren Fahrzeugen zurückkehrten. Die Motoren der Range Rover sprangen an, sobald sie eingestiegen waren, und dann fuhren sie kreuz und quer durch das gesamte Gebiet mit einer halben Meile Radius, das nach Dr. Schiffers Aussage der Reichweite des NX 20 entsprach. Spalko stellte befriedigt fest, dass der gute Doktor weder gelogen noch übertrieben hatte.

Wie viele Menschen werden tot sein oder im Sterben liegen, wenn die Nutzlast nach etwa einer Stunde aufgebraucht ist?, fragte er sich. Bei tausend hatte er zu zählen aufgehört, aber er rechnete mit dreimal, vielleicht sogar fünfmal so vielen Opfern.

Bevor sie die Totenstadt verließen, erteilte Spalko einen weiteren Befehl, und seine Fahrer legten Brände, wobei sie wirksame Brandbeschleuniger benützten. Sofort stiegen hohe Flammenwände zum Himmel auf, die sich rasch ausbreiteten.

Der Großbrand war ein erfreulicher Anblick. Er würde tarnen, was heute Morgen hier passiert war, denn davon durfte niemand erfahren – wenigstens nicht, bevor ihr Attentat auf das Gipfeltreffen in Reykjavik durchgeführt war.

In nur achtundvierzig Stunden ist's so weit, dachte Spalko triumphierend. *Nichts kann uns mehr aufhalten.*

Jetzt ist die Welt mein.

Teil drei

Kapitel *einundzwanzig*

»Ich fürchte, dass du innere Blutungen hast«, sagte Annaka, während sie nochmals die stark verfärbte Prellung an Bournes Seite begutachtete. »Wir müssen dich ins Krankenhaus schaffen.«

»Soll das ein Witz sein?«, fragte er. Tatsächlich waren die Schmerzen viel schlimmer geworden, sodass er bei jedem Atemholen das Gefühl hatte, mehrere Rippen seien zersplittert. Aber eine Behandlung im Krankenhaus kam nicht in Frage; schließlich wurde nach ihm gefahndet.

»Also gut«, räumte Annaka ein, »dann zu einem Arzt.« Sie hob eine Hand, um seine Einwände abzuwehren. »Istvan, der Freund meines Vaters, ist unbedingt diskret. Mein Vater hat ihn schon mehrmals hinzugezogen, auf Istvan war immer Verlass.«

Bourne schüttelte den Kopf. »Geh in die Apotheke, wenn's sein muss – nicht mehr.«

Bevor er sich die Sache anders überlegen konnte, griff Annaka nach Mantel und Umhängetasche und versprach, so schnell wie möglich zurückzukommen.

In gewisser Beziehung war er froh, sie für eine Weile los zu sein, denn er musste mit seinen Gedanken allein sein. Auf dem Sofa zusammengerollt liegend, zog er die Steppdecke enger um sich. Sein Kopf schien in Flammen zu stehen. Seiner Überzeugung nach war Dr. Schiffer der Schlüssel zu allem. Er musste ihn aufspüren, denn sobald er das getan hatte, würde sich herausstellen, wer Alex und Mo hatte ermorden lassen. Der Betreffende hatte auch versucht, ihm den Doppelmord anzuhängen. Das Problem war nur, dass ihm nicht mehr viel Zeit blieb. Schiffer war nun schon längere Zeit verschwunden. Molnar war seit zwei Tagen tot. Hatte er Schiffers Aufenthaltsort unter der Folter verraten, wie zu befürchten war, musste Bourne annehmen, Schiffer befinde sich jetzt in der Hand des Feindes – was zugleich bedeutete, dass der Feind auch besaß, was Schiffer anscheinend erfunden hatte: irgendeine Art biologischer Waffe mit dem Kodenamen NX 20, auf den Leonard Fine, Conklins Verbindungsmann, so stark reagiert hatte, als Bourne ihn erwähnt hatte.

Wer *war* der Feind? Der einzige Name, den er hatte, war der von Stepan Spalko, einem international bekannten Helfer der Menschheit. Und trotzdem war Spalko nach Chans Aussage die graue Eminenz in diesem tödlichen Spiel. Chan konnte natürlich lügen – und warum auch nicht? Wenn er eigene Gründe hatte, sich an Spalko zu rächen, würde er sie Bourne kaum mitteilen.

Chan!

Allein der Gedanke an ihn bewirkte, dass Bourne von unerwünschten Emotionen überflutet wurde. Mit einiger Anstrengung gelang es ihm, seinen Zorn auf die beteiligten staatlichen Stellen zu konzentrieren. Sie hatten ihn belogen, an einem gemeinsamen Täuschungsmanöver mitgewirkt, um zu verhindern, dass er die Wahrheit entdeckte. Warum? Was wollten sie verbergen? Glaubten sie, dass Joshua noch lebte? Und wieso sollte er dann nichts davon erfahren? *Was bezweckten sie damit?* Er hielt sich den Kopf mit beiden Händen. Sein Blick schien die richtige Perspektive verloren zu haben: Dinge, die vor kurzem noch ganz nahe gewesen waren, schienen in weite Ferne gerückt, sodass Bourne fürchtete, er könnte den Verstand verlieren.

Mit einem unverständlichen Aufschrei schlug er die Steppdecke zurück, stand auf, ohne auf die stechenden Schmerzen in seiner Seite zu achten, und ging zu seiner Jacke, unter der er die Keramikpistole versteckt hatte. Er nahm sie in die Hand. Im Gegensatz zu einer stählernen Waffe mit ihrem beruhigenden Gewicht war sie federleicht. Bourne hielt den Griff umklammert, steckte seinen Zeigefinger durch den Abzugbügel. Er starrte die Pistole lange an, als könne er sie durch bloße Willensanstrengung dazu zwingen, die tief in der Militärbürokratie versteckten Personen heraufzubeschwören, die beschlossen hatten, ihm zu verschweigen, dass Joshuas Leiche nie gefunden worden war, weil es viel einfacher gewesen war, ihn für tot zu erklären, als eingestehen zu müssen, dass sie nicht sicher wussten, ob er tot oder lebendig war.

Die Schmerzen kamen allmählich wieder, und er litt bei jedem Atemzug solche Qualen, dass er aufs Sofa zurückkehren musste, wo er sich wieder in die Steppdecke wickelte. Und in der Stille des Apartments tauchte wieder ein quälender Gedanke auf: Was war, wenn Chan die Wahrheit sagte – wenn er wirklich Joshua war? Und die Antwort, entsetzlich und unausweichlich: Dann war er ein Berufskiller, ein brutaler Mörder ohne Reue oder Schuldgefühl, bar aller menschlichen Gefühlsregungen.

Plötzlich ließ Jason Bourne den Kopf hängen, war den Tränen so nahe wie lange nicht mehr, seit Alex Conklin ihn vor Jahrzehnten angeworben hatte.

Als Kevin McColl den Auftrag erhielt, Bourne zu liquidieren, lag er auf Ilona, einer mit ihm befreundeten Ungarin, die so hemmungslos wie sportlich war. Sie konnte wundervolle Dinge mit ihren Beinen tun – und tat sie auch gerade, als der Anruf kam.

Wie es der Zufall wollte, war er in den Kiraly-Bädern in der Fo utca. Da heute Samstag, Frauentag, war, hatte Ilona ihn hineinschmuggeln müssen, was alles nur noch aufregender machte, wie McColl zugeben musste. Wie jeder andere in seiner Position hatte er sich sehr rasch daran gewöhnt, außerhalb des Gesetzes zu stehen oder besser – *das Gesetz zu sein.*

Frustriert grunzend löste er sich aus ihrer Umschlingung und griff nach seinem Handy. Einen Anruf der Agency, der unter dieser speziellen Nummer einging, durfte man niemals ignorieren. Er hörte sich einsilbig an, was der Direktor am anderen Ende zu sagen hatte. Er würde jetzt gehen müssen. Der Auftrag war dringend, die Zielperson in Reichweite.

Und so begann er sich anzuziehen, während er wehmütig die Reflexion von Ilonas schweißnassem Körper auf den Mosaikkacheln betrachtete. McColl war ein Hüne mit der Statur eines Footballverteidigers aus dem Mittleren Westen und breitem, ausdruckslosem Gesicht. Er trainierte wie besessen mit Hanteln, was man ihm anmerkte. Seine Muskeln spielten bei jeder Bewegung, die er machte.

»Ich bin noch nicht fertig«, protestierte Ilona, während ihre riesigen schwarzen Augen ihn verschlangen.

»Ich auch nicht«, sagte McColl und ließ sie auf der Liege zurück.

Auf dem Vorfeld des Nelson Airports in Nairobi standen zwei Privatjets. Beide gehörten Stepan Spalko; beide trugen das Zeichen von Humanistas, Ltd., auf dem Rumpf und am Leitwerk. Mit der ersten Maschine war Spalko aus Budapest gekommen. Das zweite Flugzeug hatte die Mitarbeiter von Humanistas hergebracht, die jetzt mit ihm nach Budapest zurückfliegen würden. Dieser Jet sollte Arsenow und Sina nach Island bringen, wo sie mit den anderen Terroristen zusammentreffen würden, die aus Tschetschenien über Helsinki nach Reykjavik unterwegs waren.

Spalko und Arsenow standen sich gegenüber. Sina blieb einen Schritt hinter Arsenows linker Schulter. Er glaubte bestimmt, sie nehme diese Position aus Ehrerbietung ein, aber Spalko wusste es besser. Ihre Augen glühten vor Verlangen, während sie ihn mit Blicken verschlang.

»Du hast in jeder Beziehung Wort gehalten, Scheich«, sagte Arsenow aufrichtig. »Die Waffe wird uns in Reykjavik den Sieg bringen, das steht außer Zweifel.«

Spalko nickte. »Bald bekommt ihr alles, was euch schon lange zusteht.«

»Unser Dank erscheint mir jämmerlich gering.«

»Du stellst dein Licht unter den Scheffel, Hassan.« Spalko schlug leicht auf den Aktenkoffer in seiner linken Hand. »Reisepässe, Dienstausweise, Gebäudepläne, die neuesten Fotos, alles, was du brauchst.« Er übergab den Aktenkoffer. »Der Treff mit dem Boot ist für morgen früh um drei Uhr geplant.« Er nickte Arsenow zu. »Möge Allah dir Mut und Kraft geben. Möge Allah deine gepanzerte Faust führen.«

Als Arsenow, der in Gedanken bei seiner kostbaren Fracht war, sich abwandte, sagte Sina: »Möge unser nächstes Treffen uns in eine große Zukunft führen, Scheich.«

Spalko lächelte. »Die Vergangenheit wird sterben«, antwortete er mit einem Blick, der Bände sprach, »um Platz für diese große Zukunft zu machen.«

Sina lachte vergnügt in sich hinein, als sie Hassan Arsenow folgte, der bereits die kurze Fluggasttreppe zur Kabine hinaufging.

Spalko sah zu, wie die Tür sich hinter ihnen schloss, bevor er zu seiner geduldig auf dem Vorfeld wartenden Maschine hinüberging. Er klappte sein Handy auf und gab eine

Nummer ein; als eine vertraute Stimme sich meldete, sagte er ohne Vorrede: »Bournes Fortschritte in dieser Sache sind eine bedrohliche Entwicklung. Ich kann es mir nicht leisten, darauf zu warten, dass Chan ihn öffentlich erledigt … Ja, ich weiß, *falls* er jemals vorgehabt hat, Bourne umzulegen. Chan ist ein neugieriger Kerl, ein Rätsel, das ich nie habe lösen können. Aber jetzt ist er so unberechenbar, dass ich annehmen muss, dass er eigene Absichten verfolgt. Stirbt Bourne jetzt, taucht Chan ab, sodass nicht mal ich ihn wieder finden kann. Nichts, absolut nichts darf das behindern, was in zwei Tagen geschehen wird. Drücke ich mich klar genug aus? Gut, dann hör mir jetzt zu. Es gibt nur eine Möglichkeit, sie beide auszuschalten.«

McColl hatte nicht nur Annaka Vadas' Namen und Adresse erhalten – durch einen beinahe unglaublichen Zufall nur vier Straßenblocks nördlich der Bäder –, sondern auch ihr Foto als JPEG-Bild auf sein Handy bekommen. Daher hatte er keine Mühe, sie zu erkennen, als sie aus dem Haus 106–108 Fo utca kam. Ihre Schönheit und ihre Art, sich selbstbewusst zu bewegen, beeindruckten ihn sofort. Er sah zu, wie sie ihr Handy einsteckte, den blauen Škoda aufsperrte und hinters Lenkrad glitt.

Kurz bevor Annaka den Zündschlüssel ins Schloss steckte, erhob Chan sich vom Rücksitz ihres Wagens und sagte: »Ich sollte Bourne alles erzählen.«

Sie fuhr zusammen, versuchte aber nicht, sich umzudrehen, so gut war sie ausgebildet. Sie starrte ihn nur im Rückspiegel an und erwiderte knapp: »Ihm was erzählen? Du weißt doch nichts!«

»Ich weiß genug. Zum Beispiel weiß ich, dass *du* die Polizei in Molnars Apartment geholt hast. Ich weiß, warum du das getan hast. Bourne war gefährlich nahe daran, die Wahrheit zu entdecken, nicht wahr, gefährlich dicht davor, herauszubekommen, dass Spalko ihm den Doppelmord angehängt hat. Das hatte ich ihm bereits gesagt, aber offensichtlich will er mir kein Wort glauben.«

»Warum auch? Für ihn besitzt du keinerlei Glaubwürdigkeit. Seiner Überzeugung nach bist du Teil einer großen Verschwörung mit dem Ziel, ihn zu manipulieren.«

Chans Hand schoss über die Vordersitzlehne und packte mit stählernem Griff ihren Arm, der sich langsam bewegt hatte, während sie gesprochen hatte. »Lass das!« Er griff sich ihre Umhängetasche, klappte sie auf und nahm die Pistole heraus. »Du hast schon mal versucht, mich umzubringen. Eine zweite Chance bekommst du nicht, darauf kannst du Gift nehmen.«

Sie starrte sein Spiegelbild an. In ihrem Inneren lagen Emotionen im Widerstreit. »Du glaubst, dass ich dich belüge, was Jason angeht, aber das stimmt nicht.«

»Mich würde nur interessieren«, sagte er leichthin, ohne auf ihre Bemerkung einzugehen, »wie du ihm eingeredet hast, du hättest deinen Vater geliebt, obwohl du ihn in Wirklichkeit gehasst hast.«

Sie saß stumm da, atmete langsam und versuchte, ihre Gedanken zu ordnen. Sie wusste, dass sie sich in äußerst gefährlicher Lage befand. Die Frage war nur, wie sie sich daraus befreien sollte.

»Wie du gejubelt haben musst, als er erschossen wurde!«, fuhr Chan fort. »Aber wie ich dich kenne, hast du dir vermutlich gewünscht, du hättest ihn selbst umlegen dürfen.«

»Willst du mich liquidieren?«, wehrte sie mit gepresster Stimme ab. »Dann tu's gleich, und erspar mir dein Geschwätz.«

Wie eine zustoßende Kobra schlossen seine Hände sich so blitzschnell um ihren Hals, dass sie erstmals besorgt wirkte, worauf er's schließlich abgesehen hatte. »Ich habe nicht vor, dir irgendwas zu ersparen, Annaka. Was hast *du* mir erspart, als du Gelegenheit dazu hattest?«

»Ich habe nicht gedacht, dass ich dich mal verhätscheln müsste.«

»Du hast selten gedacht, als wir zusammen waren«, sagte er, »zumindest nicht an mich.«

Ihr Lächeln war kalt. »Oh, ich habe ständig an dich gedacht.«

»Und du hast jeden dieser Gedanken Stepan Spalko weitererzählt.« Seine Hände packten fester zu, rissen ihren Kopf nach hinten. »Stimmt das etwa nicht?«

»Wieso fragst du, wenn du die Antwort schon weißt?«, sagte sie leicht außer Atem.

»Seit wann hat er mit mir gespielt?«

Annaka schloss kurz die Augen. »Von Anfang an.«

Chan knirschte vor Wut mit den Zähnen. »Was bezweckt er damit? Was will er von mir?«

»Das weiß ich nicht.« Sie keuchte, weil seine Hände so fest zudrückten, dass sie ihr die Luft abschnürten. Als er seinen Griff wieder etwas lockerte, sagte sie mit schwacher Stimme: »Auch wenn du mir noch so wehtust, du bekommst immer dieselbe Antwort, weil das die Wahrheit ist.«

»Die Wahrheit!« Chan lachte verächtlich. »Du würdest die Wahrheit nicht erkennen, wenn sie dich bisse.« Trotzdem glaubte er ihr und war von ihrer Unbrauchbarkeit angewidert. »Was hast du mit Bourne zu schaffen?«

»Ich soll ihn von Stepan fern halten.«

Er nickte, weil er sich an sein Gespräch mit Spalko erinnerte. »Das klingt plausibel.«

Diese Lüge war ihr leicht über die Lippen gekommen. Sie klang nicht nur wahr, weil Annaka lebenslange Übung als Lügnerin hatte, sondern weil das bis zu ihrem letzten Telefongespräch mit Spalko die Wahrheit gewesen war. Spalkos Pläne hatten sich geändert, und nachdem sie nun Zeit gehabt hatte, über diese Sache nachzudenken, passte es zu ihrem neuen Auftrag, Chan das mitzuteilen. Vielleicht war es sogar günstig, dass er ihr hier aufgelauert hatte – aber nur wenn sie's schaffte, diese Begegnung lebend zu überstehen.

»Wo ist Spalko jetzt?«, wollte er wissen. »Hier in Budapest?«

»Er ist auf dem Rückflug aus Nairobi.«

Chan war überrascht. »Was hat er in Nairobi gemacht?«

Sie lachte, aber da seine Finger ihr weiter schmerzhaft den Hals zudrückten, klang das mehr wie ein trockenes Röcheln. »Glaubst du wirklich, dass er mir das erzählen würde? Du weißt doch, wie geheimnistuerisch er ist.«

Er legte seine Lippen an ihr Ohr. »Ich weiß, wie geheimnistuerisch *wir* waren, Annaka – nur sind unsere Geheimnisse ausgeplaudert worden, stimmt's?«

Ihre Augen suchten seine im Rückspiegel. »Ich habe ihm nicht alles erzählt.« Wie eigenartig es war, ihn nicht direkt ansehen zu können. »Manche Dinge habe ich für mich behalten.«

Chans Lippen kräuselten sich verächtlich. »Du erwartest doch wohl nicht, dass ich das glaube?«

»Du kannst glauben, was du willst«, sagte sie ausdruckslos, »wie du's immer getan hast.«

Er schüttelte sie wieder. »Was soll das heißen?«

Sie keuchte, biss sich auf die Unterlippe. »Wie sehr ich meinen Vater gehasst habe, ist mir erst klar geworden, als ich mit dir zusammen war.« Er lockerte seinen Griff, und sie schluckte krampfhaft. »Durch deine unbeirrbare Feindschaft gegenüber deinem Vater ist mir ein Licht aufgegangen; du hast mir gezeigt, wie man den rechten Augenblick abwartet, wie man den Gedanken an Rache genießt. Und du hast Recht: Als er erschossen wurde, war ich bitter enttäuscht, weil ich's nicht selbst getan hatte.«

Obwohl er sich nichts anmerken ließ, schockierte ihn, was sie sagte. Bis zu diesem Augenblick hatte er nicht geahnt, dass er so viel von sich preisgegeben hatte. Er war beschämt und nahm es ihr übel, dass sie ohne sein Wissen so viel über ihn hatte in Erfahrung bringen können.

»Wir waren ein Jahr lang zusammen«, sagte er, »für Leute wie uns ist das ein Leben.«

»Dreizehn Monate, einundzwanzig Tage und sechs Stunden«, sagte sie. »Ich erinnere mich genau an den Augenblick, in dem ich dich verlassen habe, weil mir plötzlich klar wurde, dass ich dich nicht so kontrollieren konnte, wie Stepan es verlangt hat.«

»Und was war daran schuld?« Seine Stimme klang beiläufig, obwohl ihn das brennend interessierte.

Ihr Blick suchte erneut seinen und ließ ihn nicht mehr los. »Weil«, sagte sie, »ich mich nicht unter Kontrolle hatte, wenn ich mit dir zusammen war.«

Sagte sie die Wahrheit, oder versuchte sie nur wieder, ihn hinters Licht zu führen? Chan, der in jeder Beziehung so selbstsicher gewesen war, bevor Jason Bourne in sein Leben zurückgekehrt war, wusste es nicht. Er empfand wieder Scham und Ressentiments, sogar etwas Angst, weil seine scharfe Beobachtungsgabe und sein unfehlbarer Instinkt ihn im Stich ließen. Trotz seiner Abwehrversuche waren wieder Gefühle im Spiel, breiteten sich wie giftiger Nebel über seinen Verstand aus, trübten sein Urteilsvermögen und ließen ihn in unbekannten Gewässern in eine Flaute geraten. Er fühlte sein Begehren nach ihr stärker werden als je zuvor. Er begehrte sie so sehr, dass er der Versuchung nicht widerstehen konnte, seine Lippen auf die köstlich duftende Haut ihres Nackens zu drücken.

Und weil er das tat, nahm er den Schatten nicht wahr, der plötzlich ins Innere des Škoda fiel: ein Schatten, den Annaka bemerkte, als sie jetzt ihre Blickrichtung änderte, sodass sie den hünenhaften Amerikaner sah, der die hintere Tür aufriss und den Griff seines Revolvers auf Chans Hinterkopf krachen ließ.

Chans Griff lockerte sich, seine Hände sanken herab, als er bewusstlos auf dem Rücksitz zusammensackte.

»Hallo, Frau Vadas«, sagte der Amerikaner in perfektem Ungarisch. Er lächelte, während seine linke Pranke ihre Pistole einsammelte. »Mein Name ist McColl, aber mir wär's lieber, wenn Sie mich Kevin nennen würden.«

Sina träumte von einem orangeroten Himmel, unter dem eine gewaltige Horde moderner Krieger – ein Heer von mit NX 20 ausgerüsteten Tschetschenen – aus dem Kaukasus kommend in die Steppen Russlands einfiel, um Tod und Verderben in die Reihen ihres alten Feindes zu tragen. Aber Spalkos Experiment war so beeindruckend gewesen, dass es in ihrem Fall die zeitlichen Barrieren aufgehoben hatte. Sie war wieder ein Kind, befand sich wieder in der elenden Behausung ihrer Eltern in einem von Granaten beschädigten Gebäude, hörte die versagende Stimme ihrer vorzeitig gealterten Mutter: »*Ich kann nicht aufstehen. Nicht einmal, um Wasser zu holen. Ich kann nicht mehr.*«

Aber jemand musste weitermachen. Sina war damals fünfzehn, das älteste der vier Kinder. Als der Schwiegervater ihrer Mutter kam, nahm er nur ihren Bruder Kanti mit, den männlichen Erben des Klans; alle anderen – auch seine Söhne – hatten die Russen erschossen oder in die berüchtigten Lager Pobedinskoje und Krasnaja Turbina deportiert.

Danach übernahm sie die Aufgaben ihrer Mutter, sammelte Altmetall, um es zu verkaufen, und holte Wasser. Aber obwohl sie todmüde war, konnte sie nachts nicht schlafen, weil sie immer Kantis tränenüberströmtes Gesicht vor sich sah, sein Entsetzen darüber spürte, dass er seine Angehörigen verlassen musste und aus seinem bisherigen Leben gerissen wurde.

Wöchentlich dreimal machte sie sich auf den Weg über vermintes Gelände, um Kanti zu besuchen, seine blassen Wangen zu küssen und ihm von Vater und Geschwistern zu erzählen. Eines Tages fand sie ihren Großvater tot auf. Die russischen Sondertruppen waren bei einer Säuberungsaktion vorbeigekommen, hatten ihren Großvater erschossen und ihren Bruder nach Krasnaja Turbina abtransportiert.

Im folgenden halben Jahr hatte Sina versucht, Nachricht von Kanti zu bekommen, aber sie war jung und hatte keine Erfahrung mit solchen Dingen. Außerdem fand sie ohne Geld niemanden, der zu Auskünften bereit gewesen wäre. Drei Jahre nach dem Tod ihrer Mutter – ihre Schwestern waren inzwischen bei Pflegeeltern – schloss sie sich den Aufständischen an. Damit hatte sie sich kein leichtes Los erwählt: Sie musste Einschüchterung durch Männer ertragen; sie musste lernen, schwach und unterwürfig zu wirken, ihre Kräfte zu schonen und gezielt einzusetzen. Aber dank ihrer überdurchschnittlichen Intelligenz eignete sie sich die nötigen Fertigkeiten rasch an. Sie diente ihr auch als Sprungbrett, als es darum ging, die Mechanismen des Machtspiels zu verstehen. Im Gegensatz zu Männern, die den Aufstieg in der Rebellenhierarchie durch Einschüchterung schafften, war sie gezwungen, dazu ihre körperlichen Reize einzusetzen. Nachdem sie ein Jahr lang einen Führungsoffizier nach dem anderen erduldet hatte, gelang es ihr endlich, einen nächtlichen Überfall auf Krasnaja Turbina zu organisieren.

Das war der einzige Grund, weswegen sie sich den Aufständischen angeschlossen hatte und durch eine Hölle auf Erden gegangen war, aber sie fürchtete sich davor, was sie dort vielleicht entdecken würde. Und trotzdem fand sie nichts, nicht den geringsten Hinweis auf das Schicksal ihres Bruders. Kanti war einfach spurlos verschwunden.

Sina schrak keuchend hoch. Sie setzte sich auf, sah sich um und erkannte, dass sie in Spalkos Privatjet auf dem Flug nach Island war. In Gedanken, die noch halb im Traum befangen waren, sah sie Kantis tränenüberströmtes Gesicht, roch den scharfen Laugengeruch aus den Massengräbern in Krasnaja Turbina. Sie ließ betrübt den Kopf hängen. Es war die Ungewissheit, die an ihr nagte. Hätte sie gewusst, dass er tot war, hätte sie ihre Schuldgefühle vielleicht überwinden können. Aber falls er wie durch ein Wunder überlebt hatte, würde sie's nie erfahren, sie konnte ihn nicht retten und ihn vor den Schrecken des russischen Lagers bewahren.

Dann merkte sie, dass jemand auf sie zutrat, und sah auf. Es war Magomet, einer der beiden Unterführer, die Hassan nach Nairobi mitgenommen hatte, damit sie Zeugen wurden, wie sich ihr Tor zur Freiheit öffnete. Achmed, der zweite Unterführer, mied sie ganz bewusst, seit er gesehen hatte, dass sie sich in westlicher Kleidung wohl fühlte. Magomet, ein Bär von einem Mann mit mokkabraunen Augen und lockigem Vollbart, den er mit den Fingern strählte, wenn er nervös war, lehnte sich leicht gebeugt an den Ledersessel vor ihr.

»Alles in Ordnung, Sina?«, fragte er.

Ihr Blick suchte zuerst Hassan, fand ihn schlafend. Dann verzog sie die Lippen zu einem schwachen Lächeln. »Ich habe von unserem bevorstehenden Triumph geträumt.«

»Herrliche Aussichten, nicht wahr? Endlich nehmen wir Rache! Unser Tag in der Sonne!«

Obwohl sie merkte, dass er sich danach verzehrte, neben ihr zu sitzen, forderte sie ihn nicht dazu auf; er würde damit zufrieden sein müssen, nicht weggeschickt zu werden. Sie räkelte sich, sodass ihre Brüste hervortraten, und beobachtete amüsiert, wie sein Blick starr wurde. *Fehlt nur noch, dass ihm die Zunge aus dem Mund hängt,* dachte sie.

»Möchtest du einen Kaffee?«, fragte er.

»Ein Kaffee wäre gut.« Weil sie wusste, dass er auf Hinweise lauerte, achtete sie darauf, dass ihr Tonfall strikt neutral blieb. Im Gegensatz zu Achmed, der sie wie die meisten Tschetschenen nur als minderwertiges weibliches Wesen betrachtete, war Magomet von ihrem Status durchaus beeindruckt. Der Scheich hatte ihr eine wichtige Aufgabe übertragen, und das Vertrauen, das er ihr dadurch aussprach, bestärkte Magomet in seinem Respekt.

Sina wankte für kurze Zeit in ihrem Entschluss, als ihr klar wurde, welch gewaltige kulturelle Barriere sie niederzureißen versuchte. Aber nachdem sie sich einige Augenblicke lang bewusst konzentriert hatte, war sie wieder obenauf. Der Plan, den sie auf Anregung des Scheichs formuliert hatte, war vernünftig; er würde funktionieren – das wusste sie so sicher, wie sie atmete. Als Magomet sich jetzt abwandte, sprach sie rasch, um ihren Plan zu befördern. »Wenn du schon Kaffee holst«, sagte sie, »dann hol dir auch einen.«

Als er zurückkam, nahm sie den Kaffee entgegen und kostete einen kleinen Schluck, ohne Magomet aufzufordern, Platz zu nehmen. Er blieb stehen, stützte die Ellbogen auf die Sessellehne und hielt seinen Pappbecher zwischen den Händen.

»Erzähl mir von ihm«, sagte Magomet. »Wie ist er?«

»Der Scheich? Warum fragst du das nicht Hassan?«

»Hassan Arsenow erzählt einem nichts.«

»Vielleicht«, sagte sie und sah Magomet über den Rand ihres Bechers hinweg an, »hütet er seinen bevorzugten Status eifersüchtig.«

»Du etwa nicht?«

Sina lachte leise. »Nein, ich teile mein Wissen gern.« Sie trank noch einen Schluck Kaffee. »Der Scheich ist ein Visionär. Er sieht die Welt nicht, wie sie ist, sondern wie sie in einem Jahr, in *fünf* Jahren sein wird. Es ist eine erstaunliche Erfahrung, mit einem Mann zusammen zu sein, der alle Aspekte seines Wesens so vollständig beherrscht, der weltweit so ungeheure Macht ausübt.«

Magomet atmete erleichtert auf. »Dann sind wir wahrhaft gerettet.«

»Ja, gerettet.« Sina stellte ihren Becher weg und holte den Klingenrasierer und die Rasiercreme, die sie in der gut ausgestatteten Bordtoilette gefunden hatte, aus ihrer Umhängetasche. »Komm, setz dich mir gegenüber.«

Magomet zögerte nur einen Augenblick. Als er saß, berührten ihre Knie sich fast.

»Mit diesem Bart kannst du in Island nicht aus dem Flugzeug steigen, das musst du verstehen.«

Seine dunkelbraunen Augen beobachteten sie, während er sich mit den Fingern durch den Bart fuhr. Ohne den Blickkontakt abreißen zu lassen, griff Sina nach seiner Hand und zog sie vom Bart weg. Dann drückte sie etwas Rasiercreme auf seine rechte Wange und verrieb sie. Die Klinge kratzte über seine Haut. Magomet zitterte leicht; als sie ihn zu rasieren begann, schloss er die Augen.

Irgendwann merkte sie, dass Achmed sich aufgesetzt hatte und sie beobachtete. Unterdessen war Magomets Gesicht schon zur Hälfte bartlos. Auch als Achmed aufstand und herankam, arbeitete sie gelassen weiter. Er sagte nichts, sah nur staunend zu, wie unter dem abgenommenen Bart allmählich Magomets Gesicht zum Vorschein kam.

Schließlich räusperte Achmed sich und fragte mit seiner sanften Stimme: »Bin ich als Nächster dran?«

»Ich hätte nicht gedacht, dass dieser Kerl eine so lausige Waffe tragen würde«, sagte Kevin McColl, als er Annaka aus dem Škoda zerrte. Er schnaubte verächtlich, als er sie einsteckte.

Annaka, die keinen Widerstand leistete, war froh, dass er ihre Pistole für Chans Waffe hielt. Ein geheimes kleines Lächeln erfüllte sie, als sie mit hängendem Kopf und gesenktem Blick unter einem bleigrauen Nachmittagshimmel auf dem Gehsteig stand. Wie so viele Männer konnte er sich nicht vorstellen, dass sie eine Waffe tragen und sogar damit umgehen könnte. Was McColl nicht wusste, würde ihn bald sehr wundern – dafür würde sie sorgen.

»Als Erstes möchte ich Ihnen versichern, dass Sie absolut nichts zu befürchten haben. Sie brauchen nur meine Fragen wahrheitsgemäß zu beantworten und meine Befehle genau auszuführen.« Mit dem Daumen drückte er auf einen Nervenknoten auf der Innenseite ihres linken Ellbogens. Nur genug, damit sie wusste, dass er's ernst meinte. »Verstehen wir uns?«

Sie nickte, dann schrie sie leise auf, als sein Daumen den Druck verstärkte.

»Wenn ich Sie etwas frage, erwarte ich eine Antwort.«

»Ja, ich verstehe«, sagte sie.

»Gut.« Er trat mit ihr in den Schatten des Eingangs von Gebäude 106–108 Fo utca. »Ich suche Jason Bourne. Wo ist er?«

»Keine Ahnung.«

Ihre Knie gaben vor Schmerz nach, als er etwas Schreckliches mit der Innenseite ihres Ellbogens anstellte.

»Versuchen wir's noch mal?«, fragte McColl. »Wo ist Jason Bourne?«

»Oben«, sagte sie, während ihr Tränen über die Wangen flossen. »In meiner Wohnung.«

Sein harter Griff ließ merklich nach. »Sehen Sie, wie einfach das war? Kein Wirbel, keine Aufregung. So, jetzt gehen wir gemeinsam rauf.«

Annaka benützte ihren Schlüssel, um die Haustür aufzusperren. Sie machte Licht, dann gingen sie nebeneinander die breite Treppe hinauf. Oben im dritten Stock hielt er sie kurz an. »Okay, passen Sie auf«, sagte er leise. »Sie benehmen sich, als wäre alles in bester Ordnung, kapiert?«

Sie hätte beinahe nur genickt, aber dann bestätigte sie hastig: »Ja.«

Er zog sie nach hinten gegen sich. »Wenn Sie ihm das geringste Warnsignal geben, weide ich Sie aus wie eine Forelle.« Er stieß sie vorwärts. »Also los!«

Sie ging zu ihrer Wohnungstür, steckte den Schlüssel ins Schloss und sperrte auf. Als sie die Tür öffnete, sah sie rechts vor sich, dass Jason mit halb geschlossenen Augen zusammengesunken auf dem Sofa hockte.

Bourne sah auf. »Ich dachte, du wolltest …«

In diesem Augenblick stieß McColl sie beiseite und riss seinen Revolver hoch. »Daddy ist da!«, rief er, während er auf die halb liegende Gestalt zielte und abdrückte.

461

Kapitel *zweiundzwanzig*

Annaka rammte ihren abgewinkelten Ellbogen gegen den Arm mit dem Revolver. Sie hatte den rechten Augenblick und McColls erste Bewegung abgewartet. Das Geschoss schlug weit über Bournes Kopf an der Stelle in die Wand ein, wo sie an die Decke stieß.

Der Amerikaner brüllte vor Wut und grapschte mit der linken Hand nach ihr, während er die Rechte schon wieder senkte, um auf den halb Liegenden zu zielen. Seine Finger gruben sich in Annakas Haar, packten fest zu, rissen sie nach hinten von den Beinen. Im selben Augenblick kam Bournes Hand mit der Keramikpistole unter der Steppdecke hervor. Er wollte dem Angreifer in die Brust schießen, aber Annaka stand zwischen ihnen. Also veränderte er den Zielpunkt und traf den rechten Oberarm des Eindringlings. Der Revolver fiel auf den Teppich, aus der Wunde spritzte Blut, und Annaka kreischte, als McColl sie als Schutzschild vor sich zog.

Bourne hatte sich auf einem Knie aufgerichtet. Die Mündung seiner Pistole suchte vergeblich ein Ziel, während der Amerikaner, der Annaka an sich gepresst hielt, sich zur offenen Wohnungstür zurückzog.

»Wir sind noch längst nicht fertig miteinander«, knurrte McColl, ohne ihn aus den Augen zu lassen. »Ich soll Sie liquidieren, und genau das *werde* ich tun.« Nach dieser drohenden Ankündigung hob er Annaka hoch und schleuderte sie Bourne entgegen.«

Bourne war aufgesprungen und fing Annaka auf, bevor sie seitlich gegen das Sofa prallen konnte. Er schob sie beiseite, dann spurtete er auf den Korridor hinaus und sah gerade noch, wie die Aufzugtür sich schloss. Er lief leicht hinkend die Treppe hinunter. Seine Seite brannte wie Feuer, und er hatte weiche Knie. Er begann keuchend zu atmen und wäre am liebsten einen Augenblick stehen geblieben, um wieder genug Sauerstoff in die Lungen zu bekommen, aber er rannte weiter, nahm immer zwei bis drei Stufen auf einmal. Nach dem untersten Treppenabsatz rutschte sein linker Fuß auf einer Stufe aus, sodass er den Rest der Treppe halb rutschend, halb fallend zurücklegte.

Unten rappelte Bourne sich ächzend auf, rannte durch die zweiflüglige Tür zur Eingangshalle. Auf dem Marmorboden waren Blutspuren zu sehen, aber der Attentäter war verschwunden. Er machte noch einen Schritt in die Eingangshalle, dann gaben seine Beine nach. Er saß halb benommen da, hielt in einer Hand seine Waffe und hatte die andere mit der Handfläche nach oben auf seinem Schenkel liegen. Seine Augen waren vor Schmerzen glasig, und er schien vergessen zu haben, wie man atmete.

Du darfst den Hundesohn nicht entwischen lassen, dachte er. Aber sein Kopf war von lautem Lärm erfüllt, den er endlich als das Hämmern seines überanstrengten Herzens erkannte. Zumindest vorläufig war er zu keiner Bewegung imstande. Bevor Annaka ihn erreichte, hatte er gerade noch Zeit, sich zu überlegen, dass sein vorgetäuschter Tod die Agency nicht lange in die Irre geführt hatte.

Annaka wurde vor Sorge blass, als sie ihn sah. »Jason!« Sie kniete bei ihm nieder und legte ihm einen Arm um die Schultern.

»Hilf mir aufstehen«, sagte er.

Sie zog ihn über ihre ausgestellte Hüfte hoch. »Wo ist er? Wohin ist er abgehauen?«

Das hätte er eigentlich wissen müssen. Jesus, dachte er, vielleicht hat sie Recht, vielleicht brauchst du wirklich einen Arzt.

Vielleicht war's der giftige Hass in seinem Herzen, der Chan so rasch aus der Bewusstlosigkeit erwachen ließ. Jedenfalls war er schon Minuten nach dem Angriff wieder auf den Beinen und aus dem Škoda heraus. Gewiss, sein Kopf tat weh, aber in Wirklichkeit hatte der Angriff vor allem sein Ego getroffen. Als er die ganze Szene in Gedanken rekapitulierte, erkannte er mit einer Gewissheit, die ihm ein flaues Gefühl im Magen bescherte, dass nur seine törichten und gefährlichen Empfindungen für Annaka ihn heute so verwundbar gemacht hatten.

Welchen Beweis brauchte er noch, um einzusehen, dass emotionale Bindungen um jeden Preis vermieden werden mussten? Sie waren ihn bei seinen Eltern teuer zu stehen gekommen, dann wieder bei Richard Wick und zuletzt bei Annaka, die ihn an Stepan Spalko verraten hatte – und das von Anfang an.

Und was war mit Spalko? *Wir sind doch keine Fremden. Wir teilen die ungeheuerlichsten Geheimnisse«,* hatte er in jener Nacht in Grosny gesagt. *»Ich würde gern glauben, wir wären mehr als Geschäftsmann und Auftraggeber.«*

Wie Richard Wick hatte er angeboten, Chan bei sich aufzunehmen, hatte behauptet, er wolle sein Freund sein, ihn zum Bestandteil einer versteckten – und irgendwie intimen – Welt zu machen. *»Sie verdanken Ihren glänzenden Ruf nicht zuletzt den Aufträgen, die Sie von mir erhalten haben.«* Als betrachte Spalko sich wie einst Richard Wick als Chans Wohltäter. Diese Leute bildeten sich ein, auf einer höheren Ebene zu leben, einer Elite anzugehören. Wie schon Wick hatte Spalko Chan belogen, um ihn für seine eigenen Zwecke zu benutzen.

Was hatte Spalko von ihm gewollt? Das spielte fast keine Rolle mehr; für ihn war es nicht mehr wichtig. Chan wollte nur noch mit Stepan Spalko abrechnen, alles vergangene Unrecht in Recht verwandeln. Nichts Geringeres als Spalkos Tod konnte ihn jetzt noch besänftigen. Spalko würde der erste und letzte Auftrag sein, den er sich selbst erteilte.

In diesem Augenblick, als er im Schatten eines Hauseingangs hockte und sich unbewusst den Hinterkopf rieb, an dem er bereits eine große Beule hatte, hörte er ihre Stimme. Sie stieg aus der Tiefe, aus den Schatten auf, in denen er hockte, sank durch die Tiefen herab, zog ihn unter die sich kräuselnden Wellen.

»Li-Li«, flüsterte er. »Li-Li!«

Es war ihre Stimme, die nach ihm rief. Und er wusste, was sie wollte: Sie wollte, dass er sich als Ertrunkener in den Tiefen zu ihr gesellte. Er ließ den schmerzenden Kopf in die Hände sinken, und ein grässliches Stöhnen entrang sich seinen Lippen, als stieße seine Lunge die letzte Luftblase aus. Li-Li. Er hatte so lange nicht mehr an sie gedacht – oder stimmte das etwa nicht? Er hatte fast jede Nacht von ihr geträumt, aber diese Tatsache erst jetzt erkannt. Weshalb? Was hatte sich so verändert, dass sie nach so langer Abwesenheit mit solcher Gewalt auf ihn eindringen konnte?

Dann hörte Chan, wie eine Haustür zugeknallt wurde, hob gerade noch rechtzeitig den Kopf und sah einen großen Mann aus dem Gebäude 106–108 Fo utca stürmen. Er hielt sich mit der linken Hand den rechten Oberarm, und aus der Blutspur, die er hinter sich herzog, schloss Chan, dass er einen Zusammenstoß mit Jason Bourne gehabt hatte. Ein schwaches

Lächeln glitt über sein Gesicht, denn er wusste, dass dies der Mann sein musste, der ihn niedergeschlagen hatte.

Chan fühlte den starken Drang, ihn umzulegen, aber er beherrschte sich mit ziemlicher Anstrengung und kam auf eine bessere Idee. Er verließ sein Versteck und folgte dem Mann, als er die Fo utca entlang flüchtete.

Die Dohány-Synagoge war die größte Synagoge Europas. Nach Westen hin wies der riesige Bau eine kunstvolle byzantinische Ziegelfassade in den Farben Blau, Rot und Gelb auf – den Farben der Stadt Budapest. Über dem Portal befand sich ein großes buntes Glasfenster. Über diesem imponierenden Anblick erhoben sich zwei maurische vieleckige Türme, die von imposanten Kuppeln aus Kupfer und Gold gekrönt wurden.

»Ich gehe rein und hole ihn«, sagte Annaka, als sie aus ihrem Škoda stiegen. Istvans Telefondienst hatte versucht, sie zu einem anderen Arzt zu dirigieren, aber sie hatte darauf bestanden, Dr. Ambrus zu sprechen, der ein alter Freund ihrer Familie sei, und war schließlich hierher geschickt worden. »Je weniger Leute dich in diesem Zustand sehen, desto besser.«

Bourne nickte zustimmend. »Hör zu, Annaka, ich weiß bald nicht mehr, wie oft du mir schon das Leben gerettet hast.«

Sie sah zu ihm auf und lächelte. »Dann hör einfach zu zählen auf.«

»Der Mann, der dich überfallen hat …«

»Kevin McColl.«

»Er ist ein Spezialist der Agency.« Bourne brauchte nicht erst auszuführen, worauf McColl spezialisiert war. Auch das gefiel ihm an ihr. »Du hast dich gut gegen ihn gehalten.«

»Bis er mich als Schutzschild benützt hat«, sagte sie erbittert. »Ich hätte niemals zulassen dürfen, dass er …«

»Wir haben überlebt. Nur das zählt.«

»Aber er ist weiter auf freiem Fuß, und die von ihm ausgehende Gefahr …«

»Wenn er das nächste Mal kommt, bin ich bereit.«

Das schwache Lächeln kehrte auf Annakas Gesicht zurück. Sie schickte ihn auf den Hof hinter der Synagoge, auf dem er – wie sie ihm versicherte – auf ihre Rückkehr warten konnte, ohne befürchten zu müssen, von jemandem angesprochen zu werden.

Istvan Ambrus, János Vadas' alter Bekannter, betete in der Synagoge, aber er reagierte durchaus freundlich, als Annaka hineinging und ihm flüsternd von dem Notfall erzählte.

»Natürlich helfe ich Ihnen gern, soweit ich kann, Annaka«, sagte er, als aufstand und mit ihr durch den mit prächtigen Kronleuchtern geschmückten Innenraum ging. Hinter ihnen ragte die gewaltige Orgel mit fünftausend Pfeifen auf – ein für jüdische Gotteshäuser höchst ungewöhnliches Instrument, auf dem schon so berühmte Komponisten wie Franz Liszt und Camille Saint-Saëns gespielt hatten.

»Der Tod Ihres Vaters hat uns alle schwer getroffen.« Ambrus nahm ihre Hand, drückte sie kurz. Er hatte die breiten, kräftigen Finger eines Chirurgen … oder eines Maurers. »Wie kommen Sie damit zurecht, meine Liebe?«

»Einigermaßen«, sagte sie leise und ging ins Freie voraus.

Bourne saß auf dem Hof, unter dessen Erde die sterblichen Überreste von fünftausend Juden lagen, die in dem strengen Winter 1944-1945 umgekommen waren, als Adolf Eichmann die Synagoge in einen Sammelplatz verwandelt hatte, von dem aus er die zehnfache Anzahl in Vernichtungslager geschickt hatte. Der Hof zwischen den Bogengängen der inneren Loggia war mit hellen Gedenksteinen angefüllt, zwischen denen dunkelgrüner Efeu rankte. Auch die Stämme der hier gepflanzten Bäume waren von Efeu umrankt. Ein kalter Wind ließ das Laub rascheln: ein Geräusch, das man an diesem Ort für fernes Stimmengemurmel hätte halten können.

Es war schwierig, hier zu sitzen und nicht an die Toten und das schreckliche Leid in jener dunklen Zeit zu denken. Bourne fragte sich, ob jetzt wieder eine dunkle Zeit heraufzog. Er blickte aus seinen trübseligen Gedanken auf und sah Annaka in Begleitung eines eleganten kleinen Mannes mit rundem Gesicht, schmalem Schnurrbart und rosigen Wangen zurückkommen. Er trug einen braunen Dreiteiler, und die Schuhe an seinen kleinen Füßen waren auf Hochglanz poliert.

»Sie sind also der Unglücksrabe«, sagte er, nachdem Annaka sie bekannt gemacht und ihm versichert hatte, Bourne spreche Ungarisch. »Nein, nein, nicht aufstehen«, wehrte er ab, als er sich neben ihn setzte und mit der Untersuchung begann. »Hmmm, Annaka hat die Schwere Ihrer Verletzungen untertrieben, fürchte ich. Sie sehen aus wie durch einen Fleischwolf gedreht.«

»Genauso fühle ich mich auch, Doktor.« Er zuckte unwillkürlich zusammen, als Ambrus' Finger eine besonders schmerzhafte Stelle abtasteten.

»Als ich auf den Hof gekommen bin, habe ich Sie tief in Gedanken gesehen«, sagte der Arzt im Plauderton. »In gewisser Weise ist dies ein Schreckensort, dieser Hof, der uns an die erinnert, die wir verloren haben – und daran, was die gesamte Menschheit durch den Holocaust verloren hat.« Seine Finger waren überraschend zart und beweglich, als sie über

Bournes empfindliche Körperhälfte glitten. »Aber die damalige Zeit war nicht nur schlimm, wissen Sie. Kurz bevor Eichmann und sein Stab einmarschierten, halfen mehrere Geistliche dem Rabbi, siebenundzwanzig Thorarollen aus dem Thoraschrein der Synagoge zu bergen. Sie nahmen sie mit, diese Priester, und vergruben sie auf einem christlichen Friedhof, wo sie bis Kriegsende vor den Nazis sicher waren.« Er lächelte schwach. »Was lernen wir daraus? Selbst ins tiefste Dunkel kann ein Lichtstrahl fallen. Auch von unerwarteter Seite kann uns Mitleid entgegengebracht werden. Und Sie haben zwei gebrochene Rippen.«

Er stand auf. »Kommen Sie, wir fahren zu mir nach Hause, damit ich Sie richtig verbinden kann. In ungefähr einer Woche lassen die Schmerzen nach, und dann sind Sie bald wieder gesund.« Er hob mahnend einen dicken Zeigefinger. »Aber bis dahin müssen Sie mir versprechen, sich zu schonen. Keine großen körperlichen Anstrengungen. Am besten überhaupt keine Anstrengungen.«

»Das kann ich Ihnen nicht versprechen, Doktor.«

Dr. Ambrus seufzte, während er rasch zu Annaka hinübersah. »Wieso überrascht mich das eigentlich nicht?«

Bourne stand ebenfalls auf. »Tut mir Leid, aber ich rechne damit, alles tun zu müssen, was Sie mir gerade verboten haben. Deshalb möchte ich Sie bitten, alles zu tun, was die beschädigten Rippen schützen kann.«

»Wie wär's mit einer Ritterrüstung?« Ambrus schmunzelte über seinen eigenen Scherz, wurde aber sofort wieder ernst, als er Bournes Gesichtsausdruck sah. »Großer Gott, Mann, mit wem müssen Sie's aufnehmen?«

»Wenn ich das wüsste«, sagte Bourne trübselig, »wäre uns allen geholfen.«

Obwohl Dr. Ambrus sichtlich betroffen war, hielt er Wort und nahm sie in sein Haus in Buda hoch über der Donau mit, in dem er ein kleines Sprechzimmer hatte, wo andere vielleicht ein Arbeitszimmer gehabt hätten. Vor dem Fenster rankten Kletterrosen, aber die Geranienkästen waren noch leer und warteten auf wärmeres Wetter. Drinnen gab es cremeweiße Wände, weißen Stuck an der Decke und auf den Schränken gerahmte Fotos von Ambrus' Frau mit seinen beiden Söhnen.

Während Bourne auf dem Untersuchungstisch saß, suchte Dr. Ambrus leise vor sich hinsummend aus den Schränken zusammen, was er brauchte. Als er zu seinem Patienten zurückkam, der den Oberkörper hatte freimachen müssen, schaltete er eine verspiegelte starke Lampe ein, die er auf das Schlachtfeld richtete. Dann machte er sich daran, Bourne einen straffen Dachziegelverband anzulegen, der aus drei Lagen bestand: aus Watte, Verbandmull und einem gummiartigen Material, das Kevlar enthielt, wie er sagte.

»Mehr hätte niemand für Sie tun können«, behauptete er, als er fertig war.

»Ich kriege kaum Luft«, keuchte Bourne.

»Gut, dann haben Sie weniger Schmerzen.« Er klapperte mit Pillen in einem braunen Plastikfläschchen. »Ich würde Ihnen ein Schmerzmittel geben, aber bei einem Mann wie Ihnen ... nein, das lassen wir lieber. Das Zeug würde Ihre Sinne abstumpfen, Ihre Reflexe wären langsamer, und ich würde Sie vielleicht auf einer Steinplatte liegend wiedersehen.«

Bourne lächelte über Ambrus' missglückten Scherz. »Ich werde mein Bestes tun, um Ihnen diesen Anblick zu ersparen.« Er wollte seine Geldbörse ziehen. »Was bin ich schuldig?«

Dr. Ambrus hob abwehrend die Hände. »Bitte!«

»Wie können wir Ihnen sonst danken, Istvan?«, fragte Annaka.

»Sie wiederzusehen, meine Liebe, ist Lohn genug.« Dr. Ambrus nahm ihr Gesicht in die Hände, küsste sie erst auf eine Wange, dann auf die andere. »Versprechen Sie mir, bald einmal zum Abendessen zu uns zu kommen. Bela hat erst neulich nach Ihnen gefragt. Kommen Sie, meine Liebe, kommen Sie bald! Sie kocht Ihnen das Gulyás, das Sie als Kind so gern gegessen haben.«

»Ich versprech's Ihnen, Istvan. Bald.«

Dr. Ambrus, der mit diesem versprochenen Lohn zufrieden war, ließ sie gehen.

Kapitel *dreiundzwanzig*

»Wegen Randy Driver muss irgendwas unternommen werden«, sagte Lindros.

Der CIA-Direktor unterschrieb noch einige Briefe und legte sie in den mit *Ausgang* bezeichneten Drahtkorb, bevor er aufsah. »Wie ich höre, haben Sie ihm gründlich die Meinung gesagt.«

»Das verstehe ich nicht. Ist das für Sie ein Grund zur Belustigung, Sir?«

»Das müssen Sie mir nachsehen, Martin«, sagte er mit einem Grinsen, das er absichtlich nicht unterdrückte. »Ich habe derzeit nicht viel zu lachen.«

Die helle Sonne, die den ganzen Nachmittag lang das vor dem Fenster stehende Denkmal mit den drei Soldaten aus dem Unabhängigkeitskrieg beschienen hatte, war untergegangen, so dass die jetzt umschatteten Gestalten müde wirkten. Die fragile Helligkeit eines weiteren Frühlingstags war allzu rasch der Nacht gewichen.

»Ich will, dass er angewiesen wird, mit mir zusammenzuarbeiten. Ich will Zugang zu …«

Das Gesicht des Direktors verfinsterte sich. »›Ich will, ich will‹ – was sind Sie, ein Dreijähriger?«

»Sie haben mich mit den Ermittlungen wegen der Morde an Conklin und Panov betraut. Ich tue nur, was Sie mir aufgetragen haben.«

»Ermittlungen?« Die Augen des Direktors blitzten zornig. »Es gibt keine Ermittlungen. Ich habe Ihnen klipp und klar gesagt, Martin, dass damit Schluss sein muss. Die schwärende Wunde schadet uns bei dem Hexenweib. Ich will, dass die Wunde ausgebrannt wird, damit wir sie vergessen können. Am allerwenigsten kann's ich brauchen, dass Sie in ganz Washington rumrennen und sich überall wie ein Elefant im Porzellanladen aufführen.« Er winkte ab, als sein Stellvertreter protestieren wollte. »Hängen Sie Harris, hängen Sie ihn hoch und auffällig genug, um die Nationale Sicherheitsberaterin davon zu überzeugen, dass wir wissen, was wir tun.«

»Wenn Sie meinen, Sir, aber bei allem gebührenden Respekt wäre das so ziemlich der schlimmste Fehler, den wir jetzt machen könnten.« Als sein Boss ihn mit offenem Mund anstarrte, schob er ihm den Computerausdruck, den Harris ihm geschickt hatte, über den Schreibtisch.

»Was ist das?«, fragte der Direktor. Bevor er ein Dokument las, wollte er immer erst eine Zusammenfassung hören.

»Das ist ein Auszug aus den elektronischen Unterlagen eines Rings aus Russen, der Leuten illegale Schusswaffen geliefert hat. Die Pistole, mit der Conklin und Panov erschossen wurden, steht hier drauf. Sie ist unter Webbs Namen registriert worden, obwohl er sie nicht gekauft haben kann. Das beweist, dass Webb reingelegt worden ist, dass er seine beiden besten Freunde nicht ermordet hat.«

Der CIA-Direktor hatte angefangen, den Ausdruck zu lesen. Jetzt zog er die dichten, weißen Augenbrauen zusammen. »Martin, das hier beweist nichts.«

»Wieder bei allem gebührenden Respekt, Sir, verstehe ich nicht, wie Sie Tatsachen ignorieren können, die Sie vor sich liegen haben.«

Der Direktor seufzte und schob den Ausdruck von sich weg, als er sich in seinen Sessel zurücklehnte. »Wissen Sie, Martin, ich habe Sie gut ausgebildet. Aber jetzt merke ich, dass Sie noch viel lernen müssen.« Er zeigte auf das vor ihm liegende Blatt Papier. »Hieraus geht hervor, dass die Waffe, mit der Jason Bourne unsere beiden Leute erschossen hat, mit einer telegrafischen Überweisung aus Budapest bezahlt worden ist. Bourne hat jede Menge Bankkonten in Europa, vor allem in Genf und Zürich, deshalb sehe ich nicht ein, warum er keines in Budapest haben sollte.« Er grunzte verächtlich. »Das ist nur ein cleverer Trick, einer der vielen, die Alex ihm selbst beigebracht hat.«

Lindros war das Herz in die Hose gefallen. »Sie glauben also nicht ...«

»Soll ich mit diesem so genannten Beweis zu dem Hexenweib gehen?« Der CIA-Direktor schüttelte den Kopf. »Sie würde ihn mir in den Rachen stopfen.«

Natürlich war dem Alten sofort eingefallen, dass Bourne sich von Budapest aus in die Datenbank der U.S. Army eingehackt hatte – immerhin hatte er deshalb persönlich Kevin McColl aktiviert. Zwecklos, Martin das mitzuteilen; er würde sich nur unnötig aufregen. Nein, sagte der Direktor hartnäckig, das Geld für die Mordwaffe ist aus Budapest gekommen, und dorthin ist Bourne geflohen. Ein weiterer erdrückender Schuldbeweis.

Lindros unterbrach seine Überlegungen. »Sie wollen Driver also nicht anweisen, mit mir ...«

»Martin, es ist gleich halb acht, und mein Magen knurrt schon vernehmlich.« Der Direktor stand auf. »Um Ihnen zu beweisen, dass ich Ihnen nichts übel nehme, lade ich Sie zum Abendessen ein.«

Der Occidental Grill war ein Insiderrestaurant, in dem der CIA-Direktor einen eigenen Tisch hatte. Schlangestehen war etwas für Zivilisten und untergeordnete Beamte, nicht für ihn. In dieser Arena erwuchs seine in ganz Washington spürbare Macht aus der Schattenwelt, die er regierte. Innerhalb des Beltways gab es verdammt wenige, die seinen Status besaßen. Nach einem harten Tag im Dienst machte es richtig Spaß, ihn zu nutzen.

Sie überließen ihren Wagen dem jungen Mann, der die Autos der Gäste parkte, und stiegen die lange Granittreppe zum Restaurant hinauf. Drinnen folgten sie einem schmalen Korridor, an dessen Wänden die gerahmten Fotos von Präsidenten und anderen Spitzenpolitikern hingen, die im Grill gespeist hatten. Der Alte blieb wie jedes Mal vor der Aufnahme stehen, die FBI-Direktor J. Edgar Hoover mit seinem ständigen Begleiter Clyde Tolson zeigte. Sein Blick bohrte sich in das Foto, als besitze er die Macht, dieses Duo durch Feuer aus dem Pantheon der Großen an den Wänden zu verbannen.

»Ich weiß noch wie heute, wie wir Hoovers Memo abgefangen haben, in dem er seine führenden Mitarbeiter dringend aufgefordert hat, die Verbindung zwischen Martin Luther King, Jr., und der Kommunistischen Partei zu den Demonstrationen gegen den Vietnamkrieg aufzuspüren.« Er schüttelte den Kopf. »Was für Zeiten ich miterlebt habe!«

»Das ist Geschichte, Sir.«

»Schändliche Geschichte, Martin.«

Mit dieser Erklärung trat er durch die halb verglasten Türen ins Restaurant selbst. Der Raum war voller hölzerner Sitznischen, Trennwänden aus Kristallglas und einer verspiegelten Bar. Wie immer gab es eine Schlange von wartenden Gästen, durch die der Alte navigierte, als laufe die *Queen Mary* durch eine Flottille von Motorbooten. Er blieb erst vor dem leicht erhöhten Podium stehen, auf dem der elegante silberhaarige Maître seinen Platz hatte.

Als der CIA-Direktor herankam, wandte der Mann sich ihm mit mehreren an die Brust gedrückten langen Speisekarten zu. »Direktor!« Er machte große Augen. Sein sonst lebhaft geröteter Teint war eigenartig blass. »Wir hatten keine Ahnung, dass Sie heute Abend bei uns speisen würden.«

»Seit wann muss ich mich vorher anmelden, Jack?«, fragte der Alte.

»Darf ich einen Drink an der Bar vorschlagen, Direktor? Wir haben Ihren Lieblingsbourbon …«

Der Direktor tätschelte sich den Magen. »Ich bin hungrig, Jack. Heute schenken wir uns die Bar, gehen direkt an meinen Tisch.«

Dem Maître war sichtbar unbehaglich zumute. »Bitte entschuldigen Sie mich einen Augenblick, Direktor«, sagte er und hastete davon.

»Was zum Teufel hat der Kerl?«, murmelte der Direktor leicht irritiert.

Lindros verrenkte sich den Hals, um einen Blick auf den Ecktisch des Alten zu werfen, sah, dass er besetzt war, und wurde blass. Der Direktor sah seinen Gesichtsausdruck, warf sich herum und spähte durch das Gewimmel aus Personal und Gästen zu seinem geliebten Tisch hinüber, an dem heute Abend auf dem für ihn reservierten Platz Roberta Alonzo-Ortiz, die Nationale Sicherheitsberaterin der Vereinigten Staaten, thronte. Sie war in ein Gespräch mit zwei Senatoren vom Ausschuss für Auslandsgeheimdienste vertieft.

»Ich bringe sie um, Martin. So wahr mir Gott helfe, ich reiße das Hexenweib in Stücke.«

In diesem Augenblick kam der Maître mit Schweißperlen auf der Stirn zurück. »Wir haben einen sehr schönen Tisch für Sie, Direktor, einen Vierertisch ganz für Sie allein, Gentlemen. Und die Getränke gehen auf Kosten des Hauses, einverstanden?«

Der CIA-Direktor beherrschte sich mühsam. »Schon in Ordnung«, sagte er, ohne etwas gegen seine Zornesröte machen zu können. »Bringen Sie uns hin, Jack.«

Der Maître wählte eine Route, die nicht an seinem alten Tisch vorbeiführte, und der Direktor war ihm dankbar dafür.

»Ich hab's ihr gesagt, Direktor«, teilte der Maître ihm fast flüsternd mit. »Ich habe betont, dass dieser Ecktisch Ihrer ist, aber sie hat auf ihm bestanden. Sie hat sich nicht abwimmeln lassen. Was hätte ich tun sollen? Die Drinks kommen sofort.« Das alles sagte Jack sehr rasch, während er ihnen die Speise- und Weinkarten hinlegte. »Kann ich sonst noch mit etwas dienen, Direktor?«

»Nein, danke, Jack.« Der Alte griff nach der Speisekarte.

Wenig später servierte ihnen ein stämmiger Ober mit Kotelletten zwei Gläser Bourbon aus Kentucky, die Flasche und eine Karaffe Wasser.

»Mit einer Empfehlung vom Maître d'Hôtel«, sagte er.

Falls Lindros geglaubt hatte, der Direktor sei ruhig und gelassen, wurde dieser Eindruck gründlich widerlegt, als der Alte sein Whiskeyglas an die Lippen hob. Seine Hand zitterte, und Lindros sah jetzt, dass seine Augen vor Wut glasig waren.

Lindros sah eine Chance, die er als ausgezeichneter Taktiker sofort nutzte. »Die Nationale Sicherheitsberaterin wünscht, dass der Doppelmord aufgeklärt und möglichst rasch unter den Teppich gekehrt wird. Aber wenn die Annahme, Jason Bourne sei der Täter, falsch ist, überzeugen auch die sehr nachdrücklich vorgetragenen Argumente der Sicherheitsberaterin nicht.«

Der Alte sah auf und starrte seinen Stellvertreter forschend an. »Ich kenne Sie, Martin. Sie haben bestimmt schon einen Plan, nicht wahr?«

»Ja, Sir, den habe ich. Aber um ihn durchzuführen, bin ich auf Randy Drivers volle Kooperation angewiesen.«

Ihr Ober servierte den klein geschnittenen Salat.

Der Direktor wartete, bis sie wieder allein waren, dann schenkte er Lindros und sich Whiskey nach. Mit verkniffenem Lächeln fragte er: »Diese Sache mit Randy Driver – ist die wirklich nötig?«

»Nicht nur nötig, Sir. Sie ist entscheidend.«

»Entscheidend, hm?« Der Alte stocherte in seinem Salat herum, hielt eine aufgespießte Tomate hoch und betrachtete sie nachdenklich. »Also gut, ich unterschreibe die Weisung gleich morgen früh.«

»Danke, Sir.«

Der CIA-Direktor runzelte die Stirn; sein Blick suchte den seines Stellvertreters und ließ ihn nicht mehr los. »Danken können Sie mir nur auf eine Art, Martin: Verschaffen Sie mir die Munition, die ich brauche, um dem Hexenweib eine Breitseite zu verpassen.«

In jedem Hafen ein Mädchen zu haben hatte den Vorteil, das wusste McColl, dass man immer irgendwo unterschlüpfen konnte. Natürlich hatte die Agency in Budapest ein sicheres Haus – sie hatte sogar mehrere, aber er dachte nicht daran, mit seinem blutenden Arm in einem dieser Häuser aufzukreuzen und so seine Vorgesetzten darauf aufmerksam zu machen, dass er's nicht geschafft hatte, den Mann umzulegen, den er im Auftrag des Direktors hatte liquidieren sollen. In seiner Abteilung der Agency zählten nur Erfolge.

Ilona war zu Hause, als er – den verletzten Arm an sich gedrückt – vor ihrer Tür stand. Er schickte sie in die Küche, um sie eine Mahlzeit zubereiten zu lassen – etwas Proteinhaltiges, damit er wieder zu Kräften kam. Dann verschwand er im Bad, machte den Oberkörper frei und wusch sich das Blut vom rechten Arm, bevor er Wasserstoffperoxyd drüberkippte. Von dem brennenden Schmerz, der seinen Arm durchzuckte, zitterten ihm die Beine, sodass er sich kurz auf den geschlossenen WC-Deckel setzen musste, bis er sich erholt hatte. Wenig später war der Schmerz zu einem dumpfen Pochen geworden, und er konnte den ihm zugefügten Schaden abschätzen. Die gute Nachricht war, dass die Wunde sauber war, weil er einen glatten Oberarmdurchschuss hatte. Er beugte sich zur Seite, um den rechten Ellbogen auf den Waschbeckenrand stützen zu können, kippte noch mehr Peroxyd in die Wunde und pfiff dabei leise durch die Zähne. Dann stand er auf und suchte in den Hängeschränken vergeblich nach Mullbinden, Heftpflaster oder sonstigem Verbandmaterial. Unter dem Waschbecken fand er jedoch eine Rolle starkes Gewebeband, von dem er mit einer Nagelschere ein langes Stück abschnitt, das er straff um seinen Oberarm wickelte.

Als er aus dem Bad kam, hatte Ilona die Mahlzeit fertig. Er setzte sich an den Küchentisch und verschlang das Essen, ohne es wirklich zu schmecken. Es war heiß und nahrhaft, mehr interessierte ihn nicht. Sie stand hinter ihm und massierte seine angespannten Schultermuskeln.

»Du bist ganz verkrampft«, sagte Ilona. Sie war zierlich und schlank, hatte blitzende Augen, lächelte viel und hatte Kurven an allen richtigen Stellen. »Was hast du gemacht, nachdem du aus dem Bad gestürmt bist? Da warst du richtig entspannt.«

»Arbeit«, sagte er lakonisch. Wie er aus Erfahrung wusste, war es unklug, ihre Fragen unbeantwortet zu lassen, obwohl er nicht die geringste Lust hatte, Konversation zu machen. Er musste seine Kräfte sammeln, um den zweiten und endgültigen Überfall auf Bourne zu planen. »Ich habe dir gesagt, dass meine Arbeit kein Zuckerschlecken ist.«

Ihre begabten Finger kneteten weiter seine Verkrampfung weg. »Dann wär's mir lieber, du würdest sie aufgeben.«

»Ich liebe meine Arbeit«, sagte er und schob den leeren Teller von sich fort. »Ich würde sie niemals aufgeben.«

»Und trotzdem bist du verdrießlich.« Sie kam nach vorn, streckte ihm die Hand hin. »Komm ins Bett. Ich bringe dich auf andere Gedanken.«

»Geh schon voraus«, sagte er. »Warte auf mich. Ich muss ein paar geschäftliche Telefongespräche führen. Anschließend gehöre ich ganz dir.«

In dem kleinen, anonymen Zimmer eines Budapester Flohhotels kündigte der Morgen sich mit Verkehrslärm und Stimmengewirr an. Die Geräusche der erwachenden Großstadt drangen durch die papierdünnen Wände und weckten Annaka aus ihrem unruhigen Schlaf. In der bleigrauen Morgendämmerung lag sie eine Zeit lang unbeweglich in dem Doppelbett, das sie sich mit Bourne teilte. Schließlich drehte sie den Kopf zur Seite und starrte ihn an.

Wie ihr Leben sich verändert hatte, seit sie ihm auf der Treppe zur Matthiaskirche begegnet war! Ihr Vater war tot, und nun konnte sie nicht in ihr eigenes Apartment zurück, weil Chan und die CIA wussten, wo sie wohnte. Tatsächlich konnte sie ihre meisten Besitztümer ohne weiteres verschmerzen – nur den Flügel nicht. Die Sehnsucht, die sie empfand, glich der – das hatte sie irgendwo gelesen –, unter der eineiige Zwillinge litten, wenn sie durch große Entfernungen voneinander getrennt waren.

Und Bourne? Was empfand sie für ihn? Schwer zu beurteilen, denn in ihrem Inneren war schon in frühester Kindheit ein Schalter umgelegt worden, der alle Gefühlsregungen ausschaltete. Dieser Mechanismus, eine Unterform des Selbsterhaltungstriebs, war selbst den Fachleuten, die solche Phänomene angeblich studierten, ein völliges Rätsel. Er war so tief in ihrer Psyche vergraben, dass sie ihn nie erreichen konnte: ein weiterer Aspekt ihres Überlebenswillens.

Wie in allen anderen Punkten hatte sie Chan belogen, als sie behauptet hatte, sie habe in seiner Nähe die Kontrolle über sich verloren. Sie hatte sich von ihm getrennt, weil Stepan es ihr befohlen hatte. Das hatte ihr nichts ausgemacht; tatsächlich hatte es ihr sogar Spaß gemacht, Chans Gesichtsausdruck zu beobachten, als sie ihm erklärt hatte, es sei aus. Sie hatte ihm wehgetan, was ihr gefallen hatte. Gleichzeitig sah sie, dass er sich etwas aus ihr machte, was sie verwunderte, weil sie dieses Gefühl selbst nicht kannte. Natürlich hatte sie vor langer, langer Zeit ihre Mutter geliebt, aber was hatte ihr dieses Gefühl letztlich genützt? Ihre Mutter hatte sie nicht beschützt; noch schlimmer, sie war gestorben.

Langsam, behutsam rückte sie von Bourne ab, bis sie sich umdrehen und aufstehen konnte. Als sie dann nach ihrem Mantel griff, sprach Bourne, der, aus tiefstem Schlaf erwachend, sofort hellwach war, leise ihren Namen.

Annaka drehte sich erstaunt um. »Ich dachte, du schliefst noch. Habe ich dich geweckt?«

Bourne betrachtete sie ernst. »Wohin gehst du?«

»Ich … wir brauchen Sachen zum Anziehen, ein paar Toilettenartikel.«

Er setzte sich mühsam auf.

»Wie geht's dir?«

»Ganz gut«, sagte er knapp. Er war nicht in der Stimmung, sich bemitleiden zu lassen. »Außer Kleidung brauchen wir beide etwas zur Tarnung.«

»Wir?«

»McColl hat dich erkannt, das bedeutet, dass er per E-Mail ein Foto von dir bekommen hat.«

»Aber wieso?« Sie schüttelte den Kopf. »Woher hat die CIA gewusst, dass wir zusammen sind?«

»Das hat sie nicht gewusst – zumindest nicht sicher«, erwiderte er. »Ich habe darüber nachgedacht und glaube, dass der einzige Hinweis aus deinem Computer gekommen ist. Als ich ins CIA-Intranet eingedrungen bin, muss ich einen internen Alarm ausgelöst haben.«

»Großer Gott!« Sie schlüpfte in ihren Mantel. »Trotzdem ist's für mich auf der Straße noch immer viel sicherer als für dich.«

»Kennst du ein Geschäft, das Theaterschminke führt?«

»Der Theaterbezirk ist gleich um die Ecke. Ja, ich kann bestimmt eines finden.«

Bourne nahm Notizblock und Kugelschreiber vom Nachttisch und schrieb hastig eine Liste. »Das alles brauchen wir für uns beide«, sagte er. »Ich habe dir auch meine Kragenweite, Schuhgröße und Taillenweite aufgeschrieben. Hast du genug Geld? Ich habe reichlich, aber nur US-Dollar.«

Sie schüttelte den Kopf. »Zu gefährlich. Ich müsste zur Bank gehen und sie in Forint wechseln, und das könnte auffallen. In der Stadt gibt's überall Geldautomaten.«

»Sei vorsichtig!«, sagte er warnend.

»Keine Angst.« Sie warf einen Blick auf seine Liste. »Das kann ein paar Stunden dauern. Bis dahin bleibst du am besten hier im Zimmer.«

Sie fuhr mit dem winzigen ratternden Aufzug hinunter. Die winzige Hotelhalle war bis auf den Portier hinter dem Empfang leer. Er hob den Blick von seiner Tageszeitung, musterte sie gelangweilt und las dann weiter. Sie trat in das geschäftige Budapest hinaus. Die Gegenwart Kevin McColls, die vieles komplizierte, machte sie nervös, aber Stepan beruhigte sie, als sie ihn deswegen anrief. Sie hatte ihn schon bisher auf dem Laufenden gehalten, indem sie ihn jedes Mal aus ihrer Wohnung angerufen hatte, wenn sie in der Küche hatte Wasser laufen lassen.

Als sie sich in den Fußgängerstrom einreihte, sah sie auf ihre Uhr. Kurz nach halb neun. In einem Eckcafé trank sie einen Cappuccino und aß dazu ein Croissant; so gestärkt ging sie zu einem Geldautomaten am Rand des Geschäftsbezirks weiter, zu dem sie unterwegs war. Sie schob ihre Bankkarte hinein, hob den Höchstbetrag ab, steckte das Bündel Geldscheine in ihre Umhängetasche und machte sich mit Bournes Liste in der Hand auf den Weg.

Auf der anderen Seite der Innenstadt betrat Kevin McColl die Filiale der Budapester Bank, bei der Annaka Vadas ihr Konto hatte. Er zeigte seinen Dienstausweis vor und wurde prompt ins Büro des Filialleiters, eines gut gekleideten Mannes in einem sehr gediegenen Anzug, gebeten. Sie schüttelten sich die Hand, dann bot der Bankier McColl mit einer Handbewegung den Besuchersessel vor seinem Schreibtisch an.

Der Filialleiter legte die Fingerspitzen aneinander. »Was kann ich für Sie tun, Mr. McColl?«

»Wir fahnden nach einem internationalen Verbrecher«, begann der Amerikaner.

»Ah, und wieso fahndet Interpol nicht nach ihm?«

»Das tut sie«, sagte McColl, »ebenso wie die Sûreté Nationale in Paris, wo der Flüchtige sich zuletzt aufgehalten hat, bevor er nach Budapest gekommen ist.«

»Und der Name des Gesuchten?«

McColl zog den CIA-Steckbrief aus der Tasche, strich ihn glatt und legte ihn dem Bankier hin.

Der Filialleiter rückte seine Brille zurecht und überflog den Text. »Ah ja, Jason Bourne. Sein Gesicht kenne ich aus CNN.« Er sah über die goldgeränderte Brille hinweg. »Sie nehmen an, dass er in Budapest ist?«

»Er ist eindeutig hier gesehen worden.«

Der andere schob den Steckbrief beiseite. »Und womit kann ich Ihnen behilflich sein?«

»Er ist in Begleitung Ihrer Kundin Annaka Vadas gesehen worden.«

»Tatsächlich?« Der Bankier beugte sich nach vorn. »Ihr Vater ist ermordet worden – vor zwei Tagen erschossen. Glauben Sie, dass der Flüchtige auch ihn auf dem Gewissen hat?«

»Das ist durchaus möglich.« McColl hatte ziemliche Mühe, seine Ungeduld zu beherrschen. »Ich wäre Ihnen dankbar, wenn Sie feststellen könnten, ob Frau Vadas in den vergangenen vierundzwanzig Stunden an einem Automaten Geld abgehoben hat.«

»Ja, ich verstehe.« Der Filialleiter nickte weise. »Der Flüchtige braucht Geld. Er könnte sie gezwungen haben, welches für ihn abzuheben.«

»Genau.« McColl war bereit, jeder Theorie zuzustimmen, wenn der Kerl nur endlich in die Gänge kam.

Der Bankier drehte sich mit dem Stuhl zur Seite und zog seine Computertastatur zu sich heran. »Sehen wir also mal nach. Ah, da haben wir sie schon … Annaka Vadas.« Er schüttelte den Kopf. »Solch eine Tragödie. Und jetzt auch noch das.«

Er starrte auf den Bildschirm, als ein Piepston ertönte. »Sie haben richtig vermutet, Mr. McColl. Annaka Vadas' PIN ist vor weniger als einer halben Stunde an einem Geldautomaten benützt worden.«

»Adresse?«, fragte McColl gespannt nach vorn gebeugt.

Der Filialleiter schrieb sie auf einen Notizzettel, den er McColl gab, der mit einem über die Schulter hingeworfenen »Danke!« aufsprang und hinauseilte.

Unten am Empfang ließ Bourne sich von dem Portier den Weg zum nächsten Internetcafé erklären. Dann ging er die zwölf Straßen weit zum AMI Internet Café im Gebäude 40 Váci utca. Drinnen war es rauchig und laut; Leute saßen an Computerstationen und rauchten, während sie E-Mails lasen, recherchierten oder einfach im Web surften. Bourne bestellte einen doppelten Espresso und ein Butterhörnchen bei einer jungen Frau mit Igelfrisur, die ihm einen Zettel mit Zeitstempel und der Nummer seiner Station gab und ihn zu einem Computer schickte, der bereits ins Internet eingeloggt war.

Er setzte sich hin und begann seine Arbeit. Ins »Suche«-Feld tippte er den Namen von Dr. Schiffers früherem Partner Peter Sido ein, erzielte aber keinen Treffer. Allein das war merkwürdig und verdächtig zugleich. War Sido ein einigermaßen guter Wissenschaftler – was er sein musste, wenn er mit Felix Schiffer zusammengearbeitet hatte –, dann musste sein Name *irgendwo* im Web auftauchen. Dass das nicht der Fall war, legte die Vermutung nahe, dass seine »Abwesenheit« Absicht war. Also würde Bourne es mit einer anderen Route versuchen müssen.

Irgendetwas an dem Namen Sido kam seinem Linguistenverstand bekannt vor. Kam der Name aus dem Russischen? Aus einer anderen slawischen Sprache? Er forschte nach, wurde jedoch nicht fündig. Einer Eingebung folgend wechselte er zu Ungarisch über und fand ihn prompt.

Wie sich herausstellte, bedeuteten ungarische Familiennamen – die im Ungarischen Beinamen hießen – fast immer etwas. Sie konnten zum Beispiel patronymisch sein, also auf dem Namen des Vaters basieren, oder einen Ort bezeichnen, aus dem der Betreffende kam. Der Familienname konnte auch Auskunft über seinen Beruf geben – so bedeutete Vadas beispielsweise »Jäger«. Oder er gab an, *was* jemand war. Sido war das ungarische Wort für »Jude«.

Peter Sido war also Ungar, genau wie Vadas einer gewesen war. Conklin hatte mit Vadas zusammengearbeitet. Zufall? Bourne glaubte nicht an Zufälle. Hier gab es eine Verbindung, das witterte er. Daraus folgte die nächste Überlegung: Die besten Kliniken und Forschungseinrichtungen Ungarns waren in Budapest konzentriert. Konnte Sido hier sein?

Bournes Hände flogen über die Tastatur, um das Budapester Online-Telefonbuch aufzurufen. Und darin fand er einen Dr. Peter Sido. Er notierte sich Telefonnummer und Adresse, meldete sich ab, bezahlte für die am Computer verbrachte Zeit und nahm seinen Espresso und das Hörnchen mit ins eigentliche Café hinüber, in dem er einen Ecktisch für sich allein hatte. Er kostete einen Schluck von dem Espresso, dann klappte er sein Handy auf und wählte Sidos Nummer. Nach dem dritten oder vierten Klingeln meldete sich eine Frauenstimme.

»Hallo«, sagte Bourne betont fröhlich. »Frau Sido?«

»Ja?«

Er trennte wortlos die Verbindung und verschlang das Hörnchen, während er auf das Taxi wartete, das er gerufen hatte. Mit einem Auge überwachte er den Eingang, begutachtete jeden Hereinkommenden und war auf der Hut vor McColl oder einem anderen Agenten, den die Agency womöglich auf ihn angesetzt hatte. Als sein Taxi vorfuhr, trat er mit der Gewissheit, nicht beschattet zu werden, auf die Straße hinaus. Er nannte dem Fahrer Dr. Peter Sidos Adresse und wurde keine zwanzig Minuten später vor einem kleinen, alten Haus mit winzigem Vorgarten, altmodischen Fensterläden und einem schmiedeeisernen Balkon im ersten Stock abgesetzt.

Er ging die Stufen zur Haustür hinauf und klingelte. Die Tür wurde von einer ziemlich rundlichen Frau mittleren Alters mit sanften braunen Augen und freundlichem Lächeln geöffnet. Sie trug ihr braunes Haar zu einem Nackenknoten zusammengefasst und war recht elegant gekleidet.

»Frau Sido? Dr. Peter Sidos Ehefrau?«

»Ganz recht.« Sie musterte ihn fragend. »Sie wünschen?«

»Mein Name ist David Schiffer.«

»Ja?«

Er lächelte gewinnend. »Ich bin Felix Schiffers Cousin, Frau Sido.«

»Tut mir Leid«, sagte Peter Sidos Ehefrau, »aber Felix hat nie von Ihnen gesprochen.«

Darauf war Bourne vorbereitet. Er lachte halblaut. »Das wundert mich nicht. Wir hatten uns aus den Augen verloren, wissen Sie. Ich bin eben erst aus Australien zurückgekommen.«

»Australien! Du liebe Güte!« Sie trat zur Seite. »Aber kommen Sie doch bitte herein. Sie müssen mich für unhöflich halten.«

»Keineswegs«, sagte Bourne. »Nur für überrascht, wie es jeder wäre.«

Sie führte ihn in ein kleines Wohnzimmer, das behaglich, wenn auch etwas dunkel möbliert war, und bat ihn, sich wie zu Hause zu fühlen. Aus der Küche duftete es nach Hefe und Zucker. Als er in einem etwas zu üppig gepolsterten Sessel saß, fragte sie: »Möchten Sie Tee oder Kaffee? Und ein Stück Hefezopf? Den habe ich heute Morgen gebacken.«

»Hefezopf klingt wundervoll«, sagte er. »Und dazu passt am besten Kaffee. Danke.«

Sie lachte, als sie in die Küche hinausging. »Wissen Sie bestimmt, dass Sie kein ungarisches Blut in den Adern haben, Mr. Schiffer?«

»Bitte nennen Sie mich David«, sagte Bourne, als er aufstand und ihr folgte. Da er nichts über Schiffers Familie wusste, musste er improvisieren, wenn die Rede darauf kam. »Kann ich mich irgendwie nützlich machen?«

»Oh, vielen Dank, David. Und Sie müssen mich Eszti nennen.« Sie zeigte auf den frischen Hefezopf auf einem Holzbrett. »Wollen Sie für uns zwei Scheiben abschneiden?«

An der Kühlschranktür sah er mehrere mit Magneten befestigte Familienfotos, von denen eines eine bildhübsche junge Frau zeigte. Sie hielt mit einer Hand ihre Schottenmütze fest, und ihr langes schwarzes Haar wehte im Wind. Hinter ihr war der Londoner Tower zu erkennen.

»Ihre Tochter?«, fragte Bourne.

Eszti Sido sah auf und lächelte. »Ja, Rosa, meine Jüngste. Sie studiert in Cambridge«, sagte sie mit verständlichem Stolz. »Meine beiden anderen Töchter – da sind sie mit ihren Familien – sind glücklich verheiratet, Gott sei Dank. Rosa ist die Einzige, die Ehrgeiz hat.« Sie lächelte schüchtern. »Soll ich Ihnen etwas verraten, David? Ich liebe alle meine Töchter, aber Rosa ist mein Liebling – und Peter empfindet vermutlich auch so. Er sieht etwas von sich in ihr. Sie liebt die Naturwissenschaften.«

Nach einigen geschäftigen Minuten standen Geschirr, eine Kaffeekanne und ein Kuchenteller mit Hefezopf auf dem Tablett, das Bourne ins Wohnzimmer trug.

»Sie sind also Felix' Cousin«, sagte Frau Sido, als sie beide saßen, er im Sessel, sie auf dem Sofa. Zwischen ihnen stand der Couchtisch mit dem Tablett.

»Ja, und ich habe mich schon darauf gefreut, von Felix zu hören«, sagte Bourne, als er ihnen Kaffee einschenkte. »Aber ich kann ihn nicht finden, wissen Sie, und ich dachte … nun, ich habe gehofft, Ihr Mann könnte mir weiterhelfen.«

»Ich glaube nicht, dass er weiß, wo Felix steckt.« Eszti Sido reichte ihm einen Teller mit einem Stück Hefezopf. »Ich will Sie nicht beunruhigen, David, aber in letzter Zeit war Peter ziemlich durcheinander. Obwohl sie lange nicht mehr offiziell zusammengearbeitet hatten, standen sie in letzter Zeit in regem Briefkontakt.« Sie rührte Sahne in ihren Kaffee. »Die beiden waren immer gute Freunde, wissen Sie.«

»Bei dieser Korrespondenz ging es also um private Dinge«, sagte Bourne.

»Nicht unbedingt.« Eszti Sido runzelte die Stirn. »Ich hatte eher den Eindruck, sie habe mit ihrer Arbeit zu tun.«

»Sie wissen nicht zufällig, woran die beiden gearbeitet haben, Eszti? Ich bin schon länger auf der Suche nach meinem Cousin und fange allmählich an, mir Sorgen zu machen. Alles, was Sie oder Ihr Mann mir erzählen könnten, wäre eine große Hilfe für mich.«

»Natürlich, David, das verstehe ich völlig.« Sie biss zierlich ein kleines Stück Hefezopf ab. »Peter würde sich bestimmt freuen, Sie zu sehen. Im Augenblick ist er allerdings im Labor.«

»Sind Sie so freundlich, mir seine Telefonnummer zu geben?«

»Oh, die würde Ihnen nichts nützen. Im Labor geht Peter nie ans Telefon. Sie müssen zur Klinik Eurocenter Bio-I, 75 Hattyu utca, fahren. Dort passieren Sie erst einen Metalldetektor, dann müssen Sie sich am Empfang melden. Die dortige Forschungsarbeit bedingt außergewöhnliche Sicherheitsmaßnahmen. Für seine Abteilung sind spezielle Ausweise vorgeschrieben: weiße für Besucher, grüne für angestellte Ärzte, blaue für Assistenten und sonstige Mitarbeiter.«

»Danke für diese Informationen, Eszti. Darf ich fragen, worauf Ihr Mann spezialisiert ist?«

»Hat Felix Ihnen das nicht erzählt?«

Bourne nahm einen Schluck von dem köstlichen Kaffee. »Wie Sie bestimmt wissen, leidet Felix an Geheimhaltungssucht. Er hat nie mit mir über seine Arbeit gesprochen.«

»Natürlich nicht!« Eszti Sido lachte. »So ist Peter, und das ist mir wegen der beängstigenden Dinge, die er beruflich tut, gerade recht. Wüsste ich mehr darüber, hätte ich bestimmt Albträume. Er ist Epidemiologe, wissen Sie.«

Bournes Herz schien einen Schlag auszusetzen. »Beängstigend, sagen Sie. Dann arbeitet er bestimmt mit allen möglichen grässlichen Krankheitserregern. Argentinisches hämorrhagisches Fieber, Lungenpest, Milzbrand ...«

Eszti Sidos Miene verfinsterte sich. »Meine Güte, meine Güte, bitte!« Sie winkte mit einer rundlichen Hand ab. »Das sind genau die Sachen, mit denen Peter arbeitet, aber von denen will ich nichts wissen.«

»Entschuldigung.« Bourne beugte sich nach vorn und goss ihr Kaffee nach, wofür sie sich erleichtert bedankte.

Sie lehnte sich zurück, nippte an ihrem Kaffee, richtete den Blick nach innen. »Wissen Sie, David, wenn ich darüber nachdenke, fällt mir ein Abend vor nicht allzu langer Zeit ein, an dem Peter sehr aufgeregt nach Hause kam. Tatsächlich war er so aufgeregt, dass er sich ausnahmsweise vergessen und mir etwas erzählt hat. Ich war dabei, das Abendessen zuzubereiten, und er kam ungewöhnlich spät heim, und ich musste mit sechs Dingen gleichzeitig jonglieren ... ein Braten wird leicht trocken, wissen Sie, deshalb hatte ich ihn aus dem Rohr genommen, aber gleich wieder hineingestellt, als Peter heimkam. An diesem Abend war ich ziemlich wütend, das können Sie mir glauben!« Sie trank noch einen Schluck Kaffee. »Wo war ich gleich wieder?«

»Dr. Sido kam ganz aufgeregt nach Hause …«, soufflierte Bourne.

»Ah, ganz recht.« Sie aß wieder ein kleines Stück Hefezopf. »Er habe Kontakt mit Felix gehabt, hat er gesagt, und von ihm erfahren, er habe bei der Entwicklung des … *Dings,* an dem er seit über zwei Jahren arbeitet, einen Durchbruch erzielt.«

Bournes Kehle war wie ausgetrocknet. Eigentlich verrückt, dass das Schicksal der Welt jetzt in den Händen einer Hausfrau lag, mit der er behaglich Kaffee trank und selbst gebackenen Hefezopf aß. »Hat Ihr Mann erzählt, worum es sich dabei gehandelt hat?«

»Natürlich hat er das getan!«, sagte Eszti Sido lebhaft. »Deshalb war er doch so aufgeregt. Es war ein Gerät zum Versprühen biochemischen Materials – ein Diffusor – was immer das sein mag. Nach Peters Darstellung ist das Außergewöhnliche daran, dass er tragbar ist. Er lasse sich in einem Gitarrenkoffer tragen, hat er gesagt.« Ihr freundlicher Blick streifte ihn. »Ist das nicht ein interessantes Bild, wenn's um ein wissenschaftliches Gerät geht?«

»Sehr interessant«, sagte Bourne, dessen Verstand eifrig damit beschäftigt war, weitere Teile des Puzzles zusammenzufügen, das ihm schon mehrmals fast den Tod gebracht hatte.

Er stand auf. »Tut mir Leid, Eszti, aber ich muss weiter. Vielen Dank für Ihre Zeit und Ihre Gastfreundschaft. Alles war köstlich … *besonders* der Hefezopf.«

Sie errötete leicht, dann lächelte sie herzlich, als sie ihn zur Haustür begleitete. »Kommen Sie bald wieder, David – hoffentlich unter glücklicheren Umständen.«

»Bestimmt«, versicherte er ihr.

Auf der Straße blieb er außer Sichtweite des Hauses kurz stehen. Eszti Sidos Informationen hatten seinen Verdacht und seine schlimmsten Befürchtungen bestätigt. Dass Dr. Schiffer ein so gesuchter Mann war, lag daran, dass er tatsächlich ein tragbares Gerät zur Verbreitung chemischer oder biologischer Pathogene entwickelt hatte. In einer Großstadt wie New York oder Moskau konnte es Tausende von Toten geben, weil es keine Möglichkeit gab, die Menschen innerhalb des Wirkungsbereichs der Dispersion zu retten. Eine wahrhaft grausige Vorstellung, die Wirklichkeit werden konnte, wenn es ihm nicht gelang, Dr. Schiffer aufzuspüren. Wenn irgendjemand seinen Aufenthaltsort kannte, dann musste es Peter Sido sein. Allein die Tatsache, dass er in letzter Zeit oft beunruhigt gewirkt hatte, bestätigte diese Theorie.

Zweifellos musste Bourne mit Dr. Peter Sido sprechen – je früher, desto besser.

»Sie wissen hoffentlich, dass Sie damit Schwierigkeiten provozieren«, sagte Fahd al-Sa'ud.

»Das weiß ich«, bestätigte Jamie Hull. »Aber Boris zwingt mich dazu. Sie kennen den Hundesohn so gut wie ich.«

»Erstens«, sagte Fahd al-Sa'ud nüchtern, »kann's keine weitere Diskussion geben, wenn Sie darauf bestehen, ihn Boris zu nennen. Damit stacheln Sie ihn zur Blutrache auf.« Er breitete die Hände aus. »Vielleicht bin ich begriffsstutzig, deshalb möchte ich Sie bitten, mir zu erklären, Mr. Hull, wozu Sie eine Aufgabe, die bereits höchste Anforderungen an uns stellt, weiter komplizieren wollen.«

Die beiden Agenten inspizierten die Alarmanlage des Hotels Oskjuhlid, die sie durch zusätzliche Infrarotsensoren und Bewegungsmelder ergänzt hatten. Diese Überprüfung fand außerhalb der täglichen Sicherheitsinspektion des Kongressforums statt, die sie gemeinsam mit dem Russen als Dreierteam vornahmen.

In gut acht Stunden würden die Vortrupps der jeweiligen Delegationen eintreffen. Zwölf Stunden später folgten dann die Staatsoberhäupter, mit denen das Gipfeltreffen begann. Bis dahin durfte sich keiner von ihnen, auch Boris Iljitsch Karpow nicht, den geringsten Fehler leisten.

»Sie meinen, dass Sie ihn *nicht* für einen Hundesohn halten?«, fragte Hull.

Fahd al-Sa'ud verglich eine Verzweigung mit dem Schaltplan, den er ständig bei sich zu tragen schien. »Ich hatte ehrlich gesagt andere Sorgen.« Als er die Gewissheit hatte, dass die Verzweigung in Ordnung war, ging er weiter.

»Okay, machen wir's kurz.«

Fahd al-Sa'ud wandte sich ihm zu. »Entschuldigung?«

»Ich habe mir überlegt, dass Sie und ich ein gutes Team sind. Wir kommen gut miteinander aus. Und was Sicherheitsfragen betrifft, sind wir auf demselben Stand.«

»Damit meinen Sie, dass ich Ihre Befehle gut ausführe.«

Der CIA-Mann wirkte gekränkt. »Habe ich das gesagt?«

»Mr. Hull, das ist nicht nötig. Wie die meisten Amerikaner sind Sie ziemlich leicht zu durchschauen. Wenn Sie nicht alles unter Kontrolle haben, werden Sie zornig oder verdrießlich.«

Hull fühlte eine Woge von Ressentiments. »Wir sind keine Kinder!«, rief er aus.

»Mag sein«, sagte Fahd al-Sa'ud gleichmütig, »aber manchmal erinnern Sie mich an meinen sechsjährigen Sohn.«

Der Amerikaner hätte am liebsten seine 9-mm-Glock 31 gezogen und ihre Mündung dem Araber ins Gesicht gerammt. Wie kam er dazu, so mit einem Vertreter der US-Regierung zu reden? Das war geradeso, als hätte er auf die Flagge gespuckt, verdammt noch mal! Aber was hätte eine gewalttätige Konfrontation ihm zum jetzigen Zeitpunkt gebracht? Nein, Hull musste sich widerstrebend eingestehen, dass er einen anderen Weg wählen musste.

»Also, was sagen Sie dazu?«, fragte er so ruhig wie möglich.

Fahd al-Sa'ud wirkte ungerührt. »Mir wär's ehrlich gesagt lieber, wenn Mr. Karpow und Sie Ihre Meinungsverschiedenheiten beilegen würden.«

Hull schüttelte den Kopf. »Aussichtslos, mein Freund, das wissen Sie so gut wie ich.«

Leider wusste Fahd al-Sa'ud das nur allzu gut. Hull und Karpow hatten sich in ihre Feindseligkeit verrannt. Bestenfalls konnte man noch hoffen, dass sie sich auf gelegentliche Seitenhiebe beschränken würden, statt ihren Konflikt in einem totalen Krieg auszutragen.

»Ich glaube, ich kann euch beiden am besten dienen, indem ich wie bisher neutral bleibe«, sagte er jetzt. »Wer soll euch Kampfhähne sonst daran hindern, einander in Stücke zu reißen?«

Nachdem Annaka alles eingekauft hatte, was Bourne brauchte, verließ sie das Warenhaus. Auf ihrem Weg zum Theaterbezirk sah sie, in einer Schaufensterscheibe reflektiert, eine Bewegung hinter sich. Sie blieb nicht stehen, kam nicht einmal aus dem Tritt, sondern ging nur etwas langsamer, um sich zu vergewissern, dass sie beschattet wurde. So beiläufig wie möglich überquerte sie die Straße und blieb dann wieder vor einem Schaufenster stehen. In der Scheibe erkannte sie das Spiegelbild Kevin McColls, der anscheinend zu dem Café an der Ecke unterwegs war. Annaka wusste, dass sie ihn abschütteln musste, bevor sie Make-up und Theaterschminke kaufte.

Während sie ihm weiter den Rücken zukehrte, zog sie ihr Handy heraus und wählte Bournes Nummer.

»Jason«, sagte sie leise, »McColl ist hinter mir her.«

»Wo bist du jetzt?«, fragte er.

»Am Anfang der Váci utca.«

»Ich bin ganz in der Nähe.«

»Du solltest doch im Hotel bleiben! Was hast du gemacht?«

»Ich habe eine neue Spur entdeckt«, sagte er.

»Wirklich?« Ihr Herz schlug rascher. War er Stepan auf der Fährte? »Welche?«

»Erst müssen wir McColl ausschalten. Ich möchte, dass du zur Klinik im Haus 75 Hattyu utca fährst. Warte am Empfang auf mich.« Bourne erläuterte ihr genau, was sie tun sollte.

Sie hörte aufmerksam zu, dann fragte sie: »Jason, weißt du bestimmt, dass du das schaffst?«

»Tu einfach, was ich sage«, antwortete er streng, »dann ist alles in Ordnung.«

Sie beendete das Gespräch und rief ein Taxi. Als es kam, stieg sie ein, nannte dem Fahrer die Adresse, die Bourne ihr gegeben hatte, und ließ ihn sie wiederholen. Sie sah sich um, als der Wagen anfuhr, konnte McColl jedoch nicht entdecken, obwohl sie sicher wusste, dass er sie beschattet hatte. Im nächsten Augenblick schlängelte sich jedoch ein klappriger alter Opel durch den Verkehr und setzte sich hinter ihr Taxi. Ein Blick in den rechten Außenspiegel des Taxis zeigte ihr eine vertraute hünenhafte Gestalt am Steuer des Opels, und sie verzog die Lippen zu einem heimlichen Lächeln. Kevin McColl hatte angebissen! Jetzt musste nur noch Bournes Plan funktionieren ...

Stepan Spalko, erst vor kurzem in die Budapester Zentrale von Humanistas, Ltd., zurückgekehrt, hörte gerade den verschlüsselten Funkverkehr der internationalen Geheimdienste ab, um Neues über den Terrorismusgipfel in Reykjavik zu erfahren, als sein Handy klingelte.

»Was gibt's?«, fragte er kurz angebunden.

»Ich bin unterwegs, um mich mit Bourne in der 75 Hattyu utca zu treffen«, sagte Annaka.

Spalko machte kehrt und entfernte sich einige Schritte von seinen Technikern, die an ihren Dechiffrierstationen saßen. »Er lässt dich in die Klinik Eurocenter Bio-I kommen«, sagte er. »Also weiß er von Peter Sido.«

»Er hat von einer neuen Spur gesprochen, wollte sich aber nicht näher dazu äußern.«

»Der Mann ist wirklich umtriebig«, sagte Spalko. »Ich kümmere mich um Sido, aber du darfst Bourne nicht mal in seine Nähe kommen lassen.«

»Das ist mir klar«, bestätigte sie. »Jedenfalls dürfte er zunächst mal mit dem amerikanischen CIA-Agenten beschäftigt sein, der auf ihn angesetzt wurde.«

»Ich will aber nicht, dass Bourne umgelegt wird, Annaka. Dafür ist er mir lebend viel zu wertvoll – zumindest vorläufig.« Spalko ging die sich bietenden Möglichkeiten in Gedanken durch und verwarf eine nach der anderen, bis er wusste, wie der gewünschte Effekt sich erzielen ließ. »Alles Weitere überlässt du mir.«

Annaka nickte in ihrem rasenden Taxi. »Auf mich kannst du dich verlassen, Stepan.«

»Das weiß ich.«

Sie starrte aus dem Fenster, vor dem Budapest vorbeizog. »Ich habe mich noch gar nicht dafür bedankt, dass du meinen Vater beseitigt hast.«

»Das war lange überfällig.«

»Chan glaubt, dass ich wütend bin, weil ein anderer mir zuvorgekommen ist.«

»Hat er Recht?«

Sie hatte plötzlich Tränen in den Augen und wischte sie ziemlich irritiert weg. »Er war mein Vater, Stepan. Was immer er getan hat ... er war trotzdem mein Vater. Er hat mich großgezogen.«

»Mehr schlecht als recht, Annaka. Ein guter Vater war er nie.«

Sie dachte an die Lügen, die sie Bourne ohne die geringsten Gewissensbisse erzählt hatte, an die idealisierte Kindheit, die nur in ihren Träumen existierte. Ihr Vater hatte sie nie gewickelt oder ihr Gutenachtgeschichten vorgelesen; er war nie zur Verleihung von Schul- oder Hochschuldiplomen gekommen, weil er immer auf Reisen gewesen war, und ihre Geburtstage hatte er grundsätzlich vergessen. Eine weitere Träne, auf die sie nicht geachtet hatte, rollte langsam über ihre Wange, und Annaka schmeckte im Mundwinkel Salz, als sei es die Bitterkeit ihrer Erinnerungen.

Sie warf ihren Kopf in den Nacken. »Ein Kind kann seinen Vater anscheinend nie ganz verdammen.«

»Ich meinen schon«, bemerkte Spalko.

»Das war etwas anderes«, sagte sie. »Und außerdem weiß ich, was du für meine Mutter empfunden hast.«

»Ich habe sie geliebt, ja.« Spalko glaubte, wieder Sasa Vadas' Gesicht vor sich zu sehen: die großen leuchtenden Augen, ihren makellosen Teint, die vollen Lippen, wenn ihr zurückhaltendes Lächeln einem bestätigte, dass man ihrem Herzen nahe war. »Sie war völlig einzigartig, ein ganz besonderer Mensch, eine Fürstin, wie schon ihr Name angedeutet hat.«

»Sie hat ebenso zu deiner Familie wie zu meiner gehört«, sagte Annaka. »Sie hat dich völlig durchschaut, Stepan. In ihrem Herzen hat sie die Tragödien nachgefühlt, die du durchlitten hast, ohne dass du ihr jemals davon erzählen musstest.«

»Ich habe lange gewartet, bis ich mich an deinem Vater gerächt habe, Annaka, aber ich hätte es nicht getan, wenn ich nicht gewusst hätte, dass das auch dein Wunsch war.«

Annaka lachte, war wieder ganz die Alte. Das kurze Intermezzo, in dem sie in Gefühlen geschwelgt hatte, widerte sie jetzt an. »Du glaubst doch nicht im Ernst, dass ich dir das abnehme, Stepan?«

»Hör zu, Annaka …«

»Überleg dir bitte, wen du zu beschwatzen versuchst. Ich kenne dich – du hast ihn liquidieren lassen, als du's für nötig gehalten hast. Und du hattest Recht; er hätte Bourne alles erzählt, und Bourne hätte sich sofort mit aller Kraft daran gemacht, dich aufzuspüren. Dass auch ich den Tod meines Vaters wollte, war reiner Zufall.«

»Jetzt unterschätzt du deine Bedeutung für mich.«

»Das mag stimmen oder auch nicht, Stepan, aber mir ist's egal. Ich wüsste nicht, wie man eine emotionale Beziehung aufbaut, selbst wenn ich es wollte.«

Martin Lindros legte die von dem Alten unterzeichnete Vollmacht Randy Driver, dem Direktor der Entwicklungsabteilung für taktische nichttödliche Waffen, persönlich vor. Driver starrte Lindros an, als könnte er ihn dadurch einschüchtern, nahm sie kommentarlos entgegen und ließ sie auf seinen Schreibtisch fallen.

Er stand da wie ein Marineinfanterist: Rücken durchgedrückt, Bauch eingezogen, Muskeln angespannt, als mache er sich zum Kampf bereit. Seine eng stehenden blauen Augen schienen fast zu schielen, so konzentriert war er. In seinem Dienstzimmer mit den weißen Metallwänden hing noch ein schwacher antiseptischer Geruch, als habe Driver es für richtig gehalten, den Raum vor Lindros' angekündigtem Besuch desinfizieren zu lassen.

»Wie ich sehe, haben Sie seit unserem letzten Gespräch fleißig geackert«, sagte er, ohne sein Gegenüber anzusehen. Anscheinend hatte er gemerkt, dass er Lindros nicht allein durch Blicke würde einschüchtern können. Deshalb verlegte er sich jetzt auf verbale Einschüchterung.

»Ich ackere immer fleißig«, sagte Lindros. »Nur haben Sie mir unnütz Arbeit gemacht.«

»Pech für Sie.« Drivers Gesicht knarrte geradezu, so verkrampft war sein Lächeln.

Lindros verlagerte sein Gewicht von einem Fuß auf den anderen. »Wieso betrachten Sie mich als Feind?«

»Vermutlich weil Sie der Feind *sind*.« Driver setzte sich endlich hinter seinen Schreibtisch aus Stahl und Rauchglas. »Oder als was würden Sie jemanden bezeichnen, der herkommt und meinen Hinterhof aufgraben will?«

»Ich ermittle nur wegen …«

»Erzählen Sie mir keinen Scheiß, Lindros!« Driver sprang mit aschfahlem Gesicht auf. »Ich kann eine Hexenjagd aus hundert Schritt Entfernung riechen! Sie sind der Spürhund des Alten. Mich können Sie nicht täuschen. Hier geht's nicht um den Mord an Alex Conklin.«

»Und wie kommen Sie darauf?«

»Weil diese Ermittlungen sich gegen *mich* richten!«

Jetzt war Lindros wirklich interessiert. Weil er merkte, dass Driver ihm eine Chance gegeben hatte, nutzte er sie mit wissendem Lächeln. »Weshalb sollten wir denn gegen Sie ermitteln, Randy?« Er wählte seine Worte sorgfältig, sagte bewusst »wir«, um Driver zu signalisieren, dass er die gesamte Autorität des CIA-Direktors hinter sich hatte, und benützte seinen Vornamen, um ihn zu entnerven.

»Das wissen Sie selbst, verdammt noch mal!«, brauste Driver auf und tappte damit in die Falle, die Lindros ihm gestellt hatte. »Das haben Sie gewusst, als Sie zum ersten Mal hier aufgekreuzt sind. Ich hab's auf Ihrem Gesicht gesehen, als Sie mit Felix Schiffer sprechen wollten.«

»Ich wollte Ihnen Gelegenheit geben, reinen Tisch zu machen, bevor ich zum Direktor gehe.« Lindros machte es Spaß, dem von Driver vorgegebenen Kurs zu folgen, obwohl er keine Ahnung hatte, wohin er führen würde. Andererseits musste er vorsichtig sein. Ein falscher Schachzug, ein einziger Fehler konnte bewirken, dass Driver seine Ahnungslosigkeit bemerkte und wahrscheinlich dichthielt, bis er sich mit seinem Anwalt beraten konnte. »Dafür ist's noch immer nicht zu spät.«

Driver starrte ihn sekundenlang an, bevor er einen Handballen an seine feuchte Stirn drückte. Er sackte leicht zusammen, dann ließ er sich auf seinen Designerstuhl fallen.

»Allmächtiger, ist das ein Schlamassel«, murmelte er. Als habe er einen schweren Körpertreffer einstecken müssen, geriet er ganz außer Atem. Er starrte die Rothko-Drucke an den Wänden an, als könnten sie sich in Türen zu Fluchtwegen verwandeln. Zuletzt, endlich in sein Schicksal ergeben, richtete er seinen Blick wieder auf den Mann, der geduldig vor ihm stand.

Er machte eine Handbewegung. »Setzen Sie sich, Deputy Director.« Seine Stimme klang traurig. Als Lindros Platz genommen hatte, sagte er: »Angefangen hat die Sache mit Alex Conklin. Na ja, alles hat immer mit Alex angefangen, nicht wahr?« Er seufzte, als überwältigten ihn plötzlich wehmütige Erinnerungen. »Vor fast zwei Jahren ist Alex mit einem Vorschlag zu mir gekommen. Er hatte sich mit einem DARPA-Wissenschaftler angefreundet – angeblich nur zufällig, aber offen gesagt hatte Alex Verbindungen zu so vielen Leuten, dass ich bezweifle, dass *irgendwas* in seinem Leben zufällig passiert ist. Ihnen ist inzwischen klar, nehme ich an, dass der bewusste Wissenschaftler Felix Schiffer war.«

Er machte eine kurze Pause. »Ich lechze nach einer Zigarre. Hätten Sie was dagegen?«

»Nur zu«, sagte Lindros knapp. Das war also die Erklärung für den Geruch: Luftverbesserer. Wie alle staatlichen Einrichtungen war auch dieses Gebäude theoretisch rauchfrei.

»Rauchen Sie eine mit?«, fragte Driver. »Sie waren ein Geschenk von Alex.«

Als Lindros dankend abwehrte, zog Driver eine Schublade auf, nahm eine Zigarre aus einem Humidor und begann das umständliche Ritual des Anzündens. Lindros verstand, dass er etwas brauchte, um seine Nerven zu beruhigen. Er sog prüfend die Luft ein, als die erste bläuliche Rauchwolke durch den Raum zog. Eine kubanische Zigarre.

»Alex hat mich aufgesucht«, fuhr Driver fort. »Nein, das stimmt nicht ganz – er hat mich zum Abendessen eingeladen. Er hat mir erzählt, er habe diesen Kerl von der DARPA kennen gelernt. Felix Schiffer. Er kam mit diesen Militärtypen nicht zurecht und suchte einen anderen Job. Würde ich seinem Freund helfen?«

»Und Sie waren einverstanden?«, fragte Lindros. »Einfach so?«

»Natürlich war ich das. General Baker, der DARPA-Chef, hatte uns erst im Vorjahr einen guten Mann abgeworben.« Driver nahm einen Zug von seiner Zigarre. »Rache ist süß.

Ich habe die Chance, es diesem Kommiss-Stiefel Baker zu zeigen, bereitwillig ergriffen.«

Lindros runzelte die Stirn. »Hat Conklin Ihnen bei diesem Abendessen erzählt, woran Schiffer bei der DARPA gearbeitet hat?«

»Klar. Schiffers Fachgebiet war der gezielte Einsatz in der Luft schwebender Bakterien. Er hat an Methoden gearbeitet, mit Krankheitserregern verseuchte Räume zu reinigen.«

Lindros setzte sich auf. »Zum Beispiel mit Milzbranderregern?«

Driver nickte. »Genau.«

»Wie weit war er damit?«

»Bei der DARPA?« Driver zuckte mit den Schultern. »Keine Ahnung.«

»Aber Sie haben sich doch bestimmt über seine bisherige Arbeit informiert, bevor er bei Ihnen eingetreten ist?«

Driver funkelte ihn an, dann tippte er etwas auf seiner Computertastatur ein. Er drehte den Bildschirm zur Seite, damit beide ihn sehen konnten.

Lindros beugte sich nach vorn. »Das kommt mir wie Geschwafel vor, aber ich bin eben kein Wissenschaftler.«

Driver starrte das brennende Ende seiner Zigarre an, als könne er sich jetzt, im Augenblick der Wahrheit, nicht dazu überwinden, Lindros anzusehen. »Es *ist* Geschwafel, mehr oder weniger.«

Lindros erstarrte. »Wie meinen Sie das?«

Driver betrachtete weiter wie fasziniert das Ende seiner Zigarre. »Daran kann Schiffer auf keinen Fall gearbeitet haben, denn es ergibt keinen Sinn.«

Lindros schüttelte den Kopf. »Das verstehe ich nicht.«

Driver seufzte. »Möglicherweise ist Schiffer auf diesem Fachgebiet kein großer Experte.«

Lindros hatte das Gefühl, in seinem Magen bilde sich ein eisiger Klumpen aus Entsetzen. »Es gibt noch eine weitere Möglichkeit, nicht wahr?«

»Nun, jetzt wo Sie's sagen, ja.« Driver fuhr sich mit der Zungenspitze über die Lippen. »Möglich ist auch, dass Schiffer an etwas ganz anderem gearbeitet hat, von dem weder die DARPA noch wir erfahren sollten.«

Lindros war sichtlich konsterniert. »Wieso haben Sie Dr. Schiffer das nicht gefragt?«

»Das täte ich sehr gern«, antwortete Driver. »Das Dumme ist nur, dass ich nicht weiß, wo Felix Schiffer ist.«

»Wenn Sie's nicht wissen«, fragte Lindros aufgebracht, »wer zum Teufel weiß es dann?«

»Alex hat es als Einziger gewusst.«

»Alex Conklin ist tot, verdammt noch mal!« Lindros fuhr hoch, beugte sich nach vorn und schlug Driver die Zigarre aus dem Mund. »Randy, seit wann ist Dr. Schiffer verschwunden?«

Driver schloss die Augen. »Seit sechs Wochen.«

Nun verstand Lindros alles. Dies war der Grund, weshalb Driver bei seinem ersten Besuch so feindselig gewesen war: Er hatte schreckliche Angst gehabt, die Agency wittere seinen unerhörten Verstoß gegen alle Sicherheitsbestimmungen. Jetzt sagte er: »Wie um Himmels willen konnten Sie das bloß zulassen?«

Drivers blaue Augen erwiderten kurz seinen Blick. »Das hat Alex mir eingebrockt. Ich habe ihm vertraut. Wieso auch nicht? Ich kannte ihn seit Jahren – in der Agency war er eine lebende Legende, verdammt noch mal. Und was macht er dann? Er lässt Schiffer verschwinden.«

Driver starrte seine auf dem Boden liegende Zigarre an, als habe sie sich in ein bösartiges Insekt verwandelt. »Er hat mich ausgenützt, Lindros, mich schamlos missbraucht. Schiffer sollte nie in meiner Abteilung arbeiten. Alex wollte nie, dass er zu uns, zur Agency, kam. Er wollte ihn aus der DARPA rausholen, um ihn verschwinden zu lassen.«

»Weshalb?«, fragte Lindros. »Warum wollte er das?«

»Das weiß ich nicht. Bei Gott, ich wollte, ich wüsste es.« Der Schmerz in Drivers Stimme war nicht zu überhören, und Lindros hatte erstmals seit ihrer Bekanntschaft Mitleid mit ihm. Alles, was er jemals über Alexander Conklin gehört hatte, hatte sich als wahr erwiesen. Er war der Meistermanipulator, der Hüter dunkler Geheimnisse, der Agent gewesen, der keinem traute – außer Jason Bourne – seinem Schützling. Lindros fragte sich flüchtig, wie diese unerwartete Wendung sich auf den Alten auswirken würde. Conklin und er waren jahrzehntelang eng befreundet gewesen; sie hatten gemeinsam in der Agency, die ihr Leben war, Karriere gemacht. Sie hatten sich aufeinander verlassen, hatten einander vertraut … und nun dieser bittere Schlag. Conklin hatte gegen praktisch sämtliche Vorschriften der Agency verstoßen, um zu bekommen, was er wollte: Dr. Felix Schiffer. Er hatte nicht nur Randy Driver, sondern die Agency selbst reingelegt. Wie willst du dem Alten das bloß schonend beibringen?, fragte Lindros sich. Aber noch während er das dachte, war ihm bewusst, dass er ein dringenderes Problem zu lösen hatte.

»Conklin hat offenbar gewusst, woran Schiffer wirklich gearbeitet hat, und wollte's haben«, sagte Lindros. »Aber was zum Teufel war das?«

Driver sah ihn ratlos an.

Stepan Spalko stand mitten auf dem Kapisztrán tér, seine Limousine wartete in Rufweite. Über ihm erhob sich der Maria-Magdalenen-Turm, der einzige Überrest einer Franziskanerkirche aus dem 13. Jahrhundert, deren Schiff und

Chor im Zweiten Weltkrieg durch deutsche Bomben zerstört worden waren. Während er wartete, fühlte er einen eisigen Windstoß, der den Saum seines schwarzen Mantels hob und seine Haut berührte.

Spalko sah auf seine Uhr. Sido hatte Verspätung. Er hatte sich längst abgewöhnt, sich unnütz Sorgen zu machen, aber dieses Treffen war so wichtig, dass er doch eine gewisse Besorgnis empfand. Das aus vierundzwanzig Glocken bestehende Glockenspiel auf dem Turm schlug die erste Viertelstunde. Sido hatte *viel* Verspätung.

Spalko beobachtete das Kommen und Gehen der Menge. Er wollte eben gegen alle Regeln für solche Treffen verstoßen und Sido auf dem Handy anrufen, das er ihm gegeben hatte, als er den Wissenschaftler von jenseits des Turms auf sich zuhasten sah. Er hielt etwas in der Hand, das wie der Musterkoffer eines Juweliers aussah.

»Sie kommen spät«, sagte Spalko knapp.

»Ich weiß, aber es ging nicht anders.« Sido fuhr sich mit seinem Mantelärmel über die Stirn. »Ich hatte Mühe, das Produkt aus dem Lager zu holen. Drinnen war Personal beschäftigt, und ich musste warten, bis der Kühlraum wieder leer war, um keinen Verdacht zu …«

»Nicht hier, Doktor!«

Spalko hätte ihm am liebsten einen Kinnhaken verpasst, weil er in der Öffentlichkeit über geschäftliche Dinge sprach. Er packte Sido energisch am Ellbogen und führte ihn fast gewaltsam tiefer in den trostlosen Schatten des recht bedrohlich aufragenden, alten Kirchturms.

»Sie haben vergessen, dass Sie in Gegenwart Außenstehender Ihre Zunge hüten müssen, Peter«, fauchte Spalko. »Wir gehören einer Elite an, Sie und ich. Das habe ich Ihnen ausdrücklich gesagt.«

»Ich weiß«, antwortete Dr. Sido nervös, »aber mir fällt's immer schwer, mich …«

»Mein Geld zu nehmen fällt Ihnen niemals schwer, stimmt's?«

Sido wich seinem Blick aus. »Hier ist das Produkt«, sagte er. »Die bestellte Menge, sogar etwas mehr.« Er hielt Spalko den Musterkoffer hin. »Aber ich wäre Ihnen dankbar, wenn wir die Sache möglichst rasch abwickeln könnten. Ich muss wieder ins Labor. Als Sie angerufen haben, war ich gerade in einer wichtigen Besprechung.«

Spalko schob seine Hand weg. »Behalten Sie's noch, Peter, zumindest für eine kleine Weile.«

Dr. Sidos Brillengläser blitzten. »Aber Sie haben gesagt, dass Sie's jetzt brauchen – sofort. Wie ich Ihnen erklärt habe, lebt das Material nur achtundvierzig Stunden lang, nachdem es im Transportbehälter verpackt ist.«

»Darüber bin ich mir im Klaren.«

»Stepan, das verstehe ich nicht. Ich habe viel riskiert, indem ich's Ihnen während der Arbeitszeit aus der Klinik gebracht habe. Jetzt muss ich dringend zurück, sonst …«

Spalko lächelte und packte Sidos Ellbogen zugleich noch fester. »Sie gehen nicht zurück, Peter.«

»*Was?*«

»Entschuldigung, dass ich das noch nicht früher erwähnt habe, aber … nun, für das Geld, das ich Ihnen zahle, will ich mehr als nur das Produkt. Ich will Sie.«

Der Wissenschaftler schüttelte den Kopf. »Aber das ist unmöglich. Das wissen Sie!«

»Nichts ist unmöglich, Peter.«

»Nun, das schon«, sagte Dr. Sido unnachgiebig.

Mit charmantem Lächeln zog Spalko ein Foto aus der Innentasche seines Mantels. »Wie lautet die Redensart über den Wert eines Bildes gleich wieder?«, fragte er, indem er ihm das Foto in die Hand drückte.

Dr. Sido starrte es zwanghaft schluckend an. »Woher haben Sie diese Aufnahme von meiner Tochter?«

Spalkos Lächeln blieb unverändert. »Einer meiner Leute hat sie gemacht, Peter. Sehen Sie sich das Datum an.«

»Das war gestern.« Ein plötzlicher Krampf erfasste ihn, und er zerriss das Bild in kleine Schnitzel. »Digitalfotos kann man heutzutage raffiniert bearbeiten«, sagte er mit versteinerter Miene.

»Wie wahr«, sagte Spalko. »Aber ich versichere Ihnen, dass dieses nicht bearbeitet ist.«

»Lügner! Ich gehe jetzt!«, sagte Dr. Sido. »Lassen Sie mich los.«

Spalko befolgte seine Aufforderung, aber als Sido sich entfernen wollte, fragte er: »Sie sollten mit Rosa sprechen, Peter ...« Er hielt ihm ein Handy hin. »Gleich jetzt, meine ich.«

Dr. Sido blieb wie angenagelt stehen. Dann drehte er sich langsam nach Spalko um. Sein Gesicht war dunkel vor Zorn und kaum unterdrückter Angst. »Sie haben gesagt, Sie seien ein Freund von Felix. Ich dachte, Sie wären *mein* Freund.«

Spalko hielt ihm weiter das Handy hin. »Rosa möchte Sie dringend sprechen. Wenn Sie jetzt weggehen ...« Er zuckte mit den Schultern. Sein Schweigen war eine offene Drohung.

Sido kam langsam, mit schwerem Schritt zurück. Er nahm das Telefon mit der freien Hand entgegen, hielt es an sein Ohr. Sein Herz hämmerte so laut, dass er kaum einen klaren Gedanken fassen konnte. »Rosa?«

»Vati? Vati! Wo bin ich? Was ist passiert?«

Die Panik in der Stimme seiner Tochter durchbohrte Sido wie eine glühende Klinge. Er konnte sich nicht entsinnen, jemals solche Angst empfunden zu haben.

»Liebling, was ist mit dir?«

»Männer sind in mein Zimmer gekommen, sie haben mich verschleppt, ich weiß nicht, wohin, sie haben mir eine Kapuze über den Kopf gestülpt, sie ...«

»Das reicht«, entschied Spalko und nahm dem Wissenschaftler das Handy aus den kraftlosen Fingern. Er trennte die Verbindung und steckte das Handy ein.

»Was haben Sie ihr angetan?« Dr. Sidos Stimme zitterte von der Gewalt der Emotionen, die ihn durchfluteten.

»Noch nichts«, sagte Spalko leichthin. »Und ihr passiert auch nichts, Peter, solange Sie mir gehorchen.«

Dr. Sido schluckte, als Spalko wieder von ihm Besitz ergriff. »Wohin ... wohin bringen Sie mich?«

»Wir machen eine kleine Reise«, sagte Spalko, während er ihn zu der wartenden Limousine führte. »Stellen Sie sich einfach vor, Sie machten Urlaub, Peter. Einen wohl verdienten Urlaub.«

Kapitel *vierundzwanzig*

Die Klinik Eurocenter Bio-I befand sich in einem modernen Gebäude mit bleigrauer Steinfassade. Bourne betrat sie mit dem flotten, selbstbewussten Schritt eines Mannes, der weiß, wohin er unterwegs ist und warum.

Das Innere der Klinik sprach von Geld, von viel Geld. Das Foyer war in Marmor gehalten. Zwischen klassizistischen Säulen standen Bronzestatuen. In die Wände waren bogenförmige Nischen eingelassen, in denen Büsten von historischen Halbgöttern aus Biologie, Chemie, Mikrobiologie und Epidemiologie aufgestellt waren. In dieser friedlichen, luxuriösen Umgebung fiel der hässliche Metalldetektor besonders störend auf. Hinter der skelettartigen Struktur stand die hohe Theke der Rezeption, die mit drei gestresst wirkenden Empfangsdamen besetzt war.

Bourne passierte den Metalldetektor ohne Zwischenfall, weil das Gerät seine Keramikpistole nicht erfasste. An der Rezeption kam er sofort zur Sache.

»Alexander Conklin. Ich möchte zu Dr. Peter Sido«, sagte er so forsch, dass es fast wie ein Befehl klang.

»Ihren Ausweis bitte, Mr. Conklin«, sagte eine der Empfangsdamen, die unwillkürlich auf seinen Tonfall reagierte und sich etwas aufrechter hinsetzte.

Bourne legte ihr seinen falschen Pass hin, dessen Foto die Empfangsdame kurz mit seinem Gesicht verglich, um seine Identität zu prüfen, bevor sie ihn Bourne zurückreichte. Dann gab sie ihm einen weißen Besucherausweis. »Den tragen Sie bitte ständig, Mr. Conklin.« Bournes Tonfall und Benehmen waren so selbstsicher, dass sie gar nicht fragte, ob Sido ihn erwartete, sondern voraussetzte, »Mr. Conklin« habe einen Termin bei Dr. Sido. Sie erklärte dem neuen Besucher, wohin er gehen musste, und Bourne machte sich auf den Weg.

»Für seine Abteilung sind spezielle Ausweise vorgeschrieben: weiße für Besucher, grüne für angestellte Ärzte, blaue für Assistenten und sonstige Mitarbeiter«, hatte Eszti Sido ihm erzählt, deshalb musste er nun als Erstes versuchen, einen geeigneten Angestellten zu finden.

Auf dem Weg zur Abteilung Epidemiologie begegnete er vier Männern, von denen jedoch keiner dem richtigen Typus entsprach. Er brauchte jemanden ungefähr in seiner Größe.

Unterwegs öffnete er jede Tür, die nicht in ein Büro oder Labor führte, und hielt Ausschau nach einem Lagerraum oder dergleichen, in den das Klinikpersonal nicht oft kommen würde. Das Reinigungspersonal machte ihm keine Sorgen, weil es vermutlich erst abends anrücken würde.

Endlich sah er einen Mann in der richtigen Größe und mit dem richtigen Gewicht auf sich zukommen. An seinem weißen Labormantel trug er einen grünen Dienstausweis, der ihn als Dr. Lenz Morintz identifizierte.

»Entschuldigung, Dr. Morintz«, sagte Bourne verlegen lächelnd. »Könnten Sie mir erklären, wie ich zur Abteilung Mikrobiologie komme? Ich habe mich verlaufen, fürchte ich.«

»Das haben Sie allerdings«, sagte Dr. Morintz. »Hier kommen Sie geradewegs zur Abteilung Epidemiologie.«

»Du liebe Güte«, sagte Bourne. »Da habe ich mich wirklich verlaufen.«

»Keine Sorge«, sagte Dr. Morintz. »Ich erkläre Ihnen, wie Sie gehen müssen.«

Als der Bakteriologe sich umdrehte, um Bourne den Weg zu zeigen, traf ihn ein Handkantenschlag, der ihn zusammenklappen ließ. Bourne fing ihn auf, bevor er den Boden berührte. Indem er ihn mehr oder weniger aufrichtete und halb trug, schleppte er Dr. Morintz in den nächsten Lagerraum zurück und ignorierte dabei den brennenden Schmerz in seinen gebrochenen Rippen.

Drinnen machte Bourne Licht, schlüpfte aus seiner Lederjacke und stopfte sie in ein Regal. Dann zog er Dr. Morintz den Labormantel mitsamt dem daran befestigten Dienstausweis aus. Mit dem hier lagernden Verbandmaterial fesselte er dem Doktor die Beine, band ihm die Hände auf dem Rücken zusammen und klebte ihm den Mund mit einem Streifen Heftpflaster zu. Dann schleppte er den Bewusstlosen in eine Ecke und verstaute ihn hinter einigen großen Kartons. Nach einem abschließenden Blick in die Runde ging er zur Tür zurück, machte das Licht aus und trat auf den Korridor hinaus.

Nach ihrer Ankunft vor der Klinik Eurocenter Bio-I blieb Annaka noch einige Zeit im Taxi sitzen, während der Fahrpreisanzeiger weitertickte. Stepan hatte keinen Zweifel daran gelassen, dass sie in die Endphase des Unternehmens eintraten. Jede Entscheidung, die sie trafen, jeder Schachzug, den sie machten, war ungeheuer wichtig. Jeder Fehler konnte jetzt eine Katastrophe auslösen. Bourne oder Chan. Sie wusste nicht, wer bedrohlicher war, wer die größere Gefahr verkörperte. Bourne war der Stabilere von den beiden, aber Chan kannte keinerlei Schuldgefühle. Seine Ähnlichkeit mit ihr war eine Ironie des Schicksals, die sie auf keinen Fall ignorieren durfte.

Und trotzdem war ihr in letzter Zeit aufgefallen, dass es zwischen ihnen größere Unterschiede gab, als sie früher angenommen hätte. Zum einen hatte er's nicht über sich gebracht, Jason Bourne zu liquidieren, obwohl er behauptet hatte, das sei sein sehnlichster Wunsch. Und zum anderen hatte er sie ebenso verblüfft, als er in ihrem Škoda schwach geworden war und sich über ihren Nacken gebeugt hatte, um ihn zu küssen.

Seit sie ihn damals verlassen hatte, hatte sie sich gefragt, ob er sie vielleicht wirklich geliebt hatte. Jetzt wusste sie's. Chan konnte Gefühle empfinden; war der Anreiz stark genug, konnte er emotionale Bindungen entwickeln. Das hätte sie ihm ehrlich gesagt nicht zugetraut – nicht angesichts seiner Vergangenheit.

»Fräulein?« Die Stimme des Taxifahrers störte ihre Überlegungen. »Warten Sie hier auf jemand? Oder soll ich Sie woanders hinfahren?«

Annaka beugte sich nach vorn und drückte ihm ein paar Geldscheine in die Hand. »Danke, ich steige hier aus.«

Trotzdem blieb sie noch sitzen, sah sich um und fragte sich, wo Kevin McColl sein mochte. Stepan, der ungefährdet in seinem Büro in der Humanistas-Zentrale saß, hatte gut reden, wenn er sie aufforderte, sich keine Sorgen wegen des CIA-Agenten zu machen. Aber sie hatte es im Einsatz mit einem fähigen und gefährlichen Attentäter und dem schwer verwundeten Mann zu tun, den zu liquidieren er entschlossen war. Sobald die Knallerei anfing, würde *sie* direkt in der Schusslinie stehen.

Als sie schließlich ausstieg, veranlasste ihre Unruhe sie dazu, sich angstvoll nach dem klapprigen alten Opel umzusehen, bevor sie sich zusammenriss und mit irritiertem Kopfschütteln das Klinikfoyer betrat.

Drinnen fand sie alles genauso vor, wie Bourne es ihr beschrieben hatte. Sie fragte sich, wie er diese Informationen in so erstaunlich kurzer Zeit hatte beschaffen können. Eines musste man Bourne lassen: In dieser Hinsicht war er ein Meister.

Nachdem sie den Metalldetektor passiert hatte, wurde sie angehalten und gebeten, ihre Umhängetasche zu öffnen, damit ein Sicherheitsbeamter einen Blick hineinwerfen konnte. Sie hielt sich peinlich genau an Bournes Anweisungen, trat an die mit Marmor verkleidete Rezeption und lächelte einer der drei Empfangsdamen zu, die gerade lange genug aufsah, um ihre Anwesenheit zur Kenntnis zu nehmen.

»Mein Name ist Annaka Vadas«, sagte sie. »Ich warte auf einen Bekannten.«

Die Empfangsdame nickte und konzentrierte sich wieder auf ihre Arbeit. Ihre beiden Kolleginnen telefonierten oder gaben vor Bildschirmen Daten ein. Dann klingelte ein weiteres Telefon, und die Frau, die Annaka zugelächelt hatte, nahm den Hörer ab, sprach kurz mit jemandem und winkte sie dann zu ihrer Verblüffung zu sich heran.

Als Annaka wieder an die Theke trat, sagte die Empfangsdame: »Frau Vadas, Dr. Morintz erwartet Sie.« Nach einem flüchtigen Blick auf ihren Personalausweis gab sie ihr einen weißen Besucherausweis. »Den tragen Sie bitte ständig, Frau Vadas. Der Doktor erwartet Sie in seinem Labor.«

Sie erklärte ihr, wie sie gehen musste, und Annaka folgte noch immer staunend einem Korridor. An der ersten Einmündung bog sie links ab und wäre fast mit einem Mann in einem weißen Labormantel zusammengestoßen.

»Oh, Entschuldigung! Ich habe ...« Sie sah auf und blickte in Jason Bournes Gesicht. An seinem Labormantel hing ein auf den Namen Dr. Lenz Morintz ausgestellter grüner

Ausweis. Annaka begann zu lachen. »Oh, ich verstehe, freut mich, Ihre Bekanntschaft zu machen, Dr. Morintz.« Sie kniff die Augen zusammen. »Auch wenn Sie Ihrem Foto nicht besonders ähnlich sehen.«

»Du kennst ja diese billigen Kameras«, sagte Bourne, fasste sie am Ellbogen und führte sie zu der Ecke zurück, um die sie gerade gekommen war. »Auf diesen Fotos sieht man immer aus wie ein Ölgötze.« Er spähte um die Ecke. »Ah, da kommt die CIA, pünktlich nach Plan.«

Annaka beobachtete, wie Kevin McColl einer der Empfangsdamen seinen Dienstausweis vorlegte. »Wie hat er seinen Revolver durch den Metalldetektor gebracht?«

»Gar nicht«, sagte Bourne. »Weshalb hätte ich dich sonst herbestellt?«

Sie sah ihn verblüfft und bewundernd an. »Eine Falle! McColl ist unbewaffnet hier.« Er war wirklich verdammt clever, und diese Erkenntnis machte sie ein wenig besorgt. Hoffentlich wusste Stepan, was er tat.

»Hör zu, ich habe rausbekommen, dass Peter Sido, Schiffers ehemaliger Partner, hier arbeitet. Wenn jemand Schiffer kennt, dann ist's Sido. Wir müssen mit ihm reden, aber zuvor müssen wir McColl endgültig ausschalten. Bist du bereit?«

Annaka sah nochmals zu McColl hinüber, erschauderte und nickte dann zustimmend.

Chan hatte den klapprigen grünen Opel mit einem Taxi verfolgt; seinen gemieteten Škoda, der vielleicht bekannt war, hatte er dafür nicht benützen wollen. Er wartete, bis Kevin McColl geparkt hatte, dann ließ er das Taxi an ihm vorbeifahren, und als der CIA-Agent ausstieg, entlohnte Chan den Taxifahrer und folgte McColl zu Fuß.

Als er am Vorabend McColl beschattet hatte, nachdem dieser aus Annakas Haus geflüchtet war, hatte er Ethan Hearn angerufen und ihm das Kennzeichen des grünen Opels durchgegeben. Hearn hatte ihm innerhalb einer Stunde Namen und Anschrift des hiesigen Billig-Autoverleihs beschafft, von dem der Amerikaner den Opel hatte. Als angeblicher Ermittler von Interpol hatte Chan sich von einer leicht eingeschüchterten Angestellten des Autoverleihs Namen und Heimatanschrift ihres Mieters geben lassen. McColl hatte keine Budapester Adresse angegeben, aber mit typisch amerikanischer Arroganz seinen richtigen Namen benützt. So war es für Chan einfach gewesen, eine weitere Nummer anzurufen, worauf sein Kontaktmann in Berlin den Namen McColl im Computer eingegeben und den Amerikaner als CIA-Agenten enttarnt hatte.

Vor ihm bog McColl auf die Hattyu utca ab und betrat das Gebäude mit der Nummer 75: einen modernen grauen Steinbau, der stark an eine mittelalterliche Festung erinnerte. Zum Glück wartete Chan noch etwas, wie er's gewöhnlich tat, denn im nächsten Augenblick kam McColl schon wieder heraus. Chan beobachtete neugierig, wie er an die Müllbehälter im Durchgang zum Nachbarhaus trat. Nachdem er sich mit einem raschen Blick in die Runde davon überzeugt hatte, dass anscheinend niemand auf ihn achtete, zog er seinen Revolver und verbarg ihn sorgfältig in einem der Behälter.

Chan wartete, bis der Amerikaner wieder hineingegangen war; dann setzte er seinen Weg fort und trat durch die Drehtür aus Stahl und Glas in die Eingangshalle des Gebäudes. Dort beobachtete er, wie McColl mit seinem CIA-Dienstausweis Eindruck zu schinden versuchte. Ein Blick auf den Metalldetektor erklärte, weshalb McColl seinen Revolver draußen deponiert hatte. Rein zufällig – oder weil Bourne ihm diese Falle gestellt hatte? Das hätte Chan an seiner Stelle getan.

Nachdem McColl einen Besucherausweis erhalten hatte und in einem Korridor verschwunden war, ging Chan durch den Metalldetektor und zeigte seinen Interpol-Ausweis vor, den er sich in Paris besorgt hatte. Das beunruhigte die Empfangsdame natürlich, zumal gerade erst ein CIA-Agent vor ihr gestanden hatte, und sie überlegte laut, ob sie den Sicherheitsdienst der Klinik alarmieren oder die Polizei anrufen solle, aber Chan versicherte ihr gelassen, sie ermittelten wegen derselben Sache und seien nur zu Befragungen hier. Jede Behinderung ihrer Ermittlungen, warnte er sie streng, könne zu unvorhersehbaren Komplikationen führen, die sie bestimmt nicht wünsche. Sie nickte weiter leicht nervös, gab ihm seinen Besucherausweis und winkte ihn durch.

McColl sah Annaka Vadas vor sich und wusste, dass Bourne irgendwo in der Nähe sein musste. Obwohl er zu wissen glaubte, dass sie ihn nicht bemerkt hatte, tastete er für alle Fälle nach dem Kunststoffquadrat an seinem Uhrarmband. Die kleine Box enthielt eine aufgespulte dünne Nylonschnur mit hoher Reißfestigkeit. McColl hätte Bourne lieber mit einem Schuss liquidiert, weil das ein schnelles und sauberes Verfahren war. Kein Mensch, selbst wenn er noch so stark war, konnte eine gut platzierte Kugel ins Herz oder ins Gehirn überleben. Andere Methoden, die auf Überraschung und brutaler Gewalt basierten und zu denen er sich wegen des Metalldetektors gezwungen sah, dauerten länger und waren oft nicht gerade sauber. Das erhöhte Risiko war ihm ebenso bewusst wie die Möglichkeit, dass er auch Annaka Vadas würde beseitigen müssen. Bei diesem Gedanken empfand

McColl allerdings ein gewisses Bedauern. Die junge Frau war attraktiv und sexy; es ging ihm gegen den Strich, eine Schönheit wie sie zu liquidieren.

Er beobachtete jetzt, wie sie ohne Zweifel zu einem Treff mit Jason Bourne unterwegs war; für ihre Anwesenheit in diesem Gebäude konnte er sich keinen anderen Grund denken. Er blieb in Sichtweite hinter ihr und tippte mit der Fingerspitze auf die Kunststoffbox an der Innenseite seines linken Handgelenks, während er auf seine Chance wartete.

Aus seinem Versteck in einem Lagerraum sah Bourne Annaka an sich vorbeigehen. Sie wusste genau, wo er war, aber zu ihrer Ehre drehte sie den Kopf nicht im Geringsten in seine Richtung, als sie an der Tür vorbeikam. Sein scharfes Gehör vernahm McColls Schritt bereits, bevor er auftauchte. Jeder Mensch hatte einen bestimmten Gang, eine Art, sich zu bewegen, die charakteristisch war, wenn sie nicht bewusst verändert wurde. McColls Schritt war schwer, solide und bedrohlich, zweifellos der Schritt eines professionellen Menschenjägers.

Hier hing alles von der Wahl des richtigen Zeitpunkts ab, das wusste Bourne. Bewegte er sich zu früh, würde McColl ihn sehen und reagieren, wodurch das Überraschungsmoment verloren war. Wartete er zu lange, würde er mehrere Schritte machen müssen, um ihn einzuholen, und dabei riskieren, dass McColl ihn hörte. Aber Bourne kannte jetzt McColls Schritt und konnte so berechnen, wann der CIA-Killer genau den richtigen Punkt erreichen würde. Er verdrängte seine Schmerzen, die vor allem von den gebrochenen Rippen kamen, aus seinem Bewusstsein. Wie sehr sie ihn behindern würden, konnte er nicht im Voraus wissen, aber er war zuversichtlich, dass der von Dr. Ambrus angelegte Dachziegelverband die gebrochenen Rippen schützen würde.

Nun tauchte Kevin McColl auf: massig und gefährlich. Als der Agent an der einen Spalt weit geöffneten Tür des Lagerraums vorbeiging, sprang Bourne heraus und traf seine rechte Niere mit einem beidhändig geführten schweren Schlag. Der Körper des Amerikaners sackte Bourne entgegen, er packte McColl und wollte ihn in den Lagerraum zerren.

Aber McColl warf sich mit schmerzverzerrtem Gesicht herum und ließ eine gewaltige Faust gegen Bournes Brust krachen. Als Bourne, der vor Schmerzen Sterne vor den Augen sah, zurücktaumelte, zog McColl die Nylonschnur heraus und stürzte sich auf ihn, um Bourne mit der Schlinge zu erwürgen. Bourne brachte zwei wuchtige Handkantenschläge an, die für McColl sehr schmerzhaft sein mussten. Trotzdem kam er mit blutunterlaufenen Augen und grimmiger Entschlossenheit weiter auf ihn zu. Er schlang die Nylonschnur um Bournes Hals und zog sie ruckartig so fest zu, dass Bourne im ersten Augenblick hochgerissen wurde.

Bourne rang nach Atem, was McColl nur Gelegenheit gab, die Schlinge noch enger zu ziehen. Dann erkannte Bourne jedoch seinen Fehler. Er hörte auf, sich Sorgen wegen seiner Atmung zu machen, und konzentrierte sich darauf, sich zu befreien. Er riss ein Knie hoch, rammte es dem Angreifer zwischen die Beine. Als McColl nach Luft schnappte, lockerte sein Griff sich für einen Augenblick so weit, dass Bourne zwei Finger zwischen die Nylonschnur und das Fleisch seines Halses schieben konnte.

McColl war jedoch ein bulliger Mann, der sich schneller erholte, als Bourne sich hätte vorstellen können. Er grunzte wütend, legte seine gesamte Kraft in seine Arme und zog die Nylonschlinge ruckartig noch fester zu. Aber Bourne hatte den Vorteil gewonnen, den er brauchte, und seine beiden Finger krümmten sich zu einer Drehbewegung, als die Schnur sich straffte, und zerrissen sie, genau wie ein Fisch mit einem Sprung einen Ruck erzeugen kann, der die Angelleine zum Reißen bringt.

Bourne gebrauchte die Hand, die an seinem Hals gelegen hatte, zu einem Schlag nach schräg oben, der McColl unter dem Kinn traf. Der nach hinten schnappende Kopf des Agenten knallte an den Türrahmen, aber als Bourne nachsetzte, benützte McColl seine Ellbogen, um ihn in den Lagerraum kreiseln zu lassen. McColl war sofort hinter ihm her, griff sich ein Schneidmesser, das auf einem unausgepackten Karton lag, und schwang es. Die herabsausende scharfe Klinge zerschnitt Bournes Labormantel. Obwohl er mit einem Satz zurücksprang, schlitzte ihm der nächste Angriff so das Hemd auf, dass der Verband um seinen Brustkorb sichtbar wurde.

Ein triumphierendes Grinsen überflog McColls Gesicht. Er erkannte eine verwundbare Stelle, wenn er eine sah, und konzentrierte sich sofort darauf. Indem er das Schneidmesser in die linke Hand nahm, täuschte er einen Angriff damit vor und traf Bournes Brustkorb dann mit einer wuchtigen rechten Geraden. Darauf war Bourne jedoch gefasst, und er konnte den Boxhieb mit dem Unterarm abblocken.

Nun sah McColl eine Lücke in seiner Deckung und schwang das Schneidmesser, um Bourne den ungeschützten Hals aufzuschlitzen.

Als hinter ihr die ersten Kampfgeräusche laut wurden, hatte Annaka sich umgedreht, aber zwei Ärzte gesehen, die auf die Einmündung des Korridors zukamen, auf dem Bourne und McColl miteinander rangen. Sie trat sofort zwischen die

Kämpfenden und die Ärzte und bombardierte die Ärzte mit Fragen, bis sie mit irritierten Mienen an der Einmündung vorbei waren.

Annaka trennte sich möglichst rasch von den beiden, hastete zurück und erfasste unterwegs mit einem Blick, dass Bourne zu unterliegen drohte. Weil sie sich an Stepans Ermahnung erinnerte, Bourne unbedingt am Leben zu erhalten, rannte sie den Korridor entlang. Bis sie eintraf, waren die Kämpfenden bereits in den Lagerraum getorkelt. Sie stürmte gerade rechtzeitig durch die offene Tür, um McColls mörderischen Angriff auf Bournes Hals zu sehen.

Sie warf sich auf ihn und brachte ihn genug aus dem Gleichgewicht, dass die im Licht der Deckenbeleuchtung blitzende Klinge des Schneidmessers Bournes Hals verfehlte und Funken sprühend den Stahlrahmen eines Lagerregals traf. McColl nahm sie jetzt aus dem Augenwinkel heraus wahr. Er warf sich herum, riss den angewinkelten linken Ellbogen hoch und rammte ihn ihr an die Kehle.

Annaka griff sich reflexartig an den Hals, als sie würgend auf die Knie sank. McColl holte aus, um mit dem Schneidmesser über sie herzufallen. Bourne hielt noch immer die Nylonschnur in einer Hand und warf sie McColl von hinten um den Hals.

McColl taumelte rückwärts, aber statt sich an die Kehle zu greifen, rammte er einen Ellbogen gegen Bournes gebrochene Rippen. Obwohl Bourne wieder Sterne vor den Augen sah, ließ er nicht locker, schleifte McColl allmählich von Annaka weg und hörte seine Absätze über die Fliesen scharren, während McColl mit stetig wachsender Verzweiflung weiter seine Rippen bearbeitete.

Dem Agenten stieg das Blut zu Kopf, seine Halssehnen traten wie gestraffte Seile hervor, und wenig später begannen seine Augen, aus den Höhlen zu quellen. Kleine Blutgefäße in Nase und Gesicht platzten, und die hochgezogenen Lippen ließen blasses Zahnfleisch sehen. Die geschwollene Zunge hing ihm aus dem weit aufgerissenen Mund … und trotzdem besaß er noch die Kraft zu einem letzten Schlag gegen Bournes Rippen. Bourne fuhr heftig zusammen, und sein Griff lockerte sich etwas, sodass McColl wieder auf die Beine kam.

In diesem Augenblick war Annaka so leichtsinnig, ihn in den Magen zu treten. McColl bekam das erhobene Bein zu fassen, ruckte gewaltig daran und riss sie an sich. Er schlang den linken Arm von hinten um ihren Hals, legte die Handkante seiner Rechten seitlich an ihren Kopf. Er war drauf und dran, ihr das Genick zu brechen.

Chan, der dies alles aus einem abgedunkelten kleinen Büro schräg gegenüber der offenen Tür des Lagerraums beobachtete, sah jetzt, wie Bourne in seiner Verzweiflung die Nylonschnur losließ, die er so geschickt um McColls Hals geworfen hatte. Er knallte den Kopf des Attentäters gegen das Regal, dann rammte er ihm einen Daumen ins linke Auge.

Als McColl aufschreien wollte, hatte er plötzlich Bournes Unterarm zwischen den Zähnen, sodass der Aufschrei zu einem Gurgeln wurde, das in ihm erstarb. Er schlug und trat weiter um sich, wollte nicht sterben, ja nicht einmal zu Boden gehen. Bourne zog seine Keramikpistole, traf mit dem Griff die empfindliche Stelle hinter McColls rechtem Ohr. Der Agent lag jetzt auf den Knien, schüttelte den Kopf und hielt beide Hände fest auf sein auslaufendes Auge gedrückt. Aber das war nur eine Kriegslist. Er gebrauchte seine Hände, um Annaka zu Fall zu bringen, sie zu sich herabzureißen.

Die Mörderhände packten sie, und Bourne, dem keine andere Möglichkeit mehr blieb, drückte ihm die Pistolenmündung in den Nacken und betätigte den Abzug.

Der Schuss knallte nicht sehr laut, aber das Loch in McColls Nacken war eindrucksvoll. Selbst im Tod hielt er Annaka weiter umklammert, sodass Bourne die Pistole einstecken und seine Finger einzeln aufbiegen musste.

Bourne bückte sich und zog Annaka hoch, aber Chan beobachtete seine Grimasse, sah die an seine Seite gepresste Hand. Seine Rippen ... Waren sie geprellt, gebrochen oder irgendwas dazwischen?, fragte er sich.

Chan trat in den Schatten des leeren Büros zurück. Diese Verletzung hatte er ihm beigebracht. Er konnte sich noch sehr lebhaft an die Kraft erinnern, die er in diesen Schlag gelegt hatte, an das Gefühl in seiner Faust, als sie getroffen hatte, und an eine Art Stromstoß, der ihn, wie von Bourne kommend, durchzuckt hatte. Aber seltsamerweise war die erwartete heiße Befriedigung ganz ausgeblieben. Stattdessen hatte er bewundern müssen, mit welcher Kraft und Zähigkeit dieser Mann durchgehalten, wie er den Titanenkampf mit McColl fortgesetzt hatte, obwohl sein Gegner unaufhörlich auf seine verwundbarste Stelle getrommelt hatte.

Wieso denkst du diese Gedanken überhaupt?, fragte er sich wütend. Bourne hatte ihn stets nur abgewiesen. Obwohl die Beweise unwiderlegbar waren, weigerte er sich strikt, Chan als seinen Sohn anzuerkennen. Was sagte das über ihn? Aus irgendwelchen Gründen zog er es vor, hartnäckig zu glauben, sein Sohn sei tot. Bedeutete das nicht, dass er ihn von Anfang an nicht hatte haben wollen?

»Die Delegationen sind vor ein paar Stunden eingetroffen«, berichtete Jamie Hull dem CIA-Direktor über die abhörsichere Videoverbindung. »Wir haben sie gründlich eingewiesen. Jetzt fehlen nur noch die Hauptdarsteller.«

»Der Präsident ist schon in der Luft«, sagte der Direktor, indem er Martin Lindros mit einer Handbewegung aufforderte, Platz zu nehmen. »In ungefähr fünf Stunden und zwanzig Minuten betritt der Präsident der Vereinigten Staaten isländischen Boden. Ich kann bloß hoffen, dass Sie für ihn bereit sind.«

»Hundertprozentig, Sir. Das sind wir alle.«

»Ausgezeichnet.« Aber sein Stirnrunzeln verstärkte sich, als er einen Blick auf die Notizen auf seinem Schreibtisch warf. »Wie kommen Sie nach neuestem Stand mit dem Genossen Karpow zurecht?«

»Keine Sorge«, sagte Hull. »Die Situation mit Boris habe ich unter Kontrolle.«

»Das beruhigt mich. Das Verhältnis zwischen dem Präsidenten und seinem russischen Amtskollegen ist schon gespannt genug. Sie machen sich keinen Begriff davon, was es an Blut, Schweiß und Tränen gekostet hat, Alexander Jewtuschenko an den Verhandlungstisch zu locken. Können Sie sich seinen Wutanfall vorstellen, wenn er hört, dass sein oberster Sicherheitsexperte und Sie drauf und dran sind, einander an die Gurgel zu gehen?«

»Dazu kommt's nicht, Sir.«

»Das will ich schwer hoffen«, knurrte der Alte. »Halten Sie mich auf dem Laufenden – vierundzwanzig Stunden am Tag, sieben Tage die Woche.«

»Wird gemacht, Sir«, versicherte Hull und beendete die Verbindung.

Der CIA-Direktor drehte sich halb um, fuhr sich mit einer Hand durch seine schlohweiße Mähne. »Wir sind auf der Zielgeraden, Martin. Tut's Ihnen so weh wie mir, hier im

Büro sitzen zu müssen, während Hull draußen im Einsatz die Verantwortung trägt?«

»Allerdings, Sir.« Lindros hatte sein Geheimnis die ganze Zeit für sich behalten und konnte sich fast nicht mehr beherrschen, aber Pflichtbewusstsein siegte über Mitgefühl. Er wollte den Alten nicht verletzen, auch wenn dieser ihm in letzter Zeit übel mitgespielt hatte.

Er räusperte sich. »Sir, ich komme gerade von meinem Gespräch mit Randy Driver zurück.«

»Und?«

Lindros atmete tief durch, dann berichtete er dem Alten, was Driver gestanden hatte: Conklin hatte Dr. Felix Schiffer aus allein ihm bekannten, sehr dunklen Gründen von der DARPA zur Agency geholt, um ihn anschließend »verschwinden« zu lassen, und da Conklin jetzt tot war, wusste niemand, wo Schiffer geblieben war.

Der Direktor hämmerte mit einer Faust auf seinen Schreibtisch. »Verdammt noch mal, dass ein Wissenschaftler aus der Entwicklungsabteilung unmittelbar vor dem Terrorismusgipfel verschwindet, ist eine Katastrophe ersten Ranges! Erfährt das Hexenweib davon, kostet mich das auf der Stelle meinen Job!«

Einen Augenblick lang herrschte in dem weitläufigen Eckbüro betroffenes Schweigen. Die Fotos einstiger und jetziger Spitzenpolitiker schienen die beiden Männer mit stummem Tadel anzustarren.

Endlich sprach der Alte weiter. »Soll das heißen, dass Alex Conklin dem Verteidigungsministerium einen Wissenschaftler abgeworben und bei uns untergebracht hat, um ihn aus unbekannten Gründen verschwinden und an einen unbekannten Ort bringen zu lassen?«

Lindros, der die Hände auf den Knien gefaltet hielt, sagte nichts, aber er hütete sich, dem Blick des Alten auszuweichen.

»Nun, das wäre … Ich meine, so was tun wir in der Agency nicht, und Alexander Conklin hätte es erst recht nicht getan. Das wäre ein eklatanter Verstoß gegen sämtliche Spielregeln gewesen.«

Lindros zog die Augenbrauen hoch, weil er an seine gründlichen Recherchen in dem streng geheimen Vier-Null-Archiv dachte. »Im Einsatz hat er's oft genug getan, Sir. Das wissen Sie.«

Tatsächlich wusste der CIA-Direktor das nur allzu gut. »Dieser Fall liegt anders«, widersprach er. »Diese Sache ist praktisch vor unserer Nase passiert. Das ist ein Affront gegen die Agency und mich persönlich.« Der Alte schüttelte sein weißes Haupt mit dem zerfurchten Gesicht. »Ich weigere mich, das zu glauben, Martin. Es muss eine andere Erklärung geben, verdammt noch mal!«

Aber Lindros ließ nicht locker. »Sie wissen, dass es keine gibt. Tut mir Leid, dass ich Ihnen diese Nachricht bringen musste, Sir.«

In diesem Augenblick kam die Sekretärin des Alten herein, gab ihm eine Telefonnotiz und ging wieder hinaus. Der Direktor faltete den Zettel auseinander.

Ihre Frau lässt Sie bitten, sie anzurufen, las er. *Sie sagt, es sei dringend.*

Der Alte zerknüllte den Zettel, dann sah er auf. »Natürlich gibt's eine andere Erklärung. – Ich denke an Jason Bourne.«

»Sir?«

Der Direktor sah Lindros in die Augen und sagte trübselig: »Die Sache mit Schiffer hat nicht Alex, sondern Bourne veranlasst. Das ist die einzig vernünftige Erklärung.«

»Lassen Sie mich eines gleich feststellen, Sir: Ich glaube, dass Sie sich irren«, sagte Lindros, der sich für eine schwierige Auseinandersetzung wappnete. »Bei allem Respekt denke ich, dass Sie sich durch Ihre persönliche Freundschaft mit Alex Conklin in Ihrem Urteil beeinflussen lassen. Seit meinen Recherchen im Vier-Null-Archiv bin ich der Überzeugung, dass niemand – auch Sie nicht – Conklin näher gestanden hat als Jason Bourne.«

Der Alte grinste listig. »Oh, da haben Sie völlig Recht, Martin. Und eben weil Bourne Alex so gut gekannt hat, konnte er seine Verbindung zu diesem Dr. Schiffer ausnutzen. Glauben Sie mir, Bourne hat etwas gewittert und sich daran gemacht, es für seinen persönlichen Vorteil zu nutzen.«

»Aber es gibt keinen Beweis dafür, dass ...«

»Doch, den gibt es!« Der Direktor beugte sich leicht nach vorn. »Ich weiß nämlich zufällig, wo Bourne ist.«

»Sir?« Lindros glotzte ihn verblüfft an.

»›106–108 Fo utca‹«, las der Direktor von einem vor ihm liegenden Zettel ab. »Das ist in Budapest.« Er warf seinem Stellvertreter einen durchdringenden Blick zu. »Haben Sie mir nicht erzählt, dass die Pistole, mit der Mo Panov und Alex erschossen wurden, mit einer Überweisung aus Budapest bezahlt worden ist?«

Lindros' Herz sank. »Ja, Sir.«

Der Alte nickte. »Deshalb habe ich diese Adresse an Kevin McColl weitergegeben.«

Lindros wurde aschfahl. »Großer Gott! Ich muss sofort mit McColl reden.«

»Ich empfinde Ihren Schmerz mit, Martin, das tue ich wirklich.« Der Direktor nickte zu seinem Telefon hinüber. »Rufen Sie ihn an, wenn Sie wollen, aber Sie wissen, dass

McColl für seine Effizienz bekannt ist. Wahrscheinlich ist Bourne bereits tot.«

Bourne schloss die Tür des Lagerraums mit einem Fußtritt und streifte den blutigen Labormantel ab. Er wollte ihn gerade über Kevin McColls Leiche ausbreiten, als ihm das Blinken einer kleinen LED an der Hüfte des Toten auffiel. Sein Handy. Er kauerte neben dem Toten nieder, zog das Telefon aus der Gürtelhalterung und klappte es auf. Als er die angezeigte Nummer sah, wusste er sofort, wer der Anrufer war. Heißer Zorn durchflutete ihn.

Er drückte auf die grüne Taste und sagte zu dem stellvertretenden CIA-Direktor: »Wenn Sie so weitermachen, müssen Sie den Leichenbestattern Überstunden zahlen.«

»Bourne!«, rief Lindros. »Warten Sie!«

Aber Bourne wartete nicht. Er warf das Handy mit solcher Gewalt an die Wand, dass es aufklappte wie eine geknackte Auster.

Annaka beobachtete ihn aufmerksam. »Ein alter Feind?«

»Ein alter Trottel«, knurrte Bourne und zog seine Lederjacke aus dem Regal, in das er sie gestopft hatte. Er grunzte unwillkürlich, als der Schmerz ihn wie ein Hammerschlag traf.

»McColl scheint dich ganz schön zugerichtet zu haben«, meinte Annaka.

Bourne schlüpfte in die Jacke mit dem weißen Besucherausweis, um sein aufgeschlitztes Hemd zu verdecken. In Gedanken war er völlig darauf konzentriert, Dr. Sido zu finden. »Und was ist mit dir? Bist du verletzt?«

Sie verzichtete bewusst darauf, die rote Schwellung an ihrer Kehle zu reiben. »Um mich brauchst du dir keine Sorgen zu machen.«

»Gut, dann machen wir uns beide keine Sorgen um den anderen«, sagte Bourne, riss einen Karton mit Papierhandtüchern auf und säuberte ihre Kleidung so gut wie möglich von Blutflecken. »Wir müssen schnellstens Dr. Sido finden. Früher oder später wird Dr. Morintz vermisst.«

»Wo ist Sido?«

»In der Abteilung Epidemiologie.« Bourne ging zur Tür. »Komm!«

Er spähte hinter dem Türrahmen hervor, um sich zu vergewissern, dass niemand in der Nähe war. Als sie auf den Korridor hinaustraten, fiel ihm auf, dass die Bürotür gegenüber einen Spalt weit offen stand. Er machte einen Schritt darauf zu, aber in diesem Augenblick hörte er näher kommende Stimmen und zog Annaka hastig weiter. Er brauchte einen Augenblick, um sich wieder zu orientieren, dann betrat er durch die zweiflüglige Glastür die Abteilung Epidemiologie.

»Sido ist in 902«, sagte er, während er die Nummern neben den Türen las, an denen sie vorbeikamen.

Der Gebäudeflügel, in dem die Abteilung untergebracht war, hatte die Form eines Quadrates mit einem offenen Innenhof. In die vier Außenwände waren die Büro- und Labortüren eingelassen; die einzige Ausnahme bildete eine ins Freie führende Stahltür in der Mitte der Querwand. Die Abteilung Epidemiologie lag offenbar auf der Rückseite der Klinik, denn die Bezeichnung der kleinen Lagerräume auf beiden Seiten der Stahltür verriet, dass sie zum Abtransport von Sondermüll aus dem Klinikbetrieb dienten.

»Dort ist sein Labor«, sagte Bourne, der ein paar Schritte Vorsprung hatte.

Annaka war absichtlich etwas zurückgeblieben und entdeckte den Feuermelder an der Wand vor sich – genau an der von Stepan angegebenen Stelle. Als sie ihn erreichte, hob sie die Abdeckung mit der Glasscheibe hoch. Bourne klopfte bereits an die Tür von Sidos Labor. Da er keine Antwort bekam, öffnete er die Tür. Als er Dr. Sidos Labor betrat, riss Annaka den Handgriff herunter, und der Feueralarm schrillte los.

Der Korridor war plötzlich voller Menschen. Drei auf den ersten Blick sehr effizient wirkende uniformierte Angehörige des Sicherheitsdiensts der Klinik tauchten auf. Bourne sah sich verzweifelt in Sidos leerem Büro um. Sein Blick fiel auf einen halb vollen Kaffeebecher, dann auf den Bildschirm des Computers, auf dem ein graphisch ansprechender Bildschirmschoner lief. Als er die Eingabetaste drückte, erschien in der oberen Hälfte des Bildschirms eine komplizierte chemische Gleichung. Im unteren Teil stand eine Warnung: »Produkt muss bei – 32 °C aufbewahrt werden, weil es sich sonst rasch zersetzt. Jede Erhitzung macht es augenblicklich inert.« Während sich draußen das Chaos verstärkte, dachte Bourne angestrengt nach. Auch wenn Dr. Sido jetzt nicht hier war, musste er noch vor kurzem da gewesen sein. Alles wies darauf hin, dass er den Raum in großer Eile verlassen hatte.

Im nächsten Augenblick kam Annaka hereingestürmt und zog ihn am Ärmel. »Jason, der Sicherheitsdienst der Klinik befragt die Leute und überprüft alle Ausweise. Komm, wir müssen abhauen.« Sie zog ihn mit sich zur Tür. »Wenn wir den Hinterausgang erreichen, können wir unauffällig verschwinden.«

Auf den Korridoren herrschte heilloses Durcheinander. Der Feueralarm hatte die Sprinkleranlage ausgelöst. Da in den Labors viel brennbares Material lagerte, zu dem auch Druckbehälter mit flüssigem Sauerstoff gehörten, befand das Personal sich verständlicherweise in Panik. Die Männer vom

Sicherheitsdienst, die festzustellen versuchten, welche Mitarbeiter überhaupt da waren, hatten alle Hände voll damit zu tun, das Klinikpersonal zu beruhigen.

Bourne und Annaka waren zu der ins Freie führenden Stahltür unterwegs, als Bourne Chan entdeckte, der sich einen Weg durch die wogende Menge bahnte und auf sie zuhielt. Bourne trat zu Annaka, sodass sein Körper sich zwischen Chan und ihr befand. Was hatte Chan vor? Wollte er sie umlegen oder nur abfangen? Erwartete er etwa, dass Bourne ihm alles erzählen würde, was er über Felix Schiffer und seinen biochemischen Diffusor in Erfahrung gebracht hatte? Aber nein, Chans Gesichtsausdruck ließ auf etwas anderes schließen – auf nüchterne Berechnung, deren Hintergründe Bourne unklar blieben.

»Hör mir zu!«, sagte Chan, der Mühe hatte, sich in dem allgemeinen Tumult verständlich machen. »Bourne, du musst mir zuhören!«

Aber Bourne, der Annaka vor sich herstieß, hatte inzwischen die Stahltür erreicht, er riss sie auf und stürmte auf die Zufahrt hinter der Klinik hinaus, auf der ein Notarztwagen parkte. Vor dem Fahrzeug standen sechs mit Maschinenpistolen bewaffnete Männer. Bourne erfasste augenblicklich, dass dies eine Falle war, er warf sich instinktiv herum und rief Chan, der ihnen folgte, eine Warnung zu.

Annaka, die sich ebenfalls umdrehte, sah Chan endlich und befahl zwei Männern, das Feuer zu eröffnen. Aber Chan hatte Bournes Warnung gehört und sprang im letzten Augenblick zur Seite, bevor ein Kugelhagel die Männer vom Sicherheitsdienst, die inzwischen heran waren, ummähte. Jetzt brach in der Klinik wirklich Panik aus, und das Personal flüchtete kreischend und schreiend durch die Schwingtüren und den Korridor entlang in Richtung Eingangshalle.

Zwei Männer packten Bourne von hinten.

»Findet ihn!«, hörte er Annaka kreischen. »Findet Chan und legt ihn um!«

»Annaka, was …«

Bourne beobachtete sprachlos, wie die beiden Männer, die bereits geschossen hatten, an ihm vorbeirannten und über die von Kugeln durchsiebten Leichen sprangen.

»Vorsicht«, sagte Annaka warnend. »Er hat eine Pistole!«

Einer der Männer fesselte Bourne die Hände auf dem Rücken, während ein anderer ihn nach Waffen abtastete. Bourne riss sich los, warf sich herum und traf den zweiten Mann mit einem Kopfstoß, der ihm das Nasenbein brach. Blut spritzte, und der Mann schlug mit einem Aufschrei die Hände vors Gesicht und wich zurück.

»Verdammt, was machst du?«

Nun trat Annaka mit einer Maschinenpistole bewaffnet auf Bourne zu und rammte ihm den massiven Kolben in die Rippen. Er krümmte sich nach Luft schnappend zusammen und verlor das Gleichgewicht. Seine Knie waren weich wie aus Gummi, und die Schmerzen, die ihn peinigten, waren im Augenblick unerträglich. Die Faust eines Mannes krachte an seine Schläfe. Bourne klappte zusammen.

Die beiden Männer kamen von ihrer Erkundung in der Klinik zurück. »Keine Spur von ihm«, meldeten sie Annaka.

»Macht nichts«, sagte sie und deutete auf den Mann, der sich vor ihr auf dem Boden wand. »Schafft ihn in den Wagen. Beeilung!«

Bevor die anderen reagieren konnten, war der Mann mit dem gebrochenen Nasenbein heran. Er kauerte neben Bourne nieder, setzte ihm seinen Revolver an die Schläfe. Aus seinen Augen blitzte Wut, und er schien abdrücken zu wollen.

»Weg mit der Waffe«, sagte Annaka ruhig, aber energisch. »Wir sollen ihn lebend abliefern.« Sie starrte ihn an, ohne einen Muskel zu bewegen. »Befehl von Spalko. Das weißt du.« Endlich nahm der Mann den Revolver weg.

»Los jetzt!«, befahl sie. »In den Wagen mit ihm!«

Bourne starrte sie an. Wegen ihres Verrats kochte er innerlich vor Wut.

Annaka feixte, als sie eine Hand ausstreckte. Einer der Männer gab ihr eine Injektionsspritze, die mit einer klaren Flüssigkeit gefüllt war. Mit raschen, sicheren Bewegungen spritzte sie Bourne das Betäubungsmittel intravenös, und er merkte, wie sein Blick allmählich verschwamm.

Kapitel *fünfundzwanzig*

Hassan Arsenow hatte Sina die Zuständigkeit für das Erscheinungsbild des Teams übertragen, als sei sie die Maskenbildnerin eines Filmstudios. Sie nahm den Auftrag ernst, wie sie jede Arbeit ernst nahm – aber nicht ohne ein heimliches zynisches Kichern. Wie ein Planet zu seiner Sonne gehörte sie jetzt zu dem Scheich. Ihrem Wesen entsprechend war sie mental und emotional aus Hassans Einflussbereich ausgeschert. Das hatte in jener Nacht in Budapest begonnen – obwohl die Anfänge viel weiter zurückliegen mussten – und war unter der heißen kretischen Sonne zur Vollendung gereift.

An ihre gemeinsame Zeit auf der Ägäisinsel klammerte Sina sich, als sei das ihre eigene private Legende, die sie nur mit ihm teilte. Sie waren ... wer? ... Theseus und Ariadne gewesen. Der Scheich hatte ihr die Sage vom schrecklichen Leben und blutigen Tod des Minotaurus erzählt. Gemeinsam hatten sie ein reales Labyrinth betreten, gemeinsam hatten sie triumphiert. Im Fieber dieser kostbaren neuen Erinnerungen wurde ihr nie bewusst, dass sie sich damit in eine westliche Sage hineinversetzte, dass sie sich durch ihre Bindung an Stepan Spalko vom Islam entfernt hatte, von dem Glauben, der sie wie eine zweite Mutter genährt und umhegt hatte, der in den dunklen Tagen der russischen Besatzung ihr Beistand und einziger Trost gewesen war. Auf die Idee, ihr altes Leben hinter sich lassen zu müssen, um ein neues beginnen zu können, war sie nie gekommen. Und selbst wenn sie darauf gekommen wäre, hätte sie sich mit ihrem angeborenen Zynismus wahrscheinlich nicht anders entschieden.

Sinas Wissen und Geschick sorgten dafür, dass die Männer des Teams, die auf dem im Dämmerlicht liegenden Flughafen Keflavik ankamen, glatt rasiert waren, westliche Haarschnitte hatten und dunkle Geschäftsanzüge mit europäischem Schnitt trugen, in denen sie so farblos wirkten, dass sie buchstäblich anonym waren. Die Frauen mussten auf den traditionellen *hidschab,* der Gesicht und Körper bedeckt, verzichten. Ihre nackten Gesichter waren wie bei Westeuropäerinnen dezent geschminkt, und sie waren nach der neuesten Pariser Mode gekleidet. Die Passkontrolle passierten sie ohne Schwierigkeiten mit den gefälschten französischen Reisepässen, mit denen Spalko sie ausgestattet hatte.

Auf Arsenows Befehl achteten sie jetzt darauf, nur noch Isländisch zu sprechen, selbst wenn keine Fremden zugegen waren. Bei einem Autoverleih auf dem Flughafen mietete Arsenow eine Limousine und drei Vans für das aus sechs Männern und vier Frauen bestehende Team. Während Arsenow und Sina mit der Limousine nach Reykjavik fuhren, überführten die restlichen Teammitglieder die Vans in das südlich von Reykjavik gelegene Hafenstädtchen Hafnarfjördur, den ältesten Handelshafen Islands, wo Spalko ein großes Holzhaus auf einer Felsklippe über dem Hafen gemietet hatte. Das malerische Städtchen mit seinen bunten Holzhäusern war zum Land hin von erstarrten Lavaströmen abgeriegelt und voller Nebel, sodass man das Gefühl hatte, hier sei die Zeit stehen geblieben. Zwischen den bunt gestrichenen Fischerbooten, die zusammengedrängt im Hafen lagen, konnte man sich leicht vorstellen, hier lägen mit Schilden behängte Langboote von Wikingern, die sich auf ihren nächsten blutigen Raubzug vorbereiteten.

Arsenow und Sina fuhren durch Reykjavik, machten sich mit Straßen vertraut, die sie bisher nur vom Stadtplan kannten, und verschafften sich einen Eindruck von der Fahrweise der Einheimischen. Die Großstadt lag malerisch auf einer Halbinsel, sodass von fast jedem Punkt aus entweder verschneite Berggipfel oder der grimmige blauschwarze Nordatlantik zu sehen war. Die Insel selbst war durch eine Verschiebung tektonischer Platten entstanden, als die Landmassen Amerikas und Eurasiens auseinander gedriftet waren. Weil die Insel relativ jung war, war die Erdkruste hier dünner als auf den umliegenden Kontinenten, was die bemerkenswerte Häufigkeit von geothermischer Aktivität erklärte, die zur Heizung isländischer Häuser diente. Die gesamte Hauptstadt hing an der Heißwasserleitung von Reykjavik Energy.

In der Innenstadt kamen sie an der modernen, eigenartig beunruhigenden Hallgrimskikja vorbei, die wie ein Raumschiff aus einem Science-Fiction-Roman aussah. Diese Kirche war das bei weitem höchste Bauwerk in einer Großstadt ohne Hochhäuser. Sie fanden das Gebäude des Gesundheitsdiensts und fuhren von dort aus zum Hotel Oskjuhlid weiter.

»Bist du sicher, dass sie diese Route benützen werden?«, fragte Sina.

»Absolut«, sagte Arsenow nickend. »Sie ist der kürzeste Weg, und sie werden möglichst schnell ins Hotel wollen.«

Entlang der Peripherie des Hotels wimmelte es von amerikanischen, russischen und arabischen Sicherheitsbeamten.

»Sie haben das Hotel in eine Festung verwandelt«, stellte Sina fest.

»Genau wie die Fotos des Scheichs uns gezeigt haben«, bestätigte Arsenow mit schwachem Lächeln. »Wie viele Leute sie aufbieten, macht für uns keinen Unterschied.«

Sie parkten und gingen von Geschäft zu Geschäft, um ihre Einkäufe zu machen. Arsenow hatte sich in dem Stahlkokon ihres Leihwagens entschieden wohler gefühlt. Er war sich der Fremdheit peinlich bewusst, als sie sich durch die Menge bewegten. Wie anders diese schlanken, hellhäutigen, blauäugigen Menschen waren! Mit seinem schwarzen Haar und seinen dunklen Augen, seinem massigen Körper und dunklen Teint fühlte er sich wie ein Neandertaler unter Cro-Magnon-Menschen. Sina, das merkte er, hatte dieses Problem nicht. Sie ließ sich mit erschreckender Begeisterung auf neue Orte, neue Leute, neue Ideen ein. Er machte sich Sorgen um sie, war besorgt wegen ihres Einflusses auf die Kinder, die sie eines Tages haben würden.

Auch zwanzig Minuten nach dem Überfall hinter der Klinik Eurocenter Bio-I fragte Chan sich noch immer, ob er den Drang, Vergeltung an einem Feind zu üben, jemals stärker empfunden hatte. Obwohl er zahlenmäßig und an Feuerkraft unterlegen gewesen war, obwohl der rationale Teil seines Ichs, der normalerweise sein gesamtes Handeln bestimmte, sich vollkommen darüber im Klaren gewesen war, dass ein Gegenangriff auf die Männer, die Spalko entsandt hatte, um Jason Bourne und ihn entführen zu lassen, selbstmörderisch gewesen wäre, hatte ein anderer Teil seines Ichs sich sofort wehren wollen. Seltsamerweise war es Bournes Warnung gewesen, die in ihm den irrationalen Wunsch geweckt hatte, sich in den Kampf zu stürzen und Spalkos Männer in Stücke zu reißen. Dieser Drang tief aus seinem Inneren war so gewaltig, dass er seine gesamte rationale Willenskraft hatte aufbieten müssen, um den Rückzug anzutreten und sich vor den Männern zu verstecken, die ihn in Annaka Vadas' Auftrag suchten. Er hätte diese beiden erledigen können, aber was hätte das genützt?

Annaka hätte nur weitere Männer mit Maschinenpistolen auf ihn angesetzt.

Chan saß im Café Grendel, das gut einen Kilometer von der Klinik entfernt lag, in der es jetzt von Polizisten und vermutlich auch von Interpol-Agenten wimmelte. Er trank mit kleinen Schlucken seinen doppelten Espresso und dachte über das Urgefühl nach, das ihn noch immer gepackt hielt. Dabei erinnerte er sich an Jason Bournes besorgten Gesichtsausdruck, als er gesehen hatte, dass Chan in die Falle zu geraten drohte, in die er bereits getappt war. Man hätte glauben können, Chan vor dieser Gefahr zu bewahren, sei ihm wichtiger gewesen als die eigene Sicherheit. Aber das war doch nicht möglich …?

Gewöhnlich war es nicht Chans Art, sich vor kurzem abgelaufene Ereignisse nochmals vorzustellen, aber diesmal tat er's doch. Als Bourne mit Annaka zum Ausgang unterwegs gewesen war, hatte er versucht, Bourne vor ihr zu warnen, war aber zu spät gekommen. Was hatte ihn dazu veranlasst? Jedenfalls war das nicht geplant gewesen. Seine Entscheidung war ganz spontan gefallen. Oder vielleicht doch nicht? Er merkte, dass er sich beunruhigend lebhaft an seine Empfindungen erinnerte, als er den Dachziegelverband gesehen und gemerkt hatte, wie schwer er Bourne verletzt hatte. War das Reue gewesen? Unmöglich!

Es war zum Verrücktwerden. Die Erinnerung an die Sekunde, in der Bourne sich dazu entschlossen hatte, seinen sicheren Platz hinter dem tödlich gefährlichen McColl zu verlassen und sich so in Lebensgefahr zu bringen, um Annaka zu schützen, ließ ihn nicht mehr los. Bis zu diesem Augenblick hatte Chan fest geglaubt, der College-Professor David Webb sei zugleich als Auftragsmörder Jason Bourne in seiner Branche tätig. Aber ihm fiel kein Berufskiller ein, der sich selbst in Gefahr gebracht hätte, um Annaka zu schützen.

Wer war Jason Bourne also?

Er schüttelte über sich selbst irritiert den Kopf. Diese Frage musste vorerst hintangestellt werden, so ärgerlich sie auch sein mochte. Immerhin verstand er jetzt, weshalb Spalko ihn in Paris angerufen hatte. Er war auf die Probe gestellt worden – und hatte nach Spalkos Begriffen versagt. Spalko hielt Chan jetzt für eine unmittelbare Bedrohung, genau wie er Bourne für gefährlich hielt. Und für Chan war er jetzt *der* Feind. Mit Feinden war Chan sein Leben lang stets gleich verfahren: Er hatte sie liquidiert. Die damit verbundene Gefahr kannte er und schätzte sie sogar als Herausforderung. Spalko glaubte, er sei ihm überlegen. Woher hätte er auch wissen sollen, dass diese Arroganz Chans Hass nur noch schürte?

Chan leerte die kleine Tasse, klappte sein Handy auf und tippte eine Nummer ein.

»Ich wollte Sie gerade anrufen, aber ich wollte noch warten, bis ich aus dem Gebäude bin«, sagte Ethan Hearn. »Hier ist irgendwas los.«

Chan sah auf seine Armbanduhr. Noch nicht siebzehn Uhr. »Was genau?«

»Vor ungefähr zwanzig Minuten habe ich einen Notarztwagen kommen sehen und war rechtzeitig in der Tiefgarage, um beobachten zu können, wie zwei Männer und eine Frau einen Mann auf einer Tragbahre zum Aufzug geschafft haben.«

»Die Frau muss Annaka Vadas gewesen sein«, sagte Chan.

»Eine tolle Frau!«

»Hören Sie mir gut zu, Ethan«, sagte Chan eindringlich. »Sollten Sie ihr je begegnen, seien Sie verdammt vorsichtig. Diese Frau ist gefährlich.«

»Schade«, sagte Hearn bedauernd.

»Sind Sie gesehen worden?« Chan wollte ihn von Annaka Vadas abbringen.

»Nein«, bestätigte Hearn. »Ich habe gut aufgepasst.«

»Gut.« Chan überlegte kurz. »Können Sie feststellen, wohin sie diesen Mann gebracht haben? An welchen genauen Ort?«

»Das weiß ich bereits. Ich habe die Liftanzeige beobachtet, als sie mit ihm nach oben gefahren sind. Er ist irgendwo im dritten Stock. Das ist Spalkos Privatbereich; er ist nur mit einer Magnetkarte zugänglich.

»Können Sie mir die beschaffen?«, fragte Chan.

»Unmöglich. Er trägt sie ständig bei sich.«

»Dann muss ich einen anderen Weg finden«, sagte Chan.

»Ich dachte, Magnetkarten wären fälschungssicher.«

Chan lachte humorlos. »Das glauben nur Dummköpfe. Es gibt immer eine Möglichkeit, in verschlossene Räume zu gelangen, Ethan – genau wie's immer einen Weg hinaus gibt.«

Er stand auf, legte Geld auf den Tisch und verließ das Café. Im Augenblick wollte er nicht allzu lange an einem Ort bleiben. »Weil wir gerade beim Thema sind: Ich brauche eine Möglichkeit, in die Zentrale von Humanistas zu gelangen.«

»Es gibt jede Menge …«

»Ich habe Grund zu der Annahme, dass Spalko mich erwartet.« Chan überquerte die Straße und achtete dabei auf etwaige Beschatter.

»Das ist etwas ganz anderes«, stimmte Hearn zu. Nun folgte eine Pause, in der er über das Problem nachdachte, bevor er sagte: »Augenblick, bleiben Sie dran. Ich muss in meinem PDA nachsehen. Vielleicht habe ich etwas für Sie.«

Chan wartete ungeduldig.

»Okay, bin wieder da.« Der junge Mann lachte kurz. »Ich habe tatsächlich etwas, das Ihnen bestimmt gefallen wird.«

Arsenow und Sina erreichten das Haus eineinhalb Stunden nach den anderen. Die Männer des Teams hatten inzwischen Jeans und Arbeitshemden angezogen und den ersten ihrer drei Vans in die Garage gefahren und fachmännisch abgeklebt. Während die Frauen die von Arsenow und Sina eingekauften Lebensmittel übernahmen, bedienten die Männer sich aus der für sie bereitstehenden Kiste mit Handfeuerwaffen und halfen dann, das Umspritzen des Fahrzeugs vorzubereiten.

Arsenow befestigte die von Spalko zur Verfügung gestellten Fotos als Muster an der Garagenwand, und sie machten sich daran, den Van wie einen Wagen aus dem staatlichen Fuhrpark zu lackieren. Während die Farbe trocknete, fuhren sie den zweiten Van in die Garage. Mit vorbereiteten Schablonen brachten sie auf beiden Wagenseiten den Firmennamen *Hafnarfjördur Obst & Gemüse* an.

Dann gingen sie ins Haus zurück, in dem es bereits appetitlich nach dem Essen duftete, das die Frauen gekocht hatten. Bevor sie sich an den Tisch setzten, verrichteten sie ihr Abendgebet. Sina, die vor Aufregung wie unter Strom stand, war kaum richtig anwesend und leierte die Gebetsformeln mechanisch herunter, während sie an den Scheich und ihre Rolle bei dem morgigen Triumph dachte.

Die Unterhaltung beim Abendessen war angeregt, weil alle durch den Fluss von Spannung und Vorfreude animiert waren. Arsenow, der solche Lockerheit sonst missbilligte, gestattete ihnen dieses Ventil für ihre Nervosität – aber nur für beschränkte Zeit. Während die Frauen das Geschirr abtrugen und den Abwasch machten, führte er die Männer in die Garage zurück, wo sie an dem »staatlichen« Fahrzeug die offiziellen Aufkleber und Markierungen anbrachten. Dann stellten sie den Wagen draußen ab, holten den dritten

Van herein und spritzten ihn in den Farben von Reykjavik Energy um.

Danach waren alle erschöpft und gingen zu Bett, weil sie morgen sehr früh würden aufstehen müssen. Trotzdem ging Arsenow ihre Aufgaben im Rahmen des Unternehmens nochmals mit ihnen durch, wobei er darauf bestand, dass nur Isländisch gesprochen wurde. Er wollte sehen, wie mentale Erschöpfung sich auf sie auswirkte. Nicht, dass er an ihnen gezweifelt hätte. Seine neun Landsleute hatten ihm ihren Wert längst bewiesen. Sie waren körperlich kräftig, mental belastbar und kannten – was vielleicht am wichtigsten war – weder Reue noch Erbarmen. Aber keiner von ihnen hatte jemals an einem Unternehmen dieser Größe und dieser globalen Auswirkungen teilgenommen; ohne das NX 20 hätten sie niemals die Mittel dafür gehabt. Und so war es besonders befriedigend, ihnen zuzusehen, wie sie die nötigen Energiereserven mobilisierten, um ihre jeweiligen Aufgaben fehlerlos herunterzubeten.

Er gratulierte ihnen und sagte dann mit großer Liebe und Zuneigung im Herzen, als spräche er zu seinen eigenen Kindern: »*La illaha ill Allah.*«

»*La illaha ill Allah*«, antworteten sie im Chor mit solch brennender Liebe im Blick, dass Arsenow fast zu Tränen gerührt war. Erst in diesem Augenblick, als sie einander aufmerksam betrachteten, wurde ihnen das Ungeheuerliche ihrer selbst gestellten Aufgabe richtig bewusst. Was Arsenow betraf, so sah er sie alle – seine Familie – in diesem fremden, abweisenden Land unmittelbar vor dem ruhmreichsten Augenblick versammelt, den ihr Volk jemals erleben würde. Noch nie hatte sein Gefühl, die Zukunft gehöre ihnen, so hell gestrahlt, noch nie hatte er seine Hingabe an ihre gerechte Sache so tief empfunden. Er war jedem von ihnen für seine Anwesenheit dankbar.

Als Sina mit hinaufgehen wollte, legte er ihr eine Hand auf den Arm, aber während die anderen sie im Vorbeigehen ansahen, schüttelte sie den Kopf. »Ich muss ihnen beim Blondieren helfen«, sagte sie, und er ließ sie gehen.

»Allah schenke dir friedliche Nachtruhe«, sagte sie leise, bevor sie die Treppe hinaufhuschte.

Später lag Arsenow im Bett und fand wie gewöhnlich keinen Schlaf. Auf der anderen Seite des Zimmers, im zweiten schmalen Bett, schnarchte Achmed mit der Intensität einer Motorsäge. Eine leichte Brise bewegte den Vorhang vor dem offenen Fenster. Als Jugendlicher hatte Arsenow sich an Kälte gewöhnen müssen, und jetzt mochte er sie. Er starrte zur Zimmerdecke hinauf und dachte wie immer zur Nachtzeit an Chalid Murat, an seinen Verrat an seinem Freund und Mentor. Obwohl diese Liquidierung notwendig gewesen war, belastete seine persönliche Treulosigkeit ihn weiterhin. Und dazu kam seine Beinverletzung: Auch wenn sie noch so gut heilte, erinnerten die Schmerzen ihn ständig daran, was er getan hatte. Letztlich hatte er Chalid Murat im Stich gelassen, und nichts, was er jetzt tat, konnte etwas an dieser Tatsache ändern.

Er stand auf, ging auf den Flur hinaus und tappte lautlos die Treppe hinunter. Nach alter Gewohnheit hatte er vollständig bekleidet im Bett gelegen. Er trat in die frische Nachtluft hinaus, zog eine Zigarette aus der Hemdtasche und zündete sie an. Tief über dem Horizont segelte ein aufgedunsener Mond über den mit Sternen besprenkelten Himmel. Hier gab es keine Bäume; er hörte keine Insekten.

Als er sich ein Stück weit vom Haus entfernte, begannen seine wirren Gedanken sich zu klären und zu beruhigen. Vielleicht würde er nach dieser Zigarette vor dem für halb vier

Uhr angesetzten Treff mit Spalkos Boot sogar noch ein paar Stunden Schlaf finden.

Arsenow war mit seiner Zigarette fast fertig und wollte schon kehrtmachen, als er das Flüstern leiser Stimmen hörte. Er zog überrascht seine Pistole und sah sich um. Die von der nächtlichen Brise an sein Ohr getragenen Stimmen kamen hinter zwei riesigen Felsblöcken hervor, die wie die Hörner eines Ungeheuers auf der Klippe aufragten.

Er ließ die Zigarette fallen, trat die Glut aus und schlich auf die Felsformation zu. Obwohl er sich vorsichtig bewegte, war er durchaus bereit, sein Magazin in die Herzen derer zu leeren, die sie anscheinend bespitzelten.

Aber als er um den leicht gewölbten Felsen blickte, sah er keine Ungläubigen, sondern Sina. Sie sprach leise auf eine andere, weit größere Gestalt ein, die Arsenow von seinem Standort aus nicht gleich erkannte. Er bewegte sich wieder und trat etwas näher. Was gesprochen wurde, konnte er nicht verstehen, aber noch bevor er Sinas Hand auf dem Arm des anderen sah, erkannte er die Stimme, die sie benützte, wenn sie ihn verführen wollte.

Er drückte die linke Faust an seine Schläfe, als ließe sich das plötzliche Pochen in seinem Kopf so unterdrücken. Am liebsten hätte er laut gekreischt, als er sah, wie die Finger ihrer Hand Spinnenbeine bildeten, wie ihre Nägel über den Arm des Mannes glitten, den sie … *wen* versuchte sie eigentlich zu verführen? Seine Eifersucht drängte ihn dazu, aktiv zu werden. Obwohl er riskierte, dabei gesehen zu werden, trat er – wobei er teilweise ins Mondlicht geriet – weiter vor, bis er das Gesicht Magomets erkennen konnte.

Blinde Wut erfasste ihn, und er zitterte am ganzen Leib. Er dachte an seinen Mentor. Was hätte Chalid Murat an deiner Stelle getan?, fragte er sich. Er hätte das Paar zweifellos gestellt, sich von beiden einzeln erklären lassen, was sie taten, und ihnen danach sein Urteil verkündet.

Arsenow richtete sich zu seiner ganzen Größe auf, trat auf das Paar zu und hielt dabei den rechten Arm vor sich ausgestreckt. Magomet, der ihm mehr oder weniger zugewandt war, sah ihn kommen und wich abrupt zurück, sodass Sinas Hand nicht mehr auf seinem Arm lag. Sein Mund war weit geöffnet, aber vor Schock und Entsetzen brachte er keinen Laut heraus.

»Magomet, was hast du?«, fragte Sina. Erst dann drehte sie sich um und sah Arsenow auf sie zukommen.

»Hassan, nein!«, rief sie, als Arsenow abdrückte.

Die Kugel trat durch Magomets offenen Mund ein und riss ihm den Hinterkopf weg. Er wurde in einem Schwall von Blut und Gehirnmasse zurückgeworfen.

Arsenow richtete seine Pistole auf Sina. Ja, dachte er, Chalid Murat hätte die Situation bestimmt anders bewältigt, aber Chalid Murat ist tot, und ich, Hassan Arsenow, der seine Ermordung geplant hat, lebe noch und habe das Kommando, daher wird es diesmal anders gemacht. Wir leben in einer neuen Welt.

»Jetzt du«, sagte er.

Sina starrte in seine schwarzen Augen und wusste genau, dass sie ihn anflehen, vor ihm auf die Knie sinken und um Gnade betteln sollte. Jede Erklärung, die sie ihm vielleicht hätte geben können, war ihm egal. Sie wusste, dass er vernünftigen Argumenten nicht mehr zugänglich war; in diesem Augenblick war er nicht imstande, die Wahrheit von einer geschickten Lüge zu unterscheiden. Sie wusste auch, dass es gefährlich gewesen wäre, ihm hier und jetzt zu geben, wonach er gierte. Das war eine Falle, eine gefährlich in die Tiefe führende schiefe Bahn, von der es kein Entkommen mehr gab, sobald man sie einmal betreten hatte. Es gab nur eine Möglichkeit, ihn an der Ausführung seines Vorhabens zu hindern.

Ihre Augen blitzten. »Schluss jetzt!«, befahl sie. »Aber sofort!« Sie streckte eine Hand aus, umfasste den Pistolenlauf und bog ihn so nach oben, dass die Waffe nicht mehr auf ihren Kopf zielte. Sie riskierte einen Blick auf den toten Magomet. *Das* war ein Fehler, den sie nicht noch einmal machen würde.

»Was fällt dir ein?«, fragte sie scharf. »Hast du so kurz vor dem Ziel den Verstand verloren?«

Es war clever von Sina, Arsenow an den Grund ihres Aufenthalts in Reykjavik zu erinnern. Seine Liebe zu ihr hatte ihn vorübergehend das größere Ziel aus den Augen verlieren lassen. Er hatte nur auf ihren Tonfall und ihre Hand auf Magomets Arm reagiert.

Mit eckigen Bewegungen steckte er die Pistole weg.

»Was machen wir jetzt?«, fragte sie. »Wer übernimmt Magomets Aufgaben?«

»Das ist alles deine Schuld«, sagte er angewidert. »Lass dir also was einfallen.«

»Hassan.« Sie wusste, dass sie ihn in diesem Augenblick nicht berühren oder auch nur einen Schritt näher auf ihn zutreten durfte. »Du bist unser Führer. Darüber entscheidest einzig und allein du.«

Er sah sich um, als erwache er gerade aus einer Trance. »Unsere Nachbarn werden den Schussknall hoffentlich für eine Fehlzündung halten.« Er starrte sie an. »Warum warst du mit ihm hier draußen?«

»Um zu versuchen, ihn von dem Weg abzubringen, den er gewählt hatte«, sagte Sina vorsichtig. »Er ist seltsam verändert, seit ich ihm im Flugzeug den Bart abgenommen habe. Er hat Annäherungsversuche gemacht.«

Arsenows Augen blitzten erneut. »Und wie hast du darauf reagiert?«

»Wie wohl, Hassan?« Ihre Stimme klang so scharf und empört wie seine. »Soll das etwa heißen, dass du mir nicht traust?«

»Ich habe deine Hand auf seinem Arm gesehen, habe deine Finger …« Er konnte nicht weiter sprechen.

»Hassan, sieh mich an.« Sie streckte eine Hand aus. »Bitte sieh mich an.«

Als er sich ihr langsam und widerstrebend zuwandte, empfand sie freudige Erregung. Sie hatte ihn in der Hand; trotz ihres Fehlers von vorhin hatte sie ihn weiterhin fest in der Hand.

Mit einem unhörbaren Seufzer der Erleichterung fuhr sie fort: »Die Situation hat gewisses Feingefühl erfordert. Das verstehst du bestimmt. Hätte ich ihn ohne weiteres abgewiesen, wäre ich kalt zu ihm gewesen, hätte ich ihn verärgert. Ich war in Sorge, seine Verärgerung würde seinen Wert für uns mindern.« Ihr Blick ließ ihn nicht mehr los. »Hassan, ich habe daran gedacht, wozu wie hier sind. Nur *daran* denke ich gegenwärtig, und das solltest du auch.«

Er stand lange Augenblicke unbeweglich und nahm ihre Worte in sich auf. Das Brausen und Zischen der Wogen, die sich tief unter ihnen an den Felsen brachen, klang unnatürlich laut. Dann nickte Arsenow plötzlich, und der Vorfall war erledigt. Das war seine Art.

»Wir müssen nur noch Magomet entsorgen«, stellte er fest.

»Den wickeln wir in eine Wolldecke und nehmen ihn zu dem Treff mit. Die Besatzung des Fischerboots kann ihn auf hoher See über Bord werfen.«

Arsenow lachte. »Sina, du bist die tüchtigste Frau, die ich kenne.«

Als Bourne aufwachte, fand er sich auf einer Art Zahnarztstuhl wieder. Er sah sich in dem Raum mit den schwarzen Betonwänden um, sah den großen Abfluss in der Mitte des weiß gefliesten Bodens, den aufgerollt an der Wand hängenden Wasserschlauch und das neben dem Stuhl stehende Wägelchen mit mehreren Etagen, auf denen blitzende Instrumente aus Edelstahl aufgereiht waren, die offenbar alle dazu dienten, Menschen schreckliche Schmerzen zuzufügen. Er versuchte, Handgelenke und Fußknöchel zu bewegen, aber die breiten Ledergurte waren, das sah er jetzt, mit denselben Schnallen gesichert wie Zwangsjacken.

»Spar dir die Mühe«, sagte Annaka, die hinter dem Stuhl hervortrat. Bourne starrte sie sekundenlang an, als habe er Mühe, sie deutlich zu erkennen. Zu einer Hose aus weißem Nappaleder trug sie eine ärmellose schwarze Seidenbluse mit tiefem Ausschnitt – eine Aufmachung, in der sie sich nie gezeigt hätte, als sie noch die Rolle der unschuldigen Konzertpianistin und liebenden Tochter gespielt hatte. Er verwünschte sich, weil er sich von ihrer anfänglichen Antipathie gegen ihn hatte täuschen lassen. Darauf hätte er nicht reinfallen dürfen. Sie war zu hilfsbereit gewesen und hatte sich allzu gut in Molnars Gebäude ausgekannt. Aber daran ließ sich nachträglich nichts mehr ändern, deshalb schluckte er seine Enttäuschung hinunter und konzentrierte sich auf seine verzweifelte Lage.

»Was für eine wundervolle Schauspielerin du doch bist!«, sagte er.

Ein langsames Lächeln machte ihre Lippen breiter, und als sie sich leicht teilten, konnte er ihre weißen, ebenmäßigen Zähne sehen. »Nicht nur dir, sondern auch Chan gegenüber.« Sie zog den einzigen Stuhl in dem Raum heran und setzte sich dicht neben Bourne. »Weißt du, ich kenne ihn gut, deinen

Sohn. O ja, ich weiß, Jason. Ich weiß mehr, als du denkst, viel mehr als du selbst.« Sie lachte leise: ein melodischer, glockenreiner Laut, aus dem reines Entzücken sprach, während sie Bournes Gesichtsausdruck in sich aufnahm. »Chan hat lange nicht gewusst, ob du lebst oder tot bist. Er hat mehrmals versucht, dich aufzuspüren – immer vergeblich, weil deine CIA dich hervorragend versteckt hatte –, bis Stepan ihm geholfen hat. Aber schon bevor er wusste, dass du tatsächlich noch lebst, hat er alle seine Mußestunden damit verbracht, sich raffinierte Methoden auszumalen, wie er sich an dir rächen würde.« Sie nickte. »Ja, sein Hass auf dich hat ihn völlig beherrscht, Jason.« Sie stützte ihre Ellbogen auf die Knie und beugte sich zu ihm hinüber. »Wie fühlst du dich, wenn du das hörst?«

»Oh, ich bewundere deine schauspielerischen Fähigkeiten.« Trotz der starken Gefühle, die sie bei ihm provoziert hatte, war er entschlossen, sich nichts anmerken zu lassen.

Annaka zog einen Schmollmund. »Ich bin eine Frau mit vielen Talenten.«

»Und anscheinend mit vielen Loyalitäten.« Er schüttelte den Kopf. »Bedeutet dir die Tatsache, dass wir uns gegenseitig das Leben gerettet haben, wirklich nichts?«

Sie setzte sich wieder auf, wirkte plötzlich energisch, fast geschäftsmäßig. »Zumindest darin können du und ich übereinstimmen. Oft sind Leben und Tod die einzigen Dinge, auf die's ankommt.«

»Dann befreie mich«, sagte er.

»Klar, weil ich mich Hals über Kopf in dich verliebt habe, Jason.« Sie lachte. »So funktioniert die Sache im richtigen Leben leider nicht. Das Leben habe ich dir aus einem einzigen Grund gerettet: Stepan.«

Er runzelte die Stirn, während er konzentriert nachdachte. »Warum tust du das?«

»Warum nicht? Ich kenne Stepan schon seit vielen Jahren. Eine Zeit lang war er der einzige Freund, den meine Mutter hatte.«

Das überraschte Bourne. »Spalko war mit deiner Mutter befreundet?«

Annaka nickte. Da er nun gefesselt war und keine Gefahr für sie darstellte, wollte sie anscheinend mit ihm reden. Das machte Bourne zu Recht misstrauisch.

»Er hat sie kennen gelernt, nachdem mein Vater sie weggeschickt hatte«, fuhr Annaka fort.

»Wohin weggeschickt?« Bourne war wider Willen fasziniert. Sie verstand es wirklich, Spannung aufzubauen.

»In eine Nervenheilanstalt.« Annakas Blick wurde dunkel und ließ kurz eine Spur von echten Gefühlen aufblitzen. »Er hat sie einweisen lassen. Das war nicht schwierig; sie war körperlich leidend, nie imstande, sich gegen ihn zu wehren. Damals ... ja, damals war so was noch möglich.«

»Weshalb hätte er das tun sollen? Ich glaube dir nicht«, sagte Bourne ausdruckslos.

»Mir ist's egal, ob du mir glaubst oder nicht.« Sie musterte ihn sekundenlang mit dem beunruhigenden Blick eines Reptils. Dann sprach sie weiter, vielleicht weil ihr das ein Bedürfnis war. »Sie war ihm lästig geworden. Seine Geliebte hat es von ihm verlangt; in dieser Beziehung war er abscheulich schwach.« Der Ausbruch nackten Hasses hatte ihr Gesicht in eine hässliche Maske verwandelt, und Bourne begriff, dass sie endlich die Wahrheit über ihre Vergangenheit preisgegeben hatte. »Er hat niemals erfahren, dass ich die Wahrheit entdeckt hatte, und ich habe mir nie etwas anmerken lassen. *Niemals.*« Sie warf den Kopf in den Nacken. »Jedenfalls ist Stepan als Besucher in die Heilanstalt gekommen. Damals hat er seinen Bruder besucht ... den Bruder, der versucht hatte, ihn umzubringen.«

Bourne starrte sie sprachlos an. Er war sich bewusst, dass er keine Ahnung hatte, ob sie log oder die Wahrheit sagte. Zumindest in einer Beziehung hatte er sie richtig beurteilt – sie führte tatsächlich Krieg. Die Rollen, die sie so meisterhaft gespielt hatte, waren ihre Offensive in feindliches Gebiet. Er begegnete Annakas unversöhnlichem Blick und erkannte, dass die Art und Weise, wie sie alle, die in ihren Einflussbereich gelangten, mutwillig manipulierte, etwas Monströses hatte.

Annaka beugte sich zu ihm hinüber und nahm sein Kinn zwischen Daumen und Zeigefinger. »Du bist Stepan noch nie begegnet, stimmt's? Er hat unzählige plastische Operationen am Hals und der rechten Gesichtshälfte hinter sich. Den Leuten erzählt er alle möglichen Geschichten, aber Tatsache ist, dass sein Bruder ihn mit Benzin übergossen und dann ein Feuerzeug an sein Gesicht gehalten hat.

Er reagierte unwillkürlich. »Großer Gott! Warum?«

Sie zuckte mit den Schultern. »Sein Bruder ist ein gemeingefährlicher Irrer. Stepan hat's gewusst – seine Eltern übrigens auch –, aber er wollte es nicht wahr haben, bis es zu spät war. Und auch danach hat er den Jungen verteidigt und darauf bestanden, das Ganze sei ein tragischer Unfall gewesen.«

»Das mag alles stimmen«, sagte Bourne. »Aber es hat dir trotzdem nicht das Recht gegeben, ein Komplott gegen den eigenen Vater zu schmieden.«

Sie lachte. »Wie kannst ausgerechnet du das sagen, obwohl dein Sohn und du versucht haben, euch gegenseitig umzubringen? Solche Wildheit in zwei Männern, mein Gott!«

»Er will mich umlegen. Ich verteidige mich nur.«

»Aber er hasst dich, Jason, mit einer Leidenschaft, wie ich sie selten erlebt habe. Er hasst dich genauso, wie ich meinen

Vater gehasst habe. Und weißt du, warum? Weil du ihn verlassen hast, wie mein Vater meine Mutter verlassen hat.«

»Du redest, als sei er tatsächlich mein Sohn«, knurrte Bourne.

»Ah, richtig, du hast dir eingeredet, er sei's nicht. Das ist praktisch, nicht wahr? Auf diese Weise brauchst du nicht daran zu denken, wie du ihn dem Tod im Dschungel überlassen hast.«

»Nein, das habe ich nicht!« Bourne wusste, dass es falsch war, sich von ihr in diese emotional geladene Diskussion verwickeln zu lassen, aber er konnte nicht anders. »Mir hat man gesagt, er sei tot. Ich hatte keine Ahnung, dass er überlebt haben könnte. Das habe ich erst entdeckt, als ich in die staatliche Datenbank eingedrungen bin.«

»Hast du alles getan, um dir Gewissheit zu verschaffen? Nein, du hast deine Familie begraben, ohne auch nur einen Blick in die Särge zu werfen! Hättest du's getan, hättest du gesehen, dass der Sarg deines Sohnes leer war. Nein, du Feigling, du hast stattdessen fluchtartig das Land verlassen.«

Bourne zerrte erneut an seinen Fesseln. »Das ist gut – *du* dozierst hier über Familiendinge!«

»So, das reicht.« Stepan Spalko hatte den Raum mit dem perfekten Timing eines Zirkusdirektors betreten. »Ich habe mit Mr. Bourne nun wichtigere Angelegenheiten zu besprechen …«

Annaka stand gehorsam auf. Sie tätschelte Bourne die Wange. »Schau nicht so mürrisch drein, Jason. Du bist nicht der erste Mann, den ich zum Narren gehalten habe, und du wirst nicht der Letzte sein.«

»Nein«, sagte er. »Spalko wird der Letzte sein.«

»Annaka, lass uns jetzt allein«, sagte Spalko und rückte seine Fleischerschürze mit Händen zurecht, die in Latexhand-

schuhen steckten. Die Schürze war frisch gewaschen und ge-
bügelt. Noch hatte sie keinen einzigen Blutfleck.

Als Annaka hinausging, konzentrierte Bourne seine Aufmerksamkeit auf diesen Mann, der nach Chans Aussage Alex und
Mo hatte ermorden lassen. »Und Sie misstrauen ihr nicht,
nicht einmal ein bisschen?«

»Ja, sie ist eine ausgezeichnete Lügnerin.« Er schmunzelte. »Und ich verstehe mich selbst ganz gut aufs Lügen.« Er
trat an das Wägelchen und musterte mit Kennerblick die in
den Fächern aufgereihten Instrumente. »Wahrscheinlich ist's
nur verständlich, dass Sie glauben, weil Annaka Sie verraten
hat, müsste sie das auch bei mir tun.« Als Spalko sich etwas
zur Seite drehte, spiegelte das Licht sich auf der unnatürlich
glatten Haut von Hals und rechter Gesichtshälfte. »Oder versuchen Sie etwa einen Keil zwischen uns zu treiben? Das wäre
die übliche Arbeitsweise eines hochkarätigen Agenten, wie
Sie einer sind.« Er zuckte mit den Schultern, griff nach einem
Instrument, zwirbelte es zwischen den Fingern. »Mr. Bourne,
was mich interessiert, ist die Frage, wie viel Sie über Dr.
Schiffer und seine kleine Erfindung in Erfahrung gebracht
haben.«

»Wo ist Felix Schiffer?«

»Sie könnten ihm nicht helfen, Mr. Bourne, selbst wenn
Sie das Unmögliche schaffen und sich befreien könnten. Er
hat seine Schuldigkeit getan und kann jetzt von niemandem
wiederbelebt werden.«

»Sie haben ihn umgebracht«, sagte Bourne, »genau wie Sie
Alex Conklin und Mo Panov ermordet haben.«

Spalko zuckte mit den Schultern. »Conklin hat mir Schiffer weggeschnappt, als ich ihn am dringendsten brauchte. Ich
habe ihn mir natürlich zurückgeholt. Ich bekomme immer,

was ich will. Aber Conklin musste dafür büßen, dass er geglaubt hatte, er könnte meine Pläne ungestraft durchkreuzen.«

»Und Panov?«

»Der war zur falschen Zeit am falschen Ort«, sagte Spalko. »So einfach war das.«

Bourne dachte an all das Gute, das Mo Panov in seinem Leben für ihn getan hatte, und fühlte sich von der Nutzlosigkeit seines Lebens überwältigt. »Wie können Sie von der Ermordung zweier Männer reden, als bedeute sie nicht mehr als ein Fingerschnalzen?«

»Weil sie mich nicht mehr gekostet hat, Mr. Bourne.« Stepan Spalko lachte. »Und schon morgen wird der Tod dieser beiden vor dem verblassen, was der Welt bevorsteht.«

Bourne bemühte sich, das glitzernde Instrument nicht anzusehen. Stattdessen erschien vor seinem inneren Auge ein Bild von László Molnars bläulich weißer Leiche, die jemand in dessen Kühlschrank gezwängt hatte. An ihr hatte er selbst gesehen, welche Wunden ihm Spalko mit diesen Instrumenten zufügen konnte.

Angesichts der offensichtlichen Tatsache, dass Spalko für Molnars Folterung und Tod verantwortlich gewesen war, wusste er jetzt, dass alles, was Chan ihm über diesen Mann erzählt hatte, wahr gewesen war. Und wenn Chan die Wahrheit über Spalko erzählt hatte, war es dann nicht möglich, dass er schon immer die Wahrheit gesagt hatte, dass er wirklich Jason Bournes Sohn war? Die Tatsachen waren unwiderlegbar, die Wahrheit lag vor ihm, und Bourne fühlte ihr Gewicht wie einen Berg auf seinen Schultern lasten. Er konnte es nicht ertragen … sich *was* einzugestehen?

Aber das spielte jetzt keine Rolle mehr, weil Spalko dabei war, seine Folterinstrumente zu gebrauchen. »Ich frage Sie noch ein Mal: Was wissen Sie über Dr. Schiffers Erfindung?«

Bourne sah an Spalko vorbei. Er starrte die nackte Beton-
wand an.

»Sie haben sich dafür entschieden, mir nicht zu antworten«,
sagte Spalko. »Ich bewundere Ihren Mut.« Er lächelte char-
mant. »Und bemitleide die Sinnlosigkeit Ihrer Geste.«

Er trieb das spiralförmige Ende des Instruments in Bournes
Fleisch.

Kapitel *sechsundzwanzig*

Chan betrat das Houdini, ein Geschäft für Zauberartikel und Logikspiele im Gebäude 87 Vaci utca. Die Regale und Vitrinen der nicht allzu großen Boutique quollen über von schwarzen Umhängen, Zylindern, Zauberkästen und magischen Würfeln aller Art. Kinder jeden Alters, die ihre Mütter oder Väter im Schlepp hatten, streiften durch die Gänge und zeigten mit staunend aufgerissenen Augen auf das fantastische Angebot.

Chan wandte sich an eine der gestressten Verkäuferinnen und sagte ihr, er wolle zu Oszkar. Sie fragte ihn nach seinem Namen, dann hob sie einen Telefonhörer ab und wählte die Nummer einer Nebenstelle. Nach einigen kurzen Sätzen legte sie auf und schickte Chan durch den Laden nach hinten.

Durch eine Tür in der Rückwand gelangte er in einen winzigen Vorraum, der von einer nackten Glühbirne erhellt wurde. Die Wände waren von unbestimmbarer Farbe, und die Luft roch nach gekochtem Kohl. Chan stieg eine eiserne Wendeltreppe hinauf und gelangte ins Büro im ersten Stock. Die Wände standen voller Bücher – hauptsächlich Erstausgaben von Zauberbüchern und Biografien und Memoiren von berühmten Zauberern und Entfesslungskünstlern. An der Wand über einem alten Schreibtisch mit Rollverschluss hing ein signiertes Foto von Harry Houdini. Der alte Orientteppich auf den Bodendielen hätte noch immer unbedingt gereinigt werden müssen, und der riesige thronartige Lehnsessel mit der hohen Rückenlehne behauptete weiter seinen Ehrenplatz hinter dem Schreibtisch.

Oszkar saß in genau derselben Haltung da wie vor einem Jahr, als Chan ihn zuletzt besucht hatte. Er war ein birnenförmiger Mann mittleren Alters mit gewaltigem Backenbart und einer Knollennase. Als Chan auf der Schwelle erschien, stand er auf, kam hinter dem Schreibtisch hervor und schüttelte ihm grinsend die Hand.

»Willkommen!«, sagte er und bot Chan mit einer Handbewegung den Besuchersessel an. »Was kann ich für dich tun?«

Chan zählte seinem Kontaktmann auf, was er brauchte. Oszkar schrieb mit, während Chan sprach, und nickte zwischendurch mehrmals wortlos.

Dann sah er auf. »Ist das alles?« Er wirkte enttäuscht, denn er liebte nichts mehr als echte Herausforderungen, und die Beschaffung einer Luftpistole war das gewiss nicht.

»Nicht ganz«, sagte Chan. »Außerdem muss ich ein mit einer Magnetkarte gesichertes Schloss knacken.«

»Das klingt schon viel besser!« Oszkar strahlte jetzt. Er rieb sich die Hände, als er aufstand. »Komm mit, mein Freund.«

Er führte Chan auf einen tapezierten Korridor hinaus, auf dem altmodische Gaslampen zu brennen schienen. Oszkars watschelnder Gang erinnerte an einen Pinguin, aber wenn man erlebte, wie er sich in weniger als neunzig Sekunden aus drei Paar Handschellen befreite, erhielt das Wort Finesse plötzlich eine ganz neue Bedeutung. Oszkar öffnete eine Tür und ging in seine Werkstatt voraus – ein großer Raum, der durch Werkbänke und Stahltheken unterteilt war. Er führte Chan zu einer Theke und begann, in ihren senkrecht übereinander angeordneten Schubladen herumzuwühlen. Schließlich brachte er einen kleinen Würfel aus Chrom und schwarzem Metall zum Vorschein.

»Alle Magnetschlösser gehen auf, wenn sie stromlos sind, das weißt du, nicht wahr?« Als Chan nickte, fuhr er fort: »Und sie sind alle störungssicher, was bedeutet, dass sie ständig unter Spannung stehen müssen, um zu funktionieren. Wer eines dieser Schlösser einbaut, weiß natürlich, dass jede Unterbrechung der Stromversorgung das Schloss öffnet, deshalb gibt's immer eine Notstromversorgung, manchmal auch zwei, wenn der Betreffende paranoid genug ist.«

»Dieser Mann ganz sicher«, sagte Chan.

»Also gut«, sagte Oszkar nickend. »Eine Unterbrechung der Stromversorgung kannst du vergessen – das dauert zu lange, und selbst wenn du genügend Zeit hättest, könntest du vielleicht nicht alle Zuleitungen kappen.« Er hob einen Zeigefinger. »Nicht so allgemein bekannt ist allerdings, dass alle Magnetschlösser mit Gleichstrom arbeiten, deshalb …« Er wühlte in einer anderen Schublade, hielt einen weiteren Gegenstand hoch. »Was du brauchst, ist ein tragbares Wechselstrom-Versorgungsteil, das genügend Saft liefert, um jedes Magnetschloss zu knacken.«

Chan griff nach dem Versorgungsteil. Es war schwerer, als es aussah. »Wie funktioniert die Sache?«

»Stell dir vor, dass ein Blitz in ein elektrisches System einschlägt.« Oszkar tippte auf das Versorgungsteil. »Dieses Baby bringt den Gleichstrom lange genug in Unordnung, ohne jedoch einen Kurzschluss zu verursachen, sodass du die Tür öffnen kannst. Nach gewisser Zeit steht die Gleichstromversorgung wieder, und das Schloss ist wieder gesichert.«

»Wie lange habe ich Zeit?«, fragte Chan.

»Das hängt vom Fabrikat und Modell des Magnetschlosses ab.« Oszkar zuckte mit den massigen Schultern. »Schätzungsweise eine Viertelstunde, vielleicht zwanzig Minuten, aber bestimmt nicht länger.«

»Kann ich den Stromstoß nicht einfach wiederholen?«

Oszkar schüttelte den Kopf. »Damit würdest du das Magnetschloss ziemlich sicher in verriegelter Stellung einfrieren und müsstest die Tür aufbrechen, um wieder herauszukommen.« Er lachte, schlug Chan auf den Rücken. »Keine Sorge, ich habe Vertrauen zu dir!«

Chan sah ihn fragend an. »Seit wann hast du zu irgendwas Vertrauen?«

»Recht hast du.« Oszkar legte ihm ein kleines Reißverschlussetui aus Leder hin. »Kunstfertigkeit ist immer besser als Vertrauen.«

Um Punkt zwei Uhr fünfzehn isländischer Zeit verstauten Arsenow und Sina die sorgfältig in Decken gewickelte Leiche Magomets in einem Van und fuhren damit auf der Küstenstraße weiter nach Süden zu einer abgelegenen kleinen Bucht. Arsenow saß am Steuer. Sina studierte eine genaue Landkarte und sagte ihm gelegentlich, wie er fahren musste.

»Ich spüre die Nervosität der anderen«, sagte er nach einiger Zeit. »Dahinter steckt mehr als einfach nur unruhige Erwartung.«

»Wir sind nicht zu einem einfachen Unternehmen hier, Hassan.«

Er sah zu ihr hinüber. »Manchmal frage ich mich, ob du Eiswasser in den Adern hast.«

Sie setzte ein Lächeln auf, als sie kurz sein Bein drückte. »Du weißt recht gut, was ich in den Adern habe.«

Arsenow nickte. »Das stimmt.« Sosehr ihn der Wunsch antrieb, sein Volk zu führen, er musste sich doch eingestehen, dass er in Sinas Gesellschaft am glücklichsten war. Er sehnte sich nach der Zukunft, in der es keinen Krieg mehr geben würde, damit er aus seiner Rebellenrolle schlüpfen und nur noch ihr Ehemann und der Vater ihrer Kinder sein konnte.

»Sina«, sagte er, als sie von der Asphaltstraße abbogen und dem tief ausgefahrenen Weg folgten, der durch Felsen zu der Bucht hinabführte, »wir haben nie über uns gesprochen.«

»Wie meinst du das?« Sie wusste natürlich sehr gut, wie er das meinte, und bemühte sich, die Angst zu verdrängen, die ihr plötzlich die Kehle zuschnürte. »Natürlich haben wir das getan.«

Der Weg wurde steiler, und Arsenow bremste den Van ab. Vor ihnen konnte Sina die letzte Biegung sehen, dahinter lagen ein steiniger Strand und der ruhelose Nordatlantik.

»Nicht über unsere Zukunft, unsere Ehe, unsere Kinder, die wir eines Tages haben werden. Ich wüsste keinen besseren Zeitpunkt, um einander Liebe zu geloben.«

Erst jetzt begriff Sina ganz, wie intuitiv der Scheich sich in andere hineinfühlte. Denn Hassan Arsenow hatte sich durch die eigenen Worte verdammt. Er fürchtete sich davor, zu sterben. Das hörte sie aus seiner Wortwahl heraus, selbst wenn Blick und Tonfall ihn nicht verrieten.

Sie spürte jetzt auch seine Zweifel an ihr. Wenn sie eines gelernt hatte, seit sie sich den Aufständischen angeschlossen hatte, dann dass Zweifel alle Initiative, Entschlossenheit und besonders Tatkraft lähmten. Vielleicht wegen der extrem sorgenvollen Anspannung, unter der er stand, hatte er sich jetzt verraten, und seine Schwäche war ihr ebenso widerwärtig wie dereinst dem Scheich. Sie hatte einen schlimmen Fehler gemacht, als sie so rasch versucht hatte, Magomet anzuwerben, aber sie war sehr begierig, die Zukunft des Scheichs zu teilen. Trotzdem ließ Hassans gewalttätige Reaktion darauf schließen, dass seine Zweifel an ihr schon früher eingesetzt haben mussten. Hielt er sie etwa nicht mehr für vertrauenswürdig?

Sie hatten den Treffpunkt eine Viertelstunde vor der vereinbarten Zeit erreicht. Sina wandte sich ihm zu und nahm sein Gesicht in beide Hände. »Hassan, wir sind lange im Schatten des Todes Seite an Seite gegangen. Wir haben überlebt, weil das Allahs Wille war, aber auch wegen unserer unbeirrbaren Liebe zueinander.« Sie beugte sich nach vorn und küsste ihn. »Deshalb geloben wir einander nun ewige Treue, weil wir den Tod auf dem Pfad Allahs mehr begehren, als unsere Feinde ihr Leben lieben.«

Arsenow schloss kurz die Augen. Dies hatte er sich von ihr ersehnt; dies hatte er niemals zu erhalten befürchtet. Allein deshalb, das erkannte er jetzt, war er sofort zu einem hässlichen Schluss gelangt, als er sie mit Magomet gesehen hatte.

»In Allahs Blick, unter Allahs Hand, in Allahs Herz.« Das klang, als spreche er einen Segenswunsch aus.

Sie umarmten sich, aber Sina war in Gedanken natürlich weit jenseits des Nordatlantiks. Sie fragte sich, was der Scheich in diesem Augenblick tun mochte. Sie sehnte sich danach, sein Gesicht zu sehen, in seiner Nähe zu sein. Bald, tröstete sie sich. Schon bald würde ihr alles gehören, was sie begehrte.

Später stiegen sie aus dem Van, standen am Strand und sahen und hörten zu, wie die hereinkommenden Wellen sich im Geröll totliefen. In der kurzen Nacht des hohen Nordens war der Mond bereits untergegangen. In einer halben Stunde würde es hell werden, und ein weiterer langer Tag würde anbrechen. Sie standen mitten in der Bucht, deren Arme so weit ins Meer hinausragten, dass die Brandung stark abgeschwächt wurde und die niedrigeren Wellen sich ungefährlich am Strand brachen. Der kalte Wind, der übers schwarze Wasser strich, ließ Sina zittern, aber Arsenow war er willkommen.

In unbestimmbarer Entfernung auf dem Meer sahen sie ein weißes Licht dreimal blinken. Das Fischerboot war da. Arsenow bestätigte das Signal, indem er dreimal mit seiner Stablampe blinkte. Dann konnten sie das ohne Positionslichter fahrende Boot erkennen, das langsam näher an den Strand heranglitt. Sie gingen zum Van zurück und schleppten den Toten miteinander zur Gezeitenmarke hinunter.

»Werden sie überrascht sein, dich wiederzusehen?«, fragte Arsenow.

»Sie sind Männer des Scheichs, die überrascht nichts«, antwortete Sina, der nur allzu gut bewusst war, dass Hassan wegen der Lüge, die der Scheich ihm erzählt hatte, glauben musste, dies sei schon ihr zweites Treffen mit der Bootsbesatzung. Aber der Scheich würde natürlich vorgesorgt und sie entsprechend instruiert haben.

Als Arsenow die Stablampe wieder einschaltete, sahen sie ein Ruderboot auf sie zuhalten, das schwer beladen tief im Wasser lag. Es trug zwei Männer und einen Kistenstapel; weitere Kisten würden sich noch an Bord des Fischerboots befinden. Arsenow sah auf seine Uhr; er hoffte, sie würden vor Tagesanbruch fertig sein.

Die beiden Männer ließen den Bootsbug auf den Strand laufen und stiegen ins eisige Wasser. Sie vergeudeten keine Zeit damit, sich vorzustellen, taten aber auf Spalkos Befehl so, als sähen sie Sina nicht zum ersten Mal.

Tüchtig zupackend luden die vier die Kisten aus und stapelten sie auf der Ladefläche des Vans. Arsenow hörte ein Geräusch, drehte sich um und sah ein zweites Ruderboot auf den Strand laufen. Nun wusste er, dass sie der Morgendämmerung zuvorkommen würden.

Sie verfrachteten Magomets Leiche in das entladene Ruderboot, und Sina befahl den Männern, den Toten zu beschweren und in tiefstem Wasser über Bord zu werfen.

Sie bestätigten ihren Befehl ohne Murren, was Arsenow gefiel. Offenbar hatte Sina Eindruck gemacht, als sie die Übergabe der Fracht an die Bootsbesatzung überwacht hatte.

Binnen kurzem hatten sie zu sechst die restlichen Kisten in den Van verladen. Dann stiegen die Männer so schweigsam in ihre Ruderboote, wie sie zuvor ausgestiegen waren, und begannen mit einem kräftigen Schub von Arsenow und Sina die Rückfahrt zu dem Fischerboot.

Sina und Arsenow sahen sich an. Mit dem Eintreffen der Fracht hatte ihr Unternehmen plötzlich eine ganz neue Realität bekommen.

»Fühlst du's, Sina?«, fragte Arsenow, indem er die Hand auf eine der Kisten legte. »Kannst du den Tod spüren, der darin lauert?«

Sina bedeckte seine Hand mit ihrer. »Was ich spüre, ist unser Sieg.«

Sie fuhren zu dem Haus auf der Klippe zurück, in dem sie von den übrigen Angehörigen ihres Teams empfangen wurden, die sich durch geschickten Gebrauch von Wasserstoffperoxyd und farbigen Kontaktlinsen bis zur Unkenntlichkeit verwandelt hatten. Niemand verlor ein Wort über Magomets Tod. Mit ihm hatte es ein schlimmes Ende genommen, und so kurz vor Beginn ihres Unternehmens wollte niemand Einzelheiten wissen – alle hatten Wichtigeres im Kopf.

Die Kisten wurden sorgfältig ausgeladen und geöffnet; sie enthielten kompakte Maschinenpistolen, Pakete mit dem Plastiksprengstoff C4 und ABC-Schutzanzüge. Eine weitere Kiste, kleiner als die anderen, enthielt Schalotten, die abgepackt auf Eis lagen. Arsenow nickte Achmed zu, der sich Latexhandschuhe überstreifte und die Kiste mit den Schalotten zu dem Lieferwagen mit der Beschriftung *Hafnarfjördur Obst & Gemüse* trug. Dann setzte der jetzt blonde und blauäugige Achmed sich ans Steuer und fuhr davon.

Arsenow und Sina blieb es vorbehalten, die letzte Kiste zu öffnen, die das NX 20 enthielt. Gemeinsam betrachteten sie die beiden Hälften, die scheinbar harmlos in ihrem schützenden Kokon aus Formschaum lagen, und erinnerten sich daran, was sie in Nairobi erlebt hatten. Arsenow sah auf seine Armbanduhr. »In wenigen Stunden trifft der Scheich mit der Ladung ein.«

Die letzten Vorbereitungen hatten begonnen.

Kurz nach neun Uhr hielt ein Fahrzeug des Möbelhauses Fontana vor der Lieferantenzufahrt im Untergeschoss der Zentrale von Humanistas, Ltd., wo es von zwei Wachleuten angehalten wurde. Einer der beiden sah auf einer Liste nach, und obwohl darin eingetragen war, dass Ethan Hearn eine Lieferung von Fontana erwartete, wollte er den Lieferschein sehen. Als der Fahrer ihn aushändigte, forderte der Wachmann ihn auf, die Hecktür des Möbelwagens zu öffnen. Er kletterte hinein und hakte die aufgeführten Artikel ab; dann öffneten sein Partner und er sämtliche Kartons und kontrollierten die beiden Sessel, das Sideboard, den Schrank und das Schlafsofa. Alle Türen wurden geöffnet, jedes Sofa- und Sesselpolster hochgehoben. Da alles in Ordnung war, gaben die Wachleute den Lieferschein zurück und erklärten den beiden Möbelpackern, wo Ethan Hearns Büro zu finden war.

Der Fahrer parkte in der Nähe des Aufzugs; dann lud er mit seinem Partner die Möbel aus. Sie mussten viermal fahren, um alles in den fünften Stock hinaufzuschaffen, wo sie von Hearn erwartet wurden. Er war nur zu gern bereit, ihnen zu zeigen, wohin sie die Möbelstücke stellen sollten, und ebenso gern steckten sie das großzügige Trinkgeld ein, das er ihnen nach getaner Arbeit in die Hand drückte.

Nachdem sie gegangen waren, schloss Hearn die Tür und begann, die bisher neben seinem Schreibtisch gestapelten Akten in alphabetischer Reihenfolge in den Schrank zu stellen. Die Stille eines gut geführten Büros sank über den Raum herab. Als einige Zeit später angeklopft wurde, richtete Hearn sich aus der Hocke auf und ging zur Tür. Er öffnete sie und stand der Frau gegenüber, die gestern spätabends den Mann auf der Tragbahre ins Gebäude und mit nach oben begleitet hatte.

»Sie sind Ethan Hearn?«

Als er nickte, streckte sie ihm die Hand hin. »Annaka Vadas.«

Hearn schüttelte ihr die Hand, die fest und trocken war. Weil er sich an Chans Warnung erinnerte, setzte er ein unschuldig neugieriges Gesicht auf. »Kennen wir uns irgendwoher?«

»Ich bin eine Freundin Stepans.« Ihr Lächeln blendete ihn fast. »Kann ich einen Augenblick reinkommen – oder wollten Sie gerade gehen?«

»Ich habe eine Besprechung …« Er sah auf seine Armbanduhr. »Aber noch nicht so bald.«

»Ich halte Sie nicht lange auf.« Sie ging zu seinem neuen Sofa, nahm Platz und schlug die Beine übereinander. Als sie jetzt zu Hearn aufsah, war ihr Gesichtsausdruck hellwach und erwartungsvoll.

Er wandte sich ihr, auf seinem Drehstuhl sitzend, zu. »Was kann ich für Sie tun, Frau Vadas?«

»Ich fürchte, Sie sehen die Sache verkehrt«, sagte sie lebhaft. »Die Frage ist, was ich für *Sie* tun kann.«

Er schüttelte den Kopf. »Tut mir Leid, das verstehe ich nicht.«

Sie summte vor sich hin, während sie sich in seinem Büro umsah. Dann beugte sie sich mit auf den Knien aufgestützten Ellbogen nach vorn. »Oh, das verstehen Sie genau, Ethan.« Wieder dieses Lächeln. »Ich weiß nämlich etwas über Sie, das nicht mal Stepan weiß.«

Er setzte wieder sein unschuldig neugieriges Gesicht auf und breitete scheinbar hilflos die Hände aus.

»Sie geben sich zu viel Mühe«, sagte sie knapp. »Trotzdem weiß ich, dass Sie außer für Stepan noch für jemand anders arbeiten.«

»Nein, ich …«

Aber sie legte einen Zeigefinger auf die Lippen. »Ich habe Sie gestern in der Tiefgarage gesehen. Sie hatten keinen Grund, dort zu sein, und selbst wenn Sie einen gehabt hätten, haben Sie sich viel zu sehr für das interessiert, was dort passierte.«

Er war so verblüfft, dass er gar nicht versuchte zu leugnen. Was hätte er damit auch erreicht?, fragte er sich. Sie hatte ihn gesehen, obwohl er sehr vorsichtig gewesen war. Hearn starrte sie an. Sie war wirklich eine Schönheit, aber vor allem auch beeindruckend scharfsinnig.

Sie legte den Kopf leicht schief. »Für Interpol arbeiten Sie nicht – Sie haben nicht die albernen Angewohnheiten dieser Leute. CIA? Nein, das glaube ich nicht. Stepan würde es erfahren, falls die Amerikaner versuchen sollten, seine Organisation zu unterwandern. Für wen also, hmmm?«

Hearn wollte es nicht sagen; er brachte kein Wort heraus. Er fürchtete nur, dass sie es schon wusste – sie wusste alles.

»Starren Sie mich nicht so kreidebleich an, Ethan.« Annaka stand auf. »Mir ist das herzlich egal. Ich will nur eine Versicherungspolice für den Fall, dass die Dinge hier schief gehen. Diese Versicherungspolice sind Sie. Deshalb wollen wir Ihren Verrat vorläufig als unser kleines Geheimnis betrachten.«

Sie hatte den Raum durchquert und war hinausgegangen, bevor er sich eine Antwort einfallen lassen konnte. Er blieb noch einen Augenblick lang wie gelähmt sitzen. Endlich stand er auf, öffnete die Tür und sah nach beiden Richtungen den Flur entlang, um sich zu vergewissern, dass sie wirklich gegangen war.

Dann schloss er die Tür, trat an das Schlafsofa und sagte: »Okay, Sie können rauskommen.«

Die Polster wurden hochgehoben, und er legte sie auf den Teppichboden. Als die Sperrholzplatten, die den Bettmechanismus verbargen, sich zu bewegen begannen, griff Hearn nach ihnen und hob sie heraus.

Statt Bettgestell und Matratze lag darunter Chan.

Hearn merkte, dass er schwitzte. »Sie haben mich vor ihr gewarnt, aber …«

»Still!« Chan stemmte sich aus dem beengten Raum hoch, der schmaler als ein Sarg war. Hearn wich ängstlich zurück, aber Chan hatte wichtigere Dinge im Kopf als körperliche Züchtigung. »Achten Sie nur darauf, dass Sie denselben Fehler nicht noch mal machen.«

Chan ging zur Tür und legte ein Ohr daran. Draußen waren nur die Hintergrundgeräusche der übrigen Büros dieses Stockwerks zu hören. Er war mit Hose, Schuhen, T-Shirt und Lederjacke ganz in Schwarz gekleidet. Hearn hatte den Eindruck, sein Oberkörper sei viel massiger als bei ihrer letzten Begegnung.

»Sie bauen das Sofa wieder zusammen«, wies Chan ihn an, »und arbeiten dann weiter, als sei nichts passiert. Sie müssen bald zu einer Besprechung? Vergessen Sie nicht, pünktlich hinzugehen. Alles muss ganz normal wirken.«

Hearn nickte, während er die Sperrholzplatten in die Vertiefung des Sofas zurücklegte und mit den Polstern bedeckte. »Wir sind hier im fünften Stock«, sagte er. »Die Zielperson ist im dritten Stock.«

»Zeigen Sie mir die Baupläne.«

Hearn setzte sich an sein Computerterminal und rief die Baupläne des Gebäudes auf.

»Zeigen Sie mir den dritten Stock«, sagte Chan, während er sich über Hearns Schulter beugte.

Als Hearn den Grundriss aufgerufen hatte, studierte Chan ihn sorgfältig. »Was ist das?«, fragte er und tippte auf den Bildschirm.

»Keine Ahnung.« Hearn benützte die Zoomfunktion. »Scheint ein Leerraum zu sein.«

»Oder«, sagte Chan, »ein weiterer Raum neben dem Schlafzimmer von Spalkos Privatsuite.«

»Aber hier ist keine Tür eingezeichnet«, stellte Hearn fest.

»Interessant. Ich frage mich, ob Spalko ein paar Änderungen vorgenommen hat, von denen seine Architekten nie erfahren haben.«

Chan wandte sich ab, sobald er sich den Grundriss eingeprägt hatte. Was aus Plänen zu entnehmen war, wusste er nun, aber er musste die Suite mit eigenen Augen sehen. An der Tür drehte er sich noch einmal zu Hearn um. »Nicht vergessen! Gehen Sie pünktlich zu Ihrer Besprechung.«

»Was haben Sie vor?«, fragte Hearn. »Dort kommen Sie unmöglich rein.«

Chan schüttelte den Kopf. »Je weniger Sie wissen, desto besser.«

Die Fahnen flatterten an diesem endlos langen isländischen Morgen voller strahlendem Sonnenschein und dem Mineralgeruch der heißen Quellen. In einer Ecke des Flughafens Keflavik, die Jamie Hull, Boris Iljitsch Karpow und Fahd al-Sa'ud für den sichersten Punkt auf dem Gelände hielten, war auf einem Podium ein großes Rednerpult aufgestellt und an Mikrofone und Lautsprecher angeschlossen worden. Keiner von ihnen, anscheinend nicht einmal Genosse Karpow, war glücklich darüber, dass ihre jeweiligen Präsidenten sich so exponierten, aber die Staatsoberhäupter bestanden darauf. Sie hielten es für unerlässlich, nicht nur ihre Solidarität, sondern auch ihre Furchtlosigkeit der Öffentlichkeit zu demonstrieren. Alle wussten recht gut, dass die mit ihrem Amt verbundene Gefahr, einem Attentat zum Opfer zu fallen, sich seit der Ankündigung des Terrorismusgipfels vervielfacht hatte. Sie alle wussten jedoch auch, dass diese Lebensgefahr zu ihrer Arbeit gehörte. Wer sich daran machte, die Welt zu verändern, musste damit rechnen, dass sich ihm Leute in den Weg stellten.

Und so wehten und knatterten an diesem Morgen zu Beginn des Gipfeltreffens die Fahnen der Vereinigten Staaten, Russlands und der vier wichtigsten islamischen Staaten in dem scharfen Wind. Das Rednerpult war mit dem nach zähen Verhandlungen angenommenen Logo des Gipfels geschmückt, bewaffnete Sicherheitskräfte riegelten den Flughafen ab, auf den Hangardächern waren Scharfschützen in Stellung gegangen. Die aus allen Staaten der Welt zusammengeströmten Berichterstatter hatten sich schon zwei Stunden vor Beginn der Pressekonferenz einfinden müssen. Die Journalisten waren methodisch überprüft, ihre Ausweise streng kontrolliert und ihre Fingerabdrücke mit mehreren Fahndungsdateien verglichen worden. Die Fotografen waren davor gewarnt worden, ihre Filme vorzeitig einzulegen, weil ihre Kameras durchleuchtet und genau untersucht werden mussten. Alle Handys wurden beschlagnahmt, mit Etiketten versehen und außerhalb des Sicherheitsbereichs gelagert, um nach der Pressekonferenz zurückgegeben zu werden. Kein Detail war übersehen worden.

Als der Präsident der Vereinigten Staaten seinen Auftritt hatte, begleitete ihn Jamie Hull gemeinsam mit einem Rudel Secret-Service-Agenten. Über einen Ohrhörer stand Hull in ständiger Verbindung mit jedem Mitglied seines Teams sowie den beiden anderen Sicherheitschefs. Gleich hinter dem US-Präsidenten kam der russische Präsident Alexander Jewtuschenko, der von Karpow und einer Gruppe grimmig dreinblickender FSB-Agenten eskortiert wurde. Dahinter folgten die Staatsoberhäupter der vier islamischen Staaten, jeder mit dem Leiter und mehreren Leuten des eigenen Sicherheitsdiensts.

Die Zuschauer und Journalisten drängen nach vorn, wurden jedoch von dem Podium gestoppt, das die Würdenträger jetzt erklommen hatten. Die Mikrofone wurden getestet, die TV-Kameras gingen auf Sendung. Als Erster trat der US-Präsident ans Rednerpult. Er war ein großer, gut aussehender Mann mit Adlernase und scharfen Augen, denen nicht leicht etwas entging.

»Liebe Bürger in aller Welt«, begann er mit kräftiger, ausdrucksvoller Stimme, die durch viele erfolgreiche Wahlkämpfe abgeschliffen, durch unzählige Pressekonferenzen geglättet und durch Reden vor kleinerem Kreis im Oval Office und in Camp David poliert worden war, »dies ist ein großer Tag für den Weltfrieden und den internationalen Kampf für Gerechtigkeit und Freiheit gegen die Kräfte von Gewalt und Terrorismus.

Heute stehen wir erneut an einem Scheideweg der Weltgeschichte. Wollen wir zulassen, dass die gesamte Menschheit ins Dunkel von Angst und ständigem Krieg gestürzt wird, oder schließen wir uns zusammen, um unsere Feinde, wo immer sie sich verbergen mögen, ins Herz zu treffen?

Die Mächte des Terrorismus sind gegen uns aufmarschiert. Und wir dürfen nicht verkennen, dass der Terrorismus eine moderne Hydra, ein vielköpfiges Ungeheuer ist. Obwohl wir keine Illusionen in Bezug auf den dornigen Weg hegen, der vor uns liegt, halten wir an unserem Wunsch fest, diesen Weg mit vereinten Kräften gemeinsam zu gehen. Nur vereint können wir das vielköpfige Ungeheuer besiegen. Nur vereint haben wir eine Chance, unsere Welt zu einem sicheren Ort für alle Bürger zu machen.«

Diese kurze Rede des US-Präsidenten wurde mit großem Beifall aufgenommen. Dann überließ er das Rednerpult dem russischen Präsidenten, der mehr oder weniger das Gleiche sagte – und ebenfalls großen Applaus erntete. Die vier arabischen Staatsoberhäupter sprachen nacheinander, und obwohl sie sich etwas zurückhaltender ausdrückten, betonten auch sie die dringende Notwendigkeit vereinter Anstrengungen, um den Terrorismus ein für alle Mal auszurotten.

Dann hatten die Journalisten kurz Gelegenheit, Fragen zu stellen, bevor die sechs Männer sich für die Fotografen aufbauten. Sie gaben ein eindrucksvolles Bild ab, das noch denkwürdiger wurde, als sie sich an den Händen fassten und die Arme hochreckten: eine noch nie da gewesene Demonstration der Solidarität der politischen Systeme und Kulturen.

Die Stimmung war zuversichtlich, als die Zuschauer sich langsam verliefen. Und selbst die abgebrühtesten Journalisten waren sich darüber einig, der Gipfel habe glänzend begonnen.

»Wissen Sie eigentlich, dass ich beim dritten Paar Latexhandschuhe bin?«

Stepan Spalko saß an dem zerschrammten, blutbespritzten Tisch auf dem Stuhl, auf dem am Vortag Annaka gesessen hatte. Vor sich hatte er ein Sandwich mit Schinken, Salat und Tomate, wie er es in den langen Genesungszeiten zwischen seinen Operationen in den Vereinigten Staaten lieben gelernt hatte. Das Sandwich lag auf einem Teller aus feinem Porzellan, und in der rechten Hand hielt Spalko ein Stielglas aus feinstem Kristall mit einem erlesenen Bordeaux.

»Unwichtig. Es ist schon spät.« Er tippte aufs Quarzglas des Chronometers an seinem Handgelenk. »Ich fürchte, Mr. Bourne, dass mein wundervolles Amüsement zu Ende geht. Ich will Ihnen nicht verhehlen, dass Sie mir eine fantastische Nacht beschert haben.« Er lachte bellend. »Was mehr ist, als ich für Sie getan habe, möchte ich meinen.«

Das Sandwich war genau seinen Anweisungen entsprechend in zwei gleichseitige Dreiecke zerschnitten. Spalko griff nach einem, biss davon ab und kaute langsam und genüsslich. »Wissen Sie, Mr. Bourne, ein Sandwich mit Schinken, Tomate und Salat taugt nur etwas, wenn der gekochte Schinken frisch und nicht zu dünn geschnitten ist.«

Er schluckte, legte das angebissene Stück weg, setzte das Kristallglas an die Lippen und nahm einen Schluck Bordeaux. Dann schob er den Stuhl zurück, stand auf und ging zu Jason Bourne hinüber, der angeschnallt auf dem Zahnarztstuhl saß. Der Kopf hing ihm auf die Brust, und in einem halben Meter Umkreis um ihn waren überall Blutspritzer zu sehen.

Spalko hob Bournes Kopf mit zwei Fingern seiner behandschuhten Linken hoch. Die von endlosen Qualen glanzlosen Augen waren von dunklen Ringen umgeben, und das bleiche Gesicht wirkte blutleer. »Bevor ich gehe, muss ich Ihnen von der Ironie des Ganzen erzählen. Die Stunde meines Triumphs steht bevor. Was Sie wissen, spielt keine Rolle mehr. Ob Sie reden oder nicht, ist nicht mehr wichtig. Entscheidend ist nur, dass ich Sie hier habe: gefesselt und ohnmächtig.« Er lachte. »Welch schrecklichen Preis Sie für Ihr Schweigen bezahlt haben. Und wofür, Mr. Bourne? Für nichts!«

Chan sah den Wachmann auf dem Korridor vor dem Aufzug stehen und zog sich lautlos zur Tür zum Treppenhaus zurück. Durch das in die Tür eingelassene Drahtglasfenster konnte er zwei bewaffnete Wachleute sehen, die im Treppenhaus standen und rauchten. Ungefähr alle fünfzehn Sekunden warf der eine oder andere Mann einen Blick durch das Fenster, um den Korridor im fünften Stock zu kontrollieren. Die Treppe war zu gut gesichert.

Er kehrte um, ging ganz normal und entspannt den Korridor entlang, zog unterwegs die Luftpistole, die er von Oszkar gekauft hatte, und hielt sie an den rechten Oberschenkel gedrückt. Sowie der Wachmann ihn sah, riss Chan die Luftpistole hoch und schoss ihm einen kleinen Bolzen in den

Hals. Die Chemikalie in der Spitze lähmte den Mann, und er brach auf der Stelle zusammen.

Chan schleifte den Bewusstlosen gerade in die Herrentoilette, als die Tür sich öffnete und ein zweiter Wachmann erschien, dessen Maschinenpistole auf Chans Brust zielte.

»Halt, keine Bewegung«, sagte er. »Lassen Sie die Waffe fallen und zeigen Sie mir Ihre leeren Hände.«

Chan tat wie befohlen. Als er die Hände ausstreckte, damit der Wachmann sie inspizieren konnte, löste er die starke Feder in einer innen an seinem Handgelenk verdeckt festgeklebten Scheide aus. Der Uniformierte klatschte sich mit einer Hand an den Hals. Der kleine Pfeil verursachte einen Schmerz wie ein Insektenstich. Aber der Mann merkte plötzlich, dass er nichts mehr sehen konnte. Das war sein letzter Gedanke, bevor auch er bewusstlos zusammenbrach.

Chan schleifte die beiden Männer in die Toilette, dann drückte er den Rufknopf des Aufzugs. Sekunden später glitt die Doppeltür auf, als der Lift in seinem Stockwerk hielt. Er war mit einem Satz in der Kabine, drückte auf den Knopf mit der Zahl drei. Der Aufzug begann in die Tiefe zu sinken, aber als er am vierten Stock vorbei war, hielt er mit einem Ruck und blieb zwischen den Etagen hängen. Chan drückte auf sämtliche Knöpfe, aber das nützte nichts. Der Aufzug steckte fest, was zweifellos beabsichtigt war. Er wusste, dass ihm nur sehr wenig Zeit blieb, um sich aus der Falle zu befreien, die Spalko ihm gestellt hatte.

Er kletterte auf das in der Kabine umlaufende Geländer und streckte sich nach der in die Decke eingelassenen Wartungsöffnung. Als er die Luke schon aufstoßen wollte, ließ er die Hand sinken und sah genauer hin. Was war dieses metallische Glitzern? Er holte die kleine Stablampe aus der

Werkzeugtasche, die Oszkar ihm mitgegeben hatte, und richtete den Lichtstrahl auf die Schraube in der hintersten Ecke. Sie war mit einer dünnen Kupferlitze umwickelt. Eine Sprengfalle! Chan wusste jetzt, dass er eine auf der Kabine angebrachte Sprengladung zünden würde, sobald er versuchte, die Luke aufzustoßen.

In diesem Augenblick warf ein Ruck ihn vom Geländer, und die Kabine begann, in allen Fugen ächzend, den Aufzugschacht hinunterzustürzen.

Spalkos Telefon klingelte, und er trat aus der Folterkammer. Sonnenlicht fiel durch die Fenster seines Schlafzimmers, und er spürte die Wärme auf dem Gesicht, als er es durchquerte.

»Ja?«

Eine Stimme sprach in sein Ohr. Die Worte beschleunigten seinen Puls. Er war hier! Chan war hier! Seine Hand ballte sich zur Faust. Jetzt hatte er sie beide. Seine Arbeit hier war fast getan. Er beorderte seine Männer in den zweiten Stock, dann rief er die Sicherheitszentrale an und ordnete eine Feuerlöschübung an, zu der gehörte, dass das Gebäude in kürzester Zeit von allen gewöhnlichen Humanistas-Mitarbeitern geräumt wurde. Binnen zwanzig Sekunden schrillte der Feueralarm los, und überall im Gebäude verließen Männer und Frauen ihre Büros und begaben sich rasch, aber nicht in Panik zu den Treppenhäusern, von denen aus sie ins Freie geführt wurden. Spalko hatte inzwischen seinen Fahrer und seinen Piloten angerufen, wobei er Letzteren anwies, seinen Privatjet, der im Humanistas-Hangar auf dem Flughafen Ferihegy auf ihn wartete, startbereit zu machen. Wie er schon früher angeordnet hatte, war die Maschine schon inspiziert und betankt; auch ein Flugplan war bereits fertig.

Jetzt musste er noch ein Telefongespräch führen, bevor er zu Jason Bourne zurückkehrte.

»Chan ist im Gebäude«, sagte er, als Annaka sich meldete. »Er sitzt im Aufzug fest, und ich habe Männer eingesetzt, die ihn abfangen, falls ihm die Flucht gelingt, aber du kennst ihn besser als alle anderen.« Er grunzte, als er ihre Antwort hörte. »Was du sagst, ist keine Überraschung. Erledige die Sache, wie du's für richtig hältst.«

Chan schlug mit dem Handballen auf den Nothaltknopf, aber der Aufzug reagierte nicht, sondern stürzte weiter in die Tiefe. Mit einem Werkzeug aus Oszkars Lederetui stemmte er die Metallabdeckung über den Etagenknöpfen ab. Dahinter befand sich ein Gewirr von Drähten, aber er sah auf einen Blick, dass die zweipolige Leitung zum Nothaltknopf herausgezogen war. Als er die Enden gewandt wieder in die Buchsen steckte, kam die Kabine sofort mit dem Kreischen von funkensprühendem Metall zum Stehen, als die Notbremse griff. Während sie zwischen dem zweiten und dritten Stock festhing, arbeitete Chan mit atemloser Intensität weiter an der Verdrahtung.

Im dritten Stock erreichten Spalkos Männer die äußere Aufzugtür, die sie mit einem Feuerwehrschlüssel entriegelten. Dann stemmten sie die Tür auf, sodass der Aufzugschacht zugänglich war. Unmittelbar über sich konnten sie den Boden der stecken gebliebenen Kabine sehen. Sie hatten ihre Befehle; sie wussten, was sie zu tun hatten. Sie hoben ihre Maschinenpistolen, eröffneten das Feuer und durchsiebten das untere Drittel der Aufzugkabine. Diese konzentrierte Feuerkraft konnte niemand überleben.

Chan hatte sich mit gespreizten Armen und Beinen in der Aussparung des Fahrstuhlschachts verkeilt und beobachtete, wie das untere Drittel der Kabine wegfiel. Gegen Querschläger schützten ihn die Kabinentür und der Schacht selbst. Durch seinen Eingriff in die Verdrahtung war es ihm gelungen, die Tür gerade so weit zu öffnen, dass er sich hinauszwängen konnte. Er hatte sich in der Wandaussparung hochgestemmt und befand sich ungefähr auf Höhe der Kabinendecke, als der Geschosshagel einsetzte.

Das Echo der durch den Aufzugschacht hämmernden Schüsse war kaum verhallt, als er ein Summen hörte, als schwärme ein ganzer Bienenschwarm aus seinem Stock. Er hob den Kopf und sah zwei Kletterseile, die sich aus einem oberen Stockwerk durch den Schacht herabschlängelten. Im nächsten Augenblick kamen zwei schwer bewaffnete Männer in Kampfanzügen Hand über Hand die Seile heruntergeklettert.

Einer der beiden sah ihn und schwang seine Maschinenpistole in seine Richtung. Chan gab einen Schuss aus der Luftpistole ab, und die Waffe glitt aus den tauben Fingern des Angreifers. Als der andere auf ihn zielte, schnellte Chan sich durch die Luft und klammerte sich an den Bewusstlosen, der nun in seinem Abseilgurt am Seil hing. Der zweite Mann, mit seinem Schutzhelm gesichtslos und anonym, schoss auf Chan, der den Bewusstlosen zwischen sie brachte und als Schutzschild benützte. Mit einem gut gezielten Fußtritt trat er dem Schützen die Maschinenpistole aus den Händen.

Sie landeten miteinander auf dem Kabinendach. Der kleine farblose Würfel aus tödlichem C4 war mit Klebstreifen mitten auf der Dachluke befestigt, wo jemand ihn hastig als Sprengfalle verdrahtet hatte. Chan sah mit einem Blick, dass alle Schrauben gelockert waren; stieß einer von ihnen versehentlich gegen die Luke und verschob sie auch nur geringfügig, musste die ganze Kabine in die Luft fliegen.

Chan schoss erneut mit der Luftpistole, aber der Angreifer, der gesehen hatte, wie sein Partner außer Gefecht gesetzt worden war, warf sich zur Seite, wälzte sich herum und trat ihm die Waffe aus der Hand. Gleichzeitig griff er sich die Maschinenpistole seines Partners. Chan stampfte ihm auf die Hand und drehte den Stiefelabsatz von einer Seite zur anderen, damit der Mann die Waffe losließ. Gleichzeitig hämmerten wieder Feuerstöße durch den Schacht, als Spalkos Männer im dritten Stock erneut das Feuer eröffneten.

Der Mann im Kampfanzug nutzte die Tatsache, dass Chan abgelenkt war, um sein Bein wegzuschlagen und ihm die Maschinenpistole zu entreißen. Bevor er schießen konnte, sprang Chan in den Schacht und rutschte die Kabine entlang bis zu der Stelle hinunter, wo die Notbremse ausgefahren war. Dort drückte er sich in die Wandaussparung und machte sich daran, den Mechanismus zu lösen. Der Angreifer auf dem Kabinendach, der Chan verschwinden gesehen hatte, lag jetzt auf dem Bauch und zielte mit der Maschinenpistole auf ihn. Als er sein Ziel erfasst hatte, gelang es Chan, die Notbremse zu lösen. Die Kabine stürzte mitsamt dem entsetzt aufschreienden Mann im Aufzugschacht in die Tiefe.

Chan war mit einem Satz bei dem nächsten Seil und kletterte es wieselflink hinauf. Er war im vierten Stock angelangt und schon dabei, das Magnetschloss unter Wechselstrom zu setzen, als die Kabine unterhalb der Tiefgaragenebene auf dem Boden des Schachts aufschlug. Dabei verschob sich die Abdeckung der Wartungsöffnung, und der Sprengstoff detonierte. Die Druckwelle schoss den Schacht in dem Augenblick hinauf, als das Magnetschloss stromlos wurde, und Chan wurde durch die Tür geschleudert.

Der Eingangsbereich im dritten Stock war ganz in milchkaffeebraunem Marmor gehalten. Wandleuchter mit Milchglaskelchen tauchten den Raum in ein weiches indirektes Licht. Als Chan sich aufrappelte, sah er keine fünf Meter von sich entfernt Annaka den Flur entlang flüchten. Sie war offensichtlich überrascht – und bestimmt nicht erfreut, vermutete er. Offenbar hatten weder Spalko noch sie erwartet, dass er es schaffen würde, in den vierten Stock zu gelangen. Er lachte lautlos in sich hinein, als er die Verfolgung aufnahm. Kein Wunder, dass sie verblüfft waren; er hatte wirklich Erstaunliches geleistet.

Vor ihm verschwand Annaka durch eine Tür. Chan hörte ein Schloss einschnappen, als sie die Tür hinter sich zuknallte. Er wusste, dass er Bourne und Spalko finden musste, aber Annaka war eine Wildcard geworden, die er nicht ignorieren durfte. Er hatte einen Satz Dietriche bereit, noch bevor er die abgesperrte Tür erreichte. Er führte einen Dietrich ein und lotete die Feinheiten des Schlosses aus. Chan brauchte keine fünf Sekunden, um die Tür zu öffnen – kaum Zeit genug für Annaka, um den Raum zu durchqueren. Sie warf ihm einen angstvollen Blick über die Schulter hinweg zu, bevor sie die zweite Tür hinter sich zuknallte.

Nachträglich gesehen hätte ihr Gesichtsausdruck ihn warnen müssen. Annaka ließ niemals Angst erkennen. Er achtete jedoch mehr auf den eigenartigen Raum, der klein und quadratisch, so nichts sagend wie fensterlos war. Er wirkte unfertig, war frisch in reinem Weiß gestrichen – auch die breiten hölzernen Türrahmen – und völlig unmöbliert. Aber Chans Besorgnis kam zu spät, denn das leise Zischen hatte schon angefangen. Als er den Kopf hob, sah er hoch an den

Wänden die Schlitze, aus denen Gas austrat. Er hielt die Luft an, hastete zu der zweiten Tür, durch die Annaka verschwunden war. Sein Dietrich hätte das Schloss öffnen müssen, aber die Tür ließ sich trotzdem nicht aufziehen. Sie muss von außen verriegelt worden sein, dachte er, als er zu der Tür zurückrannte, durch die er hereingekommen war. Er drehte den Türknopf, musste aber feststellen, dass sie ebenfalls von außen verriegelt worden war.

Der hermetisch abgeschlossene Raum begann sich mit Gas zu füllen. Er saß in der Falle.

Neben dem Porzellanteller mit Sandwichkrümeln und dem Stielglas mit einem kleinen Rest Bordeaux hatte Stepan Spalko die Gegenstände aufgereiht, die er Bourne abgenommen hatte: die Keramikpistole, Conklins Handy, den Packen Geldscheine und das Schnappmesser.

Bourne, misshandelt und blutig, war nun schon seit Stunden tief in Delta-Meditation versunken – erst um die Schmerzen ertragen zu können, die seinen Körper bei jeder Anwendung von Spalkos Instrumenten heiß durchfluteten, dann um seine inneren Energiereserven zu schützen und zu bewahren, zuletzt um die Wirkung der Folter abzuschwächen und wieder zu Kräften zu kommen.

Gedanken an Marie, Alison und Jamie flackerten in seinem bewusst geleerten Verstand wie unstete Flämmchen auf, aber weitaus lebhafter war seine Erinnerung an die Jahre im sonnendurchglühten Phnom Penh. Sein Verstand, der sich bis zu stiller Gelassenheit beruhigt hatte, erweckte Dao, Alyssa und Joshua zu neuem Leben. Er warf Joshua einen Baseball zu, damit der Junge den Fanghandschuh ausprobieren konnte, den er ihm aus den Staaten mitgebracht hatte, als Joshua sich ihm zuwandte und fragte: *»Warum hast du* *versucht, uns zu reproduzieren? Warum hast du nicht versucht, uns zu retten?«* Bourne war einige Augenblicke lang verwirrt, bis er Chans Gesicht sah, das wie ein Vollmond an einem sternlosen Himmel über ihm zu hängen schien. Chan öffnete den Mund und sagte: *»Du hast versucht, Joshua und Alyssa zu reproduzieren. Du hast ihnen sogar Vornamen mit denselben Anfangsbuchstaben gegeben.«*

Während Bourne ihn mit blutunterlaufenen Augen beobachtete, steckte Spalko das Geld ein und griff nach der Pistole. »Ich habe Sie dazu benützt, mir die Spürhunde der großen Geheimdienste vom Leib zu halten. In dieser Beziehung haben Sie mir gut gedient.« Er richtete die Waffe auf Bourne, zielte auf einen Punkt über seinem Nasensattel. »Aber jetzt habe ich leider keine Verwendung mehr für Sie.« Sein Zeigefinger nahm Druckpunkt am Abzug.

In diesem Augenblick kam Annaka hereingestürmt. »Stepan, Chan hat's geschafft – er ist hier drin!«

Spalko ließ unwillkürlich Überraschung erkennen. »Ich habe die Detonation gehört. Das hat er überlebt?«

»Irgendwie ist's ihm gelungen, den Aufzug abstürzen zu lassen. Die Kabine ist im Kellergeschoss explodiert.«

»Ein Glück, dass die letzte Waffenlieferung längst rausgegangen ist.« Er sah endlich zu ihr hinüber. »Wo ist Chan jetzt?«

»In der weißen Kammer eingesperrt. Es wird Zeit, dass wir verschwinden.«

Spalko nickte. Sie hatte Chans Fähigkeiten völlig richtig eingeschätzt. Er hatte klug gehandelt, als er die Liaison der beiden gefördert hatte. Dank ihrer angeborenen Falschheit hatte sie Chan besser ausforschen können, als es ihm selbst jemals hätte gelingen können. Trotzdem starrte er jetzt wieder Bourne an, mit dem er – dessen war er sich sicher – noch nicht fertig war.

»Stepan.« Annaka legte ihm eine Hand auf den Arm. »Das Flugzeug wartet. Wir brauchen Zeit, um das Gebäude ungesehen verlassen zu können. Die Sprinkleranlage ist aktiviert und hat den Aufzugschacht unter Wasser gesetzt, sodass kein Großbrand zu befürchten ist. Aber im Foyer brennt es noch, und die Feuerwehr muss jeden Augenblick eintreffen, wenn sie nicht schon da ist.«

Sie hatte an alles gedacht. Spalko warf ihr einen bewundernden Blick zu. Dann holte er ohne Vorwarnung mit der Hand aus, in der er die Keramikpistole hielt, und knallte Bourne den Griff an die Schläfe.

»Die nehme ich als Erinnerung an unsere erste und letzte Begegnung mit.«

Dann verließ er mit Annaka den Raum.

Mit einem kleinen Brecheisen, das zu den Werkzeugen gehörte, die er sich von Oszkar hatte geben lassen, arbeitete Chan, auf dem Bauch liegend, verbissen daran, den unteren Teil der Verkleidung des Türrahmens loszuhebeln. Seine Augen brannten und tränten von dem Gas, und seine Lunge schien vor Sauerstoffmangel in Flammen zu stehen. Ihm blieben nur noch wenige Sekunden, bevor er ohnmächtig wurde und das autonome Nervensystem seine Atmung wieder in Gang setzte, wodurch das Gas in seinen Körper gelangte.

Aber nun hatte er einen Teil der Verkleidung losgehebelt und spürte sofort einen kühlen Luftstrom, der von außen in den kleinen Raum floss, in dem er gefangen war. Er steckte die Nase in den Lüftungsschlitz, den er geschaffen hatte, und atmete mehrmals tief durch. Dann holte er tief Luft und brachte rasch die kleine Sprengladung mit C4 an, die Oszkar ihm mitgegeben hatte. Vor allem dieser Gegenstand auf seiner Liste hatte Oszkar verraten, wie gefährlich Chans Unternehmen war, und den Kontaktmann veranlasst, ihm auch einen über Funk betätigten Zünder aufzudrängen.

Chan steckte die Nase in den Lüftungsschlitz, holte noch einmal tief Luft und stopfte den Plastiksprengstoff so tief wie irgend möglich in den Spalt. Dann hielt er die Luft an, hastete an die gegenüberliegende Wand zurück und drückte den roten Knopf der Fernzündung.

Die ausgelöste Detonation sprengte ein Loch in die Wand und ließ sie teilweise einstürzen. Ohne abzuwarten, bis die Wolke aus Holz- und Steinstaub sich gesetzt hatte, sprang Chan mit einem Riesensatz in Spalkos Schlafzimmer.

Sonnenlicht fiel schräg durch die großen Fensterscheiben, und tief unter ihm glitzerte die Donau. Chan riss die Fenster auf, damit etwa eindringendes Gas entweichen konnte. Er hörte sofort Sirenengeheul, und als er nach unten blickte, konnte er die Feuerwehrautos und Streifenwagen, all die hektische Aktivität vor dem Haupteingang des Gebäudes sehen. Er trat vom Fenster zurück, sah sich um und orientierte sich mit einem raschen Blick in die Runde nach dem Grundriss, den Hearn ihm auf seinem Bildschirm gezeigt hatte.

Er wandte sich dem als leer eingezeichneten Bereich zu, stand vor glänzend lackierten Paneelen. Indem er ein Ohr ans Holz legte, klopfte er eines nach dem anderen ab. So erwies sich das dritte Paneel von links als Geheimtür. Ein leichter Druck gegen den linken Rand genügte, um sie nach innen aufschwingen zu lassen.

Chan betrat einen Raum aus schwarz gestrichenem Beton und weißen Fliesen, in dem es nach Schweiß und Blut stank.

Dort fand er den blutenden, misshandelten Jason Bourne. Er starrte Bourne an, der an einen Zahnarztstuhl gefesselt und von einem Kreis aus Blutspritzern umgeben war. Bourne war bis zur Taille nackt. Arme und Schultern, Brust und Rücken waren mit Blasen, Prellungen und geschwollenen Wunden übersät. Die beiden äußeren Lagen des Verbands über seinen Rippen waren weggerissen, aber die unterste war noch intakt.

Bourne drehte den Kopf zur Seite und starrte Chan mit dem Blick eines verwundeten Kampfstiers an: blutend, aber ungebrochen.

»Ich habe die zweite Detonation gehört«, sagte Bourne mit schwacher Stimme. »Ich dachte, dich hätte's erwischt.«

»Enttäuscht?« Chan fletschte die Zähne. »Wo steckt er? Wo ist Spalko?«

»Du kommst leider zu spät«, sagte Bourne. »Er ist fort – und Annaka Vadas mit ihm.«

»Sie hat schon immer für ihn gearbeitet«, sagte Chan. »Ich habe versucht, dich in der Klinik zu warnen, aber du wolltest nicht hören.«

Bourne seufzte, schloss bei diesem scharfen Tadel die Augen. »Ich hatte keine Zeit.«

»Du hast wohl nie Zeit, richtig zuzuhören.«

Chan näherte sich Bourne. Sein Hals war wie zugeschnürt. Er wusste, dass er die Verfolgung Spalkos hätte aufnehmen müssen, aber irgendetwas hielt ihn hier fest. Er starrte die Wunden an, die Spalko Bourne zugefügt hatte.

Bourne sagte: »Bringst du mich jetzt um?« Das war weniger eine Frage als die Feststellung einer Tatsache.

Chan wusste, dass er nie eine bessere Gelegenheit bekommen würde. Das schwarze Ding in seinem Inneren, das er genährt hatte, das sein einziger Gefährte geworden war, das täglich durch seinen Hass gewachsen war und ihn täglich mit seinem Gift überschwemmt hatte, weigerte sich, zu sterben. Das Ungeheuer wollte Bourne ermorden und schaffte es jetzt beinahe, von ihm Besitz zu ergreifen. Beinahe. Chan spürte den Impuls, der aus dem Unterleib in seinen Arm emporkroch, aber sein Herz nicht berührte, sodass es ihm nicht gelang, den Arm zu bewegen.

Er machte abrupt auf dem Absatz kehrt und ging in Spalkos luxuriöses Schlafzimmer zurück. Wenige Minuten später kam er mit einem Glas Wasser und einer Hand voll Dingen zurück, die er im Bad zusammengerafft hatte. Er setzte Bourne das Glas an den Mund, kippte es langsam, bis er es ausgetrunken hatte. Wie aus eigenem Willen lösten seine Hände die Ledergurte und befreiten Bournes Handgelenke und Fußknöchel.

Bournes Augen verfolgten jede seiner Bewegungen, als er sich jetzt daran machte, die Wunden zu säubern und zu desinfizieren. Bourne hob die Hände nicht von den Armlehnen des Stuhls. In gewisser Weise fühlte er sich jetzt gelähmter als zuvor, als er noch gefesselt gewesen war. Er starrte Chan prüfend an, musterte jede Rundung, jede Linie, jeden Zug seines Gesichts. Erkannte er Daos Mund, seine eigene Nase? Oder war alles nur Einbildung? War dieser Mann tatsächlich sein Sohn? Er musste Gewissheit haben. Er musste begreifen, was geschehen war. Aber er spürte noch immer unterschwellige Zweifel, einen Anflug von Angst. Die Möglichkeit, den eigenen Sohn vor sich zu haben, den er so viele Jahre lang für tot gehalten hatte, war zu viel für ihn. Andererseits war auch das Schweigen, in das sie verfallen waren, unerträglich. Also griff er auf das eine neutrale Thema zurück, von dem er wusste, dass es sie beide brennend interessierte.

»Du wolltest wissen, was Spalko vorhat«, sagte er, während er langsam und gleichmäßig atmete, weil jeder Tupfer mit Desinfektionsmittel Schmerzstiche durch seinen Körper jagte. »Er hat eine von Dr. Felix Schiffer erfundene Waffe gestohlen – einen tragbaren Diffusor. Irgendwie hat er einen Dr. Peter Sido – einen in der Klinik arbeitenden Epidemiologen – dazu gebracht, ihm die Ladung dafür zu liefern.«

Chan ließ ein blutgetränktes Gazepolster fallen und griff nach einem sauberen. »Nämlich?«

»Milzbrand, irgendein Designervirus, keine Ahnung. Ich weiß nur, dass das Zeug absolut tödlich ist.«

Chan säuberte weiter Bournes Wunden. Der Fußboden war jetzt mit blutigen Gazepolstern übersät. »Warum erzählst du mir das jetzt?«, fragte er unverhohlen misstrauisch.

»Weil ich weiß, was Spalko mit dieser Waffe vorhat.«

Chan sah von seiner Arbeit auf.

Bourne fiel es körperlich schwer, ihm in die Augen zu sehen. Aber er holte tief Luft und sprach verbissen weiter. »Spalko steht unter enormem Zeitdruck. Er musste unbedingt fort.«

»Wegen des Terrorismusgipfels in Reykjavik.«

Bourne nickte. »Meiner Ansicht nach muss der Gipfel das Ziel des Anschlags sein.«

Chan richtete sich auf und spülte sich die Hände mit dem Schlauch ab. Er beobachtete, wie das rosa Wasser durch den riesigen Abfluss ablief. »Das heißt, falls ich dir glaube.«

»Ich verfolge sie jedenfalls weiter«, sagte Bourne. »Als ich das Puzzle zusammengesetzt habe, ist mir endlich klar geworden, dass Conklin sich Schiffer geschnappt und von Vadas und Molnar in Sicherheit hat bringen lassen, weil er von Spalkos Absicht erfahren hatte. Die Kodebezeichnung des Diffusors – NX 20 – habe ich auf einem Schreibblock in Conklins Haus entdeckt.«

»Deshalb ist Conklin also ermordet worden.« Chan nickte. »Warum ist er mit diesen Informationen nicht zur Agency gegangen? Die CIA hätte Dr. Schiffer doch bestimmt besser schützen können.«

»Das kann mehrere Gründe gehabt haben«, antwortete Bourne. »Vielleicht hat er gedacht, niemand würde ihm glauben, weil Spalko einen glänzenden Ruf als Menschenfreund genießt. Er hatte jedoch nicht genug Zeit, und seine Erkenntnisse waren nicht konkret genug, um die CIA-Bürokratie zu raschem Handeln zu bewegen. Außerdem war das einfach seine Art. Alex hat es gehasst, Geheimnisse mit anderen zu teilen.«

Bourne stemmte sich langsam und unter Qualen hoch, stützte sich mit einer Hand auf die Rückenlehne des Stuhls. Er hatte weiche Knie, weil er so lange in halb liegender Haltung verbracht hatte. »Spalko hat Schiffer beseitigt, und ich vermute, dass er Dr. Sido hat – tot oder lebendig. Ich muss ihn daran hindern, alle Teilnehmer des Gipfeltreffens zu ermorden.«

Chan griff nach Conklins Handy, hielt es ihm hin. »Hier. Ruf die Agency an.«

»Sie würden mir doch nicht glauben! Die Agency hält mich für den Kerl, der Conklin und Panov in dem Haus in Manassas ermordet hat …«

»Dann rufe ich an. Selbst die CIA-Bürokratie kann einen anonymen Anruf wegen eines geplanten Anschlags auf den Präsidenten der Vereinigten Staaten nicht ignorieren.«

Bourne schüttelte den Kopf. »Für die CIA-Sicherheitsmaßnahmen in Reykjavik ist ein gewisser Jamie Hull zuständig. Er würde bestimmt eine Möglichkeit finden, diese Warnung unter den Teppich zu kehren.« Seine Augen blitzten wieder. Die frühere Glanzlosigkeit war fast verschwunden.

»Folglich bleibt nur eine andere Möglichkeit, aber ich glaube nicht, dass ich's allein schaffen kann.«

»So, wie du aussiehst«, sagte Chan, »schaffst du überhaupt nichts mehr.«

Bourne zwang sich dazu, ihm in die Augen zu sehen. »Um so mehr Grund für dich, gemeinsame Sache mit mir zu machen.«

»Du spinnst wohl?«

Bourne ignorierte seine wachsende Feindseligkeit. »Du willst doch Spalko erledigen, genau wie ich. Wo ist der Haken?«

»Ich sehe *nur* Haken.« Chan grinste höhnisch. »Sieh dich doch an! Du bist erledigt.«

Bourne hatte sich von dem Stuhl gelöst, ging im Raum auf und ab, streckte seine Muskeln und wurde mit jedem Schritt, den er machte, kräftiger und selbstsicherer. Chan beobachtete ihn dabei und war ehrlich verblüfft.

Bourne wandte sich ihm zu und sagte: »Ich verspreche dir, dass du nicht alle schweren Sachen allein heben musst.«

Chan wies sein Angebot nicht rundweg zurück. Stattdessen machte er widerstrebend ein Zugeständnis, ohne recht zu wissen, warum er das tat. »Zuerst müssen wir heil hier herauskommen.«

»Ja, ich weiß«, sagte Bourne. »Du hast's geschafft, Feuer zu legen, und jetzt wimmelt's hier von Feuerwehrleuten und bestimmt auch von Polizisten.«

»Ohne das Feuerwerk wäre ich tot.«

Bourne merkte, dass ihr spöttisches Geplänkel die Spannungen keineswegs abbaute. Es verstärkte sie im Gegenteil noch. Sie verstanden sich nicht darauf, miteinander zu reden. Er fragte sich, ob sie das jemals können würden. »Danke, dass du mir das Leben gerettet hast«, sagte er.

Chan konnte seinen Blick nicht erwidern. »Bild dir bloß nichts ein. Ich bin hergekommen, um Spalko zu erledigen.«

»Immerhin etwas«, sagte Bourne, »für das ich Stepan Spalko dankbar sein muss.«

Chan schüttelte den Kopf. »Das kann nicht funktionieren. Ich vertraue dir nicht, und du vertraust mir nicht.«

»Ich wäre bereit, es zu versuchen«, antwortete Bourne. »Diese Sache ist viel wichtiger als alles, was zwischen uns steht.«

»Sag mir nicht, was ich denken soll«, sagte Chan knapp. »Dafür brauche ich dich nicht; das habe ich nie nötig gehabt.« Er schaffte es, den Kopf zu heben und Bourne anzusehen. »Also gut, die Sache läuft folgendermaßen: Ich arbeite unter einer Bedingung mit dir zusammen. Du musst eine Möglichkeit finden, wie wir hier rauskommen.«

»Abgemacht.« Bournes Lächeln verblüffte Chan. »Im Gegensatz zu dir habe ich viele Stunden Zeit gehabt, darüber nachzudenken, wie man aus diesem Raum entkommen könnte. Ich habe angenommen, selbst wenn es mir irgendwie gelänge, mich aus dem Stuhl zu befreien, würde ich mit herkömmlichen Methoden nicht weit kommen. In meinem Zustand wäre ich bestimmt nicht mit Spalkos Wachleuten fertig geworden. Deshalb habe ich mir eine andere Lösung einfallen lassen.«

Chan war sichtlich ungehalten. Er ärgerte sich darüber, dass dieser Mann mehr wusste als er. »Und die wäre?«

Bourne nickte zu dem Abflussgitter hinüber.

»Das Abflussrohr?«, fragte Chan ungläubig.

»Wieso nicht?« Bourne kniete vor dem Gitter nieder. »Der Durchmesser reicht für einen Menschen aus.« Er machte eine Handbewegung, bevor er sein Schnappmesser aufspringen ließ und die Klinge in den schmalen Spalt zwischen Gitter und Eisenrahmen schob. »Nun hilf mir schon!«

Als Chan auf der anderen Seite des Gitters niederkniete, benützte Bourne die Messerklinge, um es leicht anzuheben. Chan stemmte es auf seiner Seite hoch. Bourne legte das Messer weg, griff ebenfalls zu und half ihm, das Gitter abzunehmen.

Chan merkte, dass die Anstrengung für Bourne schmerzhaft war. Im selben Augenblick stieg ein fast unheimliches Gefühl in ihm auf, das seltsam und vertraut zugleich war, eine Art Stolz, den er nur mit einiger Verzögerung und unter beträchtlichen Qualen akzeptieren konnte. Dies war ein Gefühl, das er als kleiner Junge oft empfunden hatte, bevor er unter Schock stehend, einsam und verlassen durch den Dschungel bei Phnom Penh geirrt war. Seit damals hatte er sich so erfolgreich abgeschottet, dass solche Empfindungen nie ein Problem für ihn gewesen waren. Jedenfalls bisher nicht.

Sie rollten das Abdeckgitter beiseite, und Bourne hob den blutverkrusteten Verband auf, den Spalko ihm abgerissen hatte, und wickelte sein Handy darin ein. Dann steckte er es mit dem zugeklappten Schnappmesser ein. »Wer geht als Erster?«, fragte er.

Chan zuckte mit den Schultern, ohne sich irgendwie anmerken zu lassen, dass er beeindruckt war. Er konnte sich denken, wo dieses Abflussrohr endete, und vermutete, dass Bourne es ebenfalls wusste. »Es war deine Idee.«

Bourne ließ sich in das runde Loch hinunter. »Du wartest zehn Sekunden, dann kommst du nach«, sagte er noch, bevor er verschwand.

Annaka war in Hochstimmung. Als sie in Spalkos gepanzerter Limousine zum Flughafen rasten, wusste sie, dass nichts und niemand sie jetzt noch aufhalten konnte. Ihr Versuch, sich in letzter Minute bei Ethan Hearn rückzuversichern, war also doch überflüssig gewesen, aber sie bereute diesen Annäherungsversuch nicht. Es war immer besser, übervorsichtig zu sein, und als sie beschlossen hatte, sich Hearns Unterstützung zu sichern, war Spalkos Schicksal noch in der Schwebe gewesen. Als sie jetzt zu ihm hinübersah, wusste sie, dass sie nie an ihm hätte zweifeln dürfen. Er besaß den Mut, die Fähigkeiten und die weltweiten Verbindungen, um alles verwirklichen zu können – sogar diesen kühnen Handstreich, der ihm ungeheure Macht sichern würde. Sie musste sich eingestehen, dass sie skeptisch gewesen war, als er ihr erstmals erzählt hatte, was er plante, und sie war skeptisch geblieben, bis ihnen vorhin mühelos die Flucht durch einen alten Luftschutztunnel gelungen war, den Spalko entdeckt hatte, als er das Gebäude gekauft hatte. Bei der Renovierung hatte er jegliche Spur des Fluchttunnels aus den Bauplänen getilgt, sodass er bis zum heutigen Tag, an dem er ihn ihr gezeigt hatte, sein persönliches Geheimnis geblieben war.

Am Tunnelausgang hatten Limousine und Fahrer im rötlichen Abendlicht auf sie gewartet, und jetzt waren sie in schnellem Tempo auf der Stadtautobahn zum Flughafen Ferihegy unterwegs. Annaka rückte etwas näher an Stepan heran, und als er ihr sein charismatisches Gesicht zuwandte, nahm sie kurz seine Hand in ihre. Die blutige Fleischerschürze und die Latexhandschuhe hatte er irgendwo im Tunnel abgestreift. Er trug Jeans, ein frisches weißes Hemd und italienische Slipper. Niemand hätte ihm angesehen, dass er eine durchwachte Nacht hinter sich hatte.

Er lächelte. »Ich glaube, jetzt wäre ein Glas Champagner angebracht, findest du nicht auch?«

Sie lachte. »Du denkst wirklich an alles, Stepan.«

Er zeigte auf die Sektkelche in den Aussparungen der Tür-verkleidung neben ihr. Sie waren aus Glas, nicht aus unzer-brechlichem Kunststoff. Während sie sich zur Seite beugte, um die Gläser herauszunehmen, holte er eine Flasche Cham-pagner aus dem Kühlfach. Draußen spiegelte sich die rote Scheibe der untergehenden Sonne in den Fenstern der Hoch-häuser auf beiden Seiten der Autobahn.

Spalko riss die Folie ab, ließ den Korken knallen, füllte erst einen, dann den anderen Kelch mit dem schäumenden Cham-pagner. Er stellte die Flasche weg, und sie stießen wortlos mit-einander an. Sie tranken einen Schluck, und Annaka sah ihm dabei in die Augen. Sie waren wie Bruder und Schwester, standen sich sogar noch näher, weil auf ihnen nicht die häu-fig auftretende Geschwisterrivalität lastete. Von allen Män-nern, die sie kannte, genügte Stepan am ehesten ihren An-sprüchen. Nicht dass sie sich jemals nach einem Gefährten gesehnt hätte. Als Mädchen hätte sie gern einen Vater gehabt, aber das hatte nicht sein sollen. Stattdessen hatte sie sich für Stepan entschieden: stark, kompetent, unbesiegbar. Er ver-körperte alles, was eine Tochter sich von ihrem Vater wün-schen konnte.

Die Hochhäuser wurden weniger, als sie durch die äuße-ren Stadtbezirke fuhren. Das Abendlicht wurde schwächer, als die Sonne unterging. Hoch am Himmel standen rosa an-gestrahlte Wölkchen, und am Boden war es fast windstill – ideale Voraussetzungen für einen glatten Start des Privat-jets.

»Wie wär's mit ein paar Takten Musik zum Champagner«, schlug Spalko vor. Seine erhobene Hand lag auf dem über ihren Köpfen in den Dachhimmel eingebauten CD-Wechs-ler. »Was möchtest du hören? Bach? Beethoven? Nein, na-türlich Chopin.«

Er wählte die entsprechende CD aus, und sein Zeigefinger drückte den Abspielknopf. Aber statt einer für ihren Lieblingskomponisten charakteristischen lyrischen Melodie hörte Annaka ihre eigene Stimme:

»Für Interpol arbeiten Sie nicht – Sie haben nicht ihre Angewohnheiten. CIA? Nein, das glaube ich nicht. Stepan würde's wissen, wenn die Amerikaner versuchen würden, seine Organisation zu unterwandern. Für wen also, hmmm?«

Annaka, die ihr Sektglas gerade wieder an die Lippen heben wollte, erstarrte.

»Starren Sie mich nicht so kreidebleich an, Ethan.«

Zu ihrem Entsetzen sah sie, dass Stepan sie über den Rand seines Kelchs hinweg angrinste.

»Mir ist das herzlich egal. Ich will nur eine Versicherungspolice für den Fall, dass die Dinge hier schief gehen. Diese Versicherungspolice sind Sie.«

Spalkos Finger drückte die Stopptaste. Damit trat Stille ein, in der das einzige Geräusch das gedämpfte Brummen des starken Motors der Limousine war.

»Du fragst dich vermutlich, wie ich dir auf die Schliche gekommen bin.«

Annaka merkte, dass sie vorübergehend die Fähigkeit, sich zu artikulieren, eingebüßt hatte. Ihr Verstand war an genau dem Punkt eingefroren, an dem Stepan sich sehr liebenswürdig erkundigt hatte, welche Musik sie hören wolle. Sie wünschte sich nichts sehnlicher, als in die Zeit vor diesem Augenblick zurückzukehren. Ihr vor Schock wie gelähmter Verstand konnte nur über den Bruch in ihrer Realität nachdenken, der nicht anders war, als habe die Erde sich vor ihr aufgetan. Es gab nur ihr perfektes Leben, bevor Spalko die Aufnahme abgespielt hatte, und die Katastrophe, nachdem er sie abgespielt hatte.

Lächelte Stepan noch immer dieses schreckliche Krokodilslächeln? Sie merkte, dass sie Schwierigkeiten hatte, deutlich zu sehen. Ohne es richtig zu merken, fuhr sie sich mit dem Handrücken über die Augen.

»Mein Gott, Annaka, sind das echte Tränen?« Spalko schüttelte bedauernd den Kopf. »Du hast mich enttäuscht, Annaka, obwohl ich mich ehrlich gesagt gefragt habe, wann du mich verraten würdest. In diesem Punkt hatte dein Mr. Bourne allerdings recht.«

»Stepan, ich …« Sie verstummte von selbst. Sie hatte die eigene Stimme nicht wiedererkannt und wollte auf keinen Fall betteln. Ihr Leben war schon elend genug.

Er hielt etwas zwischen Daumen und Zeigefinger hoch: eine kleine Scheibe, noch kleiner als eine Uhrenbatterie. »Mit einer Wanze dieser Art in seinem Büro habe ich Hearn überwacht.« Er lachte knapp. »Die Ironie liegt darin, dass ich ihn eigentlich nicht verdächtigt habe. Aber jeder neue Angestellte wird mindestens ein halbes Jahr lang überwacht.« Er ließ die Scheibe mit der Geschicklichkeit eines Magiers verschwinden. »Pech für dich, Annaka. Glück für mich.«

Er leerte sein Glas und stellte es ab. Sie hatte sich noch immer nicht bewegt. Sie saß mit durchgedrücktem Rücken und angewinkeltem Ellbogen da. Ihre Finger umfassten den Stiel des Kelchglases.

Er betrachtete sie zärtlich. »Weißt du, Annaka, wärst du jemand anders, wärst du schon tot. Aber wir haben eine gemeinsame Vergangenheit, wir haben eine gemeinsame Mutter, wenn man eine Definition strapazieren will.« Er legte den Kopf schief, sodass eine Gesichtshälfte das letzte Abendlicht reflektierte. Diese Seite seines Gesichts, deren Haut porenlos wie Kunststoff war, glänzte wie die Fensterscheiben der Hochhäuser, die jetzt weit hinter ihnen lagen. Bis zur Flughafenzufahrt war das Gebiet beiderseits der Stadtautobahn nur sehr dünn besiedelt.

»Ich liebe dich, Annaka.« Mit einem Arm umschlang er ihre Taille. »Ich liebe dich auf eine Weise, wie ich nie eine andere Frau lieben könnte.« Der Schussknall der kleinen Pistole, die er Bourne abgenommen hatte, klang erstaunlich gedämpft. Annaka wurde in seinen Arm zurückgeworfen, der sie liebevoll umfing, und ihr Kopf fuhr ruckartig hoch. Er konnte das Zittern spüren, das ihren Körper durchlief, und wusste, dass die Kugel ins Herz gegangen sein musste. Sein Blick ließ sie nicht mehr los. »Wirklich jammerschade, nicht wahr?«

Er fühlte, wie ihr warmes Blut über seine Hand lief und auf das Leder des Sitzes tropfte. Ihre Augen schienen zu lächeln, aber ansonsten war ihr Gesicht völlig ausdruckslos. Selbst im Augenblick des Todes, das sah er, zeigte sie keine Angst. Nun, das war doch etwas, nicht wahr?

»Alles in Ordnung, Herr Spalko?«, fragte sein Fahrer von vorn aus.

»Jetzt schon«, sagte Stepan Spalko.

Kapitel *siebenundzwanzig*

Die Donau war kalt und dunkel. Bourne klatschte als Erster in den Fluss, wo das Abflussrohr mündete, aber es war Chan, der in Schwierigkeiten geriet. Dass das Wasser eiskalt war, bedeutete ihm nichts, aber die Dunkelheit brachte ihm die albtraumhaften Schrecken seines wiederkehrenden Traums.

Durch den Schock, unter Wasser zu sein, dessen Oberfläche so weit über ihm lag, kehrte das Gefühl zurück, an dem Seil an seinem Fußknöchel hänge eine weiße, halb verweste Leiche, die in der Tiefe langsam kreiselte. Li-Li rief ihn … Li-Li wollte, dass er zu ihr kam …

Er spürte, wie er, sich überschlagend, ins Dunkel, in noch tieferes Wasser glitt. Und dann, ganz plötzlich und erschreckend, zerrte etwas an ihm. Li-Li?, fragte er sich in Panik.

Im nächsten Augenblick glaubte er, die Wärme eines anderen Körpers zu spüren: größer und trotz seiner Wunden noch immer bärenstark. Er fühlte Bournes Arm, der seine Taille umschlang, und spürte die Kraft in Bournes Beinschlägen, als er sie aus der schnellen Strömung, in die Chan geraten war, und zurück an die Oberfläche beförderte.

Chan schien zu weinen oder irgendetwas zu rufen, aber als sie aufs andere Ufer zuhielten, schlug er um sich, als habe er nur den einen Wunsch, über Bourne herzufallen, ihn bewusstlos zu schlagen. Aber im Augenblick konnte er sich nur von dem Arm um seine Taille losreißen und Bourne anfunkeln, als sie sich an den Steinen der Uferbefestigung anklammerten.

»Was fällt dir ein?«, fragte Chan aufgebracht. »Deinetwegen wäre ich fast ertrunken!«

Bourne öffnete den Mund und wollte schon widersprechen, überlegte es sich dann aber doch anders. Stattdessen zeigte er flussabwärts auf eine aus dem Wasser führende Eisenleiter. Jenseits der tiefen blauen Donau war die Zentrale von Humanistas, Ltd., noch immer von Krankenwagen, Löschfahrzeugen und Streifenwagen umringt. Zu den Angestellten, die das Gebäude verlassen hatten, gesellten sich jetzt Neugierige, die auf den Gehsteigen hin und her wogten, aus den Fenstern benachbarter Gebäude hingen und sich die Hälse verrenkten, um besser zu sehen. Obwohl die Polizei sie zum Weiterfahren aufforderte, steuerten Boote, die auf der Donau unterwegs waren, eine Stelle unterhalb der Zentrale an, und ihre Fahrgäste drängten sich an der Reling, um einen Blick auf etwas zu erhaschen, das sie für eine bevorstehende Katastrophe hielten. Aber sie kamen zu spät. Der durch die Explosion im Aufzugschacht ausgelöste Brand war bereits gelöscht.

Bourne und Chan erreichten die Leiter im Schatten der Uferböschung und stiegen sie so rasch wie möglich hinauf. Zu ihrem Glück konzentrierte die allgemeine Aufmerksamkeit sich auf die Zentrale von Humanistas, Ltd. Ganz in der Nähe der Stelle, wo sie aus dem Wasser kamen, wurde ein Abschnitt der Uferstraße repariert, und sie fanden zunächst Unterschlupf oberhalb der Wasserlinie zwischen den Stahlpfeilern, mit denen die unterspülte Fahrbahn abgestützt wurde.

»Gib mir dein Handy«, verlangte Chan. »Meines ist voller Wasser.«

Bourne wickelte Conklins Handy aus und gab es ihm.

Chan tippte eine Budapester Nummer ein. Als Oszkar sich meldete, erklärte er ihm, wo sie waren und was sie brauchten. Er hörte kurz zu, dann wandte er sich an Bourne.

»Oszkar, mein hiesiger Kontaktmann, chartert uns ein kleines Flugzeug. Und für dich besorgt er ein Antibiotikum.«

Bourne nickte. »Jetzt wollen wir sehen, wie gut er wirklich ist. Sag ihm, dass wir die Pläne des Hotels Oskjuhlid in Reykjavik brauchen.«

Chan funkelte ihn an, und Bourne fürchtete schon, er werde die Verbindung aus purem Trotz beenden. Er biss sich auf die Unterlippe. In Zukunft würde er sich zusammenreißen und weniger aggressiv mit Chan reden müssen.

Chan erklärte Oszkar, was sie brauchten. »Das dauert ungefähr eine Stunde«, berichtete er dann.

»Er hat nicht ›unmöglich‹ gesagt?«, fragte Bourne.

»Oszkar sagt nie ›unmöglich‹.«

»Mehr hätten auch meine Kontaktleute nicht leisten können.«

Ein böiger, kühler Wind war aufgekommen und hatte sie dazu gezwungen, sich tiefer in ihren provisorischen Unterschlupf zurückzuziehen. Bourne nutzte die Gelegenheit, um die Verletzungen zu begutachten, die Spalko ihm beigebracht hatte; Chan hatte die zahlreichen Einstiche in Armen, Brust und Beinen gut versorgt. Chan trug noch seine Jacke. Als er sie jetzt auszog, um sie auszuschütteln, sah Bourne, dass sie zahlreiche Innentaschen hatte, die alle voll zu sein schienen.

»Was hast du in den Taschen?«, fragte er neugierig.

»Mein Werkzeug«, sagte Chan wenig auskunftsfreudig. Dann zog er sich in seine eigene Welt zurück, indem er Bournes Handy benützte.

»Ethan, ich bin's«, sagte er. »Alles in Ordnung bei Ihnen?«

»Kommt darauf an«, sagte Hearn. »Im allgemeinen Durcheinander habe ich entdeckt, dass mein Büro abgehört wurde.«

»Weiß Spalko, für wen Sie arbeiten?«

»Ich habe Ihren Namen nie erwähnt. Außerdem habe ich fast nie vom Büro aus mit Ihnen telefoniert.«

»Trotzdem wär's vermutlich besser, wenn Sie abhauen würden.«

»Genau das habe ich vor«, sagte Hearn. »Ich bin froh, Ihre Stimme zu hören. Nach den Explosionen habe ich schon befürchtet ...«

»Unkraut verdirbt nicht«, sagte Chan. »Wie viel haben Sie über ihn zusammengetragen?«

»Genug.«

»Am besten nehmen Sie alles mit und tauchen vorläufig unter. Ich räche mich an ihm, koste es, was es wolle.«

Hearn atmete tief durch. »Was soll das heißen?«

»Das soll heißen, dass ich Sie als Reserve brauche. Können Sie das Material aus irgendeinem Grund nicht mir übergeben, wenden Sie sich an ... Augenblick!« Er sah zu Bourne hinüber und fragte: »Gibt's in der Agency jemanden, dem man Belastungsmaterial gegen Spalko anvertrauen kann?«

Bourne schüttelte den Kopf, aber dann überlegte er sich die Sache sofort anders. Er dachte daran, was Conklin über den stellvertretenden Direktor gesagt hatte – dass er nicht nur fair sei, sondern auch selbstständig denke. »Martin Lindros«, sagte er.

Chan nickte und gab den Namen an Hearn weiter; dann beendete er das Gespräch und gab das Handy zurück.

Bourne befand sich in einem Dilemma. Er wollte mit Chan in Verbindung treten, wusste aber nicht, wie er das anstellen sollte. Schließlich kam er auf die Idee, ihn zu fragen, wie er die Folterkammer entdeckt hatte. Zu seiner Erleichterung begann Chan zu reden. Er erzählte Bourne von seinem Versteck in dem Schlafsofa, der Detonation im Aufzugschacht und seinem Entkommen aus der Gaskammer. Annakas Verrat erwähnte er jedoch mit keinem Wort.

Obwohl Bourne ihm zunehmend fasziniert zuhörte, blieb ein Teil seines Ichs merkwürdig unbeteiligt, als höre ein anderer diesen Bericht. Er schreckte vor Chan zurück; die psychischen Wunden waren noch zu frisch. Er erkannte, dass er in seinem geschwächten Zustand mental außerstande war, die Fragen und Zweifel, die ihm zusetzten, aufzuarbeiten. Und so sprachen die beiden stockend und unbeholfen miteinander und vermieden stets das Hauptthema, das zwischen ihnen lag wie eine Burg, die sie belagerten, aber nicht einnehmen konnten.

Nach ungefähr einer Stunde kam Oszkar mit dem Lieferwagen seiner Firma mit Handtüchern, Wolldecken und neuer Kleidung sowie einem Antibiotikum für Bourne. Als Erstes gab er ihnen eine Thermosflasche mit heißem Kaffee. Sie stiegen hinten ein, und während sie sich umzogen, machte Oszkar ein Bündel aus ihren nassen und zerrissenen Sachen, nur aus Chans bemerkenswerter Jacke nicht. Dann packte er Sandwichs aus, die sie verschlangen und mit Mineralwasser hinunterspülten.

Falls er sich über Bournes Verletzungen wunderte, ließ er sich nichts anmerken, und Chan vermutete, er habe sich ausgerechnet, sein Unternehmen sei erfolgreich gewesen. Oszkar gab Bourne ein leichtes, ultraflaches Notebook.

»Die Grundrisse der Hotelgebäude und die Einzelheiten aller Versorgungssysteme sind auf der Festplatte gespeichert«, sagte er. »Außerdem ein Stadtplan von Reykjavik, Karten der näheren Umgebung und sonstige Informationen, die vielleicht nützlich sein könnten.«

»Ich bin beeindruckt.« Das sagte Bourne zu Oszkar, aber sein Lob war auch für Chan bestimmt.

Martin Lindros erhielt den Anruf kurz nach elf Uhr vormittags. Er sprang in seinen Wagen und legte die fünfzehnminütige Fahrt zum George Washington Hospital in knapp acht Minuten zurück. Detective Harry Harris war noch in der Notaufnahme. Lindros benützte seinen Dienstausweis, um sich Zutritt zu verschaffen, und erreichte, dass ein gestresster Assistenzarzt ihn zu dem Bett führte. Er zog den Vorhang auf, der das Bett in der Notaufnahme von drei Seiten umgab, und schloss ihn hinter sich.

»Was zum Teufel ist mit Ihnen passiert?«, fragte er.

Harris lag halb sitzend im Bett und betrachtete ihn, so gut er konnte. Sein Gesicht war verfärbt und geschwollen. Die Oberlippe war aufgeplatzt, und eine Platzwunde unter dem linken Auge hatte genäht werden müssen.

»Ich bin rausgeflogen – das ist mir passiert.«

Lindros schüttelte den Kopf. »Das verstehe ich nicht.«

»Die Nationale Sicherheitsberaterin hat meinen Boss angerufen. Persönlich. Sie hat verlangt, dass mir fristlos gekündigt wird. Dass ich ohne Abfindung oder Altersversorgung entlassen werde. Das hat er mir erklärt, als er mich gestern bei sich hat antreten lassen.«

Lindros ballte unwillkürlich die Fäuste. »Und dann?«

»Was denken Sie? Er hat mich rausgeschmissen. Nach untadeligen zwanzig Dienstjahren mit Schimpf und Schande davongejagt.«

»Ich meine«, sagte Lindros, »wie Sie hier gelandet sind.«

»Oh, das.« Harris drehte den Kopf weg. »Ich hab mich betrunken, nehme ich an.«

»Das nehmen Sie an?«

Harris wandte sich ihm mit funkelnden Augen wieder zu. »Ich hab mich ziemlich betrunken, okay! Wenigstens das hat mir doch zugestanden, oder nicht?«

»Aber dann ist etwas schief gegangen.«

»Yeah. Soviel ich mich erinnere, hab ich Streit mit ein paar Bikern bekommen – und dann gab's eine Schlägerei.«

»Sie glauben vermutlich, Sie hätten's verdient, zu Brei geschlagen zu werden.«

Harris sagte nichts.

Lindros fuhr sich mit der Hand übers Gesicht. »Ich weiß, dass ich versprochen habe, diese Sache zu regeln, Harry. Ich dachte, ich hätte alles unter Kontrolle; meiner Ansicht nach war sogar der Direktor auf meine Linie eingeschwenkt. Ich habe mir nur nicht vorstellen können, dass die Sicherheitsberaterin einen Präventivschlag führen würde.«

»Zum Teufel mit ihr!«, sagte Harris. »Zum Teufel mit allen.« Er lachte verbittert. »Meine Ma hat ganz Recht gehabt, als sie gesagt hat: ›Keine gute Tat bleibt unbestraft.‹«

»Hören Sie, Harry, ohne Sie wäre ich in der Sache Schiffer nie weitergekommen. Deshalb lasse ich Sie jetzt nicht im Stich. Ich helfe Ihnen aus der Patsche.«

»Yeah? Mich würde bloß interessieren, wie Sie das anfangen wollen.«

»Wie Hannibal, den ich als Heerführer verehre, einmal so großartig gesagt hat: ›Wir werden einen Weg finden oder einen schaffen.‹«

Als sie bereit waren, fuhr Oszkar sie zum Flughafen. Bourne, der wieder starke Schmerzen hatte, ließ gern jemand anders fahren. Trotzdem blieb er wie stets im Einsatz hellwach. Er stellte befriedigt fest, dass Oszkar häufig in die Außenspiegel sah, um zu kontrollieren, ob sie beschattet wurden. Aber sie schienen nicht verfolgt zu werden.

Vor sich konnte er den Tower des Flughafens sehen, und im nächsten Augenblick bog Oszkar von der Stadtautobahn ab. Keine Polizei- oder Zollbeamten weit und breit. Alles schien in bester Ordnung zu sein. Trotzdem merkte er, wie die Spannung in seinem Inneren wuchs.

Niemand hielt sie auf, als sie durch die Straßen hinter dem Frachtterminal fuhren und durch ein Tor, das ein dicklicher junger Mann ihnen öffnete, in den Charterbereich des Flughafens gelangten. Der zweistrahlige Businessjet war betankt und startbereit. Die beiden stiegen aus dem Lieferwagen. Bourne schüttelte Oszkar zum Abschied die Hand. »Nochmals vielen Dank.«

»Kein Problem«, sagte Oszkar grinsend. »Das kommt alles auf die Rechnung.«

Er fuhr davon, und die beiden stiegen die Gangway des kleinen Jets hinauf.

Der Pilot hieß sie an Bord willkommen, bevor er die Treppe einfuhr und die Kabinentür verriegelte. Bourne teilte ihm den Zielflughafen mit, und zehn Minuten später beschleunigte die Maschine auf der Startbahn und hob zu dem zwei Stunden und zehn Minuten langen Flug nach Reykjavik ab.

»In drei Minuten sind wir bei dem Fischerboot«, meldete der Pilot.

Spalko drückte seinen Ohrhörer fester, nahm Sidos Kühlbehälter mit und ging durch die Kabine nach hinten, um seinen Fallschirm anzulegen. Während er das Gurtzeug straff anzog, starrte er Peter Sidos Hinterkopf an. Der Epidemiologe war mit Handschellen an seinen Sitz gefesselt. Einer von Spalkos bewaffneten Männern saß neben ihm.

»Sie wissen, wohin Sie ihn bringen sollen«, sagte Spalko halblaut zu dem Piloten.

»Natürlich, Herr Spalko. Jedenfalls nicht in die Nähe von Grönland.«

Spalko trat an die hintere Kabinentür und machte seinem Mann ein Zeichen. Der Bewaffnete stand auf und kam durch den schmalen Mittelgang heran.

»Wie steht's mit dem Treibstoff?«, fragte Spalko weiter. »Reicht er?«

»Gewiss, Herr Spalko«, antwortete der Pilot. »Meine Berechnung stimmt genau.«

Spalko sah durch das kleine runde Fenster in der Kabinentür. Sie flogen jetzt niedriger, der Nordatlantik schimmerte blauschwarz, und die weißen Schaumkronen waren ein sicheres Zeichen für seine berüchtigte Wildheit.

»Noch dreißig Sekunden«, meldete der Pilot. »Unten bläst ein ziemlich steifer Wind aus Nordnordost. Sechzehn Knoten.«

»Verstanden.« Spalko glaubte zu fühlen, wie ihre Fluggeschwindigkeit sich nochmals verringerte. Unter seiner Kleidung trug er einen sieben Millimeter starken Überlebensanzug. Im Gegensatz zu einem Nasstaucheranzug, in dem eine dünne Wasserschicht zwischen Haut und Neopren die Körpertemperatur bewahrte, lag dieser Anzug an Fußknöcheln und Handgelenken dicht an, um das Wasser abzuhalten. Unter dem Schutzanzug aus drei Schichten trug er Thermo-Unterwäsche als zusätzlichen Kälteschutz. Trotzdem konnte das Eintauchen ins eiskalte Wasser ihn lähmen, wenn er nicht im genau richtigen Augenblick absprang, und der Kälteschock konnte trotz des Anzugs tödlich sein. Hier durfte nichts schief gehen. Er kettete den Behälter an sein linkes Handgelenk und zog die wasserdichten Handschuhe an.

»Fünfzehn Sekunden«, sagte der Pilot. »Wind stetig.«

Gut, keine Böen, dachte Spalko. Er nickte seinem Mann zu, der den großen Hebel herabzog und die Kabinentür öffnete. Das Heulen des Windes füllte das Flugzeug. Unter sich sah Spalko nur noch viertausend Meter Luft und dann das Meer, das hart wie Beton war, wenn er im freien Fall aufschlug.

»*Raus!*«, sagte der Pilot.

Spalko war mit einem Satz aus der Maschine. Er hörte ein Rauschen, fühlte den Wind auf seinem Gesicht. In elf Sekunden hatte er mit hundertachtzig Stundenkilometern die Endgeschwindigkeit im freien Fall erreicht. Und trotzdem hatte er nicht das Gefühl, rasend schnell zu fallen. Vielmehr schien die Luft sanft gegen seinen Körper zu drücken.

Er blickte nach unten, sah das Fischerboot und veränderte seine Körperhaltung, um den Nordnordostwind mit sechzehn Knoten zu kompensieren. Als das geschafft war, kontrollierte er den Höhenmesser an seinem Handgelenk. In 750 Meter Höhe zog er die Reißleine, spürte den Öffnungsstoß seines Fallschirms und hörte das Rascheln des Nylonmaterials, das sich über ihm entfaltete. Die weniger als einen Quadratmeter große Widerstandsfläche seines Körpers hatte sich schlagartig in eine fünfundzwanzig Quadratmeter große Fläche verwandelt. Dadurch sank er nur noch mit gut beherrschbaren fünf Metern in der Sekunde.

Über sich hatte Spalko das leuchtend blaue Himmelsgewölbe, und unter ihm erstreckte sich der weite Nordatlantik: ruhelos, in ständiger, wogender Bewegung, von der Abendsonne mit rötlichem Licht übergossen. Er sah das auf den Wellen tanzende Fischerboot und in weiter Ferne die ins Meer hinausragende Halbinsel, auf der Reykjavik lag. Der Wind versuchte ständig, ihn weiter von dem Boot wegzutragen, so dass Spalko einige Zeit damit beschäftigt war, seine Abtrift mit den Steuerleinen des Fallschirms zu kompensieren. Er atmete tief durch und genoss das Gefühl, in der Luft zu schweben.

Während er im endlosen Blau des Himmelsgewölbes zu hängen schien, dachte er an die sorgfältige Planung, die Jahre voll harter Arbeit, gerissener Manöver und geschickter Manipulationen, durch die er diesen Punkt erreicht hatte, den er nun als Höhepunkt seines Lebens betrachtete. Er dachte an sein Jahr in Amerika, im tropischen Miami, an die schmerzhaften Eingriffe, die notwendig gewesen waren, um sein zerstörtes Gesicht wiederherzustellen. Er musste sich eingestehen, dass es Spaß gemacht hatte, Annaka von seinem angeblichen Bruder zu erzählen – aber wie hätte er seinen Aufenthalt in einer Nervenheilanstalt sonst erklären können? Er hätte ihr nie sagen dürfen, dass er eine leidenschaftliche Affäre mit ihrer Mutter gehabt hatte. Es war kinderleicht gewesen, die Ärzte und das Pflegepersonal zu bestechen, damit sie ihn mit der Patientin ungestört sein ließen. Wie völlig korrupt die Menschen doch sind, überlegte Spalko sich. Ein Großteil seines Erfolgs beruhte darauf, dass er diese Tatsache skrupellos ausgenützt hatte.

Was für eine außergewöhnliche Frau Sasa gewesen war! Er hatte niemals einen ähnlich wundervollen Menschen kennen gelernt. So war es ganz natürlich gewesen, dass er angenommen hatte, Annaka werde ihrer Mutter nachschlagen. Natürlich war er damals viel jünger gewesen, und seine jugendliche Torheit war entschuldbar.

Wie hätte Annaka wohl reagiert, fragte er sich, wenn er ihr die Wahrheit gesagt hätte: dass er als junger Mann der Sklave eines Gangsterbosses – einer rachsüchtigen, sadistischen Bestie – gewesen war, der ihn zu einer Vendetta losgeschickt hatte, obwohl er genau gewusst hatte, dass er Spalko in eine Falle schickte. Sie war zugeschnappt … und Spalkos Gesicht war das Ergebnis gewesen. Später hatte er sich an Wladimir gerächt, aber nicht auf die heldenhafte Weise, die er Sina geschildert hatte. Was er getan hatte, war wenig ehrenhaft gewesen, aber damals hatte er noch nicht selbstständig handeln können. Ganz im Gegensatz zu jetzt.

Spalko war noch über hundertfünfzig Meter hoch, als der Wind plötzlich scharf drehte. Er begann vom Boot abgetrieben zu werden, und betätigte die Steuerleinen, um die Abtrift zu verringern. Trotzdem gelang es ihm nicht, auf Gegenkurs zu gehen. Unter sich sah er Bewegung an Bord des Fischerboots und wusste, dass die Besatzung seinen Absprung aufmerksam beobachtete. Das Boot nahm Fahrt auf und begann ihm zu folgen.

Der Horizont wurde enger, und nun kam das Meer rasch näher, füllte sein gesamtes Blickfeld aus, als die Perspektive sich änderte. Der Wind schlief in einer Böenpause plötzlich fast ein, und Spalko wasserte, indem er den Schirm im letzten Augenblick so eindrehte, dass er fast ohne Spritzer eintauchte.

Er glitt mit den Beinen voraus ins Wasser, das ganz über ihm zusammenschlug. Obwohl er mental darauf vorbereitet war, traf der durch das eiskalte Wasser bewirkte Schock ihn wie ein Hammerschlag und raubte ihm den Atem. Das Gewicht des Kühlbehälters wollte ihn in die Tiefe ziehen, aber er glich es mit kräftigen, geübten Scherenschlägen aus. Dann tauchte er auf, warf den Kopf in den Nacken und atmete tief durch, während er sich von dem Gurtzeug befreite.

Im Wasser konnte Spalko das mahlende Geräusch der Schraube des Fischerboots hören und schwamm in diese Richtung, ohne auch nur hinzusehen. Aber die See ging so hoch, dass er seinen Versuch, dem Boot entgegenzuschwimmen, bald aufgeben musste. Bis das Fahrzeug längsseits kam, war er fast völlig erschöpft. Ohne den Überlebensanzug, das wusste er, wäre er bereits an Unterkühlung gestorben.

Ein Mann der Besatzung warf ihm eine Leine zu, während ein anderer eine Strickleiter über Bord hängte. Spalko bekam die Leine zu fassen und klammerte sich daran fest, als sie eingeholt wurde, und erreichte so die Strickleiter. Er stieg sie hinauf und spürte, wie das Meer bis zum letzten Augenblick an ihm zerrte.

Eine kräftige Hand griff nach ihm und zog ihn an Bord. Spalko hob den Kopf und sah ein Gesicht mit durchdringend blauen Augen unter einem blonden Haarschopf.

»*La illaha ill Allah*«, sagte Hassan Arsenow. »Willkommen an Bord, Scheich.«

Spalko blieb stehen, während Besatzungsmitglieder ihn in wärmende Decken hüllten. »*La illaha ill Allah*«, antwortete er. »Ich hätte dich beinahe nicht erkannt.«

»Ich mich fast auch nicht«, sagte Arsenow, »als ich nach dem Haarfärben in den Spiegel gesehen habe.«

Spalko sah ihm scharf ins Gesicht. »Wie kommst du mit den Kontaktlinsen zurecht?«

»Mit denen hat keiner von uns Schwierigkeiten.« Arsenow konnte den Blick nicht von dem Kühlbehälter wenden, den der Scheich sich ans Handgelenk gekettet hatte. »Du hast es mitgebracht!«

Spalko nickte. Ein Blick über Arsenows Schulter hinweg zeigte ihm Sina, die, von der untergehenden Sonne beschienen, am Ruderhaus stand. Ihr goldenes Haar wehte im Wind, und ihre kobaltblauen Augen erwiderten seinen Blick mit glühender Intensität.

»Nehmt wieder Kurs auf die Küste«, wies Spalko die Besatzung an. »Ich will mich umziehen.«

Er ging in die vordere Kajüte hinunter, in der auf einer Koje warme Kleidung für ihn bereitlag. Davor standen feste schwarze Schuhe an Deck. Spalko sperrte das Kettenschloss auf und legte den Kühlbehälter auf die Koje. Während er seine klatschnassen Sachen und den Überlebensanzug abstreifte, untersuchte er seine Handgelenke, um zu sehen, wie stark sie von der Dichtmanschette aufgeschürft waren. Dann rieb und knetete er seine Hände, bis der Blutkreislauf wieder in Gang kam.

Während er noch dabei war, wurde die Tür hinter ihm rasch geöffnet und ebenso rasch wieder geschlossen. Er drehte sich nicht um, brauchte nicht nachzusehen, wer die Kajüte betreten hatte.

»Lass mich dich aufwärmen«, flötete Sina zuckersüß.

Im nächsten Augenblick spürte er den sanften Druck ihrer Brüste, die Hitze ihres Unterleibs an Rücken und Gesäß. Das Hochgefühl nach dem erfolgreichen Fallschirmsprung erfüllte ihn noch immer. Gesteigert wurde es durch die endgültige Auflösung seiner langen Beziehung zu Annaka Vadas, die Sinas Annäherungsversuch unwiderstehlich machte.

Er drehte sich um, setzte sich auf den Rand der Koje und ließ zu, dass sie ihn bestieg und mit Armen und Beinen umschlang. Sina glich einem brünstigen Tier. Er sah das Glitzern ihrer Augen, hörte die tief aus ihrem Inneren kommenden kehligen Laute. Sie verlor sich an ihn, und er war für den Augenblick befriedigt.

Rund eineinhalb Stunden später war Jamie Hull unterhalb der Straßenebene dabei, die Sicherheit der Lieferantenzufahrt des Hotels Oskjuhlid zu überprüfen, als er auf den Genossen Boris aufmerksam wurde. Der russische Sicherheitschef spielte den Überraschten, aber Hull ließ sich nicht täuschen. Er hatte das Gefühl, Boris beschatte ihn in letzter Zeit häufig, aber vielleicht litt er nur an Verfolgungswahn. Der wäre allerdings gerechtfertigt gewesen. Alle Teilnehmer des Gipfeltreffens wa-

ren im Hotel. Morgen um acht Uhr würde der Terrorismusgipfel und damit die Zeit der höchsten Gefährdung beginnen.
Hull fürchtete, Genosse Boris habe Wind davon bekommen,
was Fahd al-Sa'ud entdeckt, was der arabische Sicherheitschef
und er ausgeheckt hatten.

Und damit Genosse Boris unter keinen Umständen ahnte, welche Ängste sein Herz beschwerten, setzte er ein Lächeln
auf und machte sich bereit, zu Kreuze zu kriechen, wenn's sein
musste. Alles, damit Genosse Boris nur keinen Verdacht
schöpfte.

»Sie machen Überstunden, wie ich sehe, mein guter Mr.
Hull«, sagte Karpow mit seiner dröhnenden Ansagerstimme.
»Keine Ruhe für die Müden, was?«

»Ausruhen können wir uns, wenn der Gipfel vorbei und
unsere Arbeit getan ist.«

»Aber unsere Arbeit ist nie getan.« Heute trug Karpow
einen seiner schlimmsten Sergeanzüge. Er sah mehr wie eine
Rüstung als ein auch nur entfernt modisches Kleidungsstück
aus. »Unabhängig davon, was wir erreichen, gibt's immer
noch viel mehr zu tun. Das gehört mit zu den Reizen unserer Arbeit, nicht wahr?«

Hull hatte gute Lust, Nein zu sagen, nur um einen Streit
anzufangen, aber er biss sich stattdessen auf die Zunge.

»Und wie ist der Sicherheitsstand hier?« Karpow sah sich
mit glänzenden schwarzen Rabenaugen um. »Doch hoffentlich dem hohen amerikanischen Standard entsprechend?«

»Ich habe gerade erst angefangen.«

»Dann ist Ihnen Hilfe sicher willkommen, nein? Zwei
Köpfe sind besser als einer, vier Augen besser als zwei.«

Hull war plötzlich erschöpft. Er wusste gar nicht mehr,
wie lange er schon in diesem gottverlassenen Land war oder
wann er zum letzten Mal richtig ausgeschlafen hatte. Hier gab

es nicht einmal Bäume, an denen man die Jahreszeit hätte ablesen können! So hatte eine Art Desorientierung eingesetzt, wie sie manchmal bei neuen Besatzungsmitgliedern auf U-Booten auftrat.

Hull beobachtete, wie die Sicherheitsleute einen Kühllaster anhielten, den Fahrer befragten und ihn den Laderaum öffnen ließen, damit sie seine Ladung überprüfen konnten. Soweit er feststellen konnte, waren das Verfahren und die praktische Durchführung in Ordnung.

»Finden Sie Island auch so deprimierend?«, fragte er Boris.

»Deprimierend? Diese Insel ist das reinste Wunderland, mein Freund«, dröhnte Karpow. »Verbringen Sie mal einen Winter in Sibirien, wenn Sie die Definition von deprimierend erleben wollen.«

Der Amerikaner runzelte die Stirn. »Sie sind nach Sibirien geschickt worden?«

Karpow lachte. »Ja, aber nicht so, wie Sie denken. Ich war dort im Einsatz, als die Spannungen zwischen Russland und China vor einigen Jahren zu eskalieren drohten. Sie wissen schon, geheime Kommandounternehmen, gewaltsame Aufklärung, alles in der dunkelsten, kältesten Umgebung, die Sie sich vorstellen können.« Er verzog das Gesicht. »Nein, als Amerikaner können Sie sich das vermutlich nicht vorstellen.«

Hull lächelte angestrengt weiter, aber er bezahlte dafür mit aufgestautem Ärger und schwindender Selbstachtung. Zum Glück fuhr gerade ein weiteres Fahrzeug vor, nachdem der Kühllaster die Kontrolle passiert hatte. Der Kastenwagen kam von Reykjavik Energy. Aus irgendeinem Grund schien Genosse Boris sich für ihn zu interessieren, und Hull folgte ihm zu dem haltenden Fahrzeug. Es war mit zwei Männern in Overalls besetzt.

Karpow ließ sich den Arbeitsauftrag geben, den der Fahrer pflichtbewusst aus dem Fenster gereicht hatte, und warf einen Blick darauf. »Was machen Sie hier?«, fragte er charakteristisch überaggressiv.

»Vierteljährliche geothermische Überprüfung«, antwortete der Fahrer gleichmütig.

»Muss das ausgerechnet jetzt sein?« Karpow funkelte den Blonden an.

»Vorschrift. Unser System ist eng vernetzt. Wird es nicht regelmäßig gewartet, ist das ganze Netz gefährdet.«

»Nun, das dürfen wir natürlich nicht riskieren«, sagte Hull. Er nickte einem der Sicherheitsbeamten zu. »Kontrollieren Sie die Ladung. Ist alles klar, dann lassen Sie ihn passieren.«

Er entfernte sich von dem Fahrzeug, und der Russe folgte ihm.

»Diese Arbeit gefällt Ihnen nicht«, sagte Karpow, »habe ich Recht?«

Hull vergaß sich einen Augenblick, machte abrupt kehrt und baute sich vor dem Russen auf. »Klar gefällt sie mir.« Dann erinnerte er sich an seinen Vorsatz und setzte ein jungenhaftes Grinsen auf. »Nö, Sie haben Recht. Ich würde viel lieber meine, sagen wir mal, körperlichen Fertigkeiten gebrauchen.«

Karpow nickte und wirkte besänftigt. »Ja, ich verstehe. Es gibt nichts Befriedigenderes, als jemanden zu liquidieren.«

»Genau«, sagte Hull, der sich für das Thema zu erwärmen begann. »Denken Sie zum Beispiel an die Fahndung nach Jason Bourne. Was würde ich nicht dafür geben, ihn aufzuspüren und mit einem Kopfschuss zu erledigen!«

Karpows raupenförmige Augenbrauen gingen hoch. »Sie nehmen diese Sache anscheinend recht persönlich. Vor solchen Emotionen sollten Sie sich hüten, mein Freund. Sie beeinträchtigen Ihr Urteilsvermögen.«

»Scheiß drauf«, sagte Hull knapp. »Bourne hatte, was ich dringend wollte und was mir zugestanden hätte.«

Der Russe überlegte einen Augenblick. »Offenbar habe ich Sie falsch eingeschätzt, mein guter Freund Mr. Hull. Sie haben anscheinend doch mehr von einem Krieger in sich, als ich dachte.« Er schlug Hull auf den Rücken. »Was halten Sie davon, wenn wir bei einer Flasche Wodka alte Kriegserlebnisse austauschen?«

»Ich glaube, das ließe sich einrichten«, sagte Hull, als das Fahrzeug von Reykjavik Energy ins Hotel rollte.

Stepan Spalko trug zu dem Overall des Versorgungsunternehmens Reykjavik Energy farbige Kontaktlinsen und hatte seine Nase mit einem Formteil aus Latex breit und hässlich gemacht. Er stieg aus dem Kastenwagen und wies den Fahrer an, auf ihn zu warten. Mit dem Arbeitsauftrag auf einem Klemmbrett in der Rechten und einem kleinen Werkzeugkasten in der Linken marschierte er ins Labyrinth der Kellergeschosse unter dem Hotel. Ihre Grundrisse standen vor seinem inneren Auge wie eine dreidimensionale Planpause. Er kannte sich in den weitläufigen Kellergeschossen besser aus als viele der Haustechniker, denen jeweils nur die engen Bereiche vertraut waren, in denen sie arbeiteten.

Er brauchte zwölf Minuten, um den Teil des Kellers zu erreichen, über dem der Konferenzsaal lag, in dem das Gipfeltreffen stattfinden würde. Unterwegs wurde er viermal von Wachleuten angehalten, obwohl er den Besucherausweis, den er an der Einfahrt erhalten hatte, sichtbar am Overall trug. Er benützte die Treppe und ging ins dritte Kellergeschoss hinunter, wo er nochmals kontrolliert wurde. Dort war er der

Fernwärmeeinspeisung nahe genug, um seine Anwesenheit plausibel zu machen. Aber hier lag auch eine Unterstation der Klimaanlage des Hotels, sodass der Sicherheitsbeamte darauf bestand, ihn zu begleiten.

Spalko blieb vor einem Schaltschrank stehen und öffnete ihn mit einem Dreikantschlüssel. Er spürte den forschenden Blick des Wachmanns wie eine Hand an seiner Kehle.

»Wie lange sind Sie schon hier?«, erkundigte er sich auf Isländisch, während er seinen Werkzeugkasten aufklappte.

»Sprechen Sie Russisch?«, fragte der Sicherheitsbeamte.

»Ja, das tue ich zufällig.« Spalko wühlte zwischen dem Werkzeug herum. »Sie sind jetzt wie lange hier – seit zwei Wochen?«

»Drei«, gab der Russe zu.

»Und haben Sie in dieser ganzen Zeit irgendwas von meiner schönen Heimat gesehen?« Er fand den kleinen Gegenstand, den er suchte, und verbarg ihn in einer Handfläche. »Wissen Sie überhaupt etwas über Island?«

Als der Wachmann den Kopf schüttelte, stürzte Spalko sich in seinen Vortrag. »Nun, dann will ich Ihnen wenigstens die Grundzüge erläutern. Island ist eine hundertdreitausend Quadratkilometer große Insel mit einer mittleren Höhe von fünfhundert Metern über dem Meer. Ihr höchster Berg, der Hvannadalshnúkur, ist zweitausendeinhundertneunzehn Meter hoch; elf Prozent der Insel sind mit Gletschern bedeckt, zu denen der Vatnajökull, der größte Gletscher Europas, gehört. Regiert werden wir von dem Althing, dessen dreiundsechzig Mitglieder alle vier Jahre gewählt werden, und …«

Spalko verstummte, als der Sicherheitsbeamte, den diese Informationen aus einem Reiseführer unsäglich langweilten, sich abwandte und davonging. Er machte sich sofort an die Arbeit, setzte die kleine Scheibe auf zwei Kabel und drückte kräftig darauf, bis er bestimmt wusste, dass ihre vier Kontakte die Isolierung durchstoßen hatten.

»Hier bin ich fertig«, sagte er und knallte die Tür des Schaltschranks zu.

»Wohin jetzt? Zum Fernwärmeverteiler?«, fragte der Wachmann, der sich sichtlich wünschte, seine Schicht wäre bald zu Ende.

»Nö«, sagte Spalko, »muss erst mit dem Boss reden. Ich gehe zum Wagen zurück.« Er winkte, als er sich in Bewegung setzte, aber der Sicherheitsbeamte ging bereits in Gegenrichtung davon.

Spalko kehrte zu ihrem Wagen zurück, stieg ein und blieb neben dem Fahrer sitzen, bis ein Wachmann herangeschlendert kam.

»Okay, Jungs, was ist los?«

»Für diesmal sind wir fertig.« Spalko lächelte gewinnend, während er auf seinem angeblichen Arbeitsblatt einige sinnlose Eintragungen machte. Dann sah er auf seine Uhr. »Wir waren länger hier, als ich dachte. Danke, dass Sie uns geholfen haben.«

»He, das ist mein Job.«

Als der Fahrer den Motor anließ und den ersten Gang einlegte, sagte Spalko: »Da siehst du, wie wertvoll ein Probelauf ist. Wir haben genau eine halbe Stunde Zeit, bevor sie sich auf die Suche nach uns machen.«

Der zweistrahlige Businessjet raste durch den Nachthimmel. Bourne gegenüber saß Chan, der starr geradeaus blickte, ohne etwas Bestimmtes anzusehen. Bourne schloss die Augen. Die Deckenbeleuchtung war ausgeschaltet. Im Halbdunkel warfen nur einige Leselampen ovale Lichtflecken auf leere Sessel. In einer Stunde würden sie auf dem Flughafen Keflavik landen.

Bourne saß unbeweglich da. Am liebsten hätte er den Kopf in die Hände gestützt und bittere Tränen über die Sünden der Vergangenheit geweint, aber da Chan ihm gegenübersaß, durfte er sich nichts erlauben, was als Schwäche gedeutet werden konnte. Der vorläufige Waffenstillstand, auf den sie sich geeinigt hatten, erschien ihm zerbrechlich wie eine Eierschale. Es gab so viele Dinge, die das Potenzial besaßen, ihn zu zerquetschen. Emotionen wühlten Bourne innerlich auf, machten ihm das Atmen schwer. Die Schmerzen, die er überall an seinem gemarterten Körper spürte, waren nichts im Vergleich zu der Pein, die sein Herz zu zerreißen drohte. Er umklammerte die Sitzlehnen mit solcher Gewalt, dass seine Fingergelenke knackten. Er wusste, dass er sich unbedingt beherrschen musste, genau wie er wusste, dass er keinen Augenblick länger auf seinem Platz verharren konnte.

Er stand auf, überquerte den Mittelgang wie ein Schlafwandler und ließ sich in dem Sessel neben Chan nieder. Der junge Mann gab durch nichts zu erkennen, dass er seine körperliche Nähe spürte. Wäre seine rasche Atemfrequenz nicht gewesen, hätte er sich in einem Zustand tiefer Meditation befinden können.

Während sein Herz schmerzhaft gegen die gebrochenen Rippen hämmerte, sagte Bourne leise: »Wenn du mein Sohn bist, muss ich Gewissheit haben. Verstehst du – absolute Gewissheit.«

»Mit anderen Worten, du glaubst mir nicht.«

»Ich will dir glauben«, sagte Bourne, indem er sich bemühte, die inzwischen vertraute Schärfe in Chans Stimme zu überhören. »Das müsstest du wissen.«

»Was dich betrifft, weiß ich weniger als gar nichts.« Als Chan sich ihm jetzt zuwandte, war sein Gesicht von mühsam beherrschter Wut verzerrt. »Kannst du dich überhaupt nicht an mich erinnern?«

»Joshua war damals sechs, noch ein Kind.« Bourne fühlte einen Kloß im Hals, der sich nicht hinunterschlucken ließ. »Und ich habe vor einigen Jahren das Gedächtnis verloren.«

»Das Gedächtnis verloren?« Diese Mitteilung schien Chan zu verblüffen.

Bourne erzählte, was ihm zugestoßen war. »Ich kann mich nur an Bruchstücke meines Lebens als Jason Bourne vor diesem Zeitpunkt erinnern«, schloss er, »und an praktisch nichts aus meinem Leben als David Webb. Nur manchmal stößt ein Geruch oder eine Stimme etwas an, das ein weiteres Fragment an die Oberfläche steigen lässt. Aber mehr als ein Bruchstück des für mich verschütteten Ganzen ist's nie.«

Im schwachen Licht der Kabinenbeleuchtung suchte er Chans dunkle Augen, suchte die Spur eines Ausdrucks, selbst den geringsten Hinweis darauf, was Chan vielleicht fühlte oder dachte. »Das ist die Wahrheit. Wir sind einander völlig fremd. Bevor wir also weitermachen …« Er brachte den Satz nicht zu Ende, konnte im Augenblick nicht weitersprechen. Aber dann gab er sich einen Ruck und zwang sich dazu, weil die Stille, die sich so rasch zwischen ihnen ausbreitete, schlimmer war als die Explosion, die bestimmt kommen würde. »Versuch bitte, mich zu verstehen. Ich brauche einen Beweis, etwas Unwiderlegbares.«

»Scheißkerl!«

Chan stand auf, um an Bourne vorbei auf den Gang zu treten, aber wie in Spalkos Folterkammer hielt ihn etwas zurück. Und dann glaubte er plötzlich wieder, Bournes Stimme auf dem Dach von Annakas Haus in Budapest zu hören: »Darauf legst du's an, was? Diese ganze verrückte Geschichte, dass du Joshua sein sollst … Ich denke gar nicht daran, dich zu diesem Spalko oder sonst jemandem zu führen. Ich lasse mich von niemandem mehr als Werkzeug missbrauchen.«

Chan umfasste den aus Stein geschnittenen Buddha an seiner Halskette und setzte sich wieder. Stepan Spalko hatte sie beide als Werkzeug missbraucht. Es war Spalko gewesen, der sie zusammengeführt hatte, und eine Ironie des Schicksals wollte es, dass ihre gemeinsame Feindschaft Spalko gegenüber sie wenigstens vorerst geeint hatte.

»Es *gibt* etwas«, sagte er mit einer Stimme, die er selbst kaum erkannte. »Einen wiederkehrenden Albtraum, in dem ich unter Wasser bin. Ich werde ertränkt, in die Tiefe gezogen, weil ich an ihre Leiche gefesselt bin. Sie ruft mich. Ich höre ihre Stimme rufen – oder meine Stimme, die sie ruft.«

Bourne erinnerte sich daran, wie Chan in der Donau um sich geschlagen, wie er in seiner Panik in eine Strömung geraten war, die ihn in die Tiefe gezogen hätte. »Was sagt die Stimme?«

»Es ist *meine* Stimme. Ich sage: ›Li-Li, Li-Li.‹«

Bourne hatte das Gefühl, sein Herz setze einen Schlag aus, denn aus den Tiefen seiner eigenen verschütteten Erinnerung stieg Li-Li auf. Einen kostbaren Augenblick lang konnte er ihr ovales Gesicht mit den hellen Augen und Daos glattem schwarzem Haar sehen. »O Gott«, flüsterte Bourne. »Li-Li war Joshuas Kosename für Alyssa. Nur er hat sie so genannt. Außer uns vieren hat niemand davon gewusst.«

Li-Li.

»Eine meiner stärksten Erinnerungen, die ich mit professioneller Hilfe zurückgewonnen habe, betrifft das Verhältnis zwischen euch Geschwistern – wie deine Schwester dich bewundert hat«, fuhr Bourne fort. »Sie wollte immer und überall in deiner Nähe sein. Wenn sie nachts schlecht geträumt hat, konntest nur du sie beruhigen. Du hast sie Li-Li genannt und sie dich Joshy.«

Meine Schwester, ja. Li-Li. Chan schloss die Augen und befand sich sofort im trüben Wasser des Flusses in Phnom Penh. Dem Ertrinken nahe, unter Schock stehend, hatte er sie auf sich zutreiben gesehen: die von Kugeln durchsiebte Leiche seiner kleinen Schwester. Li-Li. Vier Jahre alt. Tot. Ihre hellen Augen – Daddys Augen – starrten ihn blicklos, anklagend an. *Warum du?*, schienen sie zu fragen. *Warum du und nicht ich?* Aber er wusste, dass das die Stimme seines schlechten Gewissens war. Hätte Li-Li sprechen können, hätte sie gesagt: *Ich bin froh, dass du nicht gestorben bist, Joshy. Ich bin glücklich, dass einer von uns bei Daddy bleiben kann.*

Chan verbarg sein Gesicht in den Händen und wandte sich dem ovalen Fenster zu. Er wollte sterben, er wünschte sich, er *wäre* im Fluss gestorben und Li-Li hätte an seiner Stelle überlebt. Er konnte dieses Leben keine Sekunde länger ertragen. Was hatte er schließlich noch von ihm zu erwarten? Im Tod wäre er wenigstens wieder mit ihr vereint gewesen …

»Chan.«

Das war Bournes Stimme. Aber er konnte es nicht ertragen, sich im zuzuwenden, ihm in die Augen zu sehen. Er hasste ihn, und er liebte ihn. Er konnte nicht begreifen, wie das möglich war; er war schlecht darauf vorbereitet, sich mit dieser emotionalen Anomalie auseinander zu setzen. Mit einem erstickten Laut stand er auf, zwängte sich an Bourne vorbei und stolperte in der Kabine nach vorn, um ihn nicht mehr sehen zu müssen.

Mit unsäglichem Kummer beobachtete Bourne, wie sein Sohn vor ihm flüchtete. Er musste fast übermenschliche Beherrschung aufbringen, um den Drang zu unterdrücken, ihn aufzuhalten, ihn in die Arme zu schließen und an seine Brust

618

zu drücken. Aber er spürte, dass er im Augenblick nichts Ungeschickteres hätte tun können, dass diese natürliche Regung angesichts Chans Vorgeschichte zu erneuter Gewalt zwischen ihnen hätte führen können.

Er hegte keine Illusionen. Sie hatten beide einen steinigen Weg vor sich, bevor sie einander als Vater und Sohn anerkennen konnten. Vielleicht war das sogar eine unlösbare Aufgabe. Aber weil es nicht seine Angewohnheit war, etwas für unmöglich zu halten, verdrängte er diese beängstigende Vorstellung.

Vor Seelenqual erschauernd wurde ihm bewusst, warum er so angestrengt versucht hatte, die Möglichkeit zu leugnen, Chan könnte sein Sohn sein. Annaka – der Teufel sollte sie holen – hatte sein Dilemma genau erkannt.

In diesem Augenblick sah er auf. Chan stand über ihm, und seine Hände umklammerten die Sitzlehne, als ginge es ums liebe Leben.

»Du hast gesagt, dass du erst vor kurzem erfahren hast, dass ich als vermisst gegolten habe.«

Bourne nickte.

»Wie lange hat man mich gesucht?«, fragte Chan.

»Du weißt, dass ich diese Frage nicht beantworten kann. Das kann niemand.« Bourne log instinktiv. Wenn er Chan erzählte, dass die zuständigen Stellen nur eine Stunde lang gesucht hatten, war damit nichts zu gewinnen, aber vielleicht viel zu verlieren. Er empfand das starke Bedürfnis, seinen Sohn vor der Wahrheit zu beschützen.

Über Chan war eine bedrohliche Stille gekommen, als bereite er sich darauf vor, etwas zu tun, das schreckliche Folgen haben konnte. »Warum hast *du* mich nicht selbst gesucht?«

Bourne hörte seinen anklagenden Tonfall und saß da wie vor den Kopf geschlagen. Das Blut drohte ihm in den Adern zu gefrieren. Seit ihm klar geworden war, dass Chan Joshua sein könnte, hatte auch er sich diese Frage gestellt.

»Ich war halb wahnsinnig vor Kummer und Schmerz«, sagte er, »aber das reicht nachträglich nicht als Entschuldigung. Ich konnte mir nicht eingestehen, dass ich euch allen gegenüber als Familienvater versagt hatte.«

Chans Gesichtsausdruck veränderte sich leicht, als durchzucke ihn ein schmerzlicher Gedanke. »Du musst … Schwierigkeiten gehabt haben, als du mit meiner Mutter in Phnom Penh gelebt hast.«

»Wie meinst du das?« Bourne beunruhigten Chans Worte, und er sprach in einem Tonfall, der vielleicht schärfer war als angebracht.

»Das weißt du. Haben deine Kollegen nicht über dich gelästert, weil du eine Thai geheiratet hattest?«

»Ich habe Dao von ganzem Herzen geliebt.«

»Marie ist keine Thai, stimmt's?«

»Chan, wir suchen es uns nicht aus, in wen wir uns verlieben.«

Nun folgte eine kurze Pause, dann sagte Chan in der zwischen ihnen herrschenden gespannten Stille lässig, als sei ihm dieser Gedanke nachträglich gekommen: »Und dann war da natürlich das Problem mit deinen beiden Mischlingskindern.«

»So habe ich's nie gesehen«, sagte Bourne ausdruckslos. Das Herz wollte ihm brechen, denn er hörte den stummen Aufschrei unter all diesen Fragen. »Ich habe Dao geliebt, ich habe Alyssa und dich geliebt. Mein Gott, ihr wart mein *Leben!* In den Wochen und Monaten danach habe ich fast den Verstand verloren. Ich war am Boden zerstört, wusste nicht, ob ich weiterleben wollte. Wäre ich Alex Conklin nicht begegnet, hätte ich vielleicht Schluss gemacht. Und auch dann hat es jahrelange Schwerarbeit gekostet, wieder einigermaßen auf die Beine zu kommen.«

Er verstummte sekundenlang, hörte sie beide schwer atmen. Dann holte er tief Luft und sagte: »Ich habe immer geglaubt, immer mit der Tatsache gekämpft, dass ich hätte da sein sollen, um euch zu beschützen.«

Chan betrachtete ihn lange, aber die Spannung hatte sich gelöst, ein Rubikon war nun überschritten. »Du hättest nichts tun können, du wärst auch umgekommen.«

Er wandte sich ohne ein weiteres Wort ab, und während er das tat, sah Bourne Dao in seinen Augen und wusste, dass seine Welt sich tief greifend verändert hatte.

Kapitel *achtundzwanzig*

Wie in fast jeder Großstadt der Welt gab es auch in Reykjavik jede Menge Schnellimbisse, und wie die besseren Restaurants bekamen auch diese kleinen Betriebe jeden Tag frisches Fleisch, Fisch, Obst und Gemüse geliefert. Die Firma *Hafnarfjördur Obst & Gemüse* gehörte zu den wichtigsten Lieferanten der Schnellgastronomie in Reykjavik. Der Wagen der Firma, der früh an diesem Morgen vor dem Kebab Höllin im Stadtzentrum vorfuhr, um Blattsalat, Perlzwiebeln und Schalotten zu liefern, gehörte zu den vielen, die auf ihren täglichen Runden in der ganzen Stadt unterwegs waren. Der entscheidende Unterschied war jedoch, dass dieser spezielle Lieferwagen im Gegensatz zu den anderen nicht von *Hafnarfjördur Obst & Gemüse* geschickt worden war.

Am frühen Abend wurden alle drei Häuser der Universitätsklinik Landspitali von Leuten belagert, die zunehmend kränker wurden. Die Ärzte nahmen diese Patienten in beängstigender Zahl auf, noch während ihr Blut untersucht wurde. Zwei Stunden später stand dann fest, dass die Großstadt mit einem seuchenartigen Ausbruch von Hepatitis A konfrontiert war.

Die Gesundheitsbehörde unternahm hektische Anstrengungen, um der eskalierenden Krise Herr zu werden. Ihre Arbeit wurde durch mehrere wichtige Faktoren behindert: die Schnelligkeit und Schwere des Befalls mit einem besonders ansteckenden Virustyp; die Schwierigkeiten, die es machte, die Lebensmittel zu ermitteln und aufzuspüren, durch die das

Virus verbreitet worden sein konnte; und das unausgesprochene, aber stets gegenwärtige Bewusstsein, dass Reykjavik wegen des Terrorismusgipfels gegenwärtig im Scheinwerferlicht der Weltöffentlichkeit stand. Ganz oben auf der Liste mit verdächtigen Lebensmitteln standen Schalotten, die in letzter Zeit in den Vereinigten Staaten mehrmals Ausbrüche von Hepatitis A hervorgerufen hatten – aber Schalotten wurden in der hiesigen Gastronomie überall verwendet, und natürlich durfte man Fisch oder Fleisch nicht ausschließen.

Die Verantwortlichen arbeiteten bis in die dämmrige Nacht hinein, befragten die Chefs aller Firmen, die Frischgemüse lieferten, und schickten ihre Leute los, um die Lagerhäuser und Fahrzeuge dieser Firmen – auch von *Hafnarfjördur Obst & Gemüse* – zu untersuchen. Zu ihrer großen Überraschung und Enttäuschung zeigte sich jedoch, dass dort alles in Ordnung war, und während die Stunden verrannen, mussten sie sich eingestehen, dass sie der Quelle des Virusbefalls keinen Schritt näher gekommen waren.

Deshalb ging die Gesundheitsbehörde kurz nach einundzwanzig Uhr mit ihren Erkenntnissen an die Öffentlichkeit. In Reykjavik war massenhaft Hepatitis A ausgebrochen. Weil die Infektionsquelle noch nicht gefunden war, wurde die Stadt unter Quarantäne gestellt. Über den Köpfen aller hing das Schreckgespenst einer regelrechten Epidemie, die sie sich nicht leisten konnten, weil der Terrorismusgipfel bevorstand und die Aufmerksamkeit der gesamten Welt auf die isländische Hauptstadt gerichtet war. In ihren Rundfunk- und Fernsehinterviews bemühten die Verantwortlichen sich, den beunruhigten Menschen zu versichern, dass alle Maßnahmen ergriffen würden, um das Virus unter Kontrolle zu bekommen. Zu diesem Zweck, das betonten sie wiederholt, stelle die Gesundheitsbehörde ihr gesamtes Personal in den Dienst der auch künftig garantierten Sicherheit der Allgemeinheit.

Es war kurz vor zweiundzwanzig Uhr, als Jamie Hull aufgeregt und nervös den Hotelflur zur Suite des Präsidenten entlang marschierte. Erst hatte es diesen plötzlichen Ausbruch von Hepatitis A gegeben, über den man sich Sorgen machen musste, und dann war er ohne Vorwarnung zu einer Besprechung mit dem Präsidenten zitiert worden.

Hull sah sich um und erkannte die Secret-Service-Agenten, die den Präsidenten bewachten. Weiter hinten im Korridor bewachten russische FSB-Agenten und arabische Geheimdienstler ihre Staatsoberhäupter, die mit ihren engsten Mitarbeitern praktischerweise im selben Gebäudeflügel untergebracht waren.

Er ging durch die von zwei Secret-Service-Agenten – riesig und schweigsam wie Sphinxe – flankierte Tür und betrat die Suite. Der Präsident tigerte ruhelos auf und ab und diktierte zwei Redenschreibern ein Konzept, während sein Pressesprecher sich hastig Notizen auf einem Laptop machte. Drei weitere Secret-Service-Agenten waren in der Suite verteilt, um den Präsidenten von den Fenstern fern zu halten.

Hull wartete ungeduldig, aber ohne Protest, bis der Präsident seine Mitarbeiter entließ, die wie Mäuse nach nebenan huschten.

»Jamie«, sagte der Präsident mit breitem Lächeln und ausgestreckter Hand. »Nett von Ihnen, dass Sie gekommen sind.« Er drückte Hull die Hand, bot ihm mit einer Handbewegung einen Sessel an und setzte sich ihm gegenüber.

»Jamie, ich zähle darauf, dass Sie alles tun werden, damit das Gipfeltreffen reibungslos über die Bühne geht«, begann er.

»Sir, ich kann Ihnen versichern, dass ich alles unter Kontrolle habe.«

»Auch Karpow?«

»Sir?«

Der Präsident lächelte. »Wie ich höre, hat's zwischen Mr. Karpow und Ihnen reichlich Zoff gegeben.«

Hull schluckte krampfhaft und fragte sich, ob er herbeizitiert worden war, um entlassen zu werden. »Es hat kleinere Meinungsverschiedenheiten gegeben«, sagte er zögernd, »aber die sind längst vergessen.«

»Freut mich, das zu hören«, sagte der Präsident. »Ich habe schon genügend Schwierigkeiten mit Alexander Jewtuschenko. Da kann ich's nicht brauchen, dass er sauer ist, weil sein Sicherheitschef sich herabgesetzt fühlt.« Er klatschte sich auf die Oberschenkel und stand auf. »Also, die Show beginnt morgen früh um acht. Bis dahin gibt's noch einiges zu tun.« Er streckte die Hand aus, als Hull sich erhob. »Jamie, keiner weiß besser als ich, wie gefährlich diese Situation werden kann. Aber ich denke, wir sind uns darüber einig, dass es jetzt kein Zurück mehr gibt.«

Draußen auf dem Korridor klingelte sein Handy.

»Jamie, wo sind Sie?«, blaffte der CIA-Direktor ihm ins Ohr.

»Ich komme gerade aus einer Besprechung mit dem Präsidenten. Er hat befriedigt zur Kenntnis genommen, dass ich alles unter Kontrolle habe – auch den Genossen Karpow.«

Statt erfreut zu reagieren, sprach der Direktor in nervös angespanntem Tonfall weiter. »Jamie, hören Sie mir gut zu. Es gibt einen neuen Aspekt dieser Situation, den ich nur Ihnen mitteile, weil Sie darüber Bescheid wissen müssen.«

Hull sah sich automatisch um und entfernte sich rasch außer Hörweite der Secret-Service-Agenten. »Ich weiß Ihr Vertrauen zu schätzen, Sir.«

»Es handelt sich um Jason Bourne«, sagte der Alte. »Er ist nicht in Paris umgekommen.«

»Was?« Hull war einen Augenblick lang fassungslos. »Bourne *lebt*?«

»Er ist gesund und munter.« Der Direktor machte eine bedeutungsvolle Pause. »Jamie, damit wir uns richtig verstehen: Diesen Anruf, dieses Gespräch hat es nie gegeben. Sollten Sie jemandem davon erzählen, bestreite ich, Sie angerufen zu haben, und Sie fliegen mit einem Tritt in den Hintern raus. Ist das klar?«

»Völlig, Sir.«

»Ich habe keine Ahnung, was Bourne als Nächstes vor hat, aber ich habe schon immer vermutet, dass er zu Ihnen unterwegs sein könnte. Ob er Alex Conklin und Mo Panov ermordet hat, steht vielleicht nicht fest, aber Kevin McColl hat er garantiert umgelegt.«

»Jesus, ich habe McColl gekannt, Sir.«

»Wir haben ihn alle gekannt, Jamie.« Der Alte räusperte sich. »Wir dürfen nicht zulassen, dass diese Tat ungesühnt bleibt.«

Hulls Zorn verschwand schlagartig und machte einer Hochstimmung Platz. »Überlassen Sie das mir, Sir.«

»Aber seien Sie vorsichtig, Jamie. In erster Linie sind Sie für die Sicherheit des Präsidenten zuständig.«

»Ich verstehe, Sir. Unbedingt. Aber ich garantiere Ihnen, dass Jason Bourne das Hotel nicht wieder verlässt, falls er hier aufkreuzt.«

»Nun, hoffentlich doch«, sagte der Alte, »aber mit den Füßen voraus.«

Zwei Angehörige des Tschetschenenteams warteten vor dem Kastenwagen von Reykjavik Energy, als das zum Hotel Oskjuhlid entsandte Fahrzeug der Gesundheitsbehörde um die Ecke bog. Ihr Wagen versperrte die Durchfahrt, und sie hatten orangerote Kunststoffkegel aufgestellt und schienen dabei zu sein, eine Stelle, die aufgegraben werden sollte, mit Kreidestrichen zu markieren.

Der Wagen der Gesundheitsbehörde bremste abrupt.

»He, was macht ihr da?«, fragte der Fahrer. »Wir sind im Notfalleinsatz.«

»Verpiss dich, kleiner Scheißer!«, antwortete einer der Tschetschenen auf Isländisch.

»Was hast du gesagt?« Der aufgebrachte Fahrer stieg aus dem Wagen.

»Bist du blind? Unsere Arbeit hier ist wichtig«, sagte der Tschetschene. »Sucht euch 'ne andere beschissene Zufahrt.«

Als der Beifahrer merkte, dass die Situation zu eskalieren drohte, stieg er ebenfalls aus. Arsenow und Sina, bewaffnet und grimmig entschlossen, sprangen aus dem Fahrzeug von Reykjavik Energy und trieben die rasch eingeschüchterten Mitarbeiter der Gesundheitsbehörde hinten in den Kastenwagen.

Arsenow, Sina und ein weiteres Mitglied des Teams fuhren mit dem erbeuteten Wagen vor dem Lieferanteneingang des Hotels Oskjuhlid vor. Der vierte Tschetschene war mit dem Fahrzeug von Reykjavik Energy unterwegs, um Spalko und das restliche Team abzuholen.

Sie trugen die Overalls von Außendienstmitarbeitern der Gesundheitsbehörde und wiesen sich bei der Kontrolle durch die wachhabenden Sicherheitsbeamten mit staatlichen Dienstausweisen aus, die Spalko für teures Geld beschafft hatte. Als

Arsenow befragt wurde, antwortete er auf Isländisch und wechselte dann zu holperigem Englisch über, weil die amerikanischen und arabischen Sicherheitsbeamten ihn nicht verstanden. Er behauptete, sie sollten überprüfen, ob die Hotelküche frei von Hepatitis A sei. Niemand – erst recht die verschiedenen Sicherheitsteams nicht – wollte, dass einer ihrer Schützlinge sich mit dem gefürchteten Virus ansteckte. Daher wurden die drei schleunigst eingelassen und bekamen den Weg zur Hotelküche erklärt. Das Teammitglied begab sich dorthin, aber Arsenow und Sina hatten andere Ziele im Visier.

Bourne und Chan waren noch dabei, die Pläne der verschiedenen Versorgungssysteme des Hotels Oskjuhlid zu studieren, als der Pilot ihre bevorstehende Landung auf dem Flughafen Keflavik ankündigte. Bourne war auf und ab gegangen, während Chan das Notebook auf den Knien hielt, und nahm nun widerstrebend Platz. Sein ganzer Körper schmerzte, und die beengten Sitzverhältnisse in der kleinen Maschine hatten diesen Zustand nur verschlimmert. Er hatte sich bemüht, seine Gefühle im Zusammenhang mit der Rückkehr des verlorenen Sohns zu unterdrücken. Ihre Gespräche waren unbeholfen genug, und er hatte deutlich den Eindruck, Chan werde vor jeder starken Gefühlsregung, die er sich anmerken ließ, instinktiv zurückschrecken.

Der Prozess, auf eine Versöhnung hinzuarbeiten, war für beide ungeheuer schwierig. Für Chan vielleicht noch schwerer, vermutete Bourne. Was ein Sohn von seinem Vater brauchte, war weitaus komplexer als das, was ein Vater von seinem Sohn brauchte, um ihn vorbehaltlos lieben zu können.

Bourne musste sich eingestehen, dass er Angst vor Chan hatte – nicht nur vor dem, was man ihm angetan hatte und was er geworden war, sondern auch vor seiner Tüchtigkeit, seiner Cleverness und Findigkeit. Dass er aus dem Raum mit den verriegelten Türen entkommen war, war ein Wunder für sich.

Und es gab noch etwas anderes, ein Hindernis auf ihrem Weg zu gegenseitiger Anerkennung, vielleicht sogar zur Versöhnung, das alle anderen in den Schatten stellte. Um Bourne akzeptieren zu können, musste Chan sich von seinem ganzen bisherigen Leben lossagen.

Mit dieser Einschätzung hatte Bourne Recht. Seit er sich in der Old Town von Alexandria zu Chan auf die Parkbank gesetzt hatte, lag Chan im Streit mit sich selbst. Und dieser Krieg ging weiter – nur dass der Kampf jetzt öffentlich ausgetragen wurde. Wie beim Blick in einen Rückspiegel konnte Chan alle versäumten Gelegenheiten sehen, Bourne zu liquidieren, aber erst jetzt verstand er, dass er sie absichtlich nicht genutzt hatte. Er konnte Bourne nicht töten, aber er konnte ihm auch nicht sein Herz öffnen. Er erinnerte sich an seinen verzweifelten Drang, sich in der Gasse hinter der Budapester Klinik auf Spalkos Männer zu stürzen. Nur Bournes Warnung hatte ihn davon abgehalten. Damals hatte er seine heftige Reaktion auf den Wunsch zurückgeführt, sich an Spalko zu rächen. Aber jetzt wusste er, dass sie eine ganz andere Ursache gehabt hatte: die Liebe, die ein Sohn für seinen Vater empfindet.

Und trotzdem entdeckte er zu seiner Beschämung, dass er vor Bourne Angst hatte. In Bezug auf Kraft, Ausdauer und Intellekt war Bourne wahrhaft Furcht erregend. In seiner Nähe fühlte Chan sich irgendwie herabgesetzt, als sei alles, was er in seinem Leben geleistet hatte, nichts wert.

Leichtes Durchsacken, ein Stoß, kurzes Reifenquietschen, dann waren sie gelandet, verließen die Landebahn und benützten einen Rollweg zur Abstellfläche für Businessjets am anderen Ende des Flughafens. Noch bevor die Maschine zum Stehen gekommen war, stand Chan auf und ging zur Kabinentür.

»Los jetzt!«, sagte er ungeduldig. »Spalko hat mindestens drei Stunden Vorsprung.«

Aber Bourne, der ebenfalls aufgestanden war, vertrat ihm den Weg.

»Niemand weiß, was uns dort draußen erwartet. Ich steige als Erster aus.«

Chans Zorn, der so dicht unter der Oberfläche lauerte, flammte sofort auf. »Ich hab dir schon mal gesagt, dass du mich nicht rumkommandieren sollst! Ich kann selbst denken – ich treffe meine Entscheidungen selbst. Das habe ich schon immer getan, und ich werde es auch in Zukunft tun.«

»Du hast Recht. Ich versuche nicht, dir irgendetwas wegzunehmen«, sagte Bourne, dem das Herz bis zum Hals schlug. Dieser Fremde war sein Sohn. Was er in seiner Gegenwart tat oder sagte, konnte für lange Zeit unabsehbare Folgen haben. »Aber denk daran, dass du bisher allein warst.«

»Und wessen Schuld ist das deiner Meinung nach?«

Es war schwierig, sich nicht gekränkt zu fühlen, aber Bourne tat sein Bestes, um den Vorwurf zu entschärfen. »Schuldzuweisungen sind zwecklos«, sagte er gelassen. »Jetzt arbeiten wir zusammen.«

»Ich soll also einfach alle Entscheidungen dir überlassen?«, fragte Chan hitzig. »Warum? Bildest du dir vielleicht ein, du hättest Anspruch darauf?«

Sie hatten das Empfangsgebäude schon fast erreicht. Bourne wurde bewusst, wie brüchig ihr Waffenstillstand war.

»Es wäre töricht, zu glauben, ich hätte dir gegenüber irgendwelche Ansprüche.« Er sah aus dem Fenster zu dem hell beleuchteten Empfangsgebäude hinüber. »Ich dachte nur, falls es irgendein Problem gibt – falls uns ein Hinterhalt erwartet –, würde ich lieber selbst …«

»Hast du mir eigentlich niemals zugehört?«, knurrte Chan, indem er sich an Bourne vorbeidrängte. »Willst du alles ignorieren, was ich ohne dich erreicht habe?«

Unterdessen war der Pilot aus dem Cockpit gekommen. »Öffnen Sie die Tür«, befahl Chan ihm brüsk. »Und bleiben Sie an Bord.«

Der Pilot öffnete gehorsam die Tür und fuhr die Gangway aus, bis sie den Asphalt berührte.

Bourne machte einen Schritt vorwärts. »Chan …«

Aber ein zorniger Blick seines Sohns ließ ihn wie angenagelt stehen bleiben. Er beobachtete durch ein Kabinenfenster, wie Chan die Treppe hinabging und unten von einem Beamten der Passkontrolle in Empfang genommen wurde. Er sah, wie Chan einen Reisepass vorwies und dann auf ihr Flugzeug deutete. Der Beamte nickte und stempelte den Pass ab.

Chan machte kehrt, trabte wieder die Gangway hinauf. Als er den Gang entlangkam, zog er unter seiner Jacke Handschellen hervor, mit denen er Bourne an sich fesselte.

»Ich heiße Chan LeMarc und bin Interpol-Inspektor.« Chan klemmte sich das Notebook unter den Arm und zog Bourne hinter sich her zur Tür. »Du bist mein Gefangener.«

»Wie heiße ich?«, fragte Bourne.

»Du?« Chan schob ihn ins Freie, blieb dicht hinter ihm. »Du bist Jason Bourne, nach dem CIA, Sûreté Nationale und Interpol wegen Mordes fahnden. Nur so lässt er dich ohne Papiere nach Island einreisen. Zum Glück hat er wie jeder Polizeibeamte der Welt deinen CIA-Steckbrief gelesen.«

Der Uniformierte trat zur Seite und hielt reichlich Abstand, als sie an ihm vorbeigingen. Sobald sie das Empfangsgebäude durchquert hatten, schloss Chan die Handschellen wieder auf. Draußen stiegen sie ins erste Taxi der wartenden Schlange und nannten dem Fahrer ein Ziel, das keine halbe Meile vom Hotel Oskjuhlid entfernt war.

Mit dem Kühlbehälter zwischen den Füßen saß Spalko auf dem Beifahrersitz des Kastenwagens von Reykjavik Energy, den der tschetschenische Widerstandskämpfer durch die Straßen der Innenstadt zum Hotel Oskjuhlid lenkte. Sein Handy klingelte, und er klappte es auf, ohne zu ahnen, dass ihn schlechte Nachrichten erwarteten.

»Chef, wir haben den Vernehmungsraum räumen können, bevor Polizei oder Feuerwehr das Gebäude betreten haben«, meldete der Leiter seines Sicherheitsdiensts aus Budapest. »Aber wir haben eben das gesamte Gebäude durchsucht, ohne die geringste Spur von Bourne oder Chan zu finden.«

»Wie ist das möglich?«, fragte Spalko scharf. »Der eine war an den Stuhl gefesselt, der andere war in der Gaskammer eingeschlossen.«

»Es hat eine Detonation gegeben«, antwortete der Leiter des Sicherheitsdiensts und schilderte ihm detailliert, was sie vorgefunden hatten.

»Gottverdammt noch mal!« In einem seiner seltenen Wutanfälle hämmerte Spalko mit der Faust aufs Armaturenbrett.

»Wir vergrößern den Suchradius.«

»Spart euch die Mühe«, sagte Spalko knapp. »Ich weiß, wo sie sind.«

Bourne und Chan gingen in Richtung Hotel.

»Wie fühlst du dich?«, fragte Chan.

»Mir geht's gut«, antwortete Bourne etwas zu rasch.

Chan musterte ihn. »Du bist nicht mal steif und wund?«

»Also gut, ich bin überall steif und wund«, räumte Bourne ein.

»Die Antibiotika, die Oszkar mitgebracht hat, sind hoch wirksam.«

»Keine Sorge«, sagte Bourne. »Ich nehme sie regelmäßig.«

»Wie kommst du darauf, dass ich mir Sorgen mache?« Chan deutete nach vorn. »Sieh dir das an!«

Die hiesige Polizei hatte die Umgebung des Hotels weiträumig abgesperrt. Je zwei Kontrollpunkte, die mit Polizeibeamten und Sicherheitspersonal verschiedener Nationalitäten besetzt waren, bildeten die einzigen Ein- und Ausfahrten. Während sie zusahen, hielt ein Fahrzeug von Reykjavik Energy am Kontrollpunkt hinter dem Hotel.

»Das ist die einzige Möglichkeit, dort reinzukommen«, behauptete Chan.

»Zumindest eine Möglichkeit«, sagte Bourne. Als der Kastenwagen den Kontrollpunkt passierte, kamen hinter ihm zwei Hotelangestellte zu Fuß zum Vorschein.

Bourne sah zu Chan hinüber, der kurz nickte. Auch er hatte sie bemerkt. »Was denkst du?«, fragte Bourne.

»Die beiden kommen vom Dienst, würde ich sagen«, antwortete Chan.

»Das denke ich auch.«

Die Hotelangestellten unterhielten sich lebhaft und blieben nur lange genug stehen, um am Kontrollpunkt ihre Dienstausweise vorzuzeigen. Normalerweise hätten sie in der Tiefgarage des Hotels geparkt, aber seit die Sicherheitsdienste den Befehl übernommen hatten, mussten alle Angestellten in den umliegenden Straßen parken.

Sie beschatteten die Männer, die jetzt in eine Seitenstraße außer Sichtweite von Polizei- und Sicherheitsbeamten abbogen. Sie warteten, bis die beiden ihre Autos erreicht hatten, und überfielen sie dann lautlos und blitzschnell von hinten. Mit den Autoschlüsseln sperrten sie die Kofferräume auf, legten die Bewusstlosen hinein und nahmen ihnen die Hotelausweise ab, bevor sie die Deckel zuknallten.

Fünf Minuten später erschienen sie bei dem anderen Kontrollpunkt vor dem Hotel, um nicht in Kontakt mit den Polizei- und Sicherheitsbeamten zu kommen, von denen die Hotelangestellten beim Verlassen des Hauses kontrolliert worden waren.

Sie passierten den inneren Sicherheitsring, ohne angehalten zu werden. Endlich waren sie im Hotel Oskjuhlid.

Es wird Zeit, sich von Arsenow zu trennen, dachte Stepan Spalko. Dieser Augenblick stand schon lange bevor, seit er festgestellt hatte, dass er Arsenows Schwäche nicht mehr ertragen konnte. Arsenow hatte ihm einmal erklärt: »Ich bin kein Terrorist. Ich will nur, dass mein Volk bekommt, was ihm zusteht.« Solcher Kinderglaube war ein tödlicher Fehler. Arsenow konnte sich einreden, was er wollte, aber unabhängig davon, ob er Geld, die Freilassung von Gefangenen oder die Rückgabe seines Landes forderte, war es eine Tatsache, dass seine Methoden und nicht seine Ziele ihn als Terroristen brandmarkten. Er brachte Leute um, wenn er nicht bekam, was er wollte. Ob er dazu Soldaten oder Zivilisten – Männer, Frauen, Kinder – töten musste, war ihm gleichgültig. Was er säte, war Terror, was er ernten würde, war der Tod.

Deshalb schickte Spalko ihn mit Achmed, Karim und einer der Frauen zu der Unterstation der Klimaanlage hinunter, die zur Belüftung des Konferenzsaals diente. Das war eine kleine Abänderung des ursprünglichen Plans. Eigentlich hätte Magomet die drei begleiten sollen. Aber Magomet war tot, und da Arsenow ihn erschossen hatte, akzeptierte er den Auftrag ohne zu fragen oder sich zu beschweren. Überdies standen sie jetzt unter dem Diktat eines strikten Zeitplans.

»Ab dem Augenblick, in dem wir mit dem Wagen von Reykjavik Energy vorgefahren sind, haben wir genau dreißig Minuten Zeit«, sagte Spalko. »Wie wir vom letzten Mal wissen, kommt dann ein Sicherheitsbeamter, um uns zu kontrollieren.« Er sah auf seine Uhr. »Das bedeutet, dass uns noch vierundzwanzig Minuten bleiben, um unseren Auftrag auszuführen.«

Als Arsenow mit Achmed und den anderen Teammitgliedern davonging, nahm Spalko Sina beiseite. »Du weißt, dass dies das letzte Mal ist, dass du ihn lebend siehst?«

Ihr blonder Kopf nickte.

»Und es macht dir nichts aus?«

»Im Gegenteil, ich fühle mich erleichtert«, antwortete sie.

Spalko nickte. »Komm!« Er hastete mit ihr den Korridor entlang. »Wir dürfen keine Zeit verlieren.«

Hassan Arsenow übernahm sofort die Kontrolle über sein kleines Team. Sie hatten einen wichtigen Auftrag, und er würde dafür sorgen, dass sie ihn ausführten. Als sie um eine Ecke bogen, sahen sie den Sicherheitsbeamten auf seinem Posten in der Nähe der mit einem Gitter gesicherten großen Luftansaugöffnung.

Ohne ihr Tempo zu verringern, gingen sie weiter auf den Mann zu.

»Halt, stehen bleiben!«, befahl er und brachte seine Maschinenpistole in Anschlag.

Die vier machten vor ihm Halt. »Wir kommen von Reykjavik Energy«, sagte Arsenow auf Isländisch. Als der Sicherheitsbeamte ihn verständnislos anstarrte, wiederholte er den Satz auf Englisch.

Der Mann runzelte die Stirn. »Hier gibt's keine Fern-wärmeleitungen.«

»Das wissen wir«, sagte Achmed, packte die MP mit einer Hand und knallte den Kopf des Sicherheitsbeamten mit der anderen an die Wand.

Als der Mann zusammenbrach, traf Achmed ihn erneut, diesmal mit dem Kolben seiner eigenen Maschinenpistole.

»Los, helft mir«, sagte Arsenow und steckte seine Finger in das Lüftungsgitter. Karim und die Frau beeilten sich, ihm zu helfen, aber Achmed drosch weiter mit dem Kolben der MP auf den Sicherheitsbeamten ein, obwohl klar war, dass er bewusstlos war und nicht so bald wieder aufwachen würde.

»Achmed, gib mir die Waffe!«, verlangte Arsenow.

Achmed warf ihm die Maschinenpistole zu und fing an, den Kopf des Sicherheitsbeamten mit Tritten zu bearbeiten. Blut floss, und in der Luft hing der Geruch des Todes.

Arsenow zerrte ihn von dem Bewusstlosen weg. »Wenn ich etwas befehle, gehorchst du, sonst breche ich dir das Genick, so wahr Allah mir helfe!«

Achmed funkelte ihn schwer atmend an.

»Wir müssen unseren Zeitplan einhalten«, sagte Arsenow erregt. »Du hast keine Zeit, dich auszutoben.«

Achmed fletschte die Zähne und lachte. Er schüttelte Arsenows Hand ab und half Karim, das Lüftungsgitter ab-zunehmen. Sie schoben den Sicherheitsbeamten in den Lüf-tungskanal und krochen nacheinander hinein. Achmed, der als Letzter hereinkam, zog das Gitter an den alten Platz zu-rück.

Sie mussten über den Sicherheitsbeamten hinwegkriechen. Dabei legte Arsenow zwei Finger auf seine Halsschlagader. »Tot«, sagte er.

»Und wenn schon«, sagte Achmed aufsässig. »Morgen sind sie alle tot.«

Sie krochen auf allen vieren den Lüftungsschacht entlang, bis sie zu einer Verzweigung kamen. Direkt vor ihnen befand sich ein senkrechter Schacht. Sie bereiteten sich aufs Abseilen vor. Nachdem sie die Aluminiumstange quer über den Schacht gelegt hatten, befestigten sie das Seil und ließen es in den Schacht abrollen. Arsenow, der die Führung übernahm, schlang sich das Seil um den linken Schenkel und führte es über den rechten. Indem er jeweils eine Armlänge Seil nachließ, sank er gleichmäßig in die Tiefe. Ein leichtes Zittern des Seils zeigte ihm an, dass die anderen seinem Beispiel folgten.

Unmittelbar über der ersten Abzweigung machte Arsenow Halt. Er knipste eine Ministablampe an und ließ ihren eng gebündelten Strahl über die Elektrokabel an der Schachtwand gleiten. Mitten in dem altersgrauen Kabelgewirr blitzte etwas Neues.

»Infrarotsensor!«, rief er nach oben.

Karim, ihr Elektronikfachmann, war dicht über ihm. Während Arsenow den Sensor beleuchtete, holte er eine Kombizange und einen Draht mit Krokodilklemmen an beiden Enden aus einem Overall. Nachdem er vorsichtig über Arsenow hinweggeklettert war, seilte er sich weiter ab, bis er knapp außerhalb der Reichweite des Sensors war. Dann stieß er sich mit einem Fuß ab, pendelte zur Wand, bekam ein dickes Elektrokabel zu fassen und hielt sich daran fest. Seine Finger sortierten die dünneren Kabel, knipsten eines durch und befestigten eine Krokodilklemme daran. Als Nächstes trennte er die Isolierung eines weiteren Kabels auf und befestigte dort die zweite Krokodilklemme.

»Alles klar«, meldete er leise.

Er glitt tiefer, bis er in den Erfassungsbereich des Sensors gelangte, der aber nicht ansprach. Er hatte den Stromkreis erfolgreich umgangen. Der Sensor würde keine verdächtige Wärme melden.

Karim machte Platz für Arsenow, der sie bis zum Boden des Lüftungsschachts hinabführte. Dort waren sie dem Herzstück der Klimaanlage des Konferenzsaals, in dem der Terrorismusgipfel stattfinden würde, schon ganz nahe.

»Unser Ziel ist die Unterstation der Klimaanlage des Konferenzsaals«, sagte Bourne, während Chan und er durch die Hotelhalle hasteten. Chan hatte weiter Oszkars Notebook unter dem Arm. »Das ist der logische Ort für den Einsatz des Diffusors.«

Um diese Nachtzeit war die Hotelhalle – weitläufig, hoch und kalt – bis auf einige Hotelangestellte und Sicherheitsbeamte menschenleer. Die Staatsoberhäupter waren in ihren Suiten; sie schliefen oder bereiteten sich noch auf das Gipfeltreffen vor, das in wenigen Stunden beginnen würde.

»Die Sicherheitsdienste sehen dieses Gefährdungspotenzial bestimmt auch«, sagte Chan. »Das bedeutet, dass uns kaum etwas passieren dürfte, bis wir in die Nähe der Unterstation kommen. Dann werden sie wissen wollen, was wir dort zu suchen haben.«

»Darüber habe ich schon nachgedacht«, sagte Bourne. »Es wird Zeit, dass wir meinen Zustand zu unserem Vorteil ausnützen.«

Sie durchquerten den Haupttrakt des Hotels, ohne aufgehalten zu werden und überquerten einen dekorativen Innenhof mit streng geometrischen Kieswegen, sorgfältig getrimmten immergrünen Pflanzen und futuristisch aussehenden Steinbänken. Auf der anderen Seite lag das Kongressforum.

Drinnen stiegen sie drei Treppen hinunter. Chan schaltete das Notebook ein und rief die Pläne der Klimaanlage auf, damit sie sich gemeinsam davon überzeugen konnten, dass sie auf der richtigen Ebene waren.

»Nach links«, sagte Chan und klappte das Notebook zu, bevor sie weitergingen.

Aber sie waren kaum dreißig Meter vom Treppenhaus entfernt, als eine scharfe Stimme sagte: »Keinen Schritt weiter, sonst seid ihr beide tot.«

Die tschetschenischen Aufständischen warteten auf dem Boden des senkrechten Lüftungsschachts: zusammengekauert, sorgenvoll, ihre Nerven bis zum Zerreißen angespannt. Auf diesen Augenblick hatten sie seit Monaten gewartet. Sie waren gut vorbereitet und fieberten danach, ihren Auftrag auszuführen. Die fast unerträgliche Spannung ließ sie ebenso zittern wie die kalte Luft, die mehr und mehr abgekühlt war, je tiefer sie unter das Hotel gelangt waren. Um den zentralen Verteiler der Klimaanlage zu erreichen, brauchten sie nur noch durch einen kurzen waagrechten Schacht zu kriechen – aber zwischen ihnen und ihrem Ziel hielten Sicherheitsbeamte auf dem Korridor vor den Lüftungsgittern Wache. Solange sie ihren Posten nicht zu einem Streifengang verließen, konnten die Tschetschenen nicht weiter.

Achmed sah auf seine Uhr und stellte fest, dass ihnen nur noch vierzehn Minuten blieben, um ihren Auftrag auszuführen und zu dem Wagen zurückzukehren. Schweiß stand ihm auf der Stirn, sammelte sich unter seinen Armen, lief ihm über die Rippen und ließ seine Haut brennen. Sein Mund war trocken, seine Atmung flach. So war's auf dem Höhepunkt eines Einsatzes immer. Sein Herz jagte, sein ganzer Körper vibrierte. Er kochte noch immer vor Wut über Arsenows Zurechtweisung, die doppelt kränkend gewesen war, weil alle sie gehört hatten. Während er angestrengt nach draußen horchte, starrte er Arsenow mit Verachtung im Herzen an. Seit jener Nacht in Nairobi hatte er jegliche Achtung vor Arsenow eingebüßt – nicht nur, weil Sina ihm Hörner aufsetzte, sondern weil er nichts davon ahnte. Achmeds wulstige Lippen verzogen sich zu einem Lächeln. Er genoss es, diese Macht über Arsenow zu besitzen.

Endlich hörte Achmed, wie die Stimmen sich entfernten. Er schnellte hoch, hatte es nun eilig, seinen Auftrag zu erfüllen, aber Arsenows kräftiger Arm hielt ihn schmerzhaft zurück.

»Noch nicht.« Arsenow funkelte ihn an.

»Sie sind weg«, sagte Achmed. »Wir vergeuden Zeit.«

»Wir gehen, wenn ich es befehle.«

Dieser weitere Affront war zu viel für Achmed. Er spuckte mit verächtlicher Miene vor Arsenow aus. »Warum sollte ich dir gehorchen? Warum sollte das irgendjemand von uns tun? Du kannst nicht mal dafür sorgen, dass deine Frau sich anständig benimmt.«

Arsenow stürzte sich auf Achmed, und die beiden rangen kurz miteinander. Die anderen sahen schreckensstarr zu, wagten aber nicht, einzugreifen.

»Ich lasse mir deine Unverschämtheiten nicht länger gefallen«, sagte Arsenow schwer atmend. »Du führst meine Befehle aus, sonst lege ich dich um.«

»Mir egal«, sagte Achmed trotzig. »Aber zuvor sollst du noch etwas erfahren: In Nairobi, in der Nacht vor der Erprobung, hat Sina sich ins Zimmer des Scheichs geschlichen, als du geschlafen hast.«

»Lügner!« Arsenow dachte an das feierliche Versprechen, das Sina und er sich in der Bucht gegeben hatten. »Sina würde mich nie betrügen.«

»Denk daran, welches Zimmer ich hatte, Arsenow. Du hast sie selbst verteilt. Ich hab Sina mit eigenen Augen gesehen.«

Arsenows Blick glühte feindselig, aber er ließ Achmed los. »Ich hätte gute Lust, dich umzulegen, aber jeder von uns wird im Einsatz gebraucht.« Er nickte den anderen zu. »Los, wir müssen weiter.«

Karim, der Elektronikfachmann, übernahm die Führung, dann kamen die Frau und Achmed, und Arsenow bildete die Nachhut. Schon nach kurzer Zeit hob Karim eine Hand, brachte sie damit zum Anhalten.

Seine leise Stimme drang nach hinten bis an Arsenows Ohr. »Bewegungsmelder.«

Arsenow sah Karim niederkauern, um vorzubereiten, was er für seine Arbeit brauchte. Er war dem Schicksal für diesen Mann dankbar. Wie viele Bomben hatte Karim im Lauf der Jahre für sie gebaut? Alle hatten einwandfrei funktioniert; er hatte niemals einen Fehler gemacht.

Wie zuvor zog Karim einen Draht mit zwei Krokodilklemmen an den Enden aus seinem Overall. Mit der Kombizange in einer Hand suchte er aus dem Kabelstrang die richtigen Leitungen heraus, knipste eine durch und befestigte die Klemme an ihrer blanken Kupferseele. Dann trennte er wie zuvor die Isolierung der zweiten Leitung auf und legte die Krokodilklemme an, um den Bewegungsmelder auszuschalten.

»Alles klar«, sagte Karim, und sie rückten in den Erfassungsbereich des Bewegungsmelders vor.

Die Alarmanlage sprach an, schrillte durch den Korridor und brachte die Sicherheitsbeamten zurück, die mit schussbereiten Maschinenpistolen angerannt kamen.

»Karim!«, rief Arsenow erschrocken.

»Eine Falle!«, jammerte Karim. »Jemand hat die Leitungen vertauscht!«

Wenige Minuten zuvor drehten Bourne und Chan sich langsam nach dem amerikanischen Sicherheitsbeamten um. Er trug einen Arbeitsanzug der U.S. Army und war mit einer Maschinenpistole bewaffnet. Er trat einen Schritt näher, um ihre Dienstausweise zu kontrollieren. Seine Haltung entspannte sich etwas, und er nahm den Lauf der Waffe hoch, aber sein Blick blieb finster.

»Was macht ihr hier unten, Jungs?«

»Wartungsarbeiten«, sagte Bourne. Er erinnerte sich an das Fahrzeug von Reykjavik Energy, das sie ins Hotel hatten fahren sehen, und einen der Pläne in Oszkars Notebook. »Die Fernwärmeversorgung ist ausgefallen. Wir sollen den Leuten helfen, die Reykjavik Energy hergeschickt hat.«

»Ihr seid im falschen Bereich gelandet«, sagte der Wachmann. Er zeigte in die entgegengesetzte Richtung. »Ihr müsst zurückgehen und zweimal links abbiegen.«

»Danke«, sagte Chan. »Wir haben uns wohl verlaufen. Dies ist normalerweise nicht unser Bereich.«

Als sie sich abwandten, um wegzugehen, gaben Bournes Beine unter ihm nach. Er brach laut aufstöhnend zusammen.

»He, was hat er?«, fragte der Sicherheitsbeamte.

Chan kniete neben Bourne nieder und knöpfte ihm das Hemd auf.

»Jesus«, sagte der Wachmann und beugte sich nach vorn, um Bournes mit Wunden übersäten Oberkörper zu begutachten, »was zum Teufel ist mit dem passiert?«

Chans Hand schoss hoch, bekam ihn vorn an seiner Arbeitsjacke zu fassen und riss ihn zu sich herunter, sodass er mit dem Kopf auf den Betonboden schlug. Als Bourne sich aufrappelte, war Chan schon dabei, dem Sicherheitsbeamten die Uniform auszuziehen.

»Er hat eher deine Größe«, sagte Chan und hielt Bourne den Arbeitsanzug hin.

Während Bourne sich umzog, schleifte Chan den Bewusstlosen in eine dunkle Kellerecke.

In diesem Augenblick schrillte die Alarmanlage los, und sie rannten in Richtung Unterstation weiter.

Die Sicherheitsbeamten waren gut ausgebildet, und die Amerikaner und Araber, die in dieser Schicht gemeinsam Dienst taten, arbeiteten erfreulich gut zusammen. Da jeder Sensortyp einen bestimmten Alarm auslöste, wussten sie sofort, dass ein Bewegungsmelder angesprochen hatte, und kannten seinen genauen Standort. Sie befanden sich in höchster Alarmbereitschaft und hatten so kurz vor Beginn des Gipfeltreffens Befehl, erst zu schießen und dann Fragen zu stellen.

Sie begannen schon im Laufen zu schießen und durchsiebten die Lüftungsgitter mit Feuerstößen. Die Hälfte von ihnen schossen ihre Magazine in den verdächtigen Bereich leer. Die andere Hälfte stand als Reserve in Bereitschaft, während die Schützen mit vereinten Kräften die demolierten Lüftungsgitter aufrissen. Im Schacht dahinter fanden sie drei Tote: zwei Männer und eine Frau. Einer der Amerikaner benachrichtigte Jamie Hull, einer der Araber verständigte Fahd al-Sa'ud.

Inzwischen war weiteres Sicherheitspersonal aus anderen Bereichen dieses Kellergeschosses zusammengeströmt, um die Kollegen zu unterstützen.

Zwei Reserveleute kletterten in den Luftschacht, und nachdem sie festgestellt hatten, dass sich dort keine weiteren Angreifer versteckt hielten, sicherten sie den Schacht. Andere zerrten die drei von Kugeln durchsiebten Leichen heraus – mit Karims Gerätschaften zur Umgehung von Sensoren und etwas, das auf den ersten Blick wie eine Zeitbombe aussah.

Jamie Hull und Fahd al-Sa'ud trafen fast gleichzeitig ein. Hull erfasste die Situation mit einem Blick und rief seinen Stabschef über Funk.

»Ab sofort herrscht Alarmstufe rot. Unsere Sicherheitsmaßnahmen sind umgangen worden. Drei Angreifer sind tot, wiederhole, drei Angreifer sind tot. Lassen Sie das gesamte Hotel sofort abriegeln, niemand darf mehr rein oder raus.« Er blaffte weitere Befehle, damit seine Leute die bei Alarmstufe rot vorgesehenen Positionen einnahmen. Als Nächstes benachrichtigte er den Secret Service, der den Präsidenten in seiner Suite bewachte.

Fahd al-Sa'ud war in die Hocke gegangen und begutachtete die Toten. Ihre Körper waren ziemlich durchsiebt, aber die blutigen Gesichter waren weitgehend unversehrt. Er zog eine winzige Stablampe an einem Schlüsselanhänger aus der Tasche und leuchtete damit in die Gesichter. Dann streckte er eine Hand aus, berührte mit dem Zeigefinger den Augapfel eines der Toten. An seiner Fingerspitze blieb etwas Blaues hängen; die Iris des Erschossenen war dunkelbraun.

Einer der FSB-Männer musste Karpow alarmiert haben, denn der Kommandeur der Alpha-Einheit kam schwerfällig angetrabt. Er war so außer Atem, dass Fahd al-Sa'ud vermutete, er sei die ganze Strecke gerannt.

Hull und er informierten den Russen darüber, was hier geschehen war. Al-Sa'ud hielt seine Fingerspitze hoch. »Sie tragen farbige Kontaktlinsen ... und sehen Sie, sie haben sich die Haare gefärbt, um als Isländer durchzugehen.«

Karpows Miene war grimmig. »Den hier kenne ich«, sagte er und stieß einen der Männer mit dem Fuß an. »Er heißt Achmed. Er ist einer von Arsenows wichtigsten Unterführern.«

»Sie meinen den tschetschenischen Terroristen?«, fragte Hull. »Das sollten Sie sofort Ihrem Präsidenten melden, Boris.«

Der Russe stand auf und stemmte die Fäuste in die Hüften. »Eines wüsste ich gern: Wo ist Arsenow?«

»Ich fürchte, dass wir zu spät kommen«, flüsterte Chan hinter einem Metallpfeiler, als sie die Ankunft der beiden Sicherheitschefs beobachteten, »aber ich sehe Spalko nicht.«

»Vielleicht hat er das Risiko gescheut, selbst ins Hotel einzudringen«, meinte Bourne.

Chan schüttelte den Kopf. »Ich kenne ihn. Er ist ein Egoist und Perfektionist. Nein, er ist irgendwo in der Nähe.«

»Aber offenbar nicht hier«, sagte Bourne nachdenklich. Er beobachtete den Russen, der jetzt herangetrabt kam und sich zu Jamie Hull und dem arabischen Sicherheitschef gesellte. Irgendwie war ihm das breite, brutale Gesicht mit den starken Augenwülsten und den raupenartigen Brauen vage vertraut. Als er ihn dann reden hörte, sagte er leise: »Ich kenne diesen Mann – den Russen.«

»Das ist keine Überraschung. Ich erkenne ihn auch«, bestätigte Chan. »Boris Iljitsch Karpow, Kommandeur der Alpha-Einheit, der Elitetruppe des FSB.«

»Nein, ich meine, dass ich ihn *kenne*.«

»Wie? Woher?«

»Das weiß ich nicht«, sagte Bourne. »Ist er Freund oder Feind?« Er schlug sich mit den Fäusten an die Stirn. »Wenn ich mich nur erinnern könnte!«

Chan wandte sich ihm zu und erkannte deutlich, welche Qualen ihn peinigten. Er musste der gefährlichen Versuchung widerstehen, Bourne tröstend eine Hand auf die Schulter zu legen. Deswegen gefährlich, weil er nicht wusste, wohin diese Geste führen oder was sie überhaupt bedeuten würde. Er spürte den weiteren Zerfall seines Lebens, der begonnen hatte, als Bourne sich neben ihn gesetzt und ihn angesprochen hatte. »*Wer bist du?*«, hatte er gefragt. Damals hatte Chan die Antwort auf diese Frage gewusst; jetzt war er sich seiner Sache nicht mehr so sicher. War es möglich, dass alles, woran er geglaubt oder sich zu glauben eingebildet hatte, eine Lüge gewesen war?

Chan rettete sich vor diesen zutiefst verstörenden Gedanken, indem er sich daran klammerte, worauf Bourne und er sich am besten verstanden. »Dieser Gegenstand macht mir Sorgen«, sagte er. »Das Ding ist eine Zeitbombe. Aber du hast gesagt, dass Spalko vorhat, Schiffers Diffusor zu verwenden.«

Bourne nickte. »Ich würde sagen, das sei ein klassisches Ablenkungsmanöver, wenn wir nicht kurz nach Mitternacht hätten. Das Gipfeltreffen beginnt erst in knapp acht Stunden.«

»Darum haben sie eine Zeitbombe mitgebracht.«

»Ja, aber wieso sollte sie schon jetzt gelegt werden?«

»Weniger scharfe Kontrollen«, stellte Chan fest.

»Richtig, aber zugleich ist das Risiko größer, dass die Sicherheitskräfte sie bei einer ihrer regelmäßigen Durchsuchungen finden.« Bourne schüttelte den Kopf. »Nein, wir übersehen irgendwas, das weiß ich. Spalko hat etwas anderes vor. Aber was?«

Spalko, Sina und die restlichen Teammitglieder hatten ihr Ziel erreicht. Hier, weit von dem Flügel des Hotels mit dem Kongressforum entfernt, wies der Sicherheitskordon gewisse Lücken auf, die Spalko ausnützen konnte. Obwohl zahlreiche Sicherheitsbeamte im Einsatz waren, konnten sie nicht überall gleichzeitig sein, und so genügte es, zwei von ihnen auszuschalten, damit Spalko und sein Team in Position gelangen konnten.

Sie befanden sich drei Ebenen unterhalb der Straße in einem riesigen fensterlosen Raum mit Betonwänden und einer offen stehenden Brandschutztür. Unmengen von dicken schwarzen Rohren – jedes mit dem Gebäudeteil bezeichnet, den es versorgte – führten durch die Rückwand des Raums hinaus.

Alle Mitglieder des Teams packten jetzt ihre ABC-Schutzanzüge aus, legten sie an und dichteten sie sorgfältig ab. Zwei der Tschetscheninnen traten auf den Korridor hinaus, um beiderseits des Eingangs Wache zu halten, und einer der Männer gab ihnen von innen Deckung.

Spalko öffnete den größeren der beiden mitgebrachten Metallbehälter, der den NX 20 enthielt. Er setzte die beiden Hälften sorgfältig zusammen und überzeugte sich davon, dass die Schnappverschlüsse sicher eingerastet waren. Dann durfte Sina den Diffusor halten, während er den Kühlbehälter aufsperrte, den er von Dr. Peter Sido bekommen hatte. Die darin liegende Glasphiole war klein, geradezu winzig. Auch nachdem sie ihre gewaltige Wirkung in Nairobi erlebt hatten, konnten sie kaum glauben, dass eine so geringe Menge des biologischen Kampfstoffes so vielen Menschen den Tod bringen konnte.

Wie schon in Nairobi öffnete er die Ladekammer des Diffusors und legte die Phiole hinein. Dann schloss und verriegelte er die Kammer, nahm den NX 20 aus Sinas Armen und betätigte den kleineren der beiden Abzüge. Damit gelangte die versiegelte Phiole mit dem Kampfstoff in die eigentliche Diffusorkammer. Jetzt brauchte Spalko die Kammer nur noch mit dem auf der linken Seite des Kolbens eingelassenen Knopf zu verriegeln, zu zielen und den größeren zweiten Abzug zu betätigen.

Er hielt den Diffusor in beiden Armen, wie es auch Sina getan hatte. Diese Waffe musste selbst von ihm mit angemessenem Respekt behandelt werden.

Er blickte in Sinas Augen, aus denen ihre Liebe zu ihm und ihr patriotischer Eifer leuchteten. »Jetzt warten wir«, sagte er, »auf den Sensoralarm.«

Dann hörten sie ihn: Das Schrillen war leise, aber seine von den kahlen Betonkorridoren verstärkten Vibrationen waren unverkennbar. Sina und der Scheich lächelten sich an. Spalko glaubte zu spüren, wie die Spannung im Raum zunahm, wie sie von gerechtem Zorn und der Hoffnung auf lange ersehnte Rache genährt wurde.

»Unser großer Augenblick steht bevor«, sagte er, und sie hörten ihn alle, reagierten alle. Er konnte fast hören, wie ihr Siegesgeheul einsetzte.

Von der unaufhaltsamen Macht des Schicksals getrieben, betätigte der Scheich den kleinen Abzug, der die Ladung mit bedrohlichem kleinem Zischen in die Diffusorkammer beförderte, in der sie liegen und auf den Augenblick ihrer Freisetzung warten würde.

Kapitel *neunundzwanzig*

»Das sind alles Tschetschenen, nicht wahr, Boris?«, fragte Hull.

Karpow nickte. »Meinen Unterlagen nach alles Mitglieder von Hassan Arsenows Terrororganisation.«

»Ein Sieg für die guten Kerle!«, freute Hull sich.

Fahd al-Sa'ud sagte, in der feuchten Kälte zitternd: »Die Menge C4 in ihrer Zeitbombe hätte ausgereicht, um die gesamte Tragkonstruktion dieses Gebäudeteils zu schwächen. Das Kongressforum wäre unter seinem eigenen Gewicht eingestürzt, hätte alle unter sich begraben.«

»Ein Glück für uns, dass sie den Bewegungsmelder ausgelöst haben«, sagte Hull.

Als die Minuten verrannen, runzelte Karpow strenger die Stirn, während er Bournes Frage wiederholte: »Wieso sollte die Bombe schon jetzt gelegt werden? Ich denke, wir hätten eine gute Chance gehabt, sie vor Eröffnung der Gipfelkonferenz zu finden.«

Fahd al-Sa'ud wandte sich an einen seiner Männer. »Gibt's irgendeine Möglichkeit, mehr Wärme herzukriegen? Wir sind bestimmt noch eine Weile hier, und ich bin schon halb erfroren.«

»Ich hab's!«, sagte Bourne und wandte sich Chan zu. Er ließ sich das Notebook geben, schaltete es ein und scrollte durch die Pläne, bis er den gesuchten Plan gefunden hatte. Mit dem Zeigefinger verfolgte er die Route, die sie nehmen mussten, um von ihrem Standort aus unters Hauptgebäude des Hotels zu gelangen. Dann klappte er das Notebook zu und sagte: »Los, komm! Wir haben's eilig!«

»Wohin willst du?«, fragte Chan, als sie durch das Labyrinth aus Kellerfluren liefen.

»Denk darüber nach! Wir haben gesehen, wie ein Fahrzeug von Reykjavik Energy ins Hotel gefahren ist; das ganze Hotel wird wie die gesamte Stadt mit Erdwärme beheizt.«

»Deshalb hat Spalko die Tschetschenen zu einer Unterstation der Klimaanlage geschickt«, sagte Chan, als sie um eine Ecke trabten. »Er hat nicht damit gerechnet, dass sie die Bombe wirklich würden legen können. Wir haben richtig vermutet, das *war* ein Ablenkungsmanöver, aber nicht für morgen früh, wenn das Gipfeltreffen beginnt. Er will den Diffusor jetzt einsetzen!«

»Richtig«, sagte Bourne. »Aber nicht durch die Klimaanlage. Sein Ziel ist die Fernwärmezentrale. Zu dieser nachtschlafenden Zeit, wo die Staatsoberhäupter schlafen, will er das Virus einsetzen.«

»Da kommt jemand«, meldete eine der beiden Wache haltenden Tschetscheninnen.

»Erschießt ihn«, befahl der Scheich.

»Aber das ist Hassan Arsenow!«, rief die zweite Wächterin aus.

Spalko und Sina wechselten einen verwirrten Blick. Was war bloß schief gegangen? Der Sensor hatte angesprochen, der Alarm war ausgelöst worden, und kurze Zeit später hatten sie das befriedigende Hämmern von Feuerstößen aus Maschinenpistolen gehört. Wie hatte Arsenow entkommen können?

»Erschießt ihn, hab ich gesagt!«, brüllte Spalko.

Was Arsenow verfolgte, was ihn in dem Augenblick zurückweichen ließ, in dem er eine Falle witterte, wodurch er vor dem augenblicklichen Tod, den seine Landsleute erlitten, bewahrt blieb, war das Entsetzen, das in seinem Inneren lauerte, das ihm vergangene Woche Nacht für Nacht Albträume beschert hatte. Er hatte sich eingeredet, darin manifestierten sich seine Schuldgefühle, weil er Chalid Murat verraten hatte – das schlechte Gewissen eines Helden, nachdem er die schwierige Entscheidung getroffen hatte, die sein Volk retten sollte. Aber in Wirklichkeit hing dieses Entsetzen mit Sina zusammen. Er hatte sich ihr allmähliches, aber unaufhaltsames Abrücken von ihm, ihre emotionale Distanzierung, die nachträglich gesehen eiskalt wirkte, nicht eingestehen wollen. Sie war ihm schon seit einiger Zeit entglitten, obwohl er das bis vor kurzem nicht hatte wahr haben wollen. Aber jetzt hatte Achmeds Enthüllung alles ins helle Licht bewusster Erkenntnis gerückt. Sina hatte hinter einer Glaswand gelebt, stets einen Teil ihres Ichs isoliert und versteckt gehalten. Diesen Teil von ihr hatte er nicht berühren können, und er hatte jetzt das Gefühl, je eifriger er's versucht hatte, desto weiter hatte sie sich zurückgezogen.

Sina liebte ihn nicht – und er fragte sich jetzt, ob sie's je getan hatte. Selbst wenn ihr Unternehmen ein voller Erfolg wurde, würde es für ihn kein Leben mit ihr, keine gemeinsamen Kinder geben. Was für eine Farce ihr letztes intimes Gespräch gewesen war!

Plötzlich überwältigte ihn Schamgefühl. Er war ein Feigling – er liebte Sina mehr, als er seine Freiheit liebte, denn er wusste, dass es ohne sie keine Freiheit für ihn geben würde. Nach ihrem Verrat an ihm würde selbst der größte Sieg schal schmecken.

Als er jetzt den kalten Korridor zur Fernwärmezentrale entlang trabte, sah er seine eigenen Kämpferinnen die Maschi nenpistolen hochreißen, als ob sie auf ihn schießen wollten. Vielleicht war ihre Sicht durch den ABC-Schutzanzug so eingeschränkt, dass sie nicht erkannten, wer da auf sie zukam.

»Wartet! Nicht schießen!«, rief er. »Ich bin's, Hassan Arsenow!«

Ein Geschoss des ersten Feuerstoßes durchschlug seinen linken Arm, und er warf sich halb unter Schock stehend herum, verschwand um eine Ecke, brachte sich vor dem tödlichen Kugelhagel in Sicherheit.

In der abrupt ausgebrochenen Hektik blieb keine Zeit für Fragen oder Spekulationen. Er hörte weitere Feuerstöße, die jedoch nicht ihm galten. Als er um die Ecke spähte, sah er die beiden Wächterinnen tief geduckt auf zwei Gestalten schießen, die den Korridor entlangkamen.

Arsenow richtete sich auf, nutzte die Tatsache, dass die beiden abgelenkt waren, und hielt auf den Eingang der Fernwärmezentrale zu.

Spalko hörte die Schüsse und sagte: »Sina, das ist nicht nur Arsenow.«

Sina drehte sich mit ihrer Maschinenpistole im Anschlag um und nickte dem Posten an der Tür zu, der ihr eine zweite MP zuwarf.

Hinter ihnen trat Spalko an die Wand mit den genau gekennzeichneten Heizungsrohren. Jedes hatte ein Absperrventil und daneben ein Manometer, das den Druck anzeigte. Er fand die Leitung, die in den Flügel des Hotels führte, in dem die Staatsoberhäupter untergebracht waren, und machte sich daran, das Ventil abzuschrauben.

Hassan Arsenow wusste, dass er mit den anderen in der Unterstation der Klimaanlage hätte sterben sollen. *»Eine Falle!*

Jemand hat die Leitungen vertauscht!«, hatte Karim unmittelbar vor seinem Tod gejammert. Vertauscht hatte sie Spalko; er hatte Arsenow und die anderen nicht für ein Ablenkungsmanöver gebraucht, wie er behauptet hatte, sondern sie bewusst geopfert – als wichtige Zielpersonen, deren Tod das Sicherheitspersonal ablenken würde, bis Spalko den wahren Bestimmungsort erreichen und das Virus freisetzen konnte. Er hatte sie reingelegt, und Arsenow war sich jetzt ziemlich sicher, dass Sina gemeinsame Sache mit ihm gemacht hatte.

Wie schnell Liebe in Hass umschlagen konnte! Ihre Umwandlung hatte nicht länger als einen Herzschlag gedauert. Jetzt waren alle gegen ihn aufgehetzt, alle seine Landsleute, alle die Männer und Frauen, mit denen er gekämpft, mit denen er gelacht und geweint und gebetet, mit denen er nach gemeinsamen Zielen gestrebt hatte. Tschetschenen! Sie alle waren nun durch Stepan Spalkos Macht und vergifteten Charme verdorben.

Letztlich hatte Chalid Murat in jeder Beziehung Recht gehabt. Er hatte Spalko nicht getraut; er hätte sich nicht auf dieses wahnwitzige Unternehmen eingelassen. Arsenow hatte ihm einmal vorgeworfen, er sei ein alter Mann, übervorsichtig und nicht imstande, die neue Welt zu begreifen, die vor ihnen lag. Aber jetzt wusste er, was Chalid Murat bestimmt gewusst hatte: dass diese neue Welt nur eine Illusion war, die der Mann, der sich mit dem Ehrentitel Scheich anreden ließ, erschaffen hatte. Arsenow hatte an dieses Hirngespinst geglaubt, weil er daran hatte glauben wollen. Und Spalko hatte diese Schwäche ausgenützt. Aber damit ist jetzt Schluss!, schwor Arsenow sich. Endgültig! Sollte er hier und heute sterben müssen, dann würde er das zu seinen eigenen Bedingungen tun, statt sich von Spalko wie ein Lamm zur Schlachtbank führen zu lassen.

Er rückte dicht an den Türrahmen heran, holte tief Luft, atmete langsam aus und katapultierte sich gleichzeitig mit einem Hechtsprung an der offenen Tür vorbei. Der sofort einsetzende Kugelhagel sagte ihm alles, was er wissen musste. Nachdem er sich abgerollt hatte, blieb er auf dem Betonboden und kroch zur Tür zurück. Er sah den Wachposten mit einer Maschinenpistole im Hüftanschlag und traf ihn mit vier Schüssen in die Brust.

Bourne lief ein kalter Schauder über den Rücken, als er die beiden Terroristen sah, die in ABC-Schutzanzügen hinter einem Betonpfeiler standen und abwechselnd Feuerstöße aus ihren Maschinenpistolen abgaben. Chan und er gingen hinter einer Abzweigung des Korridors in Deckung, und Bourne erwiderte das Feuer.

»Spalko ist mit der Biowaffe in diesem Raum«, sagte er. »Wir müssen unbedingt dort rein.«

»Aber nicht bevor diese beiden ihre Munition verschossen haben.« Chan sah sich um. »Hast du die Pläne im Kopf? Weißt du, was über der Deckenverkleidung liegt?«

Bourne schoss erneut, dann nickte er.

»Sechs, acht Meter hinter uns ist eine Luke in die Decke eingelassen«, sagte Chan. »Du musst mir hinaufhelfen.«

Bourne gab einen weiteren Feuerstoß ab, bevor er sich mit Chan zurückzog.

»Kannst du dort oben was sehen?«, fragte er.

Chan nickte, indem er auf seine Jacke mit den vielen Taschen zeigte. »Ich habe eine kleine Stablampe ... und noch einiges in petto.«

Mit der MP unter dem Arm faltete Bourne die Hände, damit Chan einen Fuß hineinstellen konnte. Seine Knochen schienen unter Chans Gewicht zu knacken, und die gezerrten Bänder in seiner Schulter brannten wie Feuer. Dann schob Chan die Abdeckung zur Seite und stemmte sich durch die Luke nach oben.

»Zeit?«, fragte Bourne.

»Fünfzehn Sekunden«, antwortete Chan und verschwand.

Bourne kehrte um. Er zählte langsam bis zehn, dann stürmte er schießend um die Ecke. Aber er machte fast augenblicklich wieder Halt. Er konnte spüren, wie sein Herz schmerzhaft gegen seine Rippen hämmerte. Die beiden Tschetschenen hatten ihre Schutzanzüge abgestreift. Sie waren hinter dem Betonpfeiler hervorgekommen und standen ihm auf dem Korridor gegenüber. Bourne erkannte jetzt, dass er Frauen vor sich hatte, die Gürtel mit untereinander verbundenen Sprengstoffpäckchen um die Taille trugen.

»Jesus!«, sagte Bourne. »Chan! Sie tragen Sprengstoffgürtel!«

Im nächsten Augenblick wurde es um sie herum schlagartig dunkel. Chan, der durch den Kabelkanal über ihm kroch, hatte die Leitung durchtrennt.

Kaum war der letzte Schuss verhallt, da sprang Arsenow auf und spurtete los. Er war mit einem Satz in der Fernwärmezentrale und fing den Wachposten auf, als er zusammenbrach. Vor sich im Raum erkannte er zwei Gestalten: Spalko und Sina. Indem er den Toten als Schutzschild benützte, schoss er auf die Gestalt, die zwei Maschinenpistolen in den Händen hielt – Sina! Aber sie hatte bereits abgedrückt, und noch während sie zurücktaumelte, durchsiebte die Wucht zweier Feuerstöße den Körper des Wachpostens.

Arsenow riss krampfhaft die Augen auf, als er den feurigen Schmerz in seiner Brust spürte, dem ein merkwürdig taubes Gefühl folgte. Dann fiel das Licht aus, und er lag mit Blut in der Lunge röchelnd auf dem Betonboden. Wie im Traum hörte er Sina schreien und weinte um alle Träume, die er gehabt hatte, um eine Zukunft, die nun verspielt war. Mit einem Seufzer verließ ihn das Leben, wie es über ihn gekommen war: in Not und Brutalität und Schmerzen.

Auf dem Korridor herrschte schreckliches, tödliches Schweigen. Die Zeit schien still zu stehen. Bourne zielte mit seiner MP ins Dunkel und hörte das leise, flache Atmen der beiden menschlichen Bomben. Er konnte ihre Angst, aber auch ihre Entschlossenheit spüren. Wenn sie merkten, dass er sich auf sie zubewegte, oder auf Chan im Kabelkanal über ihnen aufmerksam wurden, würden sie keinen Augenblick zögern, die Sprengladungen um ihre Taille zu zünden.

Dann, weil er angestrengt horchte, vernahm er über seinem Kopf ein sehr leises zweimaliges Klopfen, das sofort wieder verhallte, und glaubte zu hören, wie Chan durch den Kabelkanal weiterkroch. Er wusste, dass ungefähr über dem Eingang der Fernwärmezentrale eine weitere Wartungsöffnung lag, und konnte sich denken, was Chan beabsichtigte. Dazu würden sie beide Nerven wie Stahlseile und eine sehr sichere Hand brauchen. Die AR-15, mit der er bewaffnet war, hatte einen kurzen Lauf, aber was ihr an Zielsicherheit fehlte, machte sie durch gewaltige Feuerkraft mehr als wett. Sie verschoss ihre .223-Geschosse mit einer Mündungsgeschwindigkeit von über 730 Metern in der Sekunde. Bourne setzte lautlos einen Fuß vor den anderen, dann erstarrte er, weil er in der Dunkelheit vor sich eine leichte Bewegung wahrzunehmen glaubte. Das Herz schlug ihm bis zum Hals. Hatte er etwas gehört: ein Zischen, ein Flüstern, Schritte? Wieder völlige Stille. Er hielt den Atem an und konzentrierte sich darauf, die AR-15 im Anschlag zu halten.

Wo war Spalko? Hatte er die Biowaffe schon geladen? Würde er bleiben, um sein Unternehmen zu Ende zu führen, oder die Flucht ergreifen? Weil Bourne wusste, dass er diese beängstigenden Fragen nicht beantworten konnte, schob er sie vorerst beiseite. *Konzentrier dich!*, ermahnte er sich. *Entspann dich, atme tief und gleichmäßig, bis du in den Alpharhythmus gelangst und mit der Waffe eins wirst.*

Dann flammte der Lichtstrahl von Chans Stablampe auf, er traf das Gesicht einer Frau und blendete sie. Bourne reagierte, ohne zu zögern oder nachzudenken. Sein Zeigefinger lag gekrümmt am Abzug, und jetzt ließ sein Instinkt ihn auf natürliche Weise augenblicklich in Aktion treten. Mündungsfeuer erhellte den Korridor, und er beobachtete, wie der Kopf der Selbstmordattentäterin in einer Wolke aus Blut, Knochen und Gehirnmasse zerplatzte.

Bourne kam aus seiner gebückten Haltung hoch, rannte los, hielt Ausschau nach der zweiten Frau. Im nächsten Augenblick flammte die Deckenbeleuchtung wieder auf, und er sah die zweite Attentäterin mit durchschnittener Kehle neben der Erschossenen liegen. Dann hangelte Chan sich aus der Wartungsöffnung, und sie drangen miteinander in die Fernwärmezentrale ein.

Kurze Zeit zuvor, in dem nach Pulverdampf und Blut und Tod stinkenden Dunkel, war Spalko auf allen vieren umhergekrochen und hatte blindlings nach Sina getastet. Die Dunkelheit hatte seinen Plan durchkreuzt. Ohne Licht konnte er die diffizile Verbindung zwischen der Mündung des NX 20 und dem Ventil des Heizungsrohrs nicht herstellen.

Mit ausgestrecktem Arm tastete er den Betonboden vor sich ab. Er hatte nicht auf sie geachtet, er wusste nicht sicher, wo sie zuletzt gestanden hatte, und außerdem hatte sie sich bewegt, sobald Arsenow hereingestürmt war. Es war clever von ihm gewesen, den Wachposten als Schutzschild zu benützen, aber Sina war noch cleverer gewesen und hatte ihn erschossen. Und sie musste noch leben. Er hatte sie schreien gehört.

Jetzt verharrte er lauschend, weil er wusste, dass die von ihm scharf gemachten menschlichen Bomben ihn vor dem Angreifer schützten, der dort draußen lauerte. Bourne? Chan? Er gestand sich beschämt ein, dass er sich vor dem Unbekannten auf dem Korridor fürchtete. Wer immer dort sein mochte, er hatte sein Ablenkungsmanöver durchschaut und war zu demselben Schluss gekommen, was die Verwundbarkeit des Heizungssystems betraf. Er fühlte Panik in sich aufsteigen, die sich vorübergehend abschwächte, als er Sinas rasselnde Atemzüge hörte. Er kroch rasch durch eine Lache aus klebrigem Blut zu ihr hinüber.

Ihr Haar war feucht und strähnig, als er ihre Wange küsste. »Schöne Sina«, flüsterte er ihr ins Ohr. »Starke Sina.«

Er spürte eine Art Schauder, die ihren Körper durchlief, und sein Herz zog sich vor Angst zusammen. »Nicht sterben, Sina. Du darfst nicht sterben.« Dann schmeckte er die salzige Nässe, die über ihre Wange lief, und wusste, dass sie weinte. Während sie lautlos schluchzte, hob und senkte ihre Brust sich unregelmäßig.

»Sina …« Spalko küsste ihre Tränen weg. »… du musst stark sein, jetzt mehr als je zuvor.« Er umarmte sie zärtlich und fühlte, wie ihre Arme sich langsam um ihn schlossen.

»Dies ist der Augenblick unseres größten Triumphs.« Er richtete sich kniend auf und legte ihr den NX 20 in die Arme. »Ja, ja, ich habe dich auserwählt, die Waffe einzusetzen und die Zukunft zu verwirklichen.«

Sina konnte nicht sprechen. Ihre Kraft reichte eben dazu aus, weiter rasselnd ein- und auszuatmen. Er fluchte im Dunkel halblaut vor sich hin, denn er konnte ihre Augen nicht sehen, konnte sich nicht vergewissern, dass er sie in der Hand hatte. Dieses Risiko musste er jedoch auf sich nehmen. Er griff nach ihren Händen, drückte die Linke an den Lauf des Diffusors und die Rechte auf Höhe des Abzugsbügels an den Kolben. Ihren rechten Zeigefinger legte er an den größeren Abzug.

»Du brauchst nur abzudrücken«, flüsterte er ihr ins Ohr. »Aber noch nicht, noch nicht. Ich brauche Zeit.«

Ja, er brauchte Zeit, um seine Flucht zu bewerkstelligen. Er war im Dunkel gefangen – der einzigen Eventualität, für die er nicht vorgesorgt hatte. Und jetzt konnte er nicht einmal den NX 20 mitnehmen. Er würde rennen, so schnell wie möglich rennen müssen, und die dabei auftretenden Erschütterungen vertrug die Waffe nicht, nachdem sie scharf geladen war. Das hatte Schiffer unmissverständlich klar gemacht. Die Ladung und ihr Behälter waren viel zu zerbrechlich.

»Sina, das machst du, nicht wahr?« Er küsste sie erneut auf die Wange. »Du hast noch die Kraft dazu, ich weiß, dass du sie hast.« Sie versuchte etwas zu sagen, aber er hielt ihr den Mund zu, weil er fürchtete, der oder die unbekannten Angreifer auf dem Korridor könnten ihren erstickten Schrei hören. »Ich bin ganz in der Nähe, Sina. Denk daran.«

Dann glitt er so lautlos und allmählich davon, dass ihre geschwächten Sinne es nicht wahrnehmen konnten. Als er sich dann von ihr abwandte, stolperte er über Arsenows Leiche und riss sich dabei den Schutzanzug auf. Einen Augenblick lang kehrte sein neues Entsetzen zurück, als er sich vorstellte, hier festzusitzen, während Sina den Abzug betätigte und so das Virus freisetzte, das durch den Riss eindrang und ihn infizierte. Vor seinem inneren Auge erschien die Totenstadt, die er in Nairobi geschaffen hatte, in allen ihren grellen, grausigen Einzelheiten.

Dann hatte er sich gefangen und streifte den Schutzanzug, der ihn jetzt nur behinderte, ganz ab. Lautlos wie eine Katze schlich er zur Tür und schob sich auf den Gang hinaus. Die beiden Selbstmordattentäterinnen spürten seine Gegenwart sofort, veränderten leicht ihre Haltung, waren hörbar nervös.

»La illaha ill Allah«, wisperte er.

»La illaha ill Allah«, wisperten sie ihrerseits.

Dann stahl er sich durch die Dunkelheit davon.

Beide sahen sie sofort: die auf sie zielende großkalibrige, hässliche Mündung von Dr. Felix Schiffers Biodiffusor. Bourne und Chan erstarrten.

»Spalko ist fort. Da liegt sein Schutzanzug«, sagte Bourne. »Hier gibt's nur einen Ausgang.« Er dachte an die Bewegung, die er wahrgenommen hatte, an das Wispern und die verstohlenen Schritte, die er zu hören geglaubt hatte. »Er muss sich im Dunkel davongeschlichen haben.«

»Den hier kenne ich«, sagte Chan. »Es ist Hassan Arsenow, aber die Frau mit der Waffe kenne ich nicht.«

Die Terroristin ruhte in halb sitzender Haltung auf der Leiche eines weiteren Terroristen. Wie sie's geschafft hatte, in diese Position zu gelangen, war den beiden ein Rätsel. Sie war schwer, vielleicht tödlich verwundet, obwohl sich das aus einiger Entfernung nicht sicher feststellen ließ. Aus ihrem Blick sprach eine Welt von Schmerzen, aber auch etwas anderes, dessen war Bourne sich ganz sicher, das über bloße körperliche Schmerzen hinausging.

Chan hatte einer Selbstmordattentäterin eine Kalaschnikow abgenommen, mit der er jetzt auf die Frau zielte. »Für dich gibt's keinen Ausweg mehr«, knurrte er.

Bourne hatte nur ihre Augen beobachtet. Er trat vor und drückte die Kalaschnikow herunter. »Es gibt immer einen Ausweg«, sagte er.

Dann ging er in die Hocke, um der Frau näher zu sein. Ohne den Blick von ihrem Gesicht zu nehmen, fragte er: »Kannst du sprechen? Kannst du mir deinen Namen sagen?«

Sekundenlang herrschte nur Schweigen, und Bourne musste sich dazu zwingen, ihr in die Augen zu sehen, statt den Zeigefinger zu beobachten, der leicht gekrümmt und nervös am Abzug lag.

Endlich öffnete sie die Lippen und begann zu zittern. Ihre Zähne klapperten, und eine Träne lief über ihre schmutzige Wange.

»Was kümmert's dich, wie sie heißt?« Chans Stimme klang verächtlich. »Sie ist kein Mensch; sie hat ein Werkzeug der Vernichtung aus sich machen lassen.«

»Chan, das könnten manche Leute auch von dir behaupten.« Bournes Stimme klang so sanft, dass klar war, dass er keinen Tadel, sondern nur eine Wahrheit aussprach, die seinem Sohn vielleicht entgangen war.

Er wandte sich wieder der Terroristin zu. »Es ist wichtig, dass du mir deinen Namen sagst, nicht wahr?«

Ihre Lippen öffneten sich weiter, und sie sagte mit rasselnder, röchelnder Stimme: »Sina.«

»Nun, Sina, das Spiel befindet sich in der Schlussphase«, sagte Bourne. »Jetzt gibt's nur noch Leben oder Tod. Du hast allem Anschein nach bereits den Tod gewählt. Betätigst du den Abzug, sind dir Ruhm und Ehre, ist dir das Paradies gewiss. Aber ich frage mich, ob es dazu kommen wird. Was lässt du schließlich zurück? Tote Landsleute, von denen du mindestens einen selbst erschossen hast. Und natürlich Stepan Spalko. Wohin er wohl verschwunden ist? Tut nichts zu Sache. Wichtig ist nur, dass er dich im entscheidenden Augenblick im Stich gelassen hat.

Er hat dich sterbend zurückgelassen, Sina, und ist feige geflüchtet. Deshalb wirst du dich fragen müssen, was passieren wird, wenn du den Abzug betätigst. Wirst du zu ewigem Ruhm erhöht – oder wirst du verworfen, weil Munkir und Nekir, die beiden Befrager, dich für unwürdig befinden? Wirst du ihnen angesichts deines Vorlebens antworten können, Sina, wenn sie dich fragen: ›Wer ist dein Schöpfer? Wer ist dein Prophet?‹ Nur die Gerechten können sich an diese Namen erinnern, das weißt du.«

Sina weinte jetzt hemmungslos. Das Schluchzen erschütterte ihren ganzen Körper, und Bourne fürchtete, ein plötzlicher Krampf könnte bewirken, dass sie reflexartig den Abzug betätigte. Wenn er sie erreichen wollte, musste er sich beeilen.

»Wenn du abdrückst, wählst du den Tod, und dann wirst du ihnen nicht antworten können. Das weißt du, Sina. Du bist von denen, die dir am nächsten gestanden haben, verlassen und verraten worden. Und du hast sie deinerseits verraten. Aber es ist noch nicht zu spät. Auch für dich kann es die Erlösung geben; es gibt immer einen Ausweg.«

In diesem Augenblick erkannte Chan, dass Bourne ebenso mit ihm wie mit Sina sprach, und diese Erkenntnis durchzuckte ihn wie ein Stromstoß. Der Impuls lief durch seinen Körper, bis in Chans Gliedmaßen und seinem Gehirn Funken sprühten. Er fühlte sich nackt, letztlich auch bloßgestellt, hatte vor nichts mehr oder weniger Angst als vor sich selbst – vor seinem eigenen wahren Ich, das er vor so vielen Jahren in den Dschungeln Südostasiens begraben hatte. Das war so lange her, dass er sich nicht mehr genau erinnern konnte, wo und wann er das getan hatte. Tatsächlich war er sich selbst fremd.

Er hasste seinen Vater dafür, dass er ihm diese Wahrheit vor Augen geführt hatte, aber er konnte nicht länger abstreiten, dass er ihn dafür auch liebte.

Jetzt kniete er neben dem Mann nieder, von dem er wusste, dass er sein Vater war, legte die Kalaschnikow so nieder, dass Sina sie sehen konnte, und streckte eine Hand nach der Liegenden aus.

»Er hat Recht«, sagte Chan in völlig anderem Tonfall als sonst. »Man kann Wiedergutmachung üben für Sünden der Vergangenheit, für die Morde, die man begangen hat, und für den Verrat an Menschen, die einen geliebt haben, vielleicht ohne dass man's geahnt hat.«

Seine Hand schob sich Zentimeter für Zentimeter vor, bis sie Sinas bedeckte. Langsam und sanft löste er ihren Zeigefinger vom Abzug. Darauf sank sie leicht zurück und ließ zu, dass er die Waffe aus ihrer kraftlosen Umarmung nahm.

»Danke, Sina«, sagte Bourne. »Chan kümmert sich jetzt um dich.« Er stand auf und drückte kurz die Schulter seines Sohns; dann wandte er sich ab und trabte rasch und lautlos den Korridor entlang hinter Spalko her.

Kapitel *dreißig*

Stepan Spalko hastete den kahlen Betonkorridor hinunter und hielt dabei Bournes Keramikpistole schussbereit. Er wusste, dass die wilde Schießerei jede Menge Sicherheitsleute in die Kellergeschosse unter dem Hauptgebäude des Hotels locken würde. Vor sich erkannte er Fahd al-Sa'ud, den Sicherheitschef der Araber, und zwei seiner Männer. Spalko wich in einen Quergang zurück. Sie hatten ihn nicht gesehen, und er nutzte das Überraschungsmoment, lauerte ihnen auf und erschoss sie, bevor sie reagieren konnten.

Einige atemlose Augenblicke lang stand er über den Zusammengebrochenen. Al-Sa'ud stöhnte laut, und Spalko erledigte ihn mit einem aufgesetzten Kopfschuss. Der Sicherheitschef bäumte sich noch einmal auf, dann lag er still. Spalko nahm einem der Männer den an einer dünnen Halskette getragenen Dienstausweis ab, zog die Uniform des Mannes an und nahm die farbigen Kontaktlinsen aus seinen eigenen Augen. Dabei musste er unvermeidlich wieder an Sina denken. Sie war furchtlos gewesen, das stand fest, aber ihre maßlose Loyalität zu ihm war zuletzt ihr Verderben gewesen. Sie hatte ihn vor jedermann beschützt – besonders vor Arsenow. Das hatte sie unverkennbar genossen. Aber Spalko hatte auch erkannt, dass Sinas wahre Leidenschaft ihm galt. Und gerade diese Liebe, diese von abstoßender Schwäche kündende Opferbereitschaft, hatte ihn dazu gebracht, sie zu verlassen.

Rasche Schritte hinter ihm brachten ihn in die Gegenwart zurück, und er hastete weiter. Seine schicksalhafte Begegnung mit den Arabern war nicht nur von Vorteil gewesen, denn obwohl er ihr eine gute Tarnung verdankte, hatte sie ihn doch auch aufgehalten. Als er jetzt einen Blick über die Schulter warf, sah er einen Mann im Arbeitsanzug eines Sicherheitsbeamten, und er fluchte ingrimmig. Er fühlte sich wie Kapitän Ahab, der Moby Dick verfolgt hatte, bis die Verhältnisse sich ganz unerwartet so umgekehrt hatten, dass der Jäger vom Gejagten verfolgt wurde. Der Mann in der Uniform eines US-Sicherheitsbeamten war Jason Bourne.

Bourne sah, dass Spalko – jetzt in der Uniform eines arabischen Sicherheitsbeamten – eine Stahltür aufriss und in einem Treppenhaus verschwand. Er sprang über die toten Männer hinweg und nahm die Verfolgung auf. Die Treppe führte in das in der Hotelhalle herrschende Chaos hinauf. Als sein Sohn und er vor kurzem das Hotel betreten hatten, war der weite Raum aus Stahl und Glas spannungsgeladen, aber still und fast völlig verlassen gewesen. Jetzt liefen hier Dutzende von Sicherheitsbeamten durcheinander. Manche trieben das Hotelpersonal zusammen und teilten es je nach Tätigkeit und Arbeitsbereich in Gruppen ein. Andere hatten schon mit der umständlichen und langwierigen Befragung des Personals begonnen. Wieder andere waren in die Kellergeschosse unterwegs oder wurden über Funk in andere Bereiche des Hotels beordert. Jeder hatte alle Hände voll zu tun; niemand interessierte sich für die beiden Männer, die mit einigem Abstand das Chaos in der Hotelhalle in Richtung Ausgang durchquerten.

Es war verblüffend zu beobachten, wie geschickt Spalko sich zwischen den anderen bewegte, sich anpasste, einer von ihnen wurde. Bourne überlegte kurz, ob er das Sicherheitspersonal in seiner Nähe alarmieren sollte, kam aber gleich wieder davon ab. Spalko hätte den Spieß sofort umgedreht und laut verkündet, Bourne sei der Mörder, nach dem die CIA international fahnde. Das wusste Spalko natürlich genau, denn schließlich war er der clevere Verursacher von Bournes gefährlicher Zwangslage. Und während er Spalko ins Freie folgte, wurde ihm noch etwas klar. *Wir sind jetzt beide gleich,* dachte er, *zwei Chamäleons, die sich ähnlich tarnen, um ihre wahre Identität vor ihrer Umgebung zu verbergen.* Die Einsicht war befremdlich und beunruhigend, dass die internationale Sicherheitstruppe im Augenblick Spalko ebenso auf den Fersen war wie ihm selbst.

Bourne folgte ihm ins Freie, verlor ihn aber zwischen den vielen geparkten Fahrzeugen sofort aus den Augen. Er begann zu rennen. Hinter ihm erklang ein Ruf, den er nicht beachtete. Er riss die Tür des ersten Wagens auf, den er erreichte – ein amerikanischer Jeep –, fetzte die Kunststoffverkleidung unter dem Lenkrad ab und fummelte nach den Drähten. Im nächsten Augenblick hörte er einen anderen Motor anspringen und sah Spalko mit einem Geländewagen, den er kurzgeschlossen hatte, den Parkplatz verlassen.

Nun waren mehrere laute Rufe und das Getrappel von Stiefeln auf dem Asphalt zu hören. Mehrere Schüsse fielen. Bourne konzentrierte sich darauf, was getan werden musste, und verdrillte die richtigen Drähte miteinander. Der Motor des Jeeps sprang an, und Bourne stellte den Wahlhebel des Automatikgetriebes auf D und trat das Gaspedal durch. Er fuhr mit aufheulendem Motor und quietschenden Reifen an und raste durch die Kontrollstelle.

Die Nacht war mondlos, aber andererseits war sie keine richtige Nacht. Über Reykjavik lag eine milchige Dunkelheit, denn der Widerschein der dicht unter dem Horizont stehenden Sonne gab dem Himmel die Farbe einer Austern-schale. Während Bourne Spalko auf einer Zickzackroute durch die Stadt folgte, wurde ihm klar, dass der Flüchtende nach Süden unterwegs war.

Das war eine gewisse Überraschung, denn er hatte erwartet, Spalko wolle den Flughafen erreichen. Er hatte zweifellos einen Fluchtplan, bei dem ebenso zweifellos ein Flugzeug eine Rolle spielte. Aber je länger Bourne darüber nachdachte, desto weniger war er überrascht. Er lernte seinen Gegner allmählich besser kennen. So wusste er bereits, dass Spalko in keiner schwierigen Situation den logischen Ausweg wählte. Sein abgefeimter Verstand arbeitete einzigartig raffiniert. Er war ein durchtriebener, listiger Mann, der seinen Gegner lieber erst in eine Falle lockte, als ihn gleich zu beseitigen.

Keflavik kam also nicht in Frage. Zu offensichtlich und – wie Spalko zweifellos vorausgesehen hatte – zu scharf bewacht, um ihm als Fluchtweg dienen zu können. Bourne orientierte sich in Gedanken auf der in Oszkars Notebook gespeicherten Landkarte. Was lag südlich der Hauptstadt? Hafnarfjördur, ein Fischerdorf, bei dem kein Flugzeug landen konnte, das für Spalkos Zwecke groß genug gewesen wäre. Die Küste! Schließlich befanden sie sich auf Island. Spalko wollte übers Meer entkommen!

Um diese Nachtzeit war der Verkehr vor allem außerhalb des Stadtgebiets ziemlich schwach. Die Straßen wurden schmaler, schlängelten sich durch die Hügel auf der dem Land zugewandten Seite der Felsenküste. Als Spalko eine besonders scharfe Kurve durchfuhr, ließ Bourne sich zurückfallen. Er schaltete die Scheinwerfer aus und beschleunigte erst dann um die Kurve. Vor sich konnte er die Rücklichter von Spalkos Wagen sehen, aber Spalko würde ihn hoffentlich nicht mehr im Rückspiegel erkennen. Das war gefährlich, weil Bourne riskierte, Spalko in jeder Kurve aus den Augen zu verlieren, aber er sah keine andere Möglichkeit. Er musste Spalko glauben machen, er habe seinen Verfolger abgehängt.

Das völlige Fehlen von Bäumen verlieh der Landschaft eine gewisse Herbheit, zu der die Gletscherberge im Hintergrund eine ständig winterliche Note beisteuerten, die umso schauriger wirkte, als die Straße gelegentlich durch üppig grüne Matten führte. Der Himmel war unendlich hoch und in der seltsamen Morgendämmerung mit den schwarzen Silhouetten von Meeresvögeln ausgefüllt, die vor ihnen segelten und kreisten. Bei ihrem Anblick empfand Bourne eine gewisse Befreiung von seiner Einkerkerung in den von Todesgerüchen geschwängerten Katakomben des Hotels. Obwohl die Nacht kalt war, fuhr er sein Fenster herunter und atmete die salzhaltige frische Luft tief ein. Süßer Blütenduft stieg ihm in die Nase, als er an dem leicht gewellten, mit Blumen übersäten Teppich einer Wiese vorbeiraste.

Die Straße wurde noch schmaler, als sie zur Küste hin abbog. Bourne rollte durch ein mit dichtem Buschwerk bestandenes kleines Tal und flitzte um die nächste Kurve. Die Straße fiel steiler ab, während sie in Serpentinen zum Strand hinunterführte. Er sah Spalko und verlor ihn in der nächsten Kurve wieder aus den Augen. Als er diese Kurve selbst durchfuhr, sah er den Nordatlantik nur leicht bewegt in der silbergrauen Morgendämmerung unter sich glitzern.

Spalkos Wagen verschwand um die nächste Kurve, und Bourne blieb weiter hinter ihm. Der Abstand zur übernächsten Kurve war so kurz, dass der andere Wagen bereits außer Sicht war. Trotz des erhöhten Risikos gab Bourne Gas und fuhr mit dem Jeep noch etwas schneller.

Er hatte die Vorderräder bereits wegen der Kurve eingeschlagen, als er das Geräusch hörte. Es war ein gedämpfter, vertrauter Knall, der das Rauschen des Windes übertönte: der Schussknall seiner Keramikpistole. Der linke Vorderreifen platzte, und der Jeep geriet ins Schleudern. Bourne erkannte flüchtig Spalko, der mit der Pistole in der Hand zu seinem abgestellten Wagen zurücklief. Dann veränderte sein Blickwinkel sich, und er war viel zu beschäftigt damit, den Jeep wieder unter Kontrolle zu bekommen, als der Wagen gefährlich nahe an den zum Meer hin abfallenden Straßenrand geriet.

Bourne stellte den Wahlhebel auf N, aber das genügte nicht. Er hätte die Zündung ausschalten müssen, aber das war ohne Zündschlüssel unmöglich. Die Hinterräder rutschten über den Straßenrand. Bourne schnallte sich los und hielt das Lenkrad umklammert, als der Jeep sich überschlagend von der Straße abkam. Er schien in der Luft zu schweben, überschlug sich dabei zweimal. Bourne roch den stechenden, unverkennbaren Geruch von überhitztem Metall, in den sich der beißende Gestank von brennendem Gummi und Kunststoff mischte.

Er sprang aus dem Wagen, kurz bevor der Jeep aufschlug, und rollte sich seitlich weg, als der Wagen von einem Felsvorsprung abprallte und zerplatzte. Flammen schossen hoch in die Luft, und im Feuerschein sah Bourne in der kleinen Bucht unmittelbar unter sich ein Fischerboot, das langsam auf den Strand zulief.

Spalko raste wie ein Verrückter die Straße hinunter, die am Strand der kleinen Bucht endete. Mit einem Blick auf den über ihm in Flammen stehenden Jeep sagte er sich: *Zum Teufel mit Jason Bourne. Er ist tot.* Aber leider würde er ihn nicht so schnell vergessen. Es war Bourne gewesen, der seine Pläne durchkreuzt hatte, und nun hatte er weder den NX 20 noch die Tschetschenen als Handlanger. So viele Monate sorgfältiger Planung zunichte gemacht!

Er stieg aus dem Wagen und stapfte über den mit Treibgut übersäten felsigen Strand. Ein Ruderboot kam, um ihn abzuholen, obwohl Flut herrschte und das Fischerboot sehr dicht an den Strand heranlaufen konnte. Er hatte den Skipper angerufen, sobald er den Kontrollposten vor dem Hotel passiert hatte. Diesmal war nur eine aus dem Skipper und seinem Maat bestehende Mindestbesatzung an Bord. Sobald der Skipper das Ruderboot auflaufen ließ, kletterte Spalko hinein, und der Maat stieß das Boot mit seinem Riemen ab.

Spalko kochte vor Wut, und auf der kurzen, wenig angenehmen Rückfahrt zum Fischerboot wurde kein Wort gesprochen. Sowie Spalko an Bord war, befahl er: »Klarmachen zum Auslaufen, Captain.«

»Bitte um Entschuldigung, Sir«, sagte der Skipper, »aber was ist mit dem Rest des Teams?«

Spalko packte ihn vorn am Hemd. »Ich habe Ihnen einen Befehl gegeben, Captain. Ich erwarte, dass Sie ihn ausführen.«

»Aye, aye, Sir«, knurrte der Skipper mit bösem Glitzern im Blick. »Aber wir sind nur zu zweit, deshalb wird's etwas länger dauern, bis wir Fahrt aufnehmen.«

»Dann macht gefälligst voran, verdammt noch mal!«, forderte Spalko ihn auf, bevor er nach unten ging.

Das Wasser war kalt wie Eis, schwarz wie der unbeleuchtete Keller des Hotels. Bourne wusste, dass er so schnell wie irgend möglich an Bord des Fischerboots gelangen musste. Schon nach einer halben Minute im Wasser fingen seine Finger und Zehen an, taub zu werden; nach einer weiteren halben Minute spürte er sie überhaupt nicht mehr.

Die zwei Minuten, die er brauchte, um zu dem Fischerboot hinauszuschwimmen, erschienen ihm wie die längsten seines Lebens. Er bekam eine ölige Trosse zu fassen und zog sich daran aus der See. Er zitterte im kalten Wind, während er Hand über Hand nach oben kletterte.

Dabei war er plötzlich auf unheimliche Weise desorientiert. Weil er Seeluft in der Nase hatte und Salzwasser auf seiner Haut spürte, erschien es ihm, als sei er nicht vor Island, als klettere er nicht an Bord eines Fischerboots, um Spalko zu verfolgen, sondern entere vor Marseille heimlich eine Jacht, um den international gesuchten Profikiller Carlos zu liquidieren. In Marseille hatte der Albtraum begonnen: Sein Zweikampf mit Carlos hatte damit geendet, dass er über Bord gestoßen worden war, wobei der Schock darüber, dass er mit Schussverletzungen fast ertrunken war, ihm sein Gedächtnis und sein ganzes früheres Leben geraubt hatte.

Als er sich über den Dollbord ans Oberdeck des Fischerboots wälzte, durchzuckte ihn Angst, die in ihrer Intensität fast lähmend war. In genau dieser Situation hatte er damals versagt. Er fühlte sich plötzlich exponiert, als stehe ihm sein Versagen auf die Stirn geschrieben. Fast hätte ihn der Mut verlassen, aber vor seinem inneren Auge erschien das Bild Chans, und er erinnerte sich daran, was er ihn bei ihrer ersten mit nervöser Spannung erfüllten Begegnung gefragt hatte: »*Wer bist du?*« Jetzt wurde ihm klar, dass Chan das nicht wusste – und es nie erfahren würde, wenn Bourne es ihm nicht sagte. Er dachte an Chan, sah ihn in der Fernwärmezentrale neben Sina knien und hatte das Gefühl, er habe nicht nur die Kalaschnikow weggelegt, sondern vielleicht auch einen Teil seiner inneren Wut überwunden.

Bourne atmete tief durch und konzentrierte sich auf das, was ihm bevorstand. Er schlich übers Deck. Der Skipper und sein Maat waren im Steuerhaus beschäftigt, und es fiel ihm nicht schwer, sie beide außer Gefecht zu setzen. Taue gab es hier mehr als genug, und er war gerade dabei, den Bewusstlosen die Hände auf dem Rücken zu fesseln, als Spalko hinter ihm sagte: »Ich denke, Sie sollten lieber ein Tau für sich selbst suchen.«

Bourne kauerte bei den Männern. Die beiden Seeleute lagen Rücken an Rücken nebeneinander. Von Spalko unbemerkt zog Bourne sein Schnappmesser. Er merkte jedoch gleich, dass er einen fatalen Fehler gemacht hatte. Der Maat kehrte ihm den Rücken zu, aber der ihm zugewandte Skipper erkannte sehr deutlich, dass er jetzt bewaffnet war. Er sah Bourne ins Gesicht, versuchte aber seltsamerweise nicht, Spalko durch einen Laut oder eine Bewegung zu warnen. Stattdessen schloss er ohne ein Wort die Augen, als sei er weiter bewusstlos.

»Aufstehen und umdrehen!«, befahl Spalko.

Bourne tat wie geheißen, indem er seine Rechte hinter dem Oberschenkel verborgen hielt. Spalko trug frisch gebügelte Jeans und einen schwarzen Pullover mit Zopfmuster und Rundausschnitt. Er stand breitbeinig an Deck und hielt Bournes Keramikpistole in der Hand. Und Bourne fühlte sich wieder eigenartig desorientiert. Wie vor vielen Jahren Carlos hatte ihn jetzt Spalko in seiner Gewalt. Jetzt musste Spalko nur noch abdrücken, dann würde Bourne mit einer Kugel in der Brust über Bord gehen. Diesmal jedoch in den eisigen Nordatlantik; diesmal würde es keine Rettung wie aus den lauen Wassern des Mittelmeers geben. Hier würde er rasch vor Kälte erstarren und ertrinken.

»Sie wollen einfach nicht sterben, was, Mr. Bourne?«

Bourne stürzte sich auf ihn und ließ dabei sein Messer aufschnappen. Der überraschte Spalko drückte viel zu spät ab. Der Schuss ging harmlos übers Wasser hinaus, als die Klinge sich in seine linke Seite grub. Mit einem Grunzen hämmerte er den Lauf seiner Waffe auf Bournes Backenknochen. Beide verspritzten Blut. Spalkos linkes Knie gab nach, aber Bourne krachte an Deck.

Spalko trat ihn so grausam in die gebrochenen Rippen, dass Bourne fast ohnmächtig wurde. Er riss sich das Messer aus der Seite und warf es ins Meer. Dann beugte er sich über Bourne und schleifte ihn zum Dollbord. Als Bourne sich zu bewegen begann, traf Spalko ihn mit der Handkante. Dann zerrte er ihn mehr oder weniger sitzend hoch und drückte seinen Oberkörper über das Dollbord.

Bourne war mal mehr, mal weniger bei Bewusstsein, aber der scharfe Geruch des eisigen schwarzen Wassers brachte ihn so weit zu sich, dass er die tödliche Gefahr erkannte. Alles passierte wieder wie damals vor vielen Jahren. Er hatte solche Schmerzen, dass er kaum atmen konnte, aber er musste ans Leben denken – an sein jetziges Leben, nicht das andere, das ihm weggenommen worden war. So berauben würde er sich nie wieder lassen.

Als Spalko ihn keuchend über Bord hieven wollte, trat Bourne mit aller Kraft nach ihm. Seine Stiefelsohle traf mit entsetzlich dumpfem Knacken Spalkos Unterkiefer. Spalko hielt sich den gebrochenen Kiefer mit einer Hand und torkelte rückwärts. Bourne stürzte sich auf ihn. Die Pistole konnte Spalko nicht mehr benützen, denn Bourne war schon innerhalb seiner Deckung. Er knallte den Griff auf die Schulter des Angreifers, und Bourne taumelte, als weitere Schmerzen ihn durchzuckten.

Dann griff er nach oben, vergrub seine Finger in die gebrochenen Knochen von Spalkos Unterkiefer. Spalko kreischte gellend laut, Bourne entriss ihm die Keramikpistole, rammte ihm die Mündung unters Kinn und drückte ab.

Der Schussknall war nicht sonderlich laut, aber die Wucht des Geschosses riss Spalko vom Deck hoch und schleuderte ihn über Bord. Er tauchte mit dem Kopf voraus ein.

Während Bourne ihm nachsah, trieb er einige Augenblicke mit dem Gesicht nach unten, wurde von den rastlosen Wellen hin und her bewegt. Dann ging er unter, als habe etwas Riesiges, ungeheuer Starkes ihn unter Wasser gezogen.

Kapitel *einunddreißig*

Martin Lindros telefonierte gut zwanzig Minuten mit Ethan Hearn. Der Anrufer besaß viele Informationen über den berühmten Stepan Spalko, die alle so erstaunliche Enthüllungen darstellten, dass Lindros einige Zeit brauchte, um sie aufzunehmen und zu verarbeiten. Letztlich war für ihn nichts interessanter als ein Beleg, der bewies, dass eine von Spalkos vielen Tarnfirmen den Preis für die illegal verkaufte Pistole überwiesen hatte, mit der Bourne zwei Morde in die Schuhe geschoben werden sollten.

Eine halbe Stunde später hatte er zwei Ausdrucke der Unterlagen, die Hearn ihm gemailt hatte, vor sich liegen. Er ließ seinen Wagen kommen, um sich ins Stadthaus des CIA-Direktors fahren zu lassen. Den Alten hatte über Nacht eine schwere Grippe erwischt. Sie muss echt schlimm sein, dachte Lindros jetzt, wenn er sein Büro während der Krise beim Gipfel überhaupt verlassen hat.

Sein Fahrer hielt mit dem Dienstwagen neben dem hohen Eisentor, beugte sich aus dem Fenster und drückte den Rufknopf der Sprechanlage. Als lange Schweigen herrschte, begann Lindros sich zu fragen, ob der Alte vielleicht wieder ins Büro gefahren war, ohne einem Menschen zu sagen, dass er wieder auf dem Damm war.

Endlich drang die grätige Stimme aus dem Lautsprecher, der Fahrer kündigte Lindros an, und im nächsten Augenblick schwangen die Torflügel lautlos auf. Der Fahrer hielt vor dem Eingang, und Lindros stieg aus. Er benützte den Türklopfer aus Messing, und als die Tür aufging, stand der Direktor mit runzligem Gesicht und zerzaustem Haar vor ihm, als habe sein Kopf auf einem Kissen gelegen. Er trug einen gestreiften Schlafanzug, über den er einen dicken Bademantel gezogen hatte. An den knochigen Füßen hatte er Filzpantoffeln.

»Herein mit Ihnen, Martin. Kommen Sie rein.« Er machte kehrt und ließ die Tür offen, ohne abzuwarten, bis Lindros über die Schwelle getreten war. Lindros folgte ihm und schloss die Tür hinter sich. Der Alte war in seinem Arbeitszimmer verschwunden, das links voraus lag. Dort brannte kein Licht; im ganzen Haus schien nirgends Licht zu brennen.

Lindros betrat das Arbeitszimmer, einen maskulinen Raum mit jägergrünen Wänden, einer cremeweißen Decke und übergroßen Ledersesseln mit dem dazu passenden Sofa. Der in eine Bücherwand eingelassene Fernseher war ausgeschaltet. Bei seinen früheren Besuchen war er stets – mit oder ohne Ton – auf CNN eingestellt gelaufen.

Der Alte ließ sich schwer in seinen Lieblingssessel fallen. Auf dem Tischchen neben ihm standen eine große Box Papiertaschentücher und Fläschchen mit Aspirin, Tylenol gegen Erkältung und Nebenhöhlenentzündung, NyQuil, Vick VapoRub, Coricidin, DayQuil und Hustensaft Robitussin DM.

»Was haben Sie da, Sir?«, fragte Lindros und zeigte auf die kleine Apotheke.

»Ich wusste nicht, was mir helfen würde«, sagte der Direktor, »also habe ich alles Einschlägige aus der Hausapotheke geholt.«

Dann entdeckte Lindros jedoch die Flasche Bourbon und das Old-Fashioned-Glas und runzelte die Stirn. »Was geht hier vor, Sir?« Er verrenkte sich den Hals, um aus der offenen Tür des Arbeitszimmers sehen zu können. »Wo ist Madeleine?«

»Ah, Madeleine.« Der Alte griff nach seinem Whiskeyglas und nahm einen Schluck. »Madeleine ist zu ihrer Schwester in Phoenix geflogen.«

»Und hat Sie allein gelassen?« Als Lindros eine Hand ausstreckte und die Stehlampe einschaltete, blinzelte der Direktor ihn eulenhaft an. »Wann kommt sie zurück, Sir?«

»Hmmm.« Der Direktor schien über die Frage seines Stellvertreters nachzudenken. »Nun, das Problem ist, Martin, dass ich nicht weiß, wann sie zurückkommt.«

»Sir?«, fragte Lindros zunehmend besorgt.

»Sie hat mich verlassen. Zumindest glaube ich das.« Der Blick des Alten war starr, als er sein Glas leerte. Er schob die feucht glänzende Unterlippe vor, als sei er perplex. »Woher weiß man so was schon?«

»Haben Sie sich denn nicht ausgesprochen?«

»Ausgesprochen?« Als er kurz zu Lindros aufsah, war sein Blick nicht mehr verschwommen. »Nein. Gesprochen haben wir nicht darüber.«

»Woher wissen Sie's dann?«

»Sie glauben, dass ich mir das nur einbilde, ein Sturm im Wasserglas, nicht wahr?« Sein Blick wurde für kurze Zeit lebendig, und seine Stimme klang vor mühsam unterdrückten Emotionen gepresst. »Aber sie hat ein paar Dinge mitgenommen, wissen Sie – persönliche Dinge, an denen ihr Herz hängt. Ohne diese Dinge ist das Haus verdammt leer.«

Lindros setzte sich ihm gegenüber. »Sir, das tut mir sehr Leid, und wenn ich irgendwas tun kann, um ...«

»Vielleicht hat sie mich nie geliebt, Martin.« Der Alte griff nach der Bourbonflasche. »Aber wer versteht schon diese Mysterien?«

Lindros beugte sich nach vorn und nahm seinem Boss sanft die Flasche ab. Der Direktor schien sich nicht darüber zu wundern. »Ich kann versuchen, in dieser Sache zu vermitteln, Sir, wenn Sie wollen.«

Der Direktor nickte vage. »Wie Sie meinen.«

Lindros stellte die Flasche weg. »Aber im Augenblick sollte ich eine wichtige Sache mit Ihnen besprechen.« Er legte den Ausdruck von Ethan Hearns Material auf das Tischchen neben dem Alten.

»Was ist das? Ich kann jetzt nichts lesen, Martin.«

»Dann berichte ich Ihnen«, sagte Lindros. Als er fertig war, herrschte ein Schweigen, das durchs ganze Haus zu hallen schien.

Nach einiger Zeit sah der CIA-Direktor mit wässrigen Augen zu seinem Stellvertreter hinüber. »Warum hat er das getan, Martin? Warum hat Alex gegen sämtliche Vorschriften verstoßen und einen unserer eigenen Leute verschwinden lassen?«

»Ich glaube, er hat geahnt, was kommen würde, Sir. Er hat Spalko gefürchtet. Und wie sich gezeigt hat, hatte er allen Grund dazu.«

Der Alte lehnte seufzend den Kopf zurück. »Dann war's also gar kein Verrat.«

»Nein, Sir.«

»Gott sei Dank.«

Lindros räusperte sich. »Sir, Sie müssen den Befehl, Jason Bourne zu liquidieren, sofort aufheben, und wir müssen ihn ausführlich befragen.«

»Ja, natürlich. Ich denke, dass dafür Sie am besten geeignet sind, Martin.«

»Ja, Sir.« Lindros stand auf.

»Wohin wollen Sie?« Die Stimme des Alten klang wieder gereizt.

»Zum Chef der Virginia State Police. Ich habe ein weiteres Exemplar dieser Akte, das ich ihm hinknallen werde. Ich

werde darauf bestehen, dass Detective Harris wieder eingestellt wird – mit einer Belobigung von uns. Und was die Nationale Sicherheitsberaterin betrifft …?«

Der CIA-Direktor griff nach der Akte, fuhr leicht mit der
Hand darüber. Dabei wirkte er etwas lebhafter, hatte wieder
etwas mehr Farbe. »Lassen Sie mir bis morgen früh Zeit, Mar-
tin.« In seinen Augen erschien allmählich wieder der alte
Glanz. »Mir fällt bestimmt etwas köstlich Angemessenes ein.«
Er lachte, offenbar erstmals seit langem. »›Lasst die Strafe dem
Verbrechen entsprechen‹, was?«

Chan harrte bis zum Schluss bei Sina aus. Den Diffusor NX 20
hatte er mitsamt seiner grausig tödlichen Ladung versteckt.
In den Augen der Sicherheitsbeamten, die auch in die Fernwärmezentrale strömten, war er ein Held. Sie wussten nichts
von der Biowaffe. Sie wussten nichts über ihn.

Für Chan war das eine merkwürdige Zeit. Er hielt die Hand
einer sterbenden jungen Frau, die nicht reden und kaum
atmen konnte, ihn aber offensichtlich nicht gehen lassen wollte. Vielleicht lag das einfach daran, dass sie nicht sterben
wollte.

Als Hull und Karpow erkannten, dass Sina im Sterben lag
und ihnen keine Informationen liefern konnte, verloren sie
das Interesse an ihr und ließen sie mit Chan allein. Und er,
dem der Tod so vertraut war, erlebte etwas völlig Unerwartetes. Jeder Atemzug, den sie mühsam und schmerzvoll machte, glich einem ganzen Leben. Das las er in ihrem Blick, der
ihn ebenso wenig losließ wie ihre Hand. Sie ertrank in der
Stille, versank im Dunkel. Das durfte er nicht zulassen.

Gegen seinen Willen wurde sein eigener Schmerz durch
ihren an die Oberfläche gebracht, und er erzählte ihr aus
seinem Leben: vom Umherirren im Dschungel, von seiner Ge-

fangenschaft bei dem vietnamesischen Waffenschmuggler, seinem von dem Missionar erzwungenen Übertritt zum Christentum, von der politischen Gehirnwäsche durch seinen Folterer bei den Roten Khmer.

Und dann wurden ihm, was am schmerzhaftesten war, seine Gefühle in Bezug auf Li-Li entrissen. »Ich hatte eine Schwester«, sagte er mit dünner, brüchiger Stimme. »Hätte sie überlebt, wäre sie jetzt ungefähr in deinem Alter. Sie war zwei Jahre jünger als ich, hat zu mir aufgesehen, und ich ... ich war ihr Beschützer. Den Drang, sie vor Schaden zu bewahren, hatte ich nicht nur, weil meine Eltern das wollten, sondern weil ich sie beschützen musste. Mein Vater war viel auf Reisen. Wer außer mir hätte Li-Li bei unseren Spielen beschützen sollen?«

Wider Willen hatte Chan heiße Tränen in den Augen, die seinen Blick verschwimmen ließen. Er wollte sich schamerfüllt abwenden, aber dann erkannte er etwas in Sinas Blick: leidenschaftliches Mitgefühl, das ihm als Rettungsanker diente, sodass sein Schamgefühl verschwand. Als er jetzt fortfuhr, fühlte er sich noch intimer mit ihr verbunden. »Aber letztlich habe ich Li-Li doch im Stich gelassen. Meine Schwester ist wie meine Mutter umgekommen. Auch ich hätte sterben sollen, aber ich habe überlebt.« Seine Hand tastete nach dem aus Stein geschnittenen Buddha, der ihm wie schon so oft neue Kraft gab. »Ich habe mich lange, sehr lange gefragt, welchen Zweck mein Überleben haben sollte. Ich hatte sie im Stich gelassen.«

Als Sina leicht den Mund öffnete, sah er, dass ihre Zähne blutig waren. Ihre Hand, die er so fest umklammerte, drückte seine, und er wusste, dass dies eine Aufforderung zum Weitersprechen war. Er befreite nicht nur sie von ihrer Agonie, sondern auch sich selbst von seiner eigenen. Und das Eigenartigste daran war, dass das funktionierte. Obwohl sie nicht sprechen konnte, obwohl sie langsam starb, arbeitete ihr Gehirn weiterhin. Sie hörte, was er sagte, und ihr Gesichtsausdruck zeigte ihm, dass es ihr etwas bedeutete – er wusste, dass sie angerührt war und seine Geschichte verstand.

»Sina«, sagte Chan, »in gewisser Weise sind wir verwandte Seelen. Ich sehe mich in dir – entfremdet, verlassen, völlig allein. Ich weiß, dass dir das vielleicht unverständlich vorkommen wird, aber meine Schuldgefühle, weil ich nicht imstande gewesen war, meine Schwester zu schützen, haben mich dazu gebracht, wider alle Vernunft meinen Vater zu hassen. Ich konnte nur sehen, dass er uns – mich – verlassen hatte.« Und dann erkannte er in einem Augenblick staunenswerter Erleuchtung, dass er in einen dunklen Spiegel sah und in ihr nur erkannte, dass er sich verändert hatte. Sie war tatsächlich noch immer, wie er früher gewesen war. Es war viel leichter gewesen, Rache an seinem Vater zu planen, als die ganze Wucht der eigenen Schuldgefühle zu ertragen. Aus diesem Bewusstsein entstand sein Wunsch, ihr zu helfen. Chan wünschte sich sehnlich, er könnte ihr Leben retten.

Aber besser als alle anderen erkannte er aus langer Erfahrung das Nahen des Todes. Ließ sein Tritt sich erst vernehmen, war er nicht mehr aufzuhalten, nicht einmal von ihm. Und als die Zeit kam, als er diesen Schritt hörte und die Nähe des Todes in ihren Augen sah, beugte er sich über Sina und lächelte sie beruhigend an, ohne sich dessen recht bewusst zu sein.

Chan machte dort weiter, wo Bourne, sein Vater, aufgehört hatte, und sagte: »Denk daran, was du den Befragern antworten musst, Sina. ›Mein Gott ist Allah, mein Prophet Mohammed, meine Religion der Islam und meine Kibla die heilige Kaaba.‹« Es schien so vieles zu geben, was sie ihm erzählen wollte, aber nicht mehr sagen konnte. »Du gehörst zu den Gerechten, Sina. Sie werden dich in ihre glorreichen Reihen aufnehmen.«

Sinas Blick flackerte einmal, dann erlosch das Leben, das ihn beseelt hatte, wie eine Flamme.

Jamie Hull erwartete Bourne, als er ins Hotel Oskjuhlid zurückkam. Für die Rückfahrt hatte Bourne ziemlich lange gebraucht. Zweimal war er fast ohnmächtig geworden und hatte am Straßenrand halten und den Kopf aufs Lenkrad legen müssen, bis er weiterfahren konnte. Obwohl er starke Schmerzen hatte und völlig übermüdet war, trieb sein Wunsch, Chan zu begegnen, ihn weiter. Wie die Sicherheitsleute auf sein Erscheinen reagieren würden, war ihm egal; er wollte nur noch mit seinem Sohn zusammen sein.

Nachdem Bourne im Hotel kurz Spalkos Rolle bei dem Anschlag auf die Teilnehmer des Gipfeltreffens geschildert hatte, bestand Hull darauf, ihn in den hier eingerichteten Erste-Hilfe-Raum zu bringen, damit ein Sanitäter seine Wunden versorgen konnte.

»Spalko genießt weltweit einen so glänzenden Ruf, dass viele Leute ihn weiter für unschuldig halten werden, auch nachdem wir die Leiche geborgen und das Beweismaterial vorgelegt haben«, sagte Hull auf dem Weg zur Sanitätsstation.

Der Erste-Hilfe-Raum war voller Verletzter, die auf rasch aufgeschlagenen Feldbetten lagen. Die Schwerverletzten waren bereits von Krankenwagen abtransportiert worden. Und dann gab es die Toten, von denen vorläufig noch niemand sprechen wollte.

»Wir kennen Ihre Rolle in dieser Sache, und ich muss sagen, dass wir Ihnen alle dankbar sind«, fuhr Hull fort, als er neben Bourne saß. »Der Präsident will natürlich mit Ihnen reden, aber das hat Zeit.«

Die Sanitäterin kam zurück und fing an, die Platzwunde auf Bournes Wange zu nähen.

»Schön verheilt das nicht«, sagte sie. »Vielleicht sollten Sie später zu einem Schönheitschirurgen gehen.«

»Das ist nicht meine erste Narbe«, sagte Bourne.

»Das sehe ich«, sagte sie trocken.

Hull sprach weiter. »Eine Sache, die uns Rätsel aufgibt, ist das Vorhandensein von ABC-Schutzanzügen. Dabei haben wir keine Spur von biologischen oder chemischen Kampfstoffen gefunden. Wissen Sie etwas darüber?«

Bourne musste rasch nachdenken. Er hatte Chan allein mit Sina und der Biowaffe zurückgelassen. Jähe Angst traf ihn wie ein Stich ins Herz. »Nein. Wir waren ebenso überrascht wie Sie. Aber nach dem Kampf war niemand mehr am Leben, den wir hätten fragen können.«

Hull nickte, und als die Sanitäterin fertig war, half er Bourne aufstehen und führte ihn auf den Gang hinaus. »Ich weiß, dass Sie sich nichts dringender wünschen als eine heiße Dusche und frische Kleidung, aber es ist wichtig, dass ich Sie sofort befrage.« Er lächelte beruhigend. »Hier geht es um Fragen der nationalen Sicherheit, ich bitte um Ihr Verständnis. Aber wir können die Sache wenigstens auf zivilisierte Art bei einer heißen Mahlzeit hinter uns bringen, okay?«

Ohne ein weiteres Wort brachte er einen kurzen, trockenen Nierenhaken an, und Bourne sank auf die Knie. Während Bourne nach Atem rang, hob Hull die Linke. In ihr hielt er einen Springdolch, dessen kurze, breite Klinge zwischen Zeige- und Mittelfinger hervorragte. An der Spitze war der Stahl dunkel – bestimmt ein hoch wirksames Gift.

Als er ihn eben in Bournes Nacken stoßen wollte, hallte ein gedämpfter Schuss durch den Korridor. Bourne sackte seitlich gegen die Wand, weil er nicht mehr von Hull festgehalten wurde. Als er den Kopf zur Seite drehte, sah er Jamie Hull, der mit dem vergifteten Springdolch in seiner Linken tot auf dem kastanienbraunen Läufer lag, und Boris Iljitsch Karpow, den Kommandeur der Alpha-Einheit des FSB, der mit einer Pistole mit Schalldämpfer in der Hand leicht o-beinig heranhastete.

»Ich muss gestehen«, sagte Karpow auf Russisch, als er Bourne hochzog, »dass ich schon immer insgeheim den Wunsch hatte, einen CIA-Agenten zu erschießen.«

»Jesus, danke!«, keuchte Bourne in derselben Sprache.

»War mir ein Vergnügen, das dürfen Sie mir glauben.« Karpow starrte auf Hull hinab. »Der CIA-Mordbefehl gegen Sie ist aufgehoben, aber *ihn* hat das nicht gekümmert. Sie haben anscheinend noch immer Feinde in Ihrer eigenen Agency.«

Bourne atmete mehrmals tief durch, was allein schrecklich schmerzhaft war. Er wartete, bis er wieder einigermaßen klar denken konnte. »Karpow, woher kenne ich Sie?«

Der Russe ließ sein dröhnendes Lachen hören. »*Gospodin* Bourne, wie ich sehe, stimmen die Gerüchte über Ihr Gedächtnis.« Er legte Bourne einen Arm um die Taille und stützte ihn. »Erinnern Sie sich nicht? Nein, das tun Sie nicht. Also, tatsächlich sind wir uns schon mehrmals begegnet. Beim letzten Mal haben Sie mir das Leben gerettet.« Er lachte erneut über Bournes verwirrten Gesichtsausdruck. »Das ist eine hörenswerte Geschichte, mein Freund. Eine, die man gut bei einer Flasche Wodka erzählen kann. Oder vielleicht auch bei zweien, was? Nach einer Nacht wie dieser … wer weiß?«

»Ich wäre dankbar für einen Schluck Wodka«, gab Bourne zu, »aber ich muss erst noch jemanden finden.«

»Kommen Sie«, sagte Karpow, »ich lasse meine Leute diesen Unrat wegräumen, und wir tun gemeinsam, was erledigt werden muss.« Er grinste breit, was die Brutalität seiner

Züge abmilderte. »Sie stinken wie ein eine Woche alter Fisch, wissen Sie das? Aber das macht nichts, ich bin an solche Gerüche gewöhnt!« Er lachte wieder. »Wie ich mich freue, Sie wiederzusehen! In unserem Beruf, das weiß ich längst, findet man nicht gerade leicht Freunde. Und deshalb müssen wir dieses Ereignis, dieses Wiedersehen gebührend feiern, stimmen Sie mir zu?«

»Unbedingt.«

»Und wen suchen Sie so dringend, mein guter Freund Jason Bourne, dass Sie nicht erst heiß duschen und die verdiente Ruhe genießen wollen?«

»Einen jungen Mann namens Chan. Sie haben ihn kennen gelernt, nehme ich an.«

»Allerdings«, sagte Karpow, indem er Bourne einen anderen Korridor entlang führte. »Ein höchst bemerkenswerter junger Mann. Wissen Sie, dass er nicht von der Seite der sterbenden Tschetschenin gewichen ist? Und sie hat ihrerseits seine Hand bis zum Schluss umklammert.« Er schüttelte den Kopf. »Höchst ungewöhnlich.«

Karpow schürzte seine roten Lippen. »Nicht, dass sie seine Fürsorge verdient hätte. Was war sie – eine Mörderin, eine Zerstörerin? Man braucht sich nur anzusehen, was hier geplant war, um zu begreifen, was für ein Ungeheuer sie war.«

»Und trotzdem«, sagte Bourne, »hatte sie das Bedürfnis, seine Hand zu halten.«

»Wie er das ertragen hat, werde ich nie begreifen.«

»Vielleicht hat er auch von ihr etwas gebraucht.« Bourne musterte ihn. »Glauben Sie wirklich, dass sie ein Ungeheuer war?«

»O ja«, sagte Karpow, »aber die Tschetschenen haben mich selbst gelehrt, sie für Ungeheuer zu halten.«

»Und das ist nicht zu ändern?«, fragte Bourne.

»Nicht, bevor wir sie ausgerottet haben.« Karpow beobachtete ihn aus dem Augenwinkel heraus. »Hören Sie, mein idealistischer Freund, sie haben über uns gesagt, was andere Terroristen von euch Amerikanern behauptet haben: ›Gott hat euch den Krieg erklärt.‹ Wir haben aus bitterer Erfahrung gelernt, solche Äußerungen ernst zu nehmen.«

Karpow wusste zufällig genau, wo Chan war: im Hauptrestaurant des Hotels, das wieder einigermaßen in Betrieb war und eine beschränkte Auswahl an Speisen anbot.

»Spalko ist tot«, sagte Bourne nüchtern, um die Gefühle, die beim Anblick Chans auf ihn einstürmten, zu verbergen.

Chan legte seinen Hamburger auf den Teller und begutachtete Bournes geschwollene Wange mit der genähten Platzwunde. »Hast du was abgekriegt?«

»Nicht der Rede wert.« Bourne verzog das Gesicht, als er sich setzte.

Chan nickte, ohne ihn aus den Augen zu lassen.

Karpow hatte sich neben Bourne gesetzt. Er hielt einen vorbeihastenden Ober an und bestellte eine Flasche Wodka. »Russischen«, betonte er, »nicht das polnische Gesöff. Und bringen Sie drei große Gläser. Wir sind hier echte Männer: ein Russe und zwei Helden, die fast so gut wie Russen sind!« Dann wandte er seine Aufmerksamkeit wieder den anderen zu. »Also gut, was übersehe ich?«, fragte er listig.

»Nichts«, sagten Chan und Bourne wie aus einem Mund.

»Ach, wirklich?« Die raupenartigen Augenbrauen des Russen gingen nach oben. »Nun, dann können wir nur noch trinken. *In vino veritas.* Im Wein liegt Wahrheit – das haben die alten Römer geglaubt. Und wer wollte das bezweifeln? Sie waren verdammt gute Soldaten, die Römer, und hatten ausgezeichnete Feldherren, aber sie wären noch besser gewesen, wenn sie Wodka statt Wein getrunken hätten!« Karpow lachte schallend, bis die beiden anderen schließlich einstimmen mussten.

Dann wurde der Wodka mit drei Wassergläsern serviert. Karpow scheuchte den Ober mit einer Handbewegung weg.

»Die erste Flasche muss man selbst öffnen«, behauptete er. »Das ist Tradition.«

»Das ist alter Käse«, sagte Bourne, indem er sich Chan zuwandte. »Eine Sitte aus der Zeit, als russischer Wodka oft so schlecht gebrannt war, dass er Fuselöle enthielt.«

»Hören Sie nicht auf ihn.« Karpow schürzte die Lippen, aber zugleich blinzelte er humorvoll. Er schenkte ihre Gläser voll und stellte sie sehr förmlich vor sie hin. »Sich eine Flasche guten russischen Wodka zu teilen ist in gewissem Sinn die Definition von Freundschaft – ob mit oder ohne Fuselöle. Denn bei einer guten Flasche Wodka reden wir von alten Zeiten, über Kameraden und Feinde, die von uns gegangen sind.«

Er hob sein Glas, und die beiden anderen folgten seinem Beispiel.

»*Na sdarowje!*«, rief er und leerte sein Glas auf einen Zug.

»*Na sdarowje!*«, wiederholten Vater und Sohn und taten es ihm gleich.

Bourne tränten die Augen. Der Wodka brannte bis in seinen Magen hinunter, aber wenige Augenblicke später durchströmte wohlige Wärme den gesamten Körper bis in die Fingerspitzen und milderte seine pochenden Schmerzen.

Karpow beugte sich zu ihnen hinüber. Sein Gesicht war von dem starken Getränk und dem schlichten Vergnügen, mit Freunden zusammen zu sein, leicht gerötet. »Jetzt betrinken wir uns und erzählen uns alle unsere Geheimnisse. Wir erfahren, was es bedeutet, Freunde zu sein.«

Nach einem weiteren Glas sagte er: »Also, ich fange an. Hier ist mein erstes Geheimnis. Ich weiß, wer Sie sind, Chan. Obwohl es offiziell kein Foto von Ihnen gibt, kenne ich Sie.« Karpow legte einen Finger an die Nase. »Ich bin nicht seit zwanzig Jahren im Einsatz, ohne meinen sechsten Sinn geschärft zu haben. Und weil ich das wusste, habe ich Sie von Hull fern gehalten, weil er Sie ohne Rücksicht auf Ihren Heldenstatus verhaftet hätte, wenn er Ihre wahre Identität geahnt hätte.«

Chan setzte sich auf. »Warum haben Sie das getan?«

»Oho, jetzt würden Sie mich umlegen? Gleich hier in dieser freundschaftlichen Runde? Sie glauben, dass ich Sie für mich aufheben wollte? Habe ich nicht gesagt, dass wir Freunde sind?« Er schüttelte den Kopf. »Sie müssen noch viel über Freundschaft lernen, mein junger Freund.« Er beugte sich nach vorn. »Beschützt habe ich Sie wegen Jason Bourne, der immer allein arbeitet. Sie waren mit ihm zusammen, deshalb wusste ich, dass Sie für ihn wichtig sind.«

Er füllte die Gläser, dann deutete er auf Bourne. »Jetzt sind Sie an der Reihe, mein Freund.«

Bourne starrte in seinen Wodka. Er war sich bewusst, dass Chan ihn scharf beobachtete. Er wusste, welches Geheimnis er preisgeben wollte, aber er fürchtete, wenn er das tue, werde Chan aufstehen und für immer verschwinden. Aber er wollte ihnen etwas Wahres berichten. Schließlich sah er auf.

»Als ich Spalko allein gegenüberstand, hätte ich fast versagt. Spalko hätte mich beinahe erledigt, aber die Wahrheit ist ... die Wahrheit ist ...«

»Heraus mit der Sprache, dann ist Ihnen wohler«, drängte der Russe.

Bourne setzte sein Glas an, trank einen Schluck von dem flüssigen Mut und wandte sich seinem Sohn zu. »Ich habe an dich gedacht. Ich habe mir gesagt, dass ich nicht zurückkommen werde, wenn ich versage, wenn ich zulasse, dass Spalko mich umlegt. Aber ich wollte dich nicht verlassen; ich durfte dich nicht im Stich lassen.«

»Sehr gut!« Karpow knallte sein Glas auf die Tischplatte. Er deutete auf Chan. »Jetzt Sie, mein junger Freund.«

In der nun folgenden Stille hatte Bourne das Gefühl, sein Herz könnte jeden Augenblick stillstehen. Sein Puls pochte in den Schläfen, und die vorübergehend betäubten Schmerzen von seinen vielen Wunden kehrten zurück.

»Nun«, fragte Karpow, »hat's Ihnen die Sprache verschlagen? Ihre Freunde haben sich freimütig erklärt und warten jetzt auf ein Wort von Ihnen.«

Chan sah dem Russen ins Gesicht. »Boris Iljitsch Karpow, ich möchte mich Ihnen offiziell vorstellen. Ich heiße Joshua und bin Jason Bournes Sohn.«

Mehrere Stunden und zwei Flaschen Wodka später standen Bourne und Chan im Keller des Hotels Oskuhlid. Dort unten war es moderig kühl, aber sie rochen nur Wodkadunst. Überall waren noch Blutflecken zu sehen.

»Du fragst dich vermutlich, was mit dem NX 20 passiert ist«, sagte Chan.

Bourne nickte. »Hull war misstrauisch wegen der Schutzanzüge. Er hat gesagt, sie hätten keine Spur von biologischen oder chemischen Waffen gefunden.«

»Ich habe den Diffusor versteckt«, sagte Chan. »Ich habe auf deine Rückkehr gewartet, damit wir ihn gemeinsam vernichten können.«

Bourne zögerte kurz. »Du hast darauf vertraut, dass ich zurückkommen werde.«

Chan wandte sich seinem Vater zu. »Ich scheine neues Vertrauen gewonnen zu haben.«

»Oder altes Vertrauen wieder gewonnen.«

»Erzähl mir nicht, was …«

»Ich weiß, ich weiß, es steht mir nicht zu, dir zu sagen, was du denken sollst.« Bourne nickte besänftigend. »Manche Einsichten dauern eben etwas länger.«

Chan führte ihn zu der Stelle, wo er den NX 20 in einem Hohlraum über den riesigen Fernwärmerohren versteckt hatte. »Um das zu tun, musste ich Sina einen Augenblick allein lassen«, berichtete er, »aber das ließ sich nicht ändern.« Er behandelte den Diffusor mit verständlichem Respekt, als er ihn Bourne übergab. Dann zog er noch einen kleinen Metallbehälter aus dem Hohlraum. »Die Phiole mit der er geladen war, ist hier drin.«

»Wir brauchen ein starkes Feuer«, sagte Bourne, der an die Warnung auf Dr. Sidos Bildschirm dachte. »Hitze tötet die Viren ab.«

Die riesige Hotelküche war fleckenlos sauber. Ohne das emsige Treiben des Küchenpersonals wirkten die glänzenden Oberflächen aus Edelstahl noch kälter. Bourne hatte die Notbesatzung vorübergehend hinausgeschickt, bevor er mit Chan an einen der riesigen Backöfen trat. Er wurde mit Gas befeuert, das Bourne ganz aufdrehte. Sofort schossen hohe Flammen in die Flammrohre des mit Schamottsteinen ausgemauerten Ofens. Nach wenigen Minuten war er so heiß, dass man sich ihm kaum nähern konnte.

Sie trugen ABC-Schutzanzüge, als sie den Diffusor zerlegten. Dann warf jeder von ihnen eine Hälfte in die Flammen, und die Phiole folgte.

»Wie ein Scheiterhaufen für einen toten Wikinger«, sagte Bourne, als sie zusahen, wie der NX 20 zusammenschmolz. Er schloss die Ofentür, und sie zogen die Schutzanzüge aus.

Er wandte sich an seinen Sohn: »Ich habe mit Marie telefoniert, ihr aber noch nichts von dir erzählt. Ich wollte abwarten, bis …«

»Ich komme nicht mit«, sagte Chan.

Bourne wählte seine nächsten Worte sehr sorgfältig. »Das wäre nicht mein Wunsch.«

»Ich weiß«, bestätigte Chan. »Aber ich denke, du hattest sehr gute Gründe, deiner Frau nichts von mir zu erzählen.«

In der Stille, die sie plötzlich umgab, wurde Bourne von schrecklichem Kummer erfasst. Er wollte wegsehen, um zu verbergen, was auf seinem Gesicht stand, aber er konnte sich nicht abwenden. Er wollte seine Gefühle nicht mehr vor seinem Sohn und sich selbst verbergen.

»Du hast Marie und zwei kleine Kinder«, sagte Chan. »Das ist das neue Leben, das David Webb sich geschaffen hat, und ich gehöre nicht in dieses Leben.«

In den wenigen Tagen, seit die erste Kugel mit warnendem Sirren auf dem Campus an seinem Ohr vorbeigezischt war, hatte Bourne vieles gelernt – auch wann er im Gespräch mit seinem Sohn besser den Mund hielt. Chan hatte einen Entschluss gefasst, und das war's dann. Zu versuchen, ihm seinen Entschluss auszureden, wäre sinnlos gewesen. Und noch schlimmer: Das hätte seinen noch latenten Zorn, den Chan nicht so bald vergessen würde, erneut angefacht. Dieses Gefühl war so verderblich und saß so tief, dass es sich nicht binnen Tagen, Wochen oder auch nur Monaten abschütteln ließ.

Bourne begriff, dass Chan eine kluge Entscheidung getroffen hatte. Die Schmerzen waren noch zu stark, die Wunde war noch nicht verheilt, auch wenn wenigstens die Blutung gestillt war. Und wie Chan scharfsinnig bemerkt hatte, war ihm im Innersten bewusst, dass Chans Eintritt in das Leben, das David Webb sich geschaffen hatte, völlig sinnlos gewesen wäre.

»Vielleicht nicht jetzt, vielleicht niemals. Aber unabhängig davon, was du für mich empfindest, sollst du wissen, dass du einen Bruder und eine Schwester hast, die es verdienen, dich zu kennen und einen älteren Bruder in ihrem Leben zu haben. Ich hoffe, dass es eines Tages dazu kommen wird – zu unser aller Wohl.«

Sie gingen miteinander zum Ausgang, und Bourne war sich sehr bewusst, dass dies ihr letztes Zusammensein für viele Monate sein würde. Aber nicht ihr letztes, nein. Zumindest das musste er seinem Sohn begreiflich machen.

Er trat einen Schritt vor und schloss Chan in die Arme. Sie hielten einander schweigend umfangen. Bourne konnte das Brausen der Gasflammen hören. Das helle Feuer im Backofen vernichtete die schreckliche Gefahr, die ihnen allen gedroht hatte.

Als er Chan widerstrebend losließ, konnte er ihn für einen ganz kurzen Moment, während er seinem Sohn in die Augen starrte, als kleinen Jungen in Phnom Penh mit der sengend heißen asiatischen Sonne auf dem Gesicht sehen, und im gesprenkelten Schatten der Palmen gleich dahinter beobachtete Dao sie und lächelte ihnen zu.

»Ich bin auch Jason Bourne«, sagte er. »Das ist etwas, das du nie vergessen sollst.«

Epilog

Als der Präsident der Vereinigten Staaten ihm die zweiflüglige Walnussholztür seines Arbeitszimmers im West-
flügel des Weißen Hauses persönlich öffnete, kam der
CIA-Direktor sich vor, als werde er nach quälend langer
Wartezeit im siebten Kreis der Hölle wieder ins Paradies eingelassen.

Der Direktor hatte seine gottverdammte Grippe noch
immer nicht auskuriert, aber nach dem Anruf hatte er sich
aus seinem Ledersessel aufgerafft, um zu duschen, sich zu rasieren und sich anzuziehen.

Mit diesem Anruf hatte er gerechnet. Tatsächlich hatte er,
seit er dem Präsidenten seinen nur für ihn bestimmten Bericht geschickt hatte, der auch alles Beweismaterial enthielt,
das Martin Lindros und Detective Harris zusammengetragen hatten, auf diesen Anruf gewartet. Und trotzdem hatte
er, in Bademantel und Schlafanzug in seinem Sessel hockend, gebrütet und auf die bedrückende Stille im Haus ge-
lauscht, als könne er darin ein schwaches Echo der Stimme
seiner Frau vernehmen.

Als der Präsident ihn jetzt in das in Königsblau und Gold
gehaltene Eckbüro führte, empfand er die Einsamkeit seines Hauses noch stärker. Dies hier war sein Leben – ein
Leben, das er sich über Jahrzehnte hinweg durch treue
Dienste und verwickelte Manipulationen selbst geschaffen
hatte –, hier verstand er die Regeln und beherrschte das
Spiel, hier und sonst nirgends.

»Danke, dass Sie gekommen sind«, sagte der Präsident mit seinem Tausendwattlächeln. »Wir haben uns allzu lange nicht mehr gesehen.«

»Danke, Sir«, sagte der CIA-Direktor. »Das habe ich mir auch gedacht.«

»Nehmen Sie bitte Platz.« Der Präsident bot ihm mit einer Handbewegung einen Ohrensessel an. Zu seinem tadellos sitzenden dunkelblauen Maßanzug trug er ein weißes Oberhemd und eine rote Krawatte mit blauen Punkten. Sein Gesicht war leicht gerötet, als komme er gerade von einem Dauerlauf zurück. »Kaffee?«

»Danke, Sir, gern.«

In diesem Augenblick erschien wie auf ein unhörbares Signal hin ein Assistent des Präsidenten mit einem aus Silber getriebenen Tablett mit einer reich geschmückten Kaffeekanne, Zuckerdose, Sahnekännchen und Porzellantassen. Mit freudigem Erschauern sah der CIA-Direktor, dass auf dem Tablett nur zwei Tassen standen.

»Die Nationale Sicherheitsberaterin müsste gleich kommen«, sagte der Präsident, indem er sich ihm gegenübersetzte. Dass sein Gesicht leicht gerötet war, kam nicht von körperlicher Anstrengung, das merkte der Direktor jetzt, sondern vom vollen Bewusstsein seiner Macht. »Aber zuvor wollte ich Ihnen persönlich für Ihre gute Arbeit in den letzten Tagen danken.«

Der Assistent servierte den Kaffee und ging dann wieder, wobei er die schwere Tür lautlos hinter sich schloss.

»Ich mag mir gar nicht vorstellen, was die zivilisierte Welt hätte erdulden müssen, wenn Ihr Mann Bourne nicht gewesen wäre.«

»Danke, Sir. Wir haben nie recht geglaubt, dass er Alex Conklin und Dr. Panov ermordet hat«, sagte der CIA-Di-

rektor mit scheinbar aufrichtigem, jedoch restlos geheuchel-
tem Freimut, »aber wir wurden mit bestimmten Beweisen
konfrontiert – gefälschten, wie sich später herausstellte – und
mussten entsprechend handeln.«

»Ja, ich verstehe.« Der Präsident ließ zwei Zuckerwürfel
in seinen Kaffee fallen und rührte nachdenklich um. »Ende
gut, alles gut, aber im richtigen Leben – im Gegensatz zu
Shakespeares Welt – hat jede Tat Konsequenzen.« Er trank
einen kleinen Schluck Kaffee. »Wie Sie wissen, hat das Gipfeltreffen trotz des Blutbads wie geplant stattgefunden. Und
es war ein voller Erfolg. Tatsächlich hat die gemeinsam bestandene Gefahr uns nur enger zusammengeschweißt. Alle
Staatsoberhäupter – zum Glück auch Alexander Jewtuschenko – erkannten klar und deutlich, welches Schicksal der Welt
bevorsteht, wenn wir unsere kurzsichtige Haltung nicht verändern. Sie haben erkannt, dass wir zusammenarbeiten müssen. Unsere Verhandlungen haben jetzt die Rahmenbedin-
gungen für einen erfolgreichen gemeinsamen Kampf gegen
den Terrorismus geschaffen. Mein Außenminister ist bereits
im Nahen Osten, um die nächste Gesprächsrunde zu beginnen. Das ist eine eindrucksvolle Breitseite vor den Bug
unserer Feinde.«

Und damit ist deine Wiederwahl gesichert, sagte der Alte
sich. *Von der historischen Bedeutung deiner Präsidentschaft
ganz zu schweigen.*

Als die Gegensprechanlage diskret summte, entschuldigte
sich der Präsident, stand auf und trat an seinen Schreibtisch.
Er hörte kurz zu, dann sah er auf. Sein durchdringender
Blick ruhte auf dem CIA-Direktor. »Ich habe zugelassen,
dass ich von jemandem abgeschnitten wurde, der mir wohl-
überlegten, wertvollen Rat hätte erteilen können. Aber das
passiert nie wieder, verlassen Sie sich darauf!«

Der Präsident erwartete offensichtlich keine Antwort, denn er sprach bereits in die Anlage auf seinem Schreibtisch: »Ich lasse bitten.«

Der CIA-Direktor war emotional aufgewühlter als je zuvor in seinem Leben und nutzte diesen Augenblick, um sich zu sammeln. Er sah sich in dem hohen Raum mit den cremeweißen Wänden, dem königsblauen Teppich und den soliden, bequemen Möbeln um.

Über zwei identischen Sideboards aus Kirschholz im Chippendale-Stil hingen mehrere große Ölporträts republikanischer Präsidenten. In einer Ecke stand eine halb entfaltete amerikanische Fahne. Vor den Fenstern, unter flauschigem weißem Dunst, erstreckte sich ein Stück Golfrasen, über den ein Kirschbaum seine mächtigen Äste breitete. Die Bündel von blassrosa Blüten zitterten in der Frühlingsbrise wie Glöckchen.

Die Tür ging auf, und Roberta Alonzo-Ortiz wurde hereinbegleitet. Der Direktor beobachtete entzückt, dass der Präsident seinen Platz hinter dem Schreibtisch nicht verließ. Er blieb stehen, sah der Sicherheitsberaterin entgegen und forderte sie demonstrativ nicht auf, Platz zu nehmen. Alonzo-Ortiz trug ein streng geschnittenes schwarzes Kostüm, eine stahlgraue Seidenbluse und praktische Pumps mit niedrigen Absätzen. So hätte sie zu einer Beerdigung gehen können, was, wie der Direktor schadenfroh feststellte, durchaus zum Anlass passte.

Sie ließ sich eine Zehntelsekunde lang anmerken, dass die Anwesenheit des CIA-Direktors sie überraschte. Ein letzter Funken Feindseligkeit blitzte in ihrem Blick auf, bevor sie ihn nach innen wandte und ihr Gesicht zu einer starren Maske wurde. Ihr Teint wirkte eigenartig gesprenkelt, als sei das eine Reaktion auf ihre unterdrückten Gefühle. Sie sprach den Direktor nicht an und nahm ihn auch nicht zur Kenntnis.

»Dr. Alonzo-Ortiz, ich möchte Sie über ein paar Dinge informieren, damit Sie die Ereignisse der letzten Tage unter einem veränderten Blickwinkel betrachten können«, begann der Präsident in sonorem Tonfall, der keine Unterbrechung duldete. »Ich habe zwar zugestimmt, dass Bourne liquidiert werden sollte – aber allein auf Ihren Rat hin. Ich war auch Ihrer Meinung, als Sie für eine rasche Aufklärung der Morde an Alex Conklin und Morris Panov plädiert haben, und ich habe mich törichterweise Ihrem Urteil angeschlossen, Detective Harry Harris von der Virginia State Police sei für das Debakel unter dem Washington Circle verantwortlich gewesen.

Ich muss nun sagen, dass ich zutiefst dankbar bin, dass Bourne letztlich doch nicht liquidiert wurde, und ich bin entsetzt darüber, wie die Laufbahn eines ausgezeichneten Kriminalbeamten mutwillig beendet wurde. Eifer ist lobenswert, aber nicht, wenn die Wahrheit dabei auf der Strecke bleibt, der Sie zu dienen geschworen haben, als ich Sie damals aufgefordert habe, an Bord zu kommen.«

Während dieser Ansprache hatte er sich weder bewegt, noch sie aus den Augen gelassen. Sein Gesichtsausdruck war bewusst neutral, aber seine leicht abgehackte Sprechweise verriet dem Direktor, der ihn schließlich am besten kannte, wie verärgert er tatsächlich war. Dies war kein Mann, den man zum Narren halten durfte; dies war kein Präsident, der verzieh und vergaß. Damit hatte der CIA-Direktor gerechnet, als er seinen vernichtenden Bericht verfasst hatte.

»Dr. Alonzo-Ortiz, in meiner Regierung ist kein Platz für politische Opportunisten – zumindest nicht für solche, die bereit sind, die Wahrheit zu opfern, um ihren eigenen

Arsch zu retten. Die Wahrheit ist: Sie hätten bei der Aufklärung der Morde mitwirken sollen, statt Ihr Bestes zu tun, um die fälschlich Beschuldigten ans Messer zu liefern. Dann wäre es vielleicht gelungen, den Terroristen Stepan Spalko rechtzeitig zu schnappen und das Blutbad beim Gipfeltreffen zu vermeiden. Wie die Sache gelaufen ist, müssen wir alle – und ganz besonders Sie – dem CIA-Direktor dankbar sein.«

Bei dieser Bemerkung zuckte Roberta Alonzo-Ortiz zusammen, als habe der Präsident ihr einen schrecklichen Schlag versetzt, was er in gewisser Beziehung mit voller Absicht getan hatte.

Er nahm ein einzelnes Blatt Papier vom Schreibtisch. »Daher nehme ich Ihren Rücktritt an und entspreche so Ihrem Wunsch, ab sofort in den Privatsektor zurückkehren zu dürfen.«

Die ehemalige Sicherheitsberaterin öffnete den Mund, um etwas zu sagen, aber der durchdringende Blick des Präsidenten hielt sie davon ab.

»Lieber nicht«, sagte er nur.

Sie wurde blass, nickte knapp, machte auf dem Absatz kehrt und rauschte hinaus.

Sobald die Tür sich hinter ihr geschlossen hatte, atmete der CIA-Direktor tief durch. Sein Blick begegnete kurz dem des Präsidenten, wobei alles enthüllt wurde. Er wusste, weshalb sein Oberbefehlshaber ihn zu sich zitiert hatte. Er sollte die Demütigung der Sicherheitsberaterin miterleben. Das war die Art des Präsidenten, sich zu entschuldigen. In den langen Jahren seines aufopfernden Diensts für sein Land hatte der Direktor nie erlebt, dass ein Präsident sich bei ihm entschuldigt hatte. Er war so überwältigt, dass er nicht wusste, wie er sich jetzt verhalten sollte.

Er stand, vor Euphorie benommen, auf. Der Präsident telefonierte bereits und ließ den Blick dabei ins Freie schweifen. Der Direktor blieb noch einen Augenblick stehen, um seinen Triumph zu genießen. Dann verließ auch er das Allerheiligste und schritt durch die stillen Korridore der Macht, die seine Heimat geworden waren.

David Webb war eben damit fertig, das bunte Spruchband HAPPY BIRTHDAY im Wohnzimmer aufzuhängen. Marie war in der Küche dabei, die Schokoladetorte zu verzieren, die sie zu Jamies elftem Geburtstag gebacken hatte. Köstliche Gerüche von Pizza und Schokolade zogen durchs Haus. Er sah sich um und fragte sich, ob genügend Ballons da waren. Er zählte dreißig – doch wohl mehr als genug?

Obwohl er in sein Leben als David Webb zurückgekehrt war, taten die Rippen ihm bei jedem Atemzug weh, und seine Wunden erinnerten ihn beharrlich daran, dass er auch Jason Bourne war und es stets bleiben würde. Lange war er entsetzt gewesen, wenn diese Seite seiner Persönlichkeit sich manifestierte, aber Joshuas Rückkehr hatte alles grundlegend verändert. Nun hatte er zwingende Gründe dafür, wieder Jason Bourne zu werden.

Aber nicht im Dienst der CIA. Seit Alex tot war, wollte er nichts mehr mit der Agency zu schaffen haben, obwohl der Direktor ihn persönlich zum Bleiben aufgefordert hatte und obwohl er Martin Lindros, der dafür gesorgt hatte, dass der Mordbefehl gegen ihn aufgehoben wurde, persönlich mochte und respektierte. Lindros hatte auch dafür gesorgt, dass das Bethesda Naval Hospital ihn aufnahm. Während die dortigen Fachärzte, die von der Agency zur Geheimhaltung verpflichtet worden waren, seine Wunden und die gebrochenen Rippen behandelten, hatte Lindros ihn ausführlich befragt. Der stellvertretende CIA-Direktor hatte diese schwierige Aufgabe mit leichter Hand bewältigt und Webb reichlich Zeit gelassen, auszuschlafen und sich von den Anstrengungen der vergangenen Woche zu erholen.

Aber nach nur drei Tagen hatte Webb sich nichts mehr gewünscht, als zu seinen Studenten zurückzukehren, und er sehnte sich nach seiner Familie, auch wenn sein Herz jetzt einen Schmerz empfand, eine gewisse Leere, die seit Joshuas Rückkehr Form und Gestalt angenommen hatte. Er hatte Marie von ihm erzählen wollen, wie er ihr alles andere geschildert hatte, was er in seiner Abwesenheit durchgemacht hatte. Aber wenn er dazu angesetzt hatte, von seinem anderen Sohn zu erzählen, war seine Zunge jedes Mal wie gelähmt gewesen. Das lag nicht daran, dass er Maries Reaktion gefürchtet hätte – dazu hatte er viel zu viel Vertrauen zu ihr. Nein, er war sich seiner eigenen Reaktion nicht sicher. Nach nur einwöchiger Abwesenheit fühlte er sich Jamie und Alison bereits entfremdet. So hätte er Jamies Geburtstag einfach vergessen, wenn Marie ihn nicht sanft daran erinnert hatte.

Wie einen im Sand gezogenen Strich sah er eine deutliche Trennung zwischen seinem Leben vor Joshuas spektakulärem Wiederauftauchen und dem Leben danach. Wo düstere Trauer geherrscht hatte, strahlte jetzt das Licht der Wiedervereinigung. Aus Tod war wie durch ein Wunder wieder Leben geworden. Die Auswirkungen dieser Ereignisse musste er erst begreifen lernen. Wie konnte er Marie an etwas so Ungeheurem teilhaben lassen, bevor er es selbst ganz verstanden hatte?

Und so überfluteten ihn am Geburtstag seines jungen Sohns Gedanken an seinen älteren Sohn. Wo war Joshua?

Kurz nachdem sie von Oszkar erfahren hatten, Annaka Vadas' Leiche sei am Rand der Stadtautobahn zum Flughafen Ferihegy gefunden worden, hatte Joshua sich abgesetzt und war so rasch und lautlos verschwunden, wie er aufgetaucht war. War er nach Budapest zurückgekehrt, um Annaka ein letztes Mal zu sehen? Hoffentlich nicht.

Jedenfalls hatte Karpow versprochen, ihr Geheimnis zu bewahren, und Webb vertraute ihm. Inzwischen war ihm bewusst, dass er keine Ahnung hatte, wo sein Sohn lebte, ob er überhaupt ein ständiges Zuhause hatte. Die Tatsache, dass es unmöglich war, sich auch nur vorzustellen, wo Joshua jetzt war oder was er vermutlich tat, schmerzte Webb sehr. Er spürte Joshuas Abwesenheit, als habe er einen Arm oder ein Bein verloren. Es gab so vieles, was er Joshua sagen wollte, so viel Zeit, die Wiedergutmachung forderte. Es war schwierig, Geduld zu haben, und schmerzhaft, nicht mal zu wissen, ob Joshua sich dafür entscheiden würde, sich wieder in seine Nähe zu wagen.

Die Geburtstagsparty hatte begonnen, und ungefähr zwanzig Kinder spielten und tobten wild kreischend durchs Haus. Und im Mittelpunkt aller Aktivitäten stand Jamie: ein geborener Führer, ein Junge, zu dem Gleichaltrige aufsahen. Sein offenes Gesicht, das Maries so ähnlich war, leuchtete vor Glück. Webb fragte sich, ob er auf Joshuas Gesicht jemals so ungetrübte Freude gesehen hatte. Als bestehe eine telepathische Verbindung zwischen ihnen, blickte Jamie in diesem Moment auf und grinste breit, als er den Blick seines Vaters auf sich ruhen sah.

Webb war für den Empfang der Gäste zuständig und hörte wieder die Türklingel. Als er die Haustür öffnete, stand draußen ein Mann von FedEx mit einem Päckchen für ihn. Er unterschrieb und nahm es sofort mit in den Keller, wo er einen Raum aufsperrte, für den es nur einen einzigen Schlüssel gab. Drinnen stand ein tragbares Durchleuchtungsgerät, das Alex Conklin ihm besorgt hatte. Ohne dass die Kinder etwas davon wussten, wurden alle Päckchen und Pakete, die ins Haus kamen, mit diesem Gerät durchleuchtet.

Nachdem Webb sich davon überzeugt hatte, dass es ungefährlich war, öffnete er das Päckchen. Es enthielt einen Baseball und zwei Fanghandschuhe, einen für ihn und einen in genau der richtigen Größe für einen Elfjährigen. Auf dem beigelegten Zettel stand nur:

Für Jamies Geburtstag
Joshua

David Webb starrte das Geschenk an, das ihm mehr bedeutete, als er jemals jemandem würde erklären können. Von oben drang Musik, in die sich lautes Kinderlachen mischte, an sein Ohr. Er dachte an Dao und Alyssa und Joshua, wie sie in seiner fragmentierten Erinnerung existierten, und dieses kaleidoskopartige Bild, das durch den herben, erdhaften Geruch des eingeölten Leders hervorgerufen wurde, stand ihm lebhaft vor Augen. Er streckte eine Hand aus, befühlte das weich genarbte Leder und ließ seine Fingerspitzen über die Nähte aus Rohleder gleiten. Welche Erinnerungen das in ihm weckte! Sein Lächeln, das langsam über sein Gesicht zog, war bittersüß. Er streifte den größeren Handschuh über und ließ den Baseball hineinfallen. Als er in der Höhlung landete, hielt er ihn umklammert, als wolle er ein Phantom festhalten.

Er hörte einen leichten Schritt oben an der Kellertreppe, dann Maries Stimme, die seinen Namen rief.

»Bin gleich wieder oben, Schatz«, sagte er.

Webb stand noch einige Augenblicke lang unbeweglich da und gestattete den Ereignissen der jüngsten Zeit, ihn zu umwirbeln. Dann atmete er tief aus und schob die Vergangenheit beiseite. Das Geschenk für Jamie in der Linken geborgen, stieg er die Kellertreppe hinauf und gesellte sich wieder zu seiner Familie.

Robert Ludlum
Eric van Lustbader
Die Jason Bourne Serie

© William C. Minarich

HEYNE <

Die Serie

Jason Bourne arbeitete früher als Auftragskiller für die CIA. Nach einem Gedächtnisverlust will er unter seinem bürgerlichen Namen David Webb ein ruhiges Leben führen. Doch seine gewalttätige Vergangenheit holt ihn immer wieder ein.

Die Autoren

Robert Ludlum wird am 25. Mai 1927 in New York City geboren. Mit 14 Jahren verläßt er sein Elternhaus, um zur Bühne zu gehen. Nachdem er von seiner Mutter nach Hause zurückgeholt wird, schafft er drei Jahre später den Absprung und geht zunächst zum Militär. Nach Ende des Zweiten Weltkriegs beginnt er eine Karriere als Schauspieler. Trotz seines Erfolges am Theater und im Fernsehen und auch als Produzent, beschließt er mit vierzig, diese Karriere an den Nagel zu hängen, und studiert Kunstgeschichte. Seine »vierte« Karriere als Schriftsteller beginnt 1971 mit seinem ersten Buch *Das Scarlatti-Erbe*, welches auf Anhieb Platz 1 der Bestsellerlisten erreicht. Zahlreiche weitere Bestseller folgen. Seine Bücher werden in mehr als 30 Sprachen übersetzt, in mehr als 40 Ländern veröffentlicht und erreichen eine Auflage von über 200 Millionen Exemplaren. *Die Bourne Identität* (1980) markiert schließlich die Geburtsstunde seines legendärsten Helden: David Webb, alias Jason Bourne. Robert Ludlum starb am 12. März 2001. Seitdem wird die Serie vom internationalen Bestsellerautor Eric van Lustbader im Geiste ihres Schöpfers fortgeführt.

Die Filme

Agent ohne Namen (1988) mit Richard Chamberlain
Die Bourne Identität (2002) mit Matt Damon
Die Bourne Verschwörung (2004) mit Matt Damon
Das Bourne Ultimatum (2007) mit Matt Damon
Das Bourne Vermächtnis (2012) mit Jeremy Renner
Jason Bourne (2016) mit Matt Damon

1. Die Bourne Identität *(The Bourne Identity, 1980)*

Stell dir vor, du weißt nicht mehr, wer du bist, und das Erste, was du über dich herausfindest, ist, dass du ziemlich gut schießen kannst. Jason Bourne ist ein Mensch ohne Vergangenheit und ohne Zukunft – gejagt von mächtigen Feinden; geliebt von einer schönen Frau, die nicht glauben kann, dass er wirklich das ist, was sich langsam herauskristallisiert: ein Auftragskiller.

Die Geburtsstunde eines legendären Actionhelden: Jason Bourne!

2. Das Bourne Imperium *(The Bourne Supremacy, 1986)*

Im Hinterzimmer eines Hongkonger Nachtlokals werden fünf Leichen gefunden. Einer der Ermordeten ist der Vizepräsident der Volksrepublik China. Alle Spuren deuten auf Jason Bourne. Nur wenige wissen: Ein Unbekannter missbraucht Jason Bournes Identität. Und so stürzt sich der wahre Jason Bourne erneut in eine Welt der Gewalt und des Verbrechens, eine Welt, der er für immer zu entkommen hoffte.

»Schwindelerregend, nervenzerfetzend, rätselhaft, bedrohlich, kurz: ludlumesque.« *Publishers Weekly*

3. Das Bourne Ultimatum *(The Bourne Ultimatum, 1990)*

David Webb hatte geglaubt, Jason Bourne für immer entkommen zu sein. Doch nun holt ihn die Vergangenheit ein. Der Schakal, sein alter Todfeind, ist ihm und seiner Familie auf den Fersen, doch Webb weigert sich zu fliehen. In der verhassten Identität des Profikillers Jason Bourne stellt er sich dem Kampf und ist bald einer Verschwörung internationalen Ausmaßes auf der Spur.

»Ludlum packt mehr Action in seine Thriller als fünf seiner Kollegen zusammen.« *The New York Times*

4. Das Bourne Vermächtnis *(The Bourne Legacy, 2004)*

David Webb lebt zurückgezogen in der Nähe von Washington und lehrt als Professor an der Universität von Georgetown. Nichts erinnert mehr an die Gefahren seines früheren Lebens als Profikiller der CIA. Doch die Vergangenheit holt ihn ein, als er plötzlich selbst ins Visier eines Killers gerät. Webb wird wieder zu dem Mann, der er nie sein wollte: Jason Bourne.

»Ludlum beherrscht unangefochten das Feld des klassischen Polit- und Agenten-Thrillers.« *Chicago Tribune*

5. Der Bourne Betrug *(The Bourne Betrayal, 2007)*

Jason Bourne kommt nicht zur Ruhe. Als er erfährt, dass sein Freund, der CIA-Agent Martin Lindros, in Äthiopien vermisst wird, zögert Bourne nicht lange und macht sich sofort auf den Weg nach Afrika, um Lindros zu suchen. Doch kaum angekommen, entgeht er nur knapp einem Attentat. Ist Lindros wirklich der, der er vorgibt zu sein?

»Die explosive Fortsetzung einer unerreichten Traditionsserie.«
Bookreporter.com

6. Das Bourne Attentat *(The Bourne Sanction, 2008)*

Als Jason Bourne Informationen über einen drohenden Terroranschlag auf amerikanischem Boden zugespielt werden, begibt er sich sofort auf die gefährliche Jagd nach den Killern. Doch zu spät erkennt er, wer der eigentliche Drahtzieher des Attentats ist. Bourne gerät selbst ins Visier der Terroristen. Ein tödlicher Wettlauf beginnt.

»Ein Spionage-Thriller, der selbst den erfahrensten Lesern bis zum Ende Rätsel aufgibt. Rasantes Tempo, jede Menge Action – ein Muss!« *Booklist*

7. Die Bourne Intrige *(The Bourne Deception, 2009)*

Nach einem mörderischen Zweikampf mit dem russischen Killer Leonid Arkadin taucht Jason Bourne schwer verletzt auf Bali unter. Er täuscht seinen Tod vor und nimmt eine neue Identität an. Im Geheimen plant er die finale Hetzjagd auf den Killer. Doch Arkadin hat Bournes Manöver längst durchschaut. Ein teuflisches Katz-und-Maus-Spiel nimmt seinen Lauf.

»Der größte Thriller-Autor aller Zeiten.« *The New Yorker*

8. Das Bourne Duell *(The Bourne Objective, 2010)*

Jason Bourne ist auf Bali untergetaucht, wo er in den Besitz eines mysteriösen Rings gelangt. Die Inschrift des Rings verweist auf eine im Geheimen operierende Organisation. Bournes Weg führt nach Marokko, wo er das Machtzentrum der Gruppe vermutet. Hier trifft er auf seinen Todfeind Leonid Arkadin, und ein unerbittlicher Kampf entbrennt. Doch scheinen beide in eine tödliche Falle getappt zu sein.

»Genau das Richtige für Thriller-Fans, die Verschwörungen, Adrenalinrausch und weltumspannende Abenteuer lieben.«
Library Journal

9. Der Bourne Befehl *(The Bourne Dominion, 2011)*

Eine mächtige internationale Organisation schickt sich an, der amerikanischen Wirtschaft einen vernichtenden Schlag zu versetzen. Doch zuvor muss der Mann beseitigt werden, der ihr als Einziger gefährlich werden kann: Jason Bourne. Ausgerechnet Bournes russischer Freund Boris Karpow wird auf den amerikanischen Top-Agenten angesetzt. Findet Karpow einen Weg aus der tödlichen Zwickmühle?

»Fans der Bourne-Filme werden dieses Buch verschlingen.«
Booklist

10. Der Bourne Verrat *(The Bourne Imperative, 2012)*

Vor der schwedischen Küste zieht Jason Bourne einen Bewusstlosen aus dem Meer. Als der Mann zu sich kommt, fehlt
ihm jede Erinnerung an sein bisheriges Leben – eine unheimliche Parallele zu Bournes eigenem Schicksal. Die Lösung
scheint in einem geheimen Mossad-Lager im Libanon zu liegen, in das sich Bourne Wochen zuvor geflüchtet hatte. Was
geht dort vor sich? In letzter Minute erkennt Bourne einen
zerstörerischen Plan, der nicht nur sein Leben, sondern die
Sicherheit der Welt bedrohen könnte.

»Rasant, actiongeladen und voller unvorhersehbarer Wendun-
gen.« *The Daily Reporter*

11. Die Bourne Vergeltung *(The Bourne Retribution, 2013)*

Jason Bourne ist am Boden zerstört, als seine Gefährtin, die Mossad-Agentin Rebekka, bei einem gemeinsamen Einsatz in Mexiko getötet wird. So nimmt er den Auftrag an, für den ihn der Chef des israelischen Geheimdienstes gewinnen will: den chinesischen Minister Ouyang Jidan auszuschalten, der nicht nur für Rebekkas Tod verantwortlich ist, sondern mit seinen dunklen Plänen eine Bedrohung für die gesamte westliche Welt darstellt.

»Beginnen Sie nie mit der Lektüre eines Ludlum-Thrillers, wenn Sie am nächsten Tag arbeiten müssen.« *Chicago Sun-Times*

12. Die Bourne Herrschaft *(The Bourne Ascendancy, 2014)*

Ein politischer Gipfel in Doha wird von einer Gruppe Schwerbewaffneter überfallen. Jason Bourne ist als Doppelgänger eines syrischen Ministers mittendrin und gerät in die Gewalt des berüchtigten Terroristen El Ghadan. Wie sich zeigt, hat der Terrorchef auch Bournes enge Freundin Soraya Moore und deren kleine Tochter entführt. Sein grausames Ultimatum: Binnen einer Woche soll Bourne den Präsidenten der USA töten. Gelingt es ihm nicht, werden Mutter und Kind sterben. Die Uhr tickt …

»Es bleibt dabei: Ludlum ist der perfekte Thriller-Autor.«
Newsweek

Weitere Bände in Vorbereitung.
Mehr Informationen unter heyne.de/ludlum